한국민요

연구방법론의 반성과 전망

한국민요

연구방법론의 반성과 전망

최자운 지음

學古房

머리말

이 책에는 필자가 2004년부터 2014년까지 11년간 연구한 결실이 담겨 있다. 이 중에는 〈성주풀이의 서사민요적 성격〉이나 〈영남지역 정자소리의 가창방식과 사설구성〉, 〈다리세기노래의 양상과 의미〉처럼 자료집을 보거나 현장 조사를 다니던 중 논점을 착안하여 쓰게 된 것도 있고, 〈마을 만들기 사업 내 민요 체험프로그램 발전방안〉과 같이 팀 프로젝트의 일환으로 작성된 것도 있다.

이 책의 1부에 포함된 글들은 특정 민요들의 의미를 분석하는 데에, 2부는 현재 시점 민요를 마을 내에서 활용하는 것에 주안점을 두었다. 먼저, 민요 전승론과 관련하여, 〈민요 가창자 전병학 연구〉에서는 충남 서산에 거주하는 남성 가창자 전병학의 개인사와 그가 부른 노래의 성격 및 특징을 중심으로 논의하였다.

두 번째로, 우리나라 노동요勞動謠에 대해서는, 각각의 노래 사설 구성과 기능 혹은 가창 방식과의 관계를 중심으로 〈칭칭이 소리의 사설 구성과 기능 분화〉, 〈영남지역 정자소리 사설구성과 가창방식〉, 그리고 〈가래질소리의 다기능요적 측면〉와 같은 글을 실었다. 칭칭이 소리 및 가래질 소리는 다기능요적 측면에서 향후 연구 가치가 있다.

세 번째로 의식요儀式謠의 경우, 〈치병 관련 속신의식요의 치병 원리와 사설 구성과의 관계〉에서는 병의 경중輕重에 따른 치병治病 원리가 노랫말에 어떻게 투영되는지 분석하였고, 동요童謠 부분에서는 우리나라에서 가장 넓으면서도 많이 불리는 동요 중 하나인 다리세기노래를 중심으로 아동의 성장에 따른 다리세기 놀이와 노래의 변화를 중심으로 논의하였다.

네 번째로, 남성 구연 민요에 비해 사설 구성이 뛰어난 여성 구연민요를 대상으로, 〈도서지역 여성 구연 상여소리 연구〉, 〈다복녀민요의 유형과 서사민요적 성격〉, 〈꼬대각시노래의 유형과 의례〉, 〈동물노래의 형상화 방법과 여성민요적 의의〉와 같은 연구를 실었는데, 이 글들은 여성 구연 민요의 세부적 국면을 기능과 사설 분석을 중심으로 논의했다는데 의의가 있다. 마지막으로 비교민요의 일환으로, 중국 귀주성 소재 동족侗族과 우리나라 정자소리를 정가情歌의 측면에서 검토하였다.

2부에 있는 무형문화재 지정 민요보존회 활동을 통한 마을 내 민요 전승 가능성, 전승 환경 변화에 따른 공주 봉현리 상여소리보존회의 대응과 생존 전략, 속초 메나리 한옥마을 메나리 민요 체험프로그램 발전방안의 경우 마을만들기 사업 내 전통문화 활용 체험프로그램을 어떻게 하면 보다 발전적으로 활용할 수 있을까 하는 고민에서 나온 것들이다.

자료의 바다에서 깨끗한 마음으로 유영하는 단계를 거치지 않고서는 제대로 된 글을 쓸 수 없다. 본 책에 실린 글들은 글쓴이를 닮아 자료 분석력이 부족하고 문제 제기부터 결론 도출까지 성근 대목이 많다. 책을 보면 여러 가지 주제를 건드려 놓았는데, 이는 관심 분야가 많다는 것도 되지만 반대로, 어느 한 주제에 대하여 집중적으로 파고들지 못했다는 것도 된다. 이번 단행본 작업을 계기로 지금까지의 느슨함을 깊이 반성하는 바이다.

필자는 6년 전부터 그간의 연구 경험을 바탕으로 한어漢語 공부와 함께 중국 서남부지역 소수민족 마을을 현지조사하고 있다. 결실을 거두려면 아직 갈 길이 멀다. 앞으로, 공부와 삶이 하나가 되어 이기급인以己及人의 삶을 지향하며 지금까지의 경험을 바탕으로 보다 큰 주제에 대한 깊이있게 탐색하고자 한다.

2016년

최자운 삼가 씀

목차

제 1 부
민요 연구의 대상과 방법

제1장

민요 전승론

민요가창자 전병학 연구

1) 머리말

이 글은 충남 서산시 대산읍 영탑 1리에 거주하는 민요 가창자 전병학田炳學에 대한 연구이다. 민요 전승론傳承論을 밝힘에 있어 가창자歌唱者에 대한 연구는 필수적이다. 민요 가창자는 민요판이 구성됨에 있어 경청자 혹은 소리를 받아주는 이와 함께 민요판의 기본 인자에 해당하기 때문이다.

지금까지 이루어져 온 민요 가창자에 대한 연구사를 검토한 후 본고에서 다루는 가창자에 대한 연구 방법을 제시하고자 한다. 이기서는 1930년대에서 90년대까지 이루어져 온 민요 가창자에 대한 연구사를 검토한 후, 경기 강화, 경북 영양, 경북 포항, 경북 칠곡 등 네 곳의 남녀 가창자를 대상으로 가창자 연구를 실시하였다.[1] 그의 연구에서는 네 명의 남녀 가창자를 붙박이와 떠돌이로 나눈 후 그들의 삶과 소리가 어떠한 연관이 있는지 살폈다. 그런데 그의 연구에서는 우리나라의 전체 민요 가창자를 염두에 두고 판소리, 무가 가창자와 비교가 함께 이루어지다 보니 각각의

---

1 이기서, 「민요 창자의 기초 자료와 연구사 검토」, 『한국학 연구』 제8집, 고려대 한국학연구소, 1996.
_____, 「민요 가창자의 장인정신과 예술세계」, 『한국학 연구』 제9집, 고려대 한국학연구소, 1997.

가창자들의 개인사와 소리와의 관계가 다루어지지 못하였고, 가창자들이 구연한 민요들에 대한 검토 역시 제대로 이루어지지 못하였다.

구영주는 강원도 정선지역에 거주하는 14명의 남녀 가창자를 대상으로 그들이 부른 아라리와 가창자들의 삶의 상관성에 대해 연구하였다.[2] 그는 정선지역의 가창자들이 부른 아라리 내용이 인생, 시대상, 가정, 자연, 노동, 이성, 기타 등 7개의 주제로 나뉠 수 있다고 하였다. 그는 가창자론을 전개함에 있어 현지 조사를 병행했음에도 불구하고, 아라리의 내용을 정리·분석하는데 초점을 맞추다 보니, 정작 가창자들의 삶이 그들이 부른 아라리에 구체적으로 어떻게 연결되는가에 대해서는 논의를 펴지 못하였다.

나승만은 민요 전승이 활발한 전남 도서지역의 남성 민요소리꾼 이광민, 양우석, 최홍, 지용선을 대상으로 그들의 생애담에 대한 공통점과 차이점을 추출하였다.[3] 그는 특정 지역의 가창자들을 평범한 소리꾼, 소문난 소리꾼으로 나누고, 그들의 삶이 그들이 부른 소리에 어떠한 영향을 끼쳤는지 정리하였다. 나승만의 연구는 민요 가창자론의 한 축이 되는 개인사에 대한 조사와 분석을 진일보시켰다는 점에서 의의가 있다. 그러나 그의 연구에서는 민요 가창자들의 삶의 양태가 전면에 내세워지다 보니 가창자들의 삶과 그들이 구연한 자료들과의 관계, 그리고 그들이 구연한 자료들에 대한 논의가 부족하였다.

강진옥은 전남 고흥에 거주하는 여성 가창자 정영엽을 대상으로 그의 삶과 소리를 개관하고, 그의 삶이 소리, 특히 사설 창작의 면과 어떠한 관련이 있는지 살폈다.[4] 그의 연구는 지금까지 제대로 이루어지지 못했던 민요 가창자의 개인사와 구연 자료와의 연결고리를 면밀히 다루었다는 점에서 의의가 있다. 그러나 그러한 연결 고리가 전체적이지 못하고 일면적이라는

2 구영주, 「정선아라리 가창자에 대한 현장론적 연구」, 강릉대 석사논문, 1997.
3 나승만, 「민요 소리꾼의 생애담 조사와 사례 분석」, 『구비문학연구』 제7집, 한국구비문학회, 1998.
4 강진옥, 「여성민요창자 정영엽 연구」, 『구비문학연구』 제7집, 한국구비문학회, 1998.

데 문제가 있다.

정영엽은 40여 가지의 소리를 구연했는데, 그 소리들은 정영엽이 평생 살아온 삶의 궤적에서 고양되어 불려진 것들이다. 그 소리들은 그가 속한 민요사회와의 접촉을 통해서 불려지기도 하였고, 개인적 심회의 표현 욕구에 의해서 불려지기도 하였다. 그런데 강진옥의 연구에서는 여러 가지 소리들 중 신세한탄요인 흥글소리와 길쌈노동요인 물레소리만을 다룸으로 해서 민요의 전승과 창조의 부분 중 창조의 측면만을 다루었다는 인상을 주었다.

이상에서 기존에 이루어진 민요 가창자론을 검토한 결과, 가창자의 삶과 소리가 연구됨에 있어 그 연결고리가 제대로 이어지지 않거나, 이어지더라도 어느 한 국면만이 연결되어 왔음을 알 수 있다. 기존에 이루어져온 민요 가창자론의 부족한 부분을 메우면서 보다 온전한 가창자론 확립을 위해선 가창자의 성별에 따른 연구 방법 및 연구 결과의 목표 설정 등이 새롭게 검토되어야 함을 느낀다.

한 가창자를 택하여 그가 구연하는 여러 가지 소리를 다양한 관계의 망 속에서 해명해내는 작업이 그리 쉬운 것만은 아니다. 가창자가 구연한 자료들이 여러 가지 갈래를 아우르고 있어야 하는 것뿐 아니라, 각각의 소리들에 대한 배경 지식도 갖추고 있어야 하며, 가창자의 개인사와 소리와 관계도 밀접해야 하기 때문이다. 그리고 그가 속한 민요사회와의 연관성도 어느 정도 확보되어야 한다.

본고에서는 노동요뿐 아니라, 의식요, 유희요 등 다양한 갈래의 소리를 가창하는 남성 가창자 중 그가 구연하는 소리들에 대한 경험이 구체적으로 드러나는 동시에, 그가 속한 민요사회와의 관계도 밀접한 가창자를 연구의 대상으로 선정하였다. 가창자의 성별을 결정함에 있어 남성가창자를 택한 이유는 여성가창자에 비해 민요사회와의 관계가 보다 밀접하다고 판단했기 때문이다.

연구의 순서는 먼저, 그의 개인사를 정리한 후 그가 부른 소리들의 전체적 개관을 통해 그가 민요를 전승함에 있어 전승적 측면은 어떠한지 살피고자 한다. 그 다음에는 그가 구연한 여러 갈래의 소리들 중 서로 다른 소리가 결합하는 양상을 살핌으로써 그의 창조적 측면에 대해 알아보고자 한다. 마지막으로는 앞서 이루어진 결과들을 바탕으로 그가 부른 소리들이 그가 속한 민요사회에서 어떠한 위상을 가지는지 살펴보고자 한다. 특히, 이 장에서는 그가 구연한 소리들과 인근의 다른 가창자들이 구연한 소리들간의 비교와 함께 통시적 관점에서 그가 구연한 소리들이 그가 속한 민요사회와 어떠한 관계를 갖는지를 중점적으로 다루고자 한다.

2) 전병학의 개인사 및 전승민요 검토

(1) 전병학의 개인사

전병학은 1929년 충남 서산시 대산읍 영탑 1리에서 부친 전택수全澤秀와 모친 한오득韓午得 사이에서 1남 3녀 중 장남으로 태어났다.[5] 그는 10살 때 대산읍에 있던 소학교를 들어가 해방되던 해에 6학년으로 졸업하였다. 그리고 졸업하던 해에 곧바로 영탑1리에 있던 서당에 가서 3년간 사서삼경四書三經을 익혔다. 그는 대산읍 일대에서 이름난 한학자인 이학천에게서 한문을 배웠는데, 이학천은 전병학의 부인인 이종희 할머니의 집안 큰아버지였다.

1940년대 초반 전병학의 집에는 전병학의 할머니, 부모님 등 삼대三代가 같이 살았다. 집안의 생계를 꾸리기 위해선 한 사람의 일손이라도 아쉬운

5 그에 대한 조사는 2002년 10월 2일과 11월 4일, 그리고 2003년 3월 23일에 그의 자택에서 세 차례에 걸쳐 이루어졌다. 2002년 10월에 이루어진 조사에서는 농업노동요 및 고사풀이, 상여소리, 유희요가, 11월에는 동투잡이, 고사풀이의 주변 상황 등에 대한 조사가, 2003년 3월에 이루어진 조사에서는 각각의 소리와 개인사에 대한 보충조사가 이루어졌다.
2002년 10월에 이루어진 조사는 경기대학교 국문학과 학술 답사차 여러 명의 학생들이 있는 가운데 이루어졌고, 두 번째 조사는 논자 혼자 있는 상황에서 이루어졌다. 두 번째 조사에 비해 첫 번째 조사 때의 분위기가 훨씬 활기찼다. 이러한 구연 상황으로 말미암아 첫 번째 조사 때에는 마당굿때 하는 소리들이 많이 구연되었다.

때였다. 그런 상황에서 전병학이 소학교 및 서당에서 여러 가지 공부를 할 수 있었던 것은 부모님의 자식 공부에 대한 의지 때문이었다. 전병학의 부모님은 외아들인 전병학이 집안을 이끌기 위해서는 많이 배워야 한다고 생각했다. 그래서 전병학은 어려서 일본어와 한문을 두루 익힐 수 있었다. 한글은 어려서 배우지 않았지만 20대에 틈틈이 독학으로 깨우쳤다고 한다.

전병학이 소학교를 다닐 때에는 소죽을 끓이거나 집안의 잔심부름을 하는 것이 고작이었지만, 서당을 다닐 때에는 그러한 소소한 일만을 할 수는 없었다. 필요에 따라선 한문 공부를 하지 못하더라도 집안일을 도와야 했다. 나이가 점차 들어가는 것도 있었지만 집안의 경제 사정이 점점 나빠졌기 때문이다. 그가 18살이 되던 무렵부터 논농사 일을 본격적으로 하게 된다.

전병학이 논농사와 관련된 일을 시작할 무렵 영탑 1리의 선소리꾼으로는 전창수가 있었다. 그는 여러 가지의 노동요뿐 아니라, 고사풀이 등의 의식요와 청춘가나 노랫가락 등의 유희요도 잘했으며 시조창에도 일가견이 있었다. 이렇게 풍부한 소리를 구연하는 전창수가 당시 민요를 익히는 시기에 있던 전병학의 곁에 있음으로 해서 전병학은 지금과 같은 여러 가지의 민요들을 가질 수 있는 터전을 제공받을 수 있었다.

1940년대 후반, 그러니까 전병학이 본격적으로 일을 시작한지 얼마 되지 않아 영탑 1리에서는 황해도로 품을 팔러 가는 사람이 많았다. 황해도에 가서 하는 일은 주로 논농사와 관련된 일이었다. 황해도는 충남보다 논농사가 먼저 시작하고, 전병학이 사는 마을 근처에는 큰 논이 없었기 때문에 한꺼번에 많은 인력이 필요하지 않았다. 그래서 마을 사람들 중 일을 할 수 있는 사람이면 거의 다가 일을 하러갔다.

일제 강점기 말기에는 일제의 농산물 수탈 때문에, 해방이 되고 나서는 몇 해간 농사가 잘 되지 않아 많은 식구가 밥을 굶지 않을 수 없었다. 그래서 대두박[6]을 배급받아 끼니를 해결하는 경우가 많았고, 그 마저도 없으면 산에 가서 송기(소나무 껍질)를 벗겨 먹었다.

황해도에 일을 하러 갈 때가 되면 마을 어른들끼리 모여 의논을 통해 일하러 갈 날짜를 잡게 된다. 일을 하러 가는 날이 되면 새벽 3시 정도에 일어나서 걷거나, 아니면 황해도 쪽으로 가는 탄차를 얻어 타고 목적지까지 갔다. 전병학은 황해도에서 일을 했던 지역 명은 정확히 기억하지 못하는데, 일을 가게 되면 일을 하는 주인집에서 숙식을 제공받고, 20일에서 25일 정도 그곳에서 체류했다고 하였다.

전병학이 황해도로 논농사 원정을 떠난 것은 그가 일과 관련된 소리를 배우기 시작하던 때였다. 그런데 그곳에서는 일을 하면서 황해도 본토의 소리들은 별로 듣지 못하였고 오히려 모를 심거나 추수를 할 때에 충청도에서 하던 소리들을 불렀다. 황해도로 품을 팔러 간 것이 비록 전병학의 소리를 살찌우는 데는 크게 역할을 하지 못하였더라도 당시에 그가 하지 않을 수 없었던 여러 가지의 노동 경험 중의 하나라는 점에서는 의미가 있다.

그는 20살 되던 해인 1949년에 군대에 입대하였는데, 6.25가 발발하기 전에 휴가를 나왔다가 영탑 1리의 옆 마을인 대산읍 운산리에 살던 이종희 할머니와 중매 결혼을 하였다. 6.25 때에는 강원도 거진과 대진 쪽에 주둔하고 있던 포병부대에서 통신병으로 복무하였고, 1952년도에 외아들이라는 이유로 의가사 제대를 하였다.

그는 군대에 있을 때 특이한 소리 체험을 하게 된다. 그는 부대 근처에 있는 건봉사乾奉寺라는 절에서 얼마간 머문 적이 있었는데, 그때 그 절에서 회심곡 등 불교 계통의 소리를 익혔던 것이다.[7] 물론, 절에 그리 오래 있었던 것도 아니고, 차근차근 소리들을 배울 여건도 되지 않았기 때문에 완전히 그 소리들을 익혔다고는 할 수 없었지만 나중에 하게 될 불교계통의

---

6 일제가 군사용으로 쓰기 위해 기름을 다 뺀 일종의 콩깻묵. 이것을 먹을 때에는 너무 딱딱하기 때문에 물에 불린 후 먹었다. 그리고 기름을 이미 다 뺐기 때문에 먹어도 배가 부르지 않았다.

7 당시 건봉사는 규모가 상당히 큰 절이었는데, 6.25 당시 인민군 부대가 그곳에서 진지를 치고 있다가 폭격을 받아 전멸하기도 했다.

소리 학습에 기반을 닦았다는 점에서 의미가 있다.

그가 제대를 한지 얼마 되지 않아 그는 가족을 이끌고 1.4후퇴를 가게 되는데 그때 두 번째 불교계통의 소리 학습이 이루어지게 된다. 그의 가족은 대전으로 피난을 갔는데, 당시 그에겐 가족을 먹여 살릴 방도가 없었기 때문에 구명도식할 수 있는 방편을 마련해야 했다. 그래서 그는 피난지 근처에 있는 동학사同學寺라는 절에서 스님 옷과 목탁 등을 얻고 회심곡, 천수경 등의 소리를 배웠다. 그리고서는 근처 마을에 내려가 절에서 배운 소리로 식량을 구하였다. 이때의 소리 학습은 그가 구연하는 의식요儀式謠의 성격을 결정짓는데 큰 역할을 하였다.

그는 몇 개월간의 피난 생활을 마치고 가족과 함께 자신의 고향인 영탑 1리로 돌아오게 된다. 그런데 집에서 짓는 농사만으로는 가족을 부양하기가 너무 힘에 부쳤다. 그래서 그는 그 이후로 몇 년간 남의 집 살이를 하면서 일을 해주고, 추수 때가 되면 쌀 몇 가마니를 받아 가족을 부양하였다. 이때에는 대산읍내 뿐 아니라 서산의 다른 지역에서도 일을 하였는데, 이때의 노동 경험으로 말미암아 그는 영탑 1리에서 익히지 못한 논농사와 관련된 소리들을 배우게 된다.

1950년대 후반, 그러니까 그의 나이 30대 후반에 들면서 그는 논농사와 관련된 선소리 및 상여소리, 그리고 고사풀이 등 거의 모든 소리를 도맡아서 하였다. 물론, 그 전에도 소리를 메기지 않은 것은 아니었지만 그때에는 어디까지나 기존 선소리꾼들의 보조 역할일 따름이었다. 즉, 그는 몇 년간의 수습 기간을 거쳐 명실상부한 영탑 1리의 선소리꾼으로 나섰던 것이다.

영탑 1리에서는 80년대 초반까지 논농사와 관련된 일을 할 때 여러 사람들이 소리를 하면서 일을 하였다. 그때까지만 해도 소리를 받을 수 있는 사람들이 일을 많이 하였다. 그러다가 화학 비료와 농기계 사용이 일반화되고, 소리를 받을 수 있는 사람들도 하나 둘씩 세상을 등지게 되자 더 이상 일을 하면서 소리를 하지 않게 되었다. 그러나 상여소리와 고사 풀이 등은 90년대 초반까지 불렀는데, 논농사와 관련된 소리들에 비해서는 10여년 더 지속되었던 셈이다.

그는 현재 영탑 1리에서 슬하에 5형제를 두고 부인 이종희李種姬여사와 함께 살고 있다. 그는 일흔이 넘은 지금도 책이나 라디오, 텔레비전 등을 통해 소리 익히기를 즐긴다. 그것은 그의 민요테이프 보관 상자를 보면 알 수 있다. 본 연구자가 지난 3월 달에 그의 자택으로 세 번째 조사를 갔을 때 그는 벽장 안에서 상자 하나를 꺼내어 보여주었다. 그 상자 안에는 60년대부터 모아온 민요, 불경 등의 테잎 20여 개가 차곡차곡 쌓여있었다. 그는 그 상자에서 몇 십 년 전에 산 회심곡 테이프와 얼마 전에 산 회심곡을 번갈아 들려주면서 두 소리간의 차이에 대해 설명해 주기도 하였다. 그리고 마을 대소사가 있거나 서산시 국악협회 등 외부에서 초청이 있으면 흔쾌히 참석한다고 하였다.

이상에서 살핀 그의 개인사를 정리하면 먼저, 그는 어려서 여러 가지의 교육을 소화해 낼 수 있을 만큼의 명석한 두뇌와 적극적이면서 온화한 성품을 타고났다. 이러한 바탕 아래에서 그는 여러 가지의 노동 경험을 통해 노동요들을 제일 먼저 익히게 된다. 당시는 먹을 것이 부족한 시기여서, 먹고살기 위해서 여러 가지의 일을 해야 했다. 당시와 같이 일과 그에 따른 소리가 밀접하던 때에 생활의 궁핍함으로 인해 여러 가지 노동을 하면 할수록 그의 소리들은 밀도가 높아지는 결과를 가져왔다.

그의 소리에 따른 경험은 비단 노동요에서 끝나지 않았다. 왜냐하면 생활고는 피난 때에도 계속 되었기 때문이다. 피난을 가서 배운 불교 계통의 의식요들은 그가 기존에 알고 있던 노동요와 함께 그의 소리의 두 축을 형성하게 된다. 그리고 30대 후반에 그는 지금까지의 경험을 바탕으로 마을의 선소리꾼으로 자리매김을 하면서 그의 민요 인생은 꽃을 피운다.

그는 영탑 1리의 마지막 소리꾼이었다. 그는 논농사와 관련된 소리는 80년대 초반까지 불렀고, 상여소리, 고사 풀이 등은 90년대 초반까지 불렀다. 이와 같이 노동요를 의식요보다 먼저 부르지 않게 된 이유는 그 소리들을 부르는 판의 소멸과 무관하지 않다. 영탑 1리의 민요판은 이미 10여전에 모두 소멸되긴 하였지만, 그는 지금도 외부에서 초청이 있을 때면 그 자리에 참석하여 그가 알고 있는 소리를 부르며, 가끔 마을의 대소사가 있을 때에도 마을 사람들과 어울려 신명을 되살리곤 한다.

(2) 전병학의 전승민요 검토

그는 모두 22가지의 소리를 구연하였다. 그 소리를 이름, 분류, 가창방식, 내용 및 특징으로 나누어 정리하면 아래 표와 같다.

이름	분류	가창방식	내용 및 특징
모찌는 소리	농업노동요	선후창	노동 상황의 묘사
모심는 소리	농업노동요	독창	노동 상황의 묘사 및 노동 권유
논매는 소리 (도사리, 얼카뎅이, 만물소리)	농업노동요	선후창	도사리: 노동 상황의 묘사 얼카뎅이: 노동 권유, 유흥 만물소리: 노동 권유, 유흥, 이별의 슬픔
말되는 소리	농업노동요	선후창	노동 상황의 묘사
죽가래소리	농업노동요	선후창	노동 권유
벼바숨소리	농업노동요	선후창	노동 권유
가래질소리	토목노동요	선후창	노동 권유
지점다지는 소리	토목노동요	선후창	노동 권유, 집안의 번영 기원
고사풀이	세시의식요	독창	토주신, 성주신, 조왕신, 마당굿의 순서로, 각 신神에 대한 축원 및 유흥
축문	신앙의식요	독창	한문투의 축원
회심곡	신앙의식요	독창	망자亡者, 혹은 소리꾼의 저승에 가는 것에 대한 슬픔 토로
동투잡이	속신의식요	독창	축귀逐鬼
자장가	육아노동요	독창	아기가 잘 자라기를 바라는 내용

이름	분류	가창방식	내용 및 특징
상여소리	장례운구요	선후창	이별의 슬픔 및 노동 권유
달구소리	장례토목요	선후창	명당 기원 및 노동 권유
창부타령	비기능요	독창	님에 대한 그리움 토로
청춘가	비기능요	독창	유흥
장타령	문자유희요	독창	숫자풀이
범벅타령	비기능요	독창	본 낭군의 부정한 아내 징치
천안삼거리	비기능요	독창	유흥
떡타령	비기능요	독창	여러 가지 떡 나열
노랫가락	비기능요	독창	유흥

위의 표에서 보듯 그는 노동요, 의식요, 유희요 등 거의 모든 영역의 소리를 구연할 수 있다. 본고에선 민요 전승론에 있어 전승과 창작에 중요한 의미가 있다고 판단되는 소리들을 중심으로, 노동요, 의식요의 순서로 분석하고자 한다. 자료 분석은 사설에 대한 분석을 기본으로 하되, 필요에 따라 대산읍의 다른 가창자들의 소리를 비교 검토한다.[8]

먼저, 논농사와 관련하여서는 모찌는 소리, 모심는 소리, 논매는 소리(도사리, 문성이, 얼카뎅이, 얼러차, 잦은 얼카뎅이, 만물소리, 훌띠려), 벼바숨소리, 죽가래질소리, 말되는 소리를 구연하고 있다. 여기서 보듯 그는 논농사와 관련된 거의 모든 노동의 소리를 구연하는 셈이다. 대산읍을 비롯한 서산 일대에서 전병학과 같이 세분화된 논농사 노동요를 구연하는 이는 극히 드물다.

영탑 1리에서는 음력 3월부터 못자리를 만드는데, 논에 물이 충분하면 망종 때까지 물갈이를 한 후 올모를 심고, 비가 오지 않아 논에 물이 거의 없을 경우에는 소서까지 기다리게 되는데, 그때까지도 비가 오지 않으면

8 비교 검토를 위해 두 가지 자료를 이용한다. 하나는 2002년 10월 1일~4일간 이루어진 서산지역 답사 결과이고, 다른 하나는 『한국민요대전』 충남편, 『한국의 농요』 제2집과 같이 기존에 출간된 서산지역 민요조사 보고서이다.

늦모로 마른갈이를 하여 심는다. 이때 물갈이를 한 논은 도사리-아시뎅이-만물의 순서로, 마른갈이를 한 논은 아시뎅이-두벌뎅이-만물의 순서로 논매기를 하게 된다. 논매기의 경우 물갈이를 한 논은 초벌을 손으로 매고, 마른갈이를 한 논은 초벌을 호미로 매는 점이 다르다.

모를 찌는 날이 잡히게 되면 당일 날 새벽부터 모판을 쪄내기 시작한다. 이날은 이웃집 사람들과 함께 품앗이로 일을 하는데, 아무리 일손이 많다고 해도 새벽부터 일을 서두르지 않으면 해가 지도록 모심기를 끝을 내지 못하는 경우가 생기기 때문에 이렇게 일찍부터 일을 시작하였다. 모를 다 찐 다음에는 지게로 논으로 옮겨 모심기를 시작한다. 모를 심는 것은 일제시대 이전에는 산식散植으로 하였는데, 일제 이후부터 줄모로 이루어졌다. 줄모로 심을 때에는 한번 심을 때 5개에서 7개 정도씩 심었다.

모를 심는 일은 허리를 숙인 채 오랜 시간 일이 계속되기 때문에 소리를 주고받기에 그리 수월한 상황은 아니다.[9] 전병학은 피곤함을 달래면서 일을 수월하게 하기 위해 중간 중간에 허리를 펴가면서 소리를 하였다. 그런 관계로 모찌는 소리는 선후창先後唱으로 불려지지만, 모심는 소리는 독창獨唱으로 불려진다. 전병학이 구연한 모찌는 소리와 모심는 소리는 아래와 같다.

> 철떠러쿵 철떠러꿍 또 한침만 쪘네/ 농자는 천하지대본/ 철떠러쿵 철떠러꿍 또 한침만 쪘네/ 해는 지구야 저문 날에야/ 철떠러쿵 철떠러꿍 또 한침만 쪘네/ 금년농사는 대풍으로야/ 철떠러쿵 철떠러쿵 또 한침만 쪘네/ 오늘날도 일일을 거저반이 긑나는구나/ 철떠러쿵 철떠러꿍 또 한침만 쪘네(모찌는 소리, 2002.10.2. 채록)

---

9 충남 당진, 서산 일대에는 두 가지의 모심는 소리가 존재하는데, 하나는 방아타령이고, 다른 하나는 여기서 제시한 형태와 같은 하나소리이다. 방아타령은 선후창 방식으로 산식으로 일을 할 때 하고, 숫자를 세는 형태의 소리는 독창으로 줄모로 할 때 한다. 그런 관계로 당진, 서산 일대에는 방아타령이 하나소리보다 더 일반적이다.
이러한 사실은 기존에 이루어진 당진, 서산지역 조사 보고서 및 답사 결과에 근거한다.

하나요 둘이라 섯이라 열 열하나 또 다시 하나로구나 이 모야 심거들랑은 새새 틈틈 빠지잖고 뜬모 안되게 해줍서 또 하나로다 하나를 세게 되면 딸을 낳고 둘을 세게되면 아들을 점지해주 하나라 둘이라 섯이요 넛이로구나 다섯이요 여섯포기를 심었구나(모심는 소리, 2002.10.2. 채록)

먼저, 모찌는 소리를 보면 후렴을 '철떠러쿵 철떠러쿵 또 한침만 쪘네'라고 하였다. 여기서 '철떠러쿵 철떠러쿵'은 모뿌리에 붙어 있는 흙을 물에 헹굴 때 나는 소리이고, '한침만 쪘네'라고 하는 것은 그에 따른 노동의 경과를 말하는 것이다. 앞소리의 내용이 어느 하나로 일관되지 않긴 하지만, 전체적으로는 현재 진행되고 있는 노동에 대해 묘사가 주를 이룬다. 그래서 모찌는 소리는 노동 행위에 밀착되어 있다고 할 수 있다.

모심는 소리는 모를 심는 숫자를 세는 것이 주된 내용인데, 여기서 주목되는 것은 '하나를 세게 되면 딸을 낳고 둘을 세게 되면 아들을 점지해주'라는 대목이다. 이 사설은 그가 구연한 말되는 소리와 연관이 있다. 말되는 소리 역시 모심는 소리처럼 숫자를 세면서 구연되는데, 처음에 한 되를 퍼서 섬에 넣을 때에는 숫자를 세지 않고 두 번째 되부터 세어간다. 그 이유는 사람들 사이에 하나를 세면 딸을 낳는다는 속신이 있기 때문이었다.[10] 이를 통해 전병학은 기존에 그가 알고 있는 민요 지식을 그때의 상황에 맞게 유동적으로 재구성해내고 있다는 것을 알 수 있다.

위에서 제시된 두 자료 중 모찌는 소리는 대산읍의 다른 가창자들이 구연한 자료들과 사설이나 곡조의 면에서 크게 다르지 않았지만 모심는 소리는 독창으로 부르면서, 자신의 민요 지식에 기반한 사설을 삽입하고 있음을 확인하였다. 이 부분만을 보더라도 전병학은 그가 속한 민요사회와 밀접하게 연결되는 부분, 즉 전승적 측면과 함께 개인적 창조력 또한 균등하게 가졌다는 것을 알 수 있다. 그런데 이 두 가지의 소리는 그가 부른 소리들

10 대산읍 인근 마을에 거주하는 다른 가창자들도 이와 동일한 내용을 제보하였다. 2002년 10월 3일 대산읍 소재 대산노인대학에서 송재경, 김기홍, 김명렬, 김영곤, 이계태와의 인터뷰를 통해 조사했다.

중 일부분에 지나지 않으며, 모심는 소리와 같이 독창으로 불리는 소리만을 대상으로 그의 특징이 온전히 드러났다고 할 수 없다.

전병학이 부른 농업노동요 중 선후창으로 불리면서, 사설 또한 풍부하게 전승되는 논매는 소리를 살펴보고자 한다.

어허허아 어허하 이야호아/ 해는 지구 저무신 날에/ 어허하 어허허 이나 노하/ 일락서산 해는 다 지고 월출 동경이 저 달 속에/ 에어허하 헤어어이나 노하(후략)(도사리, 2002.10.2. 채록)

아오 헤에야 오호아/ 얼씨구나 좋구나/ 아오 아헤야/ 오늘날도 다 저물어가는구나/ 아헤 오하아/ 이 논을 매구서 논배미로 넘어가잔다/ 아아 아헤야 오호아/ 이 소리 끝에는 뎅이소리가 분명쿠나야/ 아헤 오하아/ 넘차 소리가 끝나게 되면 뎅이소리가 분명쿠나야/ 아헤야 오호아(문셍이, 2002.11.4. 채록)

잘 넘어간다/ 얼카뎅이/ 넘구 넘네/ 얼카뎅이/ 질게 뜨면은/ 얼카뎅이/ 갈치뎅이요/ 얼카뎅이/ 질쭉 질쭉/ 얼카뎅이/ 동고리 뎅이나/ 얼카뎅이/ 넘구 넘네/ 얼카뎅이/ 일간을 떠다가/ 얼카뎅이/ 삼간을 덮더래도/ 얼카뎅이/ 감쪽같이/ 얼카뎅이/ 얼카뎅이/ 얼카뎅이/ 안산 가그메/ 얼카뎅이/ 젓멍석 허위듯/ 얼카뎅이/ 잘두 맨다/ 얼카뎅이/ 넘구 넘네/ 얼카뎅이/ 칠거처는/ 얼카뎅이/ 화해춘아/ 얼카뎅이/ 넘구 넘네/ 얼카뎅이/ 저기 가는/ 얼카뎅이/ 저 할머니/ 얼카뎅이/ 손녀나 있거든/ 얼카뎅이/ 날 사위 삼어요/ 얼카뎅이/ 아이구 여보게/ 얼카뎅이/ 그 말씀 마소/ 얼카뎅이/ 손주는 있지만/ 얼카뎅이/ 나이가 어려서/ 얼카뎅이/ 못 주겄네(후략)(얼카뎅이, 『한국민요대전』 충남편, 273면)

얼러차/ 얼러차/ 얼러차 소리가/ 얼러차/ 나거들랑은/ 얼러차/ 양자위 젓불로/ 쭉 둘러서서/ 얼러차/ 얼러차/ 얼러차/ 얼러차(얼러차소리, 『한국민요대전』 충남편, 274쪽)

얼카뎅이/ 얼러차 덩어리/ 넘구 넘네/ 얼카뎅이/ 저 해 석양 밑에는/ 얼카뎅이/ 누구를 잡으랴/ 얼카뎅이/ 해는 지고/ 얼카뎅이 저문 날에/ 얼카뎅이 옥갓을 하구서/ 얼카뎅이/ 어디를 가시오/ 얼카뎅이/ 잘넘어간다/ 얼카뎅이/ 저기 가는/ 얼카뎅이/ 저 할머니/ 얼카뎅이/ 손녀딸 있거든/ 얼카뎅이/ 날 사위삼어요/ 얼카뎅이/ 잘 넘어간다(얼카뎅이 자존소리, 2002.10.2. 채록)

에헤야 에헤이나 호아/ 이 논배미를 다 매구서 저문 날에 석양 일수가 다 되었구나/ 에헤헤 헤허하 어리넘차 너하/ 해는 지구서 저문 날에 옥갓을 벗구서 어디 가나/ 에헤 헤헤허하 어리 넘차 너하/ 저기 가는 저 할머니 딸이나 있거든 날 사위 삼어/ 여 헤 헤헤허하 어리 넘차 너하(중략) 홀티려라 홀띠려/ 얼려라 홀띠려/ 새새 틈틈 홀띠려/ 얼려라 홀띠려/ 몬둘에도 여러 가지/ 얼려라 홀띠려/ 질게 허면 진소리야/ 얼려라 홀띠려(만물소리, 2002.10.2. 채록)

영탑 1리에서는 세 번에 걸쳐 논매기를 한다. 모를 심은 지 15~20일 정도 지나 하는 초벌 논매기 때에는 '도사리'를 하는데, 이때에는 손으로 모포기 사이에 난 풀을 뽑으며, 발로 땅을 밟아 준다. 두벌 논매기 때에는 초벌 맨지 15~20일 후에 하는데, 이때에는 얼카뎅이를 하며, 호미로 잡초가 난 땅을 뒤집는 일을 한다. 이 소리의 이름이 얼카뎅이인 이유는 호미로 땅을 뒤집을 때 생기는 흙덩어리 때문이다. 뒤집어지는 흙덩어리의 모양에 따라 길게 생긴 것은 갈치뎅이, 둥글게 생긴 것은 동고리뎅이 등이라고 한 것이다. 세벌 논매기는 두벌을 맨지 45~50일 후에 하는데, 이때에는 만물소리를 하며, 거의 다 자란 벼포기 사이를 빠른 속도로 지나다니면서 논의 공기를 환기시키고, 군데군데 난 잡초를 손으로 제거한다.

논을 맬 때가 되면 두레가 선다. 두레는 두레의 실질적인 실무를 총괄하는 공원, 두레패의 우두머리로 나이가 가장 많은 이인 영좌(혹은 좌상), 일꾼, 두레 풍장, 용대기를 드는 기수로 구성된다. 두레가 서는 날이 잡히게 되면 두레패는 두레가 서기 전 날밤 마을의 부자집인 도가집 마당에 모여 풍장 연습을 한다. 두레 풍장은 상쇠와 부쇠, 징수 2명, 새납 1명, 북(정해진 수 없이, 인원이 되는대로 함), 잡색으로 구성된다. 영탑 1리에서 두레는 1950년대까지 존속되었는데, 전병학은 두레패에서 선소리를 보조하는 역할을 하였다.

위에서 인용한 논매는 소리들을 보면 우선, 각 노동에 따른 소리들이 세분화되어 있음을 볼 수 있다. 가령, 두벌논매기 때하는 얼카뎅이의 경우 논에 들어설 때 하는 문셍이, 한참 일을 할 때의 얼카뎅이, 일이 마무리

될 때의 얼러차, 자즌 얼카뎅이로 구성되었다. 문셍이는 노동 상황에 대한 묘사가 구(句)를 바꾸어가며 반복되며 얼카뎅이는 노동상황의 묘사와 함께 유흥이 곁들여진다. 얼러차, 자즌 얼카뎅이는 얼카뎅이와 내용은 같고, 곡조만 빨라진다.

문셍이와 알카뎅이에서는 모두 노동 상황에 대한 묘사가 있지만 그 양상은 각 소리에서 조금 다르게 나타난다. 그 이유는 두 소리가 불리는 노동 상황의 차이에서 찾을 수 있다. 문셍이를 부르는 상황은 이제 막 일을 시작하는 단계에서 조금씩 일의 탄력을 붙여 가는 단계이다. 반면, 얼카뎅이를 하는 상황은 한참 일이 진행되고 있는 중이며 그만큼 육체의 피로도 커지는 때이다. 그런 관계로 문셍이에서의 노동 상황에 대한 묘사는 다른 소리들에서도 흔히 볼 수 있는 것이지만, 얼카뎅이에서는 바로 지금 논을 매고 있는 상황에 대한 묘사가 생동감있게 표현된다. 그리고 소리를 통해 피로를 씻을 수 있는 신명이 계속 유지되어야하기 때문에 소리의 내용은 노동 권유와 유흥으로 이어졌다.

전병학이 구연한 만물소리는 두 가지로 구분된다. 그것은 일의 처음부터 중간정도까지 소리와 거의 다 마쳐갈 때하는 소리인데, 일의 마지막에 하는 소리는 손으로 훔친다는 의미의 훌띠려소리로도 불린다. 먼저, 일의 처음부터 중간까지 하는 소리는 상여소리조로 불려진다. 이러한 양상은 대산읍 및 서산의 다른 지역에서도 두루 발견된다. 그런데 그가 부른 상여소리조 만물소리는 다른 가창자들이 부른 소리들과는 곡조의 면에서는 같아도 소리의 내용은 차별성을 보인다. 즉, 전승의 규범은 지키면서도 나름의 변화를 가했다는 것이다.

전병학이 구연한 의식요로는 동투잡이, 고사풀이, 상여소리 등이 있다.

동투잡이를 살피기에 앞서, 이 소리와 비슷한 성격을 가진 객귀물리는 소리에 대해 알아보고자 한다. 상가집이나 혼사집 혹은 마을 밖을 나갔다가 온 사람이 집에 돌아온 후 갑자기 앓아 눕는 경우에 손이 든 날을 따져보아 객귀가 들었다고 판단이 되면 객귀물리는 소리를 하게 된다. 객귀가 든 환자는 처음에는 아무 것도 먹지 못하고 계속 토하다가 점차 온 몸이 새카맣게 타들어가는 증상을 보인다. 객귀가 들었다고 판단되는 즉시 사람을 불러 객귀를 물려주어야 한다.[11]

객귀를 물리는 소리는 보통 그 마을에서 전문적으로 객귀물리는 소리를 하시는 할머니들이 한다. 전병학은 이 소리를 직접 해본 경험은 그리 많지 않은 관계로 예전에 할머니들이 했던 내용 그대로는 구연하지 못하였다. 다만, 그때의 상황에 대해서는 정확히 기억하고 있는데, 객귀를 물릴 때에는 사립문 곁에 서서 집밖을 향해 된장, 재, 고추가루를 푼 물을 뿌리며 귀신에게 위협하는 말을 하면서 썩 물러가라고 호통을 친다고 하였다.

객귀물리는 소리에서는 잘 드러나지 않지만 동투잡이에서는 그의 오랜 경험을 바탕으로 여러 가지의 사설이 구연되었다. 집수리를 잘못하거나 화장실을 고쳤을 때, 혹은 죽이지 말아야 할 동물을 죽였을 때 동티가 나게 된다. 동티의 증상 역시 객귀가 든 것처럼 이유 없이 앓아눕게 되는데 동티를 잡을 때 하는 소리는 아래와 같다.

> 나무아미타불 관세음보살 둥투신아 둥투신아 동방에 청제장군 남방에 적제장군 서방에 백제장군 북방에 흑제장군 이 구신들아 어떠한 집에 덕을 주시고 어떠한 집에는 덕을 주지 않는가 금일금에 속거천리할지어다(2002.11.4. 채록)

> 어양날앵감실 금일금야에 시도들은 금일나경허사 불의 참여하고 불문가지 허사 시나진신병을 금일금야에 속거천리하옵시며 제신께서는 금일금야로 명지불릉하시고 불연이 막극하야 위신을 광무하니 신하지신께서도 금일금야에 덕을 입히시옵소사(2002.11.4. 채록)

---

11 객귀가 든 것과 같이 토하는 증상을 보이는 것으로 토사곽난이 있다. 객귀가 든 것과 토사곽난은 증상은 비슷하지만, 전자는 잡귀에 의한 것이고, 후자는 잡귀에 의한 것이 아닌, 생리적인 문제에 의한 것이다. 토사곽난인 경우에는 아궁이의 흙을 몇 줌 가져다가 곱게 친 후 물에 타서 환자에게 마시게 하면 낫는다고 한다.
2002년 11월 4일 그의 자택에서 조사하였다.

첫 번째 인용한 소리를 보면 첫 대목이 '나무아미타불 관세음보살'로 시작하고 있다. 이렇게 동티를 잡으면서 불경 구절을 넣은 것은 그의 독경讀經 경험 때문이다. 그는 젊었을 때 이웃집에서 사람이 아프게 되면 경을 읽어 달라는 부탁이 많이 들어왔다고 했다. 그럴 때면 시간이 한밤중이라도 환자의 집에 가서 마음을 비우고 그가 알고 있는 불경佛經을 읽곤 했다. 물론, 경을 읽는 것이 동티를 잡는 것과 같다고 할 수는 없지만, 사람이 아파서 그것을 고치기 위해 소리를 하는 것에서는 동일하다.

이러한 독경 경험은 그의 소리가 불교적 성격을 가지게 한 것 뿐 아니라 상황에 따라 사설이 유동적으로 구연되는 데에도 영향을 끼쳤다. 첫 번째 인용문에서 제일 마지막에 나오는 '속거천리할지어다'라고 하는 대목은 객귀 물리는 소리에서 차용되었다. 전병학은 이 사설을 이 소리의 제일 마지막에 가져다 놓음으로써 축귀逐鬼하고자 하는 의도를 보다 명확히 할 수 있었다.

두 번째 인용문의 첫머리인 '어양날앵감실'로 시작되는 대목은 고사풀이에서 쓰이는 사설이다. 고사풀이의 내용이 신에 대한 축원인 것을 이용하여, 이 소리에서 전하고자 하는 바-강한 어조의 축귀가 아닌, 신에게 공손하게 부탁하여 동티를 잡고자 하는 것-를 잘 나타낼 수 있었다. 이렇게 유동적인 사설의 운용은 고사풀이에서 더 잘 나타난다. 그도 그럴 것이 동투잡이는 동티를 꼭 잡아서 환자를 평상시의 상태로 회복시켜야 한다는 목적이 있지만 고사풀이의 경우에는 그러한 상황이나 목적의 면에서 동투잡이에 비해 훨씬 자유롭기 때문이다.

고사풀이는 정월 보름에 지신밟기를 하면서 불려진다. 지신밟기는 두레 풍장을 하였던 사람들이 주축이 되어 가가호호 방문하면서 이루어지는데, 그 순서는 토주신, 성주신, 조왕신을 모시고, 집을 나오기에 앞서 마당굿을 하는 것으로 되어 있다. 전병학이 구연한 고사풀이의 순서는 인근의 다른 지역 고사풀이의 순서와 크게 다르지 않다. 그런데 소리의 문면에 있어서는 큰 차이를 보인다. 아래 인용문들은 인근 지역의 다른 소리꾼들의 고사풀이의 서두와 전병학이 구연한 고사풀이의 서두이다.

이헤 헤에헤에 금상도 열이로다 천진현황 생겼으니 일월영택 밝았도다 만물이 제생하야 산천이 괘척하야 곤륭산 낙맥으로 조선 팔도 생길 적에(후략)(당진군 송악면 월곡리 윤병호, 『한국민요대전』 충남편 147쪽)

고사로다 고사로다 고사덕담을 들어보소 국태민연이 범중연 시화연풍에 연년이 돌아온다 아태조 등극시에 봉하이 넌저시 생겼구나 이 고사를 지낼 적에 무순 고산질 알어보소(중략)이 집을 지을 적에 집 재목을 잡어보자(후략)(서산시 해미면 동암리 오병환, 『한국민요대전』 충남편 256쪽)

고사 고사 고사로다 고사축원을 받으시오 시화연풍 국태민안에 범연에 날어든다 이씨한양에 등극하야 수지나 조종은 황해수라 산지조조은 골농산이요 골농산 능막에 뚝떨어져 어정에 주춤 나려와서(후략)(예산시 덕산면 광천리 이광선, 『한국민요대전』 충남편 390쪽)

어양날앵 감실 어양날앵 감실 충청남도 서산군 대산면 영탑리 올섭니다. 일년열두달 삼백 육십일 가실지라도 자손마나는 안가태평하옵소사 가내 삼백육십일 가실지라도 무사태평하시고 안가 태평하소사 남자를 나시면 충효를 나시고 여자를 나시면 열녀를 나옵시사(후략)(2002.10.2. 채록)

위에서 보듯이 각각의 소리들은 서로 비슷한 내용을 노래하고 있는데, 이러한 점은 서두 뿐 아니라 전체적 구성에서도 그러하다. 소리에 따라 빠진 것이 있긴 하지만, 대체로 중국의 곤륭산으로부터 받은 정기로 우리나라의 여러 명산을 풀이하고, 열두 달 액막이를 거쳐 쌀, 조 등 농사풀이, 성주풀이 등의 순서로 구성된다. 이러한 구성 방식 및 공식어구의 사용은 비단 충남 서북부의 고사풀이에만 해당하는 것은 아니다.

전병학이 구연한 고사풀이는 그러한 일정한 형식이 없이 곧바로 토주신에 대한 감사와 그 집안에 대한 축원으로 이어진다. 고사풀이에서 흔히 보이는 공식구의 사용도 거의 없이, 그때의 상황에 따라 즉흥적으로 사설이 구성되고 있다. 물론 풀이가 진행됨에 따라 농사풀이나 성주풀이가 나오지 않는 것은 아니다. 하지만 다른 소리들과 비교했을 때 공식구의 구성이나 그것이 차지하는 비율은 미미한 편이다.

이러한 차이는 고사풀이의 마지막 단계인 마당굿 부분에서 극명하게 드러난다. 다른 가창자들의 경우, 고사풀이의 틀이 고정적으로 짜여져 있는 까닭에 상황에 따라 자신이 알고 있는 소리 중 어느 한 부분을 늘리거나 생략할 수는 있어도 새로운 소리를 소리들 중간에 삽입하는 것은 불가능하다. 그러나 전병학의 경우 애초에 고사풀이의 경우 형식에 얽매이지 않음으로 해서 새로운 소리를 삽입하는 것이 자연스럽다. 이에 대해서는 2.3장에서 재론하기로 한다.

전병학이 구연한 상여소리 역시 앞서 살핀 논매는 소리와 같이 상황에 따라 각각의 소리들이 세분화되어 있다. 각각의 소리들의 문면을 제시하면 아래와 같다.

> 에이시나 에이시나 영차 영차 에이시나 에이시나 영차 영차(상여를 들 때 하는 소리)
>
> (전략) 부귀 등명 소용없네/ 어 허이 허하/ 공수래 공이로다/ 어 허이 허하/ 어릴 적에 부모에게/ 어 허이 허하/ 마른 자리 진 자리/어 허이 허하/요기조기 뉘여 가며/ 어 허이 허하/ 자손을랑 길렀건만/ 어 허이 허하/가게 되니 한심코나/ 어 허이 허하/ 열두상여 발맞추어/ 어 허이 허하/ 넘차소리 분명코나/ 어 허이 허하(상여소리, 『한국민요대전』 충남편 280~281쪽)
>
> 어여 어여 어여 어여 이여 이여(중간에 쉬기 위해 상여를 내리는 소리)
>
> 영치나 영치나 영치나 영치나(오르막 오르는 소리)
>
> 열두상모 발맞추어/ 어허 허하/ 잘모시네/ 어허 허하/ 어린 상제 불쌍허다/ 어허허하(장지에 거의 도착해서 하는 소리, 2002.10.2. 채록)

영탑 1리에서는 12명의 상두꾼이 상여를 매는데, 상여 행렬에서 제일 앞에는 용여가 서고, 그 다음에 만장, 그리고 상여, 주상(상주들), 친척들, 호상꾼(친구들)들이 따르게 된다. 위에서는 상여 흐른 소리는 제시하지 않았다. 전병학은 출상 전날 밤에 상두꾼들이 상주 집 마당에 모여 행상의 예행연습을 하기위해, 그리고 상주를 울게 하기 위해 상여를 앞 뒤, 혹은 좌우로 흐르면서 소리를 한다고 하였다. 상여를 흐르면서 하는 소리는 실제로 상여가 움직일 때보다 힘도 덜 들고, 상주를 울려야 하는 목적 때문에 행상할 때의 소리를 하되, 보다 슬픈 내용으로 소리를 한다고 하였다.

위에서 보면 다 같은 단순 여음구라하더라도 그때의 상황에 따라 각기 다르게 부르는 것을 볼 수 있다. 12명의 상두꾼이 발을 맞추어 상가집에서 출발하여 장지까지 가게 되는 길에는 넓고 평평한 길만 있는 것이 아니다. 외나무다리도 건너야 하고, 좁은 산길을 몇 십분간 올라가기도 해야 하고, 때에 따라선 징검다리를 건너기도 해야 한다. 이렇게 상여가 가는 길에 어려움이 많으면 많을수록 유능한 선소리꾼의 진가는 발휘된다. 선소리꾼이 그때의 상황에 따라 행동에 맞는 소리를 매겨줌으로써 상두꾼들은 소리를 매기지 않을 때보다 훨씬 수월하게 행상을 할 수 있다.

사설이 함유된 상여소리의 경우 발을 맞추기 위한 것도 있지만 유가족을 비롯한 주변 사람들의 슬픔을 극대화하면서도 위로하기 위해 불려진다. 이 소리의 내용은 네 가지로 구성되는데, 그것은 상두꾼들에 대한 노동 권유, 소리꾼의 시각에서의 망자亡者의 슬픔 토로, 망자 스스로 자신의 슬픔 토로이다. 이 소리의 경우 하나하나의 문면만 따지고 보면 인근 지역의 다른 소리꾼들이 부른 상여소리와 크게 다르지 않지만 내용 구성의 면에서는 훨씬 다양하게 이루어짐을 볼 수 있다.

이상에서 민요가창자 전병학이 구연한 자료들을 개관한 결과, 그가 구연한 자료들의 특징을 두 가지로 요약할 수 있었다.

첫 번째로 각각의 소리들이 그때의 상황과 목적에 따라 세분화되어 있다. 가령, 논농사와 관련된 소리의 경우에 모를 찌는 일에서부터 말을 되는 일까지 각각의 노동에 따른 소리들이 온전하게 갖추어져 있다. 이러한 양상은 농사와 관련된 소리뿐 아니라, 상여소리에서도 나타났다. 그리고 이러한 소리들은 소리만으로 끝이 나는 것이 아니라, 그때의 상황, 목적 등 소리의 이해에 필요한 여러 가지 사항들이 소리와 함께 갖추어져 있어 더욱

소리의 가치를 높였다.

두 번째는 그렇게 세분화된 소리들이 서로 독립적으로 존재하는 것이 아니라 구연 상황과 목적에 따라 갈래를 넘나들면서 유동적으로 구연되고 있다는 것이다. 이러한 점은 만물소리, 고사풀이 등에서 찾을 수 있는데, 아무런 변화 없이 기존의 소리에 다른 소리를 가져다 쓰는 것이 아니라, 그때의 구연 상황, 가창자의 필요 등에 따라 새로운 사설을 만들어내었다.[12]

(3) 전병학 전승민요의 성격과 특징

이 장에서는 전병학이 구연한 자료들의 창조적 측면을 밝히기 위하여 서로 다른 두 개의 소리가 결합되어 새로운 의미를 만들어내고 있는 소리들에 대해 살펴보고자 한다. 앞서 살핀 여러 갈래의 소리들 중 농업노동요인 만물소리와 의식요인 고사풀이가 그러한 예에 해당한다. 먼저 그가 구연한 만물소리를 인용하면서, 이 소리의 비교를 위해 그가 구연한 상여소리, 그리고 인근 마을의 다른 가창자가 구연한 만물소리를 같이 제시한다.

> 천지 만물지중에도 인간밖에 또 있는가/ 에헤헤 헤허하 어리넘차 너하/ 우리가 살면은 몇백년 사나 살아서 생전에 놀아보세/ 에헤헤 헤허하 어리넘차 너하/ 석양빛이 돌아를 오면 잊었던 저 낭군 다시 온다/ 에헤헤 헤허하 어리넘차 너하/ 저 건너 청산 밑에 저 무덤을 보옵소사/ 에헤헤 헤허하 어리넘차 너하/ 우리 인생 한번 가면 움이 나나 싹이 나오/ 에헤헤 헤허하 어리넘차 너하/ 어허 청춘 허허 백발 백발 보구서 웃지마라/ 에헤헤 헤허하 어리넘차 너하/ 너도 한번 늙어지면 우리 모양이 분명쿠나(후략)(만물소리, 2002.10.2. 채록)

> 간다 나는 간다 /어허허하/ 북망산천 멀다더니/ 어허허하/ 대문 앞이 북망일세/ 어허허하/ 일가친척 많다헌들/ 어허허하/ 어느 누구 대신 갈고/ 어허허하/ 가련하구 불쌍코나/ 어허허하/ 인생 초로 분명코나/ 어허허하/ 명사 십리 해동

12 가창자의 필요에 의해, 아무런 변화 없이 기존의 소리에 다른 소리를 차용하는 것을 전용轉用이라고 할 때 이러한 전용 역시 창조적 면이 없다고는 할 수는 없다. 그러나 둘 이상의 소리를 기반으로 제3의 소리를 만들어내는 것이 보다 본질적인 면에서의 창조가 아닐까 한다.

화야/ 어허허하/ 꽃 진다고 설워마라/ 어허허하/ 명년 이때 돌아오면/ 어허허하/ 또 다시 피련마는/ 어허허하/ 우리 인생 한번 가면/ 어허허하/ 움이나나 싹이나나/ 어허허하/ 어린 상제 불쌍코나/ 어허허하/ 노세 노세 젊어 놀아/ 어허허하/ 늙어지면 못허리라/ 어허허하/ 고인되어 가고 보니/ 어허허하/ 산천도 그리워라/ 어허허하/ 명년 이때 돌아오면/ 어허허하/ 어느 누가 나를 잡고/ 어허허하/ 불쌍타고 소원하리(상여소리, 『한국민요대전』 충남편, 280~281쪽)

허 허 허허 허야 어허리 넘차 너허라/ 일락서산 해는 지고 워룰이 동창 달이 솟네/ 허 허 허허 허야 어허리 넘차 너허라/ 먼디 사람은 보기나 좋고 가깐디 사람은 듣기 좋게/ 허 허 허허 허야 어허리 넘차 너허라/ 처른허게 잘 돌어간다 우리네 농부들 잘 돌어간다/ 허 허 허허 허야 어허리 넘차 너허라/ 천하지대본이 농사나밖엔 또 있느냐(후략)(대산읍 운산 5리 한경희, 『한국민요대전』 충남편, 263쪽)

이 소리는 '인생은 짧으니 젊어서 놀자'는 것이 주된 내용이다. 그런데 이러한 내용의 유흥은 그가 부른 어떤 논매는 소리에서도 찾을 수 없다. 유흥의 내용이 불려진다 해도, 결혼을 하고 싶은 바람, 임에 대한 그리움 등이 대부분이다. 위에서 인용했듯이, 대산읍을 비롯한 서산의 다른 지역 가창자들이 구연한 상여소리조 만물소리들에서도 노동의 권유 및 노동 상황의 묘사가 대부분이고, 그가 부른 상여소리에서도 노동의 권유와 망자 혹은 소리꾼에 의한 슬픔의 표현이 주된 내용을 이루고 있다.[13]

상여소리조 만물소리는 다른 논매는 소리들에 비해 그리 힘들지 않은 상황에서 상여소리조의 곡조로 불리는 것을 본다면 이 소리는 논매는 소리보다는 상여소리에 가깝다고 할 수 있다. 즉 전병학은 만물소리를 부르면서 그가 기존에 알고 있는 논매는 소리의 사설들을 가져다 쓰는 것이 아니라, 이 소리가 상여소리조로 불린다는 점에 착안하여 상여소리와 가까운 사설을 만들었음을 알 수 있다. 그런데 논을 매면서 상여를 매고 가는 소리

13 『한국민요대전』 충남편에 채록된 자료와 2002년 10월 2일에 논자에 의해 채록된 자료 모두 상여소리의 주된 내용은 슬픔의 토로와 노동의 권유였다.

를 그대로 쓸 수는 없었기 때문에 상여소리의 사설을 그대로 쓰지 않고 상여소리의 내용에 가깝되, 논맬 때의 상황에 맞는 내용을 만들어 내었다.

두 번째로 마당굿판에서 불려지는 고사풀이에 대해 살펴보고자 한다. 마당굿판은 고사가 모두 끝이 난 후 다른 곳으로 이동하기에 앞서 두레패와 집주인 등이 마당에서 한바탕 놀면서 한다. 그렇기 때문에 이때에는 유희적 성격이 강한 소리들이 많이 불려진다.

> 이 장단에 춤 못추면은 어느 장단에 춤을 추고 바라를 사요 이 바라를 사시게 되면 일년 열두달 삼백육십일 허공안강하오리다 아들 낳이면 효자 낳고 여자 낳으면 열녀동아 노수평소 하시던 님은 어느 시절에 오실라나(후략)(마당굿때 하는 소리 1, 2002.10.2. 채록)

> 머리를 깍어 주일러나 원삼을 입어서 중일러냐 이 바라를 사시게 되면 어느 장단 노을소냐 자손만대 부귀하니 앞산은 노적봉이요 뒷산은 주산인데 오고 가는 행인들아 잡숫고 가시오 잡숫고 가요 식사 못헌 여러 분에게 구제하나니 전씨 가문 이댁 오셨다 가시게 되면 자손에게 건강이고 노인들은 백세를 살고 무환태평하오리다 이댁 오신 이 손님을 무엇으로나 대접할까(마당굿때 하는 소리 2, 2002.11.4. 채록)

> 떡을 사시어 떡을 사리어 빈들빈들 빈대떡이냐 두기가 번쩍 생편이냐 네기가 번쩍이 인절미야 보기가 좋아서 볼무떡이냐 먹기가 좋아서 꿀떡이여 이편 저편 백편 위에 어허동실이 수리취 떡이요 무안을 당했다 수수절편 이편 저편 백편 우에 어허 동실이 수리취떡이요 나의 집에 오신 손님을 무엇으로 대접할까 변변치 못한 떡타령으로다 여러 분 앞에 올리나니 차후로 촬영오시게 되면 종종 오시길 바랍니다 (마당굿때 하는 소리 3, 2002.10.2. 채록)

위에서 인용한 세 가지 소리들을 보면 기본적으로 가정에 대한 축원을 바탕에 깔고 있되 사설이 유동적으로 구연되고 있음을 볼 수 있다. 먼저, 바라타령의 경우 바라를 사라고 한 다음의 내용이 소리에 따라 달라진다. 첫 번째 인용문에서는 집안이 편안해지고 자손이 번창해진다고 하였고, 두 번째 인용문에서는 앞선 내용들에 여러 가지의 다른 내용이 이어졌다. 세 번째로 인용한 떡타령의 경우 이미 그 자체로 완결된 형식을 갖추고 있기 때문에 상황이 바뀌어도 소리의 변화는 일어나지 않는다. 그러나 가창자의 의도에 따라 고사풀이 중간 중간에 삽입되어 소리의 역할이 달라진다.

이상에서 세벌논매기 때 불려지는 만물소리와 마당굿때 불려지는 고사풀이를 살펴보았다. 만물소리의 경우에는 이 소리가 상여소리조로 불리는 것 때문에 상여소리와 연관지어 논의될 수 있었다. 이 소리는 사설 자체로만 보면 창조적 측면이 뚜렷하게 드러난다고 할 수 없지만 그가 구연한 다른 논농사와 관련된 소리, 다른 지역에서 채록된 상여소리조 만물소리, 그리고 상여소리의 내용과 견주어 보면 사설이 단지 전용轉用만 되는 것이 아니라, 만물소리만의 고유한 의미로 생성되고 있음을 확인할 수 있었다.

마당굿 때 하는 소리의 경우 이미 토주신이나 조왕신 등에 대한 축원이 이루어진 상태에서 불려지기 때문에 이 소리들은 여러 사람들이 어울려 즐겁게 노는 것이 목적이다. 이때에는 여러 가지의 유희요들이 상황에 따라 불려지는데, 바라타령과 같이 바라를 산 이후의 상황을 축원의 형식으로 풀어내기도 하고, 떡타령처럼 그 자체로 전용되되, 가창자의 의도에 따라 고사풀이의 중간에 삽입되기도 하였다.

4) 맺음말

본고에서는 기존에 이루어져 온 민요 가창자론이 가창자의 삶만을 다루거나, 혹은 삶과 소리의 관계를 다룬다 하더라도 어느 특정 소리만을 그의 삶과 연결지어 다루었다는데 의문을 제기하고, 가창자의 개인사에 기반하되, 그가 구연하는 여러 가지의 소리가 민요 전승론의 측면에서 어떻게 전승, 창조되었는지 살피고자 했다.

그리하여 충남 서산시 대산읍 영탑 1리에 거주하는 전병학을 대상으로 민요가창자론을 실시하였다. 전병학은 노동요, 의식요, 유희요를 두루 구연하는 가창자로, 각각의 소리에서도 세부적인 기능가지도 온전히 기억하고 있었다. 이러한 점은 그가 전승적 측면에서 온전하다는 것을 말해준다.

그리고 그가 구연한 만물소리, 상여소리 등에서는 기존의 여러 갈래의 소리들의 결합을 통해 새로운 사설의 창작 혹은 삽입하고 있는데 이러한 점은 창조적인 측면에서 긍정적인 역할을 하였다.

민요 가창자는 그의 성별, 노동 경험, 사회 활동, 개인적 성향 등에 따라 다양한 형태로 민요를 전승, 창작하여 왔다. 그리고 그러한 전승과 창조는 노동요 안에서만 일어나기도 하고, 민요 외의 갈래에서 소리를 차용함으로서 하기도 한다.[14] 이러한 관점에서 볼 때 전병학의 경우에는 다양한 개인적 경험에 의해 익혀진 노동요와 의식요, 그리고 취향에 의해 익혀진 유희요가 여러 층위에서 전승, 창조되고 있음을 확인하였다.

민요 가창자론이 특정 개인에 대한 연구로 끝이 나게 되면 그것은 그 자체로는 미완성일 수밖에 없다. 왜냐하면 가창자의 삶이나 그가 구연하는 소리는 그가 속한 민요사회를 떠나서는 존재할 수 없기 때문이다. 특정 지역의 여러 가창자들의 삶과 그들의 소리를 수집, 분석하는 작업이 이루어져서 비로소 한 개인의 가창자 연구가 일단락 될 수 있다.

---

14 가령, 충남 당진군 송악면 기지시리에 거주하는 민요 가창자 박영규는 농업노동요인 만물소리를 할 때에 어업노동요인 쌍망질소리를 하기도 하고, 전북 김제시 서암동에 거주하는 민요가창자 이부휘의 경우, 의식요인 성주풀이, 살멕이를 할 때 판소리 심청가에서 사설을 차용하기도 하였다. 전자의 경우에는 자신의 노동 경험에 의해, 후자의 경우는 개인적 취향에 의해 각각의 소리에서 전승과 창조가 일어났다.
2001년 3월 31일 충남 당진군 송악면 기지시리 박영규 현지조사.
2003년 2월 13일 전북 김제시 서암동 이부휘 현지조사.

제2장

의식요

치병治病 관련 속신의식요俗信儀式謠의 치병 원리와 사설 구성과의 관계

1) 머리말

전문적인 의료기술이 발달하지 못했던 전통사회에서 환자가 발생했을 때 사람들은 속신俗信이나 주술呪術 등의 방법을 이용하여 아픈 사람을 치료하였다. 주술 등을 이용한 치료는 무당과 같은 전문 사제자가 주로 담당했지만, 병의 원인이나 환자의 증상 등에 따라 보통 사람들이 직접 병을 낫게 하기도 하였다. 이러한 치료 의례에 대한 논의의 선편을 잡은 이는 무라야마村山 지준智順이다. 그는 잡귀雜鬼를 물리는 방법을 16개항으로 설정하고, 각 항목에 따른 실례를 들어 여러 치료 행위들을 정리하였다.[15] 그의 논의는 비교적 이른 시기에 풍부한 실례들을 기반으로 정리했다는데 의의가 있다. 그런데 그는 한국의 민간 치병의례들이 모두 잡귀의 침입에 의해 발생했다고 하였으나, 그가 인용한 자료들을 보면, 발병發病 원인이 잡귀에 의한 것이라 보기엔 어려운 것들이 다수 존재하였다. 그리고 우리나라에 존재하는 치병의례들 중 많은 수를 차지하는 주당맥이가 다루어지지 않은 것도 문제였다.

김태곤은 전국적 현지조사를 바탕으로 우리나라에서 행해져온 민간의료 행위의 치병 원리를 타협과 위협, 그리고 재생 등으로 정리한 뒤 그러한

15 村山 智順, 『조선의 귀신』, 동문선, 1990.

민간 주술의 핵심은 '근본根本사고의 미분적 환원성'이라 하였다.[16] 그는 앞서 살핀 무라야마 지준의 논의에서 나아가 여러 가지의 현상을 치병 원리에 따라 소분류했다는데 의의가 있다. 그러나 그가 제안한 근본 사고의 미분적 환원성이라는 개념이 다양한 양상을 보이는 민간 주술을 과연 포괄할 수 있는지 의문이다.

위의 두 논자가 전국 단위의 조사를 기반으로 자료들을 논의하였다면, 김형주는 1970년대에 전북 부안지역의 민간주술요법을 현지조사하여, 치료의 형태에 따라 언어주술言語呪術, 무언주술無言呪術, 문자주술文字呪術, 연희주술演戲呪術로 나누고 각각의 자료들을 개관하였다.[17] 그의 연구는 특정 지역의 민간의료를 대상으로 면밀한 현지조사를 수행했다는 점에서 의의가 있다. 그러나 그의 연구는 자료 소개 및 분석에서 각 주술 요법들의 심층적 의미 파악까지 나아가지는 못하였다.

나경수는 전남지역에서 행해지는 민간 치료의례 중의 하나인 주당맥이 의례들을 정리하면서, 달구질과 행상行喪이 모두 행해지는 것이 주당맥이의 기본형이고, 여기서 가매장과 대수대명이 행해지는 것은 변이형, 어느 하나가 생략된 것은 생략형이라 하였다. 그는 탈혼脫魂으로 인해 아프게 된 환자에게 주당맥이를 통해 혼魂을 다시 맞아들여 건강을 회복하게 하는 것이 주당맥이 의례의 핵심이라 하였다.[18]

마지막으로, 이필영은 충청지역을 중심으로 저인망식 현지조사를 통하여 그 지역 민간신앙 중 하나인 해 물리기와 잔밥 먹이기의 뜻과 절차, 구조 등을 정리하였다.[19] 특히, 그의 연구에서는 해 물리기 노래의 사설을 내용별로 나누고 그 의미에 대해 논의하고 있어 본 연구에 시사점을 제공한다.

이상에서 보듯, 보통 사람들에 의해 행해지는 민간 주술 의례에 대한

---

16 김태곤, 『한국민간신앙연구』, 집문당, 1983, 309~313쪽.
17 김형주, 「민간주술요법과 그 형태유형」, 『비교민속학』 제13집, 비교민속학회, 1996.
18 나경수, 「주당맥이의 주술적 요법」, 『광주전남의 민속연구』, 민속원, 1998, 120쪽.
19 이필영, 「해 물리기와 잔밥 먹이기」, 『한국의 가정신앙』 하, 민속원, 2005.

연구는 여러 논자에 의해 이루어져왔다. 그러나 의례에서 불리는 소리에 대해서는 그다지 심도 있는 논의가 이루어지지 않았다. 현재 속신의식요 범주에는 몸에 이상이 생겨 그것을 정상으로 돌리고자 하는 노래와 풍요나 좋은 일이 있기 기원하는 노래, 그리고 나쁜 일이 일어나지 않기를 예방하는 노래 등 17가지의 개별 민요가 포함되어 있다.[20] 그런데 개별 민요군들에 대한 충분한 논의가 이루어지지 않은 상황에서 전체 자료를 다루는 것은 자칫 무리가 따를 수 있다.

본고에서는 치병治病 및 예방, 그리고 기원 관련 속신의식요들 자료들 중 가장 많은 수를 차지하는 치병治病 관련 노래들을 중심으로 다루고자 한다.[21] 그런데 이 노래들을 모두 다룰 수는 없으므로 여기서는 치병 원리가 다른 노래들과 명확하게 대별되면서도 전국적으로 분포하고 있는 4개의 노래를 중심으로 논의하고자 한다. 이 노래들의 구연 상황 및 사설 구성을 중심으로 분석한 뒤 이 노래들과 관련 있는 무속의례와의 비교를 통하여 치병 관련 속신의식요들의 치병 원리와 각 노래의 사설이 어떤 관계를 갖는지 살펴보고자 한다.[22]

2) 치병治病 관련 속신의식요俗信儀式謠의 존재 양상

(1) 배 쓸어주는 노래

배 쓸어주는 노래는 주로 아이가 단순히 체했거나 배앓이를 할 때, 그리고 아이의 비장脾臟이 부어 뱃속에 자라 모양의 단단한 것이 생겨 열이 심하게 날 때 등의 상황에 어머니나 할머니 등 집안의 어른이 아이를 눕혀놓고

---

20 박경수 · 서대석, 『한국구비문학대계 별책부록』 III, 한국정신문화연구원, 1992, 73쪽.

21 속신의식요 중 배 쓸어주는 노래나 객귀 물림 노래 등은 민요로 보기 힘든 면이 있다. 그러나 이 노래들은 비전문사제자들이 일정한 의례에서 부른다는 공통점이 있고, 시집살이노래 등 음영조의 소리도 민요로 인식되고 있으므로 민요의 범주에 포함시킬 수 있다고 생각한다.

22 본고에서의 치병治病의 의미는 병의 치료라는 사전적 의미와 함께 몸에 이상이 생겨 그것을 정상으로 돌리는 모든 행위를 포함한다.

배를 쓸어주면서 불렀다.[23] 이 노래는 크게 두 가지 형태가 있는데, 첫 번째는 전국적으로 존재하고, 두 번째 형태는 강원지역을 중심으로 채록되었다. 먼저 첫 번째 형태를 제시하면 아래와 같다.

> A: 엄마 손이 약손이다 먹은 거 뭘 먹고 언쳤는지 술술 내려라(평창군 용평면 노동리 안병남, 강원의 민요 Ⅰ, 913쪽)
>
> B: 김숙자: 자장자장 우리아기 잘도 잔다 쑥쑥 내려가라 내 손은 약손이다 쑥쑥 내려가거라
>
> 황용옥: 쑥쑥 내려가라 할머니 손은 약손이고 니 손은 똥손이다
>
> 이장월: 내 손은 약손이다 네 손은 가시손이다 내 손이 약손이다 쑥쑥 내려가라 쑥쑥 내려가라(원주시 지정면 간현 1리 김숙자, 황용옥, 이장월, 강원의 민요 Ⅰ, 345~346쪽)

A 인용문의 가창자는 배 아픈 것의 원인이 음식을 잘못 먹어서 체했기 때문이라 하였다. 치료받는 대상이 아직 어려서 음식이 제대로 소화시키지 못한 관계로 배가 아프게 된 것으로 보는 것이다. 그런 이유로 위 노래의 가창자는 배를 쓸어주면서 체한 것이 술술 내려가라는 처방을 내린다. 배 쓸어주는 노래에서 할머니 손은 약손이니 술술 내려가라는 사설을 노래하는 것에서 보듯, 병의 원인에 대한 파악 여하에 따라 사설 구성이 결정됨을 확인할 수 있다.

B 인용문은 한 자리에서 세 명의 가창자가 각기 알고 있는 배 쓸어주는 노래를 이어가며 노래했다. 먼저, 김숙자 가창자는 배가 아픈 아이에게 잘도 잔다고 하였다. 배를 쓸어주면서 잘 잔다는 내용을 노래하는 것은 배앓이를 하는 아이들이 한 숨 자고 나면 씻은 듯이 낫는 수가 많기 때문이다. 뒤이어 가창자는 내 손은 약손이라고 하면서 쑥쑥 내려가라고 하였다. 이 표현은 아이로 하여금 배를 쓸어주고 있는 할머니의 손은 약손이니 이제

23 후자의 경우 아래 책을 참조하였다.
한림대 인문학연구소 편, 『강원의 민요』 Ⅰ, 강원도, 2001, 581쪽.

곧 낫게 되리라는 정서적 안정감을 심어준다는 점에서 의의가 있다.

황욕옥 가창자는 쑥쑥 내려가라고 하면서 할머니 손은 약손이고 니 손은 똥손이라고 하였다. 아이의 손이 똥손이라고 하는 것은 할머니 손은 약손이라는 것에 대한 대구對句로 노래한 것이다. 여기서는 사설이 한 번씩만 노래되었으나, 보통의 경우 같은 내용을 서너 번 반복하는 수가 많다.

배가 아픈 아이를 재우려 할 때 쉽게 잠이 들면 좋겠으나, 그렇지 않고 계속해서 배 아프다고 칭얼댈 경우 '할머니 손은 약손 우리 아기 배는 똥손'과 같은 노래를 불러주면서 아이의 주위를 환기시켜 아픔을 덜 느끼게 할 목적으로 위와 같은 사설을 노래하게 되었다. 자료에 따라 할머니 손은 약손이라고 하면서 우리 아기 배는 똥배, 가시배, 거지배, 고시배 등으로 노래하는 것도 위와 같은 맥락에서 이해 가능하다.

배 쓸어주는 노래의 두 번째 형태를 제시하면 아래와 같다.

C: 뒷집영감 나무하러 가세 배가 아파 못가겠네 먼 배 자라배 먼 자래 에미 자래 먼 에미 솔에미 먼 솔 탓톨 먼 탈 진지탈 먼 진지 코리진지 먼 코리 버들코리 먼 버들 시양버들 먼 시양 하늘시양(중략) 뭔 개떡 뭔 개 사영개 먼 사영 꽁사영 먼 꽁 장꽁 먼 장 된장(동해시 부곡동 신정옥(1925), 강원의 민요 Ⅱ, 316~317쪽)

D: 아이고 배야 뭔배니 자래배 뭔자래 탈자래 뭔탈 연기탈 뭔연기 버들연기 뭔버들 왕버들 뭔왕 임금 왕이로구나 아이고 이제 배가 났겠구나(횡성군 안흥면 지구 2리 이대섭(1933), 안흥사람들의 삶과 문화, 298쪽)

C 자료는 뒷집 영감이 배가 아파 나무하러 가지 못한다는 상황이 제시된 뒤 영감에게 무슨 배가 아프냐고 물으니 그 배가 자라배라고 하였다. 그 뒤 대답의 첫 음절이나 단어를 기반으로 질문과 대답을 반복하며 노래가 진행되었다. 할머니 손은 약손이다 사설 소재 노래에서는 노랫말 속에 배가 아픈 이유와 낫게 하는 방법 등이 비교적 명확하게 노래되었다. 그러나 여기서는 어른의 입장에서 아이의 배를 낫게 하려는 언술이 겉으로 드러나지 않았다. 이 노래에서 뒷집 영감이 배가 아프다는 것을 제외하고 어디에

서도 이 노래가 배가 아픈 아이를 낫게 하기 위해 불리는 노래라는 것을 알 수는 없다.

D 자료 역시, 질문과 대답의 나열로 노래가 진행되되, 질문을 받아주는 존재인 뒷집영감이 따로 등장하지 않고 가창자 혼자서 질문과 대답을 모두 이어갔다. 그리고 노래의 마지막은 질문에 대한 대답이 아닌, 아이의 배가 나을 것이라는 사설로 끝을 맺었다. 위 인용문은 사설 구성에 있어 기존의 자라배 소재의 노래들에 비해 노래 속 등장인물의 수도 적고, 질문과 대답의 길이도 짧으며, 노래 후반부와 같이 가창자의 개입도 일어났다. 이러한 가창자에 의한 사설의 변개는 본래 자라배 소재 노래가 갖는 유희성을 감소시키는 결과를 가져왔다. 요컨대, 자라배 소재 배 쓸어주는 노래들은 유희성을 바탕으로 아이의 주위를 노래에 귀 기울이도록 만들어 결과적으로 아이들로 하여금 배 아픔을 덜 느끼도록 하기 위한 목적으로 불렸다.

자라배를 시작으로 질문과 대답이 나열되는 노래는 어른들이 아이들의 배를 쓸어주며 불렀을 뿐만 아니라, 아이들이 모여서 놀거나, 같이 나물 뜯으러 갈 때의 상황에서도 불렀다.[24] 이는 아이들이 배가 아팠을 때 어른들이 불러주던 것을 기억하고 있다가 놀면서 부르게 된 것으로 볼 수 있다.[25] 이러한 기능 및 담당층의 확대가 가능하게 된 것은 이 노래가 본래 목적성은 완전히 소거되고, 유희성만을 가지고 있기 때문이었다.

배 쓸어주는 노래 가창자들은 소화가 제대로 이루어지지 않아 배가 아픈 것으로 배 아픔의 원인을 파악했다. 그런 이유로 치료 주체는 손으로 아이의 배를 쓸어주어 문제를 해결하고자 하였다. 이 노래에서의 속신俗信 관념은 거의 없다고 해도 과언이 아니다. 이때 부르는 노래들 중 할머니 손이

24 박관수 · 이영식, 『안흥사람들의 삶과 문화』, 횡성군 안흥면사무소, 2000, 23쪽, 183쪽.

25 경북지역에 아이들이 놀면서 하는 자라배 노래가 채록된 것을 보면, 이곳에서도 어른들이 아이들의 배를 쓸어주면서 자라배 소재 노래를 불렀을 것으로 볼 수 있다. 경북지역 자라배 소재 동요는 아래 책을 참조하였다.
문화방송, 『한국민요대전』 경북편, 삼보문화사, 1995, 560~564쪽.

약손이다 사설 소재 노래들은 아이들로 하여금 정서적 안정감과 함께 주위를 환기시켜 물리적 치료를 보조하는 역할을 담당하였다. 반면, 강원지역을 중심으로 불리는 자라배 소재 노래는 유희성을 기반으로 물리적 행위에 대해 자립적으로 기능하였다. 치료 행위에 대한 독립성으로 인해 이 노래는 다른 기능으로 전용도 일어날 수 있었다.

(2) 눈 티 없애는 노래

아이들의 눈에 티가 들어갔을 때 본인이 직접 손으로 눈을 비비거나, 다른 사람이 티가 들어간 아이의 눈을 두 손으로 눈을 크게 한 뒤 훅 하고 불면서 눈 티 없애는 노래를 불렀다. 이 노래의 구연 상황은 크게 두 가지이지만 눈에 든 티를 빼주는 존재나 사설 구성 등은 전국적으로 거의 비슷하다. 가장 일반적인 형태를 관련 자료를 인용하면 아래와 같다.

> E: 까치야 까치야 니 한번 묵고 내 한번 묵고 니 다 준단다(경남 남해군 미조면 송정리 최은심(1939), 2002.9.16 현지조사)
>
> F: 까치야 까치야 니는 이밥(쌀밥)먹고 나는 보리밥 먹을 께 눈에 티가 나오게 해 다오(부여군지, 686쪽)
>
> G: 깐치야 깐치야 우리애기 생일날 미역국에 쌀밥 말아주께 싹 쓸어가거라 쎄(부안군지, 1153쪽)

E 자료에서 가창자는 까치가 제일 먼저 음식을 먹고, 그 다음 자신이 먹은 뒤 나머지 음식은 모두 까치에게 준다고 하였다. 가창자는 원한다면 자신이 더 많이 먹을 수 있음에도 까치에게 먹을 것을 양보하고 있다. 여기서 가창자가 이러한 모습을 보이는 까닭은 자신이 음식을 양보할 경우 까치가 자신의 눈에 든 티를 빼내 준다고 믿기 때문이다.

F 자료의 가창자는 까치에게는 쌀밥을 먹게 하고 자신은 보리밥을 먹을 테니 까치에게 눈에 티가 나오게 해 달라고 하였다. 이 가창자는 E 자료 가창자와 달리, 까치에게 자신의 눈에 든 티를 꺼내달라고 부탁하긴 했으나 그렇다고 해서 까치가 자신의 눈에서 티를 빼내주는 것에 대해 의심하는

것은 아니다. 만약, 까치의 보답에 대한 확신이 없었다면 애초 맛있는 음식을 제공하지도 않았을 것이기 때문이다.

G 인용문 역시 앞선 자료들과 마찬가지로 까치를 불러 눈에 든 티가 나오게 해달라고 하였다. 그런데 이 자료의 후반부는 앞선 두 자료와 조금 다르다. E 자료에서는 '~준단다'로, F자료에서는 '~나오게 해 다오'라고 하는 것에서 보듯 까치에게 부탁하되, 가창자와 까치의 관계는 수평적이다. 그러나 여기서는 '~쓸어가거라' 고 지시하고 있으며, 가창자가 까치보다 상위에 위치하고 있다.

까치에게 제공하는 음식에서도 우리 애기 생일날 미역국에 쌀밥을 말아준다고 하는 것으로 보아 F 인용문은 어른이 아이의 눈에 든 티를 빼주기 위해 눈을 크게 한 뒤 바람을 불면서 이 노래를 했을 것으로 볼 수 있다. 쓸어가라고 하는 것 역시 가창자가 부는 입김에 티가 실려 나라는 의미로 볼 수 있다. 그런 점에서 이 노래를 부른 가창자는 어려서 익힌 티 없애는 노래를 바탕으로 현재의 구연 상황에 맞추어 사설을 변화시켜 구연하였다.

눈 티 없애는 노래에서 눈에 든 티를 빼주는 존재는 한결같이 까치이다. 각편별 변화가 심한 속신의식요의 특성상 여러 존재들이 티를 빼줄 법도 한데, 지금까지 조사 과정에서 까치가 나오지 않은 예는 한 편도 없었다. 우리나라에서 까치는 기쁜 소식을 알려주거나, 그 자체로 상서로움을 상징하기도 한다.[26] 이러한 까치의 여러 가지 상징들 중 눈 티 없애는 노래에서 등장하는 까치는 은혜를 갚을 줄 아는 존재와 관련이 있다.

앞서 살폈듯이, 가창자들은 까치에게 더 많은 것이나 더 좋은 것을 양보하거나 주면서 자신의 눈에 든 티를 빼달라고 하였다. 〈상원사 동종〉 등의 설화에 나오는 까치는 자신이 받은 은혜를 목숨을 바쳐서라도 갚을 줄 아는 존재이다. 따라서 가창자들은 까치에게 잘 대해주면 반드시 그에 상응하는

---

26 우리나라 문화 속 까치의 상징은 아래 책을 참조하였다.
한국문화상징사전편찬위원회, 『한국문화상징사전』, 동아출판사, 1992, 116쪽.
김종대, 『우리문화의 상징체계』, 다른세상, 2001, 114~121쪽.

보답을 해 줄 것이라고 믿고 있다.[27] 여기서 까치에게 주는 것이 주로 음식인 이유는 제대로 먹지 못하던 당시 아이들의 주된 관심사 중의 하나가 먹을 거리였기 때문이다.

눈 티 없애는 노래 중에는 가창자와 까치와의 관계에 있어 변화가 포착되는 자료들도 있다.

> H: 까치야 까치야 내 눈에 티를 파내주면 니 눈에 티도 파내준다(강원도 횡성군 강림면 부곡 2리 조원옥(1944), 강원의 민요Ⅰ, 1285쪽)
>
> I: 깐치야 까치야 내 눈에 까시 내라 니 새끼 물에 빠지마 미역국에 밥말아주께 헥쎄이(경북 구미시 산동면 성수 2리 수부창 정정희(1930), 한국민요대전 경북편, 536쪽)
>
> J: 쉬 까치야 까치야 네 새끼 구렁물에 빠졌다 조리로 건져라 바가지로 건져라(함경도지방, 한국민속대사전(krpia.co.kr), 2009.8.3 현재)

H 인용문의 가창자는 까치에게 자신의 눈에 티를 빼주면 까치의 눈에 든 티도 내줄 것이라고 하였다. 여기서 가창자는 앞선 자료들과 같이 자신이 먼저 까치에게 음식 등을 제공하지 않는다. 까치가 등장하는 모든 눈 티 없애는 노래에서 까치의 티 빼내는 기능은 관습적으로 이어지고 있다. 그러나 여기서 보듯, 가창자들과 까치와의 관계가 다양해지면서 사설 구성 역시 변화하는 것을 확인할 수 있다.

I 자료에서 가창자는 까치에게 티를 빼라고 지시한 뒤 까치의 새끼가 물에 빠지면 미역국에 밥을 말아서 준다고 하였다. 이 인용문에서는 지시와 보상이 비논리적으로 결합하였다. 앞뒤 연결이 자연스럽게 되기 위해서는 새끼가 물에 빠졌다는 내용보다는 자신의 눈에서 티를 꺼내주면 이라는 내용이 왔어야 할 것이다. 이러한 논리적 모순은 가창자들의 티를 꺼내주는 존재인 까치에 대한 인식 변화에서 그 원인을 찾을 수 있다.

---

27 이와 관련하여, 헌 이 던지며 하는 노래에서도 까치에게 헌 이를 준다고 하면서 새 이를 달라고 한다. 이 노래에서의 까치의 상징 역시 눈 티 없애는 노래에서와 같은 맥락이다.

J 자료는 티를 까치 새끼에, 눈을 구렁물에 비유했다. 가창자와 까치는 동등한 관점에서 눈에 든 티를 빼라고 일방적으로 명령하고 있다. 좋은 음식을 주고 빼 달라고 부탁하거나 조건을 걸어 빼 달라고 했으나 제대로 티가 없어지지 않는 상황이 발생할 수도 있다. 그런 이유로 연령층이 비교적 높은 아이들은 구연 목적을 보다 온전히 성취하기 위한 목적으로 기존의 부탁하는 어조가 아닌, 명령조로 사설 구성을 변화시켜 노래하였다. 아울러, 어른들이 객귀 물림 노래에서 주로 하는 '헥쎄이', '엇쎄이' 등의 표현을 자료 후반부에 첨가함으로써 자신들의 의지를 보다 명료하게 표현하였다.

눈 티 없애는 노래에서는 가창자 자신이 문제 해결의 주체가 되지 못하고 눈에 든 티를 은혜를 갚을 줄 아는 존재인 까치에게 부탁함으로써 문제를 해결하고자 하였다. 이 노래 가창자들은 눈이 아프게 된 것이 티가 들어갔기 때문으로 파악한다. 따라서 이를 해결하기 위해 그들은 자신의 손으로 눈을 비비기도 하고, 다른 사람이 눈에 티 들어간 아이의 눈을 크게 한 뒤 바람을 불어주기도 하였다. 이때 부르는 노래는 눈을 비비는 행위만큼이나 중요하였다. 왜냐하면 눈에 든 티를 빼냄에 있어 까치의 역할이 절대적인 상황에서 까치에게 부탁 하지 않으면 눈을 비비는 것 자체가 소용이 없기 때문이었다.

앞서 살핀 배 쓸어주는 노래는 어른이 아이들의 아픈 배를 낫게 하기 위해 비교적 긴 시간동안 불렀다. 반면, 눈 티 없애는 노래는 주로 아이들이 자신의 눈을 비비면서 몇 초 사이에 구연하였다. 이러한 가창자의 성격 및 구연 상황으로 인해 이 노래는 다른 속신의식요에 비해 사설이 확장될 여지가 상대적으로 약하였다.

전체 자료를 검토한 결과, 까치에게 음식 등을 준다고 하면서 티를 빼달라고 부탁하는 형태가 이 노래의 원형으로 파악되었다. 그리고 가창자들의 성장에 따른 까치에 대한 인식의 변화로 까치와 동등한 입장에서 조건을 걸어 티를 빼달라고 하거나 일방적으로 시키는 각편이 나타났다.[28]

(3) 객귀客鬼 물림 노래

객귀客鬼 물림은 지역에 따라 객구 물리기(영남지역 일대) 또는 물리기(전남 함평, 담양), 예방(경기 여주), 밥 해버리기(경기 강화, 김포), 풀에밥질(경기 평택), 해 물리기(충북 보은), 퇴송해 내버리기(강원도 화천) 등으로 불린다. 영남, 강원, 호남, 충청, 경기지역 등에서 행해지는 객귀 물림 노래를 두루 조사한 결과, 객귀가 드는 것은 신수가 불길했기 때문도 있으나 주로 음식을 잘못 먹어서 아픈 것과 관련이 있었다. 객귀가 든 환자의 증상은 단순히 배만 아픈 것에서부터 한기를 느끼면서 식은땀을 흘리기도 하고, 고열에 시달리며 헛소리를 하기도 하였다.

객귀 물림 노래의 명칭은 지역에 따라 다양하지만, 의례의 양상은 크게 다르지 않았다. 일반적으로 바가지에 밥이나 된장 등의 음식을 넣고, 환자의 머리카락이나 침 등을 섞은 다음 환자를 앉혀두고 칼로 머리 주위를 원을 돌리면서 객귀 물림 노래를 하였다. 노래를 마친 뒤 의례자는 대문 앞으로 가서 칼을 대문 밖을 향해 던져 칼끝이 문밖으로 향하면 객귀가 환자의 몸에서 나간 것이고, 칼끝이 안으로 향하면 환자가 있는 방 안으로 들어가 소리를 다시 한 뒤 아까와 같은 행동을 반복하였다. 그리하여 칼끝이 문 밖으로 향하게 되면, 칼로 땅에 열십자 모양으로 그은 뒤 중앙에 칼을 꽂고, 그 위에 바가지를 엎어두었다.

객귀 물림 노래 중에는 인간이 잘못했으니 객귀에게 아무 탈 없이 떠나달라고 하는 자료도 있다.[29] 그러나 객귀에게 비는 형태는 극소수에 불과하고, 대부분 자료들은 사람을 아프게 하는 객귀를 호명한 뒤 위협해서 나가

---

28 아동의 성장에 따라 그들이 부르는 노래의 내용이나 사설 구성 등이 변화한다는 논의는 아래 논문에서 다룬 바 있다.
졸고, 「다리세기노래의 양상과 의미」, 『한국민요학』 제25집, 한국민요학회, 2009, 319~324쪽.

29 관련 자료를 인용하면 아래와 같다.
모르는 인간이 못나서 그렇시다. 굽어보고 살펴봐주십시오.(강화군 교동면 읍내리 이오섭(1926), 2004.2.1 현지조사)

라고 하는 내용을 노래한다.

앞서, 이필영은 충청, 부산, 경남지역 객귀 물림 노래의 기본 내용을 객귀 물리는 날짜 밝혀 객귀 떠나갈 시간 알리기, 물리는 대상이 다른 가신家神이 아닌, 객귀임을 천명하기, 객귀에게 물러나라고 명령하고, 그렇지 않으면 어떻게 하겠다는 식의 위협 혹은 협박하기, 객귀가 자신만 나가지 말고 병도 가지고 갈 것에 대한 당부하기 등으로 정리한 바 있다.[30] 그의 내용 정리를 바탕으로 위에서 열거된 각각의 내용들이 객귀 물림 노래에서 어떤 의미가 있는지 보다 자세한 논의가 이루어져야 한다.

지금까지 채록된 객귀 물림 노래 중 가장 기본적인 형태는 아래와 같다.

> K: 어허 객구야 들어봐라. 김가 죽은 귀신이나 이가 죽은 귀신이나 오다 죽은 귀신이나 가다 죽은 귀신이나 배 아파 죽은 귀신이나 머리 아파 죽은 귀신이나 오늘 저녁에 물박진지 함박진지 이걸 먹고 썩 떠나거라(청도군지, 494쪽)
>
> L: 헷세 이놈의 귀신아 들어봐라 어데 갈 데가 없어 여게 와서 귀신이 침입했나. 이 물 한 바가지 먹고 썩 물러서야지 안물러섰다간 칼로 배지를 그어서 청소간에 부숫간에 갈라 놓고 낙동강물에 둥둥 띄와 보낼테니 하루바삐 이물 한 그릇 얻어먹고 쌔기 물러서거라 햇세 이놈의 귀신아(경북 상주군 내서면 노류 2리 김인철, 2002.11.28 현지조사)

K 자료에서는 객귀를 호명한 뒤 여러 잡신 나열하고 객귀에게 준비한 음식 먹고 떠나라고 명령하고 있다. 이 노래의 가창자가 여러 귀신을 나열하면서 되도록 많은 잡귀잡신을 아우르려고 하는 것은 환자의 몸에 든 객귀의 정확한 정체를 알지 못하기 때문이다. 즉 축귀 대상에 대한 정확한 정보가 없는 가창자는 최대한 여러 신격을 나열하는 방법을 통해 의례의 목적을 성취하려 한 것이다.

대부분의 객귀 물림 노래에서 노래되는 물박진지, 함박진지 등의 음식은

30 이필영, 앞의 논문, 366쪽.

가창자의 명령이나 위협에 비해 상대적으로 부각되지 못하는 면이 있다. 그러나 노래 속에서 객귀의 배를 채워주기 위해 준비되는 음식은 객귀를 물림에 있어 가창자의 위협만큼 중요하다. 제대로 얻어먹지 못해 환자의 몸에 붙게 된 객귀를 환자의 몸으로 떼어냄에 있어, 허기진 객귀의 배가 어느 정도 채워져야만 의례의 목적이 온전히 성취될 수 있기 때문이다.

L 자료에서도 환자의 몸에 들어온 객귀를 호명하고, 차려놓은 음식 먹고 물러서라고 하는 등의 내용이 노래되었다. 이 자료에서는 중간 부분에서 객귀에게 가창자가 시키는 대로 하지 않을 경우 객귀를 칼로 다치게 하여 멀리 떠나 보내버린다고 한다. 주술을 이용한 치료는 약물이나 약초 등을 이용한 치료에 비해 한계가 있을 수밖에 없다. 따라서 가창자는 되도록 주술적 권능, 즉 보다 강력한 위협을 노래함으로써 의례의 목적을 어떻게든 달성하고자 하였다.

객귀 물림 노래의 핵심은 객귀를 호명한 뒤 차려놓은 음식 먹고 썩 나가라는 것에 있다. 이 노래가 이러한 형태를 나타날 수 있었던 것은 환자 본인의 잘못으로 병이 든 것이 아니라, 객귀가 무언가 얻어먹으려고 환자의 몸을 침탈한 것이라는 관념이 있기 때문이다. 아울러, 객귀의 미천한 신격神格 역시 위와 같은 형태가 만들어지는데 일조하였다.[31]

객귀 물림 노래는 위에서 살핀 내용들을 기본적으로 가지고 있으면서 자료에 따라 사설 구성이 다양하게 나타나기도 한다.

---

31 신격神格이 치료 방법에 영향을 미치는 것은 마마신에 대한 의례에서도 확인할 수 있다. 마마가 걸렸는데 그만 아이가 얼굴을 긁었을 경우 아이의 어머니나 할머니는 쌀에 붉은 콩을 넣고 떡을 해서 아이 앞에 가져다 두고는, "마마님 인간이 잘못해서, 무조건 잘못했습니다. 별상님 물러가시라.", "미련한 인간 아무 것도 몰라서, 철부지가 되서 잘못했다"고 하면서 무조건 빈다. 그런 뒤 의례에 사용한 떡은 먹지 않고 백지에 사서 동구 밖 산에 놓아둔다. 그렇게 하면 경우에 따라 얼굴이 얽지 않을 때도 있다.
경기도 평택시 팽성읍 노와1리 이학성(1928), 2009.10.21. 현지조사.
경기도 평택시 팽성읍 객사1리 남태철(1934), 2009.11.5. 현지조사.

M: 허세사 허세사 귀신아 허세사 잡신아 못먹고 죽은 귀신아 객사한 귀신아 어디 갈 곳 없어서 이집 ○○○네 집에 왔느냐 못된 잡신아 토지지신을 물리치는 것이 아니고 성주조왕 물리치는 것이 아니고 부리 제석님을 물리치는 것이 아니고 거계 당산님을 물리치는 것이 아니고 황매산 산신님을 물리치는 것이 아니고 자굴산 산신님을 물리치는 것이 아니라 잡귀 잡신을 물리치노라 이 댁에 있는 것 없는 것 착실히 차려 거죽하게 주니 마른 것은 싸고 무른 것은 먹고 썩 받아서 돌아가거라 허세사 허세사 만일 썩 받아 안나갈 때는 무쇠감투로 씌워서 다시는 요지부동 못하게 대천바다에 버릴 터이니 썩 받아 천리 밖에 속구하라 허세사 훠이 훠이(경남 함안군 가야읍 도동 박성재(1936), 함안의 구전민요, 190쪽)

N: 에헤 객구야 들어봐라 건진 국시 지름 장물 더 줄꺼는 없고 내가 오늘 저녁 다 먹어부고 니 안나가마 내가 나간다 온 솥에 밥수거에 소금 연배에 물박드리 한방지지 거룩게 찰실히 채려가주고 먹고 나가야 말이지 안나가만 무쇠 가매에 천년두리 엄나무 말뚝을 똥구영 까꾸로 탁탁 쳐 천사아 용납을 못하그러 갑자 을축 병인 정묘 무진 기사 경오 신미 임신 자축인묘진사오미신유술해 구름 우에 핏대다 니찌엔 개직코 니지엔 본대 남의 가문에 붙드럼 놓지말고 남의게 범지도 말고 콩 팥 시아주머니 이 팥 세두미 콩팥 세 섬 쎄 썩 받아가주 나가거라 칼로 뱃돼지를 용납을 못하그러 확 기리백트릴제 정 안나가만 날 새만 내가 가꺼이(경북 안동시 서후면 저전동 조차기(1918), 대계 7-9, 593~595쪽)

M 자료의 가창자는 객귀를 호명하고는, 가신家神을 비롯한 산신山神 등을 물리치는 것 아니라, 객귀를 물리는 것이라고 노래하였다. 그런 뒤 객귀에게 썩 나가라고 명령하였다. 여기서 신들은 집의 토지지신에서부터 자굴산 산신까지 점차 각 신들의 공간 범위가 확대되고 있다. 시월상달의 고사 등 가정 내의 복福을 비는 의례는 마음만 먹으면 누구나 할 수 있다. 그러나 귀신 등을 몰아내는 의례는 무당과 같은 전문 사제자가 주로 한다.

그런 관계로 위 소리의 가창자는 객귀를 몰아내면서도, 혹시 잘못되어 가신이나 동신 등의 신들이 발동하여 객귀의 침탈에 이은 2차, 3차의 피해를 피하기 위하여 이 의례가 객귀를 물리는데 있으니 다른 신들은 동요하지 마지 말라는 사설을 중간에 노래하게 되었다. 뒤이어 객귀를 위해 정성을 드려 여러 가지 음식을 준비했다고 하는 사설도 보통 사람이 축귀 의례를 이행하면서 신중을 기하기 위한 목적으로 노래한 것이다.

N 자료의 가창자는 전문 사제자가 아님에도 불구하고, 전문 사제자 못지 않은 역량을 보인다. 이 자료의 초반부와 후반부에서 가창자는 각각 "니 안나가마 내가 나간다", "정 나안나가만 날 새만 내가 가꺼이"라고 하였다. 이 표현들은 객귀가 자신의 명령을 듣지 않고 환자의 몸에서 나가지 않을 경우 가창자가 직접 나서서 객귀를 퇴치하겠다는 의미이다.

지금까지 살핀 어떤 객귀 물림 노래에서도 가창자들이 객귀에게 명령이나 위협을 노래하면서 가창자 본인이 직접 축귀逐鬼의 주체로 문면에 노출하지는 않았다. 노래의 목적을 성취하기 위해 객귀에게 온갖 위협을 가하기는 하지만, 비전문 사제자라고 하는 태생적 한계를 넘어설 수는 없기 때문이다. 그러나 N 자료의 가창자는 가창자 본인이 직접 나서서 축귀할 것이라 하면서, 가창자의 사제자로서의 권능을 극대화하였다.

위 인용문을 노래한 조차기 가창자는 객귀 물림 노래와 같은 의식요뿐만 아니라 유희요, 노동요 등 다방면에 걸쳐 민요를 구연할 수 있을 뿐만 아니라 각 노래들의 사설 구성 등이 뛰어난 바, 위 인용문과 같은 사설 구성은 가창자의 구연 능력에 기인한다. 위 인용문에서는 객귀에게 환자의 몸에서 나가라고 명령하는 것과 그렇지 않을 경우에 대한 위협이 두 번에 걸쳐 각기 다르게 노래되는 것 역시 가창자의 구연 능력에서 그 이유를 찾을 수 있다.

객귀 물림 노래와 같은 속신의식요 중에 동토잡이 노래가 있다. 집 수리를 잘못 했거나, 집 안에 가구 등을 들여놓거나 못을 박을 때 손 있는 곳으로 물건 등을 들여놓은 이유로 가족 중에 환자가 발생하게 되면 고추를 태워보아 매운 냄새 등이 나지 않을 경우 동티가 났다고 판단한다. 동티가 나면 사람이 갑자기 앓아눕기도 하고, 집의 기둥이 윙윙 소리를 내며 울기도 한다.

대부분의 동토잡이 노래는 전체적인 의례의 순서, 소리의 내용 등 맹격盲

覡이 하는 의례에서 대부분 차용한 것들이다. 동토잡이 노래는 오방신장五方神將 등을 나열하면서 축귀逐鬼 의미의 주문으로 사설이 구성되는데, 마을 각성받이들이 환자 앞에다 약간의 음식을 차려놓고 복숭아 가지 등을 가지고 경經을 읽는 식으로 이루어진다.

객귀 물림 노래 중에는 동토잡이 노래에서 사설을 차용해서 쓰는 경우가 많다. 대표적 사례를 인용하면 아래와 같다.

> 헛쉐 헛쉐 가방 자방은 십리기 부여일며 귀로 이모 필사상 정귀유성 장액기 이십팔두쉬하라 헛쉐 헛쉐 만일 나가지 않으면 장두칼로 목을 비어 칠산 앞바다 띄일란다(함평군 손불면 산남 3리 김병선, 함평의 민요)

위 인용문은 크게 두 부분으로 나뉘는데, 첫 번째 부분은 한문투의 주문呪文이, 두 번째는 기존의 객귀 물림 노래가 불렸다. 여기서 '헛쉐'는 각 부분의 서두에서 노래를 시작하는 기능을 담당한다. 이처럼 대부분의 객귀 물림 노래에서 헛쉐와 함께 태세, 속거천리, 율령 사파하 등의 사설이 쓰이는데, 이 사설들은 잡귀잡신을 내쫓는 기능을 한다. 객귀 물림 노래에 유독 동토잡이 노래의 사설의 차용이 많은 것은 동토잡이 노래의 치병 원리가 객귀 물림 노래와 마찬가지로 환자의 몸 안에 든 병귀를 위협해서 쫓아내서 병을 치료하고자 하기 때문이다. 그런 관계로 보통 사람들이 축귀 의례를 진행함에 있어 자신들의 언술에 보다 강력한 힘을 싣기 위해 동토경에서 영향 받아 형성된 동토잡이 노래의 축귀 관련 사설을 가져오게 되었다.

객귀 물림은 환자가 음식 등을 잘못 먹어 잡귀잡신이 환자의 몸에 침입하여 병이 났을 때 하는 의례이다. 따라서 배가 고파 환자의 몸에 들어온 객귀의 배를 채워주기 위해 음식을 준비하고, 배를 채운 객귀를 쫓아내기 위해 식칼을 사용하면서 그에 따른 노래를 부른다. 의례의 목적을 온전히 수행하기 위해서는 음식, 식칼, 노래 중 어느 하나도 소홀히 할 수 없었다. 아울러 이 노래에서는 객귀를 물리다 또 다른 피해가 생기는 것을 막기 위해 가신家神 등을 물리는 것은 아니라는 사설을 노래하기도 하고, 의례의 목적을 보다 온전히 성취하기 위해 동토잡이 노래의 사설을 차용하기도 하였다.

(4) 주당맥이 노래

주당맥이를 하는 경우는 상가집을 다녀와서 상문살이 들었을 때,[32] 새색시가 혼례를 치른 뒤 처음 시댁에 들어올 때 혼사주당을 맞았을 때,[33] 그리고 화장실에서 넘어져서 정신을 잃으면서 변소주당이 들었을 때 등이다. 상문살 혹은 주당살 등이 들게 되면 환자들은 고열과 함께 정신을 잃기도 하고, 눈이나 코 밑이 검게 되면서 몸에 한기를 느끼면서 앓아눕기도 하는데, 대체로 환자의 상태는 생명이 위독한 경우가 대부분이다. 갑자기 아프게 되어 죽게 되었을 때 그 원인이 상문살이나 주당살인지 아는 방법으로는 생콩을 씹어보아 비린내가 나지 않을 때, 고추를 아궁이에 태워보아 매운 냄새가 나지 않는 경우, 그리고 혼사집이나 상가집 등을 다녀와서 갑자기 아파서 자리에 눕거나 까무러치는 경우 등이다.[34]

주당맥이를 하는 방법은 지역에 따라 다양하다. 먼저, 영남지역에서는 주당이 들었을 때 환자를 마당에 눕혀두고 집안 어른들이 상복을 입고 마당에 나와서, "아이고, 아이고" 하면서 곡을 한동안 한 뒤 환자를 방 안으로 들였다.[35] 경기, 강원, 경남, 호남지역 등지에서는 곡을 하지는 않고, 환자를

---

32 지역에 따라 상문살을 예방하기 위한 목적으로 상가집에 갈 때 게의 집게발을 왼쪽 주머니에 넣고 가거나, 신문지 등에 소금, 후추를 조금 싸서 왼쪽 주머니에 넣고 가서 상가집 입구에서 바닥에 떨어트려 밟고 들어가기도 하였다.
강화군 교동면 읍내리 이오섭(1926), 앞의 조사.
경남 밀양시 하남읍 백산리 민외숙(1960), 2009.9.13 현지조사.

33 주로 혼사주당은 부엌으로 드는 수가 많기 때문에 새색시가 처음 시댁으로 올 때에는 주당살의 피해를 막기 위해 부엌에 아무도 들어가지 못하게 한다.

34 혼사 때 주당살이 드는 방위에 대해서는 아래 책에 자세히 나아왔다.
이능화, 『조선여속고』, 양우당, 1991, 160쪽.

35 현지조사한 지역은 아래와 같다.
경남 진해시 연도 강연석(1928), 2006.3.14 현지조사.
부산시 기장군 일광면 학리 지필숙(1934), 2004.2.17 현지조사.

멍석이나 소 얼치 등에 말아서 마당에 뉘여 놓고 각성받이 혹은 이웃 사람들이 와서 환자 주위를 돌아가면서 절구공이, 삽, 괭이 등으로 땅을 찧으면서 환자 주위를 돌았다.[36] 이처럼 달구질과 같은 모의매장행위 형태가 가장 일반적인 주당맥이의 형태이다.

앞선 지역에서는 환자의 가족 혹은 각성받이와 같은 이웃 사람들이 의례를 행하였다면, 호남 일부지역에서는 마을 농악대가 주당맥이를 하기도 하였다. 전북 김제에서는 주당이 든 환자가 발생하면 마을 농악대가 날을 받아 마당에 가마니를 깔고 그 위에 환자를 눕히고는 가마니의 남는 부분을 말아 올려 환자를 덮고 왼새끼로 세 군데를 잘 묶는다. 그리고 환자 주위를 돌면서 꽹과리, 장구, 징을 울리면서 절굿대, 괭이 등으로 땅을 찍거나 긁고 들썩인다. 얼마 후 환자를 방안으로 옮기고 가마니는 대문 밖에서 태워버린다.[37]

주당맥이는 지역에 따라서 다른 치료 의례와 결합하기도 한다. 전남 담양 무정면에서는 꽹과리, 장구, 징을 든 세 사람들과 괭이, 소스랑, 도굿대를 든 사람들이 주당맥이를 한 다음 절구공이를 들고 있는 사람과 괭이를 들고 있는 사람은 땅을 찧고 쇠스랑 들고 있는 느닷없이 소 얼치를 잡아당겨 아픈 사람이 깜짝 놀라게 한다.[38] 이처럼 환자를 깜짝 놀라게 하는 것은 영양 결핍 혹은 말라리아 등으로 인한 하루걸이[39]의 치료방법이다.

전남 담양의 수북면과 금성면, 경북 구미 지산동에서는 주당맥이와 객귀물림이 결합되기도 하였다. 담양의 경우 소 얼치에 환자를 7메를 묶고 마을

---

36 주당맥이를 하면서 달구질을 한 예를 제시하면 아래와 같다.
경기도 의정부시 고산동 구성마을 이수웅(1936), 2004.3.2 현지조사
경기도 양주시 광적면 광적리 황상복(1938), 2003.5.11 현지조사
강원도 화천군 사내면 광덕리 신현규(1926), 2002.12.13 현지조사
경북 대구시 달성군 다사읍 세천리 배문호(1949), 2004.2.3 현지조사

37 김택규 외, 『한국의 농악』 호남편, 수서원, 1995, 182쪽.

38 전남 담양군 무정면 영천리 정사동(1926), 『담양농악』, 담양문화원, 2004, 228쪽.

39 이 병은 지역에 따라 한열병寒熱病 혹은 초학이라고도 한다.

사람들이 절구 공이, 삽, 괭이 등으로 땅바닥을 치고 쇠와 징 등을 울리면서, '오에리 달구'를 3번씩 모두 7차례에 걸쳐 노래하였다. 그런 뒤 환자를 묶은 매듭을 풀고 대문 앞에 앉히고는 된장, 밥 등을 넣은 사자밥을 바가지에 담아 물림을 하였다.[40] 경북 구미 지산동에서는 주당맥이를 할 때 마당에 짚을 깔고 환자를 그 위에 눕힌 다음 멍석을 환자의 몸에 덮고 멍석 위에 묵뫼에서 가져온 띠를 석장 놓고 달구질을 하는 것이 달랐다. 요컨대, 주당맥이 의례는 환자의 상태가 워낙 위중하다 보니 어떻게든 살리기 위한 방편으로 다른 치병의례와 결합이 가장 다양하게 일어났다.

지금까지 주당맥이의 치병 원리와 관련하여 여러 논자들이 의견을 개진하였다. 먼저, 나경수는 탈혼脫魂으로 인해 아프게 된 환자에게 주당맥이를 통해 혼魂을 다시 맞아들여 건강을 회복하게 하는 것이 이 의례의 핵심이라 하였다. 그의 의견은 달구질과 행상行喪을 원형으로 볼 경우 설득력이 있다. 그러나 전남 이외의 곳에서는 행상을 행하는 곳이 발견되지 않았다. 정병호와 이경엽은 주당맥이 치병의 핵심은 환자의 몸 안에 침입한 귀신을 몰아내는데 있다고 하였다.[41] 그러면, 주당맥이노래의 사설을 살피면서 이 의례의 치병 원리는 무엇인지 알아보고자 한다.

전국의 각 지역에서 채록된 주당맥이노래의 가창 방식은 반복창과 교환창으로 나눌 수 있다. 반복창은 주당맥이를 하는 사람들이 모두 '오헤리 달구'와 같은 사설을 반복해서 여러 사람들이 부른다. 교환창은 기존의 달구소리를 원용해서 사용하는 경우와 주당맥이와 관련된 상황을 노래하는 경우가 있다. 시체를 매장하고 나서 땅을 다질 때 부르는 달구질소리를 그대로 가져와서 노래하는 경우를 제시하면 다음과 같다.

---

40 담양군 금성면 석현리 박중환(1926), 『담양농악』, 담양문화원, 2004, 281쪽.
경북 구미시 지산동 서용교, 백남진, 2003.1.29 현지조사
전남 담양군 수북면 황금리 김동언(1940), 2003.1.14 현지조사

41 나경수, 앞의 논문, 121쪽.
정병호, 앞의 책, 211쪽.
이경엽, 앞의 책, 228쪽.

오헤이 달구/ 오헤이 달구/ 이제 가시면 어느 때나 오실라요/ 오헤이 달구/ 오실 날짜나 일러를 줍소서/ 오헤이 달구/ 오시마오시마 오시마드니/ 오헤이 달구/ 명년 요때는 또다시 오시마드니(전남 화순군 남면 사평리 김태봉, 광주 전남의 민속연구, 99쪽)

주장맥이를 막아낸다/ 오호헤리 달구질/ 이팔청춘이 아니죽어가 불쌍허네/ 오호헤리 달구질/ 육지장파 매장하여/ 오호헤리 달구질/ 대광판 소광판 어리둥실 실어놓고/ 오호헤리 달구질/ 갈매도 일곱매 속매도 일곱매 이칠은 십사 열니매라/ 오호헤리 달구질/ 일락서산에 해는 지고/ 오호헤리 달구질/ 월출동녘에 달만 솟아오네/ 오호헤리 달구질/ 서른두명 유대꾼도 발을 맞춰 소리를 허세/ 오호헤리 달구질(전남 담양군 무정면 영천리 정사동(1926), 담양농악, 228~229쪽)

첫 번째 인용문에서는 망자와의 이별의 슬픔을, 두 번째 인용문에서는 현재 달구질 하는 상황을 묘사하였다. 위의 두 인용문에서는 봉분을 다질 때 하는 실제 달구소리와 거의 거의 유사한 내용을 노래하였다.

주당맥이노래 중에는 현재 주당맥이 의례와 관련된 내용을 노래하는 자료도 있다.

상주주당이 달고질/ 오여라 달고질/ 개꽃주당이 달고질/ 오여라 달고질/ 가매주당이 달고질/ 오여라 달고질/ 그네주장이 달고질/ 오여라 달고질(전북 고창군 무장면 하산리 김수만, 한국의 농요 4집, 486쪽)

오헤라 달구질/ 오헤라 달구질/ 서쪽 객구를 만났던가/ 오헤라 달구질/ 주량 주당을 만났던가/ 오헤라 달구질/ 인간 칠십 잘못가고/ 오헤라 달구질/ 거리 주당을 만났던가/ 오헤라 달구질/ 주량 잘못에 맞어주어/ 오헤라 달구질/ 동서남북 잘못가면/ 오헤라 달구질/ 주당맞이가 오늘일로/ 오헤라 달구질/ 오헤라 달구질/ 오헤라 달구질/일곱세이(전북 고창군 대산면 성동마을 최성휴(1940), 2003.10.2 경기대 국문과 학술답사)

첫 번째 인용문에서는 '○○주당이 달구질'의 형태가 반복되며 노래가 진행되었다. 이 노래에서는 후렴 사설이 메기는 부분까지 영향을 미쳐 선소리의 한 부분을 차지하고 있다. 이를 통해 이 소리의 가창자는 주당살에 의해 달구질을 한다는 사실 외에 어떠한 것에도 관심이 없음을 알 수 있다.

두 번째 인용문은 나름 메기는 소리의 사설이 유기적으로 연결되긴 하였으나 이 자료의 가창자 역시 환자가 동서남북을 잘못 가서 어떠한 주당살을 맞게 되었다는 사실만을 노래하였다.

위의 두 인용문에서는 여러 가지 주당살의 나열, 현재 상황에 대한 짤막한 언급 등만이 노래되었다. 선후창의 특성상 선소리꾼의 역량이 충분히 표현될 수 있음에도 불구하고 위 노래에서의 선소리꾼은 단지 소리를 이끌어가는 존재로서만 역할하고 있다. 오히려 달구소리를 원용해서 노래하는 자료들에 비해 사설 구성의 면에서 퇴보한 감도 없지 않다. 이는 앞선 객귀물림 노래에서 귀신에게 위협하는 대목과 극명하게 대조된다.

전국의 주당맥이 의례에서는 환자가 죽은 것처럼 가족들이 곡을 하기도 하고, 마당에 환자를 눕혀 놓고 달구질을 하기도 하였다. 사람들은 이 의례를 통해 환자를 가짜로 죽은 것처럼 꾸며 환자의 몸에 든 살이 자연스레 없어지기를 유도하였다. 즉 환자의 몸에 든 살을 속여 환자의 상태를 정상으로 돌리려 하는 것이다. 지역에 따라 주당맥이 의례에 초학 치료법이나 객귀 물림 등이 덧붙는 것은 이 의례가 갖는 소극성을 보완하기 위한 장치로 이해할 수 있다.

주당맥이노래의 사설이 발달하지 못한 것은 먼저 짧은 구연 상황에서 그 원인을 찾을 수 있다. 주당맥이는 실제 달구질처럼 3쾌나 5쾌 이상을 다지지 않는다. 의례의 목적 자체가 환자가 죽었다는 것을 표시하는데 있으므로 전체 의례 시간은 그리 중요하게 여기지 않는 것이다. 그리고 주당맥이 의례 자체가 자주 이루어지는 것이 아니다 보니 선소리꾼의 역량이 발전될 여지가 거의 없었다.

주당맥이 의례 자체는 어떤 방법으로도 환자를 낫게 할 수 없게 되자, 최후의 방법으로 행하게 된다. 주당살이나 상문살 등을 맞아서 환자가 거의 죽게 되었을 때 마을사람들에 의해 행해지는 주당맥이에서 가장 중요한 것은 가짜로 달구질 상황을 연출하는데 있다. 그런 이유로 이때에는 가짜 달구질에 비해 그때 하는 소리는 그다지 중요하게 생각하지 않았다. 더군다나 의례를 진행하는 사람들도 평소 달구질은 상이 났을 때마다 해보았으나, 주당맥이를 자주하지는 않기 때문에 노래가 확장될 여지는 거의 없었다. 요컨대, 주당맥이는 모의매장의례를 통해 환자가 이제 죽어서 땅에 묻었으니 환자 몸에 든 살煞이 풀려 환자를 낫게 하고자 하는 목적으로 행해졌다. 그런 이유로 살煞을 속여서 환자를 낫게 한다고도 할 수 있다.

3) 민간民間 치병의례治病儀禮와 무속巫俗 치병의례治病儀禮의 관계

속신의식요와 무속과의 관계가 여러 논자들에 이루어져 왔다.[42] 그러나 양자 관계가 구체적 예증을 통해 다루어진 바가 없으므로, 여기서는 앞서 살핀 속신의식요들과 관련이 있는 무속 치병의례들과의 비교를 통해 속신의식요의 성격을 보다 분명히 하고자 한다. 먼저, 배 쓸어주는 노래 중 '할머니 손이 약손이다' 사설 소재 노래들은 아이의 정서적 안정을 위해, '자라배' 사설 소재 노래들은 주위 환기를 통한 유희성 확보를 위해 불렸다. 이 노래와 관련되는 무속 의례가 없고, 이 노래에 내재하는 주술적 성격 역시 미미한 관계로 배 쓸어주는 노래는 보통 사람들에 의해 전승되었다. 눈티 없애는 노래는 특정 존재에게 티를 빼내주기를 부탁한다는 점에서 주술적 면모가 없는 것은 아니나, 무속에서 이와 대응되는 의례가 없고, 전국적으로 일관된 형태를 보이기 때문에 원래부터 아이들에 의해 전승되었다고 볼 수 있다.

서울지역에서 만신에 의해 이루어지는 정신병자 치료 의례 중 하나인 청계 벗김은 객귀 물림 노래와 연관이 있다.[43] 이 의례에서는 만신이 신칼 및 삼지창으로 환자의 몸을 때리면서 신체에 침입한 정신병마의 일종인

42 정병호는 주당맥이가 무속에서 영향을 받아 생겼다고 했고, 나경수는 두 대상간의 교섭은 인정하면서도 주당맥이는 무속과는 별개로 존재했다고 하였다.
정병호, 앞의 책, 124쪽.
나경수, 앞의 논문, 107~108쪽.

43 赤松 智城 · 秋葉 隆 공저, 심우성 역, 『조선무속의 연구』 하, 동문선, 1991, 173쪽.

청계신을 쫓아내고자 한다. 신칼이나 삼지창을 통해 병마를 위협하여 쫓아낸다는 점에서 객귀 물림 노래와 치병원리가 유사하다. 그러나 징치되는 신격이 청계라는 정신병마에 한정되고, 의례 지역 역시 서울이라는 지역성을 벗어나지 못하기 때문에 이 의례에서 객귀 물림 의례가 파생되었다는 것은 무리가 있다.

객귀 물림 의례가 보통 사람들에 의해 행해질 수 있었던 것은 객귀客鬼의 미천한 성격, 우연한 기회에 몸이 아프게 되었다는 것, 비교적 간편한 의례 절차 때문이다. 가창자들이 비전문 사제자이다 보니 의례의 목적을 보다 온전히 성취하기 위해 동토경에서 영향 받은 동토잡이 노래 소재 헛쉐, 율령 사파하, 속거천리 등의 사설들을 차용하기도 하였다.

황해도지역의 퇴송굿과 서울 경기지역의 헛장굿은 주당맥이와 관련성이 있다. 먼저, 1983년에 황해도 출신인 김황룡 만신에 의해 이루어진 퇴송굿이다.[44] 이 굿은 제일 처음 굿당에서 신청울림을 한 뒤 마당에 나가서 상산을 맞고, 안방에 들어가서 석함을 논 후 부정거리부터 굿의 마지막까지는 굿당에서 의례가 이루어졌다. 이 굿의 여러 거리들 중 치병治病과 직접적으로 관련이 있는 거리는 만수받이, 내림, 공수, 달구거리이다. 만신은 만수받이를 통해 십전대왕, 복명사자, 강이도령과 같은 신격에게 퇴송굿을 하게 된 연유를 아뢴 뒤 환자가 이렇게 아프니 이 정성 받아 살려달라고 기원을 한다. 그리고 강림한 신령이 아픈 것은 조상을 위하지 않았기 때문이라고 하면서, 낫게 해주겠다고 공수를 주고, 마지막 달구소리 제차에서는 동네 선소리꾼이 회심곡을 얹어 달구소리로 부른다.

그런 뒤 무당이 병이 언제부터 나을 것이라는 다시 한 번 공수를 주면 가족들은 병자를 집 안으로 옮기고 대수대명 보내는 닭 또는 정업이를 광안에 넣고 흙을 덮어 메운다.[45] 위에서 보듯, 마을 사람들은 집 마당에서

44 이선주, 『인천무속지』 Ⅱ, 미문출판사, 1988, 113~120쪽.

45 1999년 서울 소재 한국의 집에서 황해도 출신 만신들에 의해 공연 형식으로 퇴송굿이 이루어지기도 하였다. 이 굿에서는 치병治病이 3단계로 이루어졌는데, 첫 번째로 만신이

작은 구덩이를 판 뒤 환자를 매장하는 척하면서 환자와 대수대명하는 존재와 바꿔치기 한다. 이 굿에서 만신은 공수를 통해 환자를 낫게 해 주겠다고 거듭 말하지만 무게 중심은 마을 사람들이 행하는 달구거리에 있다. 이는 환자가 이제 죽었으니 병귀는 알아서 환자의 몸에서 나가라는 의미이다. 요컨대, 다른 치병의례들처럼 병귀를 강제로 환자의 몸에서 나가게끔 하는 것이 아니라, 모의매장의례를 통해 병귀를 속여 환자의 몸에서 알아서 나가게끔 하는 것이다.

두 번째로, 일제강점기 추엽 융에 의해 보고된 헛장굿이다.[46] 이 굿은 제일 먼저 푸닥거리 형태로 부정과 가망, 진적이 행해진다. 그 뒤 사자거리에서는 제1사자, 제2사자, 제3사자의 순서로 춤과 신탁을 세 번씩 행하고 제4사자의 행사를 마친 뒤 무당은 환자를 방 밖으로 데리고 나와 조밥을 던지면서 주문을 외고, 화살을 사방으로 쏜 다음 제웅을 땅 속으로 묻는다. 가족들은 환자가 정말 죽은 것처럼 곡을 한다. 그런 다음 무당은 환자를 자리 위에 엎드리게 하고 신칼로 환자의 체내에 침입한 살귀를 찔러 죽이는 흉내를 낸다. 그런 뒤 방 안으로 들어가 그 뒤의 사자까지 후하게 대접한다. 그런 뒤 모든 사자를 돌려보낸다.

헛장굿에서는 치료 관련 의례는 크게 2단계로 이루어지는데, 첫 번째는 환자 몸 안에 든 병귀를 만신이 신칼로 쫓아내는 것이고, 다음은 정업이를 대신 묻으면서 환자를 잡으러 온 저승사자를 속여서 저승으로 돌려보내는 것이다. 위에서 살핀 퇴송굿에 비해, 헛장굿에서는 환자의 몸에서 병귀를

환자 몸에 든 잡귀를 장군도로 몰아내고, 두 번째로 환자(실제로는 닭)를 잡아 가기 위해 저승사자와 봇돌장군이 옥신각신하다가, 소가 주인 대신 간다고 하여 저승사자와 타협하고, 마지막으로 다시는 동토가 나지 않게 만신이 예방하는 것이었다. 공연 형식으로 이루어지다 보니 실제 굿에 비해 치병 관련 의례가 여러 층위로 이루어진 것으로 보인다. 위 공연의 개요는 아래 글을 참조하였다.

홍태한, 「퇴송굿에 나타난 삶과 죽음의 문제」, 『샤머니즘 연구』 제2집, 한국샤머니즘학회, 2000.

46 秋葉 隆, 『조선무속의 현지연구』, 계명대학교출판부, 1987, 106쪽.

직접 쫓아내는 것과 저승사자를 속이는 의례가 다층적으로 이루어진다.

퇴송굿이나 헛장굿, 주당맥이는 공통적으로 모의매장행위를 통해 병귀病鬼 혹은 살煞이 더 이상 환자 몸에 있을 필요 없으니 알아서 떠나게끔 하여 환자를 낫게 하고자 한다. 그러나 전문 사제자에 의해 이루어지는 무속의례와 그러한 특정 집례자가 없이 이루어지는 주당맥이는 세부적 면에서 차이도 존재한다. 먼저, 무속의례에서는 치병 관련 의례가 만신에 의해 2중, 3중으로 이루어지지만, 주당맥이에서는 그러한 주도적 존재 없이, 단지 모의매장행위만 한다. 그것도 실제 달구질과 비슷하게 오랜 시간 하는 것이 아니라, 짧은 시간 동안 매장을 했다고 하는 것 자체에 초점을 둔다.

치병 원리가 동일한 상황에서 무속의례가 주당맥이에 비해 주도면밀하게 이루어진다는 점에서 주당맥이가 무속에서 영향을 받아 만들어졌다고 생각할 수도 있다. 그러나 주당맥이는 황해도 및 서울 지역 중심의 무속의례에 비해 거의 우리나라 전 지역에서 행해진다. 그리고 이 의례는 객귀물림이나 학질떼기 의례 등 민간의 다른 치병의례들과 결합하여 다양한 의례 형태를 가지고 있다. 요컨대, 의례 분포지역 및 의례의 다양성이라는 측면에서 주당맥이는 순수하게 비전문 사제자인 보통사람들에 의해 행해졌다고 할 수 있다.

4) 맺음말

치병 관련 속신의식요는 사람의 몸에 이상이 생겼을 때 그것을 해결하는 과정에서 부르는 노래이다. 이 글에서는 전국적으로 분포하면서 치병 원리가 대별되는 4가지 소리들을 중심으로 논의하였다. 먼저, 배 쓸어주는 노래는 주로 아이가 체했거나 소화불량 등의 원인에 의해 배가 아플 경우 어른이 배를 쓸어주면서 하였다. 이 노래에는 발병 및 치료 존재가 따로 나타나지 않는 관계로 전체 노래들 중 속신적 성격은 그리 많지 않았다. 이 노래는 두 가지 형태가 있는데, 그 중 '할머니 손은 약손이다' 사설 소재 노래는 아이의 정서적 안정과 주위 환기를 위해 부르되, 배를 쓸어주는 행위에 대한 보조적 수단으로 이용되었다. 반면, '자라배' 사설 소재 노래는 치료에 대한 목적성 보다는 유희성만을 가졌기 때문에 배를 쓸어주는 행위에 대해 자립적으로 노래되었다.

눈 티 없애는 노래는 티가 들어서 눈을 뜰 수가 없을 때 스스로 눈을 비비거나 다른 이가 눈을 크게 해서 바람을 불면서 부른다. 이 노래의 주된 구연층인 아이들은 까치에게 음식을 제공하면서 눈에 든 티를 없애달라고 부탁하였는데, 여기서의 까치는 은혜를 갚을 줄 아는 존재로 기능하였다. 눈에 티를 없앰에 있어 눈 티 없애는 노래는 눈을 비비는 행위보다 더 중요한 역할을 담당하였다. 눈을 비비더라도 눈에서 티를 빼내주는 존재인 까치에게 부탁하지 않으면 행위 자체가 소용이 없기 때문이었다. 아울러, 아이들의 성장에 따라 부탁이 아닌, 조건이나 지시의 형태로 티를 빼달라고 하는 자료들이 나타난 것도 이 노래만의 특징 중 하나였다.

객귀 물림 노래는 잡귀잡신의 일종인 객귀가 사람의 몸에 들어와서 사람의 몸에 이상이 생겼다고 판단되었을 때 음식을 준비한 뒤 잡귀잡신을 쫓아내는 의례에서 불렸다. 이 노래는 객귀의 배를 채워줄 목적의 음식, 쫓아내는 용도의 식칼과 함께 객귀 물림 의례에서 빠질 수 없는 요소였다. 객귀 물림 노래는 객귀에 대한 호명, 환자의 몸에서 얼른 나가라는 명령과 위협 등으로 구성되었다. 비전문 사제자가 축귀逐鬼 의례를 진행하는 관계로, 이 의례로 인한 제2의 피해를 막기 위해 자료에 따라 여러 종류의 객귀를 나열하기도 하고, 또는 동신洞神이나 가신家神을 물리는 것이 아니라는 사설을 노래하기도 하였다.

주당맥이노래는 주당살이나 상문살 등의 살煞이 환자의 몸에 들어와 거의 죽게 되었을 때 달구질과 같은 모의매장행위 등을 하면서 부른다. 이 노래의 가창 방식은 교환창과 선후창이 있는데, 전자는 '오헤리 달구'와 같은 사설을 여러 사람들이 반복하고, 후자의 경우 달구소리를 원용 또는, 주당맥이 관련 사설을 노래하기도 하였다. 주당맥이 의례의 치병원리가 환자가 죽은 것처럼 꾸며 병의 원인인 살煞이 자연스레 소멸되기를 바라는 목적으로 행해지다 보니 다른 치병 관련 속신의식요들에 비해 전체 사설이 길게 노래될 여지가 적었다.

이상에서 전국적으로 분포하는 치병 관련 속신의식요 네 가지를 살펴본 결과, 치료 행위를 결정함에 있어 가장 중요하게 작용하는 것은 병의 원인이었다. 몸에 이상을 일으킨 존재가 무엇이냐에 따라 그에 따른 의례 및 노래가 마련되는 것이다. 다음으로 병의 경중輕重, 가창자의 구연능력 등에 따라 소리별 사설 구성이 각기 다르게 나타났다.

본 논문에서는 기존에 구체적으로 다루어지지 않은 속신의식요들을 치병 원리와 사설의 관계를 중심으로 살펴 속신의식요의 기본적 성격을 논의했다는데 의의가 있다. 그럼에도 불구하고 전체 자료를 다루지 못하였다는 점에서 한계가 있다. 후속 논의를 통해 치병뿐만 아니라, 예방이나 기원과 관계되는 속신의식요들까지 분석하여 전체 속신의식요의 특징을 분명히 하고자 한다.

노동요

칭칭이소리의 사설 구성과 기능 분화

1) 머리말

영남지역과 강원지역을 중심으로 분포하는 칭칭이소리는 논맬 때, 세벌매기를 다 마치고 집으로 돌아갈 때, 그리고 다 놀고 헤어질 때 주로 불렀다. 이 소리는 전국 규모가 아닌, 특정 지역을 중심으로 여러 가지 기능을 담당한다는 점에서 여러 연구자들에 의해 논의되어 왔다. 이소라는 남해군 장원질소리로 불리는 칭칭이를 개관하는 자리에서 이 소리는 경상도가 본고장으로, 장원질소리에서 발달하여 유희요로 전파되었다고 하였다.[47] 최상일은 이 소리가 남해안으로는 전남 광양, 장흥, 강진을 지나 신안까지, 중부 내륙으로는 경북과 맞닿은 충북 단양, 괴산, 보은, 영동, 음성, 중원, 그리고 전북 진안 무주까지 퍼져있다고 하면서, 원래 장원질을 할 때 불렀는데 잔치판에서 부르는 유흥요로 발전한 것으로 보인다고 하였다.[48]

마지막으로 유종목은 칭칭이소리가 문경, 영천, 의성, 상주 등 경북 중북부지역과 부산 수영에서 장원질소리로 전승되는 점을 볼 때 영남지방에서 생겨났고, 이 소리의 유흥성으로 인해 유희요로 확대되었다고 하였다.[49] 그

---

47 이소라, 『한국의 농요』 제3집, 민속원, 1993, 227쪽.
48 최상일, 『우리의 소리를 찾아서』, 돌베개, 2002, 132~134쪽.
49 류종목, 「남해군 민요의 현상과 특성」, 『한국민요의 현상과 재조명』, 민속원, 2006, 286쪽.

리고 다른 경남지역에서는 장원질소리가 다 소멸하였는데 남해군에만 이 소리가 남아있는 것은 이웃하고 있는 전남지역 장원질소리의 기능적 영향권 내에 속하기 때문이라 하였다.

강등학은 경북지역 논매는 소리로 불리는 칭칭이소리가 이 지역에서 자생하였으며 대립성이 약하여 다른 노래들과 비교적 조화를 잘 이룬다고 하면서, 이 소리가 널리 전파될 수 있었던 이유로 1930년대 중반 유성기음반 발매를 들었다.[50] 1930년대에 신민요新民謠가 등장하고, 1934년에 신민요 〈처녀총각과 노들강변〉이 히트하면서 각 음반사들은 통속민요 스타일의 새로운 노래를 공급하게 되는데 칭칭이소리가 그러한 소리들 중의 하나로 사용되었다는 것이다. 그가 앞선 논자들과 다른 점은 특정 지역의 칭칭이소리를 대상으로 다양한 기능을 담당할 수 있었던 이유를 구체적 예를 통해 제시했다는 데 있다. 그러나 경북지역의 논매는 소리로 불리는 칭칭이소리가 이 지역에서 자생했다고 하는 부분에 대해선 보다 구체적 논증이 따라야 할 것으로 보인다.

앞선 논자들은 자료 분포를 근거로 칭칭이소리가 각각 경북과 경남에서 장원질을 할 때나 경북에서 논을 맬 때 생성되어 유희요로 분화되었다고 하였다. 김봉우는 이 소리가 밀양 감내 게줄 당기기나 정월 보름 때 달집을 태우고 나서, 혹은 지신밟기를 마친 뒤 뒷풀이를 하는 자리에서 생성되었다고 하였다.[51] 그는 이 소리의 유형을 내용을 중심으로 영남지역 세시의례나 노동 현장에서 불리는 전통적 유형, 전통적 유형에서 간소화된 보편적 유형, 그리고 영남지역 외에서 불리되 내용이나 형식에 있어 큰 변화가 있는 변형적 유형으로 나누었다. 그의 논의는 칭칭이소리 연구사에 있어 비교적 이른 시기에 이 소리의 생성 및 내용에 따른 분류 작업을 했다는 점에서 칭칭이소리 연구에 많은 시사점을 제공한다.

---

50 강등학, 「경북지역 〈논매는 소리〉의 기초적 분석과 지역적 판도」, 『한국민속학』 40, 한국민속학회, 2005.

51 김봉우, 『경남지역 칭칭이소리 연구』, 집문당, 1994.

영남지역에서는 의례뿐만 아니라 놀이를 마칠 때에도 칭칭이소리를 부르는 경우가 종종 발견된다.[52] 그런 이유로 밀양 감내 게줄 당기기나 지신밟기의 뒷풀이에서 불리는 칭칭이의 내용이 다른 장소나 시기에 불리는 유희요 칭칭이와 사설에 있어 큰 차이가 나지 않는다. 세시의식요에서 이 소리가 생성되었다고 주장할 경우 텍스트뿐만 아니라 자료 분포나 구연 상황, 기능 등이 전체적으로 고려되어야 설득력을 얻을 수 있다.

지금까지 이루어진 칭칭이소리에 대한 논의는 특정 지역에서 특정 기능을 담당하는 칭칭이소리에 대한 개관, 그 작업을 기반으로 한 이 소리의 생성에 대한 추론, 그리고 다양한 기능을 갖게 된 이유 등으로 정리할 수 있다. 그런데 기존 논의에서는 칭칭이소리의 기능이 전체적으로 다루어지지 못하였다. 그리고 자료 분석 역시 제대로 이루어지지 않았다. 그러다 보니 논의가 이 소리의 어느 한 부분에 대해서만 이루어질 수밖에 없었고 논지 역시 타당성을 가질 수 없었다.

본고에서는 지금까지 채록된 논매는 소리, 장원질소리, 가창유희요로 불리는 칭칭이소리의 지역적 분포를 표로 제시하고 사설 구성을 중심으로 자료를 분석하고자 한다.[53] 그런 뒤 이 소리와 같은 기능을 가진 호남지역을 중심으로 분포하는 산아지타령과의 비교를 통해 이 소리의 특징을 예각화하고, 이 소리의 생성 및 기능 분화 요인에 대해 살펴보고자 한다.

2) 칭칭이소리의 기능별 사설 구성

지금까지 채록된 칭칭이소리 상황을 제시하면 다음 표와 같다.

52 경남지역 민요를 개관하는 자리에서 류종목은 칭칭이소리를 무용놀이노래로 정리한바 있다.
류종목, 「경남민요의 요사적謠詞的 특징」, 『한국민요대전』 경상남도 민요해설집, 문화방송, 1994.

53 세시의례歲時儀禮의 뒷풀이에서 부르는 칭칭이소리는 가창유희요에 포함시키고자 한다.

기능	지역		갯수	자료 출처
논매는 소리	경북	울릉	1	한국의 농요 5집
	경남	경산	1	한국의 농요 4집
		울진	4	한국의 농요 3집
		청도	2	한국의 농요 2집(논매기와 유희요 구분 모호)
		상주	2	상주의 민요
		월성	1	한국구비문학대계 7-1
		성주	1	한국민요대전
		안동	1	한국민요대전
		합천	5	한국의 농요 2집
장원질소리	충북	영동	1	한국민요대전
	경남	거제	1	한국민요대전
		양산	33	한국의농요 5집(장원질과 유희요 구분 모호)
		의령	3	한국의 농요 4집
		남해	3	한국의 농요 3집
	경북	울진	7	울진민요와 규방가사
		경산	4	한국의 농요 4집
		달성	1	달성민요
		상주	6	상주의 민요
		문경	1	한국민요대전
		안동	1	한국민요대전
		예천	1	한국민요대전
가창유희	강원	양양	1	양양군의 민요자료와 분석
		속초	1	속초의 민요
		삼척	16, 1	삼척민속지 1, 4, 5, 6집, 한국구비문학대계 2-3
		고성	3	강원의 민요 2
		정선	1	강원의 민요 1
	경기	이천	1	이천의 옛노래
	충북	옥천	3	옥천의 소리를 찾아서
	경북	울진	1	울진민요와 규방가사
		포항	2	포항지역 구전민요
		군위	3	한국구비문학대계 7-11[54]
	경북	예천	1, 1	한국구비문학대계 7-17, 7-18
		대구	2, 1	한국구비문학대계 7-13, 7-14
		울산 · 울주	11	울산울주지방민요자료집
	부산	부산	4	부산민요집성
	경남	산청	1	영남구전민요자료집 1
		삼천포	1	한국민요대전
		진양	1, 1	한국민요대전, 한국구비문학대계 8-4

기능	지역		갯수	자료 출처
가창유희	경남	함안	3	함안의 구전민요
		거제	2	한국구비문학대계 8-1
		거창	1	한국구비문학대계 8-5
	제주도	추자도	1	한국의 농요 4집
	전남	흑산	1	신안지역의 설화와 민요
		광양	1	한국민요대전

논맬 때 부르는 칭칭이소리의 경우 경북이 상주, 울진, 청도 등 8곳, 경남이 합천 1곳에서 채록되었다. 경북지역 논매는 소리의 분포는 크게 네 권역으로, 경북 서부지역인 상주, 동북부 해안지역인 울릉과 울진, 남부 인접지역인 경산, 청도, 월성, 성주, 그리고 중북부지역인 안동이다. 자료 분포만을 놓고 볼 때 다른 곳과 달리, 경남 합천과 인접하고 있는 경산, 청도, 월성이 자료 분포가 밀집되어 있어 주목된다.

장원질소리는 충북 영동과 경북 울진, 경산, 상주 등 7곳, 그리고 경남 양산, 부산, 남해 등 4곳에서 채록되었다. 경북지역의 경우 동북부지역인 울진, 남부지역인 경산, 달성, 서부지역인 상주, 문경, 그리고 중북부지역인 안동, 예천, 충북 영동에서 채록되었는데 논매는 소리의 분포와 크게 다르지 않다.[55] 부산, 경남은 남부지역인 거제, 남해, 동부지역인 양산, 부산, 그리고 중앙부에 해당하는 의령에서 채록되었다. 경북과 달리 부산 경남에서는 특정지역에 집중적으로 나타나지 않고 폭넓게 자료가 분포하고 있다.

가창유희요의 경우 강원이 5곳, 경북이 6곳, 경남지역이 6곳 채록되었다. 먼저 강원지역의 경우 남쪽으로부터 올라가면서 삼척, 양양, 속초, 고성에 이르기까지 모두 해안지역인 것이 주목된다. 정선의 경우 다량의 각편이 채록된 삼척과의 연향 관계가 예상된다. 경북지역은 동부지역인 울진, 포

54 한국구비문학대계에는 소리 구연 상황이 제대로 나와 있지 않아 장원질 때 불렀는지, 놀 때 불렀는지 알 수 없다. 여기서는 소리의 사설 구성을 감안해 가창유희요에 위치시키고자 한다.

55 충북 영동은 경북 상주와 거리가 가까워 경북 서부지역에 포함시켰다.

항, 남부지역인 대구와 울산, 중앙에 해당하는 군위 등 여러 지역에서 채록되었고, 경남 역시 중앙에 해당하는 진양과 함안, 동부지역인 산청, 남부지역인 거제, 북부지역인 거창 등에서 채록되었다.

자료의 분포만 놓고 보면, 칭칭이소리의 노동요적 성격은 경북지역이 우세하고, 유희적 속성 가지되 논에서 집으로의 이동이라는 특수한 상황에서 부르는 장원질소리는 경북과 경남이 비슷하게 나타나며, 가창유희적 성격은 강원과 경북, 경남지역에서 엇비슷하게 채록되었다. 이 소리는 우리나라 동부지역을 중심으로 논매는 소리, 장원질소리, 유희요로 갈수록 분포지역이나 각편 수가 확대된다.

(1) 논매는 소리

논매기는 벼농사와 관련된 일 중에 가장 힘든 일에 속한다. 논매는 상황은 크게 호미로 맬 때와 손으로 매는 것으로 나눌 수 있는데 논맬 때 불리는 칭칭이소리가 채록된 울릉도, 합천 쌍책면과 초계면, 울진, 성주, 안동 일대에서는 공통적으로 손으로 두벌논이나 세벌논을 맬 때 이 소리를 불렀다.[56] 호미로 논을 맬 때와 비교해서 손으로 논을 매는 노동 상황은 비교적 덜 힘이 든다.[57]

그러면 구체적 문면을 통해 자료를 살펴보고자 한다.

A: 이 논바닥에 엎디린 농부야 치야 칭칭나네 일신받아 일을 하세 치야 칭칭나네 새끼야 백발은 쓸데가 있는데치야 칭칭나네 사람의 백발은 쓸데가 없다 치야 칭칭나네 세월이 가거든 너 혼자 가지 치야 칭칭나네 꽃같

56 아래의 책에 논매는 소리로 불리는 칭칭이소리의 구연 상황이 조사되어 있다.
이소라, 『한국의 농요』 제2집, 민속원, 1992, 107쪽.
문화방송, 『한국민요대전』 경상북도 민요해설집, 삼보문화사, 1995, 258쪽.

57 김봉우는 칭칭이소리가 경남 거창, 함양, 합천, 밀양, 고성지역, 경북의 영주, 예천, 청도, 안동지방에서 아시나 두벌, 세벌 등의 상황에서 논매는 소리로 불렸다고 하였으나 구체적 예증이 없는 관계로 여기서는 다루지 않기로 한다.
김봉우, 앞의 책, 95쪽.

은 내 세상 왜 데려가노 치야 칭칭나네 명년 봄이 다시 오면 치야 칭칭나네 니는 푸러 청산이요 치야 칭칭나네 나는 죽어지면 그만이다 치야 칭칭나네 먼데사람 듣기 좋고 치야 칭칭나네 가깐 사람 보기좋게(울진군 온정면 덕산 1리 이해문, 한국의 농요 3집, 273쪽)

B: 노세 노세 쾌잔아 칠칠 노세 이때 못놀고 어느 때노느냐 노세 노세 쾌잔아 칠칠 노세 잘도 맨다 잘도 맨다 치기라 칠칠노네 노세 노세 쾌잔아 칠칠 노세 모패기는 밟지 말고 노세 노세 쾌잔아 칠칠 노세 어째든동 지심만 잘 매도라 노세 노세 쾌잔아 칠칠 노세 이때 못놀고 어느때 노느냐 노세 노세 쾌잔아 칠칠 노세 간다지요 못간다지요 노세 노세 쾌잔아 칠칠 노세 노들강변 봬차는 으흠노세 노세 노세 쾌잔아 칠칠 노세 푸릇푸릇 봄배차는 으흠노세 노세 노세 쾌잔아 칠칠 노세 옥에 갇힌 춘향이는 으흠 노세(상주군 공검면 화동리 권병도, 상주의 민요, 236쪽)

A자료는 노동 권유와 탄로嘆老가 2음보로 노래되었다. 노래 시작부분에서 "일신받아 일을 하세"라고 하는 것으로 보아 현재 일을 하고 있는 상태이고, 선소리꾼의 모든 관심은 논매는 것에 쏠려있음을 알 수 있다. 가창유희요에서 노래되는 탄로嘆老는 주로 백발가를 인용하여, 한탄조로 노래되는 경우가 많다. 예를 들면, '이발청춘 소년들아 백발보고 웃지마라, 오늘 백발 우리도 싫다'라는 식이다.

그런데 위 인용문에서의 화자는 늙음을 한탄하는 것에 머물지 않고 오히려 사람을 늙게 만드는 세월에게 직접적으로 청춘을 왜 데려 가냐고 따지고 있다. 그는 사람을 늙게 만드는 세월에게 너는 내년 봄에 다시 오면 그만이지만 우리는 늙어지면 그만이라고 항변하는 것이다. 이 소리의 노동 상황이 그리 힘이 들지 않음에도 불구하고 일을 열심히 하자고 독려하는 것은 화자가 이 소리의 상황을 호미로 초벌을 맬 때의 상황과의 연장선상에서 이해하고 있기 때문이다.

B자료는 유흥 권유와 노동 상황 묘사, 노동 권유, 그리고 유흥 권유로 구성되었다. 여기서는 앞서 살핀 자료와 달리 유흥이 적극적으로 노래되었다. 이는 자료 외적으로 보면 노래를 하는 상황이 그리 고되지 않기 때문이

고, 자료 내적으로 보면 후렴의 유흥적 성격 때문이다. 이 자료는 A자료에 비해 사설이 유기적으로 구성되지 못하였는데 이유는 이 소리 내부에서 노동 지향적 면과 유희 지향적 면이 충돌하고 있기 때문이다.

3행에서 화자는 어떻게 하든 지심만 잘 매어달라고 부탁한 뒤 뒤에 가서는 놀자고 한다. 현재 작중 화자는 현재 일을 하고 있지 않고 관망하고 있는 상태이거나 일에 참여하더라도 직접적인 노동을 하는 것은 아니다. 이는 A자료에서 화자가 사람을 늙게 만드는 세월에게 따지며, 열심히 일을 하자고 하는 것과 대비 된다. 논매는 소리로 불리는 칭칭이소리는 일이 그리 힘들지 않는 상황에서 지역에 따라서는 논매기의 끝자락에 불리는 관계로, 가창자가 이 일을 어떻게 인식하느냐에 따라 소리의 성격이 노동 권유로, 혹은 유흥 권유로 노래됨을 알 수 있다.

논매는 소리 중에는 칭칭이소리 바탕에 춘향가 소재 십장가나 범벅타령 등 기존에 만들어진 소리를 차용하는 경우도 있다. 일을 하면서 노동 관련 사설이 아닌, 기존의 유흥 관련 사설을 차용한 것 역시 이 소리의 구연상황에서 그 이유를 찾을 수 있다. 특히, 기존의 소리를 차용하여 부르는 경우 남성구연자는 여성 구연자와 달리, 기존 소리를 거의 그대로 부른다.

(2) 장원질소리

장원질소리는 마지막 세벌 김을 다 매고 들에서 마을로 돌아올 때 그 마을에서 농사를 가장 잘 지은 집이나 상일꾼 등을 삿갓을 거꾸로 씌우고 소 등이나 걸채나 괭이말(괭이자루) 혹은 어깨말에 태우고 돌아오면서 하는 소리이다.[58] 마을에 돌아와서 마을에서 농사를 크게 짓는 집이나 잘된 집에 가서 한 상 차려 내와서 한바탕 노는 것을 장원례壯元禮라고 한다.

장원질소리 자체가 몇 개월간 계속되던 힘든 일을 다 다 마치고 집으로

58 장원질과 관련해서는 아래 논문을 참조하였다.
배영동, 「조선후기 호미씻이 형성의 농업사적 배경」, 『동아시아 농업의 전통과 변화』, 한국농촌경제연구원, 한국농업사학회, 2003.

돌아가며 흥겨운 분위기 속에서 부르다 보니 노동과 유희의 성격이 공존하는 자료가 많다.

> A: 얼럴럴 상사디야 쾌지나 칭칭노세 얼럴럴 상사디야 쾌지나 칭칭 놀세 불같이도 더운 날에 쾌지나 칭칭 노세 얼럴럴 상사디야 쾌지나 칭칭 노세 진종일 논에 기댕기고 쾌지나 칭칭놀세 얼럴럴 상사디야 쾌지나 칭칭노세 가자 가자 집에를 가자 쾌지나 칭칭놀세 얼럴럴 상사디야 쾌지나 칭칭노세 집에 가서 잠도 자자 쾌지나 칭칭 놀세 얼럴럴 상사디야 쾌지나 칭칭노세 올게도 풍년이요 쾌지나 칭칭노세 얼럴럴 상사디야 쾌지나 칭칭노세 내연에도 풍년이라 쾌지나 칭칭 노세 얼럴럴 상사디야 쾌지나 칭칭노세 년년마다 풍년이다 쾌지나 칭칭노네(상주군 청리면 수상리 서재석, 상주의 민요, 134쪽)

> B: 범들어었다 봄들었다 치야 칭칭나네 이 강산 삼천리 봄들었다 치야 칭칭나네 앞동산도 울긋불긋 치야 칭칭나네 뒷동산도 울긋불긋 치야 칭칭나네 행화도화 만발한데 치야 칭칭나네 춤추는 저 나비와 치야 칭칭나네 노래하는 이 벌 저 벌 치야 칭칭나네 서를 속속 왔다가 갔다 (중략)너 왜 홀로 혼자 앉아서 치야 칭칭나네 기독기독 니가 우나 치야 칭칭나네 니 심사를 생각하니 치야 칭칭나네 너와 나와 일반이로다 치야 칭칭나네 너는 거기서 울지를 말고 치야 칭칭나네 너와 나와 짝을 지여 치야 칭칭나네 우리 둘이 즐겨보자 치야 칭칭나네 치야 칭칭 나네(후략)(상주군 외남면 소상 1리 김광수, 상주의 민요, 139~141쪽)

A자료는 힘들게 일을 했으니 귀가하여 편하게 쉬자는 유흥 권유와 올해도 풍년이었으니 내년에도 풍년이 들었으면 하는 기원의 내용을 노래하고 있다. 이 소리의 특징 중의 하나는 후렴이 상사소리와 칭칭이소리가 하나의 세트로 부르는 것이다. 논매는 소리로 불리는 상사소리가 앞에 나오고 칭칭이소리가 뒤에 노래되는 것은 현재 구연상황이 논매는 일을 마치고 집으로 돌아가는 자리이기 때문이다. 이는 노동과 유희의 성격을 동시에 가진 장원질소리의 복합적 성격을 잘 보여주는 예이다.

2행 이후 '진종일 논에 기어 다니고 쾌지나 칭칭 놀세', '가자가자 집에를 가자 쾌지나 칭칭 놀세' 등은 하루 종일 논에서 일을 했으니 쾌지나칭칭 노세,

집에 가서 쾌지나칭칭 노세로 해석 가능하다. 즉 후렴에서 노래되는 '노세'는 후렴의 기능을 하는 동시에 함께 매기는 소리의 앞뒤 내용을 이어주는 구실까지 하는 것이다. 이 소리는 현재 노래가 불리고 있는 상황 중심으로 사설이 구성되다보니 현재 화자가 느끼고 있는 감정을 표현할 수 있는 여지가 많다.

B자료의 선소리 부분은 여성 가창자들이 삼을 삼거나 물레질 등을 하면서 독창으로 부르는 노래이다. 이 소리에서는 여러 가지 새와 봄의 정경을 묘사하면서, 마지막에 노래되는 귀뚜라미에 화자의 정서가 집약된다. 임이 옆에 없는 화자는 서글피 울고 있는 귀뚜라미와 외로움을 기반으로 동일화되는 것이다.

김광수 가창자는 기존의 소리 분위기를 탈피하여 흥겨운 분위기 속에서 선후창으로 이 소리를 부르고 있다. 이 자료에서 화자의 정서가 집약되는 소재는 귀뚜라미가 아닌, 흥겨운 봄 분위기와 잘 호응하고 있는 나비나 벌, 종달새, 꾀꼬리 등이다. 따라서 6행 '우리 둘이 즐겨보자' 라는 것은 같이 놀 짝이 없는 우리 둘이서만 즐기자가 아니라, 다른 친구들과 어울려서 같이 놀자고 하는 것으로 볼 수 있다.

장원질소리는 기본적으로 노동 공간에서 휴식 장소로 이동하며 부른다. 따라서 이 소리에는 이동과 관련된 내용이 많이 노래된다.

> 치나칭칭나하네 노세 노세 젊어서 노세 치나칭칭나하네 늙어지면 못노나니 치나칭칭나하네 인생은 일장춘몽 치나칭칭나하네 아니 놀고는 무엇을 하리 치나칭칭나하네 앞발꾼은 뒤를 맞추고 치나칭칭나하네 뒷발꾼은 앞을 맞촤 치나칭칭나하네 맞상제는 앞에 서고 치나칭칭나하네 둘째 상제 둘째 서니 치나칭칭나하네 세째 상주 철을 몰라 치나칭칭나하네 싱글벙글 웃으면서 치나칭칭나하네 어제 오날 성턴 몸이 치나칭칭나하네 북망산천이 왠말인가 치나칭칭나하네 얼씨구 지장들아 치나칭칭나하네 앞소리는 짜른따나 치나칭칭나하네 뒷소리를 올려주소(상주군 공성면 장동2리 조대식, 상주의 민요, 148~149쪽)

위 인용문은 유흥과 행상行喪 묘사 및 행동 권유로 구성되었다. 여기서 젊어서 놀자는 내용 뒤에 상여소리 내용이 붙은 것은 이 소리 역시 어디론가 이동하면서 구연하기 때문이다. 이동이라는 행위의 유사성을 기반으로 상여소리를 장워질을 하는 과정에서 노래할 수 있었다.

상여소리가 결합할 수 있었던 또 다른 이유는 2행 '인생은 일장춘몽이니 아니 놀고는 무엇하리'를 통해서도 알 수 있다. 이 소리의 화자는 유흥의 필요성을 표현하기 위해 여러 가지 유흥 관련 사설을 늘어놓는 방법이 아닌, 사람이 죽음과 관련되는 상여소리를 노래함으로써 그 이유를 반어적으로 표현하였다. 이 소리를 듣는 사람 입장에서는 어떤 유흥 관련 사설보다 뚜렷하게 유흥의 필요성을 절감하게 되는 것이다.

(3) 가창유희요

가창유희요로 불리는 칭칭이소리의 구연 상황은 한데 어울려서 한참 놀 때와 다 놀고 나서 소리판을 끝내기 직전에 판이 끝날 것이라는 신호로 노래를 할 때이다. 두 상황 중 놀이판이 끝나고 헤어지기 직전에 부르는 경우가 더 많았다. 특히 강원지역에서는 삼척이나 고성 등 대부분 지역에서 헤어지기 직전에 이 소리를 부른다.

가창유희요 칭칭이소리는 가창자의 성별에 따라 사설 구성의 차이가 난다. 먼저 남성 가창자의 소리를 살펴보면 아래와 같다. 남성 가창자들이 부르는 가창유희요 칭칭이소리는 현재 노래하는 상황에 기반한 유흥을 권유하는 내용과 함께 기존에 만들어진 가창유희요를 차용해서 부르는 경우가 많다.

> A: 치야 칭칭나아네/ 일자로 들고보니/ (이하 후렴 생략) 이날 새고 날 밝으면/ 밤중되어 밝은 날아/ 이자로 들고보니/ 이야하고 큰북소리/ 세월아 네월아 가지마라(중략)울려두가 울려두가/ 칭칭이소리 울려두가/ 우리동방 인심들은/ 세상에도 으뜸인데/ 어찌하야 그 소리가/ 그렇게도 약해보이나/ 소리 소리 울려주소/ 입으힘을 합하여서/ 우리동방 인심내가/ 이 시상에 떨쳐보자/ 쾌지나칭칭 쾌지나칭칭/ 쾌지나 칭칭나아네/ 녹음기가 터지도록/ 칭칭이소리 잘 울려주소/ 잘도 한다 잘도 한다(월성군 현곡면 가정 2리 이원육, 한국구비문학대계 7-1, 487~490쪽)

B: 칭이야 칭칭나네 날도 좋고 달도 좋다 칭이야 칭칭나네(이하 후렴 생략)/ 오늘이야 좋은 날에/ 칠월이라 열이렛날이요/ 우리 교수님 모시구야/ 할아버지 할머니 모시구야/ 잘 놀구야 잘 놉니다/ 금년 한해가 만복이 오지요/ 우리 가곡면 대동이다/면소재지 할아버지네 집에/ 만복이 오기를 기대합니다/ 신씨네 할아버지 가정에는/ 오늘이 좋다 만복이 오지요/ 할어비 복 많이 받으시고/ 할머니 할아버지/ 우리 면장님도 오셋네요/ 면장님 고맙습니다/ (중략)명년 한 해 새 복을 빕시다/ 올러 갈라니 올고사리다/ 내려야 가니는 늦고사리/ 저건네 저고사리 내가 꺾고/ 저산 저너메 고사리 할머니 꺾고/ 아래 저 고사리 아저씨 꺾고/ 높은 낭게 저 드릅 내가 따고/ 한 짐지고 두 짐지고/ 금년 농사 또 지어보자/ 오늘이는 모자리하고/ 내일이는 밭갈러가고/ 오늘 모레 놀라가고/ 이제는야 심기도 합시다/ 웃엣논은 내가 심고/ 아구야 모자리 모심기 다마쳤구나/ 농부라면 써그래 술 한잔 먹어야지/ 내일이는 모두 모여/ 우리집에서 써그레 술한잔/ 요렇게 모여서 잘 잡숫고/ (중략) 이만침 놀고 이만침 먹었으니/ 오늘이는 고만 놉시다(삼척시 가곡면 오저리 윤상구, 삼척민속지 1, 285~188쪽)

A자료는 숫자풀이와 현재의 상황에 대한 묘사가 노래되었다. 위 소리의 가창자는 우리 동네 인심이 좋으니 신나게 칭칭이소리를 하자고 하는데, 인심이 좋다고 하는 것은 모인 사람들의 참여를 독려함으로써 앞서 숫자풀이를 불러 한껏 고무된 분위기를 더욱 고조시키기 위해서이다.

B자료 가창자는 초반부에는 현재 모인 사람들에 대한 축원을 노래하고, 7행 이후에는 고사리 꺾는 소리 등을 차용하였다. 먼저 첫 번째 부분은 현재 노래판에 대한 상황 묘사와 함께 현재의 화기애애한 분위기가 묘사된다. 두 번째 부분에서는 고사리 꺾는 소리, 농사짓는 상황 묘사가 노래된 뒤 마지막에는 잘 놀았으니 오늘은 그만 놀자고 하였다. 앞서 장원질소리에서도 나타났지만, 남성 가창자들은 기존의 소리를 차용함에 있어 그 자체로 이용할 뿐 개인적인 윤색이나 변화는 거의 가하지 않았다.

강원도 정선이나 삼척 등에서는 놀이판에 모인 가창자들이 자신이 노래하고 싶은 것을 칭칭이소리 후렴에 얹어 돌아가며 노래하기도 한다. 노래판에 모인 이들이 모두 칭칭이소리를 공유하고 있는 관계로 자연스럽게 칭칭이소리 노래판이 형성될 수 있는 것이다. 전체 칭칭이소리 중 여성이 부르는 가창유희요 칭칭이소리(특히 강원지역)의 사설 구성이 가장 다채로운데, 이는 독창이나 윤창 등의 구연 방식과 관계가 있다.

그러면 여성가창자가 부른 가창유희요 칭칭이소리를 살펴보고자 한다.

A: (전략) 보고저기가 짝이없네 이이야 칭칭나네 사샤서셔 소쇼하니 이이야 칭칭나네 속속이도 먹은 마음 이이야 칭칭나네 아야어여 오요하니 이이야 칭칭나네 온다더니 왜 못오나(중략) 저게 저 산천에 무더이 된들 이이야 칭칭나네 어느 자슥이 애통하리 이이야 칭칭나네 알뜰살뜰히 모아논 재물 이이야 칭칭나네 안고가나 지고가나 이이야 칭칭나네 빈손들고 왔다가야 이이야 칭칭나네 빈손들고 갈것인데 이이야 칭칭나네 있는거 없는거 다 떨어먹고 이이야 칭칭나네 쿵덕쿵덕 놀아줘요(예천군 호명면 월포동 이돌녀, 한국구비문학대계 7-18, 650~656쪽)

B: 다복다북 다북네야 칭이야 칭칭나네(이하 후렴 생략) 너 어디 울고가니/ 울어머니 몸진골로/ 젖먹으러 울고간다/ 울어머니 보시거든/ 가랑잎에 젖을 짜서/ 구름질로 띄워주소/ 구름질로 못띄우면/ 바람질로 띄워주소/바람질로 못띄우면/ 행강물로 띄워주소/ 또 한모텡이 돌아가니/ 저기저기 저낭구에/ 열매가 열렸으니/ 하난 따서 내가 먹고/ 둘은 따서 동무주고/ 또 한모텡이로 돌아가니/ 열매가 또 열렸으니/ 기영낭구 꺾어들고/기억기억 울고가네/ 또 한모텡이로 돌아가니/ 싸리낭구 꺽어지고/ 싸라지게(심하게) 울고간다/ 저기저기 저 할머니/ 울어머니 사는 곳은/ 어디메가면 보느니야/ 한 모텡이로 돌아가니/ 남의집 일꾼은 말도많네/ 남의집 메눌은 일도많네/ 간다간다 나는간다/ 너를 버리고 나는간다/ 가면은 아주가나/ 저승길이 멀다해도/ 대문밖이 저승렬다/ 아래깐문을 열뜨리니/ 호래이같은 시어머니/ 곳간문을 열뜨리니/ 노세노세 젊어노세/ 사랑문을 열뜨리니/ 너구리같은 시아버님/ 호랭이비양만 하는구나/ 웃간문을 열뜨리니/ 예슬예슬(미운짓을 하는 태도) 시누년아/ 낮반데기 회배파구/ 아침진지 처먹어라/ 고방문을 열뜨리고/ 너울같은(마음이 넓은) 서방님은/ 일어나서 세수하고/ 아침진지 드시오(고성군 거진읍 대대리 윤숙조, 강원의 민요 Ⅱ, 196~197쪽)

A자료에서 인용된 한글뒤풀이는 원래 독창으로, 한글 자모와 그 자모로 시작되는 유흥으로 구성된다. 유흥이 노래되는 부분은 관용적인 내용이 대

부분을 차지한다. 그런데 위 인용문에서는 한글뒤풀이에 칭칭이소리 후렴이 소리 중간에 삽입됨으로써 화자가 자모가 시작되는 부분에 자신의 심회를 넣을 수 있는 여지가 마련되었다. 위 노래에서 임에 대한 그리움과 원망 등은 6.25사변 때 남편을 잃은 자신의 심정을 노래한 것이라 한다.[59] 이를 통해 여성가창자들은 노래에 대한 감정이입의 정도가 남성 가창자에 비해 월등히 높음을 알 수 있다.

여성 구연 가창유희요 칭칭이소리는 기존의 화투뒤풀이, 달거리, 서사민요를 칭칭이소리에 얹어서 부르는 경우가 많다. 이 노래들에서 후렴은 흥겨운 분위기를 만드는 구실을 하는 동시에 한 노래가 끝난 뒤 다음 노래가 이어질 수 있는 가교 역할을 한다.[60] 그러나 자신의 심회가 직간접적으로 표현되는 각편에서의 후렴구는 노래에 대한 화자의 감정 이입을 차단함으로써 소리의 내적 상황과 화자간의 거리를 유지시키는 역할도 한다. 위 자료의 경우 젊은시절 화자가 감당할 수 없을 만큼의 슬픔을 겪었음에도 불구하고, 제일 뒷부분에서 '쿵덕쿵덕 놀아줘요'라고 마무리를 지을 수 있는 것은 자신이 겪었던 상황에 몰입되지 않았기 때문이다. 즉 후렴구의 반복을 통해 슬픔이나 고통에 함몰되지 않고 자신의 삶을 객관적으로 바라볼 수 있는 거리가 마련되는 것이다.

B자료는 다복녀多福女민요와 한글뒤풀이, 그리고 시집살이노래로 구성되었다. 여기서 첫 번째로 불리는 다복녀녀민요는 기존의 다복녀민요 문법에서 변화가 감지된다.[61] 먼저 위 소리에서는 다복녀의 부탁을 들어줄 '저기 가는 저 할아버지나 할머니'가 생략되었다. 그리고 4행에서 나무에 열린

---

59 한국정신문화연구원 어문연구실, 『한국구비문학대계』 7-18, 동화출판공사, 1983, 650쪽.

60 강등학은 여성 구연민요에서의 후렴은 노래판의 홍 일으키기, 소리판의 일체감 형성, 그리고 소리하는 이의 휴식 등의 기능을 한다고 말한 바 있다.
강등학, 「민요 후렴의 현장론적 이해」, 『한국 민요의 현장과 장르론적 관심』, 집문당, 1996.

61 다복녀민요에 대해서는 아래 논문을 참조하였다.
졸고, 「다복녀多福女민요의 유형과 서사민요적 성격」, 『한국민요학』 제22집, 한국민요학회, 2008.

열매를 '하나 따서 내가 먹'는다고 하는데, 기존의 다복녀민요에서는 어려움 없이 쉽게 어머니 산소에 도착한 자료의 경우 다복녀는 목이 메어서 참외나 능금 등의 열매를 먹지 못하였다. 별다른 어려움을 겪지 않았음에도 열매를 먹을 수 있다는 것은 기본적으로 이 소리의 화자가 다복녀에 감정이입에 의한 동일화가 이루어지지 않고 있다는 것을 의미한다.

이 소리에서는 '한 모퉁이 돌아가니'가 여러 번 사용된다. 이 중에서 3행에서 어머니 산소를 찾아가는 대목에서 노래되는 한 모퉁이 돌아간다고 하는 사설은 기존의 다복녀민요에서도 볼 수 있는 것이다. 그러나 4, 5행에서는 열매를 매개로 다복녀민요와 숫자풀이를 연결시키기 위해, 그리고 7행에서는 시집살이노래와의 연결을 위해 노래되었다. 즉 이 가창자는 다복녀민요 내 특정 사설을 다른 소리와의 연결 고리로 사용하고 있다. 여러 사람들이 돌아가며 자신들이 알고 있는 소리들을 이어서 부르다 보니 자연스럽게 소리의 외연이 확장된 것이다.

가창유희요 중에는 유흥과 함께 이별의 정서가 부각되는 자료들이 있다.

> 치야 칭칭나네 시내갱변에 돌도 많네 치야 칭칭나네 놀아 놀아 젊어서 놀아 치야 칭칭나네 간다 간다 나는 간다 치야 칭칭나네 인제 가면은 언제 오나 치야 칭칭나네 간다 간다 나는 간다 치야 칭칭나네 북망산천이 멀다해도 치야 칭칭나네 대문밖에 저승이네 치야 칭칭나네 언제 오나 언제 오나 치야 칭칭나네 간다 간다 나는 간다 치야 칭칭나네 먹고나 놀자 쓰고나 놀자 치야 칭칭나네 언제나 오나 언제 오나 치야 칭칭나네 엄마 엄마 울엄마야 치야 칭칭나네 인제 가면은 언제 올라나 치야 칭칭나네 실경 밑에 삶은 팥이 싹이나면 올라던가 치야 칭칭나네 꽤꽤닭이 홰를 치면은 올라던가 치야 칭칭나네 간가 간다 나는 간다 치야 칭칭나네 나는 간다(강원도 속초시 대포동 이규옥(여), 강원의 민요 Ⅱ, 524쪽)

위 인용문은 유흥 권유, 상여소리와 다복녀 일부 사설로 구성되었다. 여기서 2행 이후 반복되는 "간다 간다 나는 간다"라고 하는 것은 놀이판을 마치고 집으로 돌아간다는 뜻이다. 노래에 참여한 이들은 이제 놀이판을 접고 아쉬운 마음을 뒤로 한 채 헤어져야 하는 관계로 유흥과 관련된 사설보다는 이별과 관련 있는 상여소리, 다복녀 사설에 비중을 두게 되었다. 앞선 장원질소리에서 이동이라는 행위의 유사성에 의해 상여소리를 사용되었다면, 위 인용문에서는 이별이라는 의미의 유사성에 의해 상여소리를 차용하였다.

3) 호남지역 산아지타령과의 비교

장원질소리는 충북 공주, 천원군, 천안 등지에도 채록되긴 하였으나 대부분 영남과 호남지역을 중심으로 분포한다.[62] 영남지역은 칭칭이소리가 장원질소리의 95% 이상을 차지하지만 호남지역은 애롱대롱, 양산도, 두름박소리, 사아 뒤히여 어뒤어소리, 산아지타령, 매화타령 등 여러 가지 소리가 존재한다. 이 장에서는 칭칭이소리의 특징을 보다 명확히 하기 위해 호남지역 장원질소리 중의 하나인 산아지타령을 살펴보고자 한다. 이 소리는 장원질소리뿐만 아니라 논매는 소리, 가창유희요 등으로 불리고 있어 칭칭이소리와 같이 지역성 가지면서 여러 가능을 담당하고 있다는 점에서 비교 대상으로 적합하다.

산아지타령에 대한 본격적인 첫 논의를 한 이옥희는 이 소리가 섬진강 유역의 지리산 부근 산간 농경지와 남원, 곡성, 구례, 승주, 보성, 여천 등지의 논매는 소리에서 생성되었고, 점차 다른 기능으로 확대되었다고 논의한 바 있다.[63] 그는 앞의 지역들의 토질이 척박한 관계로 호미로 논을 맬 때 산아지타령을 불렀다고 하였다.

먼저, 논매는 소리로 불리는 산아지타령을 인용하면 다음과 같다.

A: 에야디야 에헤이야 에야디야 산이로고나 에야디야 에헤헤이에야 에야디

---

62 경기지역에는 세벌 김을 매고 집으로 돌아오면서 장원질소리를 하기 보다는, 두레 풍장(길굿)을 치며 오는 경우가 많다. 같은 기능을 두고 어떤 지역에서는 민요를 부르고, 어느 지역에서는 농악을 치는 이유는 앞으로 해결해야 할 과제이다.

63 이옥희, 「남도의 민요 〈산아지타령〉 연구」, 『민요논집』 제8집, 민속원, 2004.

여 산아지로고나 잡어내세 지심을 잡어 뭉쳐서 때려주세 에야디야 에헤이야 에야디야 산이로고나 잘도 허네 잘도 허네 우리네 농군들 잘도나 허네 에야디야 에헤이야 에야디야 산이로고나 이 농사 지어작고 선영봉대 하여보세 에야디야 에헤이야 에야디야 산이로고나 그만저만 파양궁허세 그만 저만에 파양궁허세(보성군 문덕면 양동리 1구 내동 안종연, 보성의 민요, 168쪽)

B: 에야 디야 에헤헤헤야 에야 디여 산아지로고나 잘도나 허네 잘도나 허네 우리 농부들 다 잘도 허네 에야 디야 에헤헤헤야 에야 디여 산아지로고나 오늘날로는 여기서 노는데 내일날로는 어디 가서 놀게 에야 디야 에헤헤헤야 에야 디여 산아지로고나 니가나 잘 나서 일색이드냐 내 눈이 어두와 환장이로고나 에야 디야 에헤헤헤야 에야 디여 산아지로고나 일락은 서산은 해 떨어지는데 월출동방은 달 솟아오네 에야 디야 에헤헤헤야 에야 디여 산아지로고나 울넘어 갈 저는 개가나 짖드니 임 품에 드닌까 닭이 우네 에야 디야 에헤헤헤야 에야 디여 산아지로고나 울넘어 갈 적에 짖드네 저 개야 원왕산 호랑이 물어를 가거라(화순군 도곡면 신성리 문규식, 한국민요대전)

A 자료에서 화자의 관심은 일을 열심히 해서 한 해 농사를 잘 마무리 짓는 것에 있다. 마지막 부분에 파양궁하자고 하는 것으로 보아, 이 소리는 일이 마쳐져 갈 즈음에 불렸음을 알 수 있다. 이 소리에서는 별다른 감정 기복이나 화자의 개인적 정서는 배재된 채 AAXA, ABAB와 같은 표현법을 통해 노동 진행과 관련된 사설들만 노래되고 있다.

B 자료는 노동 권유와 함께 유흥이 노래되었다. 1행에서 우리 농부들 잘도 한다고 하는 것으로 보아 이 자료 역시 A 자료와 마찬가지로, 일을 하면서 불림을 알 수 있다. 뒤이어 화자는 오늘은 여기서 내일은 어디서 노냐고 하면서 유흥 관련 내용을 노래하기 시작한다. 여기서 노래되는 유흥은 칭칭이소리 등에서 살핀 것과 양상이 조금 다르다. 3행 후반부부터의 내용을 보면, 화자는 임이 잘난 것이 아니라 자신의 눈이 어두워서 임이 예쁜 것이라 하고, 임의 품에 오래 있고 싶으나 시간이 너무 빨리 흐른다고 하였다. 그리고 원왕산 호랑이에게 임을 찾아 가는 것을 방해하는 개를 물어가라고 하였다.

현재 화자는 임과 사랑을 나누고 싶으나 그렇게 하는데 어려움을 겪고 있고, 그 만족도 또한 현저히 낮은 관계로 짖고 있는 개에게 괜한 화풀이를 하고 있다. 이렇게 화자와 임과의 관계가 원만치 못한 것은 현재 자신은 힘든 일을 하면서 일하는 사람들을 독려하고 있는 것에서 원인을 찾을 수 있다. 구연 상황이 그러하다 보니 원하는 만큼의 유흥을 노래할 수 없었던 것이다.

두 번째로 장원질소리로 불리는 산아지타령을 살펴보자.

> A: 허 허허허이헤야 허어디여 산아지로고나 잘도나 허네 잘도나 허네 우리 농군들 잘도 허네허 허허허이헤야 허어디여 산아지로고나 저 달은 뚝 떠서 대장이 되고 견우직녀 후분이로고나허 허허허이헤야 허어디여 산아지로고나 저 산 너머다가 소첩을 두고 밤길 걷기도 활발허네 허 허허허이헤야 허어디여 산아지로고나 노세 노세 젊어서 노세 늙고 병들면 나는 못 노나니허 허허허이헤야 허어디여 산아지로고나 일락서산에 해 떨어지고 월출의 동정 달 돋아온다 허 허허허이헤야 허어디여 산아지로고나 그만저만 파양궁 허세 북두나 칠성이 행 돌아졌네(곡성군 삼기면 원등리 학동 황수성, 한국민요대전)

> B: 가자 어서 놀러가자 가자 어서 놀러가자 이수 건너 뱃놀이 가자 허 허나 허이허야 허어디여 산이로고나 인제 개면은 언제 올래 인제 개면은 언제 올래 오만 날을 일러나 주소 허 허나 허이허야 허어디여 산이로고나 저 산 너메다 소첩을 두고 저산 너메다 소첩을 두고 밤길 걷기 난감허네 허 허나 허이허야 허어디여 산이로고나 오동추야 달도 밝고 임의 생각 절로나 난다 허 허나 허이허야 허어디여 산이로고나 인제 가면은 언제 올래 가면은 언제 올래 오만 날을 일러나 주소 허 허나 허이허야 허어디여 산이로고나 오란 데는 밤에나 가고 동네 술집으 대낮에 간다 허 허나 허이허야 허어디여 산이로고나 간다 간다 나도 간다 정든 님 따라 내가 도라간다(남원시 대강면 평촌마을 서득표, 전북의 민요마을, 373~374쪽)

A 자료는 현재 상황과 유흥 관련 사설로 구성되었다. 이 소리의 가창자는 고생스러운 지심 매기가 잘 마쳐진 관계로 한껏 고무된 상태이다. 1행 후반부에서 '우리 농군들 잘도 허네'라는 말에는 일을 마치고 집으로 잘 돌아가고 있다는 것과 함께 한해 농사가 별 탈 없이 잘 지었다는 의미까지

포함하고 있다. 3행에서 소첩을 찾아가는 밤길이 가벼운 것도 이러한 구연 상황과 관련이 있다.

B 자료는 일을 마치고 집으로 돌아가는 길을 이수 건너 뱃놀이 가는 것으로 표현하였다. 이 자료는 A 인용문과 비교했을 때 유흥의 강도가 한층 강화되었다. 가창자는 2행과 5행에서 각각 상여소리 사설 한 대목을 노래하였는데 이것은 장원질 칭칭이소리에서 상여소리가 차용되는 이유와 같다. 이별의 내용을 유흥 관련 사설 사이에 노래하면서 화자는 집으로 돌아가는 기쁨을 더욱 다채롭게 표현할 수 있었다.

B 자료에서 화자와 소첩(임)의 관계가 노래되는 부분은 4행 소첩에게 가기 난감하다와 4행 후반부의 임 생각이 절로 난다, 그리고 8행 정든 님 따라 돌아간다 등이다. 이 부분들을 통해 현재 화자는 어려움이 없지 않지만 임이 너무 보고 싶어 임을 보러 가고 있다. 이를 통해 앞서 살핀 논매는 소리에서 임을 만나지 못해 못마땅해 있는 화자와 비교하면 유흥에 대한 가창자의 태도가 훨씬 자유분방하고 진취적임을 알 수 있다.

칭치이소리와 같이 논매는 소리, 장원질소리, 유희요로 불리는 산아지타령은 호미로 척박한 땅을 일굴 때에 부르는 소리에서 생성되었다. 그러다 보니 논맬 때 부르는 산아지타령은 물론이고, 장원질소리에서도 화자가 적극적으로 사설을 변용하거나 개작하지 못하였다. 이러한 점은 이 소리의 후렴에서 잘 나타난다. 산아지타령은 후렴의 가지 수가 그리 많지 않은데, 이유는 힘든 논매는 일에 맞추어 후렴이 만들어졌기 때문이다. 그러다 보니 유흥적 분위기에서 산아지타령 후렴에 일반적인 유희요를 차용하여 부르려 해도 두 소리간의 길이가 맞지 않아 자유로운 사설 변용이 이루어지지 못하였다.

4) 칭칭이소리의 생성과 기능 분화

앞서 기능을 중심으로 칭칭이소리의 양상을 개별적으로 살폈다면, 이 장에서는 칭칭이소리를 전체적 시각에서 이 소리의 생성과 기능 분화 요인 등에 대해 알아보고자 한다. 앞서 살폈듯이, 칭칭이소리는 강원도 고성에서부터 경남 거제, 삼천포에 이르기까지 우리나라 동부지역을 중심으로 두 · 세벌 논맬 때, 논을 다 매고 집으로 돌아올 때, 그리고 여럿이 어울려서 놀 때 불렀다. 바꾸어 말하면 노동, 노동과 유희의 경계지점, 그리고 유희의 공간에서 불렸다고 할 수 있다. 우리나라에는 노동과 유희를 넘나들며 불리는 소리들이 많이 있으나 이 소리처럼 특정 지역 안에서만 향유되는 사례는 드물다. 이는 곧 이 소리들 내부적으로 나름의 메커니즘이 존재하고 있다는 것을 의미한다.

논맬 때 부르는 칭칭이소리의 경우 경북지역에서는 거의 전 지역에 걸쳐 채록되었고, 경남에서 1곳 채록되었다. 자료 분포상 경남 합천과 인접하고 있는 경산, 청도, 월성이 자료가 밀집되어 있는 것이 특징적이다. 장원질소리는 경북지역에서는 7곳, 경남지역에서는 4곳에서 채록되었다. 경북지역 논매는 소리와 장원질소리의 분포는 거의 일치하고 있고 경남은 거의 전 지역에서 노래되었다. 가창유희요의 경우 강원이 5곳, 경북이 6곳, 경남지역이 6곳 채록되었다. 강원지역에서는 남쪽으로부터 올라가면서 삼척, 양양, 속초, 고성에 이르기까지 모두 해안지역에서 같은 기능을 하는 소리들이 녹음되었다.

그러면 세시의식요나 논매는 소리 등 각각의 기능에서 이 소리가 생성되었을 가능성에 대해 검토해보고자 한다. 먼저 세시의례의 뒷풀이에서 불리는 칭칭이소리는 의례라는 특수한 상황만으로도 다른 소리들에 비해 가장 먼저 생겼을 것으로 생각해 볼 수 있다. 그러나 의례 뒷풀이에서 불리는 소리들이 일반적인 놀이판의 마지막에 불리는 것과 사설 구성에 있어 차이가 거의 없는 것이 문제이다.

두 번째로 논매는 소리에서 장원질소리로 기능이 분화되었다고 생각할 수 있다. 그러나 논매는 소리에서 칭칭이소리가 생성되었다고 할 경우 가창유희요가 놀이나 소리판의 제일 마지막에 소리를 끝내는 신호로 불리는 이유에 대해서는 설명하지 못한다. 마지막으로 유희요에서 칭칭이소리는 자료 분포가 가장 광범위하고, 헤어지는 상황에서 부르니 장원질로 분화되었다고 볼 수도 있다. 그러나 어떠한 소리가 기능요와 비기능요로 모두 불릴 경우 특별한 경우가 아니고서는 기능요에서 비기능요로 이동하는 것으로 보는 것이 타당하다. 그리고 이 소리들이 왜 소리판의 마지막에 불렀는가 하는 것이나 강원 해안지역에만 자료가 분포하는 이유에 대해서도 명확하게 설명할 수 없다.

지역적 자료 분포 및 구연 상황, 그리고 각 자료의 사설 구성을 통해 이 소리는 경북 남부지역(경산, 청도, 월성 일대) 장원질소리에서 생성되었다고 할 수 있다. 이 지역 장원질에서 생겨난 칭칭이소리는 인근 경남 합천이나 다른 경북지역 논매는 소리로 이동하여 비교적 힘이 덜 든 두벌이나 세벌 논매기에서 불렸고, 경남이나 강원지역으로 이동하여 소리판 제일 마지막에 헤어지는 신호로 사용되는 가창유희요로 사용되었다. 가창유희요가 소리판 제일 마지막에 불리는 것은 장원질소리 역시 일을 다 마치고 집으로 돌아오며 부르는 것에서 그 이유를 찾을 수 있다. 특히 강원지역의 경우 삼척에서부터 고성에 이르기까지 해안지역에 집중적으로 유희요가 존재하는 바, 바닷길을 통한 영향관계를 예상할 수 있다.

칭칭이소리가 여러 가지 기능을 담당할 수 있었던 이유로 이 소리 자체의 유흥성이나, 유성기음반 발매 때문이라는 의견이 있었다. 기능 분화 요인을 알기 위해서는 소리 자체에 대한 분석과 함께 소리를 둘러싼 환경에 대한 검토가 적절히 이루어져야 한다. 여기서는 장원질 소리의 구연 상황적 측면과 가창자에 의해 변화되는 측면을 중심으로 살펴보고자 한다.

주지하듯이, 장원질소리는 농사를 지음에 있어 가장 힘든 시기를 넘기고 그 즐거움을 만끽하기 위해 상일꾼을 뽑아서 소 등이나 괭이말 등에 태우고 가면서 부른다. 마을에 들어와서도 신명을 다 풀지 못하면 부잣집 마당으로 자리를 옮겨 본격적인 노래판으로 넘어가게 된다. 요컨대, 장원질은 노동과 유희의 경계면에 위치하는 이유로 각각 노동요와 유희요로 기능이 분화될 수 있었다. 여기서 경북 남부지역에서 경북을 포함한 경남, 강원지역으로 어떤 양상으로 분화되는가 하는 점을 해명해야 하나, 이 문제는 칭칭이소리 하나만으로 해결할 수 있는 사안이 아니므로 추후에 다루고자 한다.

가창자에 의해 이 소리의 사설이 확대 재생산되는 측면은 여성이 부르는 가창유희요에서 잘 드러난다. 남성가창자는 기존에 마련된 소리를 차용하면서도 그 소리의 사설을 거의 변화시키지 않는다. 그들은 현재 노래하고 상황을 기반으로 사설을 만드는 경향이 강하기 때문이다.

반면, 여성 가창자는 현재 구연 상황을 노래 내용에 넣어야 한다는 관념에서 자유롭다. 그들은 기존 소리에 자신이 직접 겪은 일 등을 넣어 부르면서도 자신의 감정에 몰입하지 않고 유흥적 분위기를 유지하였다. 그러다 보니 사설 구성이 훨씬 다채로워질 수 있었다. 남녀 가창자별 사설 구성의 차이는 상여소리를 차용하는 것에서도 나타나는데, 남성가창자는 장원질 소리에서 이동이라는 행위의 유사성에 기반하여, 여성 가창자는 다 놀고 헤어질 때 이별이라는 의미의 유사성에 의해 상여소리를 차용하는데, 전자에 비해 후자가 사설이 변개될 여지가 많았다.

칭칭이소리는 기능에 따라 다양한 형태의 후렴이 존재한다. 전국에서 칭칭이소리가 가장 많이 채록된 곳은 경남 양산으로, 모두 33곡이 채록되었다. 이 지역 소리의 후렴은 모두 18가지로, 칭칭칭나네, 치지랑 칭칭나네, 치랑칭칭나네, 치야칭칭나네 등 '칭이나 칭칭나네'로 정리할 수 있는 것이 14가지고, 쾌지나칭칭칭나네, 쾌기나칭칭나네 등 쾌지나 칭칭나네로 말할 수 있는 것은 4가지이다. 다른 경남과 경북지역에서도 '쾌지나'로 시작되는 후렴보다 '칭이나'으로 시작되는 것이 더 많다. 이를 통해 칭칭이소리의 후렴은 '칭이나 칭칭나네'에서 '쾌지나 칭칭나네'으로 변화했을 것으로 추론할 수 있다.

5) 맺음말

본고에서는 지금까지 제대로 논의되지 않은 칭칭이소리의 전체적 양상을 대상으로 이 소리를 사설을 중심으로 분석하였다. 그런 뒤 호남지역 산아지타령과의 비교를 통해 칭칭이소리의 특징을 부각시키는 한편, 이 소리의 생성과 기능 분화 양상에 대해 논의하였다.

우리나라 동부지역을 중심으로 논매는 소리, 장원질소리, 가창유희요로 불리는 칭칭이소리는 경북 남부지역 장원질소리에서 생성되었다. 논매는 일을 모두 마치고 집으로 돌아갈 때 부르는 장원질소리는 노동요보다는 유희요에 가깝다. 이러한 장원질소리의 복합적 성격으로 인해 경북지역 노동요와 경북을 포함한 경남, 강원지역의 유희요로 기능이 분화될 수 있었다. 여기서 강원지역의 경우 삼척에서 고성에 이르기까지 해안지역에 자료가 분포하는 관계로 바닷길을 이용해 소리의 전파가 이루어졌을 것으로 추정할 수 있다.

강원지역의 여성가창자들이 가창유희요로 부르는 칭칭이소리는 전체 칭칭이소리 중 사설 구성이 가장 뛰어나다. 그들은 기존 소리에 자신이 직접 겪은 일 등을 넣어 부르면서도 자신의 감정에 몰입하지 않았다. 이유는 노래가 흥겨운 분위기 속에서 여러 사람들이 돌아가며 소리를 부르기 때문이었다. 남녀 가창자별 사설 구성의 차이는 상여소리를 차용하는 것에서도 나타나는데, 남성가창자는 장원질소리에서 이동이라는 행위의 유사성에 기반하여, 여성 가창자는 다 놀고 헤어질 때 이별이라는 의미의 유사성에 의해 상여소리를 차용하였다.

본 논의를 바탕으로 앞으로 강원과 영남지역, 그리고 영남과 호남지역 민요 교류의 양상을 보다 명확히 이해하고자 한다. 민요의 지역간 흐름을 이해하기 위해서는 전국적으로 분포하기 보다는 그 지역에만 존재하는 자료들을 대상으로 삼는 것이 효과적이다. 예컨대 칭칭이소리는 영남지역에서 강원지역으로의 영향이 포착되는 반면, 여성 구연민요 중의 하나인 다복녀민요는 강원지역에서 영남지역으로의 영향이 감지된다. 어떤 과정을 통해 인접지역으로 교류되고 그 요인이 무엇인지 해명해야 한다. 아울러 장원질소리가 영남지역에서는 대부분의 지역에서 칭칭이소리를 부르는 반면, 호남지역에서는 지역에 따라 산아지타령이나 애롱대롱 등 여러 가지 소리들을 부르고, 경기지역에서는 소리 대신 풍물을 치는데, 이러한 지역적 차이에 대해서도 논의를 진행하고자 한다.

영남지역 정자소리의 가창방식과 사설구성

1) 머리말

우리나라의 모심는 소리는 영남지역 정자소리, 아부레이수나, 아라송, 강원지역 아라리, 미나리, 자진아라리, 호남지역 상사소리, 경기지역 하나 소리류 등 8가지가 존재한다. 이 소리들 중 대부분은 남성들이 선후창으로 구연하지만 영남지역의 정자소리는 지역에 따라 남성 중심, 혹은 남녀, 그리고 여성 중심으로 교환창으로 노래한다.[64] 뿐만 아니라, 유구한 역사,[65] 3개 도에 이르는 분포지역, 노동 상황과 밀접한 사설 구성 등으로 인해 그간 여러 연구자들에 의해 자료 개관 및 분포, 중심권과 표준형,[66] 소리의 기원,[67] 그리고 다른 지역 민요와의 비교[68] 등 다양한 시각에서 논의가 이루어져 왔다. 아울러, 기존에 이루어진 정자소리의 사설 및 음악 분석을 통해 이 소리의 사설과 음악적 성격 역시 어느 정도 윤곽이 잡혔다 해도 과언이 아니다.[69]

정자소리는 다른 모심는 소리와 달리, 여성이 주된 역할을 한다는 점에서

---

64 영남지역 모심는 소리는 지역에 따라 등지소리, 둥지소리, 모심기소리, 모정자소리, 정자소리 등으로 불린다. 현재 학계에서는 정자소리를 일반적으로 사용하고 있어 본고에서는 정자소리를 대표명칭으로 사용하고자 한다.

65 최헌은 문헌 고증을 통해 이 소리가 전국의 모심는 소리 중 가장 먼저 생겨났다고 말하였다. 최헌, 「한국 모심기소리의 선율구조」, 『농산노동요연구』 Ⅱ, 민속원, 2007, 339쪽.

66 이소라, 『경기도 모심는 소리의 양상과 민요권』, 전국문화원연합회 경기도지회, 2008, 30쪽.

67 김헌선, 「현단계 민요연구의 좌표」, 『구비문학연구』 제15집, 한국구비문학회, 2002.

68 권오경, 「한 · 일 〈모심는 소리〉의 노랫말 구성법과 가창방식 비교연구」, 『한국민요학』 제20집, 한국민요학회, 2007.
김헌선, 「한국민요와 대마도 민요의 비교연구」, 『한국민요학』 제8집, 한국민요학회, 2000.
이소라, 「한 · 중 · 일 교창식 삽앙가」, 『비교민속학』 제18집, 비교민속학회, 2000.

69 관련 연구는 아래와 같다.
서영숙, 「모심는 소리의 가창방식과 사설구조」, 『어문연구』 31, 어문연구학회, 1999.
최원오, 「민요의 시학적 성격 연구」, 『구비문학연구』 제3집, 한국구비문학회, 1996.
장유정, 「시어의 측면에서 본 교환창 모노래의 특성」, 『농산노동요연구』 Ⅰ, 민속원, 2007.
김인숙, 「경상도 논농사 소리의 음악적 특징과 분포」, 『농산노동요연구』 Ⅱ, 민속원, 2007.

여성을 중심으로 논의한 연구자들도 있다. 강환희는 여성이 대부분 정자소리를 소리를 부르는데 여성의식과 관련된 연구가 이루어지지 않았다고 하면서 이 소리의 여성의식을 성性 표현(풍요 기원, 쾌락 추구의 잠재의식 표현), 모성회귀본능, 작중화자와 가족과의 관계 표현으로 정리하였다.[70] 그리고 이 소리의 의사소통방식과 관련하여, 이선화는 정자소리의 의사소통방식을 독백체의 언어행위, 일반대화체의 담화행위, 집단 대화체의 상호의사전달로 정리하고, 화자의 성별에 따른 의사소통방식으로는 남남男男, 남녀男女, 여남女男, 여여女女로 나눌 수 있는데, 남성 화자는 소통범위가 넓고, 객관적인 반면, 여성화자는 소통범위가 좁고, 주관적이라 하였다. 그리고 남녀 불문하고 첫 번째 발화자는 적극적이고 능동적이고. 청자는 수동적이고 소극적인데 여성발화자는 남성에 비해 더 적극적이고, 대담성 보인다 하였다.[71]

농업노동요의 특성상 노래가 구연되는 곳의 자연 환경 및 노동 상황은 노래의 가창 방식이나 사설 구성 등이 결정되는데 긴요하게 작용한다. 정자소리는 분포지역이 넓은 만큼 여러 환경에서 구연되었고 그런 만큼 가창방식 역시 다양하다. 그런데 정자소리 선행연구에서는 기초연구라 할 수 있는 가창 방식 및 구연 상황에 대한 체계적인 조사는 이루어지지 않았다. 특히, 정자소리는 다른 지역의 모심는 소리들과 달리, 남성 중심, 남녀, 그리고 여성 중심 등 다양한 형태로 노래가 진행되는 관계로 이러한 가창방식에 대한 조사가 선결되어야 한다.

본고에서는 정자소리 분포 지역을 산골마을, 평야마을, 바닷가마을로 나누고 해당 지역에서 평생 동안 살면서 어려서 소리를 익힌 제보자들을 현지조사하여 지역별 정자소리의 노동 상황과 가창 방식을 조사하고자 한다. 가창방식이 산출되게 된 원인을 그 마을의 노동 상황을 중심으로 살펴본

70 강환희, 「모심는 소리에 나타난 여성의식 연구」, 동아대 석사논문, 2003.
71 이선화, 「모심는 소리의 의사소통방식연구」, 동아대 석사논문, 2005.

뒤 그 조사결과를 바탕으로 이 소리의 가창자와 사설 구성과의 관계에 대해 논의할 것이다. 동시에 정자소리와 같이 여성들이 모심을 때 소리를 한 호남지역을 현지조사 함으로써 정자소리 가창방식의 특수성과 보편성을 부각시키고자 한다.

2) 영남지역 정자소리의 전승 조건

정자소리는 경남 · 경북지역과 전북 무주, 진안, 장수, 남원 일부지역, 충북 영동, 옥천 보은, 청주지역 등지에서 채록되었다. 이 지역들의 구연 상황을 모두 조사할 수 없으므로, 한국구비문학대계와 한국민요대전, 그리고 관련 연구자들이 개인적으로 조사한 자료집에서 조사된 현지 정보를 참조하여 영남지역 소재 마을들을 산골, 평야, 바닷가 마을로 나누고, 그 중 사설 구성상 선본善本이라고 판단되는 마을 제보자들을 1차 조사 대상으로 삼았다. 조사마을들의 지역별 대표성을 확보하기 위해 1차 선정된 마을들 중 산골, 평야, 바닷가 마을들 각 5개 마을을 2차 선정하여 정자소리 구연과 관련된 사항을 그 마을 제보자들에게 전화 조사하였다. 최종적으로 지역별 특징을 가장 잘 보유하고 있다고 판단되는 마을들을 가창방식과 노동 상황을 중심으로 현지 조사하였다.

각 마을의 남녀 제보자들은 공통적으로 객지 경험이 거의 없고, 어려서 그 마을에서 정자소리를 익힌 토박이들로, 정자소리 관련 사항에 대해 풍부한 지식을 가지고 있었다. 마을에 따라 제보자의 유고 등의 이유로 기존에 조사된 제보자를 만나지 못했을 경우 그와 함께 소리를 했던 이들을 만나 조사하였다.

(1) 산골마을

산골마을은 경남 남해군 설천면 용강리, 산청군 오부면 중촌리, 경북 성주군 가천면 화죽 2리, 그리고 경남 산청군 신안면 안봉리이다. 먼저, 경남 남해군 설천면 용강리는 사면이 바다로 둘러싸인 남해에 있으면서도 바닷가로 가려면 한참을 걸어 나가야 한다. 이 마을에서는 모를 심기 전에 논에 물을 댈 때 둠벙이나 웅덩이에서 타래박에 대작대기를 묶어 물을 퍼 올렸다. 설천면의 다른 마을과 마찬가지로, 이 마을에서도 논에 물 대기가 수월치 않아서 논에 물 댈 때 고생이 많았다.[72] 타래박으로 물을 퍼 올리는 일은 몇일 동안 밤낮없이 일을 해야 했기 때문에 남녀가 구분 없이 일하였다. 특히, 모를 찔 때 논에 물이 부족하면 모 뿌리에 묻은 흙을 제대로 씻어낼 수가 없었다. 그러면 모의 무게가 너무나 무거웠기 때문에 지게로 모를 나르는 남자들이 무척이나 힘들어했다.

1940년대 이전에는 이웃집끼리 품앗이로 '손모'로 모를 심다가 그 이후에 일제의 강압에 의해 줄모로 모를 심게 되었다. 줄모로 모를 심으려면 일손이 많이 필요하기 때문에 품앗이만으로 노동력을 모두 충당할 수 없어 놉을 사지 않을 수 없었다. 놉을 살 수 없었던 농가에서는 줄모로 심고 싶어도 심을 수 없었다.

일제는 줄모로 심지 않은 논이 있으면 논에 들어가서 손모로 심어진 나락들을 짓밟아 버렸다. 마을사람들은 울며 겨자 먹기 식으로 줄모로 모를 심게 되었는데, 초창기에는 작업 방식이 손에 익지 않았기 때문에 모를 심는 타이밍이 맞지 않아 일의 속도가 손모에 비해 훨씬 느렸다. 해방이 되고 나서는 줄모와 손모를 논의 상황에 따라 적절하게 이용하였다.

용강리에서는 손모로 모를 심을 때부터 여성 중심으로 일을 하였다. 모를 찌는 날 새벽에 여자들이 논에 나가 모를 찌면 남자들은 논을 갈고, 써레질을 하며, 쪄서 다발로 묶어놓은 모를 지게에 져서 논으로 나르고, 못줄을 잡아주는 일 등을 하였다. 노동 상황에 따른 남녀 간의 분업이 오랜 시간 지속되면서 모심기는 여자들의 일이라는 관념이 생겼다. 그런 관계로 해가 다 져가는 상황에서 아직까지 모를 다 심지 못한 상황에서 남자들은

72 2008년 12월 19일 경남 남해군 설천면 용강리 박말순(1931) 조사. 박말순은 남해군 설천면이 친정으로, 어려서부터 논일, 밭일을 시작하였고, 평생 용강리에서 농사를 지었다. 정자소리 관련 사항을 생동감있게 설명해주었다.

특별한 일이 없음에도 모 심는 일을 도와주지 않을 때도 많았다.

용강리를 비롯한 남해군 설천면 일대에는 줄모는 일제강점기에 도입되었으나, 여성용 작업복 바지인 몸빼는 1950년대 중반부터 입기 시작하였다. 몸빼가 나오기 전에는 여자들은 무명치마, 삼베치마를 중우 가랑이 사이에 집어넣고 헝겊으로 대님을 만들어서 발목에 묶고 일을 했다. 그렇게 논일을 하고 나면 변변한 비누도 없던 시절이어서 치마에 흙탕물이 물들어서 빨래하기에 여간 힘이 든 것이 아니었다.

경남 산청군 오부면 중촌리도 산골마을이다. 이곳 역시 논에 물대기가 좋지 않아 남자들은 물대는 일에 열중하고, 논을 갈고 모를 나르는 등 힘이 드는 일을 하고, 여자들 중심으로 비교적 힘이 덜 드는 일인 모심기를 하였다.[73] 일제강점기 후반기에 일제가 줄모를 강요하여 줄모로 모를 심게 되었을 때도 '손모'로 모를 심을 때와 같이 여자들 중심으로 품앗이를 통해 모를 심었다.

경북 성주군 가천면 화죽 2리는 앞선 두 마을과 같은 산골임에도 가야산에서 내려오는 수량이 풍부해서 논에 물대기에 어려움이 없었다.[74] 남해 용강리나 산청 중촌리와 같이, 논에 물 대는 일에 큰 시간을 쓰지 않았기 때문에 마을 남자들은 비교적 느긋하게 논을 갈고 써레질을 할 수 있었고 남자와 여자가 섞여서 모도 심을 수 있었다. 이 마을에서는 남녀가 같이 일을 했음에도 불구하고 모심는 소리는 앞선 마을들과 같이 여성들 중심으로 이루어졌다.

경남 산청군 신안면 안봉리는 산에서 내려오는 물이 많지 않아 논에 물대기가 좋지 않았다.[75] 따라서 다른 마을들과 마찬가지로 모심는 일과 관련

73 2008년 10월 2일 경남 산청군 오부면 중촌리 홍진술(1931) 조사. 홍진술은 중촌리 토박이로, 10대 후반부터 논일을 시작하였다. 그는 중촌리 정자소리 구연 상황뿐만 아니라, 한국민요대전 조사 때 정자소리를 불렀던 안을수, 배성남할머니에 관해서도 많은 정보를 제공해주었다.

74 2008년 10월 3일 경북 성주군 가천면 화죽2리 김재연(1935) 조사. 김재연은 성주군 수륜면이 친정으로, 18세에 이 마을로 시집을 와서 평생 농사를 지으며 살았다.

하여 해야 할 일이 많았다. 그럼에도 이 마을에서는 다른 마을과 같이 모심는 일이 남녀로 분화되어있지 않고 남자들 중심으로 일하였다. 이 마을에서는 논일은 남자들의 일이라는 관념이 강했기 때문에 아무리 일손이 부족해도 여자들이 나서서 모 심기를 하지는 않았다.

이곳에서는 일제강점기에 징용이나 징병 등으로 인해 마을에 남자가 줄어들게 되면서 모를 심을 인력이 부족하게 되자, 어쩔 수 없이 여자들이 모심는 일을 하게 되었다. 그때는 주막에서 일을 하거나, 귀천 없이 일을 하던 여자들이 그 전에 남자들 소리를 들었던 경험을 되살려 일과 소리를 주도하였고 시간이 흐르면서 점차 다른 여성들도 정자소리를 할 수 있게 되었다.

(2) 평야마을

경남 함안군 가야면 도항리[76]와 대구시 달성군 하빈면 설화리,[77] 그리고 경북 칠곡군 왜관읍 금남 2리[78]는 모두 평야에 위치한 마을이다. 이 마을들은 공통적으로 마을에 변변한 저수지나 소류지가 없었던 관계로 논에 물을 대기 위해서는 하늘에서 비가 오기만을 기다리는 수밖에 없었다. 임시방편적으로 논 주변에 작은 규모의 둠벙을 만들기도 했으나 그리 큰 효과를 보지는 못하였다. 모를 심을 즈음이 되면 남자들은 주로 모심기와 관련된 힘든 일을 하고 여자들 중심으로 모를 심었다.

---

75 2008년 10월 2일 경남 산청군 신안면 안봉리 노인회장 문명생(1927) 조사. 문명생은 안봉리 토박이로, 다양한 사설의 정자소리를 구연해주었다.

76 2008년 10월 5일 경남 함안군 가야면 도항리 심정수(1932) 조사. 심정수는 의령군 삼가면이 친정으로, 20세에 군인이었던 남편과 결혼하여 도항리로 왔다. 이후 남편의 임지를 따라 강원도 등지로 다니다가 다시 이곳에서 정착하였고, 평생 농사를 지으면서 지냈다.

77 2008년 10월 4일 대구시 달성군 하빈면 설화리 박말순(1934) 조사. 박말순은 경북 고령이 친정으로 10대 후반에 설화리로 시집을 와서 평생을 농사를 지으며 살았다. 활기차고 재치가 넘치는 성격으로, 정자소리 관련 상황을 자세하게 설명해주었다.

78 2008년 10월 1일 경북 칠곡군 왜관읍 금남 2리 곽재명(1934) 조사. 곽재명은 금남2리 토박이로, 20대 초반부터 마을에서 정자소리 및 논매는 소리를 담당하였다.

일제강점기 이후에 줄모가 도입되었을 때도 그 전의 작업방식과 크게 다르지 않았다. 도항리와 설화리에서는 정자소리를 여성 위주로 한 사람과 한 사람이 교환창으로 불렀다. 다만, 금남 2리에서는 한 사람이 앞구절을 독창으로 하면, 여러 사람들이 뒷구절을 제창하는 방식으로 노래하였다.[79]

경남 하동군 북천면 옥정리 빙옥마을도 논에 물 대기가 어려운 것은 마찬가지였다.[80] 그런데 이 마을에서는 남녀가 같이 모를 심었고, 모심는 소리도 남남男男, 남녀男女, 여여女女 등 그때의 상황에 따라 자유로이 불렀다. '벌모'로 모를 심을 때에는 5명 내외로 일을 하였고, 줄모로 심을 때에는 20명 정도가 모를 심었다. 모를 심을 때는 한 마지기당 2명씩 인원을 배정하였다. 남녀가 자유로이 일을 하더라도 보통 여성의 수가 더 많았고 소리 역시 남성에 비해 여성이 더 많이 하였다. 빙옥마을에서는 여성은 모찌기와 모심는 일 외에 나락 베기, 볏단 묶기, 타작 등의 일을 하였다.

평지마을에서의 정자소리 구연 상황을 보다 자세히 살펴보기 위해 경남 고성군 고성읍 우산리 외우산마을을 살펴보고자 한다.[81] 우산리는 외우산마을, 내우산마을, 산촌마을로 구성된다. 우산리 3개 마을 중 외우산마을과 내우산마을은 산 밑에 위치하면서 산에서 내려오는 수량이 풍부해서 논에 물 대기가 좋았고, 산촌마을은 평지에 위치하고 있기 때문에 물 대기가 굉장히 어려웠다.

---

79 충북 영동군 상촌면 흥덕리 설보름이마을에서도 모를 심을 때 한 사람이 앞부분을, 여러 사람이 뒷부분을 불렀다.
문화방송, 『한국민요대전』 충청북도민요해설집, 삼보문화사, 1995, 87쪽.

80 2008년 12월 17일 경남 하동군 북천면 옥정리 빙옥마을 신순이(1919) 조사. 신순이는 하동군 양부면 운암리가 친정으로, 소리 구연 상황뿐만 아니라, 고령임에도 불구하고 우렁찬 목청으로 꽤 긴 내용의 정자소리를 구연해주었다.

81 2008년 12월 20일 경남 고성군 고성읍 우산리 외우산마을 김영규(1931) 조사. 김영규는 우산리 토박이이면서 중요무형문화재 고성농요 보존회 회원이기도 하다. 외우산마을에서 어려서 소리를 배운 그는 우산리 3개 마을의 역사와 정자소리 구연 상황을 세밀하게 설명해주었다.

외우산과 내우산마을에서는 논 일은 남자들의 일이라는 관념이 강하고, 모 심을 즈음에 비교적 바쁘지 않았기 때문에 남자 중심으로 모를 심었다. 반면, 산촌마을에서는 논에 물 대기부터 논 갈기, 써레질 등 일손이 너무나 부족했고, 최대한의 노동력을 확보하기 위해 자연스럽게 남녀가 같이 모심기를 하였다. 우산리 산골마을은 마을 사람들 수도 내, 외우산마을에 비해 적고 농사 소출 역시 내, 외우산마을에 비해 적었다. 우산리 세 개 마을 및 앞선 산골마을의 예에서 보듯, 전통사회의 마을들은 산 밑으로 농업용수 확보가 용이한 곳에 터전을 잡는 수가 많았다. 땅이 아무리 넓어도 농업용수가 갖추어지지 않으면 황무지로 방치되는 수가 많았다.

일제 강점기인 1940년에 고성군 대가면에 저수지가 설치되고 수리조합이 생기면서 우산리 일대 농업용수 확보가 한결 수월해졌다. 그 즈음에 외우산리 앞의 황무지가 조금씩 개간되었다. 그 때 개간된 곳을 백성들을 옮긴다는 뜻의 이민移民뜰이라고 부르는데, 이민뜰이 개간되면서 그 주변으로 사람들이 점차 모여 살게 되었다.

앞서도 언급하였듯이, 내, 외우산마을에서는 전통적으로 남성 중심으로 '벌모' 형태로 모를 심었다. 그러다가 일제 강점기 이후 일제의 강압에 의해 줄모와 여성의 모심기 투입이 이루어졌다. 외부적 강압에 의해 여성이 남성과 같이 모심기를 하긴 했으나, 소리까지 여성들이 한 것은 아니었다.[82] 반면, 산골마을은 줄모 도입과 관계없이 언제나 남녀가 공동으로 모심기를 하였다. 요컨대, 경남 고성군 고성읍 우산리 세 마을의 정자소리 구연 상황은 영남지역 정자소리의 전체 상황의 축소판이라 해도 과언이 아니다.

---

82 중요무형문화재 제84-1호 〈고성농요〉에서 모를 심을 때 유영례 할머니가 정자소리를 하는 것은 할머니의 친정인 함양읍에서 어려서 일하면서 익혔는데, 고성농요보존회에 남편(고 최규칠)이 활동하고 있어서 자연스럽게 소리를 하게 된 것이다. 이 사항은 한국민요대전 경상남도 민요해설집(73쪽)에도 나와 있다.
김영규, 앞의 조사.

(3) 바닷가마을

경남 거제시 사등면 청곡마을은 우리나라 대부분의 어촌이 그러하듯, 반농반어半農半漁마을이다.[83] 마을의 앞바다에서 정치망어업을 하고, 농사는 논농사, 밭농사 등을 지었다. 청곡마을을 비롯한 사등면의 바닷가마을에서는 논에 물 대기가 굉장히 좋지 않았다. 논 주변에 웅덩이를 파서 두레질로 물을 펴 올리는데, 날이 가물면 한 달 넘게 물을 펴 올려야 했다. 보통 하지夏至 전후 3일을 기점으로 모를 심었고, 비가 오지 않을 경우 하지 한 달이 넘어서 모를 심기도 하였다. 일제강점기에 마을 근처에 소류지를 만들었으나, 이곳 역시 물이 잘 고이지 않아 농사에 큰 도움을 받지는 못하였다.

청곡마을에서는 여성이 배를 타면 부정하다고 하는 관념이 있어 어업은 순전히 남성들의 몫이었다. 따라서 어업과 관련하여 일손이 부족해도 여성이 도울 방법이 없었다. 1990년대 중반 이후에 그러한 인식이 약해지면서 부부간에 배를 타게 되었다. 여자는 그물에 고기 올라오면 고기 고르거나 저장고로 옮기는 등의 보조적인 역할을 한다.

이 마을에서는 어업은 남성만이 해야 한다는 관념이 있는 것처럼 모를 찌고 심는 일은 여성의 일이라는 관념이 지배적이다. 물못자리로 못자리를 만들고 모를 쪄서 심는 일 등은 모두 여성들이 품앗이로 하였다. 이즈음에 남자들은 풀을 베어서 거름 넣기, 논 갈기, 써레질, 모 나르기, 못줄 잡기 등 하였다. 특히, 논에 물이 부족하면 써레질을 더 많이 해야 했고, 물이 잘 빠지는 자갈논 역시 물이 잘 빠지지 않는 진흙논에 비해 써레질을 더 많이 해서 자갈 사이사이에 흙이 많이 스며들도록 해야 했다.

다른 마을과 마찬가지로, 그 전에는 '손모'로 모를 심다가 일제강점기에 일제의 강압에 의해 줄모가 도입되었다. 그러나 이 마을에서는 인력이 너무

83 2008년 12월 21일 경남 거제시 사등면 청곡마을 김택용(1934) 조사. 김택용은 청곡마을 토박이로, 청곡마을 모심는 상황과 함께 한국민요대전 조사 때 정자소리를 불렀던 지정선 할머니에 대해서도 자세히 알려주었다.

나 부족했기 때문에 수십 명이 필요한 줄모를 할 수가 없었다. 그런데도 일제의 터무니없이 강요에 못 이겨 못줄 잡는 사람이 따로 없이 줄을 대어놓고 사람이 모를 심고 다시 못줄을 넘기고 또 모를 심는 식으로 일을 하기도 하였다. 그러다가 1960년대 이후에 모심는 상황이 나아져서 줄모가 일반화되었다. 이곳에서는 줄모로 모를 심어도 예전과 같이 여자들이 대부분 모를 심었는데, 시집을 가지 않은 처녀들도 일손을 돕기 위해 같이 일을 하였다.

(4) 조사결과 요약

지금까지 평지 및 산골, 바닷가마을의 정자소리 구연 상황을 살펴본 결과, 마을에 따라 노동 및 소리 담당층은 다양하게 나타났다. 전체 9곳 중 여성 중심으로 모심기 하는 마을이 5곳, 남성 중심이 2곳, 남녀가 같이 하는 마을이 1곳이다. 모심기와 불가분의 관계에 있는 물 대기를 중심으로 각 마을의 양상을 정리하면, 물 대기가 좋은 곳 중 산촌마을(화죽 2리)에서는 남녀가 같이 모를 심으며 여성 중심으로 소리를 하였고 평지마을(외우산마을)에서는 남성 중심으로 노동과 소리를 하였다. 물대기가 좋지 않은 곳 중 평지마을(도항리, 설화리, 금남 2리) 및 산골마을(용강리), 바닷가마을(청곡리)에서는 남녀간의 노동 분업으로 인해 여자 중심으로 일과 소리를 하였고, 산골마을(안봉리)에서는 남자 중심으로 일과 소리를 하였다.

위에서 보듯, 정자소리 구연은 남자 중심으로 이루어지는 곳과 남녀 및 여성 중심으로 이루어지는 곳으로 나눌 수 있다. 여기서 남성 위주로 소리하는 곳은 모 심기를 포함한 논농사는 여자의 일이 아니라는 관념 때문으로, 유교적 사고방식의 영향 탓으로 보인다. 이러한 관념은 일제 강점기 때 남자의 징병 및 징용, 줄모의 도입으로 인해 점차 무너지게 된다. 다음으로, 남녀가 같이 소리한 경우를 보면 예로부터 모를 심을 때 논에 물대기가 수월했기 때문에 남녀가 어울려서 소리를 한 곳도 있고, 남성 중심으로 모를 심다가 사회 변화로 인해 남성 노동력이 부족해지면서 여성이 노동에 투입되어 형성된 곳도 있다.

반면, 모 심기 만은 여자의 일이라는 관념이 있는 곳도 있었다. 많은 지역에서 모를 내기 위해 남자들은 장시간 논에 물 대는 일을 하면서 써레질, 모 나르기 등 힘이 많이 드는 일을 하고 여자들은 비교적 힘이 덜 드는 모심는 일을 하였다. 모를 나르는 일만 하더라도, 논에 물을 제때에 대지 못해 모가 웃자랄 경우 뿌리 부분에 흙이 붙어 잘 떨어지지 않기 때문에 한 번 모를 나를 때 일곱에서 여덟 묶음 정도밖에 나를 수밖에 없었다. 그렇게 한 번 지게에 져서 나르면 5평 정도를 심을 수 있는데, 한 마지기의 논을 심으려면 몇 십번을 왕복해야 했고, 모를 찐 논과 심을 논의 거리가 멀 경우 노동의 강도는 더욱 심해졌다. 더군다나 모를 심을 때는 대부분 품앗이로 일을 하였는데, 이웃 사람들끼리 일의 순서가 날짜별로 정해있는 관계로 개인적인 노동은 새벽이나 밤 시간밖에 없었다. 즉, 모를 제 때에 내야하고, 가용 노동력은 한계가 있는 관계로 남녀별로 노동 분화가 이루어질 수밖에 없었던 것이다.

3) 정자소리 가창자와 노랫말의 상관관계

앞서 살폈듯이, 정자소리는 성별의 조합에 따라 세 가지 형태의 가창방식이 존재하였다. 이 중에서 여성 중심으로 노래하는 곳이 가장 많은 수를 차지하였는데, 노동 상황의 특수성으로 인해 산출된 여성 중심의 가창방식은 그만큼 정자소리가 노동과 밀접하다는 것을 의미한다. 그런데, 이러한 정자소리의 노동과의 밀착성은 이 소리가 아침, 점심, 저녁소리로 나뉘는 것을 통해서도 확인할 수 있다.[84] 한국구비문학대계 등 비교적 이른 시기에 온전한 형태의 정자소리가 채록된 자료집들을 참조하여 각 시간대별 소리

84 2000년대 이후에 정자소리 조사를 위해 제보자를 찾아가면, 원래 방식대로 두 부분으로 나누어 교환창으로 하는 것이 아니라, 가창자 한 사람이 독창으로 여러 내용을 이어가며 소리를 하는 경우가 대부분이다. 물론, 한 사람이 여러 내용을 이어지는 것이 완전히 잘못된 것이라고 할 수는 없으나 독창 구연 정자소리를 정자소리의 본질적 가창방식 및 사설구성으로 이해해서는 안 될 것이다.

의 내용을 정리하면, 아침소리는 주로 임에 대한 적극적인 애정 표현, 힘든 노동에 대한 푸념 등이 노래된다. 참이 나올 즈음이나 점심소리는 주로 늦게 오는 점심참에 대한 문답이 많고, 오후 및 저녁노래는 현재의 노동 상황에 대한 묘사, 부재하는 임에 대한 그리움, 그리고 해가 지는 특정 상황에 대한 화자의 관심이 많이 노래된다. 특정 상황에 대한 화자의 관심의 경우 해가 지는 상황에서 떠나가는 이태백 본처의 행상, 그리고 동일 상황에서 다복녀가 울고 가는 것에 대한 물음이 많은데, 이태백 본처의 행상과 울고 가는 다복녀에 대한 물음이 저녁소리에서 노래되는 것은 두 내용의 작중 상황이 해가 질 무렵이기 때문이다.

각각의 시간에 따라 불리는 소리들 중 각편에 따라 변화의 폭이 큰 내용이 있는가 하면, 거의 변화가 없는 내용들도 있다. 가령, 아침소리에서 이 논배미에 모를 심어 영화라는 소리를 하면 부모 산소 등에 솔을 심어 영화라는 내용, 점심소리 중 점심참이 늦게 온다는 것에 대한 문답, 그리고 저녁소리에서 서울 갔던 선비들에게 과거 보러 갔던 우리 선비가 오지 않느냐는 물음에 대해 오기는 하되 칠성판에 실려 온다는 내용의 노래는 각편별 사설 구성의 변화가 거의 나타나지 않는다.

그런가 하면, 정자소리 사설 중 각편별 사설 구성의 변화 폭이 큰 노래들도 있다. 가족 및 가정문제, 그리고 연정戀情 등이 그것이다. 그러한 내용들 중 먼저 물에 빠진 올케와 시누이 중 자신의 아내만 살린 오빠 노래를 살펴보고자 한다.

A: 동성을랑 더지놓고 처군 부텀 섬길소냐 나도 죽어 후승 가서 동성을랑 자갈밭에 여저(던져)놓고 낭군님을 섬길라요(경남 의령군 봉수면 서암리 서암마을 최말임, 대계, 744~745쪽)

B: 낭창서창 버리 끝에 무정하는 울오랍아 나도 죽어 남자가 되어가 동성버텅 건질라네(경북 울주군 강동면 구유리 판지마을 박남주, 대계, 375~378쪽)

C: 휘여능청 버들숲에 무정하다 울오랍시 네가 아모리 나를 짜도(졸라도) 이런 행펜에 할 수 없네(경남 하동군 황천면 애치리 애치마을 고광성

(남), 대계, 720~721쪽)

A자료의 화자는 오빠를 원망하면서 저승에 가서 동생을 구하고 낭군님을 섬기고 싶다고 했다. 그런데 문맥상 동생을 구하는 것은 오빠(남자)가 할 수 있는 일이고 낭군을 섬기는 것은 결혼한 여자가 할 수 있는 일이다. 그런 점에서 노래의 화자가 현실에서 할 수 있는 하나도 없다. 그럼에도 위 노래의 화자는 저승에 가는 표현을 조건형이 아닌, 의지형으로 노래하고 있어, 이 노래의 화자는 자신의 처지에 대한 변화 의지를 가지고 있음을 알 수 있다.

B자료 첫 번째 내용을 보면 핵심적으로 전달하고자 하는 바만 노래되었다. 그런 뒤 화자는 남자로 다시 태어나서 동생부터 건질 것이라 했다. 이 자료는 오빠를 직접적으로 호명하고, 저승에서 화자의 바람이 이루어지는 것이 아니라, 남자로 다시 태어나는 것을 전제로 하며, 동생부터 건지겠다는 내용 하나만을 노래하고 있어 앞선 A자료에 비해, 자신의 의지를 적극적으로 표현하고 있다. 아울러, 이 소리의 배면에는 자신을 살려주지 않은 오빠로 대표되는 가창자를 둘러싼 환경에 대한 소극적 항변이 내재되어 있다고 볼 수 있다. 불합리한 현실 상황과 그에 대한 가창자의 변화 의지는 자신의 처만 살린 오빠 노래 전승의 원동력이 되었다.

C자료는 여성이 아닌, 남성 가창자가 불렀다. 첫 번째 부분은 기존이 여성 구연 자료와 동일하지만 뒷부분은 시누이 사망 사건에 대해 시누이의 시선이 아닌, 오빠의 시선으로 노래하고 있다. 이 노래의 작중 화자는 자신의 입장에서 어쩔 수 없었다고 한다. 자신의 아내만 구한 오빠 노래에서 보듯, 정자소리는 가창자의 성별, 가창자의 상황 등에 따라 정해진 틀 속에서 나름 다양하게 표현되는 것을 확인할 수 있다.

같은 내용의 정자소리라 하더라도 남녀에 따라 사설 구성이 다르게 노래되는 것은 첩의 집에 놀러간 주인네 양반 노래에서도 나타난다. 관련 자료를 인용하면 아래와 같다.

E: 물꼴랑 청청도 물실어 놓고 주인네 양반 어데 갔네/ 문어전복을 에와들고 첩의 집에 놀라갔네(하동군 황천면 애치리 고광성(남), 한국민요대전, 725~726쪽)

F: 물결은 출렁도 물실어놓고 주인양반 어데로 갔소/ 문어 전복을 외어리들고 첩으여 집에 놀로갔소/ 날랜 부시를 불 찰깍 쳐서 새주 담배 불달았네/ 담배맛이 요만할 때 살림 맛은 외롭네 (후략)(하동군 악양면 축지리 안갑순, 대계, 614~615쪽)

G: 물꼬청청 헐어놓고 주인양반 어데 갔노/ 산넘에다 첩을 두고 문에한장 에와들고 첩의 방에 놀러갔네/ 무신년의 첩이건데 밤에 가고 낮에 가꼬/ 낮에는 놀라가고 밤에는 자로 가네/ 무정하다 이 양반아 날죽는거 보고 가소(일동 웃음)(의령군 봉수면 서암리 최말임, 대계, 744~745쪽)

E 자료에서는 지금 당장 해야 할 일을 모두 내팽개쳐놓고 첩의 집으로 놀러간 주인네 양반에 대해 노래하였다. 위 노래의 구연 상황이 논에서 일을 하고 있는 상황임을 감안한다면, 가창자들은 주인양반에 대한 조소, 조롱을 통해 유희성을 확보하기 위한 목적으로 위 노래를 불렀을 것이다. 여성 가창자라고 해서 위와 같이 주인 양반네의 소재에 대한 문답만으로 구성된 내용을 부르지 않은 것은 아니지만, 대체로 남성 가창자들이 위와 같은 형태를 보다 많이 불렀다.

E 자료에서는 문답하는 주체를 명확히 알 수 없었다. 그러나 F 자료에서는 후반부의 내용을 통해 주인양반의 소재를 묻는 이가 주인양반의 처임을 알 수 있다. 그녀의 남편이 첩의 집에 갈 때 온갖 맛있는 음식을 가지고 갔다는 것으로 보아 이미 남편과 아내와의 관계는 심각한 상태임을 알 수 있다. 그런 관계로 현재 작중 화자는 남편이 있긴 하지만 심적으로는 외로운 상태이다.

이 인용문의 가창자는 기존의 소리 바탕에 연관되는 내용을 뒤이어 노래함으로써 자신의 심회를 표현하였다. 아마도 가창자는 이유야 어떻든 작중 인물과 같이 남편이 부재한 상황이었을 것이다. 가창자가 성별 및 현실 상황을 기반으로 작중 인물과 동일시되었음을 알 수 있다.[85] 이러한 두 대상간의 동일화는 다양한 사설이 산출될 수 있는 원동력이 된다. 이처럼 공동 노동 현장에서 개인적 정서를 노래할 수 있는 것은 일판 사람들이 모두 여성이며 그들은 가창자의 상황을 어느 정도 공유하고 있기 때문에 가능하였다.

G 인용문은 위의 E 인용문과 연장선상에서 이해 가능하다. 이 인용문의 가창자 역시 밤낮없이 첩집을 들락날락하는 남편 때문에 마음고생이 이만저만이 아니다. 그런데 이 노래의 가창자는 남편의 그러한 행동에 대하여 앞선 가창자처럼 포기하고 슬퍼하고만 있지 않는다. 오히려 그녀는 남편의 외도에 대해 나 죽는 것 보고 가라고 하면서 최후의 선전포고를 하였다.

여기서 재미있는 것은 가창자의 노래가 끝난 뒤 청중들이 일동 웃음으로 반응을 보였다는 것이다. 길쌈을 하거나 밭을 맬 때 이러한 분위기의 사설을 노래했다면 청중들이 반응을 보이지는 않았을 것이다. 즉, 같은 외로움으로 인한 울분을 노래한다 할지라도 닫힌 공간이나 정적인 노동의 공간이 아닌, 개방되고 분주한 노동의 공간에서 구연될 경우 새로운 생명력을 획득하는 것을 정자소리 사설을 통해 확인할 수 있다.[86]

마지막으로 정자소리 사설들 중 가장 널리 알려진 내용 중 하나인 상주 함창 공갈못 연밥 따는 처녀 노래이다. 관련 자료를 인용하면 다음과 같다.

> I: 상주함창 공갈못에 연밥따는 저 큰아가 연밥 줄밥 내 따주께 이내 품에 잠들어라/ 잠자야 주기는 어렵잖으나 연밥 따기 늦어가오(상주시 초산 2

85 다복녀 사설에서도 가창자와 시적 화자가 동일화가 이루어지는 것을 볼 수 있다.
해다지고 점근 날에 어떤 수자가 울고가노/ 부모형제 이별하고 갈 곳이 없어서 울고갑니더(울주군 온양면 발리 김원연, 여, 대계, 181~183쪽)

86 아래 자료의 첫 번째 부분에서 첩의 방에 가려면 내 죽음 보고가라고 할 때의 '나'는 작중 화자인 동시에 실제 가창자이다.
첩의 방에 갈라카거든 내 죽음 보고 가소/ 꽃과 나부는 봄 한 철이요 연못의 붕어는 사철이라(포항시 청하면 미남리 강부용, 여, 1921, 포항지역 구전민요, 48쪽)

동 김철호(1921), 상주의 민요, 76~77쪽)

J: 함창 이안 공갈못에 연밥따는 저 처녀야 연밥 줄밥 내 따주께 이 내 품에 잠자주게/ 잠 자주기 어렵지 않으나 연분이 아니라 못자겠네(상주군 내서면 신촌1리 김창식(1916), 성율함(1924), 상주의 민요, 68~69쪽)

K: (여)상주야 함창 공골못에 연밥따는 저 처녀야/ (남)연밥 줄밥을 내 따주께 이내 품안에 잠들게/ (여)잠들기는 어렵잖아도 연분 없는 잠을 자리/ (여)연분이 따로 있나 자고 나면 연분이지/ (남)잠 자주긴 어룹지 않으나 배필이야 잠을 자지/ (여)배필이 따루 있나 자구 나면 연분이지(상주군 내서면 서만 1구 박달출(여, 1930), 김봉덕(남, 1928), 상주의 민요, 65쪽)

I 인용문의 작중 상황은 상주 함창 공갈못에서 남녀가 일을 하고 있는 상황이다. 남자는 큰아기에게 일을 해줄테니 자신의 품에서 잠들라고 한다. 이에 대해 큰아기는 일이 더뎌져서 안 된다고 한다. 노동 능률이 더 좋은 남성이 일을 해준다고 하는데도 일이 늦어져서 안 된다고 하는 것으로 보아 작중 남녀는 어떠한 교감도 이루어지지 않음을 알 수 있다. 이는 달리 말하면 이 노래의 가창자는 유흥 관련 내용에 관심을 두고 있지 않으며 지금 일을 하고 있으니 현재 상황에 충실해야 한다고 생각하고 있음을 알 수 있다.

남성과 남성이 주고받으며 노래한 J 인용문에서 작중 화자인 연밥을 따는 큰아기는 남성의 구애에 대해 연분이 아니기 때문에 품에 잠들 수 없다고 한다. 가창자는 현재 작중 상황을 노래가 아닌, 실제 상황으로 받아들이고 있다. 따라서 큰애기는 어떠한 절차도 밟지 않은 채 품에서 잠을 잘 수 없다고 노래하고 있다.[87]

앞서 살폈듯이, 여성 가창자라고 해서 모두 구애에 적극적이고 남성이라

87 그런 이유에서인지 아래 인용문과 같은 사설이 노래되기도 한다. 이러한 양상을 보면, 정자소리 남성 가창자들은 그들 나름의 공감대가 형성되고 있음을 알 수 있다.
상주 함청 공갈못에 연밥 따는 저 처녀야/ 연밥 줄밥 내 따주께 이내 품안에 잠들어라/ 잠들기는 어렵잖아 부모님 허락을 받으세요(상주군 공검면 양정1구 조팔문, 상주의 민요, 90~91쪽)

고 해서 무조건 애정 표현에 소극적인 것은 아니다. 그러나 전체적으로 보면, 남성 가창자들은 이성에 대한 애정표현에 대해 소극적, 부정적 태도를 보이는 경우가 많다. 이는 가창자가 노래의 작중 상황을 허구가 아닌, 현실적 문맥과 동일시하기 때문이다. 반면, 여성들은 모심는 공간이 남성보다는 여성 중심으로 일을 하다 보니 자신의 심회를 보다 적극적으로 노래할 수 있는 심리적 여유를 얻을 수 있었고 기존의 내용에서 나아가 다양한 내용을 부르게 되면서 신명나는 일판을 연출할 수 있었다.

K 인용문에서는 전부분에서 작중 남녀의 역할 분담을 실제 남녀 가창자가 그대로 하고 있다. 남성 가창자가 연밥 따는 처녀에게 자신의 품 안에서 잠을 자라고 하니 여성 가창자는 연분이 없어 그렇게 할 수 없다고 하였다. 여기까지만 보면 기존의 소리와 크게 다를 바가 없다. 그 뒤부터 남성 가창자가 해야 할 부분을 여성 가창자가 이어서 노래하되 적극적으로 애정을 표현하였다. 그러자 오히려 남성 가창자는 배필이 아니기 때문에 잠을 잘 수 없다고 노래하였다. 이는 앞부분과 달리, 여성가창자의 적극성으로 인해 남녀 간의 역전이 일어난 것이다.

제일 마지막에서 여성 가창자는 지금까지의 문답에 마침표를 찍는, 자고 나면 배필이라는 내용을 노래하게 된다. 이 대목을 통해 자신의 사랑을 수동적으로 기다리기보다는 적극적으로 만들어가는 것이 더 중요하다는 내용을 암시하고 있다. 위 소리의 여성 가창자는 기존의 사설을 운용하면서도 자신만의 생각이 들어간 사설을 남성에 비해 더 많이 만들어내고 있다. 그렇게 만들어진 사설은 자연스레 일판의 활기참으로 이어졌다.[88]

정자소리 가창방식의 변화 양상은 마을에 따라 줄모의 수용 시기 및 수리시설의 양상, 노동에 대한 관념 등이 상이하기 때문에 일률적으로 말하기 어려운 면이 있다. 가창방식 하나만 보아도 독창獨唱, 제창齊唱, 교환창交換

88 여성이 연정을 솔직하게 표현하면서도 남성이 아닌, 여성에게 구애의 내용을 노래한다. 이렇게 굴절된 목소리를 내는 것은 사회 관념상 황상 여성이 남성에게 구애를 표현할 수 없기 때문에 연밥따는 '총각'이 아닌, 처녀에게 연정의 마음 표현한 것이다.

唱 등으로 불리고, 교환창 안에서는 여여女女교환창, 남녀男女교환창, 남남男男교환창 등으로 불리기 때문이다. 그런데 이러한 가창 방식 중 남녀교환창으로 노래하는 곳은 남성 중심이나 여성 중심으로 불리는 지역에 비하면 그 수가 가장 적다. 그런 이유로 기존 연구에서 "정자소리=남녀교환창 노래"로 전제되어온 것은 재고되어야 한다. 만약, 남녀가 같이 일하면서 노래하는 것이 정자소리의 원형 가창방식이라고 한다면, 현재 대부분의 정자소리 구연 지역에서 남성 중심 혹은 여성 중심으로 부르는 이유가 제시되어야 할 것이다.

정자소리는 두 사람이 소리를 주고받으며 댓구나 문답 등의 방식으로 노래를 진행하는 관계로 다른 지역의 모심는 소리인 하나소리나 상사소리와 같은 선후창 방식의 소리에 비해 가창자가 사설을 나름대로 바꾸어 부르기에 제약이 많다. 그러나 정자소리는 선후창 방식의 소리에 비해 내용이 다양하고 동일 내용이라 하더라도 가창자별 변화의 폭이 크다. 그 이유는 무엇보다도 정자소리 구연에 있어 여성의 역할이 컸기 때문이다. 즉, 남성 가창자에 비해 여성 가창자가 보다 사설 구성에 있어 적극적 태도를 가지는 것이다. 아울러, 두 사람이 협동으로 노래하는 방식이 한 사람이 주도하여 노래를 진행하는 방식에 비해 다양한 사설을 산출할 수 있는 요건이 되었다.

4) 호남지역 여성 구연 모심는 소리와의 비교

호남지역에서도 여성들이 모심는 소리를 하였다. 전남 고흥, 신안을 중심으로 한 도서해안지역에서는 선후창 상사소리를, 전북 진안, 무주, 남원 등지에서는 교환창 정자소리를 한다. 먼저, 고흥군 일대의 경우 모심는 일을 할 때는 일손이 너무나 부족했기 때문에 남녀노소 할 것 없이 모를 심었다.[89] 이때는 써레질, 모 나르기, 못줄 잡아주기 등 주로 힘든 일은 남성이

89 이경엽, 『고흥 한적들노래』, 민속원, 2008, 45~48쪽.

하고 그 외에 모를 찌거나 심는 일은 주로 여성이 담당하였다. 뿐만 아니라, 도서지역을 중심으로 간척이 이루어지면서 농토가 새로이 생기고, 여성들도 일을 해야 하는 상황이 발생하면서 본인들이 알고 있던 유희요, 인근지역 노동요를 기반으로 모심는 소리를 부르기도 하였다.[90] 이 지역에서는 남녀의 구별 없이 소리의 소질이 있으면 모심는 소리 등을 부르며 소리판을 주도하게 된다. 이러한 노동 상황은 영남지역 정자소리의 구연 상황과 상통하는 면이 있다.

보다 자세한 상황을 파악하기 위해 전남 광양시 진상면 섬거리마을의 상황을 살펴보기로 한다. 앞서 살핀 고흥이나 신안과 마찬가지로 이 마을에서도 모를 심을 때 여성 중심으로 선후창으로 아리랑타령 등을 불렀다.[91] 이때는 하루에 한 마지기를 심으려면 새벽모를 찌면 두 명, 새벽모를 찌지 않고 아침밥 먹고 가서 일을 하면 세 명이 일을 해야 했다. 일하는 사람들 중에서 신명 많은 이가 앞소리를 메기면 여러 사람들이 뒷소리를 받아가며 일을 하였다. 신안에서는 여성들은 소리를 하지 않다가 필요에 의해 소리를 자급하게 되었고, 고흥에서는 남녀노소 할 것 없이 소리에 소질이 있으면 소리를 할 수 있었다. 반면, 광양 섬거리에서는 모심는 일은 여성의 일이라는 관념이 지배적이었고 그에 따라 여성 중심으로 선후창 모심는 소리를 불렀다.

노래가 전승됨에 있어 그 지역의 노동 환경만큼이나 사람들의 관념도 중요하게 작용한다. 광양 진상면이 친정인 김순악 제보자는 1950년대 후반에 대구시 동구 용수동으로 시집을 가서 시댁에서 몇 년을 살았다. 제보자의 친정동네인 광양에서는 여자들이 모 심기 뿐만 아니라 나락 베기, 타작 등 다른 논일과 밭일, 길쌈 등을 하였다. 시댁에서 살 때 모심기 철이 되어

90 김혜정, 『여성민요의 음악적 존재양상과 전승원리』, 민속원, 2005, 44쪽.

91 2008년 12월 20일 전남 광양시 진상면 섬거리 김순악(1938) 조사. 김순악은 광양이 친정으로, 친정에서 모 심을 때 하는 소리를 배웠다. 10대 후반에 대구로 시집을 가서 몇 년을 살다가 친정 동네인 광양으로 와서 평생을 농사를 지으며 살았다.

제보자는 당연히 모를 심어야 할 것으로 생각하고 논으로 나갔는데, 마을 여자들이 "문씨네 새댁이 모를 심으러 간다."고 흉을 보았다. 시댁 동네에서는 논 일은 남성의 일이라고 생각했던 것이다.

고흥, 신안 등 전남 도서지역과 광양 진상면에서는 선후창 방식으로 여성들이 모심는 소리를 하였다.[92] 그런데 전북 무주군, 장수군, 진안군, 완주군의 운주면 등 동부 산간지역에서는 영남지역 정자소리가 소백산맥을 따라 이 지역에 영향을 미쳐 다양한 형태의 정자소리가 채록되었다.[93] 이곳에서는 영남지역과 마찬가지로, 독창, 제창, 그리고 여여女女, 남녀男女, 남남男男 간의 교환창 방식으로 노래를 불렀다.

영남지역에서는 가창자에 따라 정자소리의 사설을 밭 맬 때 원용하기도 한다.[94] 그런데 영남지역에서는 독창으로 하는 시집살이노래 밭매는 소리의 대부분을 차지하는 관계로, 밭매는 소리에 대한 정자소리의 영향은 다양하게 나타나지 않는다.

전북 무주 설천면에서는 노동의 보람, 노동에 따른 결과물에 대한 낙관적 기대, 님에 대한 그리움 등의 내용이 이어지는 정자소리를 부른 가창자들이 고된 노동과 형편없는 대우에 대한 한탄을 주된 내용으로 하는 교환창 방식의 밭매는 소리를 불렀다.[95] 그리고 같은 지역의 무풍면에서는 노동의

---

92 전북지역 정자소리는 김익두에 의해 자세히 논의된 바 있다.
김익두, 「전북민요의 개관」, 문화방송, 『한국민요대전』 전북민요해설집, 삼보문화사, 16~17쪽.

93 정자소리가 영남지역 내에서 넓은 권역에 걸쳐 분포할 수 있었던 이유는 강등학에 의해 논의되었다. 그는 정자소리가 조각논 등 산간지대에서 소규모로 일하는 곳에서 우세하다고 하면서 이 소리가 영남지역에 골고루 분포할 수 있었던 이유로 낙동강 물길의 역할을 들었다. 영남지역에 골고루 뿌리내린 낙동강은 논농사를 가능하게 하고, 물산과 문화의 교류를 가능하게 한 소통으로 작용했다는 것이다.
강등학, 「〈모심는 소리〉와 〈논매는 소리〉의 전국적 판도 및 농요의 권역에 관한 연구」, 『한국민속학』 38, 한국민속학회, 2003.

94 신은주, 「경상북도 밭매는 소리의 유형분석」, 『한국민요학』 제20집, 한국민요학회, 2007, 118~121쪽.

95 전북 무주군 설천면 청량리 김복순(1925), 유월순(1923), 『한국민요대전』 전북민요해설

보람, 노동에 따른 결과물에 대한 낙관적 기대 등으로 구성된 정자소리를 부른 가창자들이 고된 노동 속에서 위안을 주는 님과 다복녀 사설로 구성된 밭매는 소리를 구연하였다.[96]

이 두 가지 사례를 통해 전북지역에서는 밭을 매면서 정자소리의 가창방식만 차용하기도 하고, 기존의 밭매는 소리 사설 쓰되 정자소리의 정서만 가져가기도 하며, 경우에 따라 정자소리 사설 그대로 밭을 매면서 부르기도 했음을 알 수 있다. 영남지역 정자소리와 전북지역 정자소리조 밭매는 소리의 관계를 설정함에 있어 영남지역 정자소리가 전북지역 모심는 소리에 영향을 미쳤고, 그 결과 이 지역의 밭매는 소리가 생겼을 수도 있고 영남지역 정자소리조의 밭매는 소리가 호남지역 정자소리조의 밭매는 소리에 직접적으로 영향을 미쳤을 수도 있다. 이 두 자료간의 영향관계는 이 자리에서 해결할 수 있는 사안이 아니다. 다만, 한 가지 확실한 것은 호남지역 정자소리 및 정자소리조 밭매는 소리의 사설 구성은 이 지역 어떤 노동요들보다 풍부하며, 그러한 전승은 이 지역 여성들을 중심으로 이루어졌다는 것이다.

5) 맺음말

본고에서는 정자소리의 가창방식이 제대로 논의되지 못한 점에 착안하고 이 소리의 다양한 가창방식을 노동 상황과 관련지어 조사하고 가창자와 사설 구성의 관계를 중심으로 살펴보았다. 영남지역에서 모를 심을 때 부르는 정자소리는 남성 중심으로 부르는 곳과 남녀가 같이 부르는 곳, 그리고 여성 중심으로 가창하는 곳이 있다. 여기서 남성 위주로 소리하는 곳은 아무리 일손이 부족해도 남성들 위주로만 일을 진행하였는데, 모 심기를 포함한 논농사는 여자의 일이 아니라는 관념이 있기 때문이다. 논농사는

집, 68쪽.

96 전북 무주군 무풍면 지성리 이순이(여, 1921), 박해경(남, 1925), 정진상(1924), 김걸(1911), 『한국민요대전』 전북민요해설집, 72쪽.

남성만의 일이라는 관념은 일제 강점기 때 남자의 징병 및 징용, 줄모의 도입 등으로 인해 점차 무너지게 된다.

남녀가 같이 소리를 주고받은 경우를 보면 예로부터 모를 심을 때 논에 물대기가 수월했기 때문에 남녀가 어울려서 소리를 한 곳도 있고, 남성 중심으로 모를 심다가 사회 변화로 인해 남성 노동력이 부족해지면서 여성이 노동에 투입되어 형성된 곳도 있다.

반면, 모 심기 만은 여자의 일이라는 관념이 있는 곳도 있는데, 이는 천수답天水畓으로 대표되는 모 심기와 관련된 노동 상황 때문에 노동이 남녀로 분화되다 보니 자연스럽게 생성된 것이다. 이앙법으로 모를 내기 위해서는 논에 물 대는 것이 필수적인데, 우리나라 대부분의 논에 관개시설이 열악한 관계로 밤낮으로 물 대기, 논 갈기, 써레질, 모 나르기 등의 힘을 많이 써야 하는 일은 남자들이, 비교적 힘이 덜 드는 모심기는 여자들이 하게 되었다. 아울러, 여성은 남성에 비해 품값이 조금 싸고, 모심기의 경우 여성이 더 꼼꼼하게 일을 하는 것도 여성의 모심기 전담 이유가 되었다.

정자소리는 두 사람이 소리를 주고받으며 댓구나 문답 등의 방식으로 노래를 진행하는 관계로 하나소리나 상사소리와 같은 선후창 방식의 모심는 소리에 비해 가창자가 사설을 나름대로 바꾸어 부르기에 제약이 많다. 그러나 정자소리는 선후창 방식의 소리에 비해 다양한 사설이 노래되고 있다. 그 이유는 무엇보다도 선후창 소리가 남성 중심이라면 정자소리는 여성이 소리 구연에 있어 중요한 역할을 하기 때문이다. 기본적으로 남성 가창자에 비해 여성 가창자가 보다 사설 구성에 있어 적극적 태도를 가지는 동시에, 두 사람이 협동으로 노래하는 방식도 한 사람이 주도하는 방식에 비해 다양한 사설을 산출할 수 있는 요건이 되었다.

한국 가래질소리의 현지연구-분포, 사설 분석, 기능 변화요인을 중심으로

1) 머리말

가래질소리는 가래질을 하면서 부르는 소리이다. 여기서 가래질은 세 사람의 협동에 의해 이루어지는데, 한 사람은 가래의 자루를 잡아 밀고, 두 사람은 가래에 연결된 줄을 양쪽에서 당기면서 작업 대상을 옮기는 것을 기본으로 한다. 이 가래질은 노동 상황에 따라 가래의 형태가 조금씩 달라지긴 하지만, 육지에서 논둑을 쌓거나 보를 팔 때도 쓰이고, 바다에서 물고기를 배에 퍼 올릴 때도 쓰이며, 곡식의 검불을 날릴 때에도 쓰인다. 그래서 가래질은 하나의 동일한 행위를 중심으로 여러 가지 상황에서 여러 가지 용도로 쓰인다고 할 수 있다.

이렇게 전국적으로 분포하면서 여러 가지 기능에서 불려지고 있는 가래질소리는 여러 연구자들에 의해 연구가 이루어져 왔다. 김순제는 바다에서 그물에 잡힌 고기를 퍼 올릴 때 하는 바디소리를 테질소리, 바디소리, 가래소리, 술비소리로 나누고, 이들을 음악적 분석 틀인 교창 형식, 음계 구성, 리듬의 소재로 분석하였다.[97] 그의 연구는 서해, 남해, 동해 삼면에 걸쳐 존재하는 모든 바디소리를 대상으로 일관된 음악 분석을 했다는 점에서 가래질소리 연구에 있어 연구사의 선편을 장식한 의의가 있다. 그리고 바디소리를 현지 명칭 그대로 테질소리, 바디소리, 가래소리, 술비소리 등으로 씀으로 해서 자료의 실상을 해치지 않으면서도 자신의 시각에 따라 대상을 분석하였다.

김기현, 권오경은 경북 동해안지역의 바디소리를 후렴에 따라 '가래로다 오이샤 가래야, 에이여 가래요 에이여 가래요, 에라 새가래요' 등 세 가지로 나누었다.[98] 앞의 김순제의 연구가 전체의 바디소리를 대상으로 음악적으

97 김순제, 『한국의 뱃노래』, 호악사, 1982, 174~175쪽.

98 김기현·권오경, 「경북 동해안 지역 어업노동요」, 『한국민요학』 제7집, 한국민요학회,

로 분석했다면 김기현, 권오경은 경북 동해안이라는 특정 지역의 바디소리를 후렴에 따라 나누고, 그 사설의 의미와 내용을 분석, 고찰하였다고 할 수 있다.

변영호는 다른 지역과는 달리 유독 충청남도에서 다양한 가래소리가 채록되었다고 하면서 충남 지역의 가래소리를 사설구조와 선율구조의 면에서 '어낭천 가래허, 어여라 가래여, 어낭천 가래놓세' 등 세 가지로 나누었다.[99] 그의 연구는 비록 한 지역에 한정되긴 하지만, 육지에서 사용되는 가래소리를 종합하고 분류했다는데서 의의를 찾을 수 있다.

김헌선은 가래질소리가 어업노동요, 의식요, 농업노동요에서 각기 다른 목적 하에서 쓰이는 것 때문에 다른 소리처럼 보이지만 노동의 양상과 기본적인 성격은 동일하다고 지적하였다.[100] 그는 이 언급에서 더 이상 나아가진 않았지만, 표면적으로는 아무런 연관성이 없어 보이는 가래질소리가 앞으로 어떠한 방향에서 연구되어야 할지 제시하였다고 할 수 있다.

기존 연구에서는 개별 지역 혹은 기능을 담당하는 가래소리만이 다루어지거나, 전체 가래질소리의 논의 가능성에 대해서만 다루어졌다. 본고에서는 전국의 가래질소리를 대상으로 현지조사, 사설 분석을 통해 각 소리들의 기능 변화 요인에 대해 알아보고자 한다. 현지조사를 통해 전국에 산재하는 여러 가지 가래질소리가 어떠한 상황에서 어떠한 작업 방식과 목적으로 불리는지 확인하고자 한다. 각각의 소리가 불리는 상황을 살펴봄으로써 전체의 소리가 한 자리에서 다루어질 수 있는 여지를 마련할 수 있다. 그런 다음 각 소리들을 음보音步 중심으로 분석하고, 가래질소리의 기능 변화 요인에 대해 살펴보고자 한다. 가래질소리를 기능별로 분류하면 노동요와 의식요,

---

1999, 39~40쪽.

99 변영호, 「충청남도 민요의 기능별 분류와 분포」, 『한국민요대전』 충남편, 문화방송, 1993, 37쪽.

100 김헌선, 「어업노동요의 분류와 특징」, 『한국구전민요의 세계』, 지식산업사, 1996, 403~404쪽.

무가로 나눌 수 있는데, 의식요 및 무가에서 불려지는 소리들은 현지 사람들의 필요에 의해 노동요에서 파생되어 쓰인 것이다. 이러한 기능 변화 요인은 전승의 면, 환경의 면, 소리 자체의 면으로 나누어 살필 것이다.

2) 가래질소리 현지조사

가래질소리는 지역이 다르더라도 노동 상황이나 목적이 같으면 전국 어느 곳이라도 기구의 형태와 소리가 비슷하게 나타난다. 본고에서 조사한 제보자, 조사한 소리들을 제시하면 아래 표와 같다.

제보자	직 업	주 소	조사 일자	조사 내용
김매물	무업巫業	인천시 남구 주안 8동	2001.11.7	곶창굿 가래소리
차회동	어업	인천시 남구 주안동	2001.11.7	가래소리, 테질소리
이기병	농업	충남 서천군 한산면 여사리	2001.9.24	가래소리, 죽가래소리, 묘가래소리
이병기	농업	충남 당진군 송악면 봉교리	2001.8.13	가래소리, 죽가래소리
조병권	농업	충남 당진군 송악면 광명리	2001.8.13	가래소리
배찬홍	어업	충남 당진군 송악면 한진리	2001.8.23	바디소리
박영규	농업	충남 당진군 송악면 기지시리	2001.3.30. 7.8	가래소리, 죽가래소리
지운기	어업	충남 당진군 송악면 고대리	2001.8.23	바디소리
이창복	농업	충북 청주시 흥덕구 남촌동	2001.10.16	가래소리
김만기	농업	충북 청주시 흥덕구 신천동	2001.10.16	방축제 가래소리
신신우	농업	전남 고흥군 남양면 망주리	2001.10.4	가래소리
허영석	농업	전남 영암군 서호면 태백리	2001.10.4	가래소리, 묘가래소리
이종선	농업	경남 의령군 유곡면 세간리	2001.9.30	가래소리
이상환	어업	경남 통영시 사량면 양지리	2001.10.2	쪽지소리
도태일	농업	부산시 수영구 망미 2동	2001.9.29	가래소리
김기권	농업	강원도 고성군 죽왕면 오봉2리	2001.9.29	가래소리, 묘가래소리

위의 표에서 보듯이 가래질소리는 노동요로 가래소리, 바디소리, 죽가래소리가 있고, 의식요로 묘가래소리, 방축제 가래소리, 무가로 풍어제 가래소리가 있다. 여기서는 이 소리들 중 가장 많은 수를 차지하면서 전국적으로 분포하고 있는 가래소리와 바디소리의 현지조사의 결과를 제시한다. 각 지역에서 조사된 가래질소리의 지역, 노동 조건, 가래의 쓰임새, 작업 방식 등을 정리하면 아래 표와 같다.

지역	지리 상황	가래의 종류	작업 형태
경기 이천	논둑, 제방	외가래, 쌍가래	세 사람에서 여섯 사람까지 가래질을 한다.
충남 당진	논둑, 냇둑	세손가래, 오목가래, 황가래	세 사람에서 열 두 사람까지 가래질을 한다.
충남 서천	논둑, 냇둑	세손가래, 오목가래, 쌍가래	상동
충북 청주	보, 논둑	가래, 오명가래, 하가래	세 사람에서 아홉 사람까지 가래질을 한다.
전남 고흥	제방, 집터	가래	세 사람에서 아홉 사람까지 가래질을 한다.
전남 영암	제방	목가래, 쇠가래	상동
경남 의령	보	세손가래, 보가래	여섯 사람에서 열 두 사람까지 가래질을 한다.
부산 수영	논둑, 보	가래	세 사람에서 열 두 사람까지 가래질을 한다.
강원 고성	논둑, 제방	외가래, 쌍가래	세 사람에서 여섯 사람까지 가래질을 한다.

위의 표에서 보듯이 논농사에서 하는 가래질은 그 지역의 지리적 상황에 따라 형태가 정해진다. 지역별로 보면 충청남도에서 가장 다양한 가래질이 사용되었고, 그 다음으로 경기도와 충청북도 경상남도, 강원도이고, 마지막으로 한 가지의 가래질만 사용된 곳은 전라남도, 부산이다. 전남과 부산에서 한 종류의 가래만 사용된 데에는 여러 가지 이유가 있겠지만 현지 조사만을 통해볼 때에는 지리적으로 가래가 필요 없거나 괭이와 같이 가래를

대용하는 기구가 사용되고 있었기 때문이었다.

두 번째로 바디소리의 현지조사 결과는 아래 표와 같다.

지역	조업 방식과 어종	바디의 종류	작업 형태
인천	안강망, 조기	테, 가래	한 척의 배에서 그물에 담긴 고기를 푼다.
충남 당진	안강망, 조기	옹받이, 가래받이	상동
충남 서천	안강망, 조기	바디, 가래	상동
경남 통영	정치망, 멸치	큰쪽지, 손쪽지	양쪽의 배에서 그물에 담긴 고기를 푼다.
부산 수영	갓후리그물질, 멸치	대가래, 소가래	바닷가에서 불통에 담긴 고기를 푼다.
강원도 고성, 속초	배후리그물질, 멸치	산대, 가래	한 척의 배에서 그물에 담긴 고기를 푼다.

바디의 형태는 크기와 쇠로 만든 둥근 테에 줄을 어디에 다느냐에 따라 차이가 날 뿐 전체적인 모양은 전국적으로 동일하다. 전국의 바디를 세부적으로 살펴보면, 가장 단순한 형태는 둥근 테와 자루만 달린 것으로 크기 또한 가장 작다. 그리고 자루와 테가 만나는 부분이나 테에 줄을 단 형태가 있는데, 이러한 형태의 바디는 가장 보편적인 형태로, 그 크기 또한 다양하다. 마지막으로 테에 달린 그물의 밑 부분에 줄이 하나 더 달린 형태가 있다. 이렇게 그물 밑에 줄을 매는 이유는 바디에 담긴 고기를 뱃전이나 상자에 내릴 때 보다 용이하게 하기 위해서인데, 이 세 번째 형태의 바디는 앞의 두 형태에 비해 가장 크기가 크다.

이상에서 전국의 가래질소리 중 가래소리와 바디소리를 중심으로 지역 분포, 가래질의 종류, 가래질의 기능을 살폈다. 그런데 위에서도 살폈듯이, 지방에 따라 그 이름이 다르게 사용되고 있어서 용어의 혼동을 가져올 수 있다. 그래서 전체 가래질소리의 일관된 이해를 위해 바다, 육지에서 불리는 모든 가래소리를 총칭하여 가래질소리라고 하기로 한다. 가래질소리라고 하는 이유는 육지에서 쓰이는 가래소리와 변별점을 가지면서, 가래소리에 접미사인 '질'을 붙임으로 해서 가래질이라는 행위를 강조하기 위해서이다. 그리고 각각의 가래질소리의 경우 해당 자료가 가장 많이 채록된 지역의 현지 명칭을 그 소리의 대표 명칭으로 선택하기로 한다.

3) 가래질소리의 사설 분석

가래질소리의 전체 자료로는 가래소리 32편, 바디소리 44편, 묘가래소리 22편, 죽가래소리 14편, 띠배굿 가래소리 2편, 곶창굿과 연신굿 가래소리 2편 등 총 116편이 있다.[101] 사설 분석의 순서는 위의 표의 순서대로 가래소리, 바디소리, 죽가래소리, 묘가래소리, 띠배굿 가래소리, 곶창굿 가래소리, 방축제 가래소리로 하고자 한다.

(1) 가래소리

가래소리는 전체 32편 중 2음보가 18편, 4음보가 14편으로, 노동의 지시나 권유, 노동 상황의 묘사, 탄로嘆老, 유흥 등의 내용을 동일한 어구의 반복, 노동과 관련된 사설의 나열을 통해 표현하였다. 2음보 소리를 보면 노동 권유의 내용을 노동 행위와 관련된 사설의 나열을 통해 표현한 자료들이 대부분을 차지한다.

> 땡기나 주소/ 이야 허허/ 이야 허허/ 천리같고/ 이야 허허/ 만리같은/ 이야 허허/ 이 방천둑을/ 이야 허허/ 막아나 줍시다/ 이야 허허/ 이야 허허/ 오른발 띠여서/ 이야 허허/ 끝에나 두고/ 이야 허허/ 왼발 띠여서/ 맞차나 주소(후략)(경북 구미시 지산 2동 백남진, 한국민요대전)

> 아헤에헤야/ 이여차/ 이 일꾼이/ 이여차/ 들어왔네/ 이여차/ 후/ 헤에헤/ 에이여차/ 이여차/ 가래장군/ 이여차/ 언제 그리/ 이여차/ 배왔던고/ 이여차/ 후/ 헤에헤/ 이여차/ 이여차/ 가래장군/ 이여차/ 새일꾼이/ 이여차/ 총살같이/ 이

101 116편의 출처는 참고문헌으로 대신하고자 한다.

여차/ 달려오네/ 이여차/ 히/ 헤에헤(경북 성주군 용암면 문명 1리 정영식, 한국민요대전)

위의 두 인용문을 통해 가래소리가 어떻게 생겨났는지 유추해 볼 수 있다. 기본적으로 가래질은 흙을 퍼서 다른 곳으로 옮기거나 땅을 파기 위해 두 사람이 가래에 연결된 줄을 당기고 한 사람이 가래의 자루를 미는 식으로 일이 행해진다. 그래서 처음에는 가래를 미는 사람과 줄을 당기는 사람 간에 호흡을 맞추기 위해 단순 여음구를 주고받았을 것이다. 그러다가 점차 가래 자루를 쥔 사람 쪽에서 노동과 관련된 사설을 붙여 나가면서 점차 사설의 의미가 풍부해져 갔을 것인데, 다른 노동요들과는 달리, 가래질소리의 매기고 받는 소리가 엄격히 나누어져 있다는 것이 이러한 소리의 변화에 있어 더욱 유리하게 작용했다고 할 수 있다.

두 번째 인용문은 바지게라는 지게 위에 올리는 운반 도구에 가래로 흙을 퍼 실으면서 한 소리이다. 그래서 지게에 흙을 퍼 실을 때에는 노동에 관련된 사설과 '이여차'라는 후렴을 하고, 가래질을 4~5번 정도 하여 바지게에 흙이 다 실렸으면 지게를 지고 일어서라는 신호로 메기는 사람이 '후' 또는 '히'라고 했다. 그리고 이때에는 후렴도 달라져서 '헤에헤'라고 하였다. 이 소리 역시 노동과 소리의 관계가 밀착되어 있는 것을 알 수 있는데, 메기는 소리와 받는 소리의 사설의 수는 거의 비슷하다는 것, 후렴이 일의 진행에 따라 두 가지로 변화하는 것 등을 통해 그러한 사실을 확인할 수 있다.

2음보 소리 중에는 여러 가지의 동일어구를 반복하여 사설을 구성하기도 했다.

잘들 허네(A) 잘들 허네(A)/ 가래질을(X) 잘도 허네(A)(서천군 한산면 여사리 이기병, 한국민요대전)

이쪽 저쪽을(A) 당거줘도(B)/ 이쪽저쪽을(A) 당거줘도(B)(완도군 금일읍 척치리 최판용, 한국민요대전)

가자카니(X) 기운없어(A)/ 땡기자카니(X) 기운없고(A)(달성군 하빈면 현내 2리 조용석, 한국민요대전)

지손가래는(A) 큰둑가래고(A')/ 두논뚝가래는(A'') 세손가래(A''')(고성군 죽왕면 오봉리 김기권, 한국민요대전)

앞에는(A) 땡겨주소(B)/ 뒤에는(A') 밀어주고(B')(부산시 수영구 망미 2동 도태일, 좌수영어방놀이 교재)

위에서 살핀 AA'XA, ABAB, XAXA, AA'A''A''', ABA'B' 등 6가지의 규칙적 표현들은 노동 권유, 한탄, 유흥, 노동 상황의 묘사 등 여러 가지 내용들을 보다 효과적으로 표현하기 위해 사용되었다. 그런데 위의 여섯 가지 규칙적 표현 중 가장 빈번하게 사용된 것은 AAXA형이었다. 그런데 이 AAXA형은 우리나라 민요, 무가, 판소리, 탈춤 등의 재담에서 가장 많이 사용되는 표현이다.[102] 그래서 이러한 가래질소리와 전체 민요와의 표현법상의 공통점을 통해 가래소리가 우리나라 전체 민요와의 연관성을 말할 수 있다.

4음보 소리는 모두 14편으로, 노동 상황의 묘사, 노동 권유, 유흥의 내용을 노동과 관련된 사설의 나열과 동일구의 반복을 통해 나타내었다. 여러 가지 상황에서 부르는 가래소리들 중 둑이 터져서 둑을 쌓으며 하는 소리에서의 화자와 노동 상황과의 관계가 다른 소리들과는 차이점을 보인다.

어낭천 가래놓세/ 어낭천 가래놓세/ 잘도 헌다 잘도 헌다 힘있게 잘도헌다/ 어낭천 가래놓세/ 요렇게 하다보면 오늘 해 전에 다 쌓것구나/ 어낭천 가래놓세/ 놀세 놀아 가래질하며 농부가 부르면서/ 어낭천 가래놓세/ 잘들허네 잘들허네 가래질을 잘도허네/ 어낭천 가래놓세/ 풍년일세 풍년일세 비가 많이 와 풍년일세/ 어낭천 가래놓세/ 비가 많어야 풍년이로다 농부네들 맞이야 풍년이로다/ 어낭천 가래놓세/ 다쌓구나 다 막었구나 냇둑 하나를 다 막었구나(서천군 한산면 여사리 이기병, 한국민요대전)

102 정동화, 『한국민요의 사적 연구』, 일조각, 1981, 85쪽.
전경욱, 「탈놀이 대사의 형성원리」, 『구비문학연구』 제3집, 한국구비문학회, 1996, 92쪽.

비가 많이 와서 둑이 터져 빠른 시간 내에 둑을 쌓아야 하는 일은 농부들에게 결코 유쾌한 일이라 할 수 없다. 자칫하면 한 해 농사가 큰 타격을 입을 수도 있기 때문이다. 그런데도 위의 소리를 보면 이러한 상황이 풍년이 들 징조이니 오히려 좋다고 하였고, 이렇게 흥을 내서 일을 하다보니 어느새 둑을 다 막았다고 했다. 그래서 이 둑가래질 소리는 화자가 노동 상황을 역설적으로 자아화하였다고 할 수 있다. 다른 가래소리에서도 노동 상황에 대한 묘사는 있지만, 어떤 소리에서도 노동 상황을 자아화한다고 할 수는 없었다. 그래서 이 소리의 경우에도 이러한 상황에서 하늘을 원망하면서 일이 고되다고 한탄만 했다면, 결코 노동 상황을 자아화했다고 할 수 없었을 것이다.

(2) 바디소리

바디소리는 2음보가 28편, 4음보가 16편으로, 노동의 지시나 권유, 만선의 기쁨, 유흥의 내용을 노동에 관련된 사설의 나열, 동일구의 반복의 방법으로 표현하였다. 2음보 소리 중에는 여음구의 반복 속에 간단한 노동 지시의 사설이 삽입된 소리가 한 편 있다. 이렇게 여음구의 반복 속에 노동에 관련된 사설이 삽입되는 것은 앞서 가래소리에서도 보았다. 그런데 바디소리는 메기는 소리와 받는 소리의 형식에서 가래소리와 차이가 난다.

> 받어라(앞)/ 받어라(뒤)/ 어야 받어라(앞)/ 어에야(뒤)/ 받어라(앞)/ 받어라(뒤)/ 이놈두 받구(앞)/ 저놈도 받구(뒤)/ 받어라(앞)/ 받어라 어자(뒤)/ 받어라(앞)/ 여리기야 받어라(뒤)/ 여리기야 받아라(앞)/ 받아라(뒤)(충남 서천군 서면 도둔리, 어업요)

이 소리는 여러 사람이 각자 자신의 테를 가지고 고기를 펴 올릴 때 하는 소리이다. 테는 가래와는 달리, 줄을 매지 않고 한 사람만이 일을 하기 때문에 이렇게 메기고 받는 소리의 관계가 밀착되었다. 그래서 하나씩의 메기고 받는 소리를 기본으로 했을 때, 이 소리에서는 두 가지의 변화를 보인다고 할 수 있다. 하나는 메기는 소리의 길이가 길어지는 것이고 두 번째는 메기고 받는 소리의 관계가 불규칙하게 변하는 것이다. 이러한 두 가지의 변화는 일이 고되면서도 장시간 해야만 하는 바디질을 훨씬 수월하게 만드는 요인이 되었다.

앞의 소리 한 편을 빼고 나머지 소리 27편은 만선의 기쁨, 노동의 권유, 유흥의 내용을 일과 관련된 사설의 나열, 동일한 구의 반복을 통해 표현하였다. 그런데 이 소리들에서도 앞서 보았던 소리와 같지는 않지만 메기는 소리와 받는 소리간에 변화가 나타났다.

> 이거디어/ 어야디야/ (칠선바다)/ 이여 바디야/ 어야 디야/ (가리치며)/ 어야 바디야/ 어여 바디야/ (양주만 남기구서)/ 이거야디야/ (다잡아버리자)(인천시 무형문화재 전수회관, 한국민요대전)

위의 인용문을 보면, 메기고 받는 소리 사이사이에 샛소리가 들어간 것을 볼 수 있다. 이러한 샛소리는 뒷소리를 받는 사람들 중에 일부가 부르는 것인데, 이렇게 샛소리가 들어갈 수 있었던 이유는 이 소리가 앞에서처럼 혼자서 하는 테질소리가 아니라 둘 이상이 하는 가래질소리이기 때문이다.[103] 그러다 보니 메기고 받는 소리 가운데 샛소리가 들어갈 여지가 생기게 되었다.

4음보 소리는 모두 16편으로 만선의 기쁨과 유흥의 내용을 AXAX, XAXA, ABA'B', AAXA와 같은 규칙적 표현과 노동과 관련된 사설의 나열로 표현하였다. 그런데 4음보 소리들은 다른 소리들에 비해 사설 구성이 자유롭기 때문에 한 음보에 들어가는 글자 수도 더 많았다.

> 에라소 가래로구나/ 에라소 가래로구나/ 이 고기를 잡어서 줄래빨래 오데

---

103 이러한 샛소리는 가거도 멸치잡이에서도 불리는데, 이 소리에서는 제노와 곁노, 그리고 밑노라고 하는 세 부분에서 일을 하기 때문에 자연히 샛소리가 생기게 되었다.

주자/ 에라소 가래로구나/ 이 고기를 잡어가지고 선원들이 놓고 먹세/ 에가소 가래로구나/ 이 고기를 잡어서 우리들이 놓고 먹세/ 에라소 가래로구나/ 이 고기를 많이 잡어 넓은 들판 논밭사서 부자가 되세/ 에라소 가래로구나(고성군 죽왕면 문암 2리 김기권, 한국민요대전)

이것이 다 뉘덕이냐 도당할아버지 덕택이로다/ 어허이허 하어요/ 우리뱀자네 아주머니 콩나물동이를 이고 막걸리동이 옆에다 끼고 아른 밑에서 엉더춤 춘다/ 어허이허 하어요(시흥시 포동 새우개, 어업요)

위에서 인용된 자료들을 보면 소리가 진행될수록 한 음보에 들어가는 사설의 수가 많아지는 것을 확인할 수 있다. 사설의 수를 늘리는 방법으로는 하나의 어휘를 수식하거나, 동일어구를 반복하기, 그리고 내용을 부연해서 음보 자체를 늘리는 방법 등이 있다. 다른 가래질소리들에서도 4음보 소리는 2음보 소리에 비해 음보에서의 글자 수가 많았지만 바디소리의 경우에는 노동 권유의 내용보다 유흥적 분위기가 더 많기 때문에 음보의 길이가 늘어나는 자료가 많이 발견되었다.

앞서 살핀 바디소리 중 좌수영 어방놀이에서 불리는 소리가 있었다. 이 어방놀이의 내용은 크게 다섯 부분으로 이루어지는데, 그것은 1. 노동의 권유, 2. 만선의 기쁨, 3. 현재 노동 행위에 대한 인식, 4. 자신의 신세 한탄 5. 만선으로 인한 낙관적 미래 전망이다. 이 소리는 다른 소리들처럼 내용이 단편적이거나 인과성이 없이 구성되는 것이 아니라, 앞서 말한 여러 가지 내용들이 유기적으로 결합되었다.

이 가래가 누가랜고/ 오호 가래야/ 실렁실렁 실어나보세/ 오호 가래야/ 우리 선주네 가래로다/ 오호 가래야/ 가래목에는 반장가래요/ 오호 가래야/ 서발가래 내 가래야/ 오호 가래야/ 메르치 꽁치(X) 바다에 놀고(A)/ 오호 가래야/ 살찐 가무치(X) 연당에 놀고(A')/ 오호 가래야/ 뒷집 큰애기(X) 내품에 놀고(A")/ 오호 가래야/ 쇄천파천도 여기서 난다/ 오호 가래야/ 은전금전도 여기서 나고/ 오호 가래야/ 정승판서도 여기서 난다(중략)다 같이 났건마는/ 오호 가래야/ 낮에는 밤을 삼고/ 오호 가래야/ 밤으로는 낮을 삼아/ 오호 가래야/ 이런 고생을 왜하고 있나/(중략)/우리 인생도 고기를 잡아/ 오호 가래야(좌수영 어방놀이 교재)

어방놀이 가래소리에서는 여러 가지의 규칙적 표현들이 인접성에 의한 계열관계에 의해 표현되었다.[104] 그런데 이 소리에서 쓰인 표현법은 다른 바디소리들과는 다른 점이 있다. 앞의 두 연에서의 '바다에 노는 메르치 꽁치'와 '연당에 노는 살찐 가무치'는 마지막에 나오는 '내 품에는 노는 뒷집 큰애기'에 의미가 집약되고 있다. 결국, 화자는 이러한 표현들을 통해 제일 마지막에 나오는 대상에 무게를 두려고 했다는 것을 알 수 있다.

(3) 죽가래소리

죽가래소리는 2음보가 13편, 4음보가 1편으로 노동의 지시, 권유, 유흥의 내용을 동일구의 반복, 노동과 관련된 사설의 나열을 통해 표현하였다. 죽가래소리는 자료의 수가 적고 노동을 권유하는 내용이 대부분이기 때문에 단순한 노동요에서 복잡한 노동요로의 이행을 잘 보여준다. 그러한 점은 2음보 소리의 내용과 사설 구성에서 찾을 수 있다.

> (중략) 술잔이나/ 오헤/ 먹었으니/ 오헤/ 번쩍 들어서/ 오헤/ 무지개처럼/ 오헤/ 디려를 봅시다/ 오헤/ 쥐인네는 술잔을/ 오헤/ 가지고 왔네/ 오헤/ 오헹/ 오헤/ 홍시 나왔다/ 오헤/ 오호헹/ 오헤/ 노세(A) 노세(A)/ 오헤/ 젊어(X) 노세(A)/ 오헤/ 늙고 병들면/ 오헤/ 못나나니/ 오헤/ 이제 가면은/ 오헤/ 언제나 오나/ 오헤/ 오마는 날짜나/ 오헤/ 일러를 주게/ 오헤/ 왔다 가는건(A)/ 오헤/ 오라는 눈치요(B)/ 오헤/ 왔다 가는건(A)/ 오헤/ 가라는 눈치라(B')/ 오헤/ 물동이 안이다/ 오헤/ 술받어 넣었으니/ 오헤/ 고갯짓 장단에/ 오헤/ 다 엎어졌구나/(후략)(홍성군 홍북면 석택리 김세원, 한국민요대전)

위의 인용문은 노동 권유와 유흥의 두 가지 내용을 노동과 관련된 사설의 나열과 동일구의 반복을 통해 표현하였다. 앞서 살폈던 가래소리, 바디소리의 2음보소리들에서는 메기는 소리와 받는 소리가 워낙 밀착되어 있어서 메기는 소리의 비중이 그리 크지 않았다. 하지만 위의 인용문에서는

104 한채영, 「구비시가의 구조연구」, 부산대학교 박사학위 논문, 1992, 47쪽.

받는 소리에 비해 메기는 소리가 일정한 의미를 가지게 되고, 사설의 표현에 있어서도 두 가지의 규칙적 표현을 사용하게 되었다. 이렇게 메기는 소리의 역할이 커지는 것은 소리의 내용이 노동 환경을 넘어 개인적 정서를 표현함으로써 가능해진 것이다. 그래서 죽가래소리를 통해 단순한 노동요의 형태에서 복잡한 노동요로 이행하려면 내용과 형식의 변화가 수반되어야 하는데, 내용은 개인적 정서의 표현에서, 형식은 동일어구의 반복과 메기는 소리의 사설이 길어지는 것에서 찾을 수 있었다.

(4) 묘가래소리

묘가래소리는 2음보가 14편, 4음보가 9편으로 노동 권유, 유흥, 이별의 슬픔, 망자亡者의 유언의 내용을 동일한 구의 반복, 노동과 관련된 사설의 나열을 통해 표현하였다. 2음보소리를 보면 가래소리의 2음보 소리와 내용이나 사설의 면에서 전혀 다르지 않음을 볼 수 있다. 묘가래질에 따르는 고유의 사설이 사용되어야 함에도 불구하고 '가래장치', '가래밥' 등의 가래소리에서 쓰이는 행위에 대한 묘사가 그대로 쓰이고 있기 때문이다. 이러한 점을 통해 묘가래소리는 자체적으로 묘가래질을 통해 생긴 것이 아니라 가래소리에서 이입되었다고 추정할 수 있다.

그런데 화자와 노동 상황과의 관계에서는 가래소리와의 변별점이 있다.

> 잘살어라 잘살어라/ 어낭청청 가래호아/ 어린새끼들 잘살어라(중략)무정허구나 무정허다/ 어낭청청 가래호아/ 사제놈들이 무정허구나/어낭청청 가래호아(태안군 태안읍 반곡 2리 신화춘, 한국민요대전)
>
> 못가것구나 못갈래라 참아가 서러와서 나는 황천길을 못가것네/에이 아으어 가리(고흥군 도양읍 용정리 장경덕, 한국민요대전)

묘가래소리에서는 화자話者가 두 가지로 나온다. 그래서 화자와 노동 상황의 관계 역시 두 가지 양상을 보인다. 먼저, 일하는 사람이 화자로 나오는 소리 중 노동을 권유하는 내용은 화자가 노동 상황을 자아화 하지 못하였다. 그 소리에서의 노동 공간은 실제 노동 공간 이상의 의미를 가지지 못하기 때문이다. 그런데 위에서 인용한 자료에서 보듯이, 화자가 망자의 목소리를 낼 때에는 화자와 노동 상황이 극도로 밀착되고, 따라서 사설의 내용과 표현 방식 등이 전자에 비해 훨씬 풍부해질 수 있었다.

(5) 풍어제 가래소리

풍어제 가래소리는 전라북도 부안군 위도면 대리에서 행해지는 띠배굿, 경기도 인천 등지에서 행해지는 곶창굿, 연신굿에서 불리는데, 띠배굿은 유가식 제례로, 곶창굿과 연신굿은 만신이 굿을 주관한다. 이 세 가지 소리는 소리가 불려지는 목적이나 구체적 상황은 다르지만, 온 마을 사람들이 흥겨운 분위기 속에서 소리를 한다는 점에서는 같다고 할 수 있다.

띠배굿에서 불리는 가래소리는 2음보인데, 사해 용왕에 대해 기원을 한 결과 그 보답으로 풍어가 들었다는 내용을 동일구의 반복을 통해 표현하였다. 이 소리를 내용 별로 나누어 보면, 1. 주변 상황 묘사에 이은 사해 용왕에 대한 기원의 권유, 2. 복을 받을 배들의 열거, 3. 기원의 결과로 조기의 만선으로 나눌 수 있다.

첫 번째 부분인 주변 상황 묘사에 이은 사해 용왕에 대한 기원의 권유에서는 AAXA형, XAXA형의 반복을 통해 사설이 구성되었다. 문면을 제시하면 아래와 같다.

> 다 모였네(A) 다 모였네(A) (우리 부락에 사람들이)/ 어낭청 가래야/ 선창가에로(X) 다 모였네(A)/ 어낭청 가래야
>
> 밥도(X) 많고(A) 떡도(X) 많고(A)/ 어낭청 가래야/ 어낭청 가래야/ 술도(X) 많고(A) 고기도(X) 많데(A)/ 어낭청 가래야

위의 인용문 중 첫 번째 자료는 많은 사람들이 가래밥을 바다에 던지기 위해 모인 상황과 굿의 광경을 묘사한 것이고, 두 번째 자료는 그렇게 모인 사람들에게 기원을 권유하는 것이다. 이 소리에서는 '가래밥을 옆에 끼고/ 가래밥을 물에 넣으며'라는 사설이 있어 주목된다. 앞서 바디소리를 살필

때 어떤 바디소리에서도 풍어의 기쁨을 배서낭과 같은 신에게 돌리지 않았다. 그런 점을 볼 때 바디소리 가창자들에게 있어 가장 중요한 것은 노동 상황 그 자체임을 알 수 있다. 그래서 이 소리가 비록 바다의 무주혼령들을 풀어 먹이기 위해 음식을 바다에 던지는 일에서 쓰인다 하더라도, 의식요로의 사설의 변화가 일어나지 못했던 것이다. 이렇게 소리의 목적과 사설이 유기적으로 관계를 맺지 못한 것은 띠배굿의 가창자가 노동요를 부르는 사람들이기 때문이기도 하다.

곶창굿 가래소리와 같이 만신에 의해 소리가 불릴 경우 이와는 다른 양상을 보인다. 곶창굿에서 불리는 가래소리는 곶창굿 중 열 번째 거리인 타살거리에서 불려진다. 타살거리는 군웅굿, 타살굿, 뱅인영감굿, 세준이 외삼춘굿으로 이루어지는데, 가래소리는 뱅인영감굿에서만 불려진다. 뱅인영감은 조기를 몰아다주는 신들 중의 하나로 그가 마을 사람들에게 조기를 많이 몰아다 준 결과 만선이 되었기 때문에 만신이 가래소리를 메기고 주위의 선원과 선원 가족들이 참여하여 소리를 받게 된다.

곶창굿 가래소리는 2음보와 4음보가 섞여있고, 만선을 한 상황의 묘사와 그로 인한 기쁨을 동일구의 반복을 통해 표현했다. 이러한 점은 다른 바디소리와 크게 다를 바가 없다. 그런데 사설에 있어 '뱃집 아줌마 정성으로/ 일대동에 장원을 했구나/ 첫정월부터 갈고 닦아/ 수만량을 먹었구나' 라는 대목과 '나갈 때는 명가래/ 들올 때는 복가래… 장군가래'라는 대목이 있어 주목된다.

위에서 제시한 두 대목은 노동요에서 불리던 바디소리가 만신에 의해 그 성격이 완전히 바뀐 모습이다. 앞서 띠배굿 가래소리에서는 사해용왕에 대해 기원을 하고, 그로 인해 만선을 하였지만 노동요적 성격이 완전히 바뀌지는 못하였다. 그러나 곶창굿 가래소리의 화자인 만신은 기원 대상인 뱅인영감의 말을 직접 하는 존재이기도 하고, 굿판의 단독 주재자이기 때문에 노동요적 성격을 완전히 의식요적 성격으로 바꿀 수 있었다. 그 결과 노동에서 쓰이는 가래는 이 소리에서 명을 주는 명가래, 복을 주는 복가래, 여러 장군님들의 장군가래로 바뀌어 쓰였다.

이 사설 이후에 시작되는 가래소리는 2음보로 다른 바디소리들과 같이 만선의 기쁨을 노래하고, 표현 방식 또한 유사했다. 다만, 기존에 조사된 보고서에는 앞서 살핀 곶창굿 가래소리에 비해 의식요적 성격이 두루 나타나지 않았으나, 현지 조사 결과 실제 굿에서는 곶창굿이나 연신굿이나 차이가 없다고 했다. 두 굿에서 이렇게 소리의 차이가 생기는 이유는 곶창굿은 3~5일 동안 굿이 벌어지기 때문에 사설을 길게 할 여지가 많으나, 연신굿은 길어야 한 나절 정도면 모든 굿이 끝나기 때문에 사설을 다양하게 넣지 못했다.

(6) 방축제 가래소리

방축제 가래소리는 충청북도 청주시 흥덕구 지동에서 방축제를 지낸 다음에 불려지는데, 모두 두 편이 조사되어 있다. 이 두 편은 모두 2음보이며 노동권유의 내용을 노동과 관련된 사설의 나열을 통해 표현하였다. 이 소리들은 노동의 상황이나 목적, 가래를 사용하는 방법 등에 있어서 앞서 살핀 가래소리들과 다를 바가 없다. 그런데 이 소리는 한 해 농사가 잘 되게 해 달라고 하는 방축제 다음에 불려지는 만큼 사설에 그러한 기원의 내용이 들어갔다는 점에서 차이점을 찾을 수 있다.

> 천지현황 생긴후에/ 에일성 가래야/ 일월영책 지을적에/ 에일성 가래야/ 신농씨의 지을적에/ 에일서 가래야/ 수제공급 으뜸이라 우리농군 마음합쳐/ 에일성 가래야(후략)
>
> 추로지신님에 성김을 받아/ 에일성 가래야/ 실농씨에 가르침 받아/ 에일성 가래야/ 우리대본에 방둑가래로다/ 에일성 가래야(후략)

위의 인용문을 보면 추로지신과 신농씨라는 기원의 대상이 나온다. 여기서 추로지신님이란 맹자와 공자를 말하고, 신농씨는 농사를 처음 시작한 중국의 황제이다.[105] 이렇게 중국의 인물들을 인용하거나 한문 투의 문장을

105 공자는 노나라 사람이고, 맹자는 추나라 사람이기 때문에 추로지신雛魯之臣이라 하였다.

넣는 것은 비단 이 소리뿐 아니라 다른 지역의 가래소리, 바디소리에서도 종종 발견할 수 있다.[106] 그런데 그러한 인물들을 기원의 대상으로 설정하는 것은 이 소리가 유일했다. 이렇게 설정한 이유에 대해서는 고사가 유교식儒敎式으로 이루어지고, 마을의 서낭신 외에 특별히 기원의 대상으로 설정할 신이 없고 서낭신은 굳이 농사와 관련이 없기 때문에 신농씨를 말하면서 같이 공자와 맹자도 삽입한 것으로 보았다.

4) 가래질소리의 기능 변화 요인

앞 장에서 전체 가래질소리의 사설을 분석한 결과, 전체 소리들간의 내적 연관성에 대한 보다 면밀한 논의가 필요함을 느낀다. 그래서 각 소리들간의 기능 변화요인을 전승적 측면, 환경적 측면, 소리 자체의 면으로 나누어 살피고자 한다.[107]

먼저, 가래질소리 가창자에 의한 소리의 변화를 정리하면 다음과 같다. 전라남도 영암 서호면에 사는 허영석은 올해 84세로 영암에서 이름난 상쇠이자 소리꾼이다. 그가 살던 영암군 서호면 태백리 일대는 보가 없고, 논둑을 올릴 때에는 괭이를 사용했기 때문에 가래질이 없었다. 그러다가 그가 40세 정도 되던 해에 마을 앞에 있는 영산강에 원(둑)공사를 하면서 남해안의 섬에 살던 사람들이 가래를 가지고 와서 같이 일하면서 가래를 처음 접하게 되었다.

그때 이후로 태백리에 가래가 들어오게 되었는데, 그 이후로 가래는 주로 묘의 봉분을 쌓을 때 사용되게 되었다. 그러다가 그 마을의 선소리꾼이자 상쇠였던 허영석이 묘가래소리의 필요성을 느껴 태백리에 있는 아들의

106 젊었을 때 오홍렬과 같이 소리를 부르고 다녔던 이창복은 지점소리를 하면서 중국에 있는 곤륜산에서 정기를 받아 터를 닦는 다는 것을 거듭 강조하였다.
2001년 10월 16일 이창복의 자택에서 인터뷰를 통해 조사하였다.

107 조동일은 이 세 가지 변화 요인을 서사민요를 대상으로 사용하였지만, 이 분석 방법을 서사민요가 아닌 일반 민요에 적용하여 그 타당성을 검증하기로 한다.
조동일, 『서사민요연구』, 계명대학교 출판부, 1970, 164~166쪽.

집에 와서 살던 섬 출신의 노인에게서 묘가래소리를 배우게 되었다.

경상남도 의령군 유곡면 세간리의 이종선은 올해 77세로 세간리 토박이이다. 그가 한 가래소리를 보면 이 지역에서 하는 망깨소리 등 다른 소리들에서 불리는 사설을 가래소리에서 사용하고 있음을 확인할 수 있다. 이렇게 그가 여러 가지 소리를 그때의 상황이나 목적에 따라 적절히 활용하는 것은 그가 세간리의 선소리꾼이어서 모심는 소리, 논매는 소리, 땅 다지는 소리 등 많은 소리들을 알고 있었기 때문이다. 앞서 살핀 허영석이 원래 없던 소리를 기능이 새로 생김에 따라 그에 따른 소리를 따로 배운 가창자라면, 이종선은 기존의 소리를 바탕으로 그 노동 상황과 목적에 맞게 새로운 사설을 만들어내었다 할 수 있다.

충청북도 청주시 흥덕구 지동에 살았던 故오홍렬은 고사소리와 상여소리에 능하였다. 그래서 그는 방축제를 할 때 고사덕담을 하였고 고사를 마치고 하는 가래질에서도 선소리를 매겼다. 그의 소리를 보면 다른 가래소리와 큰 차이가 없지만 중간에 추로지신雛魯之臣, 신농씨라는 기원 대상을 넣음으로 해서 가래소리에 의식요적 성격을 가미했다. 이러한 창조의 모습은 앞서 보았던 이종선과 같은 성격이라고 할 수 있지만, 노동요를 의식요로 변화시켰다는 점에서 이종선과는 차이가 있다.

김매물 만신은 기존에 불리던 곶창굿 가래소리가 있었다는 점에서 완전히 새로운 것을 만들었다고 할 수 없다. 그럼에도 소리의 기능 변화의 면에서는 그 가치가 인정된다고 하겠다. 이러한 기능 변화의 면에서 허영석과 비교할 때 허영석은 노동요에서 노동요로의 변화를 통해 사설만 새로워졌지만, 김매물만신은 원래 노동요였던 것을 유희성이 강한 의식요로 바꾸면서 기능과 사설을 함께 바꾸었다.

이상에서 살핀 가창자에 대한 결과를 가창자에 의한 노동요 안에서의 변화, 그리고 노동요에서 의식요로의 변화라는 기준으로 살피면 아래 표로 나타낼 수 있다.

소리를 변화시킨 원인	가창자(소리)	소리의 변화 양상
마을의 선소리꾼	허영석(묘가래소리), 이종선(보가래소리)	노동요 → 노동요
마을의 선소리꾼 (상여소리, 고사소리)	오홍렬(방축제 가래소리)	노동요 → 의식요
마을의 선소리꾼	이종순(띠배굿 가래소리)	노동요 → 의식요
어촌 출신의 만신	김매물(곶창굿 가래소리)	노동요 → 무가

위의 표를 보면 오홍렬, 이종순, 김매물에 의한 변화가 동일하게 표시되었다. 그러나 위의 세 소리가 모두 같은 성격의 의식요가 아니다. 그렇게 차이가 나는 것은 각 소리들의 환경이 다르기 때문이다. 방축제 가래소리가 불리는 청주시 흥덕구 고락동과 신천동에서는 한 해 농사가 가뭄, 병충해, 태풍의 피해 없이 잘 되게 해달라는 기원의 마음에서 방축제를 지냈다. 미호천에서 물을 받는 마을에서는 미호천의 규모가 커서 미호천 곳곳에 만든 보를 보수하는 일에 많은 인력과 시간을 들여야 했다. 그리고 비가 많이 올 때에는 꼭 여러 마을의 사람들이 함께 가서 보를 보수하지 않을 수 없었다. 이런 이유로 자연스럽게 매년 봄 농사를 시작하기 전에 방축제를 하게 되었다.

이렇게 생업이 잘 되도록 바라는 마음에서 굿을 하는 것은 전라북도 부안군 위도면 대리마을의 띠배굿도 마찬가지이다. 대리마을은 예전에는 파시로 유명한 곳이었다. 그래서 성어기에는 600여 척이 넘는 조기잡이 어선들이 대리마을 항구에 정박하였다. 이유는 영광굴비로 불리던 조기들이 잡히던 칠산어장이 바로 대리마을의 앞 바다였기 때문이다. 이러한 지리적 이점으로 말미암아 이곳에선 다른 바닷가의 마을 보다 더욱 성대한 풍어제가 행해질 수 있었다.

이상에서 가래질소리의 기능 변화 요인을 전승의 면, 환경의 면에서 살폈다. 그 결과 변화의 폭은 만신이 굿판에서 하는 소리에서 가장 크게 나타남을 확인하였다. 그래서 이렇게 기능의 변화가 명확하게 포착된 곶창굿가래소리의 소리자체의 면에서의 변화 요인에 대해 검토하고자 한다.

곶창굿가래소리는 뱅인영감이 마을 사람들을 위해 풍어를 들게 해주었기 때문에 만신이 신을 대신해 이 소리를 하게 된다. 즉 노동 현장에서 실제 풍어가 되었을 때 하는 소리를 만신이 풍어의 연상작용에 의해 굿판에서 쓰게 되는 것이다.[108] 이렇게 유감주술적 성격에 기인하여 일어나는 기능 변화는 이 소리의 가창자와 동네 사람들 사이에 신이라는 매개체가 개입됨으로 해서 그러한 성격이 다른 소리들에 비해 훨씬 강화되었다고 할 수 있다.

5) 맺음말

본고에서는 기존의 가래질소리 연구가 전체 자료를 대상으로 하지 못했다는 것에 문제를 제기하고 전체 가래질소리를 대상으로 현지조사, 사설 분석, 기능의 변화 요인 등 세 가지로 연구하였다. 현지조사 부분에서는 전국의 가래질소리의 현장을 답사하고, 그러한 답사를 통해 가래질소리의 노동 상황, 가래의 형태 등을 조사하였다. 두 번째로는 가래질소리의 사설을 분석하였는데, 사설 분석은 음보, 내용, 어휘의 측면에서 이루어졌다. 마지막으로는 여러 가지 기능에 쓰이고 있는 가래질소리의 기능이 변화함에 있어 세 가지 요인을 전승자의 면, 환경적 면, 소리 자체의 면에서 살폈다. 전승자의 면에서는 소리를 개인적 창조에 의해 변화되는 양상을, 환경적 면에서는 일판에서 불리는 소리가 굿판으로 옮겨짐에 의해 변화되는 양상을, 소리 자체의 면에서는 유감주술에 의해 소리가 변화되는 양상을 확인하였다.

이러한 가래질소리 연구 결과는 전체 기능요의 기능에 의한 분류에 한 가지에 해당한다. 강원도에서 주로 불려지는 아라리의 경우 노동에 밀착되어 있지 않고 사설이 풍부하며 주로 여성들에 의해 불려진다는 점에서 소리 자체의 면과 가창자의 면이 기능 변화에 주요한 원인이 된다. 그리고 제주

108 프레이저, 장병길 역, 『황금가지 1』, 삼성출판사, 1976.

도의 굿에서 불려지는 서우젯소리는 소리의 음악적 특징에 의해 노동요인 김매는 소리, 멜 후리는 소리와 유희요 등으로 불린다는 점에서 소리 자체의 측면이 중요하게 작용했다.

제4장

동요

다리세기노래의 양상과 의미

1) 머리말

다리세기노래는 두 사람 이상이 마주앉아 다리를 서로 엇갈려 끼우고 한 쪽 다리씩 손으로 세어가며 부르는 노래이다.[109] 노래가 끝이 났을 때 손이 짚어진 다리를 빼고 다시 노래를 반복해서 부르는데, 지역에 따라 다리세기 그 자체로 노는 곳도 있고, 마지막에 다리 하나가 남으면 그 사람이 술래가 되어 다음 놀이를 하는 곳도 있으며, 원님놀이 등에서의 배역을 정하기 위해 하는 곳도 있다. 이 노래는 전국적으로 분포하면서도 다리를 세는 방식 자체는 지역에 따른 편차가 거의 없으나 놀이의 목적이나 노래의 사설 구성 등은 다양하게 나타난다.

이 노래에 대한 선행연구는 자료 분포 및 사설의 의미, 선율 분석 중심으로 이루어졌다. 먼저, 이소라는 전국 규모의 현지조사 결과 모두 세 종류의 다리세기노래가 있다고 하면서, 콩하나 팥하나는 충청도, 한알대 두알대는 주로 경기도, 그리고 이거리 저거리는 충청도와 경상도, 경기도 및 전북

---

109 다리세기노래는 다리빼기노래, 다리셈노래, 다리헤기노래, 이거리저거리, 한알대두알대 등 여러 가지로 불리고 있다. 가장 많이 사용되는 용어들 중 다리빼기노래는 노래의 목적에, 다리세기노래는 구연 상황에 초점을 둔 것으로 볼 수 있다. 본고에서는 후자의 측면에 주안점을 두고 다리세기노래를 대표 명칭으로 사용하고자 한다. 그리고 각각의 개별 노래들은 기존 연구자들이 사용한 명칭을 그대로 사용한다.

등에서 전해온다고 하였다.[110] 강성복은 한알대 두알대는 한강 이북의 경기도, 강원 일부지역, 이거리 저거리는 충청, 경상, 전라지역, 그리고 여러 지역에 걸쳐 양쪽 어디에서 포함되지 않는 독특한 노래들이 있다고 하였다.[111] 위의 두 보고를 정리하면, 다리세기노래 중 가장 많은 수를 차지하는 한알대 두알대는 경기 및 강원, 이거리 저거리 및 각편이 한 편만 있는 자료들은 전국에 걸쳐 분포하고 있음을 알 수 있다.

전원범은 다리세기노래의 내용은 애매하거나 무의미한 말들을 나열한 것이 대부분이라 하였다.[112] 최상일 역시 이 노래는 낱말의 뜻을 알 수 없는 경우가 많다고 하면서, 아이들이 낱말의 뜻을 생각하지 않고 들리는 대로 쉬게 불러 와전되기 때문이라 하였다.[113] 마지막으로 손인애는 경기지역의 다리세기노래는 대부분 3소박 4박자로 노래되는데, 선율이 음고가 있는 것과 일정한 음고 없이 리듬 중심으로 불리는 소리가 있다고 하면서 이 두 가지 중 후자가 다리세기노래의 대부분을 차지한다고 하였다.[114]

다리세기노래는 우리나라 동요童謠 중 분포 범위가 가장 넓으면서 각편의 수가 많은 노래 중 하나이다. 그럼에도 이 자료에 대한 본격적 논의는 그간 제대로 이루어지지 못하였다. 논자가 다리세기노래에 관심을 갖게 된 이유는 보통의 동요는 한 행위에 한 가지 노래를 부르고 사설의 변화 폭 역시 그리 크지 않은데, 왜 이 노래는 한 가창자가 두세 가지의 노래를 부르는가 하는 것이었다. 다리세기노래가 가장 많이 채록된 지역 중의 한 곳인 강원지역에서는 두 가창자가 마주 앉아 이 노래를 하면서 다섯 가지 이상의 소리를 부르기도 하였다. 그리고 이거리 저거리나 한알대 두알 대 등의 자료들을 보면, 의미가 통하지 않는 개별 단어들을 나열한

110 이소라, 『민초의 소리』, 대전서구문화원, 2000, 65쪽.
111 국립민속박물관, 『한국세시풍속사전: 겨울편』, 국립민속박물관, 2006, 306~308쪽.
112 전원범, 『한국전래동요연구』, 버들산, 1995, 95쪽.
113 최상일, 『우리의 소리를 찾아서』 2, 돌베개, 2002, 214쪽.
114 손인애·강등학 외, 「경기 동요의 종류와 특성」, 『경기 향토민요』, 경기도 국악당, 2007.

각편도 있고, 논리적으로 의미 연결이 이루어지는 각편들도 존재하였다. 같은 노래임에도 사설 구성에 있어 편폭이 심한 이유는 무엇일지 궁금하였다.

동요童謠의 경우 기본적으로 자기중심적, 감각적, 구체적 사고에 의존하는 아동의 심성에서 발현하므로 단지 사설이나 음악만을 대상으로 노래의 본질을 이해하기에는 무리가 있다. 따라서 본고에서는 동일 행위를 두고 넓은 분포지역과 다양한 각편으로 존재하는 다리세기노래가 지금까지 제대로 논의되지 않은 점에 착안하고, 이 노래가 왜 동일 놀이에서 여러 종류의 노래가 불리는지, 한 가지 노래에서 다양한 사설 구성을 갖게 된 이유는 무엇인지 아동의 성장에 따른 놀이와 노래의 관계 변화라는 측면에서 살펴보고자 한다.[115]

2) 다리세기노래의 사설 구성

지금까지 보고된 조사보고서 및 논자의 현지조사 결과를 정리하면, 다리세기노래는 크게 다섯 가지가 있다. 그 중 '앵기 땡기'는 강원지역, '한알대 두알대'와 '이거리 저거리', 그리고 다섯 편 이하로 채록된 자료들은 전국적으로, 마지막으로 '고모집에 갔더니'는 경기, 강원지역을 중심으로 채록되었다.[116] 이 노래는 전국적으로 분포하되, 가장 많은 종류의 다리세기노래가 분포하고 있는 곳은 강원지역이고 다음으로 경기지역이다.

---

115 자료를 조사하던 중 어머니나 할머니가 아이를 어르거나 달래기 위해 아이와 함께 다리세기노래를 불렀다는 제보를 접하기도 하였다. 그러나 어른들에 의해 아이들이 이 노래를 익히는 경우가 일반적으로 나타나는 것이 아니므로, 본고에서는 어른에 의한 사설 수용의 측면은 배제하고 아이들끼리의 놀이를 통해 이 소리가 전승된다는 점 중심으로 논의를 전개하고자 한다.

116 지면 관계상 자료 분포지역과 개수, 출처 등은 참고문헌으로 대신하고자 한다. 그리고 다리세기노래만을 대상으로 전국적 조사가 이루어진 바가 없기 때문에 실제로는 본고에서 다룬 자료들보다 훨씬 다양하고 많은 자료들이 있을 것으로 추정된다.

(1) 앵기땡기

'앵기땡기'는 강원도 강릉, 평창, 횡성, 고성 등의 지역에서 모두 9편이 채록되었다. 먼저, 앵기땡기 중 가장 일반적인 형태는 아래와 같다.

> A: 앵끼땡끼 가마꼭지 올라가다 땡끼 뚱/ 앵끼땡끼 가마꼭지 올라가다 다깨 뚱(강릉시 성산면 금산 2리 최영옥, 강원의 민요 Ⅱ, 114쪽)
>
> B: 앵끼땡기 가락지성찌 올라간다 가매꼭지 딸까당(홍천군 서석면 풍암 1리 이인용, 강원의 민요 Ⅰ, 1085쪽)

위에서 인용한 자료들은 한 번의 노래에 각각 손을 8번, 10번 짚었다. 앵기땡기는 전체 다리세기노래들 중 사설이 가장 짧은데, 한 번의 소리가 끝이 날 때 짚어진 다리를 접어야 하는 것을 감안하면 이 노래는 전체 다리세기노래 중 가장 작은 인원이 참여했다고 볼 수 있다. 전체 다리세기노래를 보면, 소리별로 노래의 첫 부분은 앵기땡기나 한알대 두알대, 이거리 저거리와 같이 거의 동일하고 마지막 부분은 격음 위주의 단음절 혹은 단어로 끝맺는 경우가 많다. 이러한 유사성을 바탕으로 소리를 여는 역할을 하며 자료별 사설의 차이가 없는 부분을 도입부, 소리에 따라 각기 양상이 다른 중간부, 센소리 위주의 단음절 혹은 단어로 끝나는 부분을 결말부로 칭하고자 한다.

A 자료의 경우 앵기땡기는 도입부, 가마꼭지 올라간다는 중간부, 땡끼 뚱을 결말부로 나눌 수 있다. 여기서 앵끼땡기는 가마꼭지 올라가는 모양을, 마지막의 다깨 뚱은 내려오다 떨어지는 모양 나타내었다. 노래의 처음과 끝에 의태어를 사용함으로써 행위를 시각화하는 효과를 가져올 수 있었다. 이렇게 가마꼭지로 오르내리는 모양을 노래한 것은 다리를 세면서 손을 옆으로 움직이는 모습에 있어 유사성이 있기 때문이다.

B 자료 역시 가락지성찌가 가마꼭지로 올라갔다가 딸가당 떨어지는 모양을 노래하고 있다. 가마꼭지로 올라가는 주체를 가락지성찌라고 한 것은 뒤에 나오는 가마꼭지와의 첫음절을 맞추되 서술어만 있는 문장이 불완전하다

고 느껴 보다 온전한 문장으로 만들기 위해서였다. 그러나 가락지성찌의 의미가 명확하지 않은 것을 보면 소리의 의미 연결까지는 신경쓰지 못하였다.

앵기땡기는 대체로 위와 같은 형태를 보이지만 자료에 따라 사설 구성의 변화가 포착되는 각편들이 있다.

> C: 앵기땡기 용용가제 바람에 쥐새끼 오르륵 조르륵 걷어부쳐라(횡성군 안흥면 소사 4리 조병인, 안흥사람들의 삶과 문화, 171쪽)
>
> D: 앵기땡기 콩하나 팥하나 가마꼭지 올라가서 딱개 똥/ 앵기땡기 콩하나 팥하나 삼새 너구리 꾀꼬리 춘향이 마구 설대 용용 거지 팔대 장군 고드레 뽕(평창군 방림면 계촌 1리 나옥순, 강원의 민요 Ⅰ, 897쪽)

C 자료에서는 가마꼭지에 오르내리는 주체가 앞뒤 내용에 맞게 제시되었다. 그러나 보통의 경우 올라갔다가 떨어지는 모양을 노래하는데 여기서는 그러한 양상이 명확하게 표현되지 않다 보니 제일 마지막 대목에서 누군가에게 명령하는듯한 내용으로 결말부를 대신하였다. 아울러 용용가제 이후의 중간부 사설이 길어진 것 역시 결말부가 노래되지 않는데 일조했다. 위 자료는 모두 10번 손을 짚는데, 전체 앵기땡기 자료들의 손 짚는 횟수가 10번을 넘어가지 않는 것을 감안하면, 통상적으로 손을 짚는 횟수와 맞추기 위해 가창자가 사설 구성을 조정한 것으로 볼 수 있다.

D 자료는 일반적인 앵기땡기 형태와 앵기땡기를 기반으로 변형된 형태로 이루어져 있다. 첫 번째 각편은 모두 10번 손을 짚는데, 여기서의 콩하나 팥하나는 가마꼭지로 올라가는 주체가 아닌, 앵기땡기의 댓구로 사용되었다. 반면, 두 번째에서의 콩하나 팥하나는 숫자의 연결이라는 점에서 뒤의 삼새 너구리와 연결된다. 두 번째 각편은 앵기땡기의 도입부와 한알대 두알대의 중간부 이후가 결합하여 새로운 사설 구성 형태를 보여주기는 하나, 개별 단어들의 나열일 뿐 의미의 연결까지 나아가지 못했다. 그런 점에서 이 노래의 가창자는 사설의 의미 완결보다는 놀이의 진행에 따라 사설을 늘이는데 주안점을 두고 있음을 알 수 있다.

(2) 한알대 두알대

'한알대 두알대'는 앞서 살핀 앵기땡기와 달리 전국적으로 분포하고 있다. 가장 기본적인 형태를 제시하면 아래와 같다.

> 한알대 두알대 삼색 너구리 꾀꼬리 은단지 바람에 쥐새끼 영낭 거지 팔대장군 곤드레 만드레 똥 땡(원주군 호저면 광격리 샘골 김영준, 한국민요대전 강원편, 232~233쪽)
>
> 한알대 두알대 삼사 나간다 인다지 꽃다지 바람에 쥐새끼 영낭 거지 팔대장군 고드래 뽕(화성시 동탄면 신리 장진순, 경기도 화성시 구비전승 및 민속자료 조사집 1, 30쪽)

위의 두 자료도 세 부분으로 나눌 수 있는데 한알대 두알대 삼색 너구리가 도입부, 은단지 이후 팔대 장군까지가 중간부, 곤드레 만드레 똥 땡이 결말부이다. 도입부에 해당하는 한알대 두알대 삼색 너구리(삼사 나간다)는 공통적으로 숫자를 기반으로 진행된다. 그런데 중간부 이후가 숫자로 계속 이어지지 않고 여러 단어들이 의미 연결 없이 나열되는데, 이는 이 소리가 더 이상 길게 노래되지 못하는 결정적 이유가 되었다.

보통의 한알대 두알대는 숫자가 4까지만 노래되지만 자료들 중에는 도입부 이후에 5 이상의 숫자가 노래되는 자료들도 있다.

> E: 하날내기 두둘 사파사리 사사리 오바래미 육육가치 칠대바리 가운데께 먹자구리 하발떼 발떼 영영거지 팔대장군 노루군사 고두레 뽕(철원군 철원읍 월하리 이약발, 강원의 민요 Ⅰ, 705쪽)
>
> F: 한알똥 두알똥 삼재 엳재 임금다리 호박꼭지 두루미 째깍 이모네 잔치 못얻어 먹으니 네 집이 불이야 내집이 불이야 소문 놓고 가더라 콩(선천지방, 한국민요집 Ⅲ, 761쪽)

한알대 두알대는 도입부가 숫자를 기반으로 노래되다 보니 중간부 이하도 숫자로 이어가려는 원심력이 작용한다. E 자료는 '사사리' 이후 숫자 8까지 전체가 숫자를 기반으로 어이진다. 가창자는 4, 5, 6은 각 숫자로 시작되는 하나의 단어로만 노래되다가 7과 8은 각 숫자에 수식어를 첨가하여 변화를 꾀하고 있다. 특히, 숫자 8 부분에서 팔대장군을 노래한 뒤 장군과 연관되는 노루군사를 율격에 맞게 삽입하였다. 이를 통해 미약하긴 하지만, 나름의 원리에 의해 사설이 확장됨을 볼 수 있다.

F 자료는 기존의 한알대 두알대 이후에 이모네 잔치 관련 사설을 이어서 노래하였다. 이 노래는 모두 22번 손을 짚는데 이모네 잔치 앞까지 10번 그 이후가 12번이다. 그리고 노래 마지막의 '콩'이 노래되어 노래의 전체 3단 구성을 유지하였다. 따라서 이 자료는 가창자에 의해 첨가된 부분이 전체 틀 속에 자연스레 수용되었다는 점에서 의의가 있다.

(3) 이거리 저거리

'이거리 저거리'는 한알대 두알대, 기타자료와 더불어 전국적으로 분포하고 있다. 이 자료들 중 가장 기본적인 사설 구성의 형태를 제시하면 아래와 같다.

> G: 이거리 저거리 각거리 청사 맹건 도맹건 수무리 박구도박구 가사머리 장도칼(함안군 법수면 윤외리 이순이, 함안의 구전민요, 136쪽)
> H: 이거리 저거리 각거리 돈도망근 세망근 짝발이 세양근 도리짐치 사리육 (옥천군 이원면 지탄리 조도순, 옥천의 소리를 찾아서, 118쪽)

개별 단어들이 자유연상식으로 나열되는 이거리 저거리는 손 짚는 횟수가 대체로 16번을 넘지 않는다. 그러다가 사설이 뒤에 첨가되면 손을 짚는 횟수도 그에 따라 늘어난다. 이거리 저거리도 다른 자료들과 마찬가지로 세 부분으로 나눌 수 있는데, G 자료의 경우 이거리 저거리 각거리는 도입부, 그 이후부터 수무리 박구 도박구까지 중간부, 그 이후 장도칼까지가 결말부이다. 여기서는 이거리 저거리 각거리에서 거리, 청사 맹건 도맹건에서 맹건, 수무리 박구 도박구에서 박구를 매개로 각 부분이 노래된다. 전체적인 의미는 갖지 못하였으나 음운의 유사성에 의해 각각의 대목이 이어짐을 확인할 수 있다.

H 자료도 음운의 유사성에 기반해 노래가 이어진다. 중간부의 '돈도망근 세망근 짝발이 세양근'은 기호로 표시하면 A'A''XA'''으로 나타낼 수 있다. 이처럼 음운의 유사성에 의해 시작된 이거리 저거리는 중간부 이후도 같은 방식으로 진행되는데, 이 소리의 이러한 사설 구성 방식은 앞서 살핀 한알대 두알대에서 '숫자+음운'으로 사설이 구성된 것에 비해 비교적 길게 노래되는 배경이 되었다.

위에서 살핀 형태가 이거리 저거리의 일반적인 형태라면, 사설 구성에 있어 변화가 나타나는 자료들도 다수 발견된다.

> I: 오고리 도고리 각고리 신지망근 도망근 짝발이 호양근 동네김치 장독대 모기밭에 독수리 칠팔월에 무서리 동지섣달 대서리(인제군 남면 부평리 허영애, 강원의 민요 Ⅰ, 451쪽)
>
> J: 이거리 저거리 각거리 천새 만새 구만새 동태 한 마리 찢어서 니 한 마리 먹고 내 한 마리 먹고 땅(삼척시 하장면 장전리 변연자, 삼척민속지 6집, 2004)
>
> K: 이거리 저거리 각거리 춘사만사 주머니끈 대 근사 허리끈 똘똘말아 장두칼 성하고 나하고 담배 묵다 목이 맺혀 징 캣 아가 아가 물 떠오니라 목이 맺혀 징 캣(남원시 아영면 봉대리 박옥님, 남원지역 사람들의 삶과 노래, 159쪽)

I 자료는 중간부 호양근 이후에 소리를 마무리 짓는 결말부가 이어지지 않고, 동네 김치로 시작되는 새로운 내용이 이어졌다. 동네김치와 장독대, 모기밭과 독수리는 각각 음식과 그 음식을 담는 용기, 날 수 있는 대상이라는 점에서 미약하나마 사설간의 연관성이 있다. 칠팔월 이후 대목은 숫자와 음운의 유사성에 따라 결합되었는데, 무서리와 대서리(된서리)가 노래에서처럼 칠팔이나 동지섣달에 내리지는 않지만 늦가을 처음 내리는 무서리가 늦게 내리는 대서리보다 시기적으로 앞서는 것은 맞으므로 완전히 틀렸다고 할 수는 없다.

J 자료는 중간부 천새만새 구만새 이후 동태를 먹는 내용이 노래되었고, 결말부가 '땅' 한 음절로 노래되었다. 앞의 자료가 음운의 유사성을 기반으로 한 개별 단어를 나열하는 것에 머문다면, 여기서는 동태의 개수가 잘못 노래되었다는 점에서 오류가 없는 것은 아니나, 주어와 서술어가 온전히 갖추고 있어 사설 구성의 발전된 모습을 볼 수 있다.

I 와 J 자료는 이거리 저거리의 중간부 이후에 다른 내용이 첨가되었으나 K 자료는 온전한 한 편의 이거리 저거리가 노래된 뒤 다른 내용이 이어졌다. 그런데 뒤에 노래되는 부분이 형과 자신이 담배를 피운 관계로 목이 막힌다는 내용이다. 이 대목이 주목되는 것은 다른 노래들에 비해 소재 및 공간 인식이 확대되었기 때문이다.[117] 아동은 자기를 중심으로 공간을 인식하다가 신체 경험에 따라 인식 영역을 점차 확대한다. 담배를 피우면 목이 아프다는 것을 안다는 점, 화자의 시야가 너와 나가 아닌, 제3의 인물로 확대되었다는 점은 이 가창자 연령이 앞선 소리들에 비해 비교적 높다는 것을 의미한다.

앞서 살핀 자료들에서는 이거리 저거리의 도입부, 중간부, 결말부의 틀은 유지되면서 가창자의 의도나 연령에 따라 각기 다른 내용이 첨가되었다. 그러나 아래에서 살펴볼 자료들은 그러한 두 부분의 관계에서 역전 현상이 일어난다.[118]

> L: 이거리 저거리 갓거리 천두만두 두만두 짝바리 시앙지 누에 당신 어데 갔나 새잡으러 갔다 몇 마리 잡았나 두 마리 잡았다 나 한 마리 다오 재자먹고 재차먹고 불붙었다 요록조록 박조록 밍기새끼 쾌쾌댁(영월군 주

117 아동의 공간의식과 동요의 관계에 대해서는 아래 논문을 참조하였다.
한영란, 「언어유희동요에 나타난 공간인식과 표현양상」, 『한국민요학』 제10집, 한국민요학회, 2002.

118 개성지방(한국민요집 Ⅴ, 466쪽)에서 채록된 자료 중에 이거리 저거리 뒤에 줌치타령이 이어지는 각편이 있다. 줌치타령은 어른이 부르는 유희요인 관계로 여기서는 다루지 않기로 한다.

천면 판운 2리 박복녀, 강원의 민요 Ⅰ, 239쪽)

M: 이거리 저거리 갓걸이 존지 맹건 조맹건 차팔네 장두칼 어디 가서 잤노 부뚜막에 잤다 뭐 덮고 잤노 행주 덮고 잤다 뭐 비고 잤노 무자비게 비고 잤다 뭔 밥을 해 주더노 앵두같은 팥을 삶고 진니밥을 해 주더라(울진군 북면 부구 3리 정갑연, 한국민요대전 경북편, 554쪽)

L 자료는 이거리 저거리의 결말부에 해당하는 '누에' 이후에 누군가에게 새를 달라고 요구하여 잡아먹는 내용이 첨가되었다. 중간부 시앙지까지 12번, 뒷부분은 30번이 넘게 손을 짚는 것에서 보듯 뒷부분이 세 배 이상 늘어났다. 이 자료에서는 화자의 바람이 직접적으로 표현되고, 통상적으로 센소리가 사용되는 결말부를 '꽤꽤댁'이라는 새소리로 대용한 것이 돋보인다.

M 자료는 이거리 저거리부터 장두칼 부분까지 모두 12번 손을 짚는다. 그 이후 총 네 번의 물음과 대답이 이루어지는데 한 번의 물음과 대답이 각각 4번씩 짚고 맨 마지막 질문에는 8번의 손을 짚었다. 이 자료 역시 기존의 이거리 저거리에 비해 뒤의 내용이 압도적으로 길어졌다. 위 인용문들도 그렇지만, 다리세기노래 중에는 다른 질문들에 비해, 먹을 것과 관련된 질문에 많이 노래된다. 이는 아이들의 주된 관심사 중의 하나가 먹을 것이기 때문이다. 위 인용문에서 화자는 음식을 자신이 직접 구하지 못하고 남이 주거나 잡은 것을 얻어먹게 된다. 이는 아이들이 직접 음식을 사거나 구하지 못하고, 주로 어른이나 부모를 통해서야 음식을 먹을 수 있기 때문이다.

이거리 저거리가 앞서 살핀 앵기땡기에 비해 다양한 각편을 가질 수 있는 것은 도입부의 길이에서 원인을 찾을 수 있다. 앵기땡기는 두 번에 걸쳐 손을 짚고 그만큼 부분별 길이도 짧다. 반면 이거리 저거리 갓거리는 모두 4번 손을 짚고 그에 비례하여 중간부, 결말부도 구성되기 때문에 전체적으로 길이가 앵기땡기에 비해 길어지고 그만큼 다양한 사설이 운용될 수 있는 여지도 많았다. 그리고 한알대 두알대는 '숫자+음운'으로 사설이 구성되는데 비해, 음운의 유사성이 도입부, 중간부에 일관되게 적용되는 것도 이

노래가 많은 각편을 가질 수 있었던 이유가 되었다.

(4) 고모집에 갔더니

'고모집에 갔더니'는 강원지역에 4편, 경기지역에 5편, 경북 1편 등 총 10편이 채록되었다.

N: 고모네 집에 갔더니 암탉 수탉 잡어서 나 한숟갈 안주대 우리집에 와봐라 양미봉탕 주나봐라(원주시 명륜 2동 권수자, 강원의 민요 Ⅰ, 379쪽)

O: 친구집에 갔더니 수수쟁변 붙여서 야금야금 혼자 먹고 우리집에 와봐라 나도 하나 안준다(포천군 가산면 금현리 신복순(1937), 2003.10.21 채록)

P: 할머니 어디가 새잡으러 간다 몇 마리 잡았어 다섯 마리 잡았다 너희만 먹고 우리는 안줄래 우리집만 와봐라 물 한 모금 안준다(남양주군 오남 초등학교 이미경, 경기도민요, 294쪽)

N 자료는 고모집에 갔더니 자료 중에서 가장 많이 나타나는 형태로, 화자의 고모집에서의 경험, 그것에 대한 자신의 다짐으로 구성된다. 첫 번째 부분은 불특정 청자에게 말하듯이, 다음 부분은 독백으로 표현되었다. 배부르게 먹을 수 없던 시절, 오랜만에 맛있는 음식을 먹을 줄 알았는데 그러지 못한데서 오는 아쉬움이 꾸밈없이 노래되었다.

O 자료에서는 기존의 틀은 유지되면서 소재들의 변화가 생겼다. 각편에 따라 고모집이 이모집, 언니집, 사돈네, 뒷집으로, 양미봉탕이 콩보리밥, 곶감 대추, 구두박씨, 수수팥떡 등으로 변화되기도 한다. 신복순 가창자는 위 노래를 다리세기놀이를 할 때도 부르고 그냥 친구들끼리 놀 때 재미삼아 부르기도 했다고 하였다. 강원도 양구군 방산면 금악리의 정양춘, 평창군 용평면 백옥포리 최진상 가창자도 이 소리를 각각 고무줄놀이와 공기놀이 하면서 불렀다.[119] 앞서 살핀 여러 노래들과 달리, 여기서는 화자의 심회가

119 강원도 양구군 방산면 금악리 정양춘, 『강원의 민요』 Ⅰ, 2001, 87쪽.
강원도 평창군 용평면 백옥포리 최진상, 『강원의 민요』 Ⅰ, 2001, 921쪽.

자연스레 표현되었는데, 이는 가창자가 노래를 자기화自己化시킨 강도가 높다는 것을 의미한다. 아울러, 전체적으로 사설의 의미 연결이 무리 없이 전개되고, 다리세기놀이뿐만 아니라 다른 놀이에서도 불린다는 점을 보면 이 자료는 다른 자료들에 비해 연령층이 높은 아동들이 불렀을 것이라고 추정할 수 있다.

P 자료의 화자는 누군가에게 고모집에서의 일에 대해 말하는 것이 아니라, 할머니와 직접적으로 대화를 나눈다. 그리고 할머니를 너희라고 하고, 새를 한 마리도 주지 않은 것에 대한 앙갚음으로 물 한 모금 안준다고 한다. 아무리 먹을 것을 주지 않는다고 하여 할머니를 너희라고 표현하고, 물 한 모금 안준다는 것은 다소 지나친 표현일 수 있다. 이러한 우려를 불식시키고 자신의 표현을 정당화하기 위해 화자는 자료 앞부분에 할머니에게 잡은 새의 수가 다섯 마리라고 못박아 둔다. 즉, 다섯 마리나 있는 새 중에 한 마리도 주지 않았으므로 욕심쟁이 할머니는 충분히 비난 받아 마땅하다고 말하는 것이다. 이러한 공격적 표현은 1980년대 이후 현대사회에 들어 아이들에 의해 개사된 것으로 보인다.[120]

(5) 기타자료

다리세기노래 중에는 앞서 살펴본 자료들 외에 다섯 편 이하로 존재하는 노래들이 있다. 여기서는 이 자료들을 기타자료로 부르고자 한다. 관련 자료를 인용하면 아래와 같다.

> 똥개 빵개 참나무 괴비똥 괴아들 나가고/ 똥개 빵개 참나무 괴비똥 괴아들 나가고/ 똥개 빵개 참나무 괴비똥 괴아들 나가고(삼척시 신기면 신기리 김장수, 삼척민속지 제5집, 143쪽)
>
> 욍그리 땡그리 죄가 재축 오리 고이기 먹으나 못먹으나 죄가 때끔/ 욍그리 땡그리 사사 똥개 망개 참나물 등거리 고등어 짠지 죄가 때끔(속초시 노학동

120 개사동요의 기본적인 성격에 관해서는 아래 논문을 참조하였다.
권오경, 「개사동요와 아동의 의식세계」, 『한국민요학』 제5집, 한국민요학회, 1997.

차종용, 강원의 민요Ⅱ, 515쪽)

위에서 보듯 대부분의 기타자료들은 의미 연결 없이 단어들이 나열되는 형태를 취한다. 이 자료군은 앵기땡기와 더불어, 전체 다리세기노래 중 사설 구성이 가장 단순하고 소리의 길이도 짧은 편에 속한다. 위 두 인용문에서는 개별 단어의 나열 속에 똥개, 빵개, 괴비똥, 욍그리, 땡그리, 재축 등 센소리가 많이 사용되었다. 위 소리를 부른 가창자들은 이러한 센소리 단어를 나열하는 것만으로도 재미를 느끼는 듯하다.

두 번째 자료를 부른 차종용가창자는 다복녀多福女 등 다른 노래들은 사설을 하나도 틀리지 않고 잘 부를 뿐만 아니라, 창부타령, 실근실근 톱질이야, 토끼화상, 본조아리랑, 새타령, 한글뒤풀이, 권주가 등 유희요들에서도 풍부한 사설 치레 능력을 보여주었다. 이처럼 뛰어난 구연력을 보이는 차종용 가창자가 논리적으로 의미 연결이 되지 않고, 그나마 내용도 서로 다르게 노래하는 이유는 무엇일까. 이는 기타자료 자체만 보아서는 해결할 수 없다. 4장 부분에서 재론하기로 한다.

기타자료 중에는 나름의 원리에 의해 비교적 길게 노래되는 자료들도 있다.

Q: 하날내기 두둘 사파사지 사사지 오바래미 육육가치 칠대바리 가운데께 먹자구리(철원군 철원읍 월하리 이약발, 강원의 민요 Ⅰ, 705쪽)

R: 이때 저때는 어는 때 칠팔월에는 수싯대 수남에 갱변에 따북대 등때 울때는 갈빗대라 비씨벌에도 갈비다(대구시 달서구 성서동 신당 장분남, 한국민요대전 경북편, 558쪽)

Q 자료는 첫 번째 음절의 숫자를 중심으로 노래가 진행된다. 하나부터 시작되는 각각의 숫자에 의미를 알 수 없는 음절이 붙어서 7까지 노래되었다. 이 노래에서는 숫자는 고정적이되, 그 뒤에 붙는 단어들은 음절 수만 지키면서 가창자 임의대로 구성되었다.[121]

R 자료에서는 중간 중간에 노래되는 '때', '대'가 사설 확장의 중심 역할을 하였다. 제일 처음에 이때 저때는 어는 때라고 물은 뒤 칠팔월에 수싯대라고 대답했고 그 대답과 연관지어 이후에 따북대, 갈빗대를 이어서 노래하였다. 이렇게 숫자 혹은 특정 음절을 기반으로 노래가 진행되는 것은 앞서 살핀 다리세기노래들에서도 살핀 바 있다. 따라서 양상이 다양하긴 하지만 기타자료 역시 다리세기노래의 범주에 속해있음을 알 수 있다.

기타자료들 중에는 방귀 사설이 들어간 자료들이 경남, 전남, 강원에서 모두 5편 채록되었는데, 이 노래들은 편의상 방귀노래로 부르기로 한다. 각 지역에서 채록된 자료를 제시하면 아래와 같다.

방귀노래1

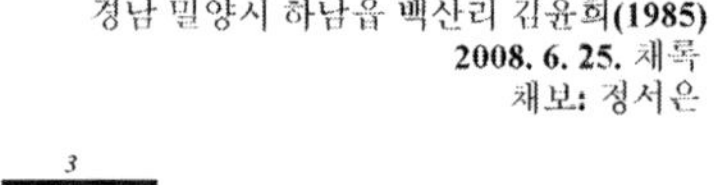

방귀노래2

삼척시 도계읍 고사리 최석일
(삼척민속지 4집, 261면)
채보: 정서은

121 2009년 1월 20일 김포시 월곶면 개곡리 양순임(1921) 가창자에게서 '일득이 이득이 삼득이 사득이 오득이 육득이 칠득이 팔득이 구득이'로 끝나는 자료를 채록하였다. 사설의 형태는 각기 다르지만 숫자는 다리세기노래를 이끌어가는 중요한 역할을 함을 알 수 있다.

방귀노래3

경남 남해군 미조면 송정리 최혁주(1947)
2008. 6. 27. 채록
채보: 정서은

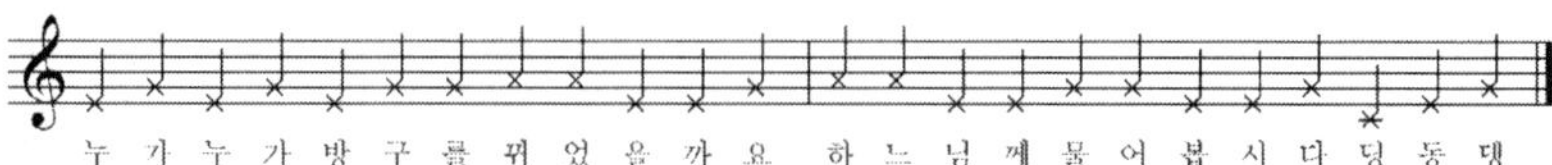

방귀노래4

전남 장흥 출신 장은익(1986)
2008. 5. 15. 채록
채보: 정서은

방귀노래1은 모두 여섯 번에 걸쳐 손을 짚는데 전체 다리세기노래들 중 가장 적은 수이다. 여기서는 방귀를 뀌어서 냄새가 난다는 것 자체만을 노래하는데, 이 노래를 부른 아이들은 방귀를 뀌었다는 것만으로도 재미를 느끼는 듯하다. 방귀노래 2의 앞부분은 AAA' 형태로 노래된 뒤 뒤이어 누가 방귀를 뀌었냐고 묻고 있다. 방귀를 뀐 사람은 놈이고, 뀌지 않은 사람은 양반이라고 하는 것으로 보아 이 노래에서의 방귀에 대한 인식은 앞선 자료와 다르다고 볼 수 있다. 3은 선율 바탕으로 노래가 진행되지 않고 또박 또박 한 음절에 한 번씩 손을 짚는 식으로 노래가 진행된다. 그리고 4는 미국 동요 'Mary had a little Lamb'을 편곡한 '떴다 떴다 비행기'와 관련이 있다.[122]

122 위 자료들을 채보한 정서은에 따르면, 방귀노래 2는 동음 반복이나 음계 등의 면에서 전래동요 원래 모습에 가장 가깝고, 방귀노래 1과 3은 전래동요의 원형을 가지고 일제강점기 이후에 아이들에 의해 편곡된 것으로 보이며, 방귀노래 4는 외국동요를 개사해

2, 3, 4 자료에서는 공통적으로 방귀 뀐 사람이 누구냐고 묻는 내용을 노래하고 있다. 이를 통해 1과 2 이후의 자료에서의 방귀 의미가 조금 다른 것이 아닌가 생각해볼 수 있다. 즉 1 자료에서의 방귀는 그 자체로 웃고 즐길 수 있는 소재이지만, 이후 자료들에서는 부끄러움과 창피, 놀림의 소재인 것이다. 이러한 방귀 소재 다리세기노래는 마지막에 다리가 남는 사람이 방귀를 뀌었다고 하거나, 도둑놈이라고 놀리는 것과 연관이 있다.[123] 위 자료들 간의 시간적 순서는 둘째로 치더라도, 사설 및 선율 분석을 통해 같은 방귀 소재 노래들이 부르는 이의 연령이나 시대에 따라 노래의 양상이 조금씩 다르게 나타남을 확인할 수 있다. 이는 그만큼 다리세기노래가 오랜 시간 동안 광범위한 지역에서 아이들의 곁에 있어왔음을 보여주는 것이다.

3) 가위바위보노래와의 비교

중국의 벌주罰酒 건네기에서 유래한 가위바위보는 일제강점기 이후에 우리나라에 전해졌는데,[124] 가위바위보노래는 술래 등을 정하기 위해 가위바위보를 하면서 부른다. 따라서 이 노래는 다리세기노래와 마찬가지로 다른 놀이를 하기에 앞서 하는 보조놀이의 성격이 강하다. 보통은 아이들이 제창 형식으로 가위바위보만 외치지만 아래와 같이 아이들이 가위바위보를 하면서 노래를 하는 경우도 있다. 모두 11편이 보고되어 있는데, 한 편을 뺀 나머지 자료들은 모두 서울, 경기지역에서 채록되었다.

서 부른 것으로 추정된다고 하였다.

123 다리세기노래 중에 '코카콜라 맛있어'가 있다. 코카콜라가 우리나라에서 생산된 것이 1968년이니 적어도 1970년대 이후에 이 노래가 만들어졌을 것이다. 비교적 가장 최근에 만들어진 이 노래는 다른 다리세기노래와 비교할 때 선율이 세련되고 사설 구성이이 점층적으로 이루어져 있다.

124 가위바위보의 유래 및 우리나라 유입과 관련된 논의는 아래 책들을 참조하였다.
김광언, 『동아시아의 놀이』, 민속원, 2004, 25쪽.
홍양자, 『우리 놀이와 노래를 찾아서』, 다림, 2000, 108쪽.
노동은, 『노동은의 두 번째 음악상자』, 한국학술정보, 2001, 480쪽.

가위바위보노래의 기본적인 형태를 제시하면 아래와 같다.

S: 미리미리미리뽕 가여수로 나가세 우리우리우리는 주먹 뽕 가위 뽕 보자기 뽕 아무거나 냅시다(백석대 관광학부 전형욱 학생 어머니, 2008.5. 채록)

T: 묵하면 묵하면 묵사발 찌하면 찌하면 꼬집기 빠하면 빠하면 뺨때기 아무거나 냅시다(남양주군 오남초등학교 6학년 이종광, 경기도민요, 308~309쪽)

S 자료는 노래의 준비, 행위와 연관된 노랫말, 그리고 가위바위보 권유로 구성된다. 이러한 구성은 다리세기노래의 도입부, 중간부, 결말부와 유사한데, 가위바위보가 노래의 중심이 된다는 점에서 행위와 밀착되어 있다고 할 수 있다. T 자료는 S 자료와 같이 동일 음절이 반복적으로 사용되는 것이 아니라, 묵사발, 꼬집기, 뺨때기와 같이 묵, 찌, 빠와 유사한 음운을 바탕으로 각 부분을 AAA' 형태로 노래하였다. 앞에서 보듯, 가위바위보노래는 전체 사설이 유기적으로 구성되면서 각각의 노랫말이 가위바위보와 밀접한 관계를 갖고 있다. 가위바위보를 하는 이유가 다른 놀이를 하기 위한 수단인 것을 감안하면 이러한 사설 구성이 어쩌면 당연한 것일지도 모른다.

가위바위보노래 중에는 가위바위보 자체가 아닌, 다른 행위를 하며 불리는 것도 있다.

U: 아침바람 찬바람에 울고가는 저 거러기 우리 선생 계실 적에 엽서 한 장 써주세요 한 장 말고 두 장이요 두장 말고 세 장이요 세장 말고 네 장이요 구리구리 마수리 가위바위보(백석대 관광학부 전형욱 학생 어머니, 2008.5. 채록)

V: 가팀: 우리지에 왜 왔니 왜왔니/ 나팀: 꽃 찾으러 왔단다 왔단다 왔단다/ 가팀: 무슨 꽃을 찾으러 왔느냐/ 나팀: ○○○꽃을 찾으러 왔단다 왔단다/ 동시에: 가위 바위 보(연천군 송기동(12세), 경기도민요, 308쪽)

W: 감자가 싹이 났다 잎이 났다 묵 하나님의 딸이다 하늘보면 이긴다 장깨미 혹까혹까 개미 똥구녁 니까진게 뭐냐 덤빌테면 덤벼라(서울지방, 한국민요집 Ⅰ, 780쪽)

U 자료는 두 사람이 마주앉아 손바닥을 마주 치면서 우는 모습이나 엽서를 쓰는 행동 등을 차례대로 묘사한 뒤 마지막 부분에 가서 두 손을 여러 바퀴 돌린 뒤 가위바위보를 한다. V 자료는 두 팀이 각각 앞으로 나아가고, 물러서고를 반복하면서 위 노래 부른다. 한 번의 노래가 끝난 뒤 각 팀의 집주인이 가위바위보 한다. 가위바위보를 이긴 팀이 상대편 집의 친구를 데리고 가고 마지막에 다 이겨서 집주인만 남게 되면 놀이가 끝이 난다. 마지막으로 W 자료는 두 사람이 마주 본 상태에서 노래에 맞추어 양 손으로 묵, 찌, 빠를 낸 뒤 가위나 바위, 보자기나 가위 등 두 가지를 낸 뒤 하나 빼기를 해서 승부를 가린다. 지역에 따라 진 사람이 손을 바닥에 대고 다시 이 노래를 해서 그 손 위에 다른 손을 겹쳐서 양손을 다 바닥에 대게 되면 진 사람의 손 등을 때리는 놀이를 하기도 한다. 위 세 자료는 일반적인 가위바위보놀이와 달리 다른 형태의 놀이와 결합하면서 유희성을 극대화되었다.

가위바위보노래는 일제 강점기 이후에 이미 다듬어진 형태로 밖에서 뛰어놀 수 있는 연령층의 아동들 중심으로 유입되었다. 그러다 보니 다리세기노래처럼 각편이 다양하지 못하고 분포 지역도 한정적이었다. 그러나 가위바위보 향유층의 연령대가 높은 관계로 새로운 형태의 놀이와 결합하는 데는 비교적 유리하였다. 더욱이 가위바위보는 다리세기에 비해 동작이 간편하고 방 밖에서도 할 수 있기 때문에 다른 놀이와의 결합이 다리세기노래에 비해 월등히 유리하였다.

4) 아동의 성장에 따른 놀이 및 소리의 변화

다리세기노래는 한 가창자가 두세 가지의 노래를 부르는 경우가 전국적으로 발견되었다. 관련 자료를 인용하면 아래와 같다.

> 오거리 저거리 각거리 천지만지 조만지 짝발이 호양군 여름에 김치 장둑깨 모기밭에 닭서리 칠팔월에 무서리 동 지 섣 달 대 서 리
>
> 이거리 저거리 각거리 천지만지 두만지 육지육지 전라요 전라감사 두 개요 아래이 다래이 정산에 목을 걸고 육 판 석

한알대 두알대 삼색 너구리 꾀꼬리 은단지 바람에 쥐새끼 영낭 거지 팔대 장군 곤드레 만드레 똥 땡(원주군 호저면 광격리 샘골 김영준, 한국민요대전 강원편, 232~233쪽)

위의 가창자는 이거리 저거리 2편과 한알대 두알대를 한 자리에서 불렀는데, 이 자료들의 사설 구성은 각기 다르지만 도입부, 중간부, 결말부의 구성 틀은 공유하고 있다. 그리고 노랫말이 개별 단어의 나열로 이어진다는 점이 동일하다. 아이들은 앉은 자리에서 적으면 5번, 많으면 11번까지 다리를 세어야 했기 때문에 여기서 오는 단조로움을 피하고 재미를 배가시키기 위해 기존에 마련된 소리 바탕에 사설을 탄력적으로 운용하게 된다. 그런 관계로 다리세기놀이와 노래의 관계는 밀착되지 않고 자유로울 수 있었다. 이러한 놀이와 노래와의 자유로운 관계는 곧 이 노래가 여러 연령층에 의해 노래될 수 있는 조건 형성으로 이어졌다.

다리세기놀이는 어떠한 목적 없이, 다리를 순차적으로 빼는 것 자체에 목적을 두기도 하고 맨 마지막에 다리가 남은 사람을 상놈, 도둑놈 혹은 방귀 뀌었다고 놀리기도 한다. 그리고 술래잡기나 봉사놀이, 손목이나 이마 때리기 등 다음 놀이를 위한 술래를 정하기 위해 이 놀이를 하기도 하며, 원님놀이 등에서의 배역을 정하기 위해 하기도 한다.

앞서 살핀 다섯 가지의 다리세기노래들 중 앵기땡기 일부자료에서는 동일 음절을 반복하여 단어를 나열하되, 문법 규칙이나 노래 전체의 의미 연결은 지켜지지 않았다. 한알대 두알대 역시 숫자와 의미 연결되지 않는 단어가 결합되었고, 숫자 1부터 4까지만 노래되었다. 이러한 점은 이거리 저거리 및 기타자료들 중 일부 자료들도 나타났다. 이 자료들은 다리세기노래 담당층 중 연령층이 가장 어린 아이들이 다리를 하나 둘 세는 것 자체로 즐기는 놀이에서 불렸다. 이 소리 가창자들은 다리를 하나하나 세고 빼는 것 자체에 모든 관심이 가 있다 보니 사설의 의미 연결은 별다른 의미를 두지 않았다.

전체 노랫말의 의미가 유기적으로 구성되며 숫자가 4 이상 노래되고, 다른 소리들과 유기적으로 결합하는 자료들은 비교적 연령층이 높은 아이들이 불렀다. 특히 이 연령대의 아이들이 별다른 목적 없이 재미삼아 다리세기놀이를 하며 부르는 노래는 전체 다리세기노래 중 가장 풍부한 사설 구성을 보였을 것으로 짐작된다. 술래 뽑기나 원님놀이 배역 정하기 등과 같은 목적성에서 벗어나 있기 때문에 가창자의 의도에 따라 얼마든지 사설 창작의 길이 열려 있기 때문이다. 이와 관련하여 가위바위보노래의 경우 연령층이 높은 아이들이 불렀음에도 불구하고, 다리세기에 비해 훨씬 빨리 끝나고, 뒤에 하게 될 놀이가 준비되어 있는 관계로 사설이 확대될 수 있는 여지가 상대적으로 적었다.

아이들의 놀이 공간이 방 안에서 밖으로 확대되고 자연스레 놀 수 있는 놀이의 가지 수도 많아진다. 이제 누군가를 놀리는 것만으로도 흥미를 느끼지 못하게 된 아이들은 다리세기놀이를 다른 놀이에서의 술래 등을 정하기 위한 수단으로 이용되게 된다. 술래잡기나 소경놀이 등에서 술래를 정하기 위해 행해지는 다리세기놀이는 특별한 목적이 없는 놀이에 비해 나름의 엄격함이 요구된다. 그도 그럴 것이 놀이에 참여한 아이 치고 술래가 되고 싶은 이는 아무도 없을 것이기 때문이다. 그러한 과정에서 소리 역시 나름의 규칙을 가지지 않을 수 없었고 그 결과, 앵기땡기 일부 자료에서 주어와 서술어가 온전하게 구성되고, 한알대 두알대 일부자료에서는 숫자가 5 이상 노래되며, 이거리 저거리 일부자료에서는 자료에 따라 화자의 심회가 표현되기도 한다.

비교적 높은 연령대의 아이들은 위의 노래들 외에 새로운 형태의 노래도 고안해 내는데, '고모집에 갔더니'에서는 전체적으로 사설의 의미가 유기적으로 이어지되, 화자의 심회 표현에 중점을 두고 있다. 이 자료들에서는 화자의 의사가 다소 공격적으로 묘사되는 부분도 나타났는데, 이는 1980년대 이후에 아이들에 의해 개사된 것으로 파악되었다. 이 노래는 사설 구성상 다리세기를 그 자체로 즐기는 연령대의 아이들에 비해 연령대가 높은 아동들 중심으로 불렸다. 이 노래를 부른 제보자들 중에는 이 노래를 다리세기뿐만 아니라 고무줄놀이나 공기놀이를 하면서도 불렀다고 하였는데,

이를 통해 아이들의 연령이 높아지면서 술래를 뽑는 행위가 세분화될 뿐만 아니라, 노래의 외연이 확대되어 다른 놀이에도 활용됨을 확인할 수 있다.

아이들은 다리세기노래를 술래를 뽑는 수단만이 아닌, 모의재판놀이의 일종인 원님놀이를 하기 위해 배역을 정하면서 이 노래를 부르기도 하였다. 원님놀이는 지역에 따라 조금씩 다르게 나타나는데, 평북 선천의 평양감사놀이는 다리세기놀이를 하면서 평양감사, 관리, 사람, 개, 돼지, 돼지 주인 등의 배역을 정한다. 가장 먼저 두 다리를 접은 이가 평양감사, 다음으로 좌수, 사령, 개, 돼지, 돼지 주인의 순서가 된다. 놀이는 제일 처음 돼지 주인이 개가 자기 집 돼지를 잡아먹으려 했다는 이유로 관리에게 고발, 이것이 위로 보고되어 평양감사가 이를 재판하는 놀이이다.[125] 그밖에 평북 용천의 군수놀이, 강원도 양구의 왕놀이, 전북 진안의 임금놀이 등이 있다.

원님놀이 등에서 배역을 정하기 위해 이루어지는 다리세기놀이는 다른 놀이를 위한 수단인 점에서는 동일하지만 다리를 세는 행위 자체가 다음 놀이의 목적에 따라 세분화되었다는 특징이 있다. 이 놀이는 원님놀이의 영향권 안에 존재하고 전체 다리세기가 다리를 오므리는 순서에 따라 놀이에 참가한 아이들에게 차등을 두므로 전체 다리세기놀이 중 가장 발전된 형태라 할 수 있다.

아동들은 연령이 증가함에 따라 인지 발달 역시 성숙하게 되고 그들이 하는 놀이도 비참여 행동, 방관자 행동, 단독놀이, 병행놀이, 연합놀이, 협동놀이, 사회극화놀이의 순서로 발달한다.[126] 이 놀이들 중 연합놀이에서 아이들은 집단 속에서 하거나 할 수 없는 것에 대한 약간의 통제를, 협동놀이에서는 집단 속에서 어떤 결과를 얻어내려는 조직화된 활동을 배운다.

---

125 아래 책에 배역 정하기와 관련된 다리세기놀이가 나와 있다.
국립민속박물관, 앞의 책, 307쪽.
전북 진안군 진안읍 가막리 권옥순, 『한국민요대전』 전북편, 문화방송, 34쪽.

126 아동의 놀이 발달과 관련해서는 아래 책을 참조하였다.
제임스 존슨 외, 신은수 외 역, 『놀이와 유아교육』, 학지사, 2001, 93쪽.
죠 프로스트 외, 양옥승 외 역, 『놀이와 아동발달』, 정민사, 2005, 252~253쪽.

마지막으로 사회극화놀이에서는 유아들이 실제 사람들의 삶을 모방하고 경험해보려는 역할놀이를 체험한다. 그런 점에서 위에서 살핀 다리세기놀이들이 아동들의 사회적 놀이 발달 단계와 맥락을 같이 함을 알 수 있다.

다양한 연령층의 아이들이 여러 목적으로 이 노래를 부르다 보니 자연스레 그들의 언어 성장 과정이 노래에 반영되었다.[127] 다리세기노래에 나타나는 사설 구성의 발전 단계를 정리하면, 개별 단어의 나열과 함께 서술어 하나만 쓰는 등 문법규칙에 대한 관념이 없는 단계가 있다. 이때에는 숫자는 4까지밖에 이어가지 못한다. 그러다가 주어 서술어로 구성된 온전한 문장을 사용하면서 전체 노래의 의미도 어느 정도 이어진다. 숫자도 7, 8까지 가창자의 의도에 따라 늘어난다. 마지막 단계에서는 보다 온전한 의미 전달을 위한 사설 윤색은 물론이고 전체 노래 분위기 속에서 별 무리 없이 점층법, 연쇄법 등의 수사법을 사용한다. 그리고 무엇보다 노래를 통해 사회관계 속에서 자신이 위치를 파악하여 자신의 심회를 표현할 수 있게 된다. 요컨대, 아이들의 연령이 올라가면서 지적 수준 역시 성장하고 그에 따른 놀이 역시 발전하는데, 다리세기놀이는 이러한 아이의 성장에 따른 놀이의 성장을 보여준다는 점에서 의의가 있다.

---

127 아동의 언어 발달 과정을 간략히 살펴보면, 아동의 첫 언어 단계에서는 엄마, 아빠 등 1개 단어로 의사소통하다가 생후 18개월경이 되면 어휘가 급등하는데, 짧은 기간 내 30~50개 단어를 학습한다. 그 이후에 연령이 증가함에 따라 2단어, 3단어가 결합되는 문장을 만들고 그에 따른 문법 규칙 등을 습득한다. 그러다가 5세 이후가 되면 발음이 정확하고 어휘를 확장하는 동시에 조건문, 수동형 등의 문장형태 만들게 된다. 이 시기 언어 소통기술을 발달시킴에 있어 사회언어적 이해능력이 큰 역할을 하는데, 이 이해능력이란 상대편의 성이나 연령, 지위 혹은 상황적 조건에 맞추어 적절하게 언어를 표현하는 능력이다.

아동의 언어 발달과 관련해서는 아래의 책을 참조하였다.

정옥분, 『아동발달의 이론』, 학지사, 2003.

장휘숙, 『아동발달』, 박영사, 2001, 231~235쪽.

5) 맺음말

이상에서 지금까지 논의가 제대로 이루어지지 않은 다리세기노래를 아이들의 성장에 따른 놀이와 소리의 변화라는 측면에서 다루어보았다. 한 가창자가 동일한 다리세기놀이를 하면서 한 가지 이상의 소리를 하는 것은 반복 행위에서 오는 단조로움을 피하기 위한 것으로 파악했다. 그러다 보니 자연스럽게 놀이와 노래 사이의 임의적 관계가 형성되었고 그러한 자유로운 관계가 특정 연령층이 아닌, 다양한 연령층의 아이들이 이 노래를 부를 수 있었고 놀이나 노래도 다양한 층위를 가질 수 있었다.

다섯 가지 다리세기노래의 사설을 분석한 결과, 앵기땡기는 개별 단어들의 나열할 뿐 의미의 연결까지 나아가지 못했는데, 이는 이 소리의 가창자들이 사설의 의미 완결보다는 놀이의 진행에 주안점을 두었기 때문이었다. 한알대 두알대는 숫자 5 이상, 음운의 유사성에 의해 사설이 확대되는 자료가 없는 것은 아니나, 도입부에서 시작된 숫자가 중간부 이후로 계속 이어지지 못하고 여러 단어들을 나열한 것이 사설 구성이 단조로운 이유가 되었다.

이거리 저거리가 앞서 살핀 앵기땡기에 비해 다양한 각편을 가질 수 있는 것은 도입부의 길이에서 원인을 찾을 수 있었다. 이 노래는 도입부에서 모두 4번 손을 짚고 그에 비례하여 중간부, 결말부도 구성되기 때문에 전체적으로 길이가 다른 자료들에 비해 길어지고 그만큼 다양한 사설이 노래될 수 있었다. 고모집에 갔더니는 전체적으로 사설의 의미 연결이 무리 없이 전개되고, 다리세기놀이뿐만 아니라 다른 놀이에서도 불렸다. 이를 통해 이 노래는 다른 자료들에 비해 연령층이 높은 아동들이 불렀을 것이라고 보았다. 마지막으로 기타자료는 숫자 혹은 특정 음절을 기반으로 노래가 진행되었는데 이를 통해 이 노래 역시 다리세기노래의 범주에 속해있음을 알 수 있었다.

전체 다리세기노래 중 전체의 의미 연결이 제대로 이루어지지 않는 자료들은 연령층이 가장 어린 아이들이 놀이 그 자체로 즐기는 노래들이다. 반면, 특정 음절이나 숫자를 기반으로 사설 치레가 탄력적으로 운용되는 자료들은 비교적 연령층이 높은 아이들이 재미삼아 이 놀이를 즐길 때 불렀다. 이 노래들은 술래 뽑기와 같은 목적성에서 벗어나 있기 때문에 전체 다리세기노래 중 가장 사설 창작의 개연성이 열려있었다. 아이들은 성장함에 따라 그들의 놀이 및 노래 역시 발전하는데, 다리세기놀이는 그러한 관계를 잘 보여준다는 점에서 의의가 있었다.

제5장

여성구연민요

도서지역 여성女性 구연 상여소리 연구

1) 머리말

현재 우리나라의 장례 절차는 많이 간소화되긴 했지만, 유교의식의 영향으로 말미암아 대체로 초종, 습, 소렴, 대렴, 성복, 조상, 문상, 치장, 천구, 발인, 급묘, 반곡, 우제, 졸곡, 부제, 소상, 대상, 당제, 길제 등의 순서로 행해진다.[128] 이러한 장례의식은 장례식 전반을 집도하는 집사나 행상하는 상두꾼 등에서 보듯이, 주로 남성에 의해 진행된다. 여성은 상喪 중에 음식을 마련하거나 운구運柩 때에는 상여 뒤를 따르는 등 장례의식 어디에서도 전면에 나설 수는 없다. 그런 점에서 남해안 도서지역을 중심으로 운구 및 달구질을 할 때 여성이 장례의식의 전면에 나서는 것은 주목되는 일이 아닐 수 없다.

여성들이 장례의식에 참여하는 양상은 크게 두 가지로, 첫 번째는 여성이 상여소리나 달구질소리의 선소리꾼으로 역할하는 것이고, 두 번째는 행상을 하거나 달구질을 할 때 직접 운구에 참여하거나 달구질을 하고, 또는 상여 앞에 두 가닥으로 매는, 광목이나 무명으로 만든 '설베' 또는 '닷베'를 끄는 것이다. 이 두 가지는 따로 행해지는 것이 아니라, 대체로 동시에 이루어지는 수가 많다.

128 김택규, 「상례」, 『민족대백과사전』, 한국정신문화연구원, 1993.

이러한 여성의 장례의식 참여에 대하여 김영돈은 제주도에는 여성들이 험한 산으로 상여가 갈 때 상여를 잡아당기는 목적으로 설배를 사용한다고 하면서, 고인故人이 명망이 있거나 불교도인 경우에 상여 앞에서 설배가 사용된다고 하였다.[129] 김영돈의 논의는 장례의식의 여성 참여 양상을 비교적 이른 시기에 조사한 첫 논의라는데 의의가 있다. 그의 조사 시기를 감안하면 제주도에서는 적어도 1960년대 이전부터 여성들의 장례의식 참여가 이루어져 왔음을 알 수 있다.

강문유도 제주도에는 상여 앞에 두 가닥의 광목 등의 천을 다는 설베의 존재를 언급하면서 이것은 예전에는 험한 산길을 가기 위해 당기는 목적으로 사용되었으나 지금은 기능보다는 장식용으로 사용된다고 하였다.[130] 그 역시 앞선 김영돈의 지적과 마찬가지로 설베의 목적과 기능의 변화에 대해 지적하고 있다.[131]

이경엽은 진도에서 호상계好喪契의 여자들이 상여 앞에서 줄을 끌고 가는 방식은 1960년대 이후에 정착되었다고 하면서, 이와 같은 사례가 임방울 명창의 장례(1961년 작고) 사진과 중국 복건성 장례 민속에서도 '견룡牽龍' 이라는 용어로 발견된다고 하였다.[132] 그의 논의의 주안점은 여자들이 상여를 끄는 것에 대한 것이 아니라, 진도의 다시래기나 신안의 밤달애노래와 남사당패와의 연관성을 밝히는 것이었다. 그러다보니, 이러한 양상의 의미에 대해서는 더 이상의 논의가 이루어지지 않았다. 그러나 그의 논의를 통해 여자들이 상여 앞에서 줄을 끄는 것이 그 지역 여성만으로 구성된 호상계-그 지역의 사회문화적 기반-의 등장과 함께 만들어진 것이며, 여성

129 김영돈, 「제주도민의 통과의례」, 문화재관리국, 『무형문화재조사보고서』 제23호, 1966, 717쪽.

130 강문유, 「제주도 상여노래연구」, 제주대학교 석사논문, 1990.

131 설베의 표기에 있어 김영돈은 설배, 강문유는 설베라고 하였다. 본고에서는 이 천의 목적 및 기능, 그리고 닷베와의 연관성 등을 고려하여 설베라고 표기하고자 한다.

132 이경엽, 「서남해지역 민속문화의 특성과 활용 방향」, 『한국민속학』 37, 한국민속학회, 2003.

들의 장례 의식 참여가 비단 우리나라에서만 행해진 것이 아님을 알 수 있다.[133]

이상에서의 장례식에서의 여성 참여에 대한 선행 연구를 보면 주로 설베에 대한 몇 지역의 사례 지적만 있어왔을 뿐 여성 구연 상여소리에 대해서는 제대로 논의가 이루어지지 않았음을 볼 수 있다. 우리나라에서 여성의 장례의식 참여가 보고된 지역은 전남 신안군을 구성하고 있는 여러 섬과 경남 진해시 연도, 그리고 제주도 전역 등 모두 남부지역의 섬들이다. 이 지역들은 장례의식 관련 인력의 공급이 없을 때 육지에서와 같이 상부도가 등의 대체 인력이 전무하다는 점에서 공통점이 있다.

도서지역에서 상여가 나갈 때 여성이 선소리를 매기는 것은 단지, 상여 선소리꾼의 성별이 바뀐 것만으로 이해할 수는 없다. 상여소리는 여러 명의 상두꾼들의 발을 맞추어서 상여가 무사히 장지葬地에 도착하기 위한 목적에 의해 불리지만 엄연히 전체 장례의식의 일부분으로 인식된다. 그런 점에서 선소리꾼의 성별이 바뀐 배면에 작용하는 장례의식 전체의 메커니즘의 변화 및 장례 의식의 변화를 가져온 여러 사회문화적 원인이 다각도로 감지되어야 한다.

앞서 말하였듯이 여성의 장례의식 참여는 여성이 선소리꾼으로 참여하는 것과 설베를 끄는 것으로 정리할 수 있다. 두 가지가 같이 논의되어야겠으나 설베를 끄는 것의 경우 지역 분포 및 자료 양상이 단순치 않고 그 역사적 연원 또한 깊으므로 여기서는 일단 논외로 하기로 한다. 이 글에서는 기존에 보고된 상여소리 관련 자료집을 바탕으로 현지조사가 가능한 지역은 최대한 조사하여 지금까지 제대로 논의되지 못한 여성 구연 상여소리를 중점적으로 다루기로 한다. 이 소리들을 다각도로 분석하고 그 결과를 바탕으로 그 지역에서 그러한 소리가 산출된 요인을 상여 선소리꾼에

---

133 진도에서 사용되는 '질베'가 자체적으로 만들어진 것인지, 아니면 다른 지역에서 유입된 것인지에 대해서는 보다 자세한 논의가 필요하다.

의한 측면과 사회문화적 측면으로 나누어 살펴보고자 한다.

본고에서 다루는 자료를 제시하면 아래 표와 같다.[134]

순 번	지 역	당기는 천의 명칭	출 전
1	제주도 북제주군 한림읍 수원리 고봉아(1886)	·	남국의 민요
2	제주도 제주시 용담2동 박임생(1904)	·	무형문화재 조사보고서 제23호
3	제주도 북제주군 한림읍 귀덕리 고연월(1908), 귀덕 3리 이용우(1934)	설베	남국의 민요, 2005.7.20 현지조사
4	제주도 북제주군 구좌읍 덕천리 강인생(1914)	설베/닷베	한국민요대전 제주편, 2005.7.20 현지조사
5	제주도 북제주군 구좌읍 김녕리 김경성(1930)	·	백록어문 제6집, 2003.2.7 현지조사
6	제주도 남제주군 남원읍 하례 1리 안시봉(1907), 고태평(1920),	닷포/닷베	한국민요대전 제주편, 2005.7.21 현지조사
7	제주도 남제주군 표선면 성읍 2리 홍복순(1931)	닷베	한국민요대전 제주편, 2003.2.8 현지조사
8	제주도 남제주군 표선면 가시리 오이생, 안창석(1938)	닷베	2005.7.19 현지조사
9	제주도 남제주군 표선면 성읍리 홍순원(남)-뒷소리를 여자들이 받음.		한국구비문학대계 9-3
10	제주도 남제주군 안덕면 감산리 강춘화	·	감산향토지

134 표 14, 15에 있는 전남 진도군 지산면 인지리 자료의 경우 고故 김소심(진도 씻김굿 인간문화재 박병천의 모친)으로 시작되는 여성 선소리꾼의 계보가 존재하고, 제주도의 '설베'와 같은 기능을 하는 '질베'가 사용된다는 점에서 이 글에서 같이 다루어져야겠으나, 김소심이 무속인이고, 무형문화재 지정과 관련해서 소리들이 다듬어진 혐의가 있으며, 박종단 가창자를 비롯한 마을 토박이들의 증언이 일치되지 않는 부분이 있는 관계로 이 글에서는 일단 다루지 않기로 한다.
진도의 상여소리에 대해서는 아래의 논문을 참조하였다.
김혜정, 「진도 상여소리의 유형과 음악적 특성」, 『국립민속국악원 논문집』 제2집, 국립민속국악원, 2002.

순 번	지 역	당기는 천의 명칭	출 전
11	제주도 남제주군 우도면 하우목동 고태보(1940, 남)-뒷소리를 여자들이 받음.	설베	민요논집 제7집
12	제주도 남제주군 남원읍 남원리 오순녀(1905)	설베	제주도 상여노래연구
13	제주도 남제주군 안덕면 덕수리 양경생(1911)	설베	제주도 상여노래연구
14	제주도 북제주군 성산읍 온평리 강옥생(1918)	설베	제주도 상여노래연구
15	전남 진도군 지산면 인지리 조공례(1925)	·	한국민요대전 전남편
16	전남 진도군 지산면 인지리 박종단	질베	진도군 지산면 상고야리 행상 비디오자료(2004.3.4.), 2005.1.10 현지 조사
17	전남 신안군 하의면 오림 1리 강은산(남, 1928)-뒷소리를 여자들이 받음.	·	신안지역의 설화와 민요, 2005.6.10 현지조사
18	경남 진해시 연도동 강정수(1915)	(노뿌줄)	경남 민속예술제 실황 녹음 테이프(1984), 2004.3.1 외 3차례 현지 조사

2) 도서지역 여성女性 구연 상여소리의 양상

(1) 경남 진해시 연도

경남 진해시 연도에서는 상喪이 났을 때 호상이면 상여에 흰 꽃 장식을 하고, 젊은이가 죽는 등 악상이면 붉고 푸른 꽃 등으로 상여를 꾸몄다. 상여 행렬은 제일 앞에 선 선소리꾼이 깽수(꽹과리)를, 그 뒤에 다른 사람들이 각기 북과 장구를 들며, 그 뒤로 상여와 상주들의 순서로 따른다.

연도의 경우 연도에 자신의 땅이 있는 경우에 연도에 무덤을 쓰지만 대부분의 경우는 연도 앞에 있는 무인도 솔섬에 무덤을 썼다. 연도에서 솔섬으로 행상을 할 때에는 5~6인 정도가 승선 가능한 고마이(소형 어선) 두 대를 엮어서 그 중앙에 상여를 실어서 운반을 하였다.

그때의 상황을 인용하면 아래와 같다.

> 우리들이 새이(상여)를 매고 안나옵니까. 들고 나오모 배 한대에다 못실어예. 고마이(배 이름)에다가. 그라하면 복판에다 안 놓습니까. 곽(상여를 지칭)을 배를 연결을 해서 복판에다 놓습니다. 우리가 양쪽에 타지예. 고마이가 작으니까. (중략) 상주는 별도로 따라 싣고 오는기라. 우리는 인자 앞에 앞소리하고 장구치고 할라까이까, 뚜드리야 갈꺼아이요. 그래 우리가 앞에 서는기라. 그래 바람이 불고 오늘 저 배가 몬가지 싶어도 이, 시체를 실어노모 배가 희한하게 가. 그기 신기한거라. 바람이 이래 막 불어서 상여를 실었는데, 오늘 가다가 안 죽겠나 이랬는데, 막상 싣고 가면 절대 이래(흔들리지) 안하는기라. 그냥이나 갑니까. 한잔 무노이. 그 신명에다 하거든예. 죽자 사자 뚜드리 닥지뭐. (2004.3.1. 경남 진해시 연도 김순금)

두 대의 고마이를 엮어서 그 중앙에 상여를 싣고 솔섬까지 무사히 이동한다고 해서 행상이 끝나는 것이 아니다. 장지에 도착하기 위해서는 솔섬의 가파른 언덕을 넘어가야 하기 때문이다. 길도 제대로 나지 않은 언덕을 오르기 위해 이곳에서는 배에서 쓰는 노뿌줄(로프줄)을 상여 앞에 매어서 위에서 잡아당기고 아래에서는 미는 방법을 이용하였다. 그때의 상황은 아래와 같다.

> (솔섬에 도착해서 노뿌줄을 당기고, 상여를 밀면서) 올라가는데 시체 물은 나오재 그때 딱 요맨데, 참꽃을 따갖고 우리가 코를 막고 그래 갔다이가. 비는 부슬부슬 와샀재. 중간에 가다가 쉬고 중간에 가다가 쉬고 그래 안 올라갔나. (2004.3.1. 경남 진해시 연도 오영자)

위 인용문을 통해 상여 앞에 묶는 줄의 용도를 유추할 수 있다. 상여 앞에 줄을 매어 앞에서 여러 사람이 끌어당김으로써 멀고도 험한 길을 조금 더 수월하게 가게 하는 목적이 있는 것이다. 특히 운상하는 사람들이 모두 여성만으로 구성되었을 경우에는 이러한 노뿌줄이 더욱 필요했을 것으로 보인다.

1984년에 고故 강정수에 의해 구연된 연도 상여소리 중 집에서 선창까지 행상할 때 하는 소리를 제시하면 아래와 같다. 아래 소리는 선소꾼과 상두꾼 등 행상과 관련된 인원이 모두 여자로만 구성되었다. 이렇게 여자로만 선소리꾼 및 상두꾼이 구성된 것은 행상을 해야 하는데 마을에 남자가 아무도 없었기 때문이다.

> 섬아 섬아 연도섬아 오늘날에 이별이야/ 에호 에호 에가리넘차 에호/ 고향산하 이별하니 이내 맘이 섭섭하네/ 에호 에호 에가리넘차 에호/ 모진강풍 부지마소 이 바다로 건너가요/ 에호 에호 에가리넘차 에호/ 북망산이 멀다더니 저 산중이 북망이라/ 에호 에호 에가리넘차 에호/ 솥 안에 앉힌 밥이 싹이 트면 오실라요/ 에호 에호 에가리넘차 에호/ 뱅풍에 그린 닭이 홰치거들랑 오실라요/ (중략) 불러보자 찾아보자 우리 자부 불러보까/ 에호 에호 에가리넘차 에호/ 불러보자 찾아보까 일가친척을 찾아보자/ 에호 에호 에가리넘차 에호/ 에노라 (청취불능) 노자 없이 우찌 가나/ 에호 에호 에가리넘차 에호/ 일가친척 이리 와서 노잣돈이나 마이주소/ 에호 에호 에가리넘차 에호/ 이내 몸이 떠나는데 인사 없이 떠날소냐/ 에호 에호 에가리넘차 에호/ (청취불능) 잘계시소 이내 나는 떠납니다/에호 에호 에가리넘차 에호/섬아 섬아 연도섬아 오늘날에 이별이야/ 에호 에호 에가리넘차 에호/ 고향산천 이별하니 이내 몸도 마지막아/ 에호 에호 에가리넘차 에호/ 고향산천 떠나가니 빨리 한번 돌아보자/ 에호 에호 에가리넘차 에호/ 우리 자부 우는 소리 내 귀에도 들리구나/ (후략) (1984년 경남 창원시청 앞 경남민속예술제 실황 테이프, 앞소리: 강정수(1915))

위에 인용된 소리에서는 우선 다양한 화자話者-망자亡者, 선소리꾼-가 운용되고 있다. 작중 화자가 망자의 목소리를 낼 경우, 이별의 슬픔, 가족에 대한 그리움 등이 노래되고, 화자가 현장에서의 선소리꾼의 목소리를 낼 경우 이별의 슬픔, 행상 및 가족들에 대한 지시 등이 노래되었다. 그리고 '솥 안에 앉힌 밥이 싹이 나면 오실라요' 나 '뱅풍에 그린 닭이 홰치거들랑 오실라요'와 같은 표현은 일반적인 상여노래에서 이별의 슬픔을 극대화하기 위한 수법으로 쓰이는 표현들이다.

이러한 다양한 화자의 운용 및 구비 공식구의 사용은 기존의 남성들이 부르는 소리들에서도 공통적으로 나타나는 것이다. 특히 전국에서 불리는 상여소리 중 가장 빈번하게 불리는 내용이 이승 미련에 대한 사설 구성이라는 점을 보면 위 강정수 구연 상여소리는 남성들이 부르는 기존의 소리의 연장선상에 놓여 있다.[135]

(2) 전남 신안군 일대

전남 신안군 하의도 오림 1리에서는 주로 오림 1리 근처의 대리 앞산에 장지葬地를 썼다. 지금은 선산 등 원하는 곳에 장지를 쓸 수 있지만, 일제시대에는 강제적으로 대리 앞산에만 장지를 써야했다. 그러므로 장시간에 걸친 운구가 이루어지지 않을 수 없었다. 상여는 한쪽에 7명씩 모두 14명이 매었는데 상여의 형태나 운구의 순서 등은 다른 지역과 크게 다르지 않다.

전남 신안군 일대에서 채록된 상여소리들 중 여자가 관여한 소리를 인용하면 아래와 같다.

> A: (긴소리) 인제 가시면 어느 때나 오실라요 오난 날이나 일러주오/ 어허넘 어허넘차 어리가리 넘차 어화넘/ 불쌍하네 불쌍허구나 돌아가신 병인이 불쌍허네/ 어허넘 어허넘차 어리가리 넘차 어화넘/ 가자 가자 어서 가자 이승으로 백노 가세/어허넘 어허넘 어리가리 넘차 어화넘
> (잦은소리) 북망산이 멀다고 하여도/ 어허넘차 어화넘/ 건네 안산이 북망이란다/ 어허넘차 어화넘/ 잘 가시오 잘 가시오/ 어허넘차 어화넘/ 명당 찾아서 잘 가시오/ 어허넘차 어화넘 (전남 신안군 하의면 오림 1리 앞소리: 강은산(1928), 뒷소리: 장선희(1938), 박죽자(1937), 신안지역의 설화와 민요)

> B: 간다 간다 나는 간다 황천길을 나는 간다/ 어널 어널 어널이영차 어널/ 저승이 길 같으면 어느 누가 못갈손가/ 어널 어널 어널이영차 어널/ 저승길이 문같으면 어느 누가 못넘을손가/어널 어널 어널이영차 어널/ 승

135 남성 가창자에 의해 불리는 상여소리의 내용에 대해서는 아래 논문을 참조하였다. 이영식, 「장례요 사설의 단위 주제와 구성 양상」, 『민속학연구』 제16호, 국립민속박물관, 2005.

천길은 이 앞에도 얼마나 멀면 못오실까/ 어널 어널 어널이영차 어널/ 님 죽고 내가 살어 열녀가 되거나 한강수 깊은 물에 빠젼 죽자나 (후략)
(전남 신안군 안좌면 여흘리 김명엽(1912), 신안지역의 설화와 민요)

위의 두 자료는 표현에 있어 공통적으로 저승에 대한 다양한 은유적 표현, AAXA와 같은 형태의 병렬이 구句나 절節 단위로 사용되고 있다. 그러나 화자話者의 운용에 있어서는 A자료와 B자료가 다른 양상을 보인다. 먼저, A자료의 작중 화자는 선소리꾼으로 이별의 슬픔을 노래하였다. '명당 찾아서 잘 가시오'라는 사설에서 보듯이 여기서는 가는 이와 보내는 이 사이의 구분이 명확하게 이루어지고 있다. 그런 점에서 이 소리에서 노래되는 슬픔은 다소 의례적 성격의 슬픔이라 할 수 있다.

반면, B 자료에서는 이별의 슬픔이 망자 자신의 목소리로 노래되는데, '님 죽고 내가 살어 열녀가 되거나'와 같이 '여성 선소리꾼 = 망자亡者'의 등식이 성립되어 현재 노래되고 있는 망자의 슬픔이 한층 생동감 있게 노래되었다. 두 자료의 차이는 선소리꾼의 죽음에 대한 태도에 있어서도 차이가 나는데, 앞선 자료에서는 죽음은 이미 일어난 일이니, 받아들일 수밖에 없는 사실로 간주된다. 그러나 이 자료에서는 '얼마나 멀면 못오실까'라는 표현에서 보듯 아직까지 받아들일 수 없는 사건으로 인식하고 있다. 그렇게 됨으로써 죽음에 대한 슬픔이 보다 강화되는 것이다.

(3) 제주도

제주도에서는 동서남북에 걸쳐 거의 모든 지역에서 여성의 장례의식 참여가 이루어졌다. 더욱이 비교적 이른 시기부터 조사가 이루어진 것으로 보아, 진해 연도나 신안군 일대에 비해 그 연원도 오래되어 보인다. 여기서는 제주도에서 여자가 선소리꾼 혹은 상두꾼으로 참여한 소리들 중 그 특징이 가장 잘 드러났다고 생각되는 자료들 중 한 편을 인용하고자 한다.

(전략) 노세놀아 졂은때 놀아 늙어지면은 내가 못노느리라/ 아헹이이여 에

헤이이여 어홍거려 보리로다/ 아덜아덜 도깨나아덜 뜰아뜰아 대보름들/ (중략) 청천하늘 즌벨도 많고 요내가심에 수심도 많네/ 아헹이이여 에헤이이여 어홍거려 보리로다/ 가려믄가고 말믄말지 초신을 신엉 씨집을가나/ (중략) 황천길이 멀다ᄒᆞ뒈 대문밖이 황천이로다/ 아헹이이여 에헤이이여 어홍거려 보리로다/ 험ᄒᆞᆫ광풍 불지를 말아 우리집 낭군님 바다에 갓네/ 아헹이이여 에헤이이여 어홍거려 보리로다/ 너영나영 만날적인 영영살자고 만낫더냐/ 아헹이이여 에헤이이여 어홍거려 보리로다/ 단이년도 몬살아서 너와나의 이벨이로다/(중략) ᄉᆞᆺ솔적에 어머니죽고 다ᄉᆞᆺ설에 아버지죽어/ 아헹이이여 에헤이이여 어홍거려 보리로다/ 삼륙십팔 열여ᄉᆞᆺ에 씨집이라고 가싯더니/ 아헹이이여 에헤이이여 어홍거려 보리로다/ 장독ᄀᆞ뜬 씨아버지 암톡ᄀᆞ뜬 씨어머님에/ 아헹이이여 에헤이이여 어홍거려 보리로다/ 물꾸럭ᄀᆞ뜬 내ᄉᆞ주어여 오늘날에 대성통곡/ (후략)(제주도 남제주군 표선면 성읍리 홍순원, (뒷소리는 여자들이 받음.), 한국구비문학대계 9-3)

위의 자료에서는 유흥遊興과 이별의 슬픔이 노래되었는데, 이러한 내용은 제주도의 남성 및 여성 구연 상여소리에서 일반적으로 나타나는 현상들이다. 유흥의 내용은 젊어서 놀자고 하는 단순 권유에서부터 청춘가와 같은 유흥민요 사설 및 제주도 여성들에 의해서만 향유되는 유희요 사설 등이 삽입되는 방식으로 노래되었다.

이별의 슬픔의 경우 시집살이노래의 일부를 차용하면서 노래하였는데, 특이한 것은 "실제 망자의 죽음=시집살이노래 속에서의 남편의 죽음"의 등식이 성립되고 있다는 것이다. '단 이 년도 몬살아서 너와나의 이벨이로다'를 중심으로 놓고 보면 화자의 남편은 바다에 물고기를 잡으러 나갔다가 해난 사고를 당했으며, 현재 화자話者는 남편이 부재하는 상황에서 고된 시집살이로 인해 대성통곡하고 있음을 알 수 있다. 즉 이 소리에서는 현재의 망자와의 이별에서 오는 슬픔이 시집살이에서의 상황 및 사건과 겹치면서 제3의 의미를 양산해 내고 있다.

상여소리는 다른 의식요들에 비해 화자話者가 다양하게 운용되는 것이 특징이다. 그러한 점은 도서지역에서 여성이 향유하는 상여소리라고해서 예외가 아니다. 화자의 운용이라는 점에서 살필 때 앞서 살핀 경남 진해 연도의 경우 '여성의 남성 목소리 내기', 전남 신안 일대의 경우 '여성의 여성 목소리 내기', 그리고 위 자료의 경우 '남성의 여성 목소리 내기'로 정리할 수 있다.

이처럼 제주도에서 채록된 상여소리는 앞서 살핀 진해시 연도나 신안군 하의도에 비해 여성 화자의 운용이 앞의 두 지역에 비해 훨씬 적극적이고 다양하게 노래되었다. 제주도에서 유독 이러한 결과가 나오게 된 것은 이 지역 상여소리가 나오게 된 배경과 무관하지 않다.

3) 도서지역 여성女性 구연 상여소리의 형성 요인

(1) 상여 선소리꾼에 의한 측면

먼저, 경남 진해시 연도의 상여 선소리꾼 고故 강정수에 대해 살펴보기로 한다. 강정수의 부친은 강금복, 모친은 김두이(첫 번째 어머니는 사별하셨고, 이 분은 두 번째 어머니)로, 7남매 중 장녀이다. 어려서 집안일을 돕느라 학교는 다니지 못했고 19세에 경남 진해시 웅천동 사도에 사는 사람에게 시집을 갔다. 사도에서 한동안 살다가 경남 김해로 이사 가서 4~5년 정도 살았는데, 그곳에서 남편과 사별하였다.

이후에 경남 진해시 안골 출신의 주갑수 씨와 재혼하여 일본으로 가서 살았다. 1945년에 해방이 되어 귀국해서 역시 진해의 안골에 집을 마련해서 살았는데, 일본 생활에 익숙했던 남편은 우리나라 생활에 적응을 하지 못하고 다시 일본으로 가서 돌아오지 않았다. 당시 1남 1녀를 두고 있던 강정수는 경남 진해시 안골에서 살다가 혼자 생활이 힘이 들어, 아이들을 데리고 친정인 연도로 돌아와서 살다가 83세 되던 1998년에 세상을 떠났다.

> 전에 그 누님이 신명이 굉장히 좋아가지고 노래도 잘하고 깽수(꽹과리)도 잘하고. 인자, 그라고 뭐 안비우고 해도 머리가 좋았던가, 상이 나가는데, 나가는데 듣고 기억을 했다가 연도사람들이 남자들이 전부 밖에 나가있으니께

내, 여자들이 할 때 할 수 없이 했재. 그래 유래가 내려온기지. (2005.4.12. 연도 마을회관. 강연석(1928)[136])

위 인용문은 강연석이 그의 누이인 강정수에 대해 한 말이다. 강정수 전대에 연도에서 상여소리꾼은 고故 조용호(1905)인데, 강정수는 조용호가 상여소리 하는 것은 자주 보았다고 한다. 평소 노래에 취미가 많고, 총기 또한 좋아 소리 등을 한번 들으면 잘 잊어버리지 않던 강정수는 마을에 상이 나서 선소리를 할 사람이 없게 되자 자연스럽게 선소리를 맡게 된 것으로 보인다.

강정수는 상여소리뿐만 아니라 여러 가지 유희요를 포함하여 꽹과리, 장구 연주, 그리고 지신밟기 때하는 성주풀이에도 일가견이 있었다. 연도에서는 몇 년에 한 번씩 동네 기금 마련 등의 이유로 당산제가 끝난 정월 보름 이후부터 온 마을을 돌며 지신밟기를 하였다. 이때의 지신밟기는 주로 고故 김학곤(전 노인회장, 2004년 작고)의 주도로 이루어졌는데, 이 때 강정수는 김학곤과 함께 꽹과리를 치며 고사상이 차려진 대청마루 앞에서 성주풀이를 부르곤 했었다. 물론 이때에도 상여소리 때와 마찬가지로 마을의 여성들이 쌀을 걷는 자루를 매는 등 풍물패에서 많은 역할을 하였다.

연도에서 장례의식 전반에 여성이 나서게 된 것은 강정수가 안골에 살다가 자식들을 데리고 친정인 연도에 돌아온 1940년대 후반부터 1950년대 초반까지 약 7~8년 정도 이다. 그 전에는 남자들에 의해 운구가 이루어졌고, 그 뒤로는 진해에 화장장火葬場이 생기면서, 그 전처럼 운구를 많이 하지 않게 되었다. 앞서 강연석의 인터뷰에서 잠시 언급되었듯이, 연도에서의 여성의 장례의식 참여가 이루어진 것은 상여를 매거나 선소리를 할 사람이 없는 상황에서 마침 여러 가지 소리를 알고 있는 강정수가 상여 선소리

136 연도의 주요 제보자인 강연석은 증조부 때부터 연도에서 살아왔으며 20년 넘게 연도 통장 일을 하였다. 그리고 그는 고故 강정수의 친동생이다.

를 구연할 수 있었기 때문이다.

그런 점에서 연도에서의 운구 사례 하나의 사례만 놓고 보면, 특별한 상황의 발생과 뛰어난 가창자로 인해 여성의 운구 참여가 일시적으로 만들어진 것으로도 볼 수도 있다. 그러나 전남 신안군 일대에도 원인이나 양상은 다르지만 결과적으로 남자가 마을에 없음으로 해서 여자들이 상여를 매고 선소리를 매기게 되는 것을 확인할 수 있다. 신안군 일대의 상황에 대해서는 다음 장 사회문화적 측면에서 재론하기로 한다.

여성들이 행상行喪을 도움에 있어 상여 선소리꾼에 의한 측면을 이야기할 때 제주도는 앞서 살핀 연도에 비해 훨씬 광범위하고 본질적 모습을 보여준다. 육지에서의 민요 가창자 전승 계보를 보면 남자에서 남자로, 여자에서 여자로 전승이 이루어진다. 그도 그럴 것이 남자의 일과 여자의 일이 명확히 분리되어 있기 때문이다. 특히 노동요나 의식요의 경우에는 남자를 중심으로 소리가 전승되는 것이 일반적이다.

제주도에서는 물질이나 나무, 방앗돌 등을 산에서 평지로 내리는 일 등 남녀의 구분이 확연히 나누어진 일들을 제외하고 대부분의 일을 남자와 여자가 같이 수행한다.[137] 그런 관계로 이곳에서는 육지와 같이 남자에서 남자로, 혹은 여자에서 여자로의 전승 계보가 아닌, 남자에서 여자로, 혹은 그 반대의 전승 계보가 자연스럽게 일어난다. 이렇게 남녀 구분이 없이 노래가 전승되는 것은 상여소리라고 해서 예외가 아니다. 제주도에서는 행상에 있어 남녀 구분이 없이 행상을 하고, 선소리를 매기기 때문이다.

실제로 북제주군 구좌읍 덕천리의 강인생(1914)은 그가 구연하는 대부분의 소리를 그의 아버지 강기행에게 배웠다고 하였다. 그리고 남제주군 하례

137 남제주군 남원읍 하례리의 고태평할머니의 구연 목록 중에는 톱질하는 소리가 있다. 이 소리는 원래 남자들에 의해 불리는 것이다. 그런데 할머니가 이 소리를 하게 된 것은 대톱으로 양쪽에서 톱질을 할 때 당기는 쪽으로 힘이 더 들기 때문에 그 쪽 편에 줄을 매어서 여자가 같이 당기면서 일을 하였기 때문이라 하였다. 이뿐만 아니라 농사와 관련된 여러 가지 소리들-마당질소리나 밭 볼리는 소리, 촐 비는 소리 등-은 남녀가 공유하고 있다.

리의 고태평(1920)은 그의 친정어머니에게서 그가 하는 모든 소리를 배웠으며, 실제 그의 어머니가 돌아가셨을 때 그가 상여 선소리를 매겼다고 하였다.

(2) 도서지역의 사회문화적 측면

경남 진해시 연도에는 남성 중심의 계契와 여성 중심의 계契가 있다. 남성 중심의 계는 친유親諭, 지성至誠 등이 있었는데 특별한 목적 없이 비슷한 나이 또래의 사람들끼리 친목 도모의 성격으로 만들어졌다. 반면 여성 중심의 계는 엄밀히 말하면, 상부계의 성격으로, 상喪이 났을 때 서로 도와주기 위한 목적으로 만들어졌다. 여자 상부계는 13~4명 정도 되었으며, 상부계에서 마련한 작은 등불을 상가집에 걸어주고, 같이 밤샘도 해주었다. 이러한 여자상부계는 여자들이 상여를 매고, 선소리를 하기 전부터 존재했다고 한다.

하지만 이러한 여자 상부계의 존재가 운구에 있어서 여성이 참여하게끔 한 직접적 요인이 된 것은 아니다. 보다 직접적인 원인은 연도의 생업 변화에서 기인한다. 연도의 생업은 남성 중심의 어업과 여성 중심의 농업으로 나눌 수 있다.

먼저 여성 중심의 농업에 대해 살펴보면, 연도는 농업용수 및 농토가 부족하여 산비탈을 개간하여 계단식 밭에서 잔수(조), 고구마, 보리, 양파, 마늘 등의 농사를 지었다. 이곳에는 모두 5개의 우물이 있는데, 식수로 쓰는 것은 그나마 연도 분교 뒤에 있는 것 하나뿐이고 나머지 우물들은 염분이 많아 농업용수로도 쓰기 어려웠다.

> 그때는 뭐 소도 없고예 이기는. (밭의 경사가 심해서)소도 못올라가고. 순전히 여자들이 깽이(괭이)를 쪼사가지고 농사를 지어묵었으니까. 일이 되고(힘들고) 하니까 마, 땅을 미카 갖고 했습니다. 그때만 해도 기계 그런기 없으니까. 여자들이 똥동우로 여고(지고)예. 여자들만 골만 빠졌지예. 남자는 배 돈벌이러가고. 그래갖고예 똥동우 여고 가다가, 저그 올라가면, 너무 멀어서 또 딴 사람이 내리오다가 받아가, 여고 가고예 그래 했습니더. (2005.3.1. 연도 마을회관 배순옥 조사)

이처럼 농업을 통해 별다른 수입을 기대할 수 없는 상황에서 어업은 연도 사람들에게 중요한 생업일 수밖에 없었다. 남자 중심의 조업 방식에는 그물 조업과 낚시 조업이 있다. 먼저 그물로 하는 조업은 음력 4월부터 6월까지 전라도 칠산바다에서 서해의 연평도까지 조구바리(이하 '조기잡이'라 함.)를 나간다. 조기잡이는 돛이 달린 목선을 타고 갈 때는 5~6명이 승선하고, 그 이후에 나온 철선을 타고 갈 때에는 7~8명이 승선한다.

목선의 경우 배의 앞 부분은 이물, 중앙은 한 장, 뒷부분은 꼬물(혹은 고물)이라 한다. 돛대는 2개가 있는데, 대형은 중앙에, 소형은 앞 부분에 설치된다. 돛은 아래쪽이 넓은 사각형형태로, 대나무 3~4개 정도를 가로로 대고 돛대의 상단에 줄을 두 가닥으로 연결해서 치(이하 '키'라 함.)를 잡는 사람이 같이 잡고 키와 함께 배의 방향을 조절한다. 배의 주요 동력이 되는 노는 양쪽으로 2개씩 있다.

이러한 배를 타고 어장까지 가는 데는 일주일 정도 시간이 걸리는데, 조업은 유망流網으로 하였다. 유망어업은 그물의 아랫부분에는 추가 달려서 바닥에 닿고, 윗부분은 부표가 달려서 물 위에 떠서 네모난 형태로 펼쳐지면 그물코에 물고기가 걸리는 조업 형태이다. 보통 새벽에 그물을 바닷물에 담가서, 오후에 그물을 당겨서 올리는데, 주로 수심이 깊은 곳에 그물을 설치한다.

음력 6월에 조기잡이를 마치고 집에 잠시 왔다가 곧바로 음력 10월까지 전라도 흑산도어장으로 전갱이잡이를 나간다. 그리고 집으로 돌아왔다가 또다시 정월까지 흑산도 부근으로 조기잡이를 나간다. 그밖에 경우에 따라 여름철에 동해안으로 이까바리(오징어잡이)를 나가기도 한다. 그런 점에서 남자들은 1년 중 거의 대부분을 고기잡이를 나가서 지냈다. 조기잡이는 1970년대에 연도 근해에서 꼬막(피조개)사업이 시작될 때가지 연도 사람들에게 가장 중요한 생업이었다.

낚시로 하는 조업에는 주낙이 있다. 주낙은 조기잡이와 마찬가지로 먼바다에 나가서 조업하지만 조기잡이와 같이 몇 개월씩 집을 비우지는 않는다. 주낙은 미끼에 걸리는 것은 모두 잡는데, 1940년 후반까지 이루어지다가 조기잡이에 비해 수입이 적자 주낙을 하던 사람들이 모두 조기잡이를 하게 되었다. 주낙어업에 종사하던 남자들이 모두 오랜 시간 집을 비우는 조기잡이를 하게 된 것이 연도에서의 운구 변화의 직접적 원인이 되었다.

마을에 행상을 하고 선소리를 할 남자가 없는 상황에서 장례의식은 여자들을 중심으로 치루어 질 수밖에 없었다. 그 결과 소리에 소질이 있던 강정수가 예전의 기억을 되살려 선소리를 맡고, 기존의 상부계에 속해있던 여자들이 행상을 하게 된 것이다. 여기에 1940년대 후반 1950년대 초반의 급박한 나라 상황으로 인해 그나마도 있던 남자들이 징병을 피해 외지로 도망을 다닌 것과 결혼을 하지 않은 남자는 상여를 맬 수 없다는 관념도 운구 변화의 요인이 되기도 하였다.

전남 신안군 하의도 오림 1리에서는 주변에 바다가 있음에도 불구하고 이 마을을 지칭하여 '해변 산중'이라는 말이 있을 정도로 어업에는 종사하지 않고 염전농사와 함께 벼, 보리, 마늘, 고추농사 등을 하였다. 먼저 논농사를 살펴보면 논은 3번을 모두 손으로 매는데, 초벌은 손으로 훔치면서 풀을 땅에 묻고, 두벌은 슬슬 훔치고, 만드리할 때에는 슬슬 다니면서 피사리를 하였다.[138]

오림 1리에서는 논매기 작업이 주로 여자들에 의해 이루어졌다. 염전농사 때문에 마을에 남자가 별로 없었기 때문이다. 평생 하의도에서 살면서 어려서 염전 일을 해온 강은산은 염전 일은 장마 때에는 조금 수월하긴 하나 1년 내내 언제나 바쁘기 때문에 "염전 일은 또깨비도 숭을 못낸다."

---

138 신안군에서 채록된 모심는 소리 및 논매는 소리를 보면, 여성들의 일상생활 묘사나 그에 대한 직접적인 감정 표현이 노래되고 있다. 신안군의 이러한 사례는 모를 심거나 논매는 일이 주로 여성들에 의해 이루어졌기 때문이다. 이러한 현상은 상여소리에서 여성들의 생활 및 감정이 노래되는 것과 같은 맥락이다.
문화방송, 『한국민요대전』 전남편, 문화방송, 1993.

고 하였다.

신안군 일대의 염전은 해방 되던 해부터 화염火鹽에서 천일염天日鹽으로 바뀌게 되었는데, 전자는 고노동 저수확, 후자는 저노동 고수확으로 정리할 수 있다. 그러나 이것은 어디까지나 두 가지를 비교했을 때 그런 것이고, 결코 천일염의 일이 수월하거나 적은 것은 아니라고 하였다.

이 지역 운구의 변화와 관련하여 2005년 6월 10일 강은산의 자택에서 이루어진 인터뷰 내용을 제시하면 아래와 같다.

> (조사자: 해방 후 마을에 남자가 없어진 이유가 있나요?) 없어진 것은, 이, 천일염이 나가지고. 종업원으로 많이 나가거든. 돈벌이 나가불고 예전에는 초근목피하다가 돈 한푼이라도 벌고 하니까 남자들이 전부 나가불고, 여자들이 많이 있는 판이여.

신안에서는 화염 농사를 할 때까지만 해도 마을에 남자들이 있어서 행상을 하는 등 장례식 전반에 참여가 가능했으나 천일염이 도입되면서 수입이 좋아지자 모든 남자들이 그 일을 하러 마을을 비우게 되었다.

> 그때만 하더래도, 말하자면, 여자는 사람 죽은데도 함부로 안들어가. 여자들이. 상여소리는 감히 엄두도 못내고. 그러다가 해방 후 우리가 계를 이렇게, 상부계를 조직하면서 여자도 들고 남자도 들고 해갖고. 서로 품앗이로 그때부터 여자들이 등장하는거여. 소리도 같이 하고. 풍속이 바까진거지. 옛날에는 남자들밖이 못했재. 어디 여자들이 감히 상여를 매고. (조사자: 해방 후부터 여자가 상여를 매고 선소리를 한 이유가 있나요?) 이유가 있재. 남자가 가령, 돈벌러 서울로 가불고, 여자 혼자 살 때가 있고, 남자 죽어불고 여자 혼자 있을 때가 있어. 그람 상부계가 조직이 딱 되가지고 사람이 죽어서 상을 칠라고 하는데 사람이 없으면 여자가 대신 해야 쓸거 아니여. 사람을 못사면. 그런 이유로 해서 여자가 등장한거여.

해방 전 여자들이 상여를 매지 않을 때에는 여자들은 관이 방에서 나와서 꾸밀 때 관을 보지 않으려 했고, 장지에도 가지 않으려 했다. 관이나 장지 등은 '궂은 일'로 간주되어 궂은 일을 보면 재수가 없다고 생각했기 때문이다. 그러다가 천일염의 도입으로 인해 마을에 상여를 운구해야 할 남자들이 없어지게 되자, 남자를 대신할 인력을 대체할 수 있는 수단이 없었으므로, 자연스럽게 남성 중심의 상부계에서 남녀가 함께 참여하는 상부계로 변화가 일어났다. 그 결과 여자도 상여를 매게 되고 소리에 소질이 있으면 운구 대신 선소리도 하게 되었으며, 이러한 전통은 지금까지도 이어지고 있다.

제주도의 경우 운구의 변화 양상이 폭넓고 단순치가 않기 때문에 다양한 각도에서 논의가 이루어져야 한다. 먼저 이 지역의 상여 구조와 장지 위치에 대해 살펴보고자 한다. 상여의 구조와 장지의 위치는 이 지역 운구 변화의 이유를 설명하는데 있어 중요한 단서를 제공한다. 제주도에서는 마을과 공동묘지 사이의 거리가 대부분 걸어서 3시간 넘게 걸리는 곳에 위치하고 있다. 가령 북제주군 한림읍 귀덕 3리의 공동묘지는 샛별오름에, 남제주군 표선면 가시리의 공동묘지는 가시리 공동목장 안에, 북제주군 구좌읍 덕천리의 공동묘지는 둔지오름에, 남제주군 하례리의 공동묘지는 하례리에서 신례리로 가는 길 부근에 각기 위치하고 있는데 모두 각 마을에서 걸어서 3시간 이상 걸리는 곳이다.

이렇게 마을과 장지 사이의 거리가 멀다보니 상여의 구조 및 행상의 순서 등에서 변화가 일어났다. 다른 지역과는 다르게 제주도에서는 행상할 때 상여 뒤에 교대를 목적으로 여러 상두꾼들이 따르게 된다. 즉 2조의 상두꾼이 움직이는 것이다. 이는 한 조가 무거운 상여를 매고 몇 시간 동안 계속해서 행상할 수 없기 때문에 나온 결과로 보인다. 상두꾼들의 교대가 이루어질 때에는 상여를 땅에 내려서 하지 않고 서있는 상태에서 하였다. 먼 곳을 교대로 행상을 해야 하기 때문인지 제주도에서는 다른 지역에 비해 상두꾼의 숫자가 적다. 북제주군 한림읍 한림리와 남제주군 귀덕 3리의 경우 한쪽에 4명씩 모두 8명의 상두꾼이 상여를 매고, 조사한 다른 곳에서도 제일 많은 곳이 12명이었다.[139] 육지에서 보통 한 쪽에 각기 7~8명이 서서 모두 14~16명 정도가 상여를 매는 것에 비하면 적은 숫자이다.

상여의 하단부에 세로축으로 놓이는 긴 나무인 대편목 두 개는 관을 상여에 고정시킴과 동시에 상여의 가장 기본적인 틀이 된다. 대편목을 기준으로 가로로 세 개에서 네 개의 나무들이 끼워지고 대편목 위로 꽃상여가 꾸며지기 때문이다. 그런데 이 대편목은 평행하게 놓이지 않고 뒤쪽이 좁아지는 형태로 놓여진다. 육지와 같이 관의 모양이 직사각형 형태가 아니라 발쪽으로 가면서 점점 좁아지는 형태이기 때문에 관의 모양에 따라 자연스럽게 대편목 역시 뒤쪽으로 갈수록 좁아질 수밖에 없다.

이렇게 상여의 뒷부분이 좁아지게 된 것은 상여 뒤쪽에서 키잡이 역할을 하는 사람이 보다 일을 수월하게 하기 위해서이다. 육지와는 달리 제주도에는 상여 후미에서 키잡이 역할을 하는 이가 있어서 그는 상여 뒤쪽 중앙에서 다른 상두꾼들과 마찬가지로 상여를 매되 대편목을 양손에 잡고 비탈길이나 좁은 길을 올라갈 때 상여를 지그재그 형태로 밀면서 상여의 전진을 한결 수월하게 하는 역할을 한다.

이상에서 제주도에서 이루어지는 운구의 양상을 상여의 구조를 중심으로 살펴보았다. 앞서 상여 선소리꾼에 의한 측면을 살필 때 제주도에서는 민요의 전승 계보에 있어 남녀의 구분이 육지에 비해 자유롭다고 하였는데, 그 이유를 제주도의 행상 모습을 통해 알 수 있다. 즉 제주도에서는 마을과 장지 사이의 먼 거리로 인해 남자 여자 할 것 없이 모두 나서서 일을 도와야 하는 상황이었다. 이러한 연장선상에서 상여 앞에서 다는 설베 혹은 닷베도 등장하게 되었을 것으로 보인다.

후속 논문에서 해결해야 할 문제이긴 하지만 설베를 단지 상여를 끌기 위한 목적으로 사용했다면 여자보다는 남자가 그러한 목적에 보다 적합했

139 북제주군 한림읍 한림리의 경우 2005년 7월 19일 이 마을 출신의 양창보 심방(1933)과의 인터뷰를 통해 조사하였다.

을 것이라는 것인데, 어디에서도 남자가 설베를 끈다거나 남녀가 섞여서 끈다는 곳은 없었다.

그런 점에서 설베의 의례적 성격에 대해 생각해볼 수 있다. 더욱이 마을에 따라서는 여자 중에서도 망자와 관련된 여자 친척만 끈다거나 친척과 함께 친분이 두터웠던 여자 이웃만 끈다는 곳이 있다.[140] 이러한 제보를 보면 설베가 단지 행상의 편의성만을 위해 행해진 것만은 아님을 알 수 있다. 설베의 의례적 성격과 관련해서는 조사 지역을 확대하여 다각도의 논의를 바탕으로 논의가 이루어져야 한다.

앞서 살핀 진해 연도나 신안군 일대의 경우 기존에 있던 남자 중심의 장례의식에서 특정 시기에 어떠한 계기로 말미암아 여성 참여의 형태로 운구의 변화가 생겨났다. 그러나 제주도는 특별한 계기에 의해 생겨났다기보다는 오래전부터 여성에 의한 상여 운구가 존재해왔으며 그 자체로 의례적 성격도 함유하고 있음을 알 수 있다. 제주도의 이러한 점은 단지 몇 가지 드러난 사실만을 가지고 풀 수 있는 문제는 아니다.

본고에서는 여성의 장례의식 참여 양상 중에서 상여소리를 중심으로 분석하고 그 형성 원인에 대해 두 가지로 나누어 논의하였다. 이어지는 논의를 통하여 설베 등의 예를 통해 나타나는 도서지역 운구에 있어서 여성 참여의 의례적 성격에 대한 연구와 함께 외국과의 사례 비교-인도네시아 발리에서 행상을 할 때 상여 앞에 길게 하얀색 천을 연결해서 여자들이 끄는 것, 중국 복건성의 '견룡牽龍' 등-를 하고자 한다. 그리하여 도서지역에서의 장례의식에서의 여성 참여에 대한 보다 심도 있는 연구를 기약하고자 한다.

4) 맺음말

본고에서는 육지와는 달리 남해안 도서지역-경남 진해시 연도, 전남 신안군 하의도, 제주도 전역-에서 여성들이 장례의식에 참여하는 것에 주목

140 남제주군 남원읍 하례리, 북제주군 한림읍 한림리가 그러한 경우에 해당한다.

하고 여성에 의해 구연되는 상여소리의 양상을 검토하고 그 발생 요인을 살피고자 하였다.

도서지역에서 채록된 상여소리에서는 다양한 화자話者의 운용이 돋보이는데, '여성의 남성 목소리 내기'의 경우 진해 연도에서, '여성의 여성 목소리 내기'의 경우 신안 하의도에서, 그리고 '남성의 여성 목소리 내기'의 경우 제주도에서 발견할 수 있었다. 제주도에서 채록된 상여소리는 화자의 운용에 있어 진해시 연도나 신안군 하의도에 비해 훨씬 적극적이고 다양하게 노래되었는데 그것은 이 지역의 사회문화적 배경과 무관하지 않았다.

도서지역 여성 구연 상여소리의 형성 요인 중 가차자에 의한 측면을 중심으로 볼 때 경남 진해 연도의 경우 뛰어난 가창자가 존재함으로 해서 여성 중심의 운구가 가능할 수 있었다. 그리고 제주도의 경우에는 민요 전승에 있어 남자에서 남자로의 전승, 혹은 여자에서 여자로의 전승이 아닌, 남녀 간의 자유로운 민요 전승이 이루어졌다. 그 결과 여성의 행상 참여 및 여성 선소리꾼의 등장이 가능하였다.

여성 구연 상여소리의 형성 요인 중 사회문화적 측면을 보면 경남 진해시 연도에서는 주낙 어업을 하던 사람들이 모두 조기잡이로 전환하게 되면서 그 결과 마을에 남자들이 남지 않게 된 것이 운구의 변화에 대한 직접적 원인이 되었다. 전남 신안군 하의도의 경우 해방을 전후로 천일염이 도입되면서 마을에 상여를 운구해야 할 남자들이 없었고, 남자를 대신할 인력을 대체할 수 있는 수단이 따로 없었으므로, 자연스럽게 남성 중심의 상부계에서 남녀가 함께 참여하는 상부계로 변화가 일어났다. 그 결과 여자도 상여를 매게 되고 소리에 소질이 있으면 운구 대신 선소리도 하게 되었다.

마지막으로 제주도의 경우 마을과 장지 사이의 먼 거리로 말미암아 그러한 상황에 따른 상여의 구조 및 행상의 순서가 마련되었다. 그리고 운구를 하는 사람에 있어서도 남녀 구별할 것 없이 모두 나서서 일을 도와야 하는 상황이다. 그 결과 운구에 있어 여성이 중심이 되어 상여를 끌어주는 설베 혹은 닷베가 나타나고, 시집살이노래 등이 상여소리 속에 삽입될 수 있었다.

다복녀민요多福女民謠를 활용한 자기 성찰 글쓰기(Reflective writing) 양상과 의미

1) 머리말

대학 신입생 대상 필수교양 과목 중 하나인 글쓰기 수업의 목적은 학생들로 하여금 기술적인 글쓰기 방법론을 자기화하는 동시에 창의적이고 비판적인 생각을 익히게 하는 것이다. 이러한 목적을 수행하기 위해 여러 논자들에 의해 다양한 내용 및 형태의 글쓰기 지도방안이 논의되었다. 이러한 글쓰기 지도 방안 중 자기 성찰 글쓰기가 있는데, 이 글쓰기 방법은 자신의 감정이나 생각, 혹은 자신의 생활이나 삶 등을 여러 가지 글을 통해 표현함으로써 자존감 상승, 태도의 변화 등 자아 성찰을 이루게끔 하는데 목적이 있다.[141]

자기 성찰 글쓰기 지도는 구비문학 연구자들에 의해서도 여러 차례 논의가 이루어졌다. 먼저, 조은상은 〈구렁덩덩신선비〉설화를 활용한 자기 성찰 글쓰기 지도 방안을 모색하였다.[142] 그는 구렁덩덩신선비 각편 유형을 네 개로 나눈 뒤 30~40대 기혼여성들로 하여금 작품을 읽게 하고 개인 느낌을 자유로이 발표하게 하였다. 그런 뒤 개인별 글쓰기 결과물을 발표하면서 심화된 의견을 나누게 하고, 최종적인 글을 쓰게 하였는데, 이러한 다시 쓰기 결과물들은 자기서사와 일정한 관계가 있다고 하였다. 김정애는 학생들에게 〈문둥이 처녀와 동침한 총각〉 설화 중 총각의 처녀 확인 대목 이후부터 이어쓰기 하게 한 뒤 제출된 결과물을 〈신립장군과 원귀〉, 〈나무꾼과 선녀〉 등의 관련설화들과 비교 분석하였다.[143] 그의 논의는 설화 이어쓰기

141 자기 성찰 글쓰기와 관련하여, 생활서사(biography), 자기 서사(self-narrative) 등 여러 용어가 사용되고 있고, 각각의 용어마다 그 의미가 조금씩 다르다. 본 논문에서는 자신의 과거를 객관적으로 되돌아보고, 현재의 자신의 삶을 정리한 뒤, 자신의 변화 가능성을 발견하면서 앞으로의 삶의 태도를 확립해 가는데 도움이 된다는 의미로 자기 성찰(Reflective)이라는 용어를 사용하고자 한다.

142 조은상, 「〈구렁덩덩신선비〉의 각편 유형과 자기서사의 관련양상」, 『겨레어문학』 제46집, 겨레어문학회, 2011.

를 통한 자기서사 탐색, 조정 등의 가능성을 확인했다는데 의의가 있다.

김혜진은 외국인 한국어 중, 고급 학습자를 대상으로 〈바보 온달과 평강공주〉설화를 통한 자기 성찰적 글쓰기 교육 방법을 마련하고자 하였다.[144] 그는 학생들에게 설화 텍스트를 읽게 한 다음 작품에 대한 느낌을 자유롭게 쓰게 하였다. 그 뒤 설화 속 등장인물에 대한 공감, 주제 등에 대해 논의한 후 2차 글쓰기를 하고, 교사의 피드백과 더불어 자신의 경험과 관련지어 자기 성찰의 시간을 가진 뒤 세 번째 글을 쓰게 하였다. 그는 그러한 글쓰기 과정을 통해 학생들에게서 자기 반성 및 가치 모색 등에 있어 변화가 나타났다고 하였다.

황혜진은 국문학 전공 3, 4학년 여학생을 대상으로 삼국시대 애정설화 소재 인물 중 공감 혹은 거리감 있는 인물을 선택하여 그 이유를 쓰게끔 했다. 그런 뒤 그 결과에 대한 공론화 작업을 거쳐 인물에 반응하는 자기를 성찰적으로 기술하도록 했는데, 그 결과 그러한 일련의 작업을 통해 학생들은 자기 변화 및 발견이 나타났다고 하였다.[145] 마지막으로 이인경은 국문학 전공 예비교사들을 대상으로 지금까지 자신이 살아온 이야기를 적게 한 뒤 〈구복여행〉설화 감상문을 작성하게 하였다. 이어서 설화에 대한 집단 상담 실시하고, 상담 후 느낀 점을 감상문 형태로 서술하고 연구자의 문학치료적 관점에서의 글을 읽고 나서 심리 상태에 일어난 변화를 서술하도록 하였다. 그 결과 자신의 왜곡된 세계에서 벗어나도록 하는 문학치료적 효과가 있음을 입증하였다.[146]

---

143 김정애, 「이어쓰기 활동을 통해 본 〈문둥이처녀와 동침한 총각〉의 문학치료적 활용 가능성」, 『문학치료연구』 제16집, 한국문학치료학회, 2010.

144 김혜진, 「설화를 활용한 자기 성찰적 글쓰기 교육 연구」, 『고전문학과 교육』 제22권, 한국고전문학교육학회, 2011.

145 황혜진, 「설화를 통한 자기 성찰의 사례 연구」, 『국어교육』 제122호, 한국어교육학회, 2007.

146 이인경, 「〈구복여행〉 설화의 문학치료적 해석과 교육적 활용」, 『고전문학연구』 제32집, 한국고전문학회, 2007.

선행연구자들은 각종 설화 자료를 활용하여 집단상담에 이은 다시 쓰기, 혹은 이어쓰기 등의 방법으로 자아성찰의 효과를 입증하는데 주력하였다. 연구자들이 설화를 자기성찰 글쓰기 소재로 삼은 이유는 설화라는 갈래가 학생들에게 익숙하고 성性 인식, 남녀 간의 애정, 결혼 등 학생들에게 필요한 문제의식을 다루고 있기 때문이다. 그런데, 설화만큼이나 다양한 내용을 담고 있는 민요民謠는 한 번도 자기 성찰 글쓰기 내에서 활용되지 못하였다.[147] 뿐만 아니라, 기존 논의에서는 소수의 국문과 고학년이나 외국어 고급학습자 등을 대상으로 논의를 진행했을 뿐, 전국 대부분의 대학에서 필수 교양으로 글쓰기 수업을 수강하는 신입생들을 대상으로 한 논의는 거의 없는 편이다.[148]

자기 성찰 글쓰기 텍스트는 기본적으로 대학교 1학년 학생들이 민요 내 주인공, 그가 처한 상황, 민요에서 다루는 문제의식 등을 무리없이 받아들일 수 있는 것이어야 한다. 일차적으로 서사민요에 준하는 자료들이 이러한 대상에 포함될 수 있다. 우리나라 서사민요 중에는 이사원네 맏딸애기, 중이된 며느리, 진주낭군, 벙어리 행세한 며느리, 꼬댁각시, 동물민요(소타령, 사슴타령 등), 징거미타령이나 거미타령 등이 있다. 위 자료들은 대부분 시집살이와 관련이 있어 신입생들의 내면 성찰이라는 주제와 다소 거리가 있다.

여성 구연 민요 중 하나인 다복녀민요는 오랫동안 부모의 보살핌을 받지 못한 여자 아이가 배고픔을 더 이상 참지 못하고 죽은 어머니를 찾아 집을 나서는 것으로 시작되는 민요로, 강원도를 중심으로 전국적으로 구연되었다. 작중 다복녀가 처한 상황을 중심으로 자신의 의지에 따라 집을 나서야 할 것인지, 아니면 어른의 말을 듣고 집에 남아야 할지에 대한 선택은 이제

---

147 민요 활용 논의로, 함복희는 전통사회에서 향유되었던 시집살이노래를 활용하여 현대사회 고부姑婦 간의 갈등에 대한 치유 가능성을 탐색한 적이 있다.
함복희, 「시집살이 민요 스토리텔링의 치유적 효과」, 『인문과학연구』 제23집, 강원대학교 인문과학연구소, 2009.

148 대학 신입생 대상 자기 성찰 글쓰기 논의는 아래 한 편이 있을 뿐이다.
김영희, 「구전이야기 '다시 쓰기(Re-writing)'를 활용한 자기탐색 글쓰기 교육」, 『구비문학연구』 제34집, 한국구비문학회, 2012.

갓 고등학교를 졸업하고 대학이라는 곳에 온 이들이 한 번쯤은 생각해보아야 할 '부모로부터의 독립'과 상통하는 면이 있다. 아울러, 홀로 남겨진 이 아이가 앞으로 어떻게 살아가야 할 것인가와 관련된 언술은 수강생의 가치관을 확인하는 바로미터 역할을 한다.

기존에 이루어진 설화 활용 자기 성찰 글쓰기 선행 연구에서는 주로 집단 상담, 또는 3차례 이상의 다시 쓰기 등을 통해 자기 서사가 '고쳐지고, 달라지는 양상'을 드러내고자 하였다. 그러나 신입생 대상 교양 필수 글쓰기수업의 특성상 한 편의 텍스트를 대상으로 감상문 쓰기, 의견 나누기, 집단 토론을 통한 바뀐 생각 쓰기 등의 일련의 방법을 사용하기에 조심스러운 부분이 있다. 왜냐하면 자기 성찰 외에 글쓰기 기본 규칙, 여러 가지의 글쓰기 방식 등 신입생이 배워야 할 내용들이 있기 때문이다. 따라서 본 논문에서는 과거, 현재, 미래로 이어지는 자기 성찰 글쓰기 과제와 다복녀 민요 다시 쓰기를 통해 자아의 '변화' 보다는 자신의 내면에 대한 '탐색'에 초점을 맞추고자 한다. 교수자 역시 전체적 글쓰기 과정 속에서 소극적 안내자로서만 역할하였다.

본고에서 사용한 신입생 대상 글쓰기 수업 일정은 아래와 같다.

순서	강의 내용	과제
제1주	수업 일정 소개 및 과제 공지	
제2주	글쓰기 기초 1 : 글쓰기 절차 및 주제 정하기	
제3주	글쓰기 기초 2 : 개요 및 단락 쓰기	
제4주	글쓰기 기초 3 : 문장 쓰기 1	
제5주	글쓰기 기초 4 : 문장 쓰기 2	
제6주	글쓰기 기초 5 : 퇴고하기	
제7주	중간고사	

순서	강의 내용	과제
제8주	중간고사 결과 대상 유형별 오답 첨삭	과거에 자신이 했던 선택 중 가장 후회되거나 자신에게 일어났던 가장 슬픈 사건을 자신이 아닌, 다른 서술자를 등장시켜 재현하기 과제 제출
제9주	비평문 쓰기 / 다복녀민요多福女民謠 강의	자신의 사회적 위치(가정, 학교 등)를 3가지 이상 쓰고 각 위치의 역할과 평가 쓰기 과제 제출
제10주	문학적 글쓰기 : 민요 및 설화 다시(이어) 쓰기	다복녀민요多福女民謠 다시 쓰기 과제 제출
제11주	실용적 글쓰기	미래 자신이 희망하는 직종, 결혼, 노후 등의 상황이 이루어졌다고 가정하고, 그 상황에 대하여 쓰기 과제 제출
제12주	학술적 글쓰기	위 과제를 하면서 기존에 생각하고 있던 것과 달라진 것, 혹은 새롭게 생각하게 된 것에 대해 자유로이 쓰기 과제 제출
제13주	PPT, Prezi의 이론과 실제	
제14주	조별 발표수업	
제15주	기말고사	

위 표에서 보듯, 강의자는 강의 8주차부터 A4 1장~2장 분량으로 자신의 과거, 현재, 미래 관련 글쓰기 및 다복녀민요 다시 쓰기 과제를 수강생들에게 부과하였다. 본 과제의 효과를 극대화하기 위해서는 무엇보다 학생들이 강의자에게 자신이 속내를 털어놓을 수 있을 만큼의 신뢰가 있어야 한다. 본 수업에서는 교수자와 학생간의 돈독한 관계 형성을 위해 과제물을 중간고사 이후에 제출하도록 하였다. 아울러, 1교시 수업 소개 이후 수시로 과제 내용 및 제출 시기를 숙지시키는 한편, 제출된 개별 과제별 전반적 상황

및 개인별 점수를 알려주면서 학생들이 자신의 과제가 어떤 의의가 있는지 알 수 있도록 하였다.

2) 자기 성찰 글쓰기(Reflective writing)의 전체적 양상

전체 자기 성찰 글쓰기 과제 중 다복녀민요 다시 쓰기 결과물을 분석하기에 앞서 학생들의 제출한 자기 성찰 글쓰기에 대한 전체적인 평가를 살펴보고자 한다. 12주차에 제출한 과제물 중 일부를 인용하면 아래와 같다.[149]

> A: (전략) 글쓰기 과제를 하면서 가슴이 시큼했다. 아무한테도 이야기하지 않은 것을 글로 쓰려니 부끄럽기도 하고 민망했지만 뒤죽박죽이었던 지난 날들이 정리되어 마음이 후련했다.(후략)
>
> B: (전략) 처음에는 정말 작고 보잘 것 없었던 글쓰기 과제가 이렇게 나에게 의미를 줄지 몰랐다. 이번 과제를 끝으로 이제 글쓰기 과제를 하지 않지만 내 인생에서 내가 생각해보아야 할 것들에 대해 스스로 과제를 내야겠다. 그렇게 스스로 나에게 과제를 내고 과제를 풀어나가면서 내 인생에 어렵다고 생각한 것들이나 쉽게 생각해서 지나쳐버린 것들에게 소중한 깨달음을 얻어야 겠다.(후략)
>
> C: (전략) 나를 치유해준 글쓰기 과제는 내 과거를 관점을 달리해서 쓰는 것이었다. 그 짧은 재수 기간에 가족과의 갈등으로 인해 많은 굴곡을 겪었는데 그 아픔을 글쓰기를 통해서 돌아볼 수 있었다.(후략)
>
> D: (전략) 미래예상은 가장 도움이 되었던 과제였다. 고등학교 친구와 함께 대안학교를 세우자고 약속했는데 과제를 하기 전에는 구체적이지 못했고, 그 목표를 이루려면 어떤 단계를 거쳐야 할지 몰랐다. 이 기회에 그런 것에 대해 구체적으로 생각해볼 수 있었다. 그리고 대학교에 입학한

149 본고에서 사용한 일련의 글쓰기 과제물들은 2011학년 2학기 경기도 수원 소재 K대학교 1학년 18명, 2012학년 2학기 전북 전주 소재 J대학교 1학년 학생 35명이 제출한 것이다. 원래 학생 수는 더 많았으나 한 가지 이상의 과제물을 제출하지 않은 학생들의 과제는 논의 대상에 포함시키지 않았다. K대학 1학년은 여러 계열의 학생들이 섞여 있고, J대학은 모두 사회계열 학생들이다.

후 나태해진 나의 삶에 대해 반성하게 되었다. 좀 더 긴장감 있는 삶을 살고 미래에 대해 항상 대비하고 노력하게 되었다.(후략)

A 인용문 제출자는 지난 날을 되돌아보고 현재 상황을 점검하는 과정에 자신의 내부가 정리정돈 되고, 후련해지는 경험을 했다고 하였다. 대부분의 신입생들은 고등학교 시절 대입이라는 목표를 향해 매진하고, 대학에 들어와서도 바뀐 환경에 적응하느라 정작 내 안의 목소리에 귀기울여본 적이 거의 없다. 많은 학생들이 과거 사건과 현재 상황을 정리하고, 미래를 전망하는 글쓰기를 하면서 심리적 안정감을 느낄 수 있었다고 하였다.

B 인용문에서는 지금까지 의무감과 책임감에 따라 살아오다 보니, 정작 내가 어떤 사람이고 어떤 삶을 살아왔으며 앞으로 어떻게 살아가야 할지에 대해 고민하지 못하였다고 한다. 이번 학기를 끝으로 글쓰기 과제가 끝이 났지만 앞으로 계속해서 내 안의 목소리에 귀 기울이는 습관을 가져야겠다고 하였다. C 인용문 제출자는 이러한 글쓰기 경험이 자신의 인생에서 소중한 깨달음으로 이어질 것이라는 확신이 있다.

A와 B 인용문이 전체 글쓰기에 대한 감상이라면, C 인용문 이후부터는 개별 과제에 대한 평가이다. 먼저 C 인용문에서는 자신과 가장 갈등을 많이 겪었던 가족 구성원의 시점에서 자칫 가슴 속 한켠에 묻어둘 뻔 했던, 가족과의 갈등을 재현함으로써 정신적 치유를 경험하였다고 하였다. 힘들었던 시기를 무사히 지나온 시점에서 과거 재현 글쓰기를 통해 앞으로의 가족 관계가 훨씬 단단해짐은 물론, 제출자의 정신적 성숙도 자연스럽게 이루질 것으로 보인다. D 인용문 제출자는 미래 예상 글쓰기를 통해 그간 머릿 속에만 있었던 미래 계획을 보다 구체적으로 세웠다고 하였다. 이러한 구체적 미래 계획 설정은 자연히 현재 생활을 보다 생기있게 하는 원동력이 될 것이다.

자신의 과거 재현, 현재 서술, 미래 가정 글쓰기 과제 중 자신의 내면에 대한 탐구가 비교적 면밀히 이루어진 것은 과거와 현재 관련 글쓰기이다. 먼저, 과거 자신의 가장 후회되는 선택, 혹은 자신이 겪은 가장 슬프거나 괴로웠던 사건에 대하여 서술자를 달리하여 재현하기 과제의 경우 교우간의 갈등, 대입 수능 실패, 가정 불화, 가족 사망, 이성친구와의 이별 등이 다루어졌다. 먼저, 고등학교 시절 교우 관계의 경우 친구나 어머니 등 주변인의 시선으로 당시 친구들과의 다툼과 화해, 자신의 휴대폰 혹은 컴퓨터와 같은 무생물 시점으로 친한 친구와의 갈등 상황에 대해 묘사한 글들이 있었다. 이 글들은 대부분 힘들었던 당시 상황에 대한 묘사와 함께 그때 자신의 경솔함에 대한 반성, 그리고 앞으로 그 친구들과 사이좋게 지내야겠다는 다짐 등으로 구성되었다.

대입 수능 실패와 재도전 등을 다룬 글에서는 고 3 담임선생님, 부모님, 친구, 애완견 등의 시점으로 당시 수능 실패 상황과 재도전, 1년 뒤의 성공 등에 관한 내용을 다루었다. 대부분의 학생들은 자신의 게으름과 부주의에서 수능 실패의 원인을 찾았으며 재수 혹은 삼수를 슬기롭게 헤쳐 나갔기에 현재의 위치에 올 수 있었다고 하였다. 다음으로 유년시절 집안 사정 혹은 가정 불화에 대한 글은 부모님 중 한 분의 건강 악화, 아버지의 지방 전근 등으로 인한 갑작스러운 전학 상황, 아버지의 가정 폭력, 부부싸움으로 인한 가정 위기 등이 묘사되었다. 이 과제들은 신고를 받고 출동한 경찰의 시선도 있기는 했지만 대부분 어머니 시점으로 서술되었으며 앞으로 가족이 행복했으면 하는 바람으로 마무리되었다.

가족 사망을 소재로 한 과제의 경우 부모님, 혹은 제3자의 시선으로 조부모 중 한 분의 사망 당시 상황에 대한 묘사와 돌아가신 분에 대한 그리움과 잘 해드리지 못한 것에 대한 후회로 구성되었다. 이밖에 선생님과의 갈등, 본인의 건강 악화로 인한 병원 입원, 애완견 죽음, 첫사랑의 실패 등이 제출되었다.

과거 가장 슬펐거나 괴로웠던 사건 혹은 선택을 본인이 아닌 다른 서술자의 시선으로 재현하는 글쓰기 과제들은 당시 사건 재현과 그에 따른 소회를 중심으로 이루어졌는데, 자신의 입장은 배제하면서 당시 상황을 핍진하게 재현한 자료에서 시킨 과제들은 10% 정도이고, 나머지 과제들은 다루는 대상과 자신과의 적정 거리를 제대로 지키지 못하였다.[150] 그럼에도 대부분 학생들이 이제는 그때 당시의 일을 이해할 수 있고 앞으로 그러한 일이 다시 일어나도 충분히 감당할 수 있다고 하는 것으로 보아 표현이 서툴렀던 것일 뿐, 과거 가장 힘들었던 사건으로부터 어느 정도 자신을 객관화시키고 있음을 알 수 있었다.

다음으로 '현재 자신의 위치(가정 내, 학교 내 등)에 대해 쓰고 평가하기' 과제이다. 이 과제에서는 현재 새로운 환경에서 방향을 잡지 못해 답답한 자신의 상황, 바쁜 생활로 인해 가족에 대해 소홀한 것에 대한 미안함, 교우 관계의 어려움과 함께 새로운 생활에 대한 흥미, 앞으로의 생활에 대한 다짐 등의 내용이 제출되었다. 먼저, 새로운 환경에 적응하지 못해 어려움을 겪고 있는 내용의 과제들에서는 본인이 하고 싶은 공부나 과외 활동에 대한 의지는 있지만 그러한 의지를 어떻게 풀어야 할지 모르거나 어떤 목표를 향해 나아가야할지 몰라 답답해하거나 무력감을 느끼고 있는 내용들이 많다. 전체 과제 제출자의 60% 정도가 이러한 상황에 처해있다. 이들이 현재 상황에 만족하고 있지 못한 이유는 성적에 맞추어 전공을 선택한 것, 재수나 삼수로 인한 동기들과의 나이 차를 극복하지 못한 것, 그리고 본인의 노력 부족 등이 있다. 특히, 이러한 자료들 중에는 자취나 기숙사 생활, 혹은 학교생활이나 아르바이트 등으로 부모님과 형, 동생에 대해 소홀한 것에 대한 미안함을 고백하는 과제들이 많았다.

전체 과제물 제출자 중 40% 정도에 해당하는 학생들은 학과 생활, 교우관계 등 현재의 생활에 만족하고 있으며 앞으로 더 의젓해지고 최선을 다하겠다고 하였다. 현재 만족의 이유로는 고등학교 시절부터 배우고 싶었던 전공을 선택했기 때문, 원래 하고자 했던 공부는 아니지만 막상 해보니 전공이 재미있기 때문, 그리고 동기들이나 선배들과 사이가 좋기 때문 등이

150 이러한 점은 수강생들이 아직까지 대학교 1학년이다 보니 생긴 현상으로 이해된다. 미래 예상 과제의 경우에도 본인이 바라는 모습이 되기까지의 과정을 구체적으로 쓰라고 몇 차례 공지했음에도 불구하고, 대부분의 학생들은 원하는 모습이 된 뒤의 상황 중심으로 기술하였다.

있었다. 이들 중에는 바쁜 생활에서 안정적인 가족관계, 부모님의 응원 등이 큰 힘이 된다고 한 학생들이 많아 주목된다. 현재 생활을 만족하고 있지 못한 학생들 중 많은 수가 가족에 대한 미안함을, 그리고 현재 상황을 만족하고 있는 학생들은 반대로 안정된 가족관계가 도움이 된다고 하는 것으로 보아 현재 학생들에게 가족이 큰 비중을 차지하고 있음을 알 수 있다. 이는 아직까지 신입생들은 독립보다 가족과의 연대성을 더 중요하게 여긴다는 것을 의미한다. 이러한 양상은 다음 장에서 살피게 될 다복녀민요 다시 쓰기에서도 중요하게 작용한다.

3) 다복녀민요多福女民謠 다시 쓰기 양상과 의미

다복녀민요의 서두는 공통적으로 해가 저가는 상황에서 울고 가는 다복녀를 보고 화자話者가 어디 가냐고 묻는 것으로 시작한다.[151] 그러면 다복녀는 어머니의 젖을 먹으러 간다고 하고 화자는 여러 이유를 들어 이를 만류한다. 이 만류에 대한 다복녀의 대응에 따라 고난(다복녀의 배고픔)-해결 시도(어머니 산소에 젖 먹으러 가기)-문제 제시(화자의 만류와 회유)-해결 시도(산 높으면 넘어가고, 물 깊으면 기어간다)-해결 제시(화자의 음식물 제시)-해결(어머니 산소에 도착하여 참외 따먹기)의 구조를 보인다. 이 노래는 화자의 만류에 대한 다복녀의 행동을 중심으로 다복녀가 젖을 먹으러 가는 상황만이 중점적으로 노래되는 형태(기본형), 화자의 만류에 의해 어머니 산소에 가지 못하는 형태(실패형), 그리고 온갖 고생 끝에 어머니 산소에 도착하는 형태(성취형), 마지막으로 소리의 진행 방식 및 어머니에 대한 인식의 변화가 포착되는 형태(변이형)이 있다.

강의 9주차 1교시에 교수자는 수강생들에게 다복녀민요 구연 동영상과 음원, 그리고 다복녀민요를 기반으로 편곡된 대중가요를 차례로 들려주고,

---

151 다복녀민요 관련 내용은 아래 논문을 참조하였다.
졸고, 「다복녀민요의 유형과 서사민요적 성격」, 『한국민요학』 제22집, 한국민요학회, 2008.

다복녀민요의 개략적 내용에 대해 강의하였다. 그 뒤 강의 10주차에 학생들에게 A4 1장 분량으로 다복녀민요 과제물을 제출하도록 하였다. 학생들이 제출한 과제물은 글쓰기 방식에 따라 다복녀 상황 묘사, 다복녀 후일담, 다복녀에게 편지 쓰기, '내가 다복녀라면 어떻게 했을까.', '내가 다복녀민요 속 화자話者라면 어떻게 했을까'로 나눌 수 있다. 각 과제물을 살펴보고자 한다.

(1) 다복녀 상황 묘사

먼저, 자료에 따라 전지적 작가 시점에서 해질 무렵 어머니 산소를 찾아가다 길을 잃고는 배고픔에 떨고 있는 다복녀를 바라보거나, 오랜 시간 방치되어 오다가 배고픔을 면하기 위해 어머니 산소에 가고자 하는 다복녀와 산소까지 동행하는 자료들이 있다. 이 과제물 화자들은 다복녀가 처한 상황을 지극히 건조한 시선으로 바라보고만 있으며 다복녀에게 어떠한 행동도 취하지 않았다. 민요로 구연되는 다복녀민요 내 화자話者 역시 다복녀에게 실질적으로 해주는 것은 없지만 노래를 이끌어가는 데는 중추적 역할을 한다. 그러나 이 과제물 화자들은 글 내에서 그 존재를 철저히 숨기고 있다. 이 자료들은 다복녀민요 다시 쓰기 과제물 중 내용도 가장 소략하고, 형태 역시 단순하다.

(2) 다복녀 후일담

다복녀의 후일담을 쓴 제출물은 내용상 두 가지로 나눌 수 있다. 첫 번째는 부모님의 부재로 인해 다복녀가 사랑을 제대로 받지 못했고 결국, 차갑거나 교활한 성격, 혹은 욕심이 지나치게 많은 사람으로 성장하거나, 결혼을 해도 파국을 맞게 된다는 내용이다. 이 글에서는 다복녀의 미래를 어둡게 전망하는 관계로 뒤에서 살피게 될 '다복녀에게 편지쓰기' 내 '사회적 성공'과 같은 미래 모습은 따로 제시되지 않았다. 이렇게 된 데는 이 형식이 다복녀에게 편지 쓰기나 '내가 다복녀라면 어떻게 했을까'에 비해 글쓴이와 다복녀 간의 심리적 거리가 가장 멀기 때문이기도 하다.

두 번째로 다복녀가 성장기에 부모님의 보살핌을 받지는 못했지만 그렇기 때문에 더 열심히 생활해서 미래에 행복한 결말을 맺을 수 있었다고 한 자료들이다. 이 학생들은 공통적으로 어려서 다복녀가 겪은 고생이 성장하는데 자양분이 될 것이라고 말하고 있다. 그리고 이들 중 대부분은 다복녀가 미래에 자신과 같은 어려움을 겪는 아이들을 위해 사회복지사, 소아과 의사, 모유은행母乳銀行 사장 등이 된다고 하였다. 이러한 점은 위 글들과 문제의 원인은 같지만, 결과는 정반대라는 점에서 주목된다. 특히, 다복녀가 어려움을 이겨내고 자신이 원하는 일을 할 수 있을 것이라는 긍정적 태도로 다복녀민요 뒷이야기를 쓰다 보니, 다른 어떤 글들에 비해 이야기 내용 및 인물이 훨씬 풍부하게 서술되었다.[152]

(3) 다복녀에게 편지 쓰기

다복녀에게 쓰는 편지 형식으로 쓴 과제 제출자들 중 일부는 다복녀가 배고픔을 면하기 위해 돌아가신 어머니 산소를 찾아가고자 하는 것을 부정적으로 생각하였다. 현실적으로 볼 때 배고픔을 해결하기 위해 죽은 어머니를 찾아가는 것은 아무런 도움이 되지 못한다고 여기기 때문이다. 이 글을 쓴 학생들은 어려움을 극복하고 성공한 위인들을 예로 들면서, 다복녀보다 높은 위치에서 현재 자신의 상황을 직시하라고 충고한다. 그러면서 현재 상황을 이겨내고 어떻게든 살아남아야 한다고 조언한다. 이 내용을 쓴 학생들은 다복녀가 처한 상황을 본인의 현실과 동일시하고 있으며 이들에게는 사회적 성공이나 명예가 가장 중요한 덕목 중 하나이다.

반면, 이 형식으로 쓴 제출자들 중에는 해가 지는 상황에서 배고픔을 면하기 위해 다복녀가 어머니 무덤에 가는 것이 자신이 꼭 원하면 그렇게

---

152 다복녀 미래를 낙관적으로 예견한 제출물에서는 다복녀를 '다복이', '복녀, '따복이' 등 호칭을 다양하게 불렀다. 그녀의 미래를 비관적으로 그린 제출물에서는 이러한 양상이 나타나지 않았다. 이를 통해 글쓴이와 주인공과의 심리적 동화가 내용의 풍부함, 혹은 다양성과 관련이 있음을 알 수 있다.

해야 하고, 어쩌면 어머니 무덤에 가보는 것이 길게 보면 필요할지도 모른다고 한 이들도 있다. 그들이 이렇게 말한 이유는 그곳에 가서 어머니의 죽음을 확인해야 비로소 현재 자신이 처한 위치를 알 수 있기 때문이라는 것이다. 이들은 현재의 조건보다 더 중요한 것은 그것을 이겨내려는 의지이고, 어려움을 하나 둘 극복하다 보면 언젠가는 좋은 결과를 만날 수 있을 것이라 하였다.[153]

(4) '내가 다복녀라면 어떻게 했을까.'

'내가 다복녀라면 어떻게 했을까'라는 글쓰기 방식은 앞선 주제들에 비해 글쓴이와 다복녀 간의 심리적 거리가 가장 가깝다. 그런 점에서 글쓴이보다 나이도 어리고 어려운 상황에 처한 다복녀의 아픔을 보다 깊이 이해할 수 있을 것으로 볼 수 있다. 그러나 이 형태에서는 다복녀가 처한 상황을 지극히 '현실적'으로 해석하는 관계로 다른 글들에 비해 내용이나 인물이 풍부하게 서술되지 못하였다. 앞서 '다복녀에게 편지 쓰기'에서도 살폈듯이, 이들 역시 배가 고파 어머니의 무덤에 가는 것은 바람직한 해결책이 되지 못한다고 하였다. 이 과제물 제출자들에게 돌아가신 어머니는 다복녀의 정상적 생활을 방해하는 요소일 뿐이다. 따라서 내가 다복녀라면 마음을 강하게 먹고 주변 어른이나 기관의 도움을 받을 수 있으면 최대한 받아서 어떻게든 살아남을 것이라고 하였다.

(5) '내가 다복녀민요 속 화자話者라면 어떻게 했을까'

민요로 구연되는 다복녀민요 내 화자는 문맥상 어른일 것으로 추정되며 다복녀를 안쓰러워하고 있다. 그런 이유에서일까. 이 형식을 쓴 학생들은 다복녀를 입양하기도 하고, 다복녀가 독립할 수 있을 때까지 옆에서 물심양

---

153 이 과제 중에는 온갖 어려움 끝에 도착한 어머니 산소 옆에서 꾼 꿈에 어머니가 나타나 다복녀에게 "언제나 너의 곁에 있으니 안심하고 열심히 살라."고 당부를 하는 것도 있다. 이후 다복녀는 자수성가하게 되는데, 여기서 어머니는 힘의 원천으로 작용한다.

면 돕기도 하였다. 그 결과, 다복녀는 스스로의 힘으로 사회를 살아 갈 수 있는 존재로 다시 태어날 수 있었다. 이들은 다복녀에게 심리적으로 완전히 동화되어 있으며, 다복녀가 겪고 있는 상황을 가슴 깊이 느끼고 있다. 앞서도 나타난 바 있듯이, 이들 역시 다복녀에게 현재의 상황이 힘이 들기는 하지만 집 안에 움츠리고 있으면 어떤 변화도 생기지 않기 때문에 하고 싶은 것이 있다면 몸소 해보고, 그런 와중에 문제가 생기더라도 노력으로 하나하나 해결해나가야 한다고 하였다.

(6) 다복녀민요 다시 쓰기 결말의 의미

다복녀민요 다시 쓰기 과제물에서 다복녀가 맞이하는 결말은 크게 해피엔딩과 새드엔딩으로 나눌 수 있다. 먼저, 다복녀가 비극적 결말을 맞이하는 형태를 보면, 부모의 보살핌을 받지 못해 길거리에서 사고를 당하거나 어머니 산소 곁에서 동사凍死하기도 하며 심지어 배고픔을 이기지 못해 정신이상이 되기도 한다. 다복녀가 성인이 된다고 해도 부모의 부재로 인해 성격적으로 문제가 있는 사람으로 성장하거나 결혼 후 배우자에 대한 집착이 너무 심해 끝내 이혼하기도 하였다. 이처럼 부모 혹은 어머니의 부재로 인해 애착관계가 형성되지 못한 것은 다복녀 비극의 결정적 원인이 되었다.

다복녀가 행복한 결말을 맞이하는 이유와 형태를 보면, 가장 많은 형태는 어려서의 고생을 극복하고 행복한 가정을 이루거나, 자수성가하여 사회적으로 성공하는 것이다. 그밖에 아버지나 주변 사람들의 도움으로 훌륭하게 성장하여 어려서 자신과 같이 힘들고 아픈 사람들을 돌보는 일을 하기도 한다. 자료에 따라 환상적인 요소를 결합하여 다복녀가 행복한 결말을 맞기도 한다. 예컨대, 가난한 형편임에도 시주하러 온 스님에게 시주한 결과, 천상세계에 있는 어머니를 만나게 되거나, 어머니 산소를 찾아가다가 우연히 어머니가 해주던 이야기 나라로 들어가 그곳에서 여왕이 되기도 하고, 호그와트 마법학교에 입학 허가서가 오는 꿈을 꾸고 그것을 소설로 써서 성공하기도 한다.

다복녀민요 다시 쓰기에서 어머니가 차지하는 비중은 자료에 따라 절대적이기도 하고, 또는 아무런 비중을 차지하지 못하기도 한다. 다복녀의 미래를 낙관적으로 전망한 제출물에서 어머니는 다복녀의 결혼 상대를 만나게 되는 계기가 되기도 하고, 다복녀가 사회적으로 성공하는데 필요한 기술을 가르치기도 하는 등 적극적으로 해석된다. 기본적으로 어머니는 다복녀의 생존은 책임짐과 동시에 다복녀가 성장하는데 필요한 인성人性을 가르치는 존재이기 때문이다. 그러나 그렇지 않은 과제에서는 어머니의 역할이 거의 나타나지 않았다. 심지어 한 과제물에서는 어머니가 일부러 다복녀 곁에 없는 것이 아님에도 불구하고, 지긋지긋한 가난을 벗어나기 위해 남편과 딸을 버리고 기꺼이 개가改嫁를 선택하는 존재로 그려지기도 하였다.

앞서 살핀 다섯 가지 글쓰기 방식을 통틀어 볼 때 부모의 보살핌을 받지 못해 다복녀가 비극적 결말을 맞이하는 자료들과 다복녀가 처한 현실을 글쓴이의 현실과 동일시하는 자료들은 상통하는 면이 있다. 이 두 자료들에서는 다복녀보다 상위의 위치에서 어떻게든 난관을 뛰어 넘어 사회적으로 성공하는 것이 중요하다는 생각을 배면에 깔고 있다.

반면, 다복녀의 미래를 낙관적으로 그리는 자료들과 현실과 글쓴이의 현실을 굳이 연결시키지 않는 글에서는 다복녀와 동등한 위치에서 현실적 조건보다 자신의 의지나 정신적 성숙이 더 중요하다는 생각을 가지고 있다. 이들은 부모님의 보살핌을 받지 못하기 때문에 그런 만큼 더 열심히 한다면 분명 좋은 결과가 있을 것이라 하였다. 진정한 성숙은 외부로부터 주어지는 것이 아니라, 스스로 판단하고 행동해야 비로소 얻을 수 있다고 하였다. 이러한 사고방식은 과제물의 글쓰기 형식과 맞물려 새로운 이야기 및 인물을 만들어내는 원동력이 되었다.

자기 성찰 과제물을 개인별로 정리한 결과 현재 본인의 상황에 만족하면서 다복녀 미래 역시 해피엔딩으로 마무리한 학생들이 있는가 하면, 그 반대의 경우도 있다. 한 달 남짓 자기 성찰 글쓰기를 하면서 개인적 기질, 민요에 대한 이해 정도, 글을 쓸 당시 상황 등 다양한 글쓰기 변수들이 존재하기 때문에 과거 사건 재현, 현재 상황 서술, 다복녀민요 다시 쓰기 내용이 어느 한 방향으로 일관되게 나타나지 않았다. 물론 개인별로 과제물 양상이 일관된다면 논의를 펼치는 데는 수월했겠지만 보다 중요한 것은 4회에 걸친 일련의 자기 성찰 글쓰기를 통해 얼마나 자신의 내면과 마주하고 자신과의 소통을 이루어내는가가 일 것이다. 그러면 전체 글쓰기 과제 속에서 다복녀민요 다시 쓰기가 어떠한 자기 성찰 효과가 있었는지 살펴보고자 한다.

4) 다복녀민요多福女民謠 다시 쓰기의 자기 성찰적 의의

여성가창자를 중심으로 전승되어온 다복녀민요는 기본형, 실패형, 성취형, 변이형이 있는데, 이 중 실패형이 가장 많은 수를 차지한다. 이 유형 가창자들은 스스로의 힘으로 변화시킬 수 없는 현실 속에서 비참한 상황의 다복녀에 투사하여 그녀의 신세를 노래하였다. 막막한 상황 속에서 다복녀를 도울 수 있는 '저기 가는 할아버지' 혹은 '할머니' 등의 존재가 등장하기는 하지만 실상 그들은 다복녀의 한탄을 배가하기 위한 장치일 뿐이다. 그런 이유로 실패형은 성취형이나 변이형에 비해 각편 간 차이가 그리 크게 나타나지 않았다.

자기 성찰 글쓰기를 수행한 대학 신입생들 역시 전통사회 여성가창자들과 마찬가지로, 다복녀가 처한 상황에 공감한 이들이 그렇지 않은 이들에 비해 많았다. 다만, 본인의 힘으로 자신의 현실을 스스로 개척할 수 있는 여지가 전통사회 여성들보다 많다 보니 다복녀가 어려움을 헤치고 나아가 자신의 이상을 실현하는 내용들이 많고, 다복녀의 자아실현 양상 역시 훨씬 다양하게 묘사되었다. 다복녀의 상황을 지극히 현실적 관점에서 바라보는 형태들은 오히려 전통사회 여성 가창자들이 부른 노래에서는 나타나지 않았다. 이러한 내용상의 차이는 신입생들과 여성 가창자들의 현실 인식의 차이에서 비롯된 것으로 볼 수 있다.

다복녀민요 다시 쓰기 과제물은 일련의 자기 성찰 과제물에 비해 글쓰기 양상이 다양하게 나타났다. 관련 인용문을 제시하면 아래와 같다.

F: 네 번째 과제부터 정체된 고속도로를 지나 가속 페달을 밟는 느낌이었다. 어떤 형식이나 제약에서 벗어나 내 상상을 마음껏 펼칠 수 있었기 때문이다. 다복녀민요는 처음 접해서 생소했지만, 다복이라는 캐릭터는 왠지 모르게 친근하게 다가왔다. 내 머릿 속에 떠오른 다복이는 콧물 자국이 선명하고 꾀죄죄한 아이였다. 하지만 어린 나이에도 불구하고 엄마 무덤을 기억하고 찾아갈 줄 아는 총명한 아이였다. 그래서 성인이 된 다복이를 성공한 기업인으로 설정했다. 민요 속 못다 펼친 다복이의 미래를 그리는 작업은 정말 흥미진진했다.

G: 여기서는 다복이를 사랑하게 되는 주인공의 모습을 최대한 담담하게 담아내려고 노력했는데 이 과정에서 또 다른 글쓰기의 매력을 발견하게 되었다. 이전이 과들이 수필에 가까웠다면 네 번째 과제는 소설에 가까워서 글을 쓸 때 색다른 재미가 있었다.

H: 네 번째 과제는 다복녀민요를 듣고 그 뒷이야기를 쓰는 것이었다. 주제나 시점 등이 자유로운 것이 여기에서 큰 힘을 발휘할 수 있었기에 글을 쓰기 전에 흥미가 매우 많았다. 그 전 과제는 어쩔 수 없이라는 느낌이 강했고 고심하며 썼지만 이 과제는 비교적 내용을 쉽고 빠르게 적을 수 있었고 글을 쓰면서 재미를 느꼈다. 그 전 과제들은 무엇을 어떻게 써야할지부터가 고민이었지만 이 과제는 다 써놓고 다듬기도 몇 번 하였다.

F와 G 인용문 은 학생들이 다복녀민요 다시 쓰기 과제가 소재에 제한되지 않고 형식도 자유롭게 쓸 수 있어 나름의 상상력 펼칠 수 있었다고 하였다. 학생에 따라서는 다복녀 다시 쓰기를 통해 주입식 교육에 의해 닫혀 있던 상상력을 마음껏 펼칠 수 있었다고도 하였다.

문학적 글쓰기는 고백적 글쓰기에 비해 형식이나 소재에 있어 자유로운 점이 있다. 그러나 단지 그러한 이유만으로 다복녀민요 다시 쓰기가 쉬웠던 것은 아니다. H인용문에서는 자기 자신에 대해 쓰는 것이 '어쩔 수 없이' 쓸 정도로 어려웠지만 다복녀민요 다시 쓰기는 훨씬 쉽고 빠르게 쓸 수 있었으며, 나아가 퇴고까지 할 수 있었다고 하였다. 스스로 문제를 제기하고 해결하기보다는 주어진 것을 최대한 빨리 받아들이는 훈련에 길들여진 신입생들은 아직까지 자기 자신에 대해 쓰는 것에 대해 거부감마저 가지고 있다.

자기 성찰 글쓰기의 목적이 최대한 내부 깊숙이 들어가 미처 자신이 미처 몰랐던 자신의 모습을 발견하거나, 기존에 가지고 있던 왜곡된 사고의 변화를 유도하는 것에 있다고 한다면, 다복녀민요 다시 쓰기는 자신의 과거, 현재 쓰기에 비해 일정 부분 한계가 있어 보인다. 그러나 대학 신입생들은 자신을 직접적으로 드러내거나 서술자를 달리하여 쓰는 것보다는 다른 대상에 의탁하여 자신의 내면을 드러내는 것을 더 편하게 여긴다는 점은 눈여겨 볼만 하다.

다복녀민요 다시 쓰기를 통해 나타난 자기 성찰적 양상을 제시하면 아래 인용문과 같다.

> I: (전략) 만약 이 아이가 옆에 있다면 등을 토닥이며 위로해주고 싶다. 노래를 듣고 나서도 엄마께 전화 한 통을 드렸는데 글을 쓰면서 엄마가 더 보고 싶어졌다. 엄마랑 떨어져 지내는 요즘 나도 다른 사람이 만든 밥이 아니라 엄마가 차려준 밥을 먹고 싶어졌다.

> J: (전략) 네 번째 과제는 모두가 그랬겠지만 방향을 찾는 것이 힘들었다. 도대체 다복녀민요를 마음껏 하고 싶은 대로 해서 어떤 것을 얻을 수 있을지 알 수 없었다. 그런데 써보고 나니 알 것 같았다. 내 성격은 차가운 편이라 생각했는데 다복녀에 관한 글을 쓰면서 아이들을 보듬어 주는 '조'라는 인물을 통해 '내게도 사람을 향한 따듯한 마음이 있구나' 하는 생각이 들었다.(후략)

> K: (전략) 배가 고파 어머니에게 가고 싶은데 현실적 이유를 들어가지 말라고 하는 어른들 말을 들어야 할지, 아니면 자기 고집대로 해야 할지 상황에 놓인 다복녀를 보면서 대입 입시 때 나의 모습이 겹쳐졌다. 현재 나는 당시 어른들 말씀을 듣고 지금 전공을 선택했으나 자신이 하고 싶은 전공을 선택하지 못한 것을 후회하고 있다. 자기가 하고 싶은 대로 어머니 산소에 가서 어머니 죽음을 확인하고 깨달음을 얻은 다복녀는 분명 주체적 삶을 살 수 있을 것이다. 지금이라도 나는 한 번 뿐인 삶을 일상적 틀에 얽매이기보다 하고 싶은 일을 하면서 즐겁게 살고 싶다.(후략)

L: (전략) 아버지를 일찍 여윈 나는 다복녀와 약간은 닮은 면이 있다. 어려운 가정 형편, 그 속에서의 장남의 역할. 다복녀가 어머니 그리워하는 것, 내가 아버지를 그리워했던 것과 닮았다. 민요에서 다복녀가 자신이 하고자 하는 것 끝까지 하는 것을 보면서 어렵고 힘들어도 자신의 삶을 성취하는 것이 중요하다고 생각하였다.(후략)

I 인용문에서는 과제를 수행하면서 다복녀가 처한 상황을 통해 현재 자신의 상황을 되돌아 보았다. 이 과제 제출자는 전통사회 여성 가창자들처럼 노래를 통해 감정의 카타르시스를 느끼는 것까지 나아가지는 못하였지만, 여성가창자의 정서와 공유하는 면이 있다. 위 인용문을 통해 민요 내 주인공에 대한 글 쓰는 이의 투사는 자기 성찰에 긍정적 효과가 있음을 알 수 있다.

J인용문 제출자는 처음 글을 쓸 때는 어려운 상황에 처한 다복녀가 비참한 최후를 맞이하는 것을 생각했으나 집필 과정에서 새로운 인물 '조'를 등장시켜 그녀가 행복하게 성장하는 이야기로 바꾸었다. 그러한 과정에서 자신도 모르고 있던 자신 내부의 새로운 면을 발견했다고 하였다. 글쓰기 주체와 문학적 소재와의 코드가 맞을 경우 문학적 글쓰기는 고백적 글쓰기에 비해 창작의 여지가 많고, 이는 결과적으로 자기 성찰이 보다 원활하게 이루어지는 이유가 되었다.

K인용문에서는 다복녀가 처한 상황을 보면서 과거 자신의 모습을 떠올렸고, 당시 자신의 선택을 현재는 후회하였다. 그러나 그러한 후회로 끝나지 않고 다복녀의 용기있는 선택처럼 앞으로는 보다 주체적 삶을 살겠노라 다짐하였다. 이러한 점은 L인용문 역시 마찬가지로 나타난다. 이 인용문 제출자는 다복녀가 처한 상황과 자신의 상황에서 비슷한 점을 찾았다. 그런 뒤 어려운 환경 속에서도 끝까지 자신의 의지를 굽히지 않는 다복녀의 모습을 보면서 자신도 자신만의 삶을 위해 노력하겠다고 하였다.

위에서 보듯, 다복녀의 상황과 자신의 상황을 단지 동일시하는 것에서부터 다복녀 다시 쓰기를 통해 자신이 모르고 있던 면을 새롭게 발견하기도 하고, 말하지 못했던 과거 상처를 치유하기도 하며, 앞으로의 생활에 더욱 충실히 하겠다고 다짐하기도 하였다. 특히, 현재 생활에 대한 만족 여부와 관계없이 신입생들은 가족과의 안정적 관계를 가장 중요한 사안 중 하나로 생각하고 있다. 그런 점에서 '가족의 부재와 그에 대한 대처'를 다루고 있는 다복녀민요는 자기 성찰을 위한 글쓰기 소재로 부족함이 없었다.

과제물 제출자 53명 중 35명이 자신이 무엇을 좋아하고, 어떤 성향의 사람인지, 어떤 사람이 되고 싶은지에 대한 고민을 해본 적이 없다고 하였다. 그러다 보니 자신에 대한 글쓰기는 '어쩔 수 없이' 할 정도로 괴로운 일이었다. 그러나 과거, 현재, 그리고 미래로 이어지는 자기 성찰 글쓰기를 통해 미약하나마 자기 성찰의 단초를 마련하였고, 그 사이에 이루어진 다복녀민요 다시 쓰기는 그러한 자기 성찰을 보다 원활하게 하는 기회가 되었다.

다복녀민요 다시 쓰기를 통해 수강생들은 이 세상을 살아가는데 무엇이 중요한가, 혹은 어떻게 살아야 하는가 하는 질문을 스스로 던지고 대답하였다. 이 과정에서 일부 학생은 다복녀가 처한 상황을 지극히 현실적으로 접근하여 어떻게든 살아남아 사회적으로 성공해야 한다고 하기도 하고, 일부는 그러한 사회적 성공보다는 정신적 성숙이 선행되어야 한다고 하였다. 자기 성찰의 목적은 다양한 글쓰기 활동을 통해 자신만의 내면을 만나고 자기 자신과의 대화를 이어가 자신만의 삶을 영위할 수 있도록 하는 데 있다. 특히, 이번 수업은 내면의 '변화'보다는 '탐색'에 주안점을 두었기 때문에 강의자는 어떠한 길이 옳다고 하기도 보다는 학생이 자신의 색깔을 보다 잘 찾을 수 있도록 안내하는 역할에 충실하였다. 요컨대, 다복녀민요 다시 쓰기 과제는 앞선 세 번의 과제의 연장선상에서 글쓰기의 즐거움과 함께 학생들이 자신의 내면을 들여다보는데 효과가 있음을 알 수 있었다.

5) 맺음말

본 논문에서는 대학 신입생 대상 글쓰기 수업에서 자기 성찰 글쓰기 중 다복녀민요를 활용한 결과에 대하여 논의하였다. 먼저, 대부분의 신입생들은 고등학교 시절 대입大入이라는 목표를 향해 매진하고, 대학에 들어와서도 바뀐 환경에 적응하느라 정작 내 안의 목소리에 귀기울여본 적이 거의 없었다. 그런 이유로 많은 학생들이 자기 성찰 글쓰기를 통해 심리적 안정감을 찾는 한편, 자신의 내면을 들여다볼 수 있었다.

다복녀민요 다시 쓰기 과제물을 검토한 결과, 글쓰기 방식에 따라 다복녀 상황 묘사, 다복녀 후일담, 다복녀에게 편지 쓰기, '내가 다복녀라면 어떻게 했을까.', '내가 다복녀민요 속 화자話者라면 어떻게 했을까'가 와 같은 과제물이 제출되었다. 이 과제물들 중 다복녀가 비극적 결말을 맞이하는 과제물들에서는 다복녀가 처한 상황을 지극히 '현실적'으로 해석하였고, 비극적 결말의 이유를 부모 혹은 어머니의 부재로 인해 애착관계가 형성되지 못한 것에서 찾았다. 반면, 다복녀가 행복한 결말을 맞이하는 글에서는 현실적 성공보다는 다복녀의 정신적 성숙이 더욱 중요하다면서, 부모님의 보살핌을 받지 못했기 때문에 더욱 열심히 생활하여 좋은 결과를 맞을 것이라 하였다. 작중 대상과 글쓴이와의 공감은 문학적 글쓰기라는 형식과 맞물려 새로운 이야기를 만들어내는 원동력이 되었다. 다복녀민요 다시 쓰기를 통해 학생들은 자신도 모르고 있던 새로운 면을 발견하기도 하고, 덮어두었던 상처를 치유하는 경험하기도 하였다. 또는 지금까지와는 달리, 주체적 삶에 대한 열망을 피력하기도 하였다. 요컨대, 수강생들은 과거, 현재, 그리고 미래로 이어지는 자기 성찰 글쓰기를 통해 미약하나마 자기 성찰의 단초를 마련하였고, 그 사이에 이루어진 다복녀민요 다시 쓰기는 그러한 자기 성찰을 보다 원활하게 하는 촉매 역할을 하였다.

이어지는 작업을 통해 신입생들의 성향, 관심사 등을 면밀히 파악하여 그들이 보다 자신의 내면과 마주하기에 용이한 작품을 활용하는 한편, 소규모 토의, 작품 이해를 위한 비계(scaffolding) 제시 등의 방법을 통해 내면 탐색과 함께 변화까지 모색할 수 있는 수업안을 개발하고자 한다.

꼬대각시노래의 유형類型과 의례儀禮

1) 머리말

꼬대각시노래는 여성들이 궁금한 것들을 물어보거나 잃어버린 물건 등을 찾기 위해 빨래방망이나 대나무 가지 등에 신神이 내리게 할 목적으로, 혹은 신을 내리게 해서 즐겁게 놀기 위한 목적으로 부르는 노래이다. 앞의 두 상황 모두 신이 내리게 할 목적으로 부르는 점은 동일하다. 이 소리는 주로 충남지역을 중심으로 채록되었는데 제의적 상황에서 불리면서도 서사敍事가 결합되어있다는 점에서 여러 연구자들에 의해 언급되어왔다.

이현수는 꼬대각시노래가 주술성을 가지면서 비극적 서사민요라는 점에서 여느 서사민요와 다른 특성 가진다고 하면서, 이 노래의 주인공 명칭은 발음의 유사성, 불행한 여인이라는 의미의 동일성의 면에서 인형극인 꼭두각시놀음에서 유래했다고 하였다.[154] 그러면서 이 노래를 부르는 구연자들은 꼬대각시의 불행 자체에 동참하여 비애미를 즐기면서 정서의 순화를 성취하고 있으며, 신장대에 신이 내리는 것은 삶에 지친 여인들에게 위로와 힘을 주는 것이라 하였다.

그의 논의는 꼬대각시노래를 직접적으로 다룬 첫 논의라는데 의의가 있다. 그러나 자료의 전체적 양상 및 구연 상황 등을 충분히 살피지 못하고, 자료 내적 분석에만 집중한 관계로 자료의 전체적 면모가 온전히 드러났다고 보기 어렵다. 가령, 그는 이 노래들의 공통 서사단락에서 후반부에 '시집살이를 견딜 수 없다.', '시집을 하직하다'를 설정하였는데, 이러한 서사 단락을 가진 자료는 전체 자료 17편 중 4편에 불과하다. 그리고 이 소리들 중에는 활기찬 분위기 속에서 놀자고 하는 자료들도 발견되는데 모든 자료들이 꼬대각시의 불행에서 비애미를 즐긴다고 하는 것도 문제가 있다.

서영숙은 자신의 운명 등을 물어보기 위해 여자들이 여럿 모였을 때 불

154 이현수, 「'꼬대각시謠' 연구」, 『한국언어문학』 제33집, 한국언어문학회, 1994.

리는 꼬댁각시노래의 내용은 한의 맺힘(노래하는 부분)과 한의 풀이(춤추고 노는 부분)로 구성된다고 하였다.[155] 그리고 한 여성의 비극적 일생을 그리는 서사민요이면서 일정한 형태의 의식에서 불린다는 점에서 원래 무가巫歌였던 것이 향유층 및 그들의 의식이 변화되면서 차츰 민요화되었을 것이라고 하였다.[156]

그는 이 노래가 여성들이 정초나 추석 등 명절 때 많이 모였을 때 불렸으므로 기능에 따른 분류상 세시의식요에 분류 가능하다고 하였는데, 그 이유는 여자들이 많이 모일 수 있는 기회가 명절밖에 없기 때문이라 하였다. 그런 관계로 향유층은 이 노래를 부르면서 묵은 해의 원념怨念을 씻어내고 새해를 활기 있게 살아갈 생명력을 얻게 된다고 하였다.

그는 앞서 살핀 이현수의 논의에서 한 걸음 나아가 이 노래의 의례적 상황과 서사敍事의 결합에 대해 보다 밀도 있는 논의를 전개하였다. 그런데 그의 논의는 한국민요대전 소재 동일지역 자료 2편을 중심으로, 이 자료들이 꼬댁각시노래의 본래적 성격을 가진 것으로 규정하고 논의를 전개하였다. 충남지역에서 채록된 전체 자료를 놓고 보면 그의 논의 결과- 가령, 노래의 구연 목적이나 내용 구성, 기능상 세시의식요로 분류하는 것 등-들이 과연 실제 양상에 부합되는가 하는 의문이 든다. 그리고 꼬댁각시노래의 무가 영향설의 경우에도 함경도와 충청남도간의 공간적 거리는 차치하더라도, 두 이야기 간의 공통 화소만으로 갈래가 다른 두 자료군 간의 영향설을 말하기엔 논지가 부족하다는 생각이 든다.

이상에서 꼬댁각시노래에 대한 연구를 살핀 결과, 먼저 기존에 채록된 꼬댁각시노래의 구연 상황 및 자료가 전체적으로 다루어지지 못한 것을 알 수 있다. 특히 꼬댁각시노래는 다양한 구연 상황 및 목적, 노래의 구성을

155 서영숙, 「〈꼬댁각시 노래〉의 연행양상과 제의적 성격」, 『우리민요의 세계』, 역락, 2003.

156 그는 함경도지역의 넋굿인 망묵굿에서 남성 향유층을 중심으로 불리는 도랑선비 청정각시 무가巫歌가 충청도에서 여성 향유층을 중심으로 불리는 꼬댁각시노래로 서사 내 공통 화소(삼촌 양육-신랑 죽음-신부 자살)를 근거로 전자에서 후자로의 영향을 말하고 있다.

보이기 때문에 대상의 폭을 넓게 잡지 않을 경우 자칫 자료의 어느 한 면이 진실인 것으로 생각할 수 있다. 그리고 선행연구에서는 공통적으로 이 노래의 명칭이나 의례儀禮와 서사敍事의 결합 이유 등을 민요 자체가 아닌, 꼭두각시놀음이나 무가 등에서 찾고 있다.

일반인에 의해 향유되는 민요의 경우 의례적 상황에서 특정 목적을 가지고 서사민요가 불리는 것은 그리 흔한 일이 아니다. 더욱이 그러한 양상이 전문가집단에 의한 전국적 현상이 아닌, 특정지역을 중심으로 여성만이 참여하는 상황에서 이루어진다면 그 특이성은 더욱 커진다. 그러나 그러한 현상이 그 지역의 고유한 전통 위에서 오랜 시간을 두고 만들어져 온 것이라면 이야기가 달라질 것이다.

본고에서는 우선 충남지역에서 채록된 모든 꼬댁각시노래 자료들의 구연 상황 및 서사 단락을 정리하고자 한다. 그런 뒤 꼬댁각시노래의 의례儀禮와 서사敍事의 성격을 보다 명확히 이해하기 위해 이 노래와 각각 의례와 서사를 공유하는 강원지역을 중심으로 채록된 '봉아봉아 천지봉아'노래와 영남지역을 중심으로 채록된 '한 살 먹어 어마 죽고'로 시작되는 시집살이노래를 살피고자 한다. 그리하여 앞서 논의된 결과들을 바탕으로 이 소리의 의례와 서사가 결합하게 된 이유는 무엇인지, 왜 충남지역을 중심으로 이 소리가 분포하는지 등에 대해 살펴보고자 한다.

이 글에서 다루는 자료 상황을 지역별로 제시하면 아래 표와 같다.[157]

소리 \ 지역	경기도	충청도	경상도	강원도
꼬댁각시노래	1	17	·	·
'봉아봉아 천지봉아' 류	1	1	1	10
'한 살 먹어 어마 죽고' 류	·	·	19	1

157 대전에서 채록된 꼬댁각시노래 중에 친정인 경남 통영에서 배웠다고 하는 자료가 한 편 있다. 이 자료가 '한살먹어 어마 죽고'류의 시집살이노래를 잘못 말하는 것인지, 아니면 실제로 경남에서도 꼬댁각시노래가 있었는지는 보다 밀도 있는 현지 조사가 이루어진 뒤에 판단할 문제이다.

2) 꼬댁각시노래의 구연상황과 서사구조

꼬댁각시노래의 유형은 구연 목적이나 상황 등 자료 외적인 부분을 중심으로 할 수도 있고, 서사 단락 등 자료 내적인 부분을 중심으로도 할 수 있다. 그런데 이 노래의 경우 17편 구연 목적이나 상황을 모두 파악할 수 있는 상황이 안되므로 여기서는 서사 단락을 중심으로 유형 분류하고자 한다.

일단 기존에 보고된 것과 필자 현지조사 등을 합쳐 보면 꼬댁각시노래는 주로 여자들이 모인 자리에서 잃어버린 물건을 찾거나 궁금한 것을 물어보기 위해 대에 신神이 내리게 할 목적으로 불려졌다. 그리고 적은 수이긴 하지만, 특별한 목적 없이 신이 내려 무의식 상태에서 춤추며 놀기 위한 목적으로 불리기도 하였다.

그러면 대전을 포함한 충남지역에서 채록된 꼬댁각시노래 17편의 주요 서사단락을 표로 정리하면 아래와 같다.[158]

서사 단락 / 자료	조실 부모	삼촌 양육	삼촌 내외의 구박	결혼 (고자 낭군)	시집 살이	자살	마지막 대목	출전
부여시 은산면 장벌리 성백예(1938)	+	+	+	−	−	−	서럽고 슬프다	부여의 민간신앙
부여시 옥산면 봉산 2리 노매지(1923)	+	+	+	+(+)	+	−	놀아보자	한국민요대전
대전시 서구 도안동 송영순(1933)	+	+	+	+	+	−	죽자하니 청춘이요 살자하니 고생이다	민초의 소리
대전시 서구 평촌 3동 배정예(1917)	+	−	−	+	−	−	·	민초의 소리

158 표에서 제시된 자료들 중 출처가 김영균 조사 테이프라고 된 자료들은 80년대 초반부터 대전, 충남지역을 중심으로 민요 채록 작업을 해온 김영균으로부터 입수한 30여개의 테이프 중에 있는 것들이다.

서사 단락 / 자료	조실 부모	삼촌 양육	삼촌 내외의 구박	결혼 (고자 낭군)	시집 살이	자살	마지막 대목	출전
대전시 서구 명동 박노양 (1939)	+	+	+	−	−	−	·	민초의 소리
대전시 대덕구 갈전동 이영자	+	+	+	+(+)	−	−	꼬대각시 불쌍하다	대전민요집
부여시 옥산면 봉산 2리 윤영구(남, 1923)	+	+	+	+	+	+	놀아보자	한국민요대전
보령시청 홈페이지2005.4.20 현재	+	+	+	+(+)	+	−	시집 식구들의 음식 타박	보령시청 홈페이지
부여군 세도면 가회리	+	−	−	−	−	−	서럽고 원통하다	김영균 조사 테이프
부여군 부여읍 광북리	+	+	+	−	−	−	서럽고 원통하다	김영균 조사 테이프
부여군 옥산면 봉산리	+	+	+	+(+)	−	−	서럽고 답답하다	김영균 조사 테이프
홍성군 결성면 이성정	+	+	+	+(+)	−	−	고자낭군 내설움을 어찌 아나	증보 결성농요
보령군 웅천면 성동리 고정숙	+	+	+	+(+)	−	−	이내일신 어이하야 이다지도 슬픈가	한국구비문학대계
보령군 주포면 보령리 지문순	+	+	+	−	−	+	물에 빠져죽었다네	한국구비문학대계
부여군 충화면 지석리 서묘희	+	+	+	+(+)	+	+	연방죽이나 빠져죽지	한국구비문학대계
부여군 홍산면 홍양리 현종홍	+	−	−	+	+	−	놀아나 보세 아이구 담담 설음지구	한국구비문학대계
보령군 대천읍 김재희	+	+	+	+	+	+	아이구 설움담담 어이하나	한국구비문학대계

위에서 정리된 서사단락을 바탕으로 꼬댁각시노래의 서사 유형을 정리하면 크게 두 유형으로 정리할 수 있다. 서사의 전개상 시집가기를 기점으로 그 전까지만 있는 유형과 시집을 가서 일어나는 사건이 노래되는 것이

그것이다. 첫 번째 유형은 조실부모하여 고아가 된 꼬댁각시가 삼촌집에 의탁하였으나 삼촌 내외의 구박으로 고된 생활을 하는 것이 주된 내용이다.

A: 꼬댁각시 꼬댁각시 한 살 먹고 어멈 죽고 두 살 먹고 아범 죽고 세 살 먹어 삼촌집이 갔더니만 삼촌한테 설움 받았다(대전시 서구 명동 박노앙(1930), 『민초의 소리』)

B: 꼬대꼬대 꼬대각시 한 살먹어 어매 죽고 두 살 먹어 아배죽고 세 살 먹어 말을 배워 네 살 먹어 걸음배워 오갓집이 갔더니 오삼촌이 마당비로 후려치고 내려치네 일곱 살 먹어 나갔더니 이집저집 돌아다니다 이사람한테 맞구 저 사람한테 맞구 이런 설움 또 있으랴 한술 두슈 두술 두슈 슬프기가 한이 없슈(부여시 은산면 장벌리 성백예(1938), 『부여의 민간신앙』)

C: 꼬댁각시 불쌍허요 시방동이 다안다네 한살 먹어 어맘 죽고 두 살 먹고 아범 죽어 세살 먹어 말을 배워 네 살 먹어 걸음 배고 다섯 살이 삼춘네 집이 찾아가니 삼춘 숙모 거동보소 부지깽이로 날 매치네 삼춘 숙모 거동보소 (청취불능) 입혀서나 (청취불능) 손발이 입혀서나 거늘거늘 내어시네 아이고 답답 설움지고 원통허네(부여군 부여읍 광북리, 김영균 조사 테이프)

전체 꼬댁각시노래 자료를 놓고 볼 때 삼촌 내외의 구박으로 인한 고생까지만 노래되는 자료들은 시집살이까지 노래되는 자료들에 비해 그 길이가 현저히 짧다. 그러나 이 노래의 목적이 방망이 등을 잡고 신이 내리는 목적으로 불린다는 점을 감안한다면 이러한 신에 대한 내력 풀이는 비교적 노래의 목적에 충실하다고 할 수 있다.

위의 세 자료 중 A자료에서는 화자의 어떠한 의견 없이 간단명료하게 꼬댁각시의 고단한 삶이 노래된다. 그러나 B자료에서는 그러한 꼬댁각시의 삶에 대한 화자話者의 논평이 노래의 후반부에 첨가된다. 여기서 화자는 꼬댁각시의 불행이 슬프기가 한이 없다고 하는데, 화자가 꼬댁각시에 대해 그러한 태도를 가지는 것은 꼬댁각시가 겪는 불행에 공감하기 때문이다.

꼬댁각시는 어려서 부모를 여인데다가 현재 그녀가 몸을 의탁하고 있는 곳도 명목만 친척일 뿐, 결코 그녀에게 호의적이지 않다. 꼬댁각시가 처한 상황 연출은 이 노래를 부르는 화자話者들의 경험과 정서가 투영된 결과로 볼 수 있다. 문면을 통해 꼬댁각시의 나이는 대략 10대 중, 후반으로 짐작 가능하다. 이 나이는 전통사회에서 여성들이 결혼을 경험하는 나이이다. 대체로 그녀에게 호의적인 친정과는 달리, 시집에서의 생활은 모든 것이 낯설고 어렵기만하다. 감수성이 예민한 10대 후반에 시집이라는 공간에서 겪는 육체적, 정신적 고통은 여성의 전 생애를 통틀어 가장 험난한 시기 중의 하나로 다가올 뿐만 아니라, 씻을 수 없는 상처가 되었을 것이다. 이러한 화자들의 공통된 경험의 누적이 꼬댁각시의 일생으로 형상화되었다.

C자료의 화자는 앞선 꼬댁각시의 삶이 슬픈 것에서 나아가 서럽고 원통하다고까지 한다. 꼬댁각시의 삶에 대한 감정의 표출이 훨씬 강하고 적극적으로 이루어지고 있다. 앞서 살핀 B자료와 비교할 때 이러한 화자의 감정의 변화는 소리의 구성에 있어서도 변화를 가져온다.

이 소리의 서두에서 화자話者는 '꼬댁각시 불쌍허요'라고 하면서 소리를 시작한다. 이 부분은 이후에 이루어질 노래의 전체적 분위기를 암시하는 기능을 하는데, 이 부분을 통해 이 화자 역시도 꼬댁각시의 고단한 삶에 대해 충분히 공감하고 있음을 알 수 있다. 이러한 꼬댁각시의 불행에 대한 화자의 공감은 두번째 유형의 자료들에서 꼬댁각시의 시집살이와 관련된 부분이 확대 서술되는데 중요한 역할을 한다.

두 번째 유형의 소리를 인용하면 아래와 같다.

> A: 각시 각시 꼬댁각시 불쌍하고 가련하다(중략) 시집 제꺽 가서보니 남편이라 하능 것은 머리 상투 뒤범벅여 부엌이라구 가보닝께 세모 떨어진 상하나다 살강이는 시퍼러 둥둥 사기사발 앞치마를 둘러치구 삼일날이 채똑 그릇 떠들어보니 거미줄만 얼기설기 아무 것두 솥이늘게 하나 없네 뒷동산이 올라가서 음지 쪽이 응고사리 양지쪽이 양고사리 지끈자끈 꺾어다가 볶구지지구 밥을 해서 시금새금 시아번님 구만 주무시구 일어나서 진지 조반 드십시오 에라 이년 싫다 니라 한 밥 안 먹는다(중략) 아니 먹는다 돌아누니 아이구 설음 담담 어찌 허나 (충남 보령군 대천읍

김재희, 한국구비문학대계)

B: 꼬댁각시 불쌍허다 (중략)그걸 먹구 사너라니 나는 슬어 못살겄네 치마 뜯어 바랑 지쿠 속곳 벗어 장삼 지쿠 적삼 벗어 꾀깔 적구 고깔은 머리 씨구 고라장삼 들쳐쓰구 옥황장을 둘러직구 한모랭이 돌어가니 솔낭기루 장자상구 두모랭이 돌어가니 쑥대루 울을 상구 시모랭이 돌어가니 앵달뻘루 붓얼삼어 니모랭이 돌어가니 연못일세 연못일세 꼬댁각시 빠져죽은 연못일세 고락 벗어 물이눟구 장삼벗어 물이 눟구 꾀깔 벗어 물이 씨구 옥황장은 뿐지러 물이눟구 죽었다네 죽었다네 물이 빠져 죽었다네(충남 보령군 주포면 보령리 지문순, 한국구비문학대계)

두 번째 유형의 자료들은 꼬댁각시의 일생을 노래하는 시간에 대한 서술은 상대적으로 축소되면서 꼬댁각시가 현재 처한 시집살이가 반복과 나열의 표현을 통해 확대되어 노래된다. 모든 것이 어렵고 낯설기만 한 꼬댁각시에게 시집식구들은 조금의 관용이나 온정을 베풀어 주지 않는다. 그러한 어려움은 주로 꼬댁각시가 만든 음식을 시댁식구들이 타박하는 것으로 표면화된다.

전체 자료들 중 몇 편의 자료들에서는 그러한 생활을 참지 못하고 끝내 자살을 택하는 자료들이 있다. 꼬댁각시노래에서의 자살은 여느 시집살이 노래에서와 같이 문제를 해결하는 하나의 방식으로 사용된다는 점에서 동일선상에 있으면서도 조금 다른 성격도 가진다.

죽음 전의 꼬댁각시는 여느 여성들과 마찬가지로 현재 그녀에게 가해지는 고통에 어떠한 항변도 내비칠 수 없는 존재였다. 그러나 스스로 죽음을 선택함으로써 기존의 핍박받는 여성이 아닌, 새로운 존재로 거듭나게 된다. 즉 그녀의 죽음 선택은 그녀와 같은 문제를 겪고 있는 사람들의 문제를 해결해줄 수 있는 신神으로 거듭 나는 통과의례적 성격을 갖는 것이다.

마지막으로 전체 17자료 중 2편은 꼬댁각시의 일생, 그에 대한 화자의 논평으로 끝나지 않고, 현재 노래를 하고 있는 상황에서의 강신 기원, 유흥 권유의 내용이 노래된다.[159]

꼬댁가시 한살 먹어 어멈 죽고 (중략) 그럭 저럭 십오세가 먹어진게 시집이라 간다는게 고재낭군 얻어갔네 그러나마 믿고 살라 히었더니 고재낭군 샘일만이 톡 죽네 그려 아이구나 설음 설음지고 이내 설음 또 있으랴/ 연잎 끝이 실렸거든 연춤이나 추어보소 댓잎긑이 실렸거든 대춤이나 추어보소 훨훨이 놀아보소 연춤도 추고 대춤도 추고 솔잎춤도 추고 훨훨이 놀아보세 너도 소년 나도 소년 소년까지 놀아보세(부여시 옥산면 봉산 2리 노매지(1923), 한국민요대전)

위에서 보듯 꼬댁각시의 고단한 삶과 화자의 논평에 이어 꼬댁각시에 대한 강신 기원, 모인 사람들에 대한 유흥 권유가 노래되었다. 위 자료와 같이 자료의 마지막 부분에 두 가지의 내용이 덧붙는 자료가 극소수에 해당하므로 이 양상이 뛰어난 가창자에 의해 일시적으로 생겨난 현상은 아닐까 생각해 볼 수도 있다.

그러나 마지막에 덧붙은 내용이 꼬댁각시노래의 구연 목적이나 전체 노래의 분위기와 크게 어긋나지 않고, 무엇보다 청신請神을 하면서 신의 내력을 푸는 것은 곧 소원을 들어주는 존재인 신을 즐겁게 하는 행위이고, 신이 즐거우면 결과적으로 문제 해결을 바라는 사람들도 즐겁다는 점을 감안하면 위와 같은 상황 연출이 자연스럽다고 판단된다. 즉 문면에서 강신 기원으로 인해 사람들이 해결하고자 했던 문제가 해결되었다고 가정하면, 마지막에 노래되는 "~놀아보세"라고 하는 내용이 자연스럽게 이어질 수 있는 것이다. 그리고 이러한 강신 기원 및 유흥 권유 등 두 가지 이상의 내용이 한 소리에서 노래되는 것은 꼬댁각시노래의 다양한 구연 목적을 보여주는 예이기도 한데, 이에 대해서는 4장에서 재론하기로 한다.

서사를 중심으로 유형을 나눌 때 꼬댁각시노래는 시집 가기 전까지 노래되는 것과 시집 이후 시집살이가 확대 서술되는 것으로 나눌 수 있다. 이

159 이러한 형식의 두 자료 중 한 자료는 남성에 의해, 다른 한 자료는 여성에 의해 불렀는데 남성 구연자의 경우 같은 마을의 여성이 하는 것을 듣고 배웠다고 하므로 이 글에서는 일단 논외로 하기로 한다.

두 유형 중 첫 번째 유형, 즉 꼬대각시라고 하는 한 여성의 고단한 삶이 단편적으로 노래되는 것이 두 번째 유형보다 먼저 생겨났을 것으로 추정된다. 그렇게 마련된 꼬대각시의 삶에 점차 화자들의 감정 이입이 일어나면서 그녀가 겪는 시집살이의 내용이 길게 노래되었을 것이다.

3) 꼬대각시노래의 유형 비교

(1) 의례儀禮의 비교-'봉아봉아 천지봉아' 류

전국에서 여성들에 의해 방망이 점을 치면서 강신을 기원하며 부르는 것은 앞서 살핀 충남 지역 중심의 꼬대각시노래와 강원지역 중심의 봉아봉아 천지봉아 노래 등이 있다. 강원지역에서는 금반지 등 귀한 물건을 잃어버렸거나 처녀 총각의 좋은 결혼 날짜 등 궁금한 것이 있을 때, 그리고 단순 유희를 목적으로 여자들이 둥글게 앉고, 강신이 가능한 여성이 방망이를 잡고 '봉아봉아 천지봉아'노래를 불렀다. 이 소리의 구연 상황은 혼자 있을 때 보다는 둘게 삼을 삼는 등 주로 여자들이 많이 모였을 때이다. 특정 목적 및 단순 유희를 목적으로 하는 것은 앞서 살핀 충청지역의 꼬대각시노래와 크게 다르지 않다.

현재까지 조사된 10편의 '봉아봉아 천지봉아' 류의 노래의 내용 구성은 대부분의 자료가 신神에 대한 직접적 호칭에 이은 신의 강림을 기원하는 것으로 이루어진다. 다만 자료에 따라 신에 대한 호칭이 다르게 나타나는 것이 자료별로 다르게 나타나는 점이다.

A: 박달방망이 귀도 밝고 박달방망이 영특하다 박달 방망이 귀도 밝고 박달 방망이 영특하다 왼팔로 올라서 오른팔로 설설이 내립소사(강원도 횡성군 안흥면 상안 1리 박노정, 『안흥사람들의 삶과 문화』)

B: 봉아봉아 천지봉아 역마람에 대장봉아 님이 신령 하실 적에 어리설설 내립시오 봉아 봉아 천지봉아 역마람에 대장봉아 님이신령 하실 적에 어리설설 내립소서(강릉시 강동면 언별 2리 김옥근(여, 1924), 『강원의 민요』 Ⅱ)

A자료는 한 손에 잡은 방망이에 대한 직접적 호칭과 강신 기원으로 구성되었다. 여기서의 박달방망이는 단지 신이 내리는 매개체에 불과할 뿐 그 자체로 신으로 인식되는 것은 아니다. 화자가 박달방망이가 귀도 밝고 영특하다고 하는 것은 원활한 강신을 위해 노래되는 것일 뿐이다. 그런 점에서 위 자료와 같이 화자가 쥐고 있는 나무가 직접적으로 언급되는 자료들의 경우 강림하는 신은 문면에 나타나지 않는다. 이는 충남지역의 꼬댁각시노래와 비교할 때 화자들이 강신하는 신의 존재나 의미에 대해 큰 관심을 두지 않고 있다는 것을 의미한다.

B자료에서는 A자료와 같이 대상 자체인 '박달방망이'와 같이 강신 매개체에 대한 직접적 호칭이 아닌, 천지봉, 대장봉이라는 호칭이 사용된다. 여기서의 천지봉, 대장봉은 현재 화자가 쥐고 있는 방망이이기도 하면서, 동시에 강림하는 신을 지칭한다. 즉 B자료 화자는 강림을 해서 자신들의 궁금해하는 문제를 해결해주는 존재를 어떠한 의미로든 형상화하고자 하였고 그 결과 천지봉, 대장봉이라고 하는 용어가 만들어지게 된 것이다. 이 노래의 대표 명칭이 '봉아봉아 천지봉아'인 것에서 보듯이 천지봉은 거의 모든 자료에서 신神의 명칭으로 쓰인다.

봉아봉아 천지봉아 노래의 대부분을 차지하는 두 번째 유형의 자료들 중에서는 내용 구성에 있어 중간에 여러 신장神將의 나열이 삽입된 자료들이 있다.

> 봉아 봉아 천지봉아 용바람에 대장고야 어깨 짚고 소매 짚고 어리설설 너려주소 이공태자 함태자 이금불상 기영초 삼금민마 조자래 상칠강모 황강모 오관천장 관운장 육구민마 진서왕 칠검칠검 제갈령 팔금푼조 초패왕 구연진사 한삼오 백자춘하 공부자 억자만세 조작세 천리만리 석시리 강재해주시사(강원도 명주군 강동면 금진리 김금분(1925), 한국민요대전)

> 봉아 봉아 천지봉아 용바람에 대장봉아 일금태자 한태자 이금불사 기명초 삼금민마 조잘룡 사칠공부 황공부 오관천장 관운장 육구민마 진시황 칠금칠시 제갈유 설설이 강림하사 (강원도 삼척시 가곡면 오저리 한숙자(1932), 삼

척민속지)

위에서 보듯 신장神將의 나열은 노래의 중반 혹은 후반부에 삽입되어 기존의 노래와 큰 거부감 없이 노래된다. 이와 같은 신명 나열의 삽입 이유를 앞서 살핀 B 자료와의 연관성 속에서 찾아보면 천지봉, 대장봉 등으로 이루어진 신의 형상화가 여러 신장의 나열을 통해 더욱 구체적이고 확고하게 되는 효과를 가져 온다고 할 수 있다. 즉 이 노래를 부르는 사람들의 입장에서는 강신 기원과 관련된 별다른 사설이 없는 상황에서 강림하는 신의 형상화가 가시적이고 직접적으로 노래되면 노래될수록 자신들의 바라는 바가 그 신의 존재가 불명확할 때보다 수월하게 전달될 수 있을 것이라 여길 것이다.

위 자료군과 꼬댁각시노래의 구연 상황을 비교함으로써 꼬댁각시노래가 첫 번째 유형에서 두 번째 유형으로 옮겨갈 수 있었던 추동력을 알 수 있다. 즉 꼬댁각시노래의 경우 구연 목적의 다양성으로 인해 꼬댁각시의 불행한 삶이 장편화되거나 꼬댁각시의 삶 속에 노래하는 이의 삶이 녹아들 수 있는 여지가 확보되었던 것이다.

그런데 위 자료에 삽입된 여러 신장의 나열이 강원지역의 독경에서도 불린다는 제보가 있어 주목된다.[160] 물론, 독경에서의 신장의 기능이나 목적과 같을 수는 없겠지만, 이는 강원지역 방망이점 소리의 일종인 '봉아봉아 천지봉아' 노래와 그 지역의 독경무讀經巫인 복술에 의해 주관되는 무속과의 연관성을 시사한다.[161] 이에 대해선 4장에서 재론하기로 한다.

(2) 서사敍事의 비교-'한살 먹어 어마 죽고' 류

영남지역에서 주로 채록된 '한살 먹어 어마 죽고'류의 시집살이노래는

160 2005년 5월 16일 강원도 삼척시 미로면 내미로리 쉰움산 산멕이에서 3대代째 독경 일을 하고 있는 김동철(1948) 복재와의 인터뷰를 통해 조사하였다.

161 무속 의례에서 전문가에 의해 행해지는 대잡이와 민간에서 일반인에 의해 행해지는 대잡이와의 관계는 그 양상이 단순치 않으므로 다각도의 논의가 필요하다.

주로 여성들이 모여서 놀 때나 길쌈을 할 때 혹은 밭을 맬 때 불려졌다. 이 자료군은 꼬댁각시노래와 조실부모, 삼촌집 의탁, 삼촌 내외의 구박, 시집살이 등의 서사 단락을 공유하고 있다. 따라서 여기서는 이 노래에서의 서사 단락의 양상이 꼬댁각시노래와 어떻게 같고 다르고, 그 이유가 무엇인지 살펴보고자 한다. 이 자료군과의 비교를 통해 꼬댁각시노래 서사의 의미를 보다 명확히 할 수 있을 것으로 기대한다.

> 한살 먹어 어머니 돌아가시고 두 살먹어 아버지 돌아가시고 세살 먹어 걸음 배워 네살 먹어 말배워 다서살 먹어 작은집엘 찾어가니 (중략) 호박밭에 가서 호박따서 나물해놓고 산에 가서 나물뜯어다가 무쳐놓고 밥을 지어 시엄시엄 시아버지 고만고만 주무시고 세수단장 하시고 밥상 받으시오 에라요년 고만둬라 (중략) 머슴살이 시집살이 금강산에 돌도 많고 은강산이 깊기도 하다 맨발로 뛰어나가 윗도리를 벗어서 발싸요 손싸요 오색치마 벗어 머리싸여 강물속으로 빠졌소 덤벙 빠져서 죽었습니다(강원도 홍천군 내면 자운 2리 조정자(1939), 강원의 민요 Ⅰ)

위의 인용 자료는 꼬댁각시노래와 같은 서사 구조를 보인다. 시집에서 겪는 문제 역시 주인물이 만든 음식에 대한 식구들의 타박이다. 두 자료 모두 시집 오기 전까지의 시간에 대한 서술은 현재의 공간에서 겪는 어려움을 배가시키는 역할을 한다. 위의 자료에서도 주인물은 어려운 살림에 나름대로 좋은 음식을 만들고자 했으나 오히려 시댁식구들에게 '니가 한 밥 안먹는다'든지, '니가 안해줘도 여태 먹고 살았다'고 하면서 주인물의 고통을 배가시킨다. 그런 점에서 꼬댁각시노래나 '한 살 먹어 어마 죽고'류의 시집살이노래 모두 시집에서 겪는 고립감이 가장 큰 고통의 원인이 된다.

꼬댁각시노래와 달리 시집살이노래는 화자가 제3자를 등장시켜 노래하지 않고, '애고 답답 내 신세야'라는 표현에서 보듯 전반적인 서술이 1인칭 독백조로 진행된다. 따라서 노래되는 고통은 현재 화자가 겪고 있는 인식되면서 그 고통의 강도가 꼬댁각시노래에 비해 훨씬 밀착되고 절실하다.

위의 인용 자료는 주인물이 만든 음식에 대한 시댁식구들의 타박이 주된 사건이지만 다른 자료들에서는 시집에서 주인물이 겪는 문제는 고된 노동이나 비인간적인 대우 등으로 다양하고, 그로 인한 결말 역시도 다양하게 나타난다. 이렇게 시집에서 일어나는 사건들이 꼬댁각시노래에 비해 다양하게 노래되는 것은 이 노래가 1인칭 독백조로 노래됨으로써 시집에서 여성들이 겪는 여러 가지의 상황에 대한 비판적 거리가 훨씬 강하게 그려지기 때문이다.[162] 즉, 화자의 경험이 노래에 투영되기는 꼬댁각시노래나 '한 살 먹어 어마 죽고'류의 시집살이노래가 마찬가지이지만 서술방식의 차이로 말미암아 그 양상이 다르게 나타났다고 할 수 있다. 아울러 소리 외적인 면에서 보면 '한살 먹어 어마 죽고'류의 시집살이노래는 의례라고 하는 목적에 묶여 있지 않다는 점, 그리고 신이 내릴 수 있는 이만 부르는 것이 아닌, 아무나 부를 수 있다는 점도 서사의 형태가 다양하게 나타나는 원인이 되었다.

이 형태의 시집살이노래는 다른 유형의 자료군과의 결합하면서 새로운 형태의 노래를 산출하기도 한다.

A: 세 살 먹어 아바이 죽고 다섯 살 먹어 어마이 죽고 외갓집에 가이까네 외삼촌은 내외삼촌이나 외숙모설움에 못살고(중략)앞집에 선부네와 뒷집에 선부네 다오는데 어찌 저거 선부 안오는가 앞집에 선부네야 뒷집에 서부네야 우리선부 안오더나 오기는 온다마는 칠성판에 실려오네〈그래 선부님 죽어와가지고 그래 시어마이 시아바이 어찌 독한지 시집을 못살아서〉 열두폭 처매를 내가 한폭 뜯어 고깔 짓고 한폭 뜯어 바랑짓고 한폭 뜯어 행건짓고 한폭 뜯어 장삼 짓고 들고들고 목탁 들고 치고치고 행건치고 지고지고 바랑지고 씌고씌고 꼬깔 씌고 절로 절로 들어가주 눈물짓고 살더란다(부산시 금정구 두구동 죽전 강두이(1921), 부산민요집성)

B: 에이야라차/한 살 묵어 애비죽고 두 살 먹어 어미죽고/에이야라차/ 세 살 묵어 할무이 죽고 네 살 묵어 할부지 죽고/ 에이야라차/ 올때 갈 때 없어

---

162 이와 같은 의견은 시집살이노래에 대한 선행연구에서도 지적된 바 있다.
강진옥, 「서사민요에 나타나는 여성인물의 현실대응양상과 그 의미」, 『구비문학연구』 제9집, 한국구비문학회, 1999.
서영숙, 「서사민요의 연행예술적 서술방식」, 『한국민요학』 제7집, 한국민요학회, 1999.

서로 삼촌집을 찾어가니/ 에이야라차/ 삼촌은 디리차고 숙모는 내찹디다/ 에이야라차/ 한 살 두 살 넘어가서 삼십이 넘은 후에 장가를 가자하니 앞집에는 궁합보고 뒷집에는 책력보고 궁합에도 몬갈장개 책력에도 몬갈장개/ 에이야라차/ 한골 한등 넘어가니 까막간치가 질 밑에서 툭 튀어 올라오데 이것도 참 재변이네/ 에이야라차/ 또 한골 넘어가니 절 밑에 있던 노리새끼 질 우거로 뛰어올라 이것도 참 재변이네 이네 팔짜 이뿐인가(경남 거제군 연초면 오비리 손찬언(1916), 한국구비문학대계 8-1)

A자료에서는 기존의 서사민요에 조실부모, 삼촌집 의탁, 삼촌 내외의 구박 화소가 결합하였다. 앞서 살핀 것처럼 이 자료에서도 조실부모로 이어지는 화소는 주인물의 비극을 보다 강화하는 역할을 한다. 이러한 현상은 위의 자료 외에 액운애기, 은잔 깨트린 며느리, 이선달네 맏딸애기 등의 서사민요에서 공통적으로 나타난다. 이 자료들은 각기 내용은 다르지만 가창자의 성별이나 구연 상황이나 목적 등은 다르지 않다.

B자료는 가창자의 성별과 기능이 위에서 살핀 소리들과 다르다. 이 소리는 땅을 다질 때 선후창으로 주로 불리고 상황에 따라 놀 때도 불려진다. 이 소리에서도 조실부모에서 이어지는 주인공의 고난은 주인물의 비극적인 삶을 말하기 위한 도구로 사용되고 있다. 다만 소리의 분위기가 비극적이지 않고 희극적이라는 점이 앞선 소리들과 다르다.

여성에 의해 구연되는 민요 중에는 공통된 서사단락 외에 화자와 주인물과의 관계 등의 면에서 꼬댁각시와 비교 가능한 자료도 있다. 앞서 살폈듯이 꼬댁각시노래는 꼬댁각시의 불우한 삶을 노래하지만 꼬댁각시라는 제3자를 등장시켜 화자가 표출하고자 하는 바를 노래하는 것이 특징이다. 이렇게 노래의 서사적 맥락을 최소화시키면서 특정 인물의 현재의 상황을 부각시켜 화자의 심회가 부각되는 것은 다른 여성 민요인 타박네민요에서도 동일하게 나타난다.

전국적으로 분포하되, 특히 강원지역에서 많이 채록된 타박네민요는 엄마 젖을 먹기 위해 울고 가는 주인물인 타박네와 숨은 화자와의 문답에 의해 진행된다. 이 노래는 자료에 따라 가감의 차이가 있긴 하지만 공통적으로 타박네의 고난(어머니의 부재)에서 시작되어 '해결 시도, 문제 제시, 해결 시도, 해결 제시, 해결 거부 혹은 해결'의 구조를 보인다. 화자는 배가 고파 어머니 젖을 먹기 위해 울고 가고 있는 어린 소녀인 타박네를 불러 세워놓고 타박네의 입을 통해 자신의 심회를 표현한다.

요컨대 타박네민요는 꼬댁각시노래와 비교할 때 주인물이 10대 후반의 어린 소녀라는 점, 조실부모했으며 현재 곤란을 겪고 있다는 점 등이 동일하며 그러한 주인물에 대한 화자의 공감에 따른 화자의 심회 토로가 유사하다. 여성에 의해 구연되는 '한살 먹어 어마 죽고'류의 시집살이노래, 타박네 민요와의 비교를 통해 꼬댁각시노래의 서사적 성격 및 주인물과 화자와의 관계가 다른 여성 구연 민요들과 연장선상에 있음을 확인할 수 있다. 다만 꼬댁각시노래는 의례 속에서 특정 목적을 수행하기 위해 강신降神이 가능한 이들에 의해서만 불리기 때문에 각편 및 내용상에 있어 다른 여성 구연 민요들과 차이가 나타나게 되었다.

4) 꼬댁각시노래의 의례儀禮과 서사敍事의 관계

앞 선 장에서는 꼬댁각시노래와 각기 의례와 서사를 공유하는 자료들을 살펴보았다. 이 장에서는 앞서 논의된 결과를 바탕으로 왜 충남지역을 중심으로 꼬댁각시의 고단한 삶의 단면이 의례儀禮 속에서 불리게 되었는지 살펴보고자 한다.

앞서 강원지역의 '봉아봉아 천지봉아' 노래 중 여러 신장이 나열된 부분이 그 지역 무속과 연관이 있다고 말한바 있다. 정신병 치료, 물건 찾기 등과 관계되는 미친굿을 포함하여 독경 의례에서 신장神將은 중요한 역할을 하고, 이러한 신장의 역할은 강원도뿐만 아니라 다른 지역에서도 크게 다르지 않다.

강원지역에서 이루어지는 안택은 대체로 주부가 가을떡을 마련해서 성주를 위해 마루 혹은 부뚜막에, 조왕을 위해 솥뚜껑 등에 차려놓고 비손을 하는 것으로 이루어진다. 그리고 집의 상황이나 사정에 따라 정성을 더

드리고 싶으면 복술을 불러 독경을 하기도 하였다. 독경을 마치고 사람들의 뜻이 잘 전달되었는지 확인하기 위해 대를 잡을 때에는 복술이 직접 대를 잡지 않고 복술과 같이 다니면서 전문적으로 대를 잡는 이나 그 마을에서 대를 잡는 이가 한다. '봉아봉아 천지봉아' 노래가 전문 사제자가 아닌, 보통 사람에 의해 진행되기는 하지만 강신降神이라고 하는 무속적 현상이 일어나므로 그 지역 무속인에 의해 행해지는 무속과의 연관성은 어찌보면 당연한 것인지도 모른다.

이러한 접근법은 꼬대각시노래에도 적용 가능하다. 먼저, 꼬대각시노래 연구의 선편을 잡은 이현수도 이 노래와 무속과의 연관성을 지적된 바가 있다. 그러나 그는 충남지역을 중심으로 나타나는 꼬대각시노래를 호남지방의 씻김굿과 연결 지어 논의하였다. 크게 보면 두 자료간의 공통점이 없는 것도 아니나 두 자료와의 연관성을 논의하기에는 그 논리적 고리가 약한 것이 사실이다.

유독 충남지역을 중심으로 꼬대각시노래가 불리는 이유를 밝히기 위해선 이 지역 여성들이 중심이 되되, 꼬대각시노래의 의례와 관련이 있는 무속 현상에 주목해야 할 것이다. 이와 관련하여 충남에서는 주로 정초나 시월상달에 각 집안의 여성을 중심으로 재수굿의 일종이라 할 수 있는 안택이 이루어지고 있다. 이러한 안택은 부엌에서 조왕경을 읽는 것에서 시작하여, 장독대에서 당산경堂山經, 우물에서 용왕경龍王經, 외양간에서 우마경牛馬經, 안방에서 성주경城主經, 조상경祖上經, 삼신경三神經을 읽고 성주 받기를 한 다음 뒷전에 해당하는 내전內奠의 순서로 이루어진다.[163]

위의 안택 재차 중에서 성주를 받을 때 성주대에게 안택 정성을 잘 받고 안정되었는지 묻고 답할 때 꼬대각시와 같이 대를 잡게 된다. 그리고 충남

163 충남지역의 안택의 순서에 대해서는 아래의 책을 참조하였다.
이필영, 「가을떡과 안택」, 『한국문화연구』 제1집, 이화여자대학교 한국문화연구원, 2001.
이필영, 『부여의 민간신앙』, 부여문화원, 2001.

에서 평생 독경 일을 해온 이들과의 인터뷰에 의하면 신의 뜻을 아는 방법으론 신장가림과 대가림, 그리고 조왕가림이 있는데, 신장가림은 병굿 등의 목적으로 행해지는 미친굿과 같은 굿에서 남자에 의해 행해지고, 대가림과 조왕가림은 안택에서 남녀의 성 구분이 따로 정해져있는 아니나, 주로 여자에 의해 행해진다고 하였다. 안택의 경우 대가림은 안방에서, 조왕가림은 부엌에서 하는데 두 가림에서 나온 결과가 일치해야 신의 뜻이 올바르게 전해졌다고 여긴다.[164]

주지하듯이, 경객이 굿을 주재하는 사제자이기는 하기는 하나 그가 강신降神을 통해 신의 의사를 알 수는 없다. 따라서 신神의 의사를 대신 전달받아야 할 존재가 필요하게 된다. 이러한 일은 아무나 할 수 있는 것은 아니고, 마을에서 신이 잘 내리는 아주머니나 할머니가 주로 맡게 된다. 신이 잘 내리는 사람은 자신의 집 안택을 비롯하여 수시로 남의 집 안택 때마다 불려 다니면서 대를 잡아준다.

다른 지역도 마찬가지이지만 충남지역에서도 안택이 활발하게 전승된다. 이러한 안택에서 행해지는 대가림, 조왕가림에서 여성이 대를 잡고 강신을 경험한다는 점에서 꼬대각시노래의 의례적 배경과 연결될 여지가 있다.

먼저 안택에서의 대가림, 조왕가림과 꼬대각시노래가 불리는 상황을 비교하면 전자의 경우 경객이라는 사제자에 의해 의례가 진행되므로 여성은 어디까지나 보조적 존재일 수밖에 없다. 강신의 기원과 관계되는 모든 행위 역시 사제자에 의해 이루어지므로 여성은 단지 대를 잡고 있으면 된다.

반면 꼬대각시노래의 구연 상황은 이와는 조금 다르다. 일단 꼬대각시노래가 불리는 상황은 여성들이 자발적으로 어떠한 목적을 가지고 만들어지는 자리이다. 대를 잡는 사람은 한 사람이지만 여러 사람들이 둘러 앉아

---

164 대가림, 조왕가림과 관련하여 조사한 경객經客은 아래와 같다.
충남 부여시 규암면 석우리 송병준(1929) 2003.9.27, 자택 현지조사.
충남 청양군 화생면 수정리 이필화(1939), 2004.12.25~26, 수원 독바위굿당 현지조사.
충남 청양군 비봉면 방한리 임철호(1935), 상동.

있으므로 또래 여성 전체의 공감대가 형성된다. 이러한 분위기를 통해 강신降神을 위해 불리는 꼬댁각시노래는 자연스럽게 그 자리에 모인 여성들이 바람이나 표현하고자 하는 욕구가 발현될 여지가 마련된다.

시집살이라고 하는, 같은 시기에 결코 행복하다고 할 수 없는 경험을 공유하는 여성들이 모인 자리에서 특정 의례를 목적으로 불리는 꼬댁각시의 일생은 청신請神의 기능과 함께 오신娛神의 기능까지 하게 된다. 신의 내력이 잘 풀어져서 신이 기뻐한다는 것은 곧 사람들이 소원하는 바를 잘 들었다는 것을 의미한다. 이는 결과적으로 사람들이 기뻐하는 것으로 이어진다. 그런 점에서 이 노래는 단지 강신을 목적으로 하는 노래에서 벗어나 꼬댁각시노래를 하거나 듣는 사람들의 신명풀이로 나아갈 수 있었다.

앞서도 잠시 언급되었지만 서사민요가 의례에서 불리는 것은 그리 흔한 사례가 아니다. 그런데 서사민요 중에는 남성에 의해 의례 속에서 구연되는 자료군이 있다. 영남지역을 중심으로 농악대 상쇠에 의해 불리는 성주풀이 중 서사가 노래되는 자료군이 그것이다.[165] 이러한 성주풀이 중 서사형敍事形에서 성주는 갓 시집온 아내에게 소박을 한 결과 부친의 지시에 따라 황토섬으로 귀양을 떠난 뒤 온갖 고생을 겪는다. 그렇게 몇 년을 보내고 가정으로 복귀하여 장수를 누린 뒤 가정 내 최고신으로 좌정坐定한다. 성주풀이 서사형은 정초 지신밟기에서 성주의 가옥 최고신으로서의 신성함을 높임과 동시에 한 해동안 집안이 평안하기를 바라는 마음에서 불리는 점을 보면 갈등보다는 화합을 중요하게 여겨져야 한다.

꼬댁각시노래와 마찬가지로 성주풀이 서사형에서도 가정 내 며느리의 이입으로 인한 가정 갈등이 중심 사건이다. 다만 성주풀이 서사형은 남성의 시각에 의해 한 해의 평안과 안정을 기원하며 불리므로 남성인 성주가

---

165 이 자료군에 대해서는 아래 논문에서 다룬바 있다.
졸고, 「성주풀이의 서사민요敍事民謠적 성격」, 『한국민요학』 제14집, 한국민요학회, 2004.

자신의 잘못을 뉘우침으로서 갈등이 해소되고, 노래의 결말 역시 해피엔딩으로 끝난다. 그러나 꼬댁각시노래에서 주인물(새댁)이 겪는 갈등은 시집 식구 대 주인물의 양상으로 나타날 뿐만 아니라, 문제 해결의 실마리 역시 시집 식구들이 쥐고 있기 때문에 아무리 주인물이 문제를 해결하려 해도 갈등은 해소될 수 없다. 꼬댁각시노래는 주인물이 겪는 일상적이고 구체적인 사안들이 일상적 언어를 통해 직접적으로 표출된다. 이러한 언술이 가능한 것은 이 노래가 여성들만이 모인 한정된 공간에서 이루어지기 때문이다. 서사민요이면서 의례에서 불리는 성주풀이 서사형과의 비교를 통해 꼬댁각시노래의 구연 목적 및 상황이 의례와 서사의 결합 요인에 중요한 요인이 됨을 알 수 있다.

꼬댁각시의 일생은 일상에서의 소소한 문제를 해결하기 위해서, 혹은 특별한 목적 없이 단순 유흥을 위해 불리기도 하였다. 이러한 다양한 구연 목적 역시도 꼬댁각시의 일생이 일정한 서사의 형태를 가지게 되는 원천 중의 하나가 된다. '봉아봉아 천지봉아' 류는 꼬댁각시노래와 구연 상황은 비슷하지만 이 소리의 배경이 되는 안택 때의 대잡이가 주로 남성에 의해 이루어진다는 점이 이 소리의 내용이 신명의 나열 등을 넘어서지 못하는 이유 중의 하나가 되었다. '한 살 먹어 어마죽고' 류의 시집살이노래의 경우 의례적 목적이 없이, 다양한 상황에서 불리다 보니 다양한 서사 형태가 산출되고 다른 서사민요와의 결합도 용이하였다.

이상에서 논의된 결과를 정리하면, 충남지역에서 시월상달의 안택에서의 대잡이 전통이 꼬댁각시노래가 만들어지는 의례적 바탕이 되었다. 다른 지역에서도 경객에 의한 안택이 이루어지지 않는 것은 아니지만 이 지역에서는 대잡이가 주로 여성에 의해 이루어졌다. 이러한 대잡이 전통 위에서 동일한 경험을 공유하는 여성 스스로가 문제를 해결하기 위해 그들만의 자리를 마련하게 되었고 단일 목적만이 아닌, 다양한 목적-어떠한 문제를 해결하기 위해서 혹은 유흥을 즐기기 위해서-하에서 이 소리를 부름으로서 소리에서의 의례와 서사가 결합하게 되었다.

5) 맺음말

꼬대각시노래는 여성들이 궁금한 것들을 물어보거나 잃어버린 물건 등을 찾기 위해 빨래방망이나 대나무 가지 등에 신神이 내리게 할 목적으로, 혹은 신을 내리게 해서 즐겁게 놀기 위한 목적으로 부르는 노래이다. 이 소리에 대해 기존 연구에서는 자료의 전체적 양상 및 구연 상황 등을 충분히 살피지 못하고, 다른 갈래와의 연관성 속에서 이 노래의 성격을 규명하는 것 등이 문제점으로 파악되었다. 따라서 본고에서는 기존에 채록된 꼬대각시노래의 구연 상황 및 서사 단락을 정리한 뒤 꼬대각시노래의 의례儀禮와 서사敍事의 성격을 보다 명확히 이해하기 위해 이 노래와 각각 의례와 서사를 공유하는 강원지역을 중심으로 채록된 '봉아봉아 천지봉아'노래와 영남지역을 중심으로 채록된 '한 살 먹어 어마 죽고'로 시작되는 시집살이노래를 살폈다.

논의 결과, 꼬대각시노래가 한정된 공간에서 여성들이 자발적으로 어떠한 목적을 가지고 부른다는 점, 대를 잡는 사람은 한 사람이지만 여러 사람들이 둘러 앉아 있으므로 또래 여성 전체의 공감대가 형성된다는 점 등이 이 소리의 의례와 소리가 결합하게 된 원인이 되었다. 그리고 충남지역에서 특히 많이 이루어진 시월상달의 안택에서의 대잡이 전통은 이 소리의 형성 및 지역과의 연관성을 이해하는데 중요한 열쇠가 되었다.

마지막으로 꼬대각시의 일생은 일상에서의 소소한 문제를 해결하기 위해서, 혹은 특별한 목적 없이 단순 유흥을 위해 불리기도 하였다. 이러한 다양한 구연 목적 역시도 꼬대각시의 일생이 일정한 서사의 형태를 가지게 되는 주요 원천이 되는데, 강원지역의 봉아봉아 천지봉아 노래는 구연 상황은 꼬대각시노래와 동일하지만 대잡이의 배경이 되는 안택에서의 대잡이가 주로 남성에 의해 이루어진 관계로 일정한 서사를 갖지 못하고 신명의 나열만이 노래되었다. 그리고 영남지역의 '한 살 먹어 어마죽고'류의 시집살이노래의 경우 의례적 목적이 없이, 다양한 상황에서 여러 가창자들에 의해 불리다 보니 다양한 각편 및 다른 자료와의 결합이 용이하게 이루어졌다.

동물노래의 형상화 방법과 여성민요적 의의

1) 머리말

민요民謠 중에는 사슴, 개, 노루, 소 등의 포유류, 비둘기, 꿩, 닭, 종금새 등의 조류, 두꺼비, 개구리 등의 파충류, 징거미, 거미, 이, 나비 등의 곤충, 호박, 담배씨 등의 식물 등 일상에서 흔히 볼 수 있는 소재를 노래의 주요 재재로 다룬 것들이 다수 존재한다. 이러한 대상을 소재로 한 노래들 중에는 개타령이나 나비노래처럼 사설 구성의 차이가 거의 없이 일정한 패턴을 보이는 자료들이 있는가하면, 동물이나 곤충 등의 소재가 시적 화자와 다양한 관계를 맺으며 노래를 이끌어 가는데 중요한 역할을 하는 것들도 있다.

동물이나 식물, 곤충 소재 민요들 중 논의는 주로 동물노래를 중심으로 이루어져 왔다. 먼저, 최광진은 우리나라 전래 동물노래의 문학적 특성을 살피기 위해 이 노래를 소재별, 수용자별, 시대별로 나누고, 주요 노래들을 내용, 표현, 기능면에서 분석하였다.[166] 그 결과, 가창자들은 동물노래를 통해 자신의 심회를 표현하고, 동물에 비친 인간은 침략자, 가해자이면서 동물은 수난자의 입장을 가진다고 하였다. 그의 논의는 동물노래의 사설을 소재별로 분석하고 그 의미를 찾고자 한 첫 논의라는 점에서 의의가 있다. 그러나 가창자가 노래에 등장하는 소재를 통해 드러낸 심회 표현들이 어떤 의의가 있으며, 그것이 식물노래나 곤충노래와 어떤 관계에 있는지에 대해서는 논의가 제대로 이루어지지 않았다.

정규식은 문학작품에 나타난 동물성動物性의 의미를 탐색하기 위한 일환으로 민요에 형상화된 동물에 대한 인간의 시선에 대해 살폈다.[167] 그는 동물의 성격-반려동물, 사육동물, 야생동물-에 따라 동물민요의 양상이

---

166 최광진, 「한국 동물요의 연구」, 한양대학교 교육대학원 석사학위논문, 1987.

167 정규식, 「민요 사설에 형상화된 동물에 대한 인식」, 『한국민요학』 제24집, 한국민요학회, 2008.

정해진다고 하면서, 사람은 사육동물에 대해서는 점유와 이용, 친밀한 관계, 야생동물에 대해서는 대립과 갈등, 협력과 공존의 시각을 가진다고 하였다.

사람과 동물과의 현실적 관계가 동물노래에 영향을 미치지 않는 것은 아니다. 그러나 각각의 동물노래들을 살펴보면, 사육동물이라고 해서 모두 점유와 친밀 관계만 있는 것은 아니고, 그것은 야생동물 역시 마찬가지이다. 즉, 그의 논의는 민요 자체보다는 동물성의 의미 파악을 초점을 맞추다 보니, 각 노래들의 분석에 있어 밖으로 드러난 부분에만 치중하여 논의한 대목이 많았고, 민요民謠와 동요童謠 자료들의 갈래적 속성이 무시된 채 한 자리에서 다루다 보니 각편별 해석에 있어서도 재론의 여지가 다수 존재하였다.

본고에서는 기존 동물민요 연구사에서 개별 동물민요에 대한 면밀한 분석 및 관련 자료와의 연관성 등이 제대로 논의지지 않았다고 판단하고, 우리나라에서 전래되는 동물노래들 중 자료 분포가 비교적 넓고, 사설 구성이 다양하게 나타나는 두꺼비노래, 사슴노래, 닭노래를 대상으로 이 자료들의 사설 구성을 중심으로 분석하고자 한다. 그런 뒤 식물노래, 곤충노래와의 비교를 통해 이 노래들의 특징을 보다 명확히 하고자 한다. 특히, 동 · 식물, 곤충노래들은 대부분 여성들에 의해 노동이나 유희공간 등에서 여러 가지 기능을 담당하며 불렸다는 공통점이 있다. 따라서, 결론부분에서는 각각의 노래에 대한 분석 결과를 바탕으로 동물노래의 여성민요적 의의에 대해서도 살펴보고자 한다.

2) 동물노래의 사설 구성

(1) 두꺼비노래: 외양 묘사 통한 유희성 획득

지금까지 여러 연구자들에 의해 채록, 보고된 두꺼비노래를 지역과 각편수를 제시하면 아래 표와 같다.[168] 경북 성주를 제외하고는 지역별로 한 편씩 밖에 채록되지 않았으나 중남부지역을 중심으로 여러 지역에서 나타나는 것으로 보아 채록만 되지 않았을 뿐 보다 많은 지역에 분포했을 것으로 추정 가능하다.

	경기	충청	전북	전남	경북	경남	강원	제주	기타
두꺼비노래	·	대덕(1)	고창(1)	보성(1)	성주(2)	의령(1)	·	·	·
	·	부여(1)	정읍(1)	화순(1)	·	·	·	·	·
	·	공주(1)	·	·	·	·	·	·	·

두꺼비노래는 각편에 따른 사설 구성 양상이 크게 다르지 않은 편이다. 전체 노래들 중 가장 일반적으로 나타나는 형태를 제시하면 아래와 같다.

> 뚜꺼바 뚜꺼바 니 등글이는 어찌 그리 꺼끌해/ 전라감사 살을 적에 껏보리 쇠죽을 하도 먹어 시방까지 꺼끌해/ 뚜꺼바 뚜꺼바 니 다리는 어찌 그리 자룹나/ 전라감사 살을 적에 안장 없는 말을 하도 타서 시방까지 자룹네 (중략) 뚜꺼바 뚜꺼바 니 눈꾸먹은 어찌 그리 붉나/ 전라감사 살을 적에 기상첩을 쳐다봤더니 눈꾸먹을 찔러버려 시방까지도 붉네/ 뚜꺼바 뚜꺼바 니 입은 어찌 그리 오무렸나/ 전라감사 살을 적에 아전들이 보기 싫어 시방까지 오무렸네 (고창지방, 전북의 민요, 305쪽)

위 각편에서 두꺼비는 자신의 등이 까칠까칠해진 것이 전라감사 시절에 먹은 음식 때문이라 하는 등 동일한 방식으로 자신의 다리, 눈, 입 등이 현재의 상태가 된 이유를 노래한다. 이처럼 대부분의 두꺼비노래는 두꺼비와 시적 화자간의 정형화된 물음과 대답을 통해 노래가 진행된다. 이 노래의 구연 목적은 두꺼비의 외모나 행동 등을 소재로 반복되는 질문과 두꺼비의 우스꽝스러운 대답을 통해 유희성을 확보하는데 있다.

대체로 두꺼비노래에서 시적 화자와 등장 소재인 두꺼비는 대등한 관계

---

168 지면 관계상 본고에서 다루는 자료들의 출처는 참고문헌에서 밝히고자 한다.

를 유지하면서 화자의 시선은 두꺼비의 외양에 머물러 있다. 그러나 위 인용문 속 두꺼비는 개타령이나 나비노래 등의 등장소재와 같이 현실세계에 존재하는 실제 동물로만 머무르지 않는다. 여기서 두꺼비는 음식을 먹고 말을 타거나 기생첩을 보는 등 사람들이 하는 것과 별반 차이가 없다. 그런 점에서 두꺼비노래에서의 두꺼비는 가창자에 의해 자아화自我化된 존재이다. 요컨대, 위 노래는 등장 소재에 대한 시적 화자의 자아화를 통해 사설 구성의 다양화 및 유희성의 강화가 이루어질 수 있었다.

두꺼비노래는 여성 가창자들을 중심으로 불렀다는 점에서 여성 화자의 시각이 투영된 자료들도 있다.

> 두껍아 두껍아 네 몸은 어째 우둘투둘 허느냐/ 한량으 품에 자다가 옴 올라서 그랍니다/ 두껍아 두껍아 니 가슴은 어째 울뚝불뚝 하느냐/ 한량에 품에 자다가 본서방한티 들켜서 울뚝불뚝합니다(일동 웃음)(부여군 충화면 지석리 2구 김점순(1913), 대계 4-5, 931쪽)

대부분의 두꺼비노래에서는 시적 화자와 등장 소재가 일정한 거리를 유지하면서 등장 소재의 외양 묘사에 치중하는 관계로 등장소재의 외모 외의 다른 부분들은 노래의 소재가 되지 못한다. 그러나 위 인용문에서 두꺼비가 못생긴 외모를 갖게 된 이유는 다른 두꺼비노래들과는 조금 다르다. 위에서는 두꺼비가 암컷으로 형상화되면서 한량의 품에 잠을 잤기 때문에 그와 같은 외모를 갖게 되었다고 노래한 것이다. 즉, 가창자와 등장 소재와의 성별의 동일함을 기반으로 등장 소재의 성격을 보다 구체화시키고, 사설도 그에 맞게 바꿈으로써 일반적인 두꺼비노래에 비해 유희성을 한층 강화할 수 있었다.

위 노래 가창자는 누구나 가지고 있을 법한 일탈에 대한 잠재적 욕구를 두꺼비의 입을 통해 유쾌하게 풀어내었다. 그러나 성별만으로는 가창자와 등장 소재와의 거리가 가까워짐에 있어 한계가 있었고, 기본적으로 이 노래는 유희를 목적으로 하다 보니 두꺼비의 외양 묘사라고 하는 전체 두꺼비노래의 틀에서 벗어나지는 못하였다.

(2) 사슴노래: 동일화 통한 카타르시스 표출

사슴노래는 아래 표에서 보듯, 남부지역을 중심으로 분포하고 있다. 지금까지 채록된 사슴노래의 각편을 지역별로 살펴보면 아래 표와 같다.

	경기	충청	전북	전남	경북	경남	강원	제주	기타
사슴노래	·	·	순창(1)	보성(1)	달성(1)	부산(1)	·	·	·
	·	·	부안(1)	강진(1)	안동(1)	고성(1)	·	·	·
	·	·	·	승주(1)	김천(1)	·	·	·	·

사슴노래는 사슴 사냥을 중심으로 사냥꾼과 사슴의 대화를 통해 진행되는데, 시적 화자에 따라 사냥꾼의 시각으로 노래되는 형태와 사슴의 시점에서 노래되는 것이 있다. 먼저, 사냥꾼의 시각에서 노래되는 형태를 제시하면 아래와 같다.

> 사슴아 사슴아 노사슴아 너 잡을라고 관사냥 나간다/ 니가 나 잡아 멋 할라느냐/ 내가 너 잡아 니 껍닥 베껴 평양감사 환도 끈 각 고을 수령들 병도 끝창고직이 열대 끈 포수쟁이 총집내기 활량네님 활끈내기 그 나머지는 처자님네 골미뻰으로 다 나간가(부안군 변산면 도청리 이성녀, 민초들의 옛노래, 305쪽)

위 노래는 사슴 관사냥을 나가는 사냥꾼과 사슴과의 대화로 이루어졌다. 자신을 잡으러 온다는 사냥꾼의 말에 사슴은 자신을 무엇에 쓸 것이냐고 묻는다. 그러자 사냥꾼은 사슴을 사냥해서 그 가죽으로 일상생활에서 여러 가지 용도로 사용할 것이라 한다. 위 각편의 가창자는 사냥꾼의 시점을 취하고 있으며, 시적 화자인 사냥꾼의 시각이 노래 전반을 지배하고 있다.

자신을 잡으러 온다는 사냥꾼의 말에 대한 사슴의 어투로 보아, 그는 사냥꾼을 자신과 대등한 존재로 인식하고 있다. 그런 점에서 사슴의 언술이 계속 이어질 여지도 있으나 사슴은 더 이상 등장하지 않는다. 이 자료는 사슴 부산물이 교술적으로 노래되면서 유희성을 확보하는 것이 구연 목적이기 때문이다. 그런 이유로 유희성 확보에 있어 앞서 살핀 두꺼비노래만큼 나아가지는 못하였다.

전체 10편의 사슴노래 중 앞서 살핀 사냥꾼의 시각에서 노래되는 것은 3편이고, 나머지는 모두 사슴의 입장에서 노래된다. 관련 자료를 인용하면 아래와 같다.

> 사심아 사심아 노사심아 야상강을 뛰어들어 저 건너 저 건네 저 포수가 나를 놓자고 불을 박네 나 죽기는 서럽잖해도 아홉 고랑으 아홉 새끼 열 고랑이 열 새끼 철에 철철 우는 새끼 젖 못주어서 한일레라 이내 한독 빼다가 절구통이나 매여놓고 이내 껍딱 베끼다가 도령님네 갓끈일세 이내 피는 빼다가 한강이나 지어 놓세 그러고 저거로 남은 놈은 한강이나 지어 놓세 그러고 저러고 남은 놈은 고운 각시들 골미감으로만 다 나간다(순창군 복흥면 반월리 이점순(1913), 전북의 민요, 303~304쪽)

위 인용문은 크게 세 부분으로 이루어지는데, 사슴의 목소리를 통해 사슴이 포수에 의해 사냥당하는 상황에 대한 묘사, 포획된 사슴의 서러운 심회, 그리고 사슴 스스로 자신의 여러 가지 용도에 대한 나열이다. 이 자료의 서두는 앞서 살핀 자료와 같이, AAA'의 형태로 사슴을 부르면서 시작되었다. 그런데 이 대목은 사냥꾼이 등장 소재인 사슴을 부르는 용도가 아닌, 노래를 시작하는 기능만 담당하였다.

이렇게 제 기능을 상실한 사슴 호명呼名 대목은 사슴의 시각에서 노래되는 자료들 대부분에서 나타난다. 이와 함께 사냥꾼의 시점에서 노래되는 형태와 비교할 때 사슴의 시각에서 노래되는 형태들은 사슴의 가죽뿐만 아니라 피, 뿔 등으로 부산물의 소재가 다양하고, 사슴을 잡으러 나가는 사냥꾼의 행동 묘사 또한 세밀하다. 사슴 호명의 기능 변화, 단순한 형태에서 복잡한 형태로 이행하는 민요의 일반적 흐름 등을 감안할 때 사슴노래는 사냥꾼의 시각에서 노래되는 것에서 사슴의 목소리를 통해 노래되는 형태로 이행했을 것으로 볼 수 있다.

위 노래의 등장 소재인 사슴은 자신의 죽음보다 어린 자식들을 돌보지 못하는 것이 더욱 가슴 아프다고 하였다. 위 각편에서는 최대한 사냥꾼은 배제하면서, 가창자와 사슴이 동일화되어 사슴의 심회를 표현하는 데에 초점을 두고 있다. 그러나 시적 화자인 사슴은 자신의 억울한 심정을 더 이상 이어가지 못하고 자신의 부산물들을 여러 가지 용도에 사용하라고 노래한다.

어린 새끼들을 남기고 죽임을 당하기 때문에 남겨진 자식들에 대한 걱정으로 이렇게 죽을 수는 없다고 하다가 갑자기 자신의 부산물 사용 용도를 세세하게 일러주는 것은 앞뒤가 맞지 않는다. 사슴의 목소리가 이렇게 모순되게 표현되는 것은 가창자가 처한 현실과 등장 소재인 사슴과의 관계에서 그 원인을 찾을 수 있다.

가창자는 사슴이 처한 상황과 상응하는 억압적이고 폭력적인 생활을 겪어왔다. 가창자가 처한 상황과 그가 지금까지 겪은 경험을 기반으로 위 가창자는 여러 마리의 새끼를 가진 암사슴이 급작스럽게 죽임을 당하는 상황을 만들어 내게 된 것이다.

자신을 둘러싼 현실이 아무리 부조리하고 억압적이라고 해도 사회적 약자에 해당하는 여성의 입장에서 현실에 대항하거나 자신이 처한 처지를 박차고 일어날 수도 없다. 그렇다고 현실과 벽을 쌓고 자신의 감정에 몰입할 수은 더더욱 없다. 그런 관계로, 노래의 마지막에 가서 가창자는 죽임을 당하는 사슴의 상황을 만들어 내고 피해자인 사슴에 동조하면서도 끝내, 사슴 부산물의 용도를 노래할 수밖에 없는 모순적 상황을 노래하게 된 것이다.

사슴노래 중에는 가창자와 등장 소재와의 동일화를 노래 중간에 포기하지 않고 끝까지 밀고 나가는 자료들도 있다.

> 사심사심 대사심아 슬기청산 노사심아 바로 서서 약 받어라/ 앞에 섰는 포수님요 뒤세 섰는 포수님요 김포신지 이포신지 성은 자세 몰라해도 날잡아서 못하겠소 인간 거게 해치든가 곡식거제 해치든가 무주공산 열매 먹고 죄없이도

사는 즘생 이내 일신 작발하면 경상감사 진상밖에 그 우에 더 하겠소 앞다리는 가지스면 평안감사 진상밖에 그 우에 더하겠소 이내 간을 내었으면 포수님의 안주밖에 이내 껍질 다라스면 도련님의 까친 가죽 애기시님 열때가죽 덕이씨님 골미가죽 이만 우에 더하겠소 (중략) 아흔이홉 골짝 골짝마다 새끼 있어 참아두고 못죽겠소 돌아서소 돌아서소 포수님요 돌아서소 김포수님도 돌아서고 이포수님도 돌아서고 국사에도 사정있소(안동지방, 한국민요집 Ⅰ, 202쪽)

위 자료의 작중 상황은 사슴을 가운데 두고 사냥꾼 두 명이 앞뒤로 사슴을 포위하고는 총을 쏘기 직전이다. 이러한 상황에서 사슴은 사냥꾼들을 향해 자신의 부산물로 평안감사 진상, 포수님의 안주, 도련님의 까친 가죽, 애기시님 열쇠가죽, 덕이씨님의 골무가죽 밖에 더 사용하겠냐고 하면서 자신을 기다리고 있는 어린 새끼들을 두고 차마 죽지 못하겠으니 제발 돌아서라고 간곡히 부탁한다. 사슴이 자신의 새끼들이 아흔 아홉골에 있다고 하는 것은 그만큼 자식이 중요하다는 것을 말하기 위해 과장되게 표현한 것이다. 여기서도 사슴은 앞선 자료에서도 나타났던 각편들과 마찬가지로, 자신의 부산물의 용도에 대해 노래한다. 그런데 여기서는 자신의 죽음을 이미 받아들인 체념적 어조가 아니다.

위 각편의 등장 소재가 보여주는 현실에 대한 자존감自存感은 전체 동물노래 중 가장 강한 편에 속한다. 등장 소재의 이러한 면모는 자신의 죽음을 순순히 받아들이는 등장 소재들에 비해 자식들에 대한 사랑이 더 많아서 자신의 죽음을 거부한다고 볼 수는 없다. 등장 소재의 강력한 의지 표명은 위 노래를 부른 가창자의 현실 인식과 관련이 있다.

이 각편의 서두에서 사슴은 앞뒤로 포위되어 있고, 어떠한 돌파구도 찾을 수 없는 상태이다. 그런 점에서 여기서의 사슴이 느끼는 위기감은 다른 자료들에 비해 월등히 높고, 그만큼 가창자의 등장 소재에 대한 몰입도 또한 강하다. 위 노래의 가창자는 오랜 시간 형편없는 대우와 가혹한 노동에 노출되어왔으며, 이러한 상황은 앞으로 조금도 좋아질 기미가 없다. 이러한 현실 인식을 기반으로 가창자는 위와 같은 위기일발의 작중 상황을 연출하게 되었고, 노래 속 등장 소재 역시, 자신에게 가해지는 위해에 대해 끝까지 일관된 태도를 견지할 수 있었다.[169]

가창자가 겪어온 현실 인식을 기반으로 한 등장 소재와 가창자와의 동일화는 소노래에서도 나타난다. 지금까지 소노래는 전북 진안, 정읍, 고창, 화순, 담양과 경북 칠곡, 경남 함안, 의령, 부산, 김해, 하동 등지에서 모두 16편이 채록되었다. 소노래는 자료별 사설 구성이 대체로 동일한 양상을 보인다. 노래들 중 사설 구성의 면에서 가장 일반적인 형태를 제시하면 아래와 같다.

> 칠팔월에 더우가리가 니라꼬 가건마는 이북팔사 이까리로 이내 등을 후러치니 등깔비는 떡껑걸고 그리구로 갈아놓고 좋은 풀 좋은 골로 묵으라고 놓건마는 딩기란놈 물고 차고 쇠포리는 엉거차고 흔드는거 꼬리로다 부치는건 귀뿐이라 집이라꼬 돌아가니 뒤숭밧은 저지집이 쉰꾸정물 쉰뎅기로 묵으라꼬 주건마는 맛이 없어 못묵었디이 날랜 백정 불러다가 이내 껍질 베껴내고 북장구로 매야놓고 소리나게 뚜디리고 이내살랑 뜯어내여 만인간이 갈라묵데이
> (함안군 대산면 박연악, 함안의 구전민요, 178쪽)

위 인용문에서는 시적 화자가 등장하지 않고 등장 소재인 소가 독백을 통해 그동안 그가 겪는 고된 노동, 열악한 환경 및 대우, 그로 인한 건강 악화와 죽음이 노래되었다. 소노래는 자료에 따라 위의 세 가지 내용에 있어 가감이 있으나, 대부분 등장 소재인 소가 불특정 대상에게 자신이 죽음에 이르게 된 과정을 담담한 어조로 노래한다. 이 노래에서 등장소재의 독백으로 가죽으로 북, 장구를 만들고, 살은 식용으로 사용하는 등 자신의 부산물의 용도를 노래하는 부분은 사슴노래와 유사하다.

사슴노래의 등장 소재는 인간의 손길이 미치지 않는 곳에서 새끼를 낳고 나름의 생활을 영위하던 중 사냥꾼을 만나 위기에 처하게 된다. 사슴은

---

169 이와 관련하여, 유희적 성격이 강한 두꺼비노래에서 두꺼비가 겪은 일들은 모두 과거시제로 노래된다. 동물노래의 작중 상황은 가창자의 현실 인식과 관계가 깊음을 알 수 있다.

위기에 처하기는 하나, 아직까지 살아 있기 때문에 나름 자신이 말하고자 하는 바를 어떤 형태로든 표현할 수 있었다.

소노래의 등장 소재는 애초 인간에 의해 길러졌고, 일을 할 수 있는 나이가 되면서 온갖 고된 노동에 노출되어 있다가 새끼를 낳아 길러볼 새도 없이 죽임을 당하고 만다.

소노래의 경우 이미 죽임을 당한 후이기 때문에 생生에 대한 의지를 표명할 수 있는 기회가 애초부터 봉쇄되어 있다. 이 노래 속 등장 소재는 자신의 목소리를 이미 거세된 상태이고, 등장 소재가 처한 현실은 사슴 노래에 비해 훨씬 어둡고 무겁다. 요컨대, 소노래 가창자들은 그간 자신들이 겪은 생활에서의 경험을 바탕으로 등장소재와의 동일화를 통해 소가 겪은 여러 가지 고난 자체에 초점을 맞추어 노래함으로써 심리적 카타르시스를 체험하고자 하였다.[170]

(3) 닭노래 : 일상적 관찰 통한 유희성 획득

지금까지 채록된 닭노래의 지역별 각편 양상은 아래 표와 같다.

	경기	충청	전북	전남	경북	경남	강원	제주	기타
닭노래	·	·	부안(1)	·	경산(1)	함안(1)	·	·	·
	·	·	화순(2)	·	울주(2)	의령(2)	·	·	·
	·	·	완주(1)	·	·	김해(2)	·	·	·
	·	·	·	·	·	거창(1)	·	·	·
	·	·	·	·	·	울산(1)	·	·	·

170 사슴노래와 소노래의 등장 소재인 사슴과 소는 공통적으로 포유류이면서, 인간들에게 죽임을 당한 뒤 여러 가지 용도로 사용된다. 아울러, 두 노래 모두 가창자의 고된 현실 상황이 노래 구연의 원동력이다. 그런 점에서 노래 속 사슴이나 소에게 죽음은 현실세계 가창자들의 시집살이라고도 볼 수 있다. 따라서, 아직 혼례를 올리지 않았거나 시집 온지 얼마 되지 않는 가창자들은 사슴노래를, 시집 온지 웬만큼 시간이 지나 시집살이의 암담함을 맛 본 가창자들은 소노래를 주로 불렀을 것으로도 볼 수 있다.

3개 지역에서 모두 14편이 채록된 닭노래의 내용은 닭의 외양 및 생태, 갑자기 닥친 죽음에 대한 닭의 놀라움 표현 등으로 이루어진다. 이 노래의 첫 번째 형태를 제시하면 아래와 같다.

> A: 닥카 닥카 영계닥카 이문갑사 접저고리 토조명주 짓고보매 이달에는 알을 놓고 훗달에는 새끼 쳐서 병든 사람 구완하고 손님 오면 대접하고 이내 목에 칼 들어오니 천장만장 내뛰겄네(함안군 대산면 박연악, 함안의 구전민요, 179쪽)

> B: 숭에비단 접저구리 유리비단 짓을 달아 옥돌비단 고름 달아 이 달에는 알을 낳고 새 달에는 새끼 까고 줄줄이 주는 모시 낱낱이 줏어 먹어 넘서에 들어가면 원수라고 척을 지어 니기 집이 손님 오믄 내 자식이 손님 대접 니기 자식 병이 들면 내 자식이 약 아닌가(부안군 보안면 상림리 오금옥(1931), 한국민요대전, 254쪽)

A 자료는 AAA' 형태로 닭을 부르면서 노래가 시작되었다. 이 부분은 실제 닭을 부르는 것이라기보다는 상투적으로 노래를 시작하는 기능만을 담당하였다. 뒤이어 등장 소재의 목소리를 통해 닭의 외양 및 알 낳는 일, 그리고 갑작스레 찾아온 죽음에 대한 놀라움이 노래된다. 이 각편의 작중 분위기는 현재 닭이 죽임을 당하기 직전의 상황이고, 등장 소재인 닭은 놀라움과 억울함에 가득 차 있다. 그동안 사람들을 위해 알을 낳고 새끼를 쳐서 병든 사람을 구완하고 손님 오면 접대하는 등 여러 가지 면에서 희생을 감내하면서도 인간들에게 유익한 일을 해왔기 때문에 닭 입장에서는 놀라움이 더욱 클 수밖에 없었다.

B 자료에서는 어미닭의 목소리를 통해 닭의 외양 묘사와 새끼 닭이 희생되는 상황에 대한 한탄이 노래되었다. 이 자료에서의 시적 화자는 자신에게 가해지는 위해危害에 대해 놀라거나 체념하는 것에 그치지 않고 오히려 항변하는 자세를 취한다. 여기서 등장소재인 닭이 이러한 태도를 가지는 자신의 새끼들이 손님 대접 및 병 구완을 위해 희생되는 것을 겪은 어미닭으로 형상화가 된 것과 함께 자신에게 가해지는 불합리함의 근거가 사람이

라는 것을 명확하게 인지하고 있기 때문이다. 더군다나 여기서의 등장 소재는 사람을 자신과 대등한 존재로 인식하고 있기까지 하다. 이처럼 여성 가창자가 자신이 지금까지 겪은 경험들을 기반으로 직접적으로 표현하지 못하는 심회를 등장 소재의 입을 통해 우회적으로 노래하는 것은 동물노래의 특징이라 할 수 있다.

앞서 살핀 두꺼비노래에서는 시적 화자와 등장 소재간의 대화를 통한 유희성 획득 위주로, 사슴노래에서는 가창자와 등장소재간의 동일화를 통한 가창자의 우회적 심회 표현 위주로 노래가 진행되었다. 그러나 닭노래에서는 어느 하나에 치우치지 않고, 사설 구성 변화와 함께 노래의 정서가 다양하게 나타난다.

닭노래 두 번째 형태를 제시하면 아래와 같다.

> 삼사월이 대달면서 열두새끼 몰코 댕김시로 호박픠기나 까지픠기나 이내 자식들 빌어 먹인디 쌀가지나 물어갑소/ 이내 새끼 열새끼 주인네한테 욕얻어 먹음시로 키워놓께 손님 왔다고 이내 자석 잡아다가 오닥또닥 쪗는 소리 이내 간장 다 녹아나네 손님은 마당 가운데 나감서 보믄 살이 펄펄 오리고 나가네 (화순군 이서면 야사리 이상순(1913), 대계 6-9, 638쪽)

위 자료에서는 닭 주인과 어미닭이 등장하여, 주인의 닭들에 대한 악담, 새끼 닭의 죽음, 그로 인한 어미닭의 한탄으로 구성된다. 위 인용문은 전반적으로 어미닭의 입장에서 노래가 진행되고 있다 보니, 주인의 언술은 어미닭의 시선에서 표현된 것으로 볼 수 있다. 여기서 주인은 닭이 이곳저곳을 다니며 호박이나 가지 농사를 망치니 살쾡이가 와서 물어가 버렸으면 좋겠다고 한다. 실제 생활이 비교적 객관적으로 묘사되는 동물노래의 작중 분위기를 감안하면 주인의 언술은 다소 과장되게 표현된 감이 없지 않다. 이러한 주인의 언술 대목은 주인의 부조리함 표현과 함께 유희성을 확보하는 구실을 하였다.

이 노래의 마지막은 어미닭의 시선을 통해 새끼닭을 대접받은 손님이

살이 펄펄 올라 나가는 장면으로 끝이 난다. 가창자는 마지막까지 어미닭의 애통한 심회를 계속 이어가지 않고, 어미닭이 손님이 나가는 것을 바라보는 것으로 노래함으로써, 가창자와 등장 소재간의 심리적 거리가 형성되었다. 이렇게 생긴 대상과 가창자간의 간격을 이 자료에서는 유희성이 메우게 된다.

노래 마지막 부분에서 가창자와 등장 소재와의 심리적 거리 생성으로 인한 유희성 확보는 아래 각편에서 보다 명확하게 드러난다.

> 초록비단 접저고리 자지옥자 깃을 달아 수만년 대문 밖에 수없이다 흐른 곡석 낱낱이다 주어먹고 그럭저럭 컸건마는 손님 오면 대접하고 빙이 나면 소복하고/ 어미 닭이 새끼닭에게 닭아 닭아 앵기 닭아 손님 왔다/ 앵기 닭이 손님 암만 오신들사 큰 니를 잡지 작은 날 잡으리(김해군 진영읍 내룡리 이봉주(여, 1900), 대계 8-9, 299~300쪽)

위 자료의 첫 부분은 어미닭의 목소리를 통한 닭의 일상이, 뒷부분은 전지적 시점에 의해 어미닭과 새끼닭의 대화가 노래되었다. 위 노래에서 주목되는 부분은 제일 마지막 새끼닭이 어미닭에게 말하는 대목이다. 손님이 오는 것을 본 어미닭은 응당 새끼닭의 생명을 걱정한다. 지금까지 살핀 닭노래에서 손님 대접 및 자녀의 병 구완을 위해 모두 새끼닭이 사용되었기 때문이다. 그런데 새끼닭은 오히려 어미닭에게 자신이나 걱정하라며 타박을 준다. 즉, 이 자료에서는 닭들의 대화를 통해 닭의 죽음을 희화화함으로써 유희성을 극대화하고 있다.

앞서도 보았듯이, 동물노래에서 인간에 의해 발생하는 등장소재의 위기는 노래가 불리는데 핵심적 역할을 한다. 그런데 닭노래 중에는 닭이 처한 위기를 그다지 심각하게 받아들여지지 않는 자료들이 다수 존재한다. 위의 인용문을 보면, 닭의 죽음이 예견되는 상황이긴 하나 죽음이 당장 눈앞에 닥친 것은 아니다. 이렇게 등장 소재가 처한 위기 상황이 비교적 여유가 있는 것은 앞서 살핀 사슴노래 및 소노래의 그것과 무척이나 대조적이다.

요컨대, 닭노래에서는 등장 소재가 처한 죽음의 위기감이 그리 긴박하지 않았고, 가창자들은 그만큼 닭의 죽음에 대한 정서적 여유를 확보할 수 있었다. 아울러, 닭의 죽음이 갖는 일상성도 닭의 죽음을 유희적으로 바라볼 수 있었던 이유 중 하나가 되었다.

3) 식물·곤충노래와의 관련성

(1) 담바고타령 : 흡연 경험 통한 심리적 위안 획득

앞서 살핀 동물노래들은 공통적으로 전북, 전남, 경북, 경남지역을 중심으로 채록되었다. 그러나 담바고타령은 강원지역을 중심으로 전국적으로 채록되어 있으며 각편의 숫자도 월등히 많다. 뿐만 아니라, 남녀 가창자들이 두루 향유하였다. 담바고타령이 이처럼 넓은 권역과 많은 각편을 갖게 된 것은 이 노래가 민요와 함께 잡가로도 불렸을 뿐만 아니라,[171] 근대 매체를 통해 전국적으로 퍼졌기 때문이다.[172]

담바고타령은 담배씨를 뿌려 담배를 기르는 것까지 노래되는 형태, 그렇게 기른 담배를 말아서 피우니 기분이 좋다고 하는 형태, 마지막으로 그 뒤에 유흥적 내용을 덧붙이는 형태가 있다. 이러한 세 가지 형태 중에서 담배씨를 뿌린 뒤 담배를 길러 그것을 피우니 기분이 좋고 그 때문에 유흥적 내용까지 노래하는 형태가 가장 많은 수를 차지한다. 민요로 불리는 담바고타령은 자료에 따라 각 부분의 세부 내용에 대한 묘사가 크게 다르지

171 우리나라에서 간행된 잡가집 중 〈무쌍유행신구잡가〉, 〈현행일선잡가〉, 〈증보신구시행잡가〉 등에 모두 3종류의 담바고타령이 실려 있다. 각 소리들은 담배농사 짓기, 담배 만들기, 담배 피우기, 유희요 등의 내용으로 구성되는데, 소리의 가감에 있어 차이가 날뿐 세부 내용 및 순서 등은 큰 차이가 없다. 그런 점에서 잡가집 소재 담바고타령들은 민요 담바고타령들과 연장선상에 있음을 알 수 있다.
정재호 편, 『한국속가전집』, 다운샘, 2002.

172 최은숙은 일제 강점기 신문에 실린 담바구타령의 변화 양상에 대해 논의하였다.
최은숙, 「신안민보 수록 민요형 사설의 특성과 기능」, 『한국민요학』 제12집, 한국민요학회, 2003.

않고, 가창자 성별에 따른 차이도 거의 나타나지 않는다. 이를 통해 동물노래들과 달리, 이 노래는 특정 형태로 이미 만들어진 뒤 전국적으로 전파되었을 것으로 볼 수 있다.

전체 담바고타령 중 일부 여성 가창자들이 부른 자료들 중에는 일반적인 담바고타령에 비해 사설 구성 및 세부 국면에 있어 차이가 나는 자료들이 있다.[173]

> A: 구야구야 담배구야 동래울산 담배구야 텃밭에다 모를 부여 텃밭 밖에 모종해여 심심초로 나올 작에 늙은 과부 심심초고 젊은 과부 도망초라 구야 구야 담배구야 내 심중을 니가 안다(의령군 지정면 성산리 박연악, 대계 8-11, 494~495쪽)

> B: 구야구야 담바구야 동네 산의 담바구야 저기저기 저 담넘어 담바구 씨를 던져놓고 낮이나 되면 방향을 보고 밤이나 되면 찬이슬 맞아 곱게 곱게 기러야 보니 어른도 한 번 아이도 한 번 담배 한 대 먹고야 하니 먹어야 실한게 좋다 담배 두 대 먹고야 하니 베통소리 은을 줄까 돈을 줄까 은도야 싫고 돈도야 싫다 동지야 섣달 긴긴 밤에 임이나 종종 만나게 하게(동해시 천곡동 주홍연, 강원민요총람 3, 157쪽)

대부분의 담바고타령은 XAXA의 형태로 화자가 등장 소재인 담바고를 호명하면서 조선땅에 왜 왔냐고 물으면서 시작된다. 그런데 위 인용문들은 가창자의 의도에 따라 시적 화자와 등장 소재인 담바고와의 대화가 생략된 채 화자가 표현하고자 하는 바 중심으로 사설이 구성되었다.

---

173 본문에서 다루지는 않았으나, 경북 울주에서 채록된 자료 중에는 담배씨를 뿌린 뒤 길러서 한 대 피우니 기분이 좋다고 하는 내용, 과거를 떠나는 선비에 대한 가족들의 배웅, 김선달네 맏딸애기의 유혹, 선비의 거절로 구성된 자료가 있다. 이 노래는 담바고타령과 기존의 서사민요가 유기적으로 연결되었다는 점에서 주목을 요한다. 이렇게 서로 다른 갈래의 노래가 자연스럽게 이어질 수 있었던 것은 담바고타령의 등장 소재에 대한 가창자의 자아화가 첫 번째 요인으로 작용하였다.

A 자료의 시적 화자는 담배를 심심초라고 정의하면서 젊은 과부에게는 도망초요, 늙은 과부에게는 심심초라고 한 뒤 담배만이 자신의 심정을 안다고 하였다. 늙은 과부가 피우는 것이 심심초라고 하면서 그러한 심심초가 자신의 심정을 알아준다고 한 것으로 보아, 위 노래의 가창자는 오랜 시간 홀로 지내왔으며 젊은 시절부터 나이가 든 지금에 이르기까지 여러 상황에서 담배를 통해 심리적 위안을 받았음을 알 수 있다. 그는 흡연을 통해 내부에 쌓인 스트레스를 풀었던 경험을 바탕으로 등장 소재와의 거리를 좁혀 담배에 대해 여러 가지의 의미를 부여할 수 있었다.

담바고타령의 후반부는 주로 담배를 길러서 피우니 기분이 좋다고 하는 대목에서 끝이 나거나, 지나가는 할머니에게 딸이나 있으면 자신을 사위 삼으라는 등의 유흥적 내용이 덧붙지만, B 자료에서는 흡연의 즐거움을 노래한 뒤 이러한 즐거움도 다 싫으니, 기나긴 밤에 임이나 종종 만나게 해달라고 하였다. A자료에서는 가창자가 바라는 것이 제대로 표현되지 않았으나, B 자료에서는 가창자가 원하는 것이 무엇인지 명확하게 드러났다.

B자료의 가창자는 유희성이 강한 담바고타령을 관습적으로 부르는 것이 아니라, 자신만의 구연 목적에 맞추기 위해 노래의 앞부분을 적절히 생략하였다. 그러면서 담 배 한 대를 피웠을 때의 즐거움 대목은 두 대를 피우고 나서의 외로움을 더욱 두드러지게 하는 효과를 가져왔다. 요컨대, B 인용문을 통해 담바고타령의 경우 등장 소재와 가창자 사이의 거리가 동일화될 만한 여지가 동물노래들처럼 마련되지 못한 관계로, 자신의 심회를 직접 토로하는 방법이 사용되었다.

(2) 이노래 : 현실적 경험 통한 거리 두기 및 동일화 통한 심리적 위안 획득

이蝨는 사람이나 가축 등 포유류의 몸에 기생하면서 피부병이나 전염병 등의 피해를 주는 기생충으로, 지역에 따라 이나 이의 새끼, 알 등을 늬(제주도), 물것(전남 나주), 서까레(충북 제천, 강원 정선, 평창), 해기(경북 영

주, 영양), 석해(충남 대전, 강원 영월) 등으로 불린다. 이렇게 이와 관련된 명칭이 다양한 것은 그만큼 이가 전통사회 사람들의 일상생활에서 흔하게 존재했음을 말해준다. 지금까지 조사된 이노래의 각편 양상은 아래 표와 같다.

	경기	충청	전북	전남	경북	경남	강원	제주	기타
이노래		·	정읍(1)	진도(1)	구미(1)	부산(2)	·	·	·
			부안(1)	보성(4)	상주(3)	의령(2)			
			진안(1)		경산(1)	울산(2)			
					성주(5)				
					칠곡(1)				
					울주(1)				
					예천(1)				

이노래는 시적 화자에 따라 이蝨와 대립적인 관계에 있는 시적 화자에 의해 노래되는 형태와 등장 소재인 이蝨의 시각으로 노래되는 형태로 나눌 수 있다. 먼저, 전국에서 채록된 이노래 중 시적 화자 중심으로 노래가 진행되는 형태를 제시하면 아래와 같다.

> 이야 이야 가랑이야 니 주디이 빼쪽하면 우리나라 말할 적에 말 한마디 해여줬나 니 덩어리 넓적하면 우리나라 역사할 때 돌 한 딩이를 실어줬나 니 가슴이 먹통이면 천자한자 기리냈나 니 발이 육발이면 우주팔년 댕기왔나(경북 선산군 산동면 성수 2리 김인분, 한국민요대전, 131쪽)

위 노래의 시적 화자는 이를 불러놓고는 이의 입, 등, 가슴, 다리 등을 들며 그 무용無用함을 조목조목 따진다. 등장 소재의 외양을 나열하는 것은 앞서 살핀 두꺼비노래에서도 살핀 바 있다. 그런데 두꺼비와 달리, 이는 사람의 몸에 기생하면서 여러 가지 면에서 피해를 주는 존재이다 보니, 시적 화자는 등장 소재인 이에 대해서 강압적이고 일방적인 태도를 취하고 있다.

두 번째로, 이의 무용함을 말하는 화자와 등장 소재인 이가 같이 등장하는 자료들도 있다. 관련 자료를 인용하면 아래와 같다.

> 김포순강 이포순강 날 잡어다 뭐하리요 몽땅 몽땅 싸리 몽땅 뜯어먹고 사는 짐승 납닥 납닥 칠기 납닥 뜯어먹고 사는 짐승 날 잡어다 뭐하리요/ 옷새 이야 백단춘아 머래 이야 깜동춘아 니발이 육발이은 이리 팔팔 걸어봤나(후략)
> (경북 경산시 용성면 용천리 이천조, 한국민요대전, 84~85쪽)

위 자료에서 지금까지 말 한 마디 하지 못하고 수세적인 입장만을 취하던 이가 분위기를 반전하여 자신을 잡아가는 존재에 대해 자신의 처지를 들어 항변하고 있다. 앞서 살핀 노래들에서 이의 미천함, 혹은 무용함은 이가 죽어야 하는 이유가 되었지만, 여기에서는 오히려 그러한 이의 성질이 자신의 처지를 옹호할 수 있는 근거가 된다. 이는 사람에게 피해를 준다는 점에서 가창자가 이와의 거리를 좁힐 수 있는 여지가 비교적 적은 것이 사실이다. 그러나 이가 사람들에게 속절없이 죽임을 당하는 현실적 문맥을 바탕으로 가창자들은 이가 불쌍하다고 여겨 이의 입장에서 노래하게 된 것으로 보인다.

이 자료에서 이가 자신의 미약한 처지를 내세우며 자신을 잡아가는 포수에게 항변하는 것은 현재 화자가 처한 부조리한 상황에 대한 우회적 표현이라 할 수 있다. 전통사회에서의 여성은 평생을 힘든 노동과 가난 속에서 보내야 했다. 그녀들은 귀머거리 3년, 벙어리 3년, 장님 3년이라는 말로 대변되는 시집살이를 10대 후반 혹은 20대 초반에 겪어야 했고 고단한 생활은 나이가 들어도 크게 나아지지 않았다. 그들은 새벽에 일어나 방아를 찧어 밥을 짓는 것에서 시작하여 밤늦게까지 길쌈 등을 해야 했다. 물론, 전통사회에서 남성이라고 해서 생활이 편안했다고 말할 수는 없겠으나, 여성이 속한 사회적 관계망은 분명 남성에 비해 무겁고 힘든 것이었다.

열악한 생활환경으로 말미암아 여성 가창자들은 자신을 몸에 기생하는 이와 같은 존재와 같다고 느꼈을 것이다. 일상생활 속에서 그녀들은 입이 있지만 속 시원히 하고 싶은 말을 할 수 없었고, 다리가 있지만 마음대로 가고 싶은 곳을 갈 수도 없었다. 그런 점에서 위 자료는 이의 항변인 동시에 노래하는 화자의 항변이 된다. 그런데 위 노래에서는 이의 저항이 계속해서 이어지지 못하고 곧바로 화자가 바뀌어 이의 무용함이 노래된다. 이렇게 가창자와 등장 소재가 동일화되어 노래가 시작되었으나 가창자 혼자만의 힘으로는 도저히 감당할 수 없는 현실의 무게감으로 인해 결국 이의 목소리가 이어지지 못하는 것은 앞서 살핀 사슴노래의 경우와 같은 맥락에서 이해 가능하다.

이노래 중에는 이蝨의 심회 중심으로 노래되는 자료들도 있다.

> 가랑아 가랑아 쌔가랑아 쌔둥이 덱고 잘있거라 두 바우가 맞닫치면 죽어올지 살어올지 모르겄다(보성군 겸백면 석호리 김복남, 보성의 민요, 266쪽)
>
> 갈강아 갈강아 서대기 데리고 잘 있거라 석석바오 난간에 빨래질 가다 마빠우 만나믄 나는 죽는다(진안군 성수면 중길리 이귀녀, 한국민요대전, 39~40쪽)

위 두 인용문에서 어미 이는 어디론가 떠나는 상황에서 새끼 이에게 알들을 잘 데리고 있으라고 당부한다. 여기서 어미는 언제 죽을지 모른다는 불안감에 휩싸여 있다. 어미 이가 이렇게 말을 하는 것은 사람에게 발각되어 잡히게되면 순식간에 죽임을 당할 수 있기 때문이다. 위 각편들에서는 어미 이가 시적 화자이고, 자식들을 걱정한다는 점에서 여성 가창자와의 처지를 기반으로 동일화가 일어났음을 알 수 있다. 그런 점에서 이노래 역시 등장 소재의 죽음과 자식에 대한 걱정이 노래된다는 점에서 동물노래와 동일선상에 있다.[174]

어미 이가 처한 상황은 언제 죽을지는 모르기는 하지만, 소노래처럼 이미 죽은 것도, 사슴노래나 닭노래처럼 죽음이 코 앞에 닥친 것도 아니다. 위의 등장 소재들은 아직까지 자유로운 생활을 영위하고 있다. 이는 곧 이노래 가창자들의 현실 인식이 그리 심각하지 않다는 것을 의미한다. 그로 인해 이노래는 사슴노래나 소노래 등의 동물 노래들에 비해 보다 많은 유희적 성격을 함유할 수 있었다.

이노래에서는 등장 소재인 이가 자신의 죽음에 대해 항변하는 내용이 동물노래에 비해 극히 적다. 그것은 이를 죽이는 주체가 노래를 부르는 가창자 자신인 것과 관련이 있다. 어미 이와 동일화되어 가창자가 노래를 부르지만 이를 죽이는 존재 속에 가창자도 포함된다. 따라서 자신을 향해 자신이 죽이지 말라고 하는 모순적 상황을 피하기 위해 이노래에서는 자신의 죽음에 대한 항변보다는 남겨진 자식들에 대한 걱정을 더 많이 노래하게 되었다.

5) 맺음말 : 동물노래의 여성민요적 의의

본고에서는 여러 가지 동물노래들 중 세 지역 이상에 분포하고 사설 구성이 다양하게 나타나는 두꺼비노래, 사슴노래, 닭노래를 가창자와 등장 소재와의 거리 두기를 중심으로 살펴보았다. 그 결과, 두꺼비노래는 시적 화자와 등장소재인 두꺼비가 대등한 관계 속에서 두꺼비의 외양 묘사를 통한 유희성 획득이 중요하였다. 자료에 따라 성별의 동일함을 기반으로 가창자와 등장 소재와의 거리가 가까워지기도 하였으나, 기존의 두꺼비노래 사설 구성 틀에 대한 파격으로까지는 나아가지 못하였다. 사슴노래는 사냥꾼의 시선으로 사슴 부산물의 용도에 대해 노래하기도 하고, 사슴의 입장에서 자신에게 가해지는 위해에 대해 체념하거나 항변하기도

174 이노래는 전남과 전북, 경남과 경북지역에 분포하는데, 이는 동물노래의 분포지역과 같다. 따라서 분포지역의 면에서도 이노래는 동물노래와 맥을 같이 한다.

하였다. 이 노래 가창자들은 자신이 처해 있는 열악한 현실 상황을 기반으로 등장 소재의 작중 상황과 동일화시킴으로써 다양한 각편을 만들어낼 수 있었다.

등장 소재를 둘러싼 현실의 폭력성에 대한 억울함이나 항변의 표출은 닭노래에서도 나타났다. 이 노래에서는 가창자들의 고단한 처지와 함께 닭에 대한 관찰이 더해지면서 등장 소재에 대한 근접화가 이루어졌다. 특히, 닭노래에서는 어미닭 외에 닭 주인이나 새끼닭 등이 화자로 등장하여 유희성을 강화하기도 하였다. 가창자와 등장 소재가 동일화 속에서도, 닭의 죽음을 희화화하는 각편들이 노래되는 것은 등장 소재의 죽음이 갖는 일상성 때문으로 이해되었다.

대부분의 담바고타령 가창자들은 등장 소재인 담배와 일정 거리를 유지한 상태에서 유희만을 목적으로 노래를 부르므로 각편별 사설 구성의 차이가 크게 나타나지 않았다. 그럼에도 일부 여성 가창자들은 흡연 경험을 기반으로 담배에 자신의 심회를 이입하여 다양한 각편을 만들어내기도 하였다. 반면, 이노래에서는 기생충이라는 이의 현실적 문맥을 반영하듯, 이蝨의 무용無用함을 조목조목 노래하는 자료도 있는가 하면, 죽음을 직면한 이의 상황에서 남겨진 자식들에게 잘 있으라는 당부를 노래하는 자료들도 있었다.

이노래에서 자신의 죽음에 대한 항변보다는 남겨진 자식들에 대한 당부가 대다수를 차지하였다. 이는 동물노래와 달리, 이蝨를 죽이는 존재가 가창자 자신인 것에서 그 이유를 찾을 수 있었다. 가창자가 이를 죽이는 존재들에 포함되는 상황에서 이노래에서 항변은 곧 가창자 자신을 향해 죽이지 말라고 하는 것이 되므로, 이러한 모순을 피하기 위해 이노래는 자신의 죽음에 대한 두려움이나 놀라움보다는 남겨진 자식에 대한 걱정이 더 많은 수를 차지하였다.

가창자와 등장 소재간의 거리가 일정하게 유지되는 동물노래들은 등장 소재의 외양 묘사나 부산물의 쓰임새 등을 통해 유희성 획득을 목적으로 하는 경우가 많았다. 반면, 가창자의 각박한 현실 상황이 기반이 되어 등장 소재와의 거리가 근접 혹은 동일화될 때에는 가창자가 등장 소재의 입장에 동조하기도 하고, 갑작스레 닥친 죽음에 대해 항변하기도 하였다. 이 자료들은 유희보다는 가창을 통해 카타르시스를 느끼며 내부에 쌓인 심회를 푸는 것에 목적이 있었다. 아울러, 식물노래나 곤충노래에서도 경험이나 처지 등을 기반으로 가창자와 등장 소재와의 거리 두기가 다양한 각편 창출의 원천으로 작용하고 있어, 동물노래와 연장선상에 있음을 확인하였다.

동물노래는 여성 가창자들이 주로 부른다는 점에서 일반적인 여성 구연민요의 특징을 공유하고 있다. 여기서는 여성 구연민요 중 하나인 시집살이노래와의 비교를 통해 이 노래의 여성민요적 의의에 대해 살펴보면서 논의를 마무리하고자 한다. 먼저, 시집살이노래를 포함한 여성 구연민요는 사설 구성에 있어 초반부의 유형적 핵심 부분은 유지하되, 가창자의 의도에 따라 뒷부분을 변개한다.[175] 동물노래 역시, 시적 화자와 등장 소재간의 물음과 답변, 혹은 등장 소재간의 대화 등을 통해 등장 소재가 처한 상황 등 핵심 요소는 공유하면서도, 가창자와 등장 소재의 거리 두기에 따라 그 이후의 사설들이 각기 다르게 노래되었다.

다음으로, 시집살이노래에서는 시적 화자와 등장 인물간의 동일화가 사설 전개에 있어 중요하게 작용한다. 이 노래에서는 시댁이라는 공간에서의 전형화된 허구적 상황을 제시하고 가창자가 느끼는 불만이나 고통을 객관적 시선으로 토로한다.[176] 동물노래의 경우, 가창자와 등장 소재가 거리를 유지할 경우 인간의 입장에서 등장 소재 부산물의 용도 및 무용無用함 등을

175 여성 구연민요의 특징 중 하나인 사설단위요적 특성에 대해서는 아래 책을 참조하였다. 강등학, 「노래의 말하기 기능과 민요 전승의 방향 모색」, 『한국민요학의 논리와 시각』, 한국민요학회, 2005, 137쪽.

176 강진옥, 「여성 서사민요 화자의 존재양상과 창자집단의 향유의식」, 『민요논집』 제8집, 민속원, 2004, 38쪽.

노래하는 반면, 가창자와 등장 소재간에 동일화가 일어날 경우 등장 소재의 입장에서 그들이 겪는 위기에 대한 놀라움이나 체념, 나아가서는 항변 등이 표현되었다.

시집살이노래 속 등장인물의 현실 대응 방식은 자살이나 가출 등 실제 상황에서의 여성의 그것과 많은 차이가 있다. 그러나 동물노래 등장 소재는 자신을 압도하는 현실의 힘에 대하여 수동적, 체념적인 경우가 많았다. 이렇게 어려운 상황에서 그들을 지탱해주는 힘으로 모성애母性愛가 유일하였다. 물론, 자신이 없으면 살아갈 길이 막막한 자식들에 대한 모정母情은 위기를 견디게 하는 힘이 되기도 했지만, 이로 인해 자신에게 가해지는 문제의 본질이 무엇이고 그에 대한 합리적 대응책을 찾는 데는 장애가 되기도 하였다.

마지막으로 시집살이노래는 정서 표출의 기능이 강하다.[177] 시집살이노래 가창자들은 유희나 노동 등의 일상 공간에서 노래를 부르면서 심리적 카타르시스를 느끼며 내부의 묵은 감정을 표출하고자 한다. 뿐만 아니라 같은 내용이라 하더라도, 구연자의 나이 및 상황에 따라 관습적, 자각적, 회고적으로 부르기도 한다.[178] 동물노래 역시 가창자들은 유희 및 노동 등 다양한 구연 상황 속에서 등장 소재의 편에 서서 그들의 억울한 심정을 노래하면서 자신의 심회를 우회적으로 표출하고자 하였다.

---

177 여성민요의 정서 표출 기능과 관련해서는 아래 책을 참조하였다.
강등학, 「민요 현장의 장르적 기능」, 『한국민요의 현장과 장르적 관심』, 집문당, 1996, 30쪽.

178 서영숙, 『시집살이노래연구』, 박이정, 1996, 80~81쪽.

잔치노래의 사설 구성과 여성민요적 위상

1) 머리말

전통사회 여성들의 삶에서 민요民謠는 뗄레야 뗄 수 없는 관계였다. 우리나라 민요 중 여성 가창자들에 의해 전승되는 소리들은 전국적으로 분포할 뿐만 아니라, 자료 양상도 다양하다. 조동일이 여성민요 연구의 선편을 잡은 이래 그간 여러 연구자들에 의해 장르적 성격 및 유형 분류부터 개별 단위 및 지역 민요, 인접지역 및 갈래간 교섭 양상, 가창자의 삶과 노래의 관계, 가족 내 인물 관계, 그리고 표현 방식 및 가창자 의식 등에 대한 논의가 이루어져 왔다.[179]

여성민요 중에는 시집살이의 고통이나 놀이 및 육아育兒의 즐거움을 노래한 자료와 함께, 딸을 시집보내고 나서나 본인의 환갑날을 맞아 벌이는 잔치에서 부르는 노래가 있다.[180] 특히, 사위를 맞이하는 잔치나 61회 생일인 환갑은 자식을 잘 길러 출가出嫁시켰거나 무탈하게 한 평생을 산 자만이 누릴 수 있는 시간이다. 이때 주인공이 체감하는 기쁨의 정도는 일상적인 유흥 공간에서 느끼는 그것과 차원이 다르다. 사위맞이 잔치 때 부르는 장모노래와 사위노래 및 회갑연의 환갑노래는 영·호남을 중심으로 강원, 충청, 경기지역까지 널리 분포하고 있음에도 그간 한 번도 조명된 바가 없다.

장모가 딸을 시집보내고 사위를 맞이하는 혼례연婚禮宴에서 가창자 자신, 혹은 사위의 목소리로 부르는 장모노래와 사위노래는 가창자, 구연 상황, 그리고 목적의 면에서 상통하는 면이 있다. 한 자리에서 두 노래를 이어서 구연한 가창자가 있는가 하면,[181] 남성 가창자가 장모노래를 부르

179 조동일, 『서사민요연구』, 계명대학교출판부, 1970.

180 기능에 따른 민요 분류상 환갑노래만이 축제유희요에 분류되어 있다.
박경수, 『한국구비문학대계』 별책부록(Ⅲ), 한국정신문화연구원, 1992, 86~88쪽.

181 경북 성주군 대가면 칠봉1동 이봉기(1919), 『대계』 7-4, 한국정신문화연구원, 1980, 333쪽.
경남 창녕군 대합면 도개리 김필선(1936), 『영남구전민요자료집』 3, 월인, 2005, 163쪽.

자 그 소리를 받아서 여성 구연자가 사위노래를 부르기도 하였다.[182] 자료 중에는 장모노래를 부르면서 사위노래를, 그리고 그 반대의 경우에서 각 노래 사설을 차용한 예를 어렵지 않게 발견할 수 있다. 이러한 노래간 사설 차용은 회갑연回甲宴에서 환갑을 맞이한 이가 부르는 노래에서도 나타난다.[183]

본고에서는 영·호남지역을 중심으로 중부지역까지 두루 분포하고 있으면서 그간 제대로 논의가 이루어지지 않은 장모노래와 사위노래, 그리고 환갑노래를 편의상 '잔치노래'로 명명하고, 이 노래들의 사설 구성을 중심으로 분석하고자 한다.[184] 그런 뒤 이 노래들이 며느리나 어머니 시절에 향유했던 시집살이노래 및 육아노동요와 사설 구성 및 의식 구현의 면에서 어떤 관계가 있는지 살펴보고자 한다.

2) 잔치노래의 내용 층위

(1) 딸 혼례연婚禮宴 노래[185]

가. 장모노래

장모노래는 강원지역 1편, 충남지역 1편, 경북지역 7편, 경남지역 15편 등 모두 33편이 채록되었고, 지역별 각편의 사설 구성은 크게 다르지 않다. 이 노래의 구연 상황을 보면, 명절이나 집안에 큰 일이 있어 사위들이 와서 놀 때 실제 장모가 자주 부른다고 하였다.[186] 사설 구성을 중심으로 볼 때

경남 밀양군 상동면 매화리 박헌이(1907), 『대계』 8-8, 한국정신문화연구원, 1983, 436쪽.

182 강원 횡성군 공근면 학담 2리 서정례(1929), 『대계』 2-6, 한국정신문화연구원, 1983, 675쪽.

183 아래 장모노래에서는 가족 나열하는 부분에서 환갑노래 사설을 차용하였다.
경남 의령군 정곡면 중교리 윤차점(1920), 『대계』 8-11, 한국정신문화연구원, 1984, 342쪽.

184 잔치에서 부르는 노래 중 권주가勸酒歌가 있다. 이 노래는 잔치뿐만 아니라 일반 술자리에서 남성에 의해서도 불리므로 여성과 잔치가 주요 키워드인 본고에서는 다루지 않기로 한다.

185 기존 자료집에는 장모노래와 사위노래가 명확히 구분되지 않은 채 사용되고 있다. 이러한 점은 가창자들 역시 마찬가지이다. 본고에서는 작중 소재, 작품 내적 자아와 외적 자아의 관계를 고려하여 두 노래를 구분하였다.

장모노래는 장모의 행동 묘사와 유흥 권유로 이루어진 것과 행동 묘사와 유흥 권유, 그리고 앞으로 잘 살겠다는 사위의 다짐으로 구성된 형태가 있다. 먼저, 장모노래의 첫 번째 형태를 제시하면 아래와 같다.

> 이청 저청 저마리청 끝에 어슬버슬 도는 저 장모님/ 막걸리 한 잔술을 잡수시오/ 이십년을 키워논 공 동백주도 선찮은데/ 막걸리 한 잔 술이 눈을 지어 반잔 술에 우십나니 만족하기 먹고 노세/ 얼씨구나 참도 좋고 절씨구나 영도 좋다 형제들아 쿵쿵 놀아나보자(경북 성주군 대가면 칠봉1동 여분순(1898), 대계 7-4, 389쪽)

위 인용문에서 보듯, 첫 번째 형태는 대체로 장모의 행동 묘사와 유흥 권유로 구성된다. 사위를 포함한 온 가족이 모인 자리에서 실제 장모가 작중 사위의 입을 통해 이 노래를 하는 것 자체로 유희성은 이미 확보된다. 그런데 노래 서두에서 장모는 사위를 맞는 기쁨에 한껏 들뜬 모습으로 묘사된다. 가창자들은 스스로를 다소 우스꽝스럽게 표현하면서 노래의 유희성을 더욱 강화하였다. 이 노래의 주인공인 사위가 현재 기분 좋은 이유는 기본적으로 처가댁 식구들이 본인을 융숭하게 대접하기도 하거니와 무엇보다 장모가 곱게 기른 배우자를 자신에게 준다고 여기기 때문이다.

장모노래 두 번째 형태는 아래와 같다.

> 이청 저청 마루청에 뺄뺄도는 장모님아/ 손수건 한 장 빌립시다 손수건 한 장 빌린 후에 소주도 한 잔 빌립시다/ 소주 한 잔 빌린 후에 약주도 한 잔 빌립시다/ 약주 한 잔 빌린 후에 장모님의 딸님도 빌립시다/ 암탉 수탉을 마주 놓고 북향재배를 올릴 적에 백년을 사자는 기약이라(경북 상주시 청리면 청하리 강말순(1921), 상주의 민요, 416쪽)

186 경남 진양군 대곡면 단목리 한두리(1921), 『대계』 8-4, 한국정신문화연구원, 1981, 193쪽.

위 인용문 작중 화자는 자신이 대접을 잘 받으니 기분 좋다는 것에서 나아가 장모에게 앞으로 잘 살겠다고 다짐한다. 특히, 위 노래는 손수건을 빌리는 대목부터 북향 재배를 올리기까지의 상황이 순차적으로 이루어지고 백년해로하겠다는 내용으로 마무리됨으로써, 가창자의 다짐이 한결 공고해질 수 있었다. 장모노래에서 사위는 장모님의 딸을 '빌리자'는 표현을 많이 한다. 이는 장모님 딸, 즉 신부의 소유가 사위가 아닌, 장모님이라는 의미이다. 실제 노래 가창자인 장모가 사위맞이 잔치에서 이렇게 노래하는 것은 떠나보내는 딸에 대한 안타까움도 있지만 본질적으로는 딸은 원래 우리 것이니 그만큼 신부에게 잘 하라는 의미로 볼 수 있다.[187] 노래를 통해 가창자인 어머니는 노래를 통해 딸의 행복을 다층적으로 바라고 있는 것이다.

장모노래 중에는 노래 속 사위의 다짐을 청취하는 존재인 장모가 노래에 등장하는 자료도 있다.

> 이청 저청 청 마리 끝에 빙빙도는 저 장모야/ 국화같은 딸을 길러 범나비같은 저로 주고 탁주 삼 잔을 잡으시오/ 그 술 둘려서 자네가 먹고 내 딸 다려다 성공마 하게(경북 성주군 대가면 칠봉 01동 이봉기(여)(1919), 대계 7-4, 332쪽)

위 인용문은 사위의 언술만 보면 첫 번째 형태와 유사하다. 그런데 사위의 감사함에 화답하기 위하여 장모의 당부가 후반부에 이어졌다. 작중 화자가 사위에서 장모로 교체된 것은 기본적으로 장모노래의 실제 가창자가 장모 자신이기 때문이기도 하지만, 실제 가창자의 목소리가 드러난 것은 이 노래의 구연 목적과 연관이 있다.

장모노래는 사위를 맞이하는 자리에서 장모가 사위 입을 통해 하는 노래

---

187 실제 사위인 남성 가창자가 부른 사위노래는 강원 횡성, 경북 상주, 경남 울산, 진양, 충남 당진 등에서 모두 5곡이 채록되었다. 이들이 부른 장모노래 중에는 '딸을 빌린다'는 표현을 사용한 자료가 한 편도 없다.

이다. 장모가 사위 입을 빌어 노래한다는 것 자체만으로도 노래의 유희성이 확보된다. 그렇지만 가창자들은 단지 잔치판의 흥을 끌어올리기 위해서 이러한 노래를 부르지는 않았다. 그 이면에는 처갓집 식구 및 동네 사람들이 모두 모인 자리에서 사위를 앞에 두고 간접적으로나마 앞으로 딸의 행복을 보장받고자 하는 목적이 있었다.

나. 사위노래

사위노래는 강원지역 1편, 전남지역 3편, 경북지역 13편, 경남지역 15편 등 모두 32편이 채록되었다. 이 자료들이 남부지역을 중심으로 채록된 이유는 중부지역의 경우 여성 구연 민요의 전승 토대가 다른 지역에 비해 약하거니와 이곳에 여러 종류의 통속민요가 향토민요 자리를 이미 차지했기 때문이다.[188] 일반 유흥공간에서 불리지 않은 것은 아니지만, 사위노래는 기본적으로 혼례婚禮 치른 뒤 당일 혹은 딸이 재행再行 왔을 때 벌이는 잔치에서 장모에 의해 노래된다. 이 노래의 구연 상황에 대해 제보자는 "딸하고 사우가 오믄 장모가 술 한 잔 주면서 이 사우한테 부르는기다."고 하고, 조사자들은 '사위본 날 밤 장모가 술잔을 받고 잔치상 앞에서 덩실덩실 춤을 추며 부른다', '사위 본 날 저녁 장모가 기분 좋아 부른다.'고 하였다.[189] 앞서 살핀 장모노래와 비교하면, 가창자와 작중 화자가 일치한다는 점에서 구연 상황이 노래 내용과 한층 밀접하다고 할 수 있다.

시집살이노래 중에 처가식구와 사위 관계가 중심이 된 노래가 있어 주목

---

188 서영숙 논의에 따르면, 서울, 경기지역 여성 구연 서사민요 역시 노동 기능에서 대부분 벗어났거나 가창유희요로 전환되어 불린다고 하였다.
서영숙, 「서울 · 경기지역 서사민요의 전승 양상과 문화적 특질」, 『한국민요학』 제35집, 한국민요학회, 2012.

189 위 인용문의 출처는 아래와 같다.
경남 창녕군 이방면 제보자 미상, 『영남구전민요자료집』 3, 월인, 2005, 240쪽.
경북 성주군 대가면 칠봉1동 이봉기(1919), 『대계』 7-4, 한국정신문화연구원, 1980, 333쪽.
경북 성주군 대가면 옥성동 박을학(1924), 『대계』 7-4, 한국정신문화연구원, 1980, 522쪽.

된다. 서영숙은 이 자료들을 자형에게 항의하는 처남유형과 장인 장모를 깔보는 사위유형 두 가지로 나눈 뒤, 전자는 자형이 누이를 내버려두고 장기바둑과 다른 여자에게 빠져있자 처남이 누이를 데려오고 자형에게 항의하는 내용이고, 후자는 지체 높은 가문의 사위가 낮은 가문의 장인장모를 깔보아 인사도 하지 않고 오자 아내가 항의하는 내용이라고 하였다.[190] 이 노래들에서 사위 목소리는 잘 나타나지 않으면서 아내를 비롯한 처가 식구 목소리 중심으로 사건의 발단과 전개만 노래될 뿐 뚜렷한 해결은 보이지 않으며, 사위와의 관계에서 늘 열세에 놓인 처가 식구나 시집간 여자의 현실을 그대로 보여준다고 하였다.

혼례연 때 장모가 부르는 사위노래는 며느리가 노동 및 유흥공간에서 부르는 처가식구-사위 관계 노래와 여러 가지 면에서 차이가 있다. 사설 구성상 사위노래는 사위 호칭과 유흥 권유로 구성된 것과 사위 호칭, 그리고 사위에 대한 장모의 당부로 이루어진 것으로 나눌 수 있다. 이 중 첫 번째 형태를 인용하면 아래와 같다.

> 찹쌀백미 삼백석에 앵미같이도 가린 사위/ 초가삼간 내 집안에 청실홍실 맺인 사위/ 진주남강 못둑 우에 수양버들이 늘어진데 이슬이 많아서 어이 나왔오/ 섣달 열흘 백화주를 유루에잔에다 가득부여 좋은 친구 모안 짐에 권컨자 컨 먹고나 놀아보세 얼씨구 좋다 지화자 좋다(경북 성주군 가천면 화죽 1동 이갑순(1923), 대계 7-5, 513쪽)

위 인용문의 첫 번째 부분에서 가창자는 직유直喩를 통해 두 번에 걸쳐 사위를 호칭하였다. 여기서 찹쌀 백미 삼백석에 앵미같이 골랐다는 것은 사위노래에서 관습적으로 사용되는 표현으로, 그만큼 사위를 고르고 골랐다는 의미이고, 진주 남강 둑 위에 늘어진 수양버들에 달린 많은 이슬을 피해서 어떻게 여기까지 왔냐는 표현은 그만큼 사위가 소중하다는 뜻

190 서영숙, 「처가식구-사위 관계 서사민요의 구조적 특징과 의미」, 『열상고전연구』 제29집, 열상고전연구회, 2009.

이다. 두 번째 부분에서는 좋은 친구들이 모였으니 기분 좋게 먹고 놀자고 하였다. 사위에 대한 반가움의 표현과 함께 흥겨운 분위기를 고조시키는 것이 목적인 첫 번째 형태에서 사위는 노래를 부르게 된 계기로만 역할한다. 이 형태의 목적은 잔치를 맞아 기분 좋으니 신나게 먹고 놀자는 것에 있다.

사위노래 두 번째 형태는 아래와 같다.

> 사우 사우 내 사우야/ 초가삼간 내 집 밑에 질이야 멀어서 어째 왔노/ 초가삼간 내 집 밑에 금실겉은 내 사우야/ 금쫑지 구실을 담아 구실 겉으나 내 사우야/ 공산명월 밝으나 달에 이엉겉은 내 사우야/ 찹쌀 닷말 삼백석에다 앵미 겉이다 가린 사우/ 진주못둑 버들 숲에다 이슬 젖어서 어째 왔노/ 진주 못둑 금술잔에다 술 한 잔을 가뜩 부여 그 술을 보고 목이 말라서 어째 왔노/ 사우 사우 내 사우야 내딸애길랑 데리다가 행복하기만 잘 살아주게(경남 거창군 마리면 고학리 이점순(1923), 대계 8-6, 983쪽)

위 인용문 역시 다양한 직유법을 사용하여 사위를 호칭하고, 그러한 사위의 소중함을 노래하였다. 그런데 먹고 놀자는 내용이 아닌, 자신의 딸과 행복하게 잘 살아달라고 사위에게 당부하는 것으로 마무리되었다. 첫 번째 형태에서의 사위 호칭은 사위의 소중함만을 드러내는 역할에 그친다면, 두 번째에서는 그러한 기능과 함께 장모의 당부를 부각시키는 역할을 하였다.

이제 갓 장모가 된 여성 입장에서 사위가 덮어놓고 반가울리 없다. 시집간 딸이 시집식구들 속에서 어떠한 생활을 겪게 될지 누구보다 잘 알기 때문이다. 그런 이유로 사위를 처음 맞이하는 자리에서 그에게 앞으로 딸을 잘 부탁한다는 내용을 노래하게 되었다. 전체 사위노래를 보면, 사위도 보고 기분 좋으니 먹고 놀자는 형태보다 사위에게 술 한 잔 따라주며 앞으로 행복하길 기원하는 노래들이 훨씬 많다. 전체 잔치노래 중 유흥 권유 내용이 노래되지 않는 것은 이 형태가 유일하다.

장모의 사위에 대한 바람을 내용에 따라 정리하면, 사위의 사회경제적 성공이 15편, 가정의 행복이 5편이다. 사위노래 가창자들은 가정의 행복이나 부부금술보다 밖으로 드러나는 사위의 명예나 지위를 더 중요하게 생각하였다. 이는 3장 아기 재우는 소리와의 관련성 부분에서 재론하기로 한다.

장모노래에서도 보았듯이, 사위노래 역시 노래 중간에 노래를 듣는 대상인 사위의 목소리가 등장하기도 한다.

> (전략)/ 이 술 한잔 잡으시고 부귀공명 하으시오/ 내 딸 사랑 자네하고 자네 사랑 내 사랑세/ 이정 저정 머리 끝에 빙빙도는 빙모님요/ 국화겉이 고운 딸을 범나비겉은 나를 줘서 이 술 한잔 잡수시고 만수무강 하옵소서(경북 영덕군 달산면 대지 1동 조유란(1908), 대계 7-6, 748쪽)
>
> 찹쌀백이 삼백석에 앵미같이 가린 사위/ 초가삼간 내 집안에 진주모똑 능수버들 이슬맞아 어예왔소/ 석달 열흘 이슬 받아 동백주를 유리잔 끝잔에 가득 부어/ 안주 좋고 술맛 좋네 만족하기 먹고 노세/ 나비 한 쌍 노는구나 매화를 주까 국화를 주까/ 매화 국화 내사 싫소 반달같은 따님 길러 나를 주오 나를 주오/ 온달겉은 내 사위야 반달겉은 내 딸 다리다가 성공하게(경북 성주군 대가면 칠봉 1동 여분순(1918), 대계 7-4, 388쪽)

첫 번째 인용문은 장모의 사위에 대한 애정 표현, 그에 대한 사위의 화답으로 구성되었는데 사위노래와 장모노래가 대등하게 결합되었다. 여기서 부인을 국화에, 자신을 범나비에 비유하는 것으로 보아 사위는 장모 앞에서 무척이나 겸손하다. 이러한 태도는 이 정도밖에 나를 대접하지 못하냐고 투정 아닌 투정을 하는 남성 구연 사위노래와 사뭇 다르다.[191]

두 번째 인용문은 사위노래 속에 장모노래를 수용한 형태로, 장모가 사위에게 매화나 국화를 받고 싶냐고 묻자, 사위는 그런 것은 필요 없고, 딸을

191 남성 구연 장모노래는 본인을 맞이하는 처갓집 상황만 노래하거나 장모님이 좋다는 내용을 반복적으로 노래한 자료, 그리고 장모님을 호칭한 후 잘 살겠다고 다짐하는 내용 등이 있다. 여성 가창자들의 소리가 일정한 틀 안에서 불린다면, 남성 구연자료들은 개인별 내용 편차가 심하다.

달라고 하였다. 보통 사위노래에서 화자話者는 자신에게 딸을 주었다고 하지, 달라고는 하지 않는다. 이미 작중 상황이 혼례를 치르고 사위가 되었기 때문이다. 가창자는 노래의 흐름에 맞게 기존 사설을 개변하면서 노래 속 두 화자의 관계를 유기적으로 구성하였다. 구연자는 사위를 맞아 기분이 좋으니 먹고 놀자는 내용까지만 노래해도 되지만 사위가 딸을 달라는 내용을 중간에 삽입함으로써 노래를 듣는 사위로 하여금 딸에 대한 책임감을 느끼도록 하였다.

(2) 회갑연回甲宴 노래

환갑還甲이나 칠순七旬 등 수연례壽宴禮는 자식들이 기본이 되되, 이웃 사람들이 음식을 품앗이해서 잔치 준비를 도왔다. 잔치에 모인 가족 및 일가친지, 동네사람들은 환갑을 맞은 이의 무병장수를 축하하는 한편, 앞으로의 건강을 기원하였다. 회갑연 때 환갑을 맞은 이가 자신의 생일을 맞아 부르는 환갑노래는 서울·경기지역 2편, 충북지역 3편, 충남지역 4편, 전북지역 4편, 전남지역 2편, 경북지역 14편, 경남지역 2편 등 전체 37편이 채록되었다.[192] 앞선 장모노래, 사위노래와 비교할 때 전국에 걸쳐 고르게 분포하고 있으면서 경북지역에서 특히, 많이 채록되었다.

환갑노래의 구연 상황을 보고한 자료에 따르면, "이것은 환갑날 오신 손님께 대한 인사 노래로서, 어쩔 수 없는데 일부종사를 하느라고 그렇게 고생을 해갖고 환갑 때 가서는 다 잘돼서, 내 환갭이라고 손님들이 왔는데 그 대접하는 노래여. 그렇게 그렇게 살았다는거.",[193] '환갑을 맞은 할머니가 부른다. 듣고 있던 젊은 부인들은 노래를 입 속으로 외어가며 열심히 배우고자 했다.',[194] 혹은 '환갑잔치에 가서 몇 토막 주워들었다.'[195]라고 당

192 딸 혼례연 노래와 균형을 맞추기 위해 목차에서는 회갑연노래라는 용어를 썼으나, 본문에서는 노래 자체에 대한 의미를 강조하기 위해 환갑노래라는 용어를 사용하기로 한다.
193 최래옥·강현모, 『성동구의 전래민요』, 서울 성동문화원, 2001, 119쪽.
194 경북 성주군 벽진면 운정 1동 하철년, 『대계』 7-5, 한국정신문화연구원, 1980, 324쪽.
195 대구시 동구 불로 1동 서상이, 『대계』 7-13, 한국정신문화연구원, 1985, 838쪽.

시 상황을 전하고 있다. 앞서 살핀 장모노래, 사위노래와 마찬가지로, 이 노래 역시 환갑잔치 때 환갑을 맞이한 이가 부르는 것에서 시작되어 다른 유흥공간으로 구연 상황이 확대되었을 것으로 추정할 수 있다.

사설 구성을 중심으로 볼 때 환갑노래는 가족을 나열한 것과 가족 나열 및 유흥 권유로 이루어진 것으로 나눌 수 있다. 이 노래의 첫 번째 형태는 아래와 같다.

> 백대유전 내 아들아/ 화초야 동방의 내 며늘아/ 새빌겉은 내 사우야/ 백년손님 내 사우야/ 백년의 오년은 내 딸이야/ 임시 사랑은 외손자라(경북 상주군 청리면 청하리 강말순(1921), 상주의 민요, 418쪽)

대부분의 환갑노래는 은유隱喩와 직유直喩를 통해 가족을 나열하는 것으로 시작된다. 보통 아들, 며느리, 사위, 딸, 손자, 외손자 순서로 부르는데 위 인용문에서는 손자가 나오지 않았다. 자료마다 조금씩 차이가 있긴 하지만 아들은 공자, 맹자로, 며느리는 동방화초, 딸은 만고효녀, 사위는 남중호걸 등으로 표현된다. 이 형태를 부른 가창자들은 회갑을 맞은 자리에서 가족을 나열하는 것 자체로 기쁨을 느낀다. 환갑을 지나면 가족 내에서는 말할 것도 없거니와, 마을에서도 노인으로 우대받는다. 설움 받던 며느리 시절을 무사히 넘긴 여성에게 회갑연은 가족 및 마을사람들이 수여하는 훈장과도 같다. 61회 생일을 맞았다 하더라도, 잔치를 열만한 상황이 되지 않는다면 이 노래를 부를 기회는 없을 것이다. 그런 이유로 이 노래 가창자들은 살림을 잘 살고 자식들도 반듯하게 자라 가족 구성원이 온전히 갖추어진 것에 대해 자부심을 가지고 있다.

노래 서두에 여러 가족 구성원을 나열하면서 남편을 노래하는 자료는 전체 37편 중 5편에 불과하다.[196] 이는 여성들이 부르는 처가식구-사위 관

196 자료 제일 앞에 남편을 노래한 것을 보면, '하늘같은 이내 낭군', '하늘같은 서방님', '하늘겉은 우리 영감', '나라에 충신은 내 영감' 등이라 하였다.

계 서사민요와 맥이 닿는다. 며느리들 눈에 비친 남편은 하나같이 불성실하여 처남에게 항의를 당하기도 하고, 장인장모를 깔보는 존재로 그려진다. 물론, 한국 남성의 평균 연령이 여성에 비해 낮아 잔치에 없을 수도 있으나, 정황상 남편을 일부러 노래에 넣지 않았을 공산이 크다.[197] 이를 통해 이 노래는 기쁨만을 오로지 표현하는 것 같으면서도 가창자의 현실에 대한 끈을 놓지 않고 있음을 알 수 있다.

환갑노래 두 번째 형태는 아래와 같다.

> 공자 맹자는 내 아들/ 동방화초는 내 메눌/ 일월요지는 내 손지/ 만구일색은 내 딸이요/ 영남에 호걸은 내 사우요/ 등넘어 강넘에 배 매놓고 뱃놀이 가잔다(경남 울산시 울주군 웅촌면 대대리 안복례, 67세, 울산 울주지방 민요자료집, 536쪽)

> (전략) 오늘만큼 오신 손님 나를 위해서 오셨걸랑/ 빛이 좋아서 국화주냐 맛이 좋아서 동동주냐 은잔 놋잔 벌려놓고/ 좋은 안주 좋은 술에 유쾌하게 놀읍시다/ 오늘 만큼 오신 손님 나를 위해 오셨는가 아들을 위해서 오셨는가/ 닷주푸다 환영하고 웃음으로 연행하고/ 얼씨구 좋네 절씨구 좋네 아니 노지는 못하리라/ 며누리 아가 아들아가 여러 손님들 대접을 잘 해서 돌려보내라/ 대접하여 저녁식사해서 돌려보내라 얼씨구 좋네 지화자 좋제 좋다(충북 청원군 오창면 박순금(1914), 한국의 농요 4집, 716쪽)

환갑노래 두 번째 형태는 가족 구성원을 나열하는 것과 함께 오늘만큼은 내 날이니 재미있게 놀자는 내용으로 구성된다. 전체 환갑노래 중 6편을 빼고 모두 후반부에 먹고 놀자고 하는 내용으로 매조지었다. 유흥을 고조시키기 위해 가창자들은 창부타령 후렴구를 차용하는가 하면, 술을 마시고 노는 상황을 다양하게 묘사하기도 한다. 환갑노래 전반부인 가족 나열은

---

197 박경열의 논의에 따르면, 시집살이담에서 부부夫婦 간의 갈등은 대부분 남편의 음주, 폭력, 노름, 외도 등으로 인해 일어났다고 하였다.
박경열, 「시집살이담의 갈등양상과 갈등의 수용방식을 통해 본 시집살이의 의미」, 『구비문학연구』 제32집, 한국구비문학회, 2011, 13~19쪽.

내용이 대동소이하지만, 후반부에 해당하는 유흥을 노래하는 부분은 가창자에 따라 사설 변화의 폭이 크다.

이 노래가 지난했던 삶을 무사히 살아온 이를 치하하는 자리에서 불리는 만큼, 가창자에 따라 그간 살아온 삶에 대한 회고 혹은 현재 자신의 처지에 대한 평가가 노래에 녹아들기도 한다. 관련 자료를 인용하면 아래와 같다.

> 오늘날 내 생진에 밤으로는 수잠(옅은 잠)자고 낮으로는 자춘걸음(종종걸음)/ 일월군자 내 아들아 요조숙녀 내 며늘아 귀동자 내 손자야 동방화춘 내 딸아 남산호걸 내 사위야 (후략)(밀양군 상동면 매화리 박헌이(1907), 대계 8-8, 438~439쪽)

> (전략) 덕석겉은 아들 정은 미느리한테 다 뺏기고/ 앵두겉은 딸의 정은 사위늠한테 다 뺏기고/ 아독따독 삾던 시간 맏미느리한테 다 물리주고/ 혈혈단신 이내 일식 요모양 요꼴이 되었구나/ 얼씨고 좋다 저절씨고 아니 노지는 몬하리라/ 옷해줄 늠 생갔겠다 밥해줄 놈 생갔겠다 이 궁디로 나돘다가 논 사겠나 밭사겠나/ 흔들대로 흔들고 놀자 얼씨고 좋다(대구시 동구 불로 1동 서상이(1905), 대계 7-13, 838~839쪽)

전체 환갑노래 중 본인이 겪은 삶에 대한 소회所懷가 표현된 자료는 5편 정도가 있다. 그간의 삶에 대한 가창자들의 자평自評은 대체로 좋지 못하다. 고된 노동, 정신적 스트레스 때문에 살기 싫은 것을 억지로 참으며 살아왔다는 식이다. 그럼에도 그들은 이 자리에서 그간 겪은 시집살이에 대해 시시콜콜 늘어놓지 않는다. 그들은 역경을 이겨내고 이제 자신의 삶을 관조할 수 있는 경지에 이르렀기 때문이다.[198]

---

198 시집살이를 경험한 노년기 여성들의 시집살이담에서도 자신의 삶에 대한 성찰이 나타난다고 한 바 있다.
김월덕, 「시집살이노래와 여성 개인서사의 상관성」, 『한국민요학』 제33집, 한국민요학회, 2011, 77쪽.
이정아, 「'시집살이' 말하기에 나타난 균열된 여성의식」, 『여성학논집』 제23집 1호, 이 첫 번째 인용문 가창자 역시 다른 가창자들과 마찬가지로 지금까지 겪었던 고생이 주마등처럼 지나가고 있다. 그러나 보통의 경우 가족 구성원이 나열되지만 이 가창자의 경우 시집살이의 트라우마(Trauma)가 완전히 걷히지 않아, 그때의 경험이 노래 서두로 나오게 되었다. 두 번째 인용문의 가창자는 노래 후반부에서 유흥과 관련된 내용을 노래하면서 가창자의 현재 상황을 유흥의 소재로 사용하였다. 기존의 환갑노래 문법 위에 자신이 표현하고자 하는 바를 자유롭게 노래하는 것은 이미 장모 · 사위노래에서도 살핀 바 있다. 특히, 유흥 관련 사설 속에 자신의 과거 및 현재를 표현하는 것은 이 노래만의 특징이다.[199]

3) 여성의 가정 내 위치와 잔치노래의 관련성

전통사회 여성들의 활동 공간은 대부분 가정 내로 제한되었다. 그러다 보니 가족 구성원이 민요 주요 소재로 등장하고, 가정 내 위치 변화에 따라 부르는 노래의 양상도 달라졌다. 전통사회 기혼여성의 가정 내 위치와 그에 따른 민요를 대응시키면, 며느리-시집살이노래, 어머니-육아노동요, 장모-장모노래와 사위노래, 61회 생일맞은 이-환갑노래로 정리할 수 있다.[200] 여기서는 앞서 살핀 잔치노래에 구현된 여성 의식을 가정 내 위치에 따른 각 노래와의 연관성 속에서 살펴보고자 한다.

화여대 한국여성연구원, 2006, 213쪽.

199 자료에 따라서는 어려서부터 환갑에 이르기까지 자신의 개인 서사(personal narrative)가 소상하게 노래된 것도 있다.
경북 성주군 대가면 칠봉 1동 여분순(1898), 『대계』 7-4, 한국정신문화연구원, 1980, 384~387쪽.

200 여성의 일생(가정 내 위치)에 따른 민요의 관계를 중심으로 볼 때 시집살이노래, 육아노동요, 장모/사위노래와 환갑노래를 모두 부른 가창자가 존재하는 곳은 경남 울주군, 진양군, 경북 성주군, 상주군, 그리고 전남 담양군이다. 여성의 가정 내 위치에 따른 노래를 순차적으로 부르는 것이 일반적이지는 않더라도, 지역에 따라 한 두 명은 발견된다.

(1) 영남지역 장모노래 가창자들의 민요 정서

영남지역에서 잔치노래 세 종류가 동시에 채록된 곳은 경남 중북부(거창, 의령, 진양, 밀양, 울주), 경북 중서부지역(예천, 선산, 상주, 성주, 대구)이다. 자료 현황에서 보듯, 영남지역에서 장모 · 사위노래, 환갑노래는 그리 낯선 노래가 아니다. 다른 지역과는 달리, 영남지역에서는 왜 딸 혼례연에서 자식의 행복한 결혼생활을 기원하는 어머니들의 노래가 많을까. 이는 이 지역 장모노래 구연자들이 부른 시집살이노래를 살펴보면 그 이유를 어느 정도 가늠할 수 있다. 먼저, 관련 자료를 인용하면 아래와 같다.

1. 시집 온지 사흘 만에 밭을 매러 나가다.
2. 아무리 일을 해도 점심참이 나오지 않아 집으로 돌아가다.
3. 일을 왜 제대로 하지 않고 돌아왔냐고 시집식구들이 타박하다.
4. 형편없는 대우에 머리 깎고 바랑 만들어 중이 되다.
5. 3년이 지나 시댁에 동냥하러 가서 남편을 포함한 시댁 식구를 만나다.
6. 자신이 중 된 것에 대해 남편이 원통해 하다.
7. 시집식구들의 횡포를 못이겨 중이 되었다고 남편에게 말하다.(시집간지 사흘만에, 경남 거창군 마리면 이점순(1923), 대계 8-6, 1018쪽)

악할사 인간들아 소인정을 들어보소 천상요절 생긴 코로 낡을 후아 뚫어내고 두뿔 조차 왠일인고 칠팔월 더우 아래 가니라고 가거마는 이구팔삭 이까리로 이내 등을 후러친다 (중략) 그러구로 집이라고 드어간께 뒤숭밭은 거 지집이 신덩기 다신구중물 묵어라꼬 주거마는 맛이없어 뭇 묵은께 병들었다 하옵시고 날랜 백정 들어대여 이내 살랑 뜯어내어 만인간이 각라 묵고 이내껍질 뺏기다가 북장구도 매아갖고 소리내기 치는구나(소노래, 경남 의령군 지정면 성산리 박연악(1910), 대계 8-11, 486~488쪽)

첫 번째 자료는 모진 시집살이를 견디다 못해 중이 된 여자가 등장하는 서사민요이다. 이 노래에서 주인공의 가출 후 남겨진 가족들은 비로소 며느리의 가치를 알게 된다. 화자는 자신의 무신경함을 자책하는 남편을 향해 "당신 엄마 말을 들어보소. 당신 동상 들어보소. 그 시접을 몬살아서 나는 절의 중에 나는 갔소."라고 말한다. 이 노래의 핵심은 시집식구들의 잘못을 폭로하는 데 있다. 그런 이유로 주인공이 가출하여 중이 되었다 하더라도 화자와 시집 식구간의 심리적 거리는 완전히 단절되지 않았다.

두 번째 인용문인 소노래에서는 작중 화자인 소의 독백의 통해 소가 죽게 되는 과정이 노래된다. 첫 번째 인용문 며느리가 시집에서 겪는 고난은 두 번째 인용문에서 소가 당하는 것과 닮아있다. 열악한 상황에서 일만 하다가 죽게 되었음에도, 화자는 어떠한 원망도 내비치지 않는다. 이미 소가 죽기도 했거니와 사람 손에서 오랜 시간 사육 당해왔기 때문이기도 하다. 이 노래의 구연자인 박연악이 30대 중반에 혼자되어 4남매를 길렀다는 것을 감안하면, 소를 기른 사람들은 시집 식구, 소의 죽음과 해체는 시집살이를 의미하는 것으로도 볼 수 있다.[201] 이 노래 가창자는 소노래 이외에도 거미노래, 담배노래, 이노래, 닭노래 등 다양한 소재를 통해 자신이 느끼는 시집살이를 우회적으로 표현하였다.[202] 이처럼 장모 · 사위노래 가창자가 부른 시집살이노래를 정리하면, 대체로 시집살이의 불합리함을 해결하거나 항변하려 하기 보다는 생활 자체를 드러내는데 초점을 맞추거나 본인의 심정을 우회적으로 표현하려는 경향이 강하다. 이들은 자신이 겪은 시집살이에 대하여 대체로 수용적 태도 보인다.

영남지역 시집살이노래와 장모노래의 관계를 보다 선명하게 이해하기 위해 호남지역 자료 상황을 살펴보고자 한다. 호남지역에서는 장모노래는

201 첫 번째 인용문 가창자인 이점순은 15살 때부터 이루 말할 수 없을 정도의 시집살이를 겪었고, 박연악은 34살에 혼자 몸이 되었다. 이들이 겪은 시집살이는 아래 책에 자세히 조사되어 있다.
경남 거창군 마리면 고학리 이점순(1923), 『대계』 8-6, 한국정신문화연구원, 1980, 763쪽.
경남 의령군 지정면 성산리 박연악(1910), 『대계』 8-11, 한국정신문화연구원, 1980, 378쪽.

202 소노래를 포함한 여성 구연 동물노래에 대해서는 아래 논문에서 다룬 바 있다.
졸고, 「동물노래의 형상화 방법과 여성민요적 의의」, 『한국민요학』 제29집, 한국민요학회, 2010.

한 편도 채록되지 않고, 사위노래 만이 3편이 보고되었다.[203] 뿐만 아니라, 호남지역 시집살이노래에서는 시집살이 자체를 소재로 한 서사민요가 많고, 〈흥글소리〉 등을 통해 자신의 심회를 직접적이고 생생하게 표현하는 정서가 강하다.[204]

딸을 시집보내는 어머니의 경우 본인은 시집살이를 벗어났으나, 이제 그 고통의 그림자가 딸에게 드리워져 있음을 직감한다. 개인의 선택이긴 하지만, 며느리가 들어오면서 그간 받았던 시집살이의 설움을 보상받을 수 있는 기회가 생기는 시어머니와는 상황이 다른 것이다. 여성민요 중에는 장모가 사위를 맞이하며 부르는 노래는 꽤 넓게 분포하고 있어도 시어머니가 며느리를 보면서 하는 노래는 한 편도 없는 것도 이러한 상황적 차이가 만들어 낸 결과로 볼 수 있다.

영남지역 여성 가창자들은 가부장제를 비롯한 전통적인 사고방식에서 벗어나는 노래를 그리 선호하지 않았다. 시집살이의 해결책을 스스로에게서 찾는 것에 익숙하지 않았던 이 지역 어머니들은 그 대안으로 사위를 선택하게 되었다. 안사돈에게 딸을 잘 부탁한다는 노래를 부를 수 없는 상황에서 영남지역 여성 가창자들은 차선책으로 사위가 딸의 어려움을 이해하고 도와주는 것이 가장 바람직하다고 생각했던 것이다.

---

203 호남지역에서는 징거미타령 소재 '내 돈 석냥을 갚아라'는 사설을 '장모 은혜를 갚읍시다', '장모 공은 다 못갚는다', '장모 은혜를 갚겠다' 등으로 바꾸어 부른 형태가 9편 보고된 것도 주목할 만하다. 이 형태는 기혼 여성 가창자들에 의해서만 불렸다. 이들이 장모의 은혜를 갚지 못하는 사위를 직간접적으로 경험한 사람들이라는 점을 감안하면, 이 노래 가창자들은 장모 은공 소재 징거미타령 구연을 통해 기존 소리의 유희성을 극대화하는 한편, 의무는 내팽겨치고 권리만 주장하는 남편들을 조소嘲笑하고자 한 것으로도 볼 수 있다.

204 서영숙, 「영남지역 서사민요의 전승적 특질」, 『고전시가연구』 제26집, 한국고전시가문학회, 2010, 207쪽.
서영숙, 「영 · 호남 서사민요의 소통과 경계」, 『고전시가연구』 제28집, 한국고전시가문학회, 2011, 362쪽.

(2) 아기 재우는 소리와 사위노래의 친연성

끝나지 않을 것 같던 시집살이는 임신과 출산을 거치면서 조금씩 나아진다. 아기를 기를 때는 아기 어르는 소리와 재우는 소리 등을 하였다. 아기 어르는 소리에는 〈둥게둥게〉, 〈불아불아〉, 〈시상달공〉 등이 있다. 주로 아이와 가창자만이 있는 공간에서 독창 형식으로 아기를 재우거나 어르기 위해 부르는 이 소리에는 아기에 대한 가창자의 바람이 자연스럽게 표현되었다. 많은 여성 제보자들은 일한다고 바빠서, 혹은 어른들이 어려워서 함부로 아이를 두고 어르거나 재우는 소리를 부를 수는 없었으며, 이러한 소리들은 자연스레 할머니나 할아버지의 몫이었다고 한다. 많은 어머니들이 자신의 자녀에게 그런 소리를 일상적으로 불러주지 못한 것은 사실이지만, 그렇다고 해서 그들이 한 번도 이 노래들을 하지 않은 것은 아니다. 그런 이유로 아기 재우는 소리와 사위노래는 사설 구성 및 가창자의 정서의 면에서 공유하는 부분이 많다.[205]

사위노래 가창자가 부른 자장가 중 한 편을 인용하면 아래와 같다.

> 어화 둥둥 내 사랑아 일월요지는 내 손자야 이리 보아도 내 사랑아 저리 보아도 내 사랑아/ 니 어딧다 인자 났노 지리징산 보배동아 청산봉오 대추씨야/ 얼음국에 소매씬가 어화둥둥 내 사랑아 은을 준들 너를 사나 돈을 준들 너를 사나 어화 둥둥 내 사랑아/ 니 어딨다 인지 났노 일월요지 내 사랑아(후략)(성주군 초전면 문덕 1동 유학선(1918), 대계 7-5, 262~263쪽)

위 노래 가창자는 다양한 은유를 통해 귀엽고 사랑스러운 손자가 어디서 났냐고 물으면서 노래를 시작한 뒤 손자가 돈을 주고 살 수 없을 만큼 귀하다고 하였다. 유학선 가창자 구연 사위노래에서는 귀하디귀한 사위가 어디서 왔으며, 앞으로 행복한 생활을 당부한다는 내용이 노래되었다.

---

205 사위노래 가창자 중에는 아기 어르는 소리 사설을 중간에 넣어서 부른 이들도 있다. 대구광역시 북구 산격동 구두이, 한국민요대관(www.yoksa.aks.ac.kr).

자장가와 사위노래 가창자들은 노래의 대상, 즉 아기와 사위에 대해 '금자동', '은자동' 그리고, '찹쌀백미 삼백석에 앵미같이도 가린 사위' 등으로 노래하면서 더할 나위 없이 귀한 존재로 표현한다. 아울러, 두 노래는 공통적으로 유교적 세계관의 파장 안에 있다. 아기 재우는 소리에서는 '나라에는 충신동이, 동네에는 유신동이, 가정에는 화목동이, 부모에는 효자동이'라는 사설이 빠지지 않고 등장한다. 사위노래 후반부에서 장모는 사위의 사회적 성공 혹은 입신양명을 기원한다. 즉, 귀하디귀한 자신의 자녀가 사회적 요구에 부응하고 반듯하게 자라길 기원했던 어머니가 나이가 들어 장모가 되자, 사위에게 사회에 이름을 휘날릴 수 있는 존재가 되길 바라게 된 것이다.

(3) 시집살이 치유기제로서의 환갑노래

환갑노래에서 가족을 나열하는 사설이 핵심적 내용 중 하나로 자리잡은 것은 그간 가창자가 겪은 시집살이 경험에서 그 이유를 찾을 수 있다. 가창자가 며느리일 때는 가정 내에서 철저히 주변인이었다. 그러다가 조금씩 시댁 식구의 일부로 편입되고 마침내 환갑 즈음에는 시집이 곧 내 집이 되고, 가족의 정점에 자신이 서게 된다. 가창자 입장에서는 그간의 고생을 뒤로 하고 슬하에 가족 구성원을 온전하게 갖춘 것만큼 자랑스러운 일이 없을 것이다.

앞서 다룬 세 가지 노래들은 모두 잔치에서 불린다. 사위맞이 잔치와 달리, 회갑연은 잔치의 흥겨움과 함께 노인으로 거듭나는 통과의례적 성격도 가지고 있다. 장모 · 사위노래 같이 내용이 다양하지는 않지만 이 잔치 때 부르는 노래는 전통사회 여성들이 주어진 삶을 온전히 겪어낸 뒤 자신의 삶이 한 단계 고양되면서 부르는 '삶의 고난과 역경을 이겨낸 뒤 부르는 노래'이다. 그런 이유로 환갑노래 가창자들은 지나온 세월에 대한 관조, 자신의 삶에 대한 논평 등을 노래하면서도 그 첫머리에는 언제나 가족 구성원 나열을 잊지 않았다.

시집살이를 거친 여성들이 잔치에서 부르는 노래에서는 그 전에 그들이 불렀던 노래와 내용 및 사설 구성의 면에서 공유하는 점이 많다. 먼저, 가창자의 관심사에 있어 다른 여성구연민요가 그렇듯이, 잔치노래 역시 가창자의 시선은 가족을 향해 있다. 특히, 환갑노래의 경우 가족 구성원 나열 자체가 한 편의 노래가 되기도 한다. 전체 여성민요 중 가장 많은 부분을 차지하는 노래인 시집살이노래에서는 감정의 직접적 표현, 개별 인물에 대한 투사投射, 희극적 서사敍事 통한 풍자諷刺, 비극적 서사敍事 통한 비판, 대상 의인화, 특정 상황의 구비 공식구(Oral formula)로서의 활용, 사물에 대한 객관적 전달敎述 등의 방법을 통해 자신의 역할을 받아들이기도 하고, 억압적이고 불합리한 것에 대해서는 저항하기도 한다. 환갑노래의 경우 시집살이노래와 같이 사설 구성 방식이 다양하게 사용되는 것은 아니다. 그럼에도 사설 나열 및 의미 확장, 상황 중심의 노래 전개, 삽화적 사설 구성 등은 그들이 젊었을 때 불렀던 노래들과 맥이 닿는다. 환갑노래 가창자들은 그간의 구연 경험을 토대로 그들의 현실인식 위에서 자료 간 사설 교류 및 관련 노래 수용 등의 방법으로 이 노래를 구연하였다.

며느리들의 시집살이노래는 밭이나 둘게 삼 삼는 곳 등 소규모 노동 공간에서 동류의식을 가진 이들 사이에서 불렸다. 육아노동요 역시 아이와 가창자만 있으면 노래가 구연되는데 문제가 없다. 그러나 장모 · 사위노래는 화자의 정서를 공유하는 범위가 최소 가족 단위이다. 나아가 환갑노래는 일생에 있어 한 번 있을까 말까한 본인의 통과의례 자리인 만큼 가족을 넘어 마을로 정서 교감 단위가 확대된다. 요컨대, 구연 공간 및 정서 공유 단위의 면에서 여성의 가정 내 위치와 그에 따른 노래가 밀접한 관계가 있고 그 끝에는 환갑노래가 있었다.

4) 맺음말

본고에서는 영 · 호남지역을 중심으로 충청, 경기지역에 걸쳐 분포하면서, 가창자 및 구연 상황, 목적 등이 공유되는 장모노래, 사위노래, 그리고 환갑노래를 사설 구성을 중심으로 분석한 뒤 이 노래들을 시집살이노래 및 육아노동요와의 관계를 중심으로 살펴보았다. 먼저, 장모노래는 장모 행동 묘사와 유흥 권유로 구성된 것과 대접을 잘 받으니 기분 좋고, 앞으로 잘 살겠다는 사위의 다짐으로 마무리되는 형태가 있다. 이 노래는 사위를 포함한 온 가족이 모인 자리에서 실제 장모가 사위의 목소리를 빌려 노래하는 것만으로도 유희성이 확보되었다. 사위노래는 장모가 사위를 맞이하니 기분이 좋다는 형태와 앞으로 잘 살라는 사위에 대한 당부가 노래된 형태가 있다. 이 두 노래에는 공통적으로 딸의 결혼생활이 순탄하기를 비는 어머니의 바람이 깔려 있다.

환갑을 맞은 이는 가족 구성원을 나열하면서 유흥을 고조시키기 위한 목적으로 환갑노래를 불렀다. 가창자는 이 노래를 통해 자신이 집안의 중심이 된 것을 확인하고 잔치에 모인 이들에게 유흥을 독려하였다. 환갑노래는 다양한 유흥 관련 사설 속에서도 자신의 삶에 대한 관조가 노래된 것이 특징이었다.

장모 · 사위노래, 환갑노래는 가창자들이 살아오면서 불렀던 시집살이노래 및 육아노동요의 연장선상에 있다. 먼저, 시집살이 때 겪은 주변인으로의 고통을 치유하기 위해 가창자들은 환갑노래에 가족 구성원을 일일이 나열하게 되었다. 아기 재우는 소리와 사위노래를 비교 검토한 결과, 노래 속 대상인 아기 및 사위에 대한 가창자의 의식, 그리고 그들에 대한 바람이 공유되었다. 그런 이유로 아기 재우는 소리를 불렀던 어머니가 뒤에 장모가 되어 사위노래를 부르게 된 것으로 이해하였다.

시집살이노래는 동류집단, 육아노동요는 아이와 가창자만이 있는 공간 중심으로 노래되었다면 장모 · 사위노래는 가족단위 잔치, 환갑노래는 마을단위 잔치로 구연 공간 및 정서 공유 단위가 확장되었다. 구연 공간 및 정서 공유 단위의 면에서 여성의 가정 내 위치와 그에 따른 노래가 밀접한 관계가 있는 것이다. 장모 · 사위노래, 그리고 환갑노래 가창자들은 시집살이노래 및 육아노동요의 연장선상에서 이 노래를 부르면서 딸의 행복 혹은 그간 겪은 고생을 치하하였다.

메밀노래의 내용 층위와 갈래적 성격

1) 머리말

전통사회 여성의 삶과 민요民謠는 불가분의 관계에 있었다. 그들은 밭을 매거나 둘게 삼을 삼을 때 혹은 여럿이 모여 여흥을 즐길 때 등 다양한 삶의 공간에서 민요를 통해 작업의 능률을 올리기도 하고, 갑갑한 심회를 표출하기도 하였다. 이렇게 부른 노래들 중 하나가 메밀노래이다. 메밀노래의 특징은 메밀 씨앗 파종 후 농사를 지어 음식을 마련하는 과정이 순차적으로 묘사되는 것이다. 여러 가지 내용의 여성민요 중 먹거리와 관련하여 파종부터 음식 마련까지의 내용으로 구성된 형태는 이 노래가 유일하다.

김영희는 메밀노래의 개관 및 내용적 특징 등을 논의하였다.[206] 그는 이 노래가 메밀을 길러 음식을 장만하는 내용의 서사민요敍事民謠라고 하면서, 대체로 호남지역을 중심으로 전승되는 메밀 재배, 음식 장만으로 구성된 유형, 경상도지역 중심의 음식을 마련했는데 남편의 죽음 소식을 듣고 아내가 자살하는 유형이 있다고 하였다. 메밀의 형태나 특징을 상세히 묘사하는 것은 메밀 생산이 늘어나기를 바라는 주술적 기원의 결과이고, 두 번째 유형에서 아내가 죽는 것 역시 풍농 기원의 의미가 내재하고 있다고 하였다.

김영희의 논의는 지금까지 한 번도 제대로 논의된 적이 없는 메밀노래를 집중적으로 다룬 첫 번째 논의라는 점에서 의의가 있다. 그러나 그가 제시한 두 가지 유형이 과연 메밀노래의 전체적 면모를 대변하고 있는지 재론할 필요가 있다. 이 노래는 전국적으로 분포하되, 사설 구성도 지역 단위로 묶이지 않기 때문이다. 메밀의 농사 및 음식 조리가 주술적 기원 외 다른 의미는 없는지도 살펴야 한다. 마지막으로 메밀노래를 인물과 갈등이 핵심 요소인 서사민요敍事民謠로 봐야 하는지, 아니면 특정 사물에 대한 묘사 및 설명이 주가 되는 교술민요敎述民謠로 규정해야하는지도 검토해야 한다.[207]

206 김영희, 「메밀노래」, 『한국민속문학사전』 민요편, 국립민속박물관, 2013, 205~206쪽.
207 조동일은 이 노래를 교술민요의 범주에 포함시킨바 있다.

여성민요는 표현방식에 있어 자료별 차이는 있어도 기본적으로 작중 소재에 대한 가창자의 경험이나 의식의 투영이 중요하게 작용한다. 서사민요, 시집살이노래, 동물노래 등 작중 대상과의 거리 두기 혹은 가창자의 경험 등에 따라 노래의 양상이 달라지는 것이다. 여성민요가 정서 표출 기능이 강한 것도 여기서 그 이유를 찾을 수 있다.

메밀노래는 작중 소재와 화자가 시종일관 거리를 유지하고 있다. 가창자의 의도를 드러낼 여지가 없다는 점에서 여타 여성민요와 메밀노래는 분명 차이가 있다. 농사 과정만을 충실히 묘사하는 것은 구연의 재미가 비교적 덜함에도 불구하고 이 노래는 전국적으로 분포할 뿐만 아니라, 여성과 남성 가창자가 두루 향유하였다. 이에, 본고에서는 그간 본격적인 논의가 이루어지지 않은 메밀노래의 사설 구성을 중심으로 유형을 나누고, 이 노래의 갈래적 특징을 담배노래와의 비교를 통해 부각시키고자 한다.[208]

2) 메밀노래의 사설 구성

전국에서 채록된 메밀노래 양상을 표로 제시하면 아래와 같다.

채록 지역		사설 구성	유형	출처
강원	횡성	메밀 농사	1	한국민요집 Ⅳ, 324쪽
	정선	메밀 농사, 음식 마련, 식사 권유	2	강원의 민요 Ⅰ, 597쪽
	인제	메밀 농사, 음식 마련, 식사 권유, 시집살이노래	3	한국민요대전(강원), 257쪽
충북	영동	메밀 농사	1	대계 3-4, 359쪽
	괴산	메밀 농사, 음식 마련	1	한국민요대전(충북), 37쪽
	영동	메밀 농사, 음식 마련, 식사 권유	2	충북의 노동요, 380쪽
	음성	메밀 농사, 음식 마련, 식사 권유	2	한국민요집 Ⅱ, 431쪽

장덕순 외, 『구비문학개설』, 일지사, 2006, 142쪽.

208 본 논문에서는 메밀노래의 사설 구성을 토대로 유형類型을 나누었다. 장단이나 선율 등 다른 요소 분석 결과에 따라 이 유형이 바뀔 여지는 충분히 있다.

채록 지역		사설 구성	유형	출처
충북	영동	메밀 농사, 음식 마련, 식사 권유, 자탄	3	한국의 민요 제2집, 431쪽
충남	대전	메밀 농사, 음식 마련, 식사 권유 (담배노래 습합)	3	대전민요집, 170쪽
	부여	메밀 농사, 음식 마련, 베틀노래	3	한국민요대전(충남), 226쪽
전북	부안	메밀 농사, 음식 마련, 식사 권유	2	민초들의 옛노래, 117쪽
	부안	메밀 농사, 음식 마련, 식사 권유	2	한국민요집 II, 435쪽
	진안	메밀 농사, 음식 마련, 식사 권유	2	한국민요집 II, 435쪽
	정읍	메밀 농사, 음식 마련, 식사 권유	2	한국민요집 II, 433쪽
	정읍	메밀 농사, 자탄	3	한국민요집 IV, 324쪽
전남	나주	메밀 농사, 음식 마련, 식사 권유	2	한국민요대전(전남), 48쪽
	고흥	메밀 농사, 음식 마련, 식사 권유	2	한국민요대전(전남), 27쪽
	완도	메밀 농사, 음식 마련, 식사 권유	2	한국민요집 II, 434쪽
	진도	메밀 농사, 음식 마련, 식사 권유	2	한국민요집 IV, 323쪽
경남	의령	메밀 농사	1	대계 8-10, 306쪽
	거창	메밀 농사, 음식 마련, 식사 권유	2	거창의 민요, 209쪽
	창녕	메밀 농사, 음식 마련, 식사 권유	2	한국민요집 II, 431쪽
경북	영덕	메밀 농사, 음식 마련	1	한국민요집 I, 158쪽
	안동	메밀 농사, 음식 마련	1	한국민요집 II, 436쪽
경북	예천	메밀 농사	1	대계 7-18, 261쪽
	영덕	메밀 농사, 음식 마련, 식사 권유	2	한국민요집 II, 432쪽
	안동	메밀 농사, 음식 마련, 식사 권유	2	한국민요집 II, 437쪽
	영덕	메밀 농사, 음식 마련, 식사 권유	2	한국민요집 IV, 323쪽
	월성	메밀 농사, 음식 마련, 식사 권유	2	대계 7-2, 434쪽
	상주	메밀 농사, 음식 마련, 식사 권유	2	한국민요집 II, 433쪽
	문경	메밀 농사, 음식 마련, 식사 권유	2	영남지역 구전민요자료집 1, 174쪽
	군위	메밀 농사, 음식 마련, 식사 권유	2	대계 7-12, 589쪽
	안동	메밀 농사, 음식 마련, 식사 권유	2	한국민요집 II, 433쪽
	상주	메밀 농사, 음식 마련, 식사 권유	2	한국민요집 II, 435쪽
	군위	메밀 농사, 음식 마련, 식사 권유	2	한국민요집 V, 154쪽
	예천	메밀 농사, 음식 마련, 식사 권유	2	대계 7-18, 225쪽

채록 지역		사설 구성	유형	출처
경북	의성	메밀 농사, 음식 마련, 식사 권유	2	한국민요집 Ⅰ, 160쪽
	안동	메밀 농사, 음식 마련, 식사 권유	2	대계 7-9, 1249쪽
	선산	메밀 농사, 음식 마련, 식사 권유, 유흥	3	대계 7-16, 656쪽
	김천	메밀 농사, 음식 마련, 식사 권유, 줌치노래	3	영남의 소리, 181쪽
	울주	메밀 농사, 음식 마련, 식사 권유	2	울산울주지방민요자료집, 641쪽
	울주	메밀 농사, 음식 마련, 식사 권유, 시집살이노래	3	울산울주지방민요자료집, 641쪽
	영덕	메밀 농사, 음식 마련, 식사 권유, 시집살이노래	3	한국민요대전(경북), 300쪽
	월성	메밀 농사, 음식 마련, 식사 권유, 베틀노래	3	대계 7-3, 534쪽
	예천	메밀 농사, 음식 마련, 베틀노래	3	대계 7-18, 640쪽
	울주	메밀 농사, 음식 마련, 액운애기	3	울산울주지방민요자료집, 637쪽
	울주	메밀 농사, 음식 마련, 식사 권유, 액운애기	3	울산울주지방민요자료집, 639쪽

위 표에서 보듯, 메밀노래는 강원지역 3편, 충북지역 5편, 충남지역 2편, 전북지역 5편, 전남지역 4편, 경북지역 25편, 그리고 경남지역 3편 등 경기와 제주지역을 제외한 전국에서 48편이 채록되었다.[209] 이 노래는 대체로 여성 가창자를 중심으로 향유되었고, 지역별 채록 수는 비슷하며, 경북지역에서 전체 수의 반 정도가 조사된 것이 이채롭다.[210]

---

209 전국적으로 메밀농사가 이루어진 상황에서 경기지역은 비교적 여성민요의 전통이 약한 이유로 메밀노래가 채록되지 않았다고 볼 수 있다. 제주지역의 경우 보다 면밀한 논의가 필요하다.

210 김태갑, 조성일 편주, 『민요집성』, 한국문화사, 1996, 208쪽에 2유형이 한 편 조사되어

(1) 1유형: 메밀노래의 구연 동력, 자부심

1유형은 영동, 괴산, 횡성, 영덕, 안동 등지에서 7편이 채록되었다. 이 유형은 메밀노래 중 가장 기본적인 형태로, 파종, 메밀 성장, 수확, 탈곡, 음식 조리 등의 공정이 순차적으로 묘사된다. 파종부터 메밀 성장 혹은 음식 마련에 이르는 과정으로 구성된 농사 화소話素는 메밀노래 구성의 최소 단위이다.[211] 이 노래가 구연자들의 실생활에서의 경험이 반영된 결과물이라는 점을 감안하면 파종부터 음식 조리까지 이루어져야 농사의 목적이 성취되는 관계로, 기본 단위가 이러한 구성을 갖추었다고 볼 수 있다.

벼나 보리를 비롯한 여러 가지 곡식 중 메밀이 노래의 대상으로 채택된 것은 메밀 농사의 특성에서 그 이유를 찾을 수 있다. 메밀은 병충해에 강해서 사람 손을 덜 탈뿐 아니라, 척박한 땅에서도 잘 자라기 때문에 산비탈이나 묵은 밭에 심기 용이하였다. 더군다나 시기가 늦어도 농사가 가능하다보니, 양력 7월 초순에 파종하여 10월 들어 밑동 부분이 익기 시작하면 수확에 들어갔다. 사람들은 가뭄으로 인해 논에 물을 대지 못했거나 태풍으로 작물이 피해를 입었을 경우 조나 피, 기장 등 구황작물의 하나로 메밀을 심었다. 먹고 사는 문제가 생존과 직결되었던 때 메밀은 식량의 보루 역할을 하였다.

이 노래에 내재한 구연 원동력을 유추하기 위해 1유형 자료 중 몇 편을 인용하면 아래와 같다.

> A: 세모진 메밀을 옥토에 던져놓니 던져놓은 삼일 만에 가서 보니/ 파랑잎이 뾰족 뾰족 나는구나/ 열흘 후에 가서 보니 훌쭉훌쭉 자랐구나/ 한달 후에 가서 보니 잎으로는 푸른 잎 꽃으로는 백화로다/ 대롱으론 붉은 대 열매로는 세모진 검은 열매 열렸구나(충북 영동군 용산면 부상리, 박임순(1911), 대계 3-4, 359쪽)

있으나, 구체적 지역을 알 수 없어 각주로 처리하고자 한다.

211 교술민요의 특성상 메밀노래 화소話素(motif) 파악은 이 노래의 성격을 이해하는데 도움이 된다.

B: 이 산 저 산 두허링이산에 메물 씨 한 되를 뿌려 놓고/ 사흘만에 가서 보니 잎새는 동동 칡잎이요 열매 동동 까막열매 대공은 동동 붉은대요/ 어린 총각 앞을 세우고 깔뜨랑낫을 옆에 찌고 밭머리를 썩들어시니 / 한 단은 비어 뉘어 놓고 두 단 비어 세워 놓고 (중략) 경상도 놋디야칼로 요모나 조모 쓸어다가/ 하늘에서는 번개를 치고 땅에서는 용솟음 치는 메물국수랍니다(충북 괴산군 문광면 문법1리 이상규(1927), 한국민요대전, 37쪽)

위 두 인용문에서 가창자는 파종 이후 메밀의 성장을 온전하게 표현하는 것에 집중한다. 대부분의 1유형은 파종, 성장, 수확, 음식 조리 등의 과정이 빠짐없이 노래된다. 이 유형에서는 작중 화자에 대한 정보나 그가 처한 상황 혹은 농사를 짓게 된 연유 등이 나타나지 않는다. 여기서 중요한 것은 별 탈 없이 메밀이 성장하는 것, 혹은 농사를 잘 지어 메밀국수를 맛있게 만들어 내는 것이다.

대부분의 가사 노동이 오로지 여성의 인력에 의해 이루어지는 상황에서 전통사회 여성들에게 요구되는 덕목 중 하나가 농사 및 음식 솜씨이다. 이 능력들은 시집 생활이 거듭되면서 조금씩 고양 된다. 이 노래는 객관적 묘사로 일관되기에 다른 여성민요에 비해 구연에 따른 재미가 비교적 덜하다. 그럼에도 불구하고 이 노래가 여러 지역에서 불릴 수 있었던 것은 가창자들이 이 노래를 부름으로써 메밀노래 관련 내용을 포함한 집안일을 잘하고 있다는 자기 암시를 받기 때문이다. 지역에 따라 농사 목적 및 방법, 상황 등이 크게 다르지 않은 상황에서 실생활에서의 경험에 기반한 자부심이 노래에 내재하기에 이 노래가 전국적으로 구연될 수 있었다.

(2) 2유형: 유흥적 사설 차용을 통한 유희성 강화

두 번째 유형은 메밀 농사와 음식 마련, 그리고 식사 권유로 이루어진 형태로, 모두 30편이 채록되었다. 이 유형의 서두는 작중 화자가 '삐딱밭'이나 '동대산', 혹은 '청태산' 등의 장소에 메밀을 뿌리면서 시작되는 것과 '앞집 동시 뒷집 동시', '아랫집에 총각들', '뒷집에 김도령' 등의 인물에게 메밀

씨를 뿌리러 가자고 권유하면서 시작하는 것이 있다. 특정 장소로 시작되는 것이 20편, 인물을 호칭하는 것은 10편이다. 2유형에서의 이러한 시작 차이가 이후 노래되는 내용에 영향을 미치지는 않는다. 뒤에서 살피게 될 3유형 전체 13편 중 8편이 특정 인물 호칭으로 시작되는 것을 보면, 파종하는 이를 등장시키는 형태의 구연자들은 그렇지 않은 이들에 비해 작중 소재와의 심리적 거리가 더 가깝고, 그 때문에 파종 이후의 내용이 더욱 다채롭게 노래될 수 있었다. 아울러, 메밀노래의 기본 구연 단위가 메밀 농사 및 음식 마련에 따른 과정임을 감안하면 특정 인물을 호칭하는 형태는 그렇지 않은 것을 기반으로 생겼을 것으로 볼 수 있다.

메밀노래는 파종 및 메밀 성장, 이후의 식사 권유에 이르는 과정이 다양한 댓구 및 묘사를 통해 생생하고 역동적으로 노래된다. 특히, 이러한 면모는 수확한 메밀로 음식을 만드는 대목에서 극대화된다. 관련 인용문을 제시하면 아래와 같다.

> C: (전략) 멧돌에다 선을 둘러 방에 아래 베락 쳐서 / 치공구로 가굴 내어 안반에다 빼을 쳐서 / 홍두깨로 옷을 입혀 비소같은 드는 칼로 덤빙덤빙 목을 잘라(후략)(충북 영동군 상촌리 궁촌마을 황영해, 충북의 노동요, 380쪽)

위에서 '방에 아래 베락 쳐서'는 메밀가루를 만들기 위해 방아 찧는 것을 과장해서 표현한 것이다. '안반에다 빼을 쳐서'는 메밀 반죽을 안반에 여러 번 치대서 반죽에 끈기를 만드는 것을, '홍두깨로 옷을 입혀'는 안반과 홍두깨 사이에 반죽이 들어붙지 않도록 밀가루를 뿌려 반죽을 얇게 만드는 것으로, 두 부분 모두 의인법을 활용하였다. '비소같은 드는 칼로 덤빙덤빙 목을 잘라'는 메밀 반죽 두께가 적당하다고 생각되었을 때 메밀가루를 묻혀 칼로 썰어 면발을 만드는 것으로, 역시 의인법이 사용되었다. 작중 화자와 소재가 객관적 거리를 유지하고 있음에도 음식 마련 진행 상황에 따라 묘사와 의인법, 그리고 과장과 댓구 등을 활용하여 구연의 재미를 배가시켰다.

2유형의 마지막은 식사 권유로 마무리된다. 음식을 마련한 뒤 식사 권유 화소話素를 덧붙인 것은 그만큼 자신이 만든 음식이 자신 있다는 것을 의미한다. 갓 만들어낸 메밀국수의 가치를 돈으로 따질 수 없다는 식의 사설이 여러 지역에서 채록된 것을 보면, 2유형 가창자들은 1유형에서의 자부심 바탕에 유희성을 가미했음을 알 수 있다.

메밀노래 내 식사 권유 관련 내용의 특징이 구체적으로 드러난 문면을 제시하면 아래와 같다.

> D: (전략) 올러가는 구관사또 내려오는 신관사또 맛을랑 보자 빛을랑 보지 말고 맛으로 보고 가소(경북 월성군 외동면 임실 2리 최남분(1912), 대계 7-2, 434쪽)

> E: (전략) 올라가는 이도령아 내려가는 김도령아 미물주시 잡고 가소/ 빛을 보고 잡지 말고 맛을 보고 잡고 가소/ 말씀이사 고맙소만 길이 바빠 못 먹겠소(경북 예천군 풍양면 우망동 전성분(1921), 대계 7-18, 225쪽)

D 자료 가창자는 모양이나 빛깔로 자신의 음식을 판단하지 말고 일단 맛을 보라고 한다. 앞서 언급되었듯, 식사 권유는 자신의 음식 솜씨에 자신 있기에 가능한 것이다. 그런 이유로 가창자에 따라서는 메밀국수 값이 얼마냐고 물어본 뒤 '일이백냥, 삼천냥이 제값'이라고도 하고, 국수를 먹어보니 '감탕같이 넘어간다'고하도 한다.

작중 화자가 식사를 권유하는 대상으로는 가족 및 주변 사람, 그리고 감사 등이 있다.[212] 이 중 '올라가는 구감사 내려오는 신감사'로 노래하는

---

212 가창자에 따라 '감사'를 '사또'로 노래하기도 한다.
경북 월성군 외동면 임실 2리 최남분(1912), 『대계』 7-2, 434쪽.
경북 월성군 안강읍 양월 2리 임두생(1908), 『대계』 7-3, 534쪽.
창녕지방, 『한국민요집』 Ⅱ, 431쪽.
완도지방, 『한국민요집』 Ⅱ, 434쪽.
안동지방, 『한국민요집』 Ⅱ, 436쪽.

자료가 18편으로, 가장 많다. 구감사 및 신감사 사설은 유희성을 강화하기 위해 〈줌치노래〉 후반부에 주머니를 만들어 구경하라고 하는 내용에서 차용한 것이다. 요컨대, 1유형을 바탕으로 후반부에 식사 권유 관련 내용을 이어 노래함으로써 1유형에서의 농사에 대한 자부심 고취가 2유형에서는 식사 권유에 따른 유희성 강화로 가창자들의 관심이 이동하고 있음을 알 수 있다.

E 자료는 작중 화자가 메밀국수 먹기를 권유하자, 그 말을 들은 이도령과 김도령이 국수 먹기를 거부하는 사설로 마무리되었다. 권유를 받은 이들은 '길이 바빠서(8편)', 혹은 '돈이 없어서(1편)' 정성껏 마련한 메밀국수를 먹지 못하겠다고 한다. 전체 2유형 자료 중 식사를 거절하는 자료는 모두 14편으로, 전체 메밀노래 형태 중 가장 많다.

메밀 씨앗을 파종한 이래 국수를 완성하기까지 내용은 전체 노래의 90% 이상을 차지한다. 그 과정에서 여러 가지 표현법이 활용되며 작중 화자의 메밀국수에 대한 자부심 또한 무시할 수 없다. 그럼에도 식사를 권유받은 이들은 소소한 이유를 들어 권유를 단칼에 거절한다. 식사 권유 뒤에 그에 대한 대답이 이어져야 균형이 잡힌다고 본다면 가창자들은 마지막에 거절을 첨가함으로써 유희성 강화의 의도를 보다 명확히 하였다.

(3) 3유형: 가창자 현실 인식의 반영물로서의 메밀노래

세 번째 유형은 메밀 농사, 음식 장만, 식사 권유에 이어 유흥遊興, 혹은 한탄恨歎이 결합된 형태로, 11편이 채록되었다. 1유형과 2유형은 기본적 사설 구성과 가창자의 구연 정서가 상통하는 면이 있다. 농사 및 식사 권유 화소도 큰 변화가 없다. 그러나 3유형은 각편에서 메밀노래 이후의 내용이 차지하는 비중이 확대되면서 기존의 메밀노래 구연 문법 및 맥락이 달라진다.

먼저, 기존의 메밀노래 내용에 유흥이 결합된 자료를 인용하면 아래와 같다.

F: (전략) 미물국실 해어놓고/ 국시골 올라간 신감사도 니려간 구감사도 미물국시 잡숫고 가지/ 미물국실 묵고가이/ 솜씨있다 소문났네 솜씨가 얼매나 존지 솜씨가 있어스러/ 정상판사도 먹고 가고 구감사도 먹고가고 잘먹었다고/ 정상판사 구감사 솜씨있다 소문나서 혼사를 걸었구나(경북 선산군 장천면 상림동 곽달련(1910), 대계 7-16, 656쪽)

G: (전략) 첫구녕에 분을 발라 홍두깨에 입을 입혀/ 이리저리 해가지구 정장두 드는 칼루 애쓱배쓱 쓸어서 한 대 두 대 먹고 나니/ 만사가 태청하구 곱배 한번 다 나가는구나(대전시 대덕구 장동 최금화(1913), 대전민요집, 170쪽)

F 자료에서는 신감사와 구감사에게 대한 식사 권유에서 나아가 자신의 음식 솜씨가 소문이 나서 그로 인해 혼사婚事가 왔다고 하였다. 앞서 살핀 1, 2유형 가창자들은 노래 내용에 대해 객관적 거리를 유지하기 때문에 작중 화자의 개인적 감정이나 의도가 노래에 드러날 여지가 거의 없었다. 위 인용문의 가창자는 메밀노래의 내용에 기반하면서도 자신만의 목소리를 노래에 담아내었다. 특히, 가창자와 작중 화자가 동일하기 때문에 노래를 통한 자기 만족도는 어떤 각편에 견주어도 뒤지지 않는다. 기본적으로 3유형 자료들은 후반부 확장을 통해 가창자의 개인적 의도를 드러내려는 성향이 강하다.

G 자료는 메밀국수를 만든 뒤 특정인에게 식사를 권유하는 것이 아니라, 담배를 피우니 기분이 좋다는 내용을 노래하였다. 전체 내용 중 위 부분이 차지하는 비중은 그리 크지 않다. 식사 권유를 누구에게 했는지도 알 수 없다. 그럼에도 메밀노래의 유형별 사설 변화의 폭이 크지 않고, 메밀노래 가창자가 음식을 만들어 남에게 권유하는 내용이 대부분인 점을 감안하면 위와 같은 차용은 결코 의미가 작지 않다. 위 두 자료는 가창자의 의도에 따라 스스로 만든 사설 혹은 기존 가창유희요 사설을 기존의 메밀노래와 유기적으로 결합했다는 점에서 공통점이 있다.

다음으로, 메밀 농사, 음식 장만, 식사 권유에 이어 한탄이 노래된 자료이다. 이러한 형태는 크게 두 가지 방식으로 노래되는데, 첫 번째 형태를 인용하면 아래와 같다.

> H: (전략) 앞밭에라 비알밭에 뒷밭에라 비알밭에 메물 던진 석달 만에 메물 구경 하로가세/ (중략) 가마솥에 물을 부어 아국자국 끓여놓고 메물국수 만들었네/ 오고가는 행인들아 메물국수 먹고가소/ 머곡저곡 여기더니 먹고나니 허사로다/ 여봐 농부님네 다른 농사 다 지어도 메물 농사 짓지마오(충북 영동군 용산면 신항리 이성복(1934), 한국의 민요 제2집, 431쪽)

위 인용문에서는 기존의 메밀노래가 순차적으로 노래된 뒤 가창자의 개인적 심회를 덧붙였다. 힘들게 메밀 농사를 지었음에도, 이 농사를 짓지 말라고 하는 것은 메밀국수를 먹는 것이 허사라고 말하는 것일 수도 있고, 메밀 농사를 짓는 것 전체가 소용없다고 하는 것 일수도 있다. 다만, 식사를 권유하는 이가 가족이나 주변사람들이 아닌, 행인이라는 점에서 위 인용문의 가창자는 기본적으로 농사 자체를 부정적으로 인지하고 있다고 보인다. 앞서 3유형의 특징 중 하나가 가창자 개인의 정서가 표현되는 것이라고 했는데, 이 자료 역시 가창자의 현실 인식이 노래에 영향을 미쳤다고 볼 수 있다. 그럼에도 유흥을 노래한 자료를 포함해서 이 자료까지는 가창자의 관심이 메밀농사의 범주를 벗어나지는 않는다.

다음으로 메밀노래가 온전히 노래된 뒤 후반부에 〈시집살이노래〉, 〈베틀노래〉, 그리고 〈액운애기〉 등 다른 여성민요가 결합한 형태이다. 관련 인용문을 제시하면 아래와 같다.

> I: (전략) 그렁저렁 지내다보니 시어머니가 죽었구나 안방 차지두 내 차지야/ 그렁저렁 지내다 보니 시누년들두 죽었구나 웃방 차지두 내 차지야/ 건넨방 문을 열띠리니 고재 잡놈두 죽었구나 뒷방 차지두 내 차지야/ 초매를 벗어 장삼을 짓고 적삼은 벗어 꼬깔을 접고/ 속옷은 벗어 바랑을 짓고 씨구 씨구 꼬깔을 씨구/ 입구 입구 장삼을 입구 지구 지구 베랑을 지구/ 싱 되루 가세 싱 되루 가세 낙산사 절로 싱 되루 가세 어라만수(강원도 인제군 인제읍 합강리 최필녀(1917), 한국민요대전, 257쪽)

J: (전략) 엄마 엄마 울엄마요 언제새나 오실랑고/ 살간밑에 흐른 물이 한강되도 내 오꾸마/ 엄마 엄마 울엄마는 동솥에 안친 닭이 홰로 쳐도 아니오고/ 살간밑에 흐른 밥이 싹이 나도 아니오네 엄마엄마 울엄마요 언제새나 오실랑고/ 평풍에 기린 학이 술붓거든 내 오꾸마/ 엄마엄마 울엄마요 평풍에 기린 학이 술을 부아도 아니오고(경북 울주군 웅촌면 대복리 김원출, 울산울주지방민요자료집, 637쪽)

I 자료 가창자는 파종 이후 음식 마련까지 노래한 뒤 시집식구들에게 식사를 권유한다. 다른 식구들이야 그렇다고 쳐도, 남편까지 '고재잡놈'이라고 이르는 것으로 보아 시집 식구 중 작중 화자가 마음을 줄 수 있는 존재는 아무도 없어 보인다. 메밀 농사 후 시아버지, 시어머니, 시누이, 남편 모두에게 차례로 식사 권유하는 것은 작중 화자가 집안일을 도맡아서 한다는 것과 함께 집안일이 많다는 것을 의미한다. 이 자료는 시집 식구들이 모두 죽어서 집안이 자신의 차지가 되었다고 좋아하지만 그것도 잠시, 중이 되기 위해 집을 나서는 것으로 마무리된다.

시집식구들이 다 죽어서 온 집안이 자신의 차지가 되었음에도 작중 화자가 머리를 깎고 중이 되는 이유는 무엇일까. 전체 노래가 작중 화자의 시선을 중심으로 이루어지는 상황에서 시집식구의 죽음은 실현 불가능한 그녀의 바람으로 볼 수 있다. 시집식구의 일원이 되고 싶으나 현실은 바람대로 되지 못했던 이유로 혼자만의 한풀이를 한 뒤 출가出家를 결심하게 된 것이다. 전반부에 노래되는 메밀 농사 및 음식 마련 내용으로 인해 작중 화자의 생활인으로서의 위치는 공고하였다. 현실에서 부지런히 일하면 일할수록 작중 화자가 시집식구들로 인해 느끼는 배신감이나 고독감은 상대적으로 부각되었다.

J 자료는 메밀 농사 및 음식 마련, 가족에 대한 식사 권유까지 노래된 뒤 서사민요 중 하나인 〈액운애기〉가 이어졌다. 집안일을 하고 있던 작중 화자에게 어느 날 저승사자가 찾아오게 되고, 그녀의 죽음 앞에 가족들은 하나같이 대신 죽기를 거절한다. 결국 작중 화자는 모든 것을 받아들인 뒤 자식과의 애틋한 대화로 노래를 마무리한다. 죽음을 맞이하게 된 어머

니와 자녀와의 대화는 다복녀多福女민요의 그것과 닮아있다. 다만, 여기서는 죽은 어머니가 아닌, 죽음을 목전에 둔 어머니라는 점에서 두 사람 사이의 안타까움이 더욱 진해진다.

J 인용문 작중화자의 일상은 눈코 틀 새 없이 바쁜 관계로 어떠한 소외나 괴로움이 틈입할 여유가 없다. 자식이 있다는 것을 보면, I 인용문 작중화자와 달리, 그녀의 가정 내 위치 역시 어느 정도 자리가 잡힌듯하다. 그럼에도 비극은 작중 화자를 비켜가지 않았다. 위 인용문에서 전반부의 메밀농사 및 음식 장만 내용은 작중화자의 건강한 생활인으로서의 면모를 강조하는 역할과 함께 자식과의 이별에 대한 슬픔을 극대화하는 기능을 한다. 요컨대, 메밀노래와 다른 여성민요가 결합하는 자료들의 경우 양상은 달라도 공통적으로 작중 화자가 비극적 결말을 맺는 경우가 많고, 메밀노래는 그러한 비극성을 우회적으로 강화하는 역할을 하였다.

3유형에서 유흥을 노래한 형태의 사설 구성 방식을 보면, 가창자의 개인적 심회를 직접 드러내는 방식과 〈담배노래〉와 같은 노래를 후반부에 결합시키는 방식이 있다. 이러한 사설 구성 방식은 한탄을 표현한 자료도 동일하다. 다만, 3유형 중에는 유흥을 노래한 자료보다 그렇지 않은 자료가 더 많다. 이를 통해 메밀노래 3유형 가창자들의 당시 현실 인식을 가늠할 수 있다.

3) 메밀노래와 담배노래의 내용 비교

〈담배노래〉의 기본 구조는 메밀노래와 마찬가지로, 파종과 농사, 그리고 수확으로 구성된다.[213] 우리나라 전승 민요 중 이러한 구성을 취하는 자료군은 이 두 노래 밖에 없다. 아울러, 두 노래는 구연 상황 및 가창자, 사설 구성 등의 면에서 유사한 점이 많다. 내용 및 갈래 등이 유사한 담배노래의

213 담배노래는 담바귀타령, 담바고타령, 담방귀노래 등 여러 가지 명칭으로 불리나, 여기서는 메밀노래와의 통일성을 감안하여 〈담배노래〉로 부르기로 한다.

사설 구성 양상을 살핌으로써 메밀노래의 특징을 보다 명확히 이해할 수 있다.

길태숙은 담배노래의 각편 내 사설 비교 통해 이 노래의 사설 구성 양상 및 원리, 그 의미를 파악하고자 하였다.[214] 그는 전체 담배노래 중 담배 농사 관련 내용이 노래된 자료를 대상으로 이 노래의 핵심 요소는 담배 호칭 및 재배, 흡연 느낌 표현이라고 하면서, 가창자들이 이 노래를 부르는 이유는 흡연 느낌을 말하는 데 있다고 하였다. 담배노래 후반부에 '사위 삼소', 혹은 '옥단춘아' 관련 사설이 붙은 것이 있는데, 이러한 결합의 이유는 두 자료 모두 문답으로 노래가 시작되고, 가벼움의 이미지가 동일하기 때문이라고 하였다.

길태숙에 의해 담배노래의 기본적 성격은 어느 정도 개관되었다. 그러나 이 노래의 전체적 윤곽 및 특징을 보다 명확히 파악하기 위해서는 그가 제시한 세 가지 핵심 요소 파악에서 한 걸음 나아가야 한다. 여기서는 전체 담배노래를 대상으로 하되, 이 노래들의 사설 구성을 중심으로 전체 자료를 분류하고자 한다. 아울러, '사위 삼소'나 '옥단춘아' 외 담배노래와 결합하여 새로운 의미를 창출해내는 각편들에 대해서도 논의할 것이다.

전국에서 채록된 담배노래 66편을 사설 구성을 중심으로 분류하면 세 가지로 정리할 수 있다.[215] 첫 번째 유형은 상주, 화천, 이천 등지에서 5편이 채록되었는데, 담배씨 파종, 성장 및 수확 등으로 구성된다. 관련 인용문을 제시하면 아래와 같다.

> 담바귀야 담바귀야 동네 울산 저 담바귀/ 저기 저기 저산 밑에 담바귀씨를 심었더니/ 밤이며는 찬이슬 맞고 낮이며는 양기를 맡아/ 곁잎 나고 속잎 나서 점점 자라서 왕성했네(경북 상주군 화동면 어산리 지성길, 상주의 민요, 440쪽)

---

214 길태숙, 「〈담배노래〉의 노랫말 구성 양상과 의미」, 『국제어문』 32집, 국제어문학회, 2004, 63~89쪽.

215 지면 관계상 담배노래 분포 양상은 각주로 대신하고자 한다.

위 인용문은 담배를 한 번 호명한 뒤 파종과 담배 성장이 차례대로 노래되었다. 대부분의 담배노래는 작중 화자가 담배에게 왜 왔냐고 묻고, 이에 담배가 특정 이유를 들어 이곳에 오게 된 이유를 말하면서 시작된다. 이 유형 가창자들은 담배 농사 자체에 집중하는 관계로 담배와의 문답에 그다지 신경을 기울이지 않는다. 그런 이유로 위 인용문 작중 화자 역시 담바귀와 객관적 거리를 유지하면서 담배 농사를 잘 짓는 것에 치중하였다.

담배노래는 각편별 차이가 크고, 사설 구성 역시 복잡한 자료들이 많다. 이러한 상황에서 5편에 불과하고 내용 역시 비교적 소략한 1유형은 그리 중요하지 않게 보일지도 모른다. 그러나 담배 농사 화소가 전체 담배노래의 기본 골격에 해당하고, 2, 3유형이 1유형을 기반으로 확장되므로, 이 유형의 존재 의의를 부정할 수는 없다. 전체 담배노래 중 농사가 잘 되지 않았다고 노래하는 자료는 한 편도 없는 것을 보면, 1유형 가창자들은 담배 농사와 그에 따른 풍작을 노래하면서 농사꾼로서의 역할과 의무를 확인하고자 했음을 알 수 있다. 이들에게 작중 소재인 담배는 기호품이나, 스트레스 해소제가 아닌, 농사 작물 자체이다.

메밀노래와 담배노래 1유형은 모두 객관적 시선으로 농사 혹은 농작물의 성장 과정이 노래되는데, 이는 실제 농사 경험을 기반으로 구성된 것이다. 담배농사의 수고로움은 메밀농사 못지 않다. 그럼에도 작물의 현실적 용도 차이로 인해 이 노래는 가창자의 자부심 고취까지 나아가지는 못하였다.

두 번째 유형은 17편이 채록되었는데, 담배 씨 파종과 농사, 그리고 흡연에 대한 소회所懷로 구성되었다. 관련 자료를 인용하면 아래와 같다.

> 구야 구야 담바나구야 너의 국은 좋다더니 대한의 국을 왜 나왔나/ 우리 국도 좋건마는 대한의 국도 유람을 왔네/ 은을 주랴고 나왔는가 금을 주랴고 나왔느냐/ 은도 없고 금두나 없어 담바구씨 한 되를 가져왔네/ 저기 저기 저 남산 밑에 따라밭을 갈아 씨를 뿌려/ 싹시 나면 밤이며는 찬이실 맞고 낮이며는 향기를 쐬여 (중략) 그 담배가 다 말르면 영감의 쌈지도 한 쌈지 잔뜩 총각의 쌈지도 한 쌈지 잔뜩/ 열두매기 긴 담뱃대에 청동화로 백탄 숯에 담배 한 대

피고나니/ 목구멍 속에서 실안개 돈다(경기도 파주시 적성면 어유지 1리 유병직, 파주민요집, 305쪽)

2유형은 대체로 작중화자와 담배와의 문답, 파종, 성장, 담배 제조 및 흡연에 대한 소회로 구성된다. 위 인용문에서는 작중 화자와 함께 담배의 목소리가 등장하는데, 작중 화자가 전체 노래를 이끌어가는 상황에서 담배는 이곳에 온 이유를 답할 때만 나타난다. 작중 화자와 담배와의 문답은 크게 세 가지로 나타난다. 우리나라에 왜 왔냐는 작중 화자의 질문에 담배는 '은두 좋구 금두 좋지만 담바귀 씨를 가지고 왔네', '우리 국도 좋지마는 너의 국에 유람 왔다', 그리고 우리국도 좋기는 좋다마는 대한의국에 심화풀이를 왔네' 등으로 대답한다. 여기서 어떠한 이유 없이, 담배 씨 만을 가지고 왔다는 것은 담배노래 자체의 기본적 면모를, 유람 왔다는 것은 유흥적 성격을, 그리고 심화풀이를 왔다는 것은 정서 표출의 기능을 강조하겠다는 것으로 볼 수 있다.

자료 서두의 문답 구성은 전체 구성상 이질적이다. 위의 대답이 이후에 이어질 내용과 직결되는 것도 아니다. 그럼에도 불구하고 대부분의 담배노래에서 이러한 구성 방식을 취하는 것은 담배의 대답을 통해 가창자가 노래에 대한 자신의 태도를 간접적으로 표현할 수 있기 때문이다.

두 번째 유형은 첫 번째 유형에 비하면 담배 농사 관련 공정이 비교적 상세해졌다. 그럼에도 불구하고 담배 농사의 핵심 공정인 수확 및 건조는 탈락하였고, 사람의 역할 역시 최소화된 것을 보면, 실상에 부합한다고 보기는 어렵다. 그 이유는 담배에 대한 의인화가 노래 전반에 영향을 미쳐 담배가 스스로 자란다는 시각이 노래를 지배하기 때문이다. 요컨대, 담배노래 2유형 가창자들은 흡연에 따른 느낌 표현에 구연 목적을 두고 있으며, 이러한 상황에서의 담배 농사 내용은 담배 맛이 좋을 수 있는 근거로서 역할하였다.

담배노래와 메밀노래 1유형은 농사 관련 내용을 순차적으로 노래하는데 주안점을 둔다는 점에서 공통점이 많았다. 1유형에서 2유형으로 넘어오면서 두 자료간의 동질감에 조금씩 균열이 생긴다. 메밀노래 2유형은 기본적으로 1유형 정서를 기저에 깔되, 식사 권유 내용을 넣음으로써 유희성을 강화하고자 하였다. 이 유형의 작중 화자는 부지런한 농사꾼으로서의 면모를 잃지 않고 있다. 담배노래 역시 같은 방식으로 노래는 되지만 흡연 느낌을 표현하는데 주안점을 두었다. 이 유형 가창자들은 농사꾼이기보다는 흡연자로서의 면모가 강하다. 유형간 사설 구성은 큰 차이가 없으나, 작중 화자가 농사꾼에서 흡연자로 변화하면서 3유형부터는 담배농사에만 내용이 국한되지 않게 되었다.

담배노래 3유형은 1, 2유형과 달리 담배 씨를 뿌려 농사짓는 대목이 생략되거나, 흡연에 대한 소회 표현 이후 다른 내용이 결합하는 등 각편에 따른 차이가 크다. 각편 수도 1, 2유형을 합친 것 보다 많다. 앞선 유형에서는 각편의 60%를 넘게 차지하는 담배 농사 관련 내용이 과감히 축소되거나, 흡연에 대한 소회 표현 이후에 새로운 내용이 덧붙는 형태를 통틀어 3유형에 포함시키고자 한다.

3유형에 속하는 44편 중 담배와의 문답 이후 담배 농사 관련 내용이 축소되고 가창자의 심회가 직설적으로 표현되는 형태를 보면, 기쁨보다 슬픔의 정조를 노래한 자료가 많다. 전통사회 여성들에게 흡연은 일상에서의 작은 비상구 역할을 하였다. 담배를 피운다고 해서 문제가 해결되는 것은 아니지만 폭압적인 현실 속에서 그나마 위안이 되었다. 그런 이유로 가창자들은 '구야 구야 담배구야 내 심중을 니가 안다'라고 노래하였다. 쌓이고 쌓인 응어리를 잠시나마 풀어주는 대상으로서의 담배에게 작중 화자가 마음을 열게 되고, 1유형에서 형성된 가창자와 담배와의 객관적 거리가 무너지면서 이후의 내용은 다양하게 전개될 수 있었다.

다음으로, 흡연 느낌 표현 이후에 저기 가는 저 할머니에게 자신을 사위삼으라하고 하거나 옥단춘에게 냉수를 떠 달라고 부탁하는 등의 내용이 결합하는 형태이다. 유흥을 노래한 자료들은 대부분 위 내용에서 벗어나지 않는다. 이 형태를 부른 가창자들의 성별은 여성 가창자에 비해 남성 가창자들이 월등히 많다. 이러한 양상은 남성 가창자 중 본인의 개인적 심회를 담배노래에 얹어서 표현한 이는 한 명도 없다는 것과 같은 맥락으로 볼 수 있다.[216]

메밀노래에서도 보았듯이, 담배노래 역시 후반부에 〈진주낭군〉이나 〈김선달네 맏딸애기〉 등의 여성민요가 결합하거나 가창자 나름의 사설을 이어 부르는 경우가 있다. 담배노래는 메밀노래처럼 다른 여성민요와 결합하는 경우가 많은 편은 아니다. 관련 인용문을 제시하면 아래와 같다.

> (전략) 한모금을 풋고나니 부모야 정이 요만하만 효자노릇을 내몬하까/ 두모금을 풋고나니 세간맛이 요만하면 옹글부재로 내몬살까/ 삼세모금을 풋고나니 설은각이 회자지네/ 삼세모금 거듭 풋고 황천질이 비쳤구나/ 칭기산 어깨씨야 바삐 올라 오데가노/ 고생복 적막한데 선화당에도 기엉간다/ 이리가면 언제 올래/ 살이 썩어 물이 되고 뼈는 썩어 흙이 되고 흙도 하해 썩은 물이 다시 보기는 적막하다 (경남 의령군 유곡면 세간리 박상연(1917), 여, 대계 8-11, 43쪽)

위 인용문은 담배 농사, 흡연, 그리고 가창자의 소회所懷로 구성되었다. 위 가창자는 '목구멍에 실안개가 돈다'는 것과 같은 단편적 감상에서 나아가, 흡연 느낌을 비교적 길게 노래하였다. 흡연이 상세하게 노래되는 자료들을 보면, 각 내용이 유흥으로 일관되는 경우가 많다. 위 인용문 역시 담배를 처음 피웠을 때는 옹글찬 부자로 살 수 있을 정도로 기분이 좋다고 하였다. 그러나 흡연이 거듭되면서 그러한 기쁨은 슬픔으로 급변한다. 처음 흡연을 할 때는 위안을 얻을 수 있지만 그것이 거듭되면 현실로 돌아올 수밖에 없기 때문이다.

세 모금 이후에 황천길이 비치고, 저승에 있는 칭기산을 올라 선화당에 구경을 간다는 것을 보아, 현재 가창자는 인생의 황혼에 접어든 것으로 보인다. 한 평생 자신을 따라다녔던 고난과 역경을 '고생복'이라고 하는 것에

216 한국구비문학대계에 지역별 남성 가창자들이 이 노래를 부르는 이유 및 상황 등이 상세히 조사되어 있다.

서는 가창자는 자신에게 주어진 환경에 순응하며 살아왔음을 알 수 있다. 그는 인생의 마지막 자락에서 차분히 자신의 삶을 관조하고 있다. 위 인용문이 위와 같은 구성을 취할 수 있는 것은 가창자의 삶에 대한 태도가 가장 크게 작용했지만 한평생 이어온 흡연의 일상성도 무시할 수 없다.

3유형에서 가창자의 의도에 따라 담배노래의 기본 형태가 축소, 삭제되는 이유는 이 노래 도입부에서 그 이유를 찾을 수 있다. 담배를 의인화해서 문답을 주고받음으로써 가창자와 작중 대상과의 심리적 거리는 한층 가까워진다. 다른 여성민요에서도 어렵지 않게 발견할 수 있듯, 둘 사이의 가까워짐은 다양한 각편이 나올 수 있는 전제 조건이 된다. 아울러, 남녀를 불문하고 성인이라면 어렵지 않게 흡연을 경험할 수 있기에 가창자들은 흡연으로 인한 소회를 각자의 방식으로 표현할 수 있었다.

메밀노래 3유형은 자료 후반부에 다양한 형태의 개별 내용이 확장되지만, 전반부의 메밀농사 관련 내용 자체는 큰 변화를 겪지 않는다. 1유형에서 마련된 메밀노래의 기본 구조가 3유형까지 이어지고 있다는 것이다. 이 기본 구조는 가창자의 의도가 달라진다 하더라도, 그 안에서 나름의 구실을 한다. 이러한 지속성은 남성 가창자들이 이 노래를 불렀을 때도 동일하게 나타난다.[217] 담배노래는 각 유형에 따른 사설 구성 차이가 크다. 3유형의 경우 담배노래의 기본 골격에 해당하는 농사 관련 내용이 거의 지켜지지 않는다. 남녀 가창자에 따른 내용을 보아도, 남성들은 대체로 유흥 중심, 여성들은 유흥과 함께 자신의 심회를 얹어서 부르는 경우가 많다.

메밀노래와 담배노래는 공통적으로 농사 공정을 기본 골격으로 하고 있다. 그럼에도 2유형으로 넘어가면서 사설 구성 및 유형별 성격에 차이가 생기는 것은 두 작물 및 그에 따른 경험 차이에서 그 이유를 찾을 수 있다. 메밀은 식생활에서 차지하는 비중이 절대적이라 해도 과언이 아니다. 파종

217 여성 가창자들이 주로 부르는 노래를 남성 가창자들이 거의 그대로 따라 부르는 것은 베틀노래에서도 나타난다.

이후 음식 만들기까지의 과정이 생활과 밀접한데다 농사 순서도 개인에 따른 차이가 거의 없다. 그런 이유로 유형이 바뀌어도 노래의 기본 구조는 그대로 유지하는 경우가 많았다. 담배는 판매를 목적으로 재배하지 않는 한 생존에 꼭 필요한 것은 아니다. 아울러, 흡연 느낌은 개인차가 클 수밖에 없다. 이 때문에 3유형의 수가 전체의 반을 넘고, 농사 관련 화소 역시 가변적이다.

전통사회 여성들은 민요를 노래함에 있어 문답 통한 대화체, 일정한 인물 및 사건이 포함된 이야기, 작중소재에 대한 의인화擬人化, 여러 층위의 공식구(Formula), 그리고 대상에 대한 묘사나 설명 등을 사용하였다. 메밀노래의 경우 작중 화자는 소재와 객관적 거리를 유지하면서도 진행 상황에 따라 의인화 및 묘사, 댓구 등을 다채롭게 활용하였다. 특히, 1유형에서 3유형으로 가면서 사설 구성이 확장되는 방식은 다른 교술 갈래 노래에서도 확인되는 것이다.

기존 논의에서 메밀노래는 민요 분류상 교술민요教述民謠에 포함되어 왔다.[218] 이 갈래는 사물을 객관적으로 묘사, 설명해서 알려주는 것이 특징으로, 소타령, 토끼타령, 꿩타령, 바늘노래, 줌치노래, 메밀노래, 담방귀타령 등과 같은 한 가지 사물의 여러 가지 특징을 자세히 노래하는 형태, 지명풀이, 장타령, 큰애기타령, 새타령 등과 같은 서로 관련되는 여러 가지 사물을 하나씩 나열하는 형태, 그리고 한글뒤풀이. 달거리, 투전풀이와 같은 숫자나 글자 순, 달 순에 따라 전개하는 형태가 있다. 전체 교술민요 중 메밀노래가 포함된 사물의 특징을 자세히 노래한 형태를 세분화하면 소타령, 두꺼비노래와 같은 동물노래, 줌치노래, 바늘노래와 같은 사물노래, 그리고 베틀노래 및 메밀노래와 같은 일노래가 있다. 이 중 동물노래는 작중 대상의 현실적 위상 및 가창자의 경험이 각 노래의 사설 구성에 지대한 영향을 미치는 것과 기본 골격을 바탕으로 가창자의 의도에 따라 사설이 확장되는 방식이, 사물노래는 작중 대상에 대한 객관적 묘사가 메밀노래와 유사하다. 줌치노래 및 담배노

218 장덕순 외, 앞의 책, 142~143쪽.

래는 메밀노래와 직접적 사설 교류가 확인된다. 교술민요의 대표선수 중 하나인 베틀노래는 유형에 따른 사설 확장 패턴이 메밀노래와 동일하다.

4) 맺음말

본고에서는 메밀노래의 사설 구성 중심으로 유형을 나누고, 이 노래의 갈래적 특징을 담배노래와의 비교를 통해 살펴보았다. 메밀노래 1유형은 메밀노래 중 가장 기본적인 형태로, 파종, 메밀 성장, 수확, 탈곡, 음식 조리 등의 공정이 순차적으로 묘사된다. 파종부터 메밀 성장 혹은 음식 마련에 이르는 과정은 메밀노래 구성의 최소 단위이다. 가창자들은 이 유형을 부름으로써 메밀노래 관련 내용을 포함한 집안일을 잘 하고 있다는 자기 암시를 받았다.

두 번째 유형은 메밀 농사와 음식 마련, 그리고 식사 권유로 이루어진 형태로, 음식 마련 대목이 댓구, 과장, 묘사, 의인법 등을 통해 표현된 것이 특징이다. 이 유형의 마지막에 노래되는 식사 권유 및 거절 관련 내용은 유희성 강화하기 위한 용도로 사용되었다.

세 번째 유형은 메밀 농사, 음식 장만, 식사 권유에 이어 유흥遊興, 혹은 한탄恨歎이 결합된 형태이다. 이 유형은 식사 권유 이후의 내용이 차지하는 비중이 확대되면서 가창자의 현실 인식이 노래에 표현되었다. 특히, 한탄을 노래한 자료들의 경우 노래 전반부에 노래되는 메밀 농사 및 음식 마련 내용이 전체 노래의 비극성을 우회적으로 강화하는 역할을 하였다.

메밀노래와 담배노래 1유형은 모두 객관적 시선으로 농사 혹은 농작물의 성장 과정이 노래된다. 1유형에서 2유형으로 넘어오면서 두 자료간의 공통점은 조금씩 균열이 생긴다. 메밀노래 2유형은 기본적으로 1유형 정서를 기저에 깔되, 식사 권유 내용을 넣음으로써 유희성을 강화하고자 하였다. 이 유형의 작중 화자는 부지런한 농사꾼으로서의 면모를 계속 유지하고 있다. 담배노래 역시 같은 방식으로 노래하되, 흡연 느낌을 표현하는데 주안점을 두었다. 가창 의도가 담배 농사가 아닌, 흡연 표현으로 변화하면서 가창자와 담배와의 객관적 거리가 무너졌고, 결과적으로 사설 구성 다변화의 길로 들어서게 되었다.

메밀노래 3유형은 자료 후반부에 다양한 형태의 개별 내용이 확장되지만, 전반부의 메밀농사 관련 내용 자체는 큰 변화를 겪지 않는다. 담배노래는 각 유형에 따른 사설 구성 차이가 크다. 3유형의 경우 담배노래의 기본 골격에 해당하는 농사 관련 내용이 거의 지켜지지 않고, 남녀 가창자에 따른 사설 구성 차이도 컸다.

일정한 갈등과 인물이 드러나지 않는다는 점에서 이 노래를 서사민요의 일원으로 규정하는 것은 무리가 있다. 전체 교술민요 중 사물의 특징을 자세히 노래한 형태들과 메밀노래를 비교하면, 작중 대상의 현실적 위상 및 가창자의 경험이 각 노래의 사설 구성에 지대한 영향을 미치고, 각 노래의 기본 형태를 바탕으로 가창자의 의도에 따라 사설이 확장되는 방식이 동일하였다. 그런 점에서 이 노래는 민요 분류상 교술민요敎述民謠로 볼 수 있다. 아울러, 노래 구연을 통해 자신이 집안 살림을 잘 살고 있다고 하는 자기 암시가 이 노래가 전국적으로 구연되는 원동력으로 작용한 것은 이 노래만의 특징이었다.

제6장

비교민요

중국中國 동족侗族 민요의 존재 양상과 전승 요인

1) 머리말

지금까지 비교민요 연구는 중국, 일본, 유럽 등 여러 지역을 대상으로 외국 자료 소개 및 분석, 우리나라 자료와의 비교 등 여러 가지 관점에서 논의가 이루어져 왔다. 외국민요 연구는 그 자체로도 의미가 있지만 비교를 통해 우리나라 자료에 대한 이해를 심화시키는 것이 보다 중요하다. 따라서 본 논문에서는 우리나라 자료와의 비교 가능성을 염두에 두고 아직까지 제대로 알려지지 않은 지역의 민요를 중심으로 논의하고자 한다.

우리나라 민요 중 외국 자료와 비교연구가 가장 많이 이루어진 자료는 영남지역 정자소리이다. 이 소리는 주로 일본 자료를 중심으로 비교가 이루어졌는데, 비교연구의 선편의 잡은 이는 이소라이다. 그는 영남지역의 정자소리의 일본 내 중국中國지역의 친자패親子唄에 대한 영향설을 입증하기 위해 두 소리를 음악적으로 분석하였다.[219] 그 결과, 옛 가야지대인 부산, 고성, 합천, 경주부근이 정자소리의 중심권이고 앞 뒤패가 각각 4구체인

219 이소라는 일본의 모심는 소리인 친자패親子唄가 교환창으로 부르고, 아침·점심·저녁노래로 구성되고, 모찌는 소리와 모심는 소리가 비슷한 것은 정자소리에서도 나타난다고 하면서, 이는 가야, 신라인들이 일본에 영향을 주었기 때문이라고 하였다.
이소라, 『경기도 모심는 소리의 양상과 민요권』 상, 전국문화원연합회 경기도지회, 2006, 30쪽.

대구적 내용을 교대로 부르되 아침·점심·저녁별로 구분된 소리가 표준형이라 하였다.[220] 그의 글은 정자소리와 여러 면에서 유사한 일본 자료를 비교하여 정자소리 이해의 지평을 넓혔다는 점, 정자소리 연구에 있어 새로운 문제의식을 제공했다는 점에서는 의의가 있다.

김헌선은 정자소리와 일본 중국中國지역의 모심는 소리인 전식패田植唄가 사설 구성, 가창방식, 아침·점심·저녁에 부르는 점 등이 유사하다고 하면서 두 자료를 남녀의 연정戀情을 빗대어 주술呪術에 의한 풍작 기원의 측면에서 비교하였다.[221] 비교 결과, 두 지역 모심는 소리의 주술적 성격이 우리나라에서는 연가戀歌의 형식으로 남녀 사이의 언어주술로 변질된 반면, 일본에서는 신과 인간의 굿노래 형식으로 제의주술의 성격이 우세하게 남았다고 하였다. 그의 논의에서 주목할만한 점은 정자소리가 기본적으로 남녀의 연가戀歌라고 정의하고 논의를 시작한 것이다.[222]

권오경 역시 앞선 논자들과 마찬가지로, 정자소리와 일본의 중국中國지역 모심는 소리의 형태적 유사성-2행 중심의 노랫말 구성, 교환창 방식, 아침·점심·저녁의 순서에 따른 가창-에 주목하고 두 지역 자료의 노랫말 조직과 행수行數, 가창방식, 조흥구의 역할 등을 비교하여 우리나라 정자소리의 특징을 보다 정밀하게 살피고자 하였다.[223] 그는 두 지역 모심는 소리에 대한 비교 분석을 통해 벌모를 할 때는 3, 4, 6행이 공존하다가 줄모가 정착되면서 2행으로 축약되었고, 안짝과 밧짝이 반복해서 가창하는 것은 노래하는 시간을 확대하여 지속적인 노동의 효과 거둘 수 있다고 믿기 때문이라 하였다. 그의 논의는 단순 비교에서 나아가, 두 지역 자료간의 면밀한

---

220 이소라, 「한·중·일 교창식 삽앙가」, 『비교민속학』 제18집, 비교민속학회, 2000, 72쪽.

221 김헌선은 아래 논문에서 1934년 일본에서 발간된 『대마민요집對馬民謠集』 소재 자료들을 기능별로 개관하고 자료집 소재 자료들과 연관있는 우리나라 자료를 비교하였다. 김헌선, 「한국민요와 대마도 민요의 비교연구」, 『한국민요학』 제8집, 한국민요학회, 2000.

222 김헌선, 위의 논문, 12쪽.

223 권오경, 「한·일 〈모심는 소리〉의 노랫말 구성법과 가창방식 비교연구」, 『한국민요학』 제20집, 한국민요학회, 2007.

검토를 거쳐 기존에 제대로 밝혀지지 않은 우리나라 자료의 특징을 부각시켰다는 점에서 연구사적 의의가 있다.

정자소리는 다른 지역 모심는 소리에 비해 다양한 스펙트럼을 가지고 있어 일본지역 자료와의 비교를 통해 각각 정자소리의 일본 영향설 및 정자소리의 생성 배경 입증, 그리고 비교를 통한 자료의 특징에 도출 등 여러 시각에서 논의가 이루어져 왔다. 본 논문에서는 정자소리가 남녀가 번갈아 가며 노래하는 점에 착안하여, 남녀교환창으로 노래하는 외국자료와의 비교를 통해 정자소리의 가창방식의 특징을 보다 명확하게 이해하고자 한다.

2) 연구대상지역 선정

정자소리와의 비교민요 대상을 선정함에 있어 기본적으로 고려해야 할 사항은 산업화가 이루어지지 않아 전통적인 생활 방식을 간직하고 있되, 우리나라와 생업生業 및 주식主食이 일치해야 한다는 것이다. 우리나라와 비슷한 자연지리적 환경 속에서 쌀농사를 주로 지어야 사람들의 1년 365일의 생활 패턴이 비슷하고 그에 따른 농경방식, 노동조직, 세시풍속이나 민요의 양상이 비교 타당성을 얻을 수 있다.

중국 장강長江 이남지역, 특히 귀주성과 운남성 일대는 쌀농사를 지으면서 아직까지 자신들만의 전통적인 생활방식을 유지하고 있어 비교 가능성이 있다. 그런데 이 지역은 참고할만한 자료가 한계가 있고, 지역 자체가 너무 넓은 관계로 2008년 1월 4일부터 15일까지 귀주성 일대 동족侗族, 장족壯族, 이족彝族마을, 그리고 2008년 8월 3일부터 22일까지 운남성 백족白族, 이족彝族, 장족壯族 마을을 현지조사하였다.[224]

현지조사 결과, 운남성 일대는 리지앙丽江 고성古城 세계문화유산 등재

---

224 조사지역 선정 및 제보자 섭외 등에 있어 운남성지역은 운남성 대리大理 출신이면서 북경대학교 역사학과 박사과정에 재학 중인 왕산, 귀주성지역은 귀주민족학원 민족언어학과 농야광 학과장과 같은 과 섭성룡교수, 그리고 같은 과 대학원생 오용원이 도와주었다.

등으로 인하여 많은 마을이 관광지화되어 산간벽지로 들어가지 않는 이상 살아있는 민속문화를 만나기 힘들었다. 반면, 귀주성 일대는 대부분이 산지이고, 교통수단이 불편하여 운남성에 비해 개발이 덜 진행되었으며, 한족漢族의 영향이 비교적 적어 그들 고유의 전통적 생활양식을 온전하게 지키고 있다. 귀주성의 동남쪽에 위치한 검동남黔東南 묘족동족자치주苗族侗族自治州[225]는 가난하기로 유명한 귀주성 중에서 가장 낙후된 지역 중 하나로, 그곳에 거주하는 동족侗族은 전래 문자가 없다 보니, 신화, 전설, 희곡, 속담, 민요 등 다양한 구비문학 갈래로 자신들의 문화를 전승하고 있었다. 특히, 대부분의 민요를 남녀교환창 방식으로 불러 본고의 논점에도 부합하였다. 요컨대, 본고에서는 동족민요를 개관한 뒤 정자소리와 동족 모심는 소리를 내용과 가창방식을 중심으로 논의하고자 한다.

3) 중국 내 동족侗族민요 분류 현황

반이 맡는다. 교환창으로 부르는 보통대가 사설은 구성원의 능력에 따라 다소간의 가감이 있기는 하지만, 전체 틀은 어느 정도 정해져 있어서 한 부분을 한 쪽에서 부르면 다음 부분은 다른 쪽에서 부른다.

서사대가敍事大歌는 여성들이 합창 형식으로 부르는 노래로, 남녀 간의 사랑과 관련된 내용이 가장 많고, 역사적 인물이나 영웅 이야기, 신화 속 주인공 이야기 등도 있다. 가창자는 비파 등을 이용하여 반주하는데, 노래를 하다가 중간 중간에 방백을 하기도 한다. 서사대가로는 〈면왕가勉王歌〉, 〈문룡소니门龙少妮, 〈길금吉金〉, 〈망수류미莽随刘美〉, 〈강량강미姜良姜美〉 등이 유명하다.

소가小歌는 동족 말로 '알랍'이라고 하는데, 독창과 교환창 방식으로 부른다. 청춘남녀가 밤에 달을 감상하거나 산에서 놀면서 부르는 사랑노래가 가장 많은 편이다. 반주 없이 노래하는 것도 있고, 피리나 비파 등으로 반주

225 검동남黔東南은 귀주성 동남부지역 묘족동족자치주苗族侗族自治州를 가리키는 별칭이다.

하며 부르는 노래도 있다. 반주가 있는 소가로는 알비파嘎琵琶, 알과길嘎果吉, 알적嘎笛 등이 있고, 반주가 없는 소가로는 알아嘎也, 알고嘎靠, 알배잠嘎拜岑, 알랍안嘎拉安, 알섭嘎聂 등이 있다.

비교 연구 대상을 보다 명확히 이해하기 위해서는 비교 대상 자체뿐만 아니라, 문헌 및 현지조사를 통하여 비교 지역 민요 전체를 개관해야 한다.[226] 따라서 본고에서는 위에서 살펴본 결과를 바탕으로 동족侗族 민요를 기능에 따라 재분류하고자 한다.

4) 동족侗族민요 기능별 분류

(1) 의식요儀式謠

동족 사람들은 3월 3일 폭죽절, 4월 8일 모내기절, 6월 6일 판교절板跤节, 7월 흘신전吃新节, 8월 투우절, 8월15일 호생절芦笙节 등과 같은 명절에 의례를 지낸 뒤 우리나라로 치면 모정에 해당하는 고루鼓楼 및 마을 주변 공터 등의 장소에서 다양한 가무오락 행사를 벌인다. 특히, 동족 신년인 음력 11월 동년侗年 때는 우리나라 마을제사와 같이, 모든 마을의 남녀노소가 새 옷을 입고 마을 사당祠堂 또는 성모당聖母堂에 가서 제사를 지내며 마을신 혹은 성모의 공덕을 찬양하고 마을의 번창과 풍년을 기원한다.[227] 그런 뒤 고루鼓樓로 이동하여, 강강술래처럼 사람들이 손을 잡고 둘러서서 빙글빙글 돌면서 채당가踩堂歌을 부른다. 채당가는 동족말로 다야多耶라고

---

226 강등학은 지금까지 이루어진 민요 비교연구를 검토하는 자리에서 전체 민요의 개황이 드러나지 않은 상황에서 개별 민요간의 사설 혹은 선율의 단순 비교에 이은 공통점, 차이점 추출의 방식은 이제 지양되어야 한다고 했다. 비교하는 대상의 전체 자료의 양상을 파악한 뒤 해명하고자 하는 대상에 대한 다각도의 분석의 순서로 논의가 이루어져야 한다고 하였다.
강등학·김영운·김예풍, 「한·중 논농사요의 기초적 문제 비교연구」 (1), 『한국민요학』 제15집, 한국민요학회, 2004, 24~25쪽.

227 사당은 마을 토착신을 모신 곳, 성모당은 역사적 영웅신을 모신 곳인데, 마을에 따라 사당만 있는 곳도 있고, 사당과 성모당이 같이 있는 곳도 있다.

하는데, 노래의 내용은 남녀 간의 사랑, 일상생활에서의 기쁘거나 슬픈 일, 민간전설 등 다양하다. 노래에 따라 한 사람이 선창하면 뒤이어 다른 사람들이 제창하기도 하고, 합창하기도 한다.[228]

채당가 중 하나로, 채가당으로 가면서 부르는 노래인 진당창进塘唱을 인용하면 아래와 같다.

手牵着手踩歌塘	손에 손을 잡고 채가당에 가자
一踩左来二踩右	처음에는 왼쪽, 두 번째는 오른 쪽으로 추고
你唱我答喜洋洋	당신이 부르면 내가 답하니 기쁨이 넘치고 넘치는구나
我们踩塘先请'祖母'来引路	우리의 채당에 먼저 '조모'를 인도하세
有引路人心欢畅	할머니를 모시고 오는 사람의 마음이 기쁘고 활기차네
像那鲤鱼出鱼窝	마치 저 잉어가 연못에서 뛰어 오르고
来来往往游在清水塘	이리저리 맑은 연못을 헤엄쳐 다니는듯하네
像那画眉出山林	저 그린 듯한 눈썹이 산림을 나와
放开歌喉尽情唱	목청껏 뜻을 다해 노래 부르네

(侗族文學史 編, 『侗族文學史』, 貴州民族出版社, 1988, 181~182쪽)

위 인용문 1행 채가당은 손에 손을 잡고 원을 그리며 노는 장소를, 4행의 '조모祖母'는 마을신을 의미한다. 마치 동해안 별신굿에서 양중과 지모들이 골맥이 서낭신을 굿판으로 모시고 오는 것과 같이, 위 노래에서는 마을사람들이 놀이판인 채가당으로 마을신인 조모를 모시고 와서 그의 공덕을 칭송하며 흥겨운 분위기 속에서 노래하고 춤추는 분위기가 묘사되어 있다.

두 번째로, 곡가哭歌는 동족말로 "알니嘎呢"라고 하며, 사람이 죽었을 때 독창으로 부르는 노래이다. 우리나라와 같이 행상을 하거나 달구질을 하면

---

228 채당가는 마을 사람들이 모여서 놀면서 부른다는 점에서 유희요로 볼 수도 있으나, 다른 유희요들과는 달리 1년에 한 번 있는 마을제사 뒤에 신의 은혜에 대한 감사의 의미가 강하기 때문에 의식요에 포함시켰다.

서 부르지 않고 망자의 집에서 주로 부른다. 이 노래의 내용은 죽음으로 인한 슬픔, 망자가 생전에 했던 일, 망자에 대한 그리움, 유가족에 대한 위로 등이다. 상황에 따라 망자가 젊은이일 경우 왜 이렇게 일찍 죽었냐고 원망하는 내용을 선의로 노래하기도 한다.

아래는 곡가哭歌 중 자식이 죽어 어머니가 부르는 노래인 〈母哭儿女〉 일부이다. 아래 인용문에서는 자식을 잃은 어머니의 애끓는 심정을 나무, 대나무 등의 비유를 통해 노래하고 있다.

苍天啊	하늘아
你好不长眼	너는 멀리 보지 못하는구나
苍天啊	하늘아
你好不公道!	너는 공평하지 못하구나
为何留下生满虫蚁的老树	넌 왜 이리 거미줄 쳐진 늙은 나무는 버려두고
却枯死那出土不久的嫩苗	오히려 땅에서 나온지 얼마 안되는 여린 싹을 말려 죽였나
为何留下本来就该死的老竹	왜 이리 죽어야만 하는 늙은 대나무는 남겨두고
却把嫩笋翠竹砍掉?	오히려 여린 대나무를 베어 찍어버렸나
为何留下我这该死的老娘	왜 나 같은 곧 죽을 늙은 어머니는 남겨두고
却让我儿先入阴司地牢!	오히려 내 아들을 무덤으로 먼저 들어가게 했나

(侗族文學史 編, 『侗族文學史』, 貴州民族出版社, 1988, 183쪽)

(2) 유희요遊戲謠

동족 민요는 의식요나 노동요에 비해 유희요의 종류나 수가 훨씬 많은데, 유희요는 크게 악기를 가지고 부르는 것과 악기 없이 노래만 하는 것으로 나눌 수 있다. 악기 반주 노래로는 비파로 반주하며 부르는 노래의 총칭인 비파가가 대표적인데, 이 노래는 남자 혼자서 악기를 연주하며 노래를 부르는 형태부터 남자가 연주하고 여자가 노래를 부르는 형태, 남녀 많은 사람들이 같이 연주하고 부르는 형태 등이 있다.

비파가의 내용은 크게 서정과 서사로 나눌 수 있는데, 각 노래의 내용은 자녀가 부모에게 효도를 드려야 하는 것, 부자가 교만하지 말아야 한다는 것, 돈이 없는 사람이 기개가 있어야 하고 부지런히 일을 해서 행복을 얻어야 한다는 것, 연인에 대한 애끓는 마음을 노래한 것, 잘못을 한 경우 뉘우쳐야 하는 것, 사람이 선한 일을 하면 좋은 결과를 얻을 수 있다는 것, 가족과 함께 행복하게 살아야 하는 것 등 다양하다.

비파가 중 유명한 것으로 좌야가坐夜歌가 있다. 이 노래는 각 지역에서 부르는 방법, 곡조, 명칭 등은 달라도 노래의 내용은 대체로 남녀 간의 사랑을 노래한다. 이 노래는 가창자가 현재 처한 상황에 따라 노래의 소재를 자유 선택하여 즉흥적으로 창작하는 수가 많다. 해가 지면 젊은이들은 비파 등을 가지고 '월당'에 가서 좌야가 중 하나인 "문을 두드린 노래"로 연애 노래를 시작하게 된다. 관련 자료를 인용하면 아래와 같다.

一年啊, 只有一个春天	일 년 중 봄은 한 번만 있고
一月啊, 只有一次月圆	한 달에는 보름달은 한 번만 있으며
一天啊, 只有一个晚上	하루에는 밤이 한 번만 있다네
开门啊, 让我们共同说地聊天	문을 열어주세요, 우리 같이 이야기를 할 수 있게

(揚筑慧, 『侗族風俗志』, 中央民族大學出版社, 2005, 182쪽)

위 인용문에서 이성의 집을 찾아간 남성 가창자는 여성에게 우리가 연애할 시간은 언제라도 가능한 것이 아니니 문을 열어 이야기를 나누자고 제안하고 있다. 이러한 남성의 제안에 대해 여성 가창자는 이성이 마음에 들 경우 승낙의 노래를 부르고, 그렇지 않을 경우 거부의 노래를 부르게 된다.

악기 없이 하는 노래는 구연 상황 및 내용에 따라 경주가敬酒歌, 완산가玩山歌,[229] 예속가礼俗歌 등으로 정리할 수 있다. 먼저, 경주가敬酒歌는 동족말로 알고嘎靠라고 하는데, 집에 손님을 초대하여 술을 권할 때 주인과 손님이 주고받는 노래이다. 노래의 내용은 자신의 집을 방문해 준 것에 대한 감사와 융숭한 응대에 대한 감사, 주인과 손님에 대한 칭찬, 노인을 존경하고 어린이를 사랑해야 한다는 것 등이 있다. 이때에는 질문하는 노래를 했을 때 그에 화답하는 내용을 대지 못하면 손님은 벌주를 마셔야 하고, 대답을 잘했으면 반대로 질문한 사람이 술 한 잔을 마셔야 한다.

특히, 청년남녀가 경주가를 부를 때는 분위기를 고조시키기 위해 특정 사물의 특징, 이름 등을 수수께끼처럼 질문하고 상대편에서는 마찬가지로 재치있게 대답하는데, 대부분 즉흥적으로 이루어진다. 이때 역시 질문에 대답하지 못하거나 잘못 대답하면 손님들은 모두 술을 한잔씩 마셔야 하고, 대답을 잘했을 경우 반대로 질문을 한 사람이 술을 한잔 마셔야 한다.

아래 인용문 중 경주존敬酒尊은 술자리가 처음 시작될 때, 상권相劝은 술자리 분위기가 무르익을 때, 그리고 사행辞行은 술자리를 마칠 때 부르는 노래이다.

경주존敬酒尊

这杯喜酒清又清	이 축하주 참 맑구나
双手捧杯敬喜尊	두 손으로 잔을 들어서 웃어른께 드리세
喜尊先饮头杯酒	웃어른께서 먼저 첫잔을 마시고
再来奉敬众六亲	다음은 하객과 육친께 바치세

상권相劝

这杯酒来喜盈盈	이 잔의 술은 기쁨이 차고 넘치네
席上饮酒才数旬	자리에서 술 마시기를 여러 번 했는데
看你喝的太谨慎	네가 술 마시는 것을 보니 아주 점잖구나
一不醉来二不晕	취하지도 어지러워하지도 않네
相逢不饮空归去	만나서 술도 마시지 않고 허무하게 돌아가면
洞口桃花也小人	마을 입구에 복숭아 꽃 역시 너를 놀려 될거야

229 완산가玩山歌는 지역에 따라 혹은 완산간요玩山赶坳라고 부르기도 한다.

사행辞行

左一杯来又一杯	왼쪽으로 한 잔, 오른 쪽으로 한 잔
只会喝来不会推	마실 줄만 알고 미룰 줄은 모르네
达赖主家人厚意	덕분에 주인집의 인심이 후하구나
今朝喝的醉如你	오늘 아침 마신 것이 곤죽이 되도록 취했으니
若是再饮这杯酒	만약 다시 이 술을 마신다면
叫我怎么下的席	내가 어떻게 자리에서 내려갈 수 있겠느냐

(侗族文學史 編,『侗族文學史』, 貴州民族出版社, 1988, 180~181쪽)

두 번째로 완산가玩山歌는 앞서 살핀 좌야가坐夜歌와 같이, 동족 젊은 남녀들이 연애를 하는 과정에 부르는 노래이다. 동족 사람들은 14, 15살 정도가 되면 여러 가지 연애 행사에 참여하여 남녀 간에 대창對唱을 하면서 서로에 대해 알아가게 된다. 예컨대, 장이 서는 날이나 명절 때 마을 청춘남녀들은 친한 친구들끼리 가장 좋은 옷을 입고 나들이를 간다. 길에서 마음에 드는 이성들을 만나면 노래로 자신의 마음을 표현하게 되고 상대방도 호감이 있으면 노래로 대답할 것이다. 첫인상에서 호감을 가진 이들은 걸어서 녹음이 우거진 나무 밑이나, 완만한 비탈 등의 장소인 화원花园으로 간다. 화원花园은 남녀가 대창對唱하면서 서로의 마음을 알아가는 공간이다. 이곳에서 청춘남녀들은 노래를 주고받으며 연애의 감정을 키워간다.

노래를 주고받을 때는 쌍방이 일정한 거리를 유지하고 선 채로 노래를 제일 잘하는 사람부터 순서대로 완산가를 한 구절씩 부른다. 이때는 보통 남자측이 먼저 노래를 시작하는데, 보통 처음에 하는 노래는 상대방을 칭찬하는 내용이다. 서로 노래를 주고받는 과정에서 서로 마음에 들게 되면 남녀는 무리에서 나와서 둘 만의 공간에서 연애를 즐긴다.

완산가에는 초회가初会歌, 청좌가请坐歌, 간요가赶坳歌, 차대가借带歌, 약회가约会歌, 배반가陪伴歌, 초상련가初相连歌, 지음가知音歌, 붕우가朋友歌, 상사가相思歌, 득심가得心歌, 차파빙가借把凭哥, 실연가失恋歌, 고정가苦情歌, 구반가久伴歌, 성쌍가成双歌 등이 있는데, 남녀가 서로 대창對唱하는 식으로 진행되고, 남녀

간의 연애 감정의 발전 상황에 따라 그에 맞는 노래들을 부르게 된다.

위 완산가 중 상사가相思歌는 사랑에 빠진 남녀가 서로에 대한 감정을 노래하는 것으로, 관련 자료를 인용하면 아래와 같다.

남성

想姣我去路头等	어여쁜 내가 가는 길에 기다리고 싶구나
草标打了几十根	수십 개의 풀을 뿌리까지 뽑아버리네
本想转脚脚不听	원래는 발길을 돌려 제멋대로 가려고 했으나
两脚踩烂草一坪	두 발이 평지의 오래된 풀을 힘껏 밟는구나

여성

想哥想得人发昏	오라버니 생각에 정신이 혼미해지네
在家总是坐不成	집에서도 늘 앉아 있지를 못하네
三脚出来两脚进	발 세 개가 나와 두 개만 들어가니
爹妈骂妹失落破	양친이 여동생 낙담하는 것을 나무라네

(侗族文學史 編,『侗族文學史』, 貴州民族出版社, 1988, 175쪽)

세 번째로 예속가礼俗歌는 남녀 간의 사교 장소에서 부르는데, 대부분 한 사람이 선창하고 다른 사람이 뒤의 3어절 정도를 따라서 부르는 식으로 노래가 진행된다. 내용은 남녀 간의 건전한 사랑, 부모에 대한 효도 및 자식에 대한 사랑, 형제 자매간의 우애, 웃어른에 대한 공경 등을 노래한다. 위에서 살핀 완산가가 산이나 들 등 야외에서 불린다면 예속가는 주로 실내에서 부른다. 이 노래 중에는 란로가拦路歌, 주가酒歌, 찬가讚歌, 부모가父母歌 등이 유명하다.

예속가 중 하나인 부모은정중父母恩情重은 엄숙한 어조로 부모에 대한 효도를 설교하는 것이 아니라, 생생한 묘사와 묘사를 사용하여 참다운 효도의 의미를 일깨운다. 관련 자료를 인용하면 아래와 같다.

九月漫长娘血养	9월은 길고 어머니는 힘들게 부양하네
母亲从此减精神	어머니는 이제부터 기력이 쇠해지네

春耕夏耘秋收割	봄에는 밭 갈고 여름에는 김매고 가을에는 거둬들이고
脱着沉重到临盆	무거운 짐을 벗어버리고 곧 떠나려고 하네
养个孩而不容易	아기 기르는 것은 쉽지 않고
命大九死得余生	명이 길어서 죽지 못해 아직 살아남아있네
娘盘儿女实辛苦	어머니는 자식들을 키우는 것이 실로 고생스럽구나
尿屎呕烂衣几层	똥오줌이 썩어서 옷에 겹겹이 묻어있구나
日里上坡背崽挑重担	하루에 무거운 짐을 지고 자식을 업고 오르막길을 오르는구나
夜晚为儿移乾就是睡不宁	밤에도 아이들을 돌보느라 잠이 편치 않네
崽女从小在娘怀长大	아이들은 어려서부터 엄마 품에서 자라나니
嚼饭口哺喂均匀	잘게 밥을 씹어 아이들을 배부르게 먹이니
踢烂母亲衣裳多少件	어머니의 헤지고 낡은 옷이 몇 벌이나 있으랴
扯断母亲头发多少根	어머니의 머리카락이 뽑히고 잘려서 몇 가닥이나 있으랴
为采山泡野果经济刺蓬都找遍	산에 있는 과일을 따기 위해 가시나무 사이를 지나기를 여러 번
留儿送女半颗山泡也不吞	자식에게 주려고 딴 반 알의 열매도 삼키지 않네
我是嘴拙口笨说不尽这伦理情	나는 멍청하고 우둔하게 말하는데 이것이 인륜의 정을 다하지 못하는구나

(侗族文學史 編,『侗族文學史』, 貴州民族出版社, 1988, 177~178쪽)

(3) 노동요勞動謠

동족 민요 자료집에서는 노동요 항목이 따로 마련되어있지 않아 일을 하면서 어떤 노래를 부르는지 알기 어려웠다. 농업노동요의 경우 농사 상황을 정확히 알지 못하면 소리의 본질을 제대로 이해할 수 없는 관계로, 우선 동족 전통문화가 잘 보존되어 있는 마을 중 하나인 귀주성 종강현从江縣 고증高曾 마을의 논농사 일정에 대해 살펴보고자 한다.[230] 이곳에서는 음력 2월에 못자리 만들고, 음력 3월 하순에 모를 심는다. 못줄을 대기가 수월한 논의 경우 줄모로, 논의 모양이 울퉁불퉁하거나 다랑이 논 등은 손모(벌모) 형태로 모를 심는다. 모를 낼 때 관개용수가 부족한 마을에서는 물꼬 싸움이 종종 있으나, 이 마을에는 마을 옆으로 흐르는 계곡의 수량이 풍부하고 곳곳에 설치된 수차水車를 이용하여 논에 물을 대기 때문에 물 걱정은 거의 없다.

논은 모를 심은 지 한 달 정도가 지나 손으로 1번을 매고 논에 난 잡초의 상황에 따라 더 매기도 한다. 수확은 음력 7월말에 한다. 이곳에서는 두레와 같은 마을 단위의 노동공동체는 없고, 논의 크기나 노동력 상황에 따라 모를 심거나 논을 맬 때 환공換工이라고 하는 품앗이 형태가 있다.

지금은 노동요를 예전처럼 잘 하지는 않지만, 고증高曾마을에서는 전체 논농사 중 모심을 때와 수확할 때 남녀가 교환창으로 소리를 하였다.[231] 특히, 모를 심는 날에는 청춘남녀들이 아름답게 치장을 하고 여자는 호미와 현미밥을, 남자는 고기와 생선을 가지고 일하는 곳으로 온다. 청춘남녀는 일을 하면서 노동 상황 묘사 및 권유, 남녀 간의 애정 등에 관한 노래를 교환창으로 부르고, 일을 마친 뒤 같이 둘러앉아 식사를 하면서 서로간의 우의를 다지게 된다. 이 마을에서 한 가지 특이한 것은 모를 심을 때 갓 시집온 여성이 있을 경우에는 거의 빠지지 않고 여성편 대 남성편으로 편을 나누어 노래를 했다는 것이다.

기존 조사에 따르면, 동족 마을에서는 모를 심을 때 삼월가三月歌(여성

---

230 2008년 8월 10~12일 중국 귀주성 종강현 고증마을 제6조 오인화(1930) 조사. 오인화는 고증마을 토박이이면서 40대부터 가사歌師로 활동해왔다.

231 동족사회에서 모를 심을 때 남녀교환창으로 노래하는 것은 우승표의 현지조사에서도 보고되었다. 그는 귀주성 검동남黔東南 묘족동족자치주黔東南苗族侗族自治州 지역 동족侗族마을인 려평黎平 암동岩洞마을의 모심는 소리를 두 차례에 걸쳐 현지조사하였다. 그에 따르면, 동족侗族은 주로 집성촌을 거주하다 보니 혼인은 다른 민족 혹은 마을과 한다고 하였다. 따라서 약혼한 남녀는 모심기 시기가 되면 남성은 자신의 형제 혹은 친구들을 데리고 여성 집에 가서 일을 도와주고, 여성은 자신의 자매나 친구들을 데리고 와서 같이 모를 심으며 남녀가 주고받으며 소리를 한다고 하였다.
우승표, 「稻作作業歌 중의 生産敍事歌謠」, 『한국민요학』 제19집, 한국민요학회, 2006.

합창)에서 시작하여 부모가父母歌(여성 합창), 하가河歌(남녀교환창), 산가山歌(남녀교환창) 등을 부르고 마지막에는 이별의 노래(남녀교환창)를 부르면서 끝을 맺는다고 하였다.[232] 위 노래들 중 초반부에 부르는 삼월가와 고증촌에서 채록한 자료를 인용하면 아래와 같다.

三月里 天气好	3월, 날이 좋다
一对蚱蜢跳得高	한 쌍 메뚜기 높게 뛰니
布谷, 布谷高声叫	뻐꾹 뻐꾹 소리 높여 노래 부르고
人们快播种	사람들은 신나게 파종하는구나
季节已来到	계절은 이미 돌아오니
布谷, 布谷, 布谷	뻐꾹 뻐꾹 뻐꾹 뻐꾹

(侗族文學史 編, 『侗族文學史』, 貴州民族出版社, 1988, 169~170쪽)

여성: 당신은 얼굴은 잘 생겼는데 일도 잘 하시나요
남성: 당신은 얼굴이 예쁜데 일도 잘 하시네요

(중국 귀주성 종강현 고증마을 제6조 오인화(1930))[233]

첫 번째 삼월가에서는 현재 모를 심는 상황이, 두 번째로 인용된 오인화 구연본에서는 이성에 대한 관심과 칭찬이 노래되었다. 오인화에 따르면, 이 마을에서는 모를 심을 때 그때그때의 상황에 따라 노동 권유, 주변 상황 묘사, 이성에 대한 관심 등의 내용을 노래하는데, 본인이 부른 노래는 남자 편 중에 잘 생긴 사람이 있을 경우에 여성들이 먼저 관심을 보이고, 그에 따라 남성들이 여성들을 칭찬한 것이라고 하였다.

(4) 동요童謠

동족 아동들은 일반적으로 말을 배우는 시기부터 집안에서 부모에게 간

---

232 우승표, 위의 논문, 50~51쪽.

233 오인화는 동족말로 모심는 소리를 노래한 뒤, 그 의미를 한어로 해석해주었다. 제보자가 한어漢語 가사를 알려주지 않아 통역된 내용만 인용하게 되었다. 통역은 귀주민족학원 민족언어학과 홍화 학생이 도와주었다.

단한 동요를 배운다. 그런 뒤 10세 전후로 가반歌班에 들어가 본격적으로 민요 수업을 받게 된다. 총기가 좋아 민요를 많이 알고, 실력까지 좋으면 그 아이는 온 마을에서 제일 똑똑한 아이라고 칭찬이 자자하게 된다. 동시에 아이의 부모도 그러한 칭찬을 가문의 영광으로 여긴다.

아이들은 주로 재미삼아, 혹은 아이들끼리 모여 놀이를 할 때 동요를 부른다. 동족 동요는 음영만으로 노래하는 것과 노랫말이 있는 것이 있는데, 가사가 있는 노래의 경우 가사가 길거나 내용이 어렵지는 않다. 동족 동요 중 널리 알려진 것으로는 장대요당호가수长大要当好歌手, 아문행복마신고我们幸福妈辛苦, 미미모迷迷摸, 반마마盼妈妈, 간수전看水田, 취적취생진호은吹笛吹笙真好听, 채궐가採蕨歌, 로로소소소합합老老少少笑哈哈, 형화훼萤火虫, 대우화화大雨哗哗, 월량광광月亮光光 등이 있다.

동족 동요 중 한 편을 소개하면 아래와 같다.

小小年纪坐木墩	아주 어린 아이가 나무단에 앉아
骨碌下地浑身泥	땅으로 떼굴떼굴 굴러 온 몸에 흙이 묻었네
现在我小作哭匠	지금 난 울보, 장인 되고 싶어
现在长大当歌师	곧 자라서 가사歌师 되고 싶어
歌师也当哭也忆	가사歌师도 되고도 계속 운다네
天天泪流几十次	하루하루 수십 번 울기만 해

(侗族文學史 編, 『侗族文學史』, 貴州民族出版社, 1988, 184쪽)

5) 동족侗族 민요 전승의 특징

(1) 가반歌班과 가사歌师의 전통

가반歌班 혹은 가대歌隊는 동족 민요가 전승되는데 핵심적 역할을 한다. 동족 아이들은 열 살이 넘으면 일종의 민요 학습 공동체에 해당하는 가반歌班 혹은 가대歌隊에 들어가 노래 선생님인 가사歌師에게서 동요童謠부터 시작하여 동족 사회에서 전래되어온 여러 가지 노래들을 배운다. 보통 하나의 가반에는 한 명의 가사를 중심으로 수십 명의 아이들이 노래를 배우는

데, 가반은 마을의 규모에 따라 열개 남짓부터 수십 개에 이르기도 한다. 가반에서 아이들은 먼저 사설을 암기한 뒤 전체적인 선율을 배우고, 마지막에 고음부와 저음부의 선율을 배운다. 개별적으로 전체 노래를 어느 정도 익히고 나면 동성同性 합창단을 구성하여 합창 연습을 하게 된다.

가반은 가족을 기본 단위로 구성된다. 인원수가 많은 대가족의 경우 그 집안에서 가반을 구성하기도 하고, 가족 수가 작을 경우 친척끼리 구성하기도 한다. 하나의 가반은 다시 성별을 기준으로 남성반과 여성반을 나뉘고 다시 연령대에 따라 소반小班, 중반中班, 대반大班으로 나뉜다. 10여세에 소반小班에 가입해서 15살 정도가 되면 중반中班에 들어가 대반大班을 따라 사교활동을 하면서 노래 및 노래 방식 등을 배운다. 그런 뒤 17, 18살이 되면 대반大班에 가입하게 된다.[234]

대반大班만이 다른 마을의 가반을 초대해서 같이 노래를 주고받을 수 있다. 가반의 일원 중 한 사람이 연애를 통해 결혼하게 되면 원래 그가 속했던 가반歌班에서 나와서 시집 혹은 장가를 간 마을의 기혼자 가반歌班에 가입한다. 그렇게 되면서 원래 자신이 있던 마을의 노래가 시집 혹은 장가를 간 마을의 노래와 결합하게 되고 자연스럽게 그 마을 노래의 레파토리는 더욱 풍성하게 된다.

한 가반의 노래 수준은 그 가반을 맡고 있는 가사歌師의 훈련, 지도와 직접적인 관계가 있다. 가사歌師는 동족 말로 '상가'라고 하는데, 가사가 되기 위해서는 전해 내려오는 동족 노래를 모두 암기하고 자신만의 사설을 지을 수 있는 능력이 있어야 한다. 평균적으로 50세 정도가 되어야 가사가 될 수 있다. 사설 창작 능력이 뛰어난 가사가 지은 노래는 그 마을뿐만

234 검동남 인근 동족마을에서 자라 그 마을 가반에서 노래를 배운 오용원학생은 남자아이가 학교 공부 때문에 민요 배우기를 소홀히 할 경우 다른 마을 여자아이들에게 인기를 얻지 못한다고 하였다. 그리고 도시로 나가지 않고 농촌에 살 경우 결혼상대를 구하는데도 어려움을 겪을 수밖에 없다고 하였다(2010년 1월 7일 귀주민족학원 민족언어학과 대학원생 오용원(1985) 조사).

아니라, 인근 마을에서도 널리 회자되기도 한다.

가사가 되면 가반 구성원들에게 민요를 무료로 가르치는 것이 동족 사회 내의 규칙이다. 가사들은 이러한 무료 교육을 하나의 명예로 생각한다. 명절이 다가오면 가반 성원들은 자신이 속한 가반의 가사에게 작은 선물을 보낸다. 예를 들면, 자신이 속한 가반의 가사가 여성일 경우 찹쌀떡을, 남성일 경우 잎담배 등을 선물한다. 그리고 농번기에 가반 구성원들은 자신의 가사의 집에 가서 농사일을 도와주기도 한다. 최근 들어서는 젊은 사람들은 가사歌師가 되는 것에 큰 흥미를 두지 않아 점차 가사의 연령대가 고령화되고 있는 추세이다.

(2) 자유로운 연애문화

동족 사회에서 남녀는 평등하다. 동족 남자들은 산에서 나무를 하고 농사를 짓는 등 주로 바깥일을 하고, 여자들은 옷감을 짜거나 육아를 담당하는 등 집안일을 한다. 동족 사람들은 대부분 집성촌을 이루고 살고 있기 때문에 혼인은 다른 마을 이성과 한다. 그런 이유로 동족 민요 중 청춘남녀의 연애와 관련된 행사나 이때 불리는 노래는 그 가지 수나 양에 있어 다른 기능의 노래에 비해 월등히 많다. 젊은 남녀의 연애 행사 중 유명한 것으로 토람자讨篮子, 월퇴화月堆华, 행가좌월行歌坐月 등이 있다.[235]

먼저, 토람자讨篮子는 음력 3월 3일, 음력 4월 4일 등의 세시절기에 젊은 남녀가 연애하는 행사로, 결혼 적령기의 여성들은 바구니에 마늘과 파 등을 가득 담고 이웃마을 총각들이 오기를 기다린다. 이성의 마을을 찾아온 총각들은 자신들을 기다리고 있던 처녀들 중 마음에 드는 이가 있으면 그녀에게 노래를 불러 들고 여인이 들고 있는 바구니를 자신에게 달라고 한다. 처녀 역시 그 총각이 마음에 들어 자신이 들고 있던 바구니를 그 남자에게 주게 되고, 이를 통해 이 둘은 연애를 시작하게 된다. 여기서 여자가 바구니

235 행가좌월行歌坐月은 지역에 따라 행가좌야行歌坐夜라고도 한다.

에 넣은 마늘과 파는 티 없이 맑고 깨끗한 사랑을 상징한다.

월퇴화月堆华는 음력 8월 15일경 수확을 하고 나서 들이나 산으로 가서 이루어지는 행사이다. 이때에 마을 사람들은 술을 빚고, 수확한 땅콩이나, 참깨 등을 볶아 과자를 만든다. 야외에서 청춘남녀들은 모여 밤새 노래를 하며 논다. 이 와중에 서로의 애정이 확인되면 다음날 아침 남자는 소고기와 술을 준비하고 여자의 아버지와 오빠를 자신의 집에 초대하여 즐거운 시간을 보낸다.

많은 동족 마을 내에는 동네 젊은 처자들이 모여서 물레질을 하거나 수를 놓는 '월당'이라는 곳이 있다.[236] 동족 여자아이들은 10여세가 되면 이곳에 모여 가사를 따라 노래를 배우기 시작하는데, 이것은 연애활동을 하기 전의 훈련이라고 할 수 있다. 그 뒤 15살이 되면 친척이나 이웃 동생들과 함께 밤에 월당에 모여 바느질이나 수를 놓으면서 다른 마을에서 찾아온 남자를 기다린다. 밤이 어느 정도 깊을 무렵이 되면 다른 마을의 남자들이 삼삼오오 무리를 이루고 비파 등을 연주하며 애인을 찾으러 월당으로 온다. 이렇게 월당에서 청춘남녀가 밤에 연애하는 행사를 행가좌월行歌坐月이라고 한다. 이러한 행가좌월은 앞선 토람자나 월퇴화처럼 특정 세시절기가 아닌, 평상시 이루어진다는 점에서 차이가 있다. 요컨대, 남녀교환창으로 노래되는 여러 종류의 동족민요는 청춘남녀간의 연애뿐만 아니라, 모여서 놀거나 손님맞이를 할 때 등 일상생활에서 빠질 수 없는 요소이다.

4) 동족侗族 모심는 소리와 영남지역 정자소리와의 비교

호남 도서지역 산다이나 영남지역 정자소리와 같이 우리나라에도 남녀가 섞여서 노래하는 문화가 있다. 이 두 사례 중에서 동족 민요와 같이 남녀가 소리를 주고받는 것은 영남지역에서 주로 모심을 때 부르는 정자소

---

236 이 월당은 지역에 따라 '활당'이라고도 하는데, 우리나라 여성들이 모여 둘게 삼을 삼는 공간과 같은 맥락이다.

리와 비교 가능하다. 이 장에서는 남녀교환창의 측면에서 정자소리와 동족 모심는 소리의 공통점과 차이점을 살펴보고자 한다.

정자소리는 구연 상황 및 가창자의 의도에 따라 두 사람 이상이 소리를 주고받으며 임에 대한 애정 표현, 힘든 노동에 대한 푸념, 현재의 노동 상황에 대한 묘사, 부재하는 임에 대한 그리움, 그리고 해가 지는 특정 상황에 대한 화자의 관심 등을 댓구나 문답 등의 방식으로 노래한다. 동족侗族 모심는 소리 역시 모를 심을 때 삼월가三月歌에서 시작하여 부모가父母歌, 하가河歌, 산가山歌 등을 남녀교환창 및 합창 등으로 부르고 마지막에는 이별의 노래를 부르면서 끝을 맺는다.[237] 이렇듯, 두 자료는 남녀교환창으로 여러 가지 내용을 나열해서 부른다는 점에서 공통점이 있다.

두 소리간의 차이점은 노랫말 속 남녀 가창자의 역할 및 노래 속에 표현된 애정의 양상을 중심으로 살펴보고자 한다. 동족 모심는 소리는 부모가父母歌, 하가河歌, 산가山歌 등이 불리지만 기본적으로 남녀가 노래를 주고받는 문화가 일반화되어 있다 보니, 다른 내용보다 이성에 대한 관심 및 애정 표현이 노래 속에서 차지하는 비중이 크다. 반면, 정자소리에서는 모든 각 편에서 공통적으로 애정이 노래되는 것은 아니다. 여성 대 여성, 남성 대 남성, 남성 대 여성 등으로 불리는 정자소리 중 남녀가 소리를 주고받은 자료를 인용하면 아래와 같다.[238]

> 땁북땁북 수제비 사우야 판에 다 올랐네/ 우리야 할멈은 어디 가고 딸을 동자 시킸던고
> 노랑 감태 제씨고 말국 먹기 더욱 섧네/ 딱 거테서 돌아보니 감태끈이 뚝 떨어졌네
> 논두렁 밑에 가재야 해 다 졌다 나온나/ 어물쭈물하다가 해 다 진 건 몰랐네

237 우승표, 앞의 논문, 50쪽.

238 한국구비문학대계나 한국민요대전, 부산민요집성 등 정자소리 자료집을 보면, 남성 가창자와 여성 가창자가 소리를 주고받은 자료는 극소수에 불과하다. 이미 몇 십 년 전에 노동 공간이 소멸되다 보니, 여성들끼리 주고받거나 독창으로 조사된 자료들이 대부분이었다.

(경남 김해시 진례면 산본리 관동마을 김자선(여, 1945),
구이동(남, 1941), 한국민요대전 경남편, 94쪽)

1행에서는 딸이 음식을 차려 사위 상에만 수제비가 다 올라간 것에 대한 친정아버지의 투정이 노래되었다. 선창자는 작중 화자 및 상황 제시, 후창자는 마련된 상황에 대한 작중화자의 푸념을 늘어놓음으로써 상호 보완적으로 노래를 이어갔다. 2행 역시 현재 자신의 처량한 처지에 대한 한탄이 노래되었는데, 이 소리에서 후창자는 현재 작중 상황에 대해 감태 끈이 떨어지는 상황을 노래함으로써 노래의 유희성을 강화시켰다. 3행의 선창자는 작중 상황 및 대상물 제시, 그리고 그에 대한 행동 지시를, 후창자는 가재와 자신을 동일시하여 시간이 이렇게까지 되었는줄 몰랐다고 하면서 소리의 유희성을 재고하였다. 3행에서는 일하는 사람을 가재로 표현하였는데, 이를 통해 이 노래가 일이 다 끝나가는 무렵에 불렸음을 알 수 있다.

위 인용문은 후창자에 의해 의미가 완결되기 때문에 선창자에 비해 후창자의 비중이 크다. 그러나 앞소리와 뒷소리의 내용이 정해져있다는 것을 감안하면 소리판 자체는 선창자, 즉 여성이 이끌어간다고 할 수 있다. 위 인용문에서는 시아버지, 일하는 사람, 불특정 남성 등 다양한 소재와 그에 따른 일상적 상황이 노래되었다. 선창자와 후창자 각각 각 성별의 특징을 보여주기 보다는 각각의 내용에서 역할을 달리하면서 상호 보완적인 관계를 유지하고 있다.

반면, 아래 자료에서는 작중 화자의 성별과 가창자의 성별이 비교적 명확하게 드러난다. 관련 자료를 인용하면 아래와 같다.

> 이 논바닥에 모모를 심어 가지가 벌아도 장홰로세/ 우루야 부모님 산소등에 솔을 심어도 정잘레라
> 모시야 적삼아 반적삼에 분통같으나 저 젖 보소/ 많이야 보며는 병이 되고 담배씨 만침만 보고 가소
> 유월이라야 새벽달에 처녀 둘이가 도망가네/ 석자 수건을 목에 걸고 총각 둘이가 디 따리네

서월 가섰던 과개선부 우루야 선보님 안왔어요/ 오기사야 왔다마는 칠성판에 실려왔네
일산땔라가 누구를 주고 칠성판 우에 실려오요/ 쌍가매 홑가맬랑 어따 두고 칠성판에 실려왔네

(경북 포항시 홍해읍 북송리 김선이(여, 1927),
최화식(남, 1923), 한국민요대전 경북편, 474~475쪽)

1행에서 선창자는 현재 노동 상황 제시, 후창자는 모가 푸른 것처럼 부모님 산소도 소나무가 있어 푸르다고 하였다. 보통의 경우 앞소리와 뒷소리가 원인과 결과 혹은 질문과 답변 등으로 이루어지는데 비해, 이 소리는 앞과 뒤가 나열되고 있어 두 부분간의 긴밀감이 상대적으로 약한 편이다. 2행의 선창자는 일하는 여성의 신체 부분에 대해 지칭하자, 후창자는 조금만 보고 일을 하자고 하였다. 이 부분에서 흥미로운 것은 여성 가창자가 일을 하고 있는 여성의 젖을 보라고 하고 이에 남성 가창자가 조금만 보라고 그 권유를 제어하는 듯한 태도를 보이는 것이다. 보통 정자소리에서는 남성보다 여성이 더 적극적으로 이성 혹은 애정에 관심을 나타내는데, 이러한 적극성은 여성이 앞소리를 맡는 것과 관련이 있다.

3행에서 선창자는 새벽에 처녀 두 명이 가출하는 상황을, 후창자는 그로 인해 총각 둘이 처녀 둘을 따르는 상황을 노래하였다. 작중 인물인 두 여성은 자신의 힘으로 해결할 수 없는 문제가 생겨 결국 도망을 택하게 되었고 그로 인해 총각 둘 역시 죽을 결심을 하고 두 여성을 뒤따르는 상황으로 보인다. 여성 가창자가 작중 상황을 제시하고 그에 대해 남성 가창자가 그 상황을 이어받으면서 유희성을 극대화하는 구조로 노래가 이루어져 있다.

4행과 5행은 연결되어 있는데, 4행 선창자는 과거 보러갔던 자신의 남편의 안부를 묻고, 후창자는 그녀의 남편이 죽었다는 사실을 알린다. 이에 5행에서 선창자는 슬픔에 겨운 목소리로 자신의 남편이 왜 그렇게 되었냐는 묻지만, 후창자는 답변 대신 선창자의 물음에 댓구하여 남편의 죽음만을 재확인 시켜준다. 3행에서의 청춘남녀들의 야반도주 사건도 그랬거니와,

4행과 5행에서도 남녀 간의 애정은 비극적으로 형상화된다.

정자소리에서 표현되는 애정은 대체로 비극적임에도 불구하고, 소리를 듣는 청자들은 소리의 내용에 공감하면서 동시에 소리를 유쾌하게 받아들인다. 어느 하나 노랫말 속 주인공에 동화되어 그들의 불상사를 안타까워하는 이는 없다. 이는 정자소리가 노동의 피로감을 잊기 위해 시작되었기 때문에 다른 여성구연 민요처럼 작중 인물에 동화되지 않고 작중 상황에 일정한 거리를 둘 수 있었다.

정자소리의 가창방식은 남성 대 남성, 남성 대 여성, 여성 대 여성 등 지역에 따라 다양하게 불리는데, 이 중에서 여성 중심으로 노래하는 곳이 가장 많은 수를 차지한다.[239] 뿐만 아니라, 이 소리는 교환창이라는 점에서 가창자가 사설을 나름대로 바꾸어 부르기에 제약이 많음에도 불구하고, 선후창 방식의 모심는 소리에 비해 내용이 훨씬 다양하다. 이는 동족민요에서 노래선생님인 가사歌師가 그런 것처럼 정자소리에서는 여성이 정자소리의 레퍼토리를 풍성하게 만드는 역할을 하기 때문이다. 요컨대, 남녀교환창 구연 정자소리에서 여성이 남성에 비해 애정을 적극적으로 표현하고자 하나, 그러한 애정이 온전히 성취되지 못하는 것은 이 소리가 노동과 밀접하기 때문이며, 동시에 이 소리의 주된 담당층인 여성들이 발 딛고 있는 현실이 반영되었기 때문이다.

반면, 동족 남녀교환창 구연 노래에서 애정은 대체로 솔직 담백하게 표현되고, 행복한 결말을 맞는 경우가 많다. 앞서 살펴보았듯이, 예로부터 동족사회는 집성촌으로 살아왔고, 혼인을 위해서 인근 마을을 찾아가서 노래를 주고받으며 서로의 짝을 찾는 문화가 일찍이 자리 잡았다. 이런 이유로 모를 심거나, 수확하는 일 등 남녀가 같이 일하는 노동 공간에서 남녀가 연애할 때 부르는 노래가 자연스럽게 불릴 수 있었다.

239 졸고, 「영남지역 정자소리의 가창방식과 사설구성」, 『한국민요학』 제30집, 한국민요학회, 2010, 377~378쪽.

7) 맺음말

본고에서는 중국 동족민요를 기능에 따라 분류한 뒤 동족 모심는 소리와 영남지역 정자소리의 가창방식을 중심으로 비교하였다. 동족 민요 중 의식요에는 채당가踩堂歌와 곡가哭歌가 있는데, 채당가踩堂歌는 선입후 제창, 합창 등의 방식으로, 남녀 간의 사랑, 일상생활에서의 고단함, 신화, 천문지리 등의 내용을 노래하였다. 상喪이 났을 때 부르는 곡가哭歌는 죽음으로 인한 슬픔, 망자가 생전에 했던 일, 망자에 대한 그리움, 유가족에 대한 위로 등을 노래하였다. 다음으로 동족 노동요 중 모심는 소리로는 삼월가三月歌에서 시작하여 부모가父母歌, 하가河歌, 산가山歌 등을 부르고 마지막에는 이별의 노래를 부르면서 끝을 맺는다. 이밖에 마을에 따라 이성에 대한 관심을 노래하기도 하였다.

동족 민요는 의식요나 노동요에 비해 유희요의 종류나 수가 훨씬 많다. 유희요는 크게 악기를 가지고 부르는 것과 노래만 하는 것으로 나눌 수 있는데, 악기 반주 노래로는 비파가가 대표적이고, 비파가 중 유명한 것으로 좌야가坐夜歌가 있다. 악기 없이 하는 노래는 구연 상황 및 목적에 따라 경주가敬酒歌, 완산가玩山歌, 예속가礼俗歌 등이 있다.

동족민요가 전승됨에 있어 가반歌班과 자유로운 연애문화 전통이 중요한 역할을 하였다. 동족 아이들은 가반에 가입하여 여러 가지 민요를 배우고 민요에 자질이 있을 경우 가사歌師로 활동하게 된다. 가사歌師가 되기 위해서는 전해 내려오는 동족 노래를 모두 암기하고 자신만의 사설을 지을 수 있는 능력이 있어야 한다. 그리고 동족 청춘남녀들은 토람자讨篮子, 월퇴화月堆华, 행가좌월行歌坐月 등의 연애 행사에서 남녀교환창을 통해 서로의 짝을 찾아 결혼하였다.

정자소리의 동족 모심는 소리는 공통적으로 남녀교환창으로 여러 가지 내용을 나열해서 부른다. 그러나 정자소리는 남성에 비해 여성이 주도적으로 노래를 부르다 보니 그들의 현실을 반영되어 노래 속 애정은 대부분 비극적으로 노래되었다. 반면, 동족 모심는 소리는 남녀에 의해 행복한 결말을 맞는 경우가 많았다. 이는 모를 심거나, 수확하는 일 등 남녀가 같이 일하는 노동 공간에서 남녀가 연애할 때 부르는 노래가 자연스럽게 영향을 미쳤기 때문이다.

제 2 부
민요의 현재적 양상과 활용

마을 만들기사업과 민요 활동

무형문화재 지정 민요보존회 활동을 통한 마을 내 민요 전승 가능성

-마을 만들기사업 진행 마을 소재 무형문화재 지정 민요보존회를 중심으로

1) 머리말

1970년대 이후 산업화로 인한 마을 공동화空洞化현상, 농사 기술의 발전 등으로 인해 민요民謠는 실제 현장에서 사라진지 오래이다. 변화하는 상황에서 민요를 원활히 보존, 전승하기 위하여 다양한 방면에 걸쳐 논의가 이루어져 왔다. 먼저, 지역민요 활용 방안을 마련하기 위한 논의를 살펴보면, 강등학은 충남민요를 축제를 통해 활용하기 위해 이 지역 대표소리인 〈덩어리소리〉, 〈벼터는 소리〉, 〈죽가래질소리〉 등을 각 소리의 성격에 따라 공연프로그램, 체험프로그램, 그리고 교육프로그램으로 나누어 활용할 것을 제안하였다.[1] 충남 공주 봉현리, 전남 화순 도장리 등지에서 민요 전승을 위해 민요 중심의 마을축제를 개최하고 있는 것을 보면, 그의 논의는 현재까지도 시사하는 바가 크다. 김혜정은 경기소리 중 경기잡가, 통속민요를 담당하는 전문가창자 집단이 향토민요 교육이나 활성화 작업에 일조를 해야 하며, 경기소리 관련 단체들이 협력하여 하나의 맥락을 형성하는 것이 필요하다고 하였다.[2] 홍순일은 신안지역 민요를 개관한 뒤 임자도 도

1 강등학, 「충남 민요 축제 활요을 위한 방향 모색」, 『한국민요학』 제6집, 한국민요학회, 1998, 7~20쪽.

찬리 전장포를 복원하여 문화관광자원으로, 증도지역 어머니소리와 임자도 지역 새우잡이 뱃노래를 문화산업자료로 활용할 수 있다고 하였다.[3] 이창식은 인제지역 뗏목민요를 활용하기 위해 인프라를 구축해야 하고, 여러 가지 형태로 문화콘텐츠를 창작해야 한다고 하였다.[4] 마지막으로 양영자는 현재 제주지역 민요가 공연 일변도로 전승되고 있다고 하면서 민요 보존과 예능공연으로 이원화되어야 하며, 궁극적으로 일상에서 '함께 부르는' 민요로 거듭나야 한다고 하였다.[5] 이상 각 연구자들은 해당 지역 민요의 성격에 맞는 전승 및 활용 방안을 제안하였다.

두 번째로 민요보존회의 학교 내 민요 교육과 관련하여, 강민정은 민요 교육이 원활히 이루어지고 있는 정선 아라리 및 강강술래 보존회에서의 전수 교육 방안에 대해 논의하면서 민요보존회와 해당 지자체 및 교육청과의 연계가 중요하고, 민요 보존회에서는 정기 교육 통해 학생들이 흥미를 가질만한 교육 프로그램을 진행하는 것이 필요하다고 하였다.[6] 이현수는 정선아라리보존회에서 관내 희망 학교를 대상으로 진행하고 있는 정선아라리 전수교육을 현황을 점검하면서 전수교육을 받은 학생들이 졸업 후 상급학교 진학과 함께 지속적으로 교육을 받을 수 있도록 해야 하고, 현행 국악강사풀제를 더욱 강화하는 한편, 현행 전수교육 강사의 전문성이 보강되어야 한다고 하였다.[7] 그리고 최은숙은 대구, 경북지역 민요 보존회에서

2 김혜정, 「경기소리의 전승 맥락과 보존 · 계승방안」, 『한국민요학』 제26집, 한국민요학회, 2009, 7~25쪽.

3 홍순일, 「〈신안민요〉의 언어문화적 접근과 소리문화적 활용」, 『남도민속연구』 제14집, 남도민속학회, 2007, 321~366쪽.

4 이창식, 「영월민요의 정체성과 전승 방안」, 『한국민요학』 제10집, 한국민요학회, 2002, 209~239쪽.

5 양영자, 「제주민요의 문화적 소통실태와 과제」, 『한국민요학』 제31집, 한국민요학회, 2011, 155~183쪽.

6 강민정, 「학교교육을 통한 향토민요의 전수교육 실태조사」, 『한국민요학』 제20집, 한국민요학회, 2007, 17~57쪽.

7 이현수, 「정선 아라리 전수교육 실태와 발전방안」, 『한국민요학』 제22집, 한국민요학회, 2008, 313~345쪽.

진행하고 있는 민요 교육 현황을 논의한 결과, 학교 측에서는 민요 교육시간의 확보, 통합교과적 접근이 필요하고 보존회 측에서는 민요 교육에 대한 인식의 전환, 다양한 교육 프로그램의 마련이 필요하다고 하였다.[8]

마지막으로 무형문화재로 지정된 민요를 포함한 민속문화의 바람직한 전승을 위하여, 이경엽은 특정한 연행 내용이나 형식이 아닌, 전승 맥락을 회복하는 것이 중요하며, 주민이 민속 전승의 주체가 되는 것이 필요하다고 하였다.[9] 한양명 역시, 무형문화재로 지정된 자료들은 지정 당시의 텍스트 전승과 함께 보존회가 접하고 있는 현실 상황의 변화를 충분히 수용하는 이원적 전승 형태가 필요하다고 하였다.[10] 앞의 두 연구자의 핵심은 무형문화재로 지정된 민속자료들이 현재 발을 딛고 있는 현실과 호흡하며 살아있는 민속문화가 되어야 한다는 것으로 정리할 수 있다. 이와 관련하여, 이창식은 무형문화재로 지정된 민요자료 현황을 점검한 뒤 바람직한 전승을 위하여 여러 가지 제안을 하는 자리에서 민요 전수관을 활용한 교육과 정기공연 형태의 방문객 대상 관광체험 프로그램화를 제안하였다.[11] 그는 앞의 두 연구자에 비해 비교적 구체적으로 무형문화재의 전승 방안을 제시했다는 점에서 의의가 있다.

민속문화는 공동체 구성원들이 삶 속에서 그 문화가 처한 현실을 수용하며 전승되어야 한다. 그럼에도 민속문화를 향유할 구성원의 부재, 민속에 대한 인식의 부족 및 재정 확보의 어려움 등 현실적인 이유로 마을에서 자생적으로 전승하기가 어려운 것이 사실이다.

---

8 최은숙, 「학교 교육을 통한 지역민요 전승의 현황과 과제」, 『어문학』 제92집, 한국어문학회, 2006, 293~321쪽.

9 이경엽, 「무형문화재와 민속 전승의 현실」, 『한국민속학』 40, 한국민속학회, 2004, 325~326쪽.

10 한양명, 「중요무형문화재 예능분야의 원형과 전승 문제에 대한 반성적 검토」, 『한국민속학』 44, 한국민속학회, 2006, 588쪽.

11 이창식, 「노동요의 기능 인식과 무형문화재 지정 검토」, 『한국민요학』 제23집, 한국민요학회, 2008, 246쪽.

전국에 걸쳐 각 마을 내 어메니티자원을 활용하여 마을 만들기사업을 진행하면서 여러 가지의 도농교류 활동을 펼치고 있다. 그런데 마을 만들기사업의 역사가 30여년이 넘어가고, 그 수도 전국적으로 1700여개에 이르게 되면서 전체 마을사업 진행 마을 중 서서히 도태되거나 사업 자체를 포기하는 마을이 하나 둘 생겨나고 있다. 이렇게 마을사업이 어려움에 처하게 된 것은 2000년대 이후 지자체별로 마을 만들기사업에 뛰어들면서 그 수가 급증한 것도 있지만, 마을 사업을 진행하는 대부분의 마을에서 농산물 수확체험, 전통음식 만들기 체험, 물놀이체험 등 어느 마을을 가서도 할 수 있는 체험만을 진행한 것도 큰 이유 중 하나가 되었다.

마을 만들기사업을 진행하고 있는 마을 중에는 시 · 도 지정 무형문화재로 지정되어 민요보존회가 조직되어 있는 곳이 다수 있다. 그러한 마을에서는 민요보존회가 방문객 대상 민요 공연 및 체험을 진행하여 그 마을만의 대표체험으로 삼을 수 있다. 보존회원들의 체험 진행이 자리잡을 경우 하나의 체험 진행 이상의 효과가 발생할 수 있는 것이다. 본 논문에서는 마을 만들기사업을 진행하고 있는 마을과 그곳에 위치한 무형문화재 지정 민요보존회와의 관계를 살펴본 뒤 향후 어떻게 하면 마을 내에서 민요를 보다 잘 전승을 잘 할 수 있을지 살펴보고자 한다.[12]

2) 마을 만들기사업 진행 마을과 무형문화재 지정 민요보존회의 관계

민요 분야 정부 및 시도지정 무형문화재 지정 현황을 살펴보면, 국가에서 지정한 중요무형문화재는 남도들노래 등 5개, 전국 각 시도에서 지정한 무형문화재는 상여 회다지소리, 결성농요 등 63개이고, 전체 민요 무형문

12 이와 관련하여, 속초 메나리한옥마을에 소재한 도문메나리보존회의 체험프로그램 진행 방안에 대해 논의한 적이 있다. 그러나 그 논의에서는 한 마을만을 대상으로 하다 보니 전국적 상황을 담아내지 못하였다. 이 논문에서는 특정 대상을 살펴본 경험을 바탕으로 전국적 상황으로 확대하여 각 마을 및 보존회의 상황에 따른 발전방안을 논의하고자 한다. 졸고, 「마을만들기 사업 내 민요 체험프로그램 발전방안」, 『한국민요학』 제32집, 한국민요학회, 2011.

화재 중 마을만들기사업을 진행하고 있는 마을에 소재한 민요 무형문화재는 농업노동요, 장례의식요 등 10개이다. 이 무형문화재 현황을 표로 제시하면 아래와 같다.

순번	지역	마을 명칭	무형문화재 명칭	무형문화재 지정 연도	민요 갈래
1	인천 지역	강화 용두레 마을	강화 용두레질소리	2003년 시도무형문화재 제12호 지정	농업노동요
2	강원 지역	평창 두일약초마을	평창 두일 목도소리	2004년 마을 자체 조직	잡역노동요
3	강원 지역	강릉 학마을	강릉 학산 오독떼기	1998년 시도무형문화재 제5호 지정	농업노동요
4	강원 지역	양양 수동골권역 수동고을	양양 수동골 상여소리	2007년 권역 자체 조직	장례의식요
5	강원 지역	속초 메나리 한옥마을	속초 도문농요	2007년 시도무형문화재 제20호 지정	농업노동요
6	충남 지역	공주 예울림 물레방아마을	공주 봉현리 상여소리	1997년 시도무형문화재 제23호 지정	장례의식요
7	호남 지역	진도 소포검정쌀마을	진도 소포 걸군농악	2006년 시도무형문화재 제39호 지정	가사노동요/어업노동요
8	호남 지역	강진 논정마을	강진 신전들노래	2005년 시도무형문화재 제38호 지정	농업노동요
9	호남 지역	화순 도장밭 노래마을	화순 도장밭노래	2003년 화순군 향토문화유산 제18호 지정	농업노동요
10	호남 지역	담양 황금마을	담양 황금리 들노래	2009년 시도무형문화재 제46호 지정	농업노동요

(1) 인천지역

강화군 내가면 황청리 용두레마을에서는 농촌진흥청 지정 농촌전통테마마을, 농림부 지정 체험휴양마을, 농협 지정 팜스테이사업 등을 진행하고 있으며, 전체 87가구 중 10가구 정도가 직간접적으로 마을사업에 참여하고 있다.[13] 마을 주작목은 무농약 쌀, 고구마, 토마토 등인데, 고구마와 토마토는 개인 판매하고, 쌀은 대부분 농협에 일괄 수매한다.

마을 방문객 중 가장 많은 수를 차지하는 것은 가을철 수확기에 당일 일정으로 오는 초·중등학생 및 복지관 단체이다. 이들은 벼베기, 나락 털기 등 실제 논에서의 농사체험과 전통음식 만들기를 주로 한다. 다음으로, 여름방학 때 휴식을 위해 마을 내 민박을 이용하는 가족 단위 방문객과 세미나 등을 위해 마을회관을 이용하는 성인 단체 방문객이 있다. 가족 단위 방문객은 마을 농산물 수확 체험 및 구입을, 성인 단체 방문객은 자체적으로 준비해 온 프로그램을 주로 한다. 이밖에 1사1촌一社一村을 맺은 기업 및 정부 산하 단체 등에서 꾸준히 마을을 찾고 있다. 이 마을의 특징은 수도권에서 접근이 용이하고, 자연환경이 뛰어나며 방문객 수가 많다는 것이다. 그런 이유로, 마을 방문객 대상 고구마 등 농산물 판매도 꾸준히 이루어지고 있으며, 여러 가지 체험프로그램 진행을 통한 농외수입도 높은 편이다.

용두레마을에서는 현재 마을 사무장 및 마을사업 참여 농가 중심으로 옥수수 따기 등 농산물 수확체험, 떡메치기 등 전통음식 만들기체험, 그리고 갯벌 생태 관찰 등 갯벌체험 등을 진행하고 있다. 용두레질체험의 경우 2011년까지 고故 최성원 용두레질소리 보유자가 도맡아 진행하였는데, 보유자가 사망한 이후 마을 사람들이 이어서 체험을 진행하기는 하나 그 전에 비하면 수준이 떨어지는 편이다. 현재 용두레마을에서는 마을 명칭이 무색할 정도로 용두레질체험이 제대로 이루어지지 못하고 있다.

인천시 지정 무형문화재 12호 지정된 용두레질소리는 모찌는 소리, 모심는 소리, 김매는 소리, 용두레질소리 등의 민요와 논으로 일하러 갈 때나 일을 마치고 한바탕 놀 때 연주하던 두레농악으로 구성되어 있다. 농사 진행 상황에 따른 각각의 민요와 농악가락은 황청 1리 자연마을인 양짓말과 음짓말, 그리고 송천말에 내려오던 것을 체계적으로 정리한 것으로, 다른 민요 무형문화재와 달리, 민요와 농악이 결합되어 있다는 것이 특징적이다.

---

13 2012년 4월 12일 강화 용두레마을 사무장과 강화 용두레질소리 보존회장과의 인터뷰를 통해 조사하였다.

용두레질소리 보존회원들은 대부분 강화읍내에 거주하고 있으며 연령대는 50대가 가장 많다. 보존회 주요 활동을 보면, 1년에 한 번씩 하는 무형문화재 정기공연이 가장 큰 행사이다. 그밖에 강화읍내에 위치한 덕신고등학교에서 보존회장 등 용두레질소리 관계자가 가서 전통문화예술교육을 진행하고 있으며, 요청에 있을 때마다 지역축제 등에 참가하고 있다. 지역축제에 참가할 때는 해당 축제 및 보존회 인원 상황에 따라 용두레질소리 전체를 공연할 때도 있고, 두레농악만 할 때도 있다.

(2) 강원지역

강원지역에는 모두 4개의 보존회 소재 마을에서 마을사업을 진행하고 있다. 먼저, 속초시 도문동에 위치한 메나리한옥마을 주작목은 벼, 콩, 옥수수, 감자 등이고 마을사람들의 평균연령은 60대 중반이다.[14] 이 마을은 모두 161가구로, 인근 마을과 비교할 때 가구 수가 많은 편이다. 이는 마을의 지리적 위치로 인해 관광객의 유입이 많다 보니 민박업이나 식당 등에 종사하는 가구가 많기 때문이다. 상도문 1리 농촌전통테마마을 운영위원회는 전체 가구 중 12가구가 참여하고 있다.

속초 메나리한옥마을은 2003년부터 농촌진흥청 지정 농촌전통테마마을사업을 진행해오고 있다. 마을 방문객은 속초시 인근의 복지관, 유치원, 초등학교 저학년 등 학생 단체가 70%, 가족 단위 방문객이 30%이다. 방문객은 주로 봄과 가을철에 많이 오고, 이들은 강원 인근에서 오는 경우가 많으므로 대부분 당일 일정으로 마을을 다녀간다. 이 마을에서는 농촌전통테마마을 방문객 대상으로 크게 민속놀이, 민속공예, 전통음식 만들기 등 세 가지 체험프로그램을 프로그램을 대상 및 상황에 따라 조합하여 진행하고 있다.

2003년 제20회 강원민속예술축제에 출전, 종합최우수상을 수상한 것을

14 속초 메나리한옥마을 및 도문메나리보존회 관련 사항은 아래 논문에서 조사한 것을 참조하였다.
졸고, 앞의 논문.

계기로, 2005년에 도문메나리보존회가 결성되었다. 도문메나리 보존회원들은 초창기에는 60여명 이었으나, 회원들의 고령화로 인해 현재는 50여명 정도가 활동하고 있다. 이 보존회에서는 매년 마을 내 잔디운동장 등에서 정기공연을 하고, 강릉 단오제 등 지역 문화제에 참가하며, 인근 초, 중등학교에 가서 방과 후 학교 프로그램을 진행하고 있다. 그리고 방문객의 요청이 있을 때 도문메나리 기능보유자가 마을 방문객 대상으로 체험프로그램을 진행하기도 하지만 마을체험프로그램의 하나로 정착된 것은 아니다.

두 번째로 양양군 현남면 수동골권역에 대해 살펴보고자 한다.[15] 농림부 지정 농촌마을종합개발사업을 2010년부터 진행해오고 있는 수동골권역은 양양군 현남면내 지경리, 입암리, 원포리, 임호정리, 하월천리 등 다섯 개 마을로 이루어져 있다. 이곳에서는 2011년 여름철에 가족단위 방문객을 중심으로 농수산물 수확체험, 오징어 맨손 잡기, 캠프파이어 등의 행사를 했는데, 이것이 권역 첫 번째 방문객 대상 행사였다. 아직까지 마을사업이 초기이다 보니, 기반시설 및 그에 따른 체험프로그램은 온전히 갖추어진 것은 아니다. 2012년 하반기에 다섯 마을의 중심지인 지경리에 숙박과 체험, 세미나, 휴식 등을 할 수 있는 수동골 도농교류센터가 완공될 예정이다.

수동골권역 내에는 권역 내 주민들을 중심으로 수동골 민속보존회와 수동골 농악보존회가 조직되어 있는데, 두 모임에는 이 지역 50대부터 70대까지의 주민들이 중복 가입되어 있기 때문에 조직 자체가 엄격히 구분된 것은 아니다. 2010년 한국민속예술축제에서 대통령상을 수상한 〈수동골 상여소리〉는 원래 이 권역 민속보존회원들이 주축이 되어 참가하였다. 이곳의 민속보존회에서는 매년 6월 개최되는 양양 현산문화제에 참가하고 있으며 그 외 다른 활동은 아직까지 없는 상태이다. 수동골 농악보존회 역시 활동상황은 민속보존회와 비슷하다.

15 2012년 3월 27일 양양 수동골권역 민속보존회 회장과 수동골권역 추진위원장과의 인터뷰를 통해 조사하였다.

세 번째로 강원도 평창군 진부면 두일리 두일약초마을에서는 2007년 농촌진흥청 지정 농촌전통테마마을 사업, 강원도 지정 새농어촌건설운동 등을 진행하면서 마을 내 귀새, 물레방아 등을 조성하고, 폐교를 임대 후 리모델링하여 방문객을 유치하고 있다.[16] 이 마을 주작목은 감자, 배추, 당귀, 등이며, 판매는 개인 직거래 판매보다는 농협 수매를 주로 하고 있다. 직거래가 농민이나 소비자 모두 이익이지만 홍보 및 판로 개척 등이 미흡하다보니 농협 판매를 할 수밖에 없다.

이 마을에는 7월과 8월 등 여름철에 가족 단위 방문객이, 봄과 가을에는 동문회, 야유회 등 성인 단체 방문객이 많이 온다. 성인 단체 방문객들은 농산물 수확 및 전통 음식 만들기 체험을, 가족 단위 방문객들은 종이배 접어서 귀새에 띄우기, 농사체험, 야생화관찰 등을 선호한다. 이 마을의 특징은 방문객들의 재방문율이 높은 편이며, 먼저 방문했던 이들의 소개를 받아 마을에 오는 경우가 많다는 것이다.

두일리에서는 가을과 겨울철에 인근의 산에서 나무를 벌목하여 화물차가 들어올 수 있는 곳까지 운반하는 일을 많이 했다. 이 마을은 산판 외에 공동체신앙, 가신신앙, 농경민속 등 마을 전통 민속문화가 온전히 남아있다. 이러한 마을 전래 민속문화를 보존하기 위해 마을 사람들은 2004년 두일 목도소리 보존회를 마을 자체적으로 결성하였다.

두일 목도소리보존회는 결성 당시에는 두일리 1반부터 4반까지 60여명 정도였으나, 보존회원 고령화로 인하여 현재는 50여명 정도 된다. 이 중 40~60대가 20여명, 60대 이상이 30여명이다. 인근의 다른 마을에 비해 두일리는 젊은 층이 많은 편이며, 현재 선소리는 50대의 보존회 사무장이 맡고 있다. 1년에 3번 정도 매년 10월 열리는 평창군 노성제, 9월에 열리는 봉평 효성문화제 등 지역문화제에 참가하고 있다. 연습은 각 문화제에 참가하기 전 3, 4일 전에 야간시간에 두일초등학교 운동장에서 한다. 무형문

16 2012년 3월 28일 평창 두일목도소리 보존회 사무장과의 인터뷰를 통해 조사하였다.

화재로 지정 되지는 않았지만 마을 사람들의 자발적 노력으로 보존회가 결성된 만큼, 다수의 지역 문화제 참가 등 외부 활동에 적극적이다.

두일 목도소리가 공연될 때는 먼저 나무 두 개를 세우고, 나무 하나에 입산제를 지내는 것으로 시작된다. 그런 뒤 옆에 세워진 나무를 베고, 알맞게 다듬은 뒤 나무의 크기에 따라 2목도, 4목도, 6목도, 8목도소리를 한다. 마지막에는 운반한 나무를 화물차에 싣는 것으로 끝이 난다. 두일 목도소리는 인근의 다른 민요 공연을 참조하지 않은 것은 아니지만, 최대한 예전 산판 민속을 최대한 유지하면서 마을 내에서 공연 및 체험을 염두에 두고 만들어진 것은 주목할 만하다.

마지막으로, 강릉시 구정면 학산리 학마을에서는 2004년부터 학산 1리와 2리를 중심으로 강원도 지정 새농어촌건설운동, 행정안전부 지정 정보화마을, 농식품부 지정 녹색농촌체험마을, 문화체육관광부 지정 역사문화마을가꾸기사업을 진행해왔고, 2010년부터 학산 3리에서 강원도 지정 새농어촌건설운동, 농식품부 지정 녹색농촌체험마을사업을 진행하고 있다.[17] 이 마을에는 유·무형의 문화재가 고루 분포하고, 예부터 '생거 모학산 사거 성산'[18]이라는 말이 있을 정도로 강릉 일대에서 살기 좋은 곳으로 여겨졌다.

강릉 학산 오독떼기는 1998년 강원도 지정 무형문화재 5호로 지정된 이후에 민요보존회가 결성되었다. 학산오독떼기보존회는 현재 학산리 주민들 40~50대가 19명, 60대가 10여명, 70대 이상이 20여명으로, 젊은 층의 마을 유입이 없고, 기존 회원들이 고령화되면서 점점 회원 수가 줄어들고 있는 상태이다.

학산오독떼기보존회의 1년 활동은 네 가지로 정리할 수 있다. 첫 번째는 매년 강릉 단오제 기간 중 4회 공연, 두 번째는 매년 12월 정기발표회, 세

17 2012년 3월 29일 강릉 학산 오독떼기 보존회 조관현 사무국장과의 인터뷰를 통해 조사하였다.

18 이 말은 '살았을 때는 모산과 학산, 죽었을 때는 성산이 최고다.'라는 말이다.

번째는 매주 1회씩 학산면 내 구정초등학교와 금강초등학교 3, 4, 5학년을 대상 전통문화예술교육이다. 구정초등학교는 전통문화예술교육을 한 지 10년이 넘었고, 금강초등학교는 2009년부터 시작하였다. 네 번째는 마을 내 당간지주 옆 개인 소유의 논 중 일부를 임대하여 그곳에서 하는 정기시연회로, 매년 5월 20일경 모심기, 7월 15일경 김매기, 10월 5일경 벼베기를 한다. 2008년 1회 시연회와 2009년 2회 시연회 때는 강릉지역 문화예술계 인사, 학산리 출향인사 등이 시연회에 참석하였다. 이후 2010년과 2011년 3회와 4회 정기 시연회 때는 기존 초청객 외 학산면 내 구정초등학교와 금강초등학교 학생들로 초청객을 확대하여, 시연 뒤 학생들 및 초청객들과 체험도 같이 하였다.

강릉 학산오독떼기보존회는 1990년대 후반에 결성되었고, 개발위원회에 의한 마을사업은 2000년대 중반부터 시작하게 되었다. 두 주민조직의 설립시기 및 목적이 다르다 보니 두 조직 간의 연계가 원활하게 이루어지지 못하였다. 이러한 점을 개선하기 위해 2010년 마을 협의를 거쳐, 2011년부터 오독떼기 보존회에서는 정기시연회를 보다 활성화하여 마을 내 상시체험프로그램으로 발전시킬 계획을 세우고 있다.

(3) 충청지역

공주시 우성면 봉현리 예울림 물레방아마을에는 67가구가 살고 있는데, 전주 이씨와 김해 김씨가 가장 많다.[19] 마을 주민들은 대부분 65세 이상이고, 주작목은 밤, 은행이며, 가구에 따라 축산, 벼농사를 많이 하기도 한다. 이 마을에서는 2007년 공주시 지정 오도이촌五都二村사업을 통해 방문객 대상 숙박 및 체험프로그램 사업 시작하게 되었다.[20] 오도이촌사업을 하게

---

19 2012년 4월 5일 공주 예울림 물레방아마을 김광섭 추진위원장과의 인터뷰를 통해 조사하였다.

20 오도이촌五都二村사업은 공주시 주관 마을사업으로, 월요일부터 금요일까지 5일은 도시에서, 토요일과 일요일 2일은 시골에서 지내자는 뜻에서 지어진 명칭이다.

되면서 기존의 농경문화전시관 외 황토방, 체험관, 물레방아, 한옥, 미꾸리 체험장, 농사체험장 등을 조성하였다. 마을 방문객은 7월부터 9월 사이에 학생 및 성인 단체, 가족 단위 방문객 등 다양하게 온다. 이때 이루어지는 체험프로그램으로는 상여놀이 체험, 전통혼례체험, 농사체험, 짚풀 공예체험, 농산물 수확체험 등이 있다. 이 마을에서는 마을 내에 위치한 충남교육연구소와 관계가 밀접한 것이 특징이다. 연구소에서 교육을 받기 위해 오는 학생들은 마을 운영 숙박시설을 이용하고 있고, 마을 어르신들이 진행하는 농산물 수확체험 등을 하기도 한다.

이 마을에서는 1996년에 〈공주 달공소리〉로 전국민속예술경연대회 문화부장관상 수상한 뒤 〈공주 봉현리 상여소리〉라는 명칭으로 바꾸어 충청남도 무형문화재 23호로 지정되었다. 봉현리 상여소리 보존회에는 대부분의 마을 사람들이 가입되어 있고, 사람들은 적극적으로 보존회 활동에 참가하려 한다. 이 보존회에서는 매년 9월말 공주에서 개최되는 백제문화제에 십여 년 전부터 참가해 왔으나, 근래에 들어서는 회원들의 고령화로 인해 해를 걸러 참여할 때도 있다. 그리고 매달 한 번씩 마을회관에 모여 상여소리 연습을 한다. 이 정기연습은 상여소리 연습뿐만 아니라, 주민 화합의 기능도 한다.

이 마을에서는 2007년부터 마을사람들이 중심이 되어 〈농경문화교육 한마당축제〉를 매년 11월 둘째 주 토요일에 개최하고 있다. 이 축제는 공주시와 함께 마을 내 폐교를 임대하여 활동하고 있는 충남교육연구소 등에서 후원하고 있으며, 마을에 사는 학생 대상 관례冠禮, 마을 어르신 대상 회혼례回婚禮를 비롯하여 우성중학교 사물놀이 공연, 공주대학교 밴드공연, 인근 초등학교 연극, 상여소리 및 달구소리 재연, 주민노래자랑 등의 순서로 이루어진다. 그밖에 마을 곳곳에서 전통음식 만들기, 타작마당 등 체험프로그램 진행하고 있다. 충남교육연구소의 후원, 이 축제의 명칭, 축제 프로그램, 그리고 인근의 초, 중, 고, 대학교 학생들의 축제 참가 등에서 알 수 있듯이, 봉현리 마을축제는 교육적 요소가 다른 마을축제에 비해 월등히 강하다.

(4) 호남지역

호남지역에는 강원지역과 마찬가지로, 마을 만들기 사업을 진행하는 마을에 있는 민요 보존회가 네 곳이 있다. 먼저, 강진군 신전면 벌정리 논정마을에서는 농촌진흥청 지정 농촌전통테마마을, 전라남도 지정 마을반찬사업을 진행하고 있다.[21] 반찬사업의 경우 마을에서 생산된 마늘, 고추, 깻잎 등 수확, 가공하여 반찬을 만들어 소비자들에게 판매하는 것으로, 현재 수확물 가공 시설물 건립과 판매 유통망을 확보하기 위해 노력 중이다.

이 마을은 전주 이씨 집성촌으로, 모두 70호 정도가 살고 있으며, 마을 주민들은 대부분 연령층이 60대 중반 이상이다. 마을 주작목은 벼농사, 고추, 마늘, 고구마 등이다. 마을에서 생산된 벼는 대부분 농협 수매를 하고 있고, 가구에 따라 소규모이기는 하지만 마을 방문객 대상 직거래도 한다.

마을 방문객은 크게 네 부류가 있다. 첫 번째는 여름철과 겨울철에 마을에서 휴가를 보내기 위해 오는 마을 출향인사 및 가족이고, 두 번째는 강진 스포츠파크에서 전지훈련을 오는 운동부 학생들의 부모 및 학교 관계자들이다. 세 번째는 다산초당 등 강진의 유명 관광지를 보는 과정에 마을에 들르는 단체 여행객 등이며, 네 번째 전남지역 거주 초·중등학생 단체 방문객이다. 얼마 전까지만 해도 광주지역 아파트 부녀회 등을 중심으로 마을 농산물 직거래가 활발히 이루어졌는데, 광주 인근지역에 주말 농장 등이 많이 생기면서 그들의 방문은 점차 줄어들고 있는 추세이다.

이 마을에서는 밀고추장 담그기와 개매기체험을 중심으로 체험을 진행하고 있다. 이 중 고추장을 직접 담그는 밀고추장 담그기는 사시사철 가능하고, 바닷가에서 그물 쳐놓고 조수간만의 차를 이용하여 전어, 숭어 등을 잡는 개매기체험은 여름철부터 가을철까지 진행된다. 체험프로그램은 추진위원장을 중심으로 부녀회원들이 순번제로 돌아가며 진행한다.

당일 체험을 이용하는 이들은 대부분 다산초당 등 강진 주변 관광명소를

21 2012년 4월 4일 강진 논정마을 김량희 총무와의 인터뷰를 통해 조사하였다.

관광하고 나서 마을에서 점심식사를 한 뒤 마차를 타고 마을 한 바퀴를 돈 다음 다른 곳으로 이동한다. 1박 2일 체험의 경우 첫째 날에는 점심식사 후 밀고추장 담그기 체험을 하고, 다음 날 오전에 개매기체험을 한 뒤 점식 식사를 하고 귀가하는 순서로 이루어진다.

전라남도 지정 무형문화재 제38호로 지정된 신전 들노래보존회는 마을 주민 35명 정도로 구성되어 있는데, 보존회원의 80%는 부녀회에 소속된 여성 회원들이다. 보존회에서는 매년 8월 강진 청자문화제에 참가하고, 그 밖에 지역 행사 참가 요청이 있을 때 상황에 따라 참여하고 있다.

두 번째로, 담양군 수북면 황금리 황금마을에는 전체 56가구가 살고 있으며 주작목은 토마토, 유기농 쌈채소 등이다. 이 마을에서는 전라남도 지정 행복마을사업과 유기농생태마을사업, 농림부 지정 녹색농촌체험마을사업을 진행하고 있다. 이곳에는 봄과 가을철에 광주 · 전남지역 유치원생과 초등학생들이 당일 일정으로 가장 많이 오고, 가족 단위 방문객들은 주로 여름방학 때 마을 내 한옥 민박을 이용한다.

체험프로그램은 마을 위원장과 사무장이 맡아서 하고 있는데, 봄철에는 토마토 쌈 채소 수확, 대나무 물총 만들기, 떡메 치기, 민속놀이, 매실 수확 등을, 가을철에는 고구마 캐기, 쌈 채소 수확, 습지 탐방, 천연 염색, 떡메 치기 등을 진행하고 있다. 그리고 들노래 체험은 부녀회원들 중심으로 이루어진다.

황금리 들노래 보존회는 마을 주민 50여명으로 구성되어 있는데, 연령층은 40대부터 80대까지 다양하고, 그 중 40~50대 회원 수가 가장 많다. 이 마을 민요보존회는 지금까지 살핀 민요보존회 중 연령층이 가장 낮은 편이다. 보존회에서는 마을 방문객 대상 들노래 체험프로그램을 진행하며 매년 5월초에 열리는 담양 대나무축제에서 공연한다. 그리고 다른 지역축제 참가 요청에 있을 때 보존회원들의 상황에 따라 참가하기도 한다.

세 번째로, 화순군 도암면 도장리 도장 밭노래마을에는 전체 61농가가 살고 있는데, 진주 김씨와 진주 형씨가 대성이다. 마을 주민의 70% 이상이 70

대 이상으로, 인근의 다른 마을에 비해 고령화가 많이 진행되었다.[22] 마을 주작목은 벼, 옥수수, 콩 등이다. 마을에서 생산된 벼의 80%는 농협수매하고, 15%는 영농법인에서 학교, 기관 등에 판매하며, 5%는 개인 소비하고 있다. 이 마을에서는 다른 마을과 다르게, 주민조직 중에 농우회農友會와 민속보존회가 있다는 것이다. 농우회는 마을 대소사가 있을 때 서로 돕기 위해 결성된 대동계 성격의 모임이고, 민속보존회는 마을 내 의식주 및 생활문화 등을 온전히 전승하기 위해 결성되었다. 부녀회원들이 중심이 된 민속보존회가 다양한 활동하는데 농우회는 정신적, 물질적 지원을 아끼지 않는다. 이 마을에서는 농림부 지정 녹색농촌체험마을사업, 농촌진흥청 지정 농가맛집 사업, 전라남도 지정 마을단위반찬사업 등을 진행하고 있고 마을 내 영농조합법인에서 마을 생산물을 활용하여 사회적 기업을 운영하고 있다.

마을 방문객은 봄과 가을철에는 학생 단체가 농산물 수확체험, 전통 음식 만들기 체험 등을 하기 위해, 겨울철에는 성인 단체가 워크샵을 하기 위해 많이 온다. 그밖에 아파트 부녀회, 화순군 농촌기술센터 주관 그린투어 모집객, 가족 단위 방문객이 마을을 찾고 있다. 도장 밭노래마을에서 가장 인기가 있는 체험프로그램은 막걸리 담그기, 김장 하기, 손두부 만들기 등 전통음식 만들기체험이다. 그밖에 상황에 따라 옥수수 및 단호박 수확 체험, 모심기 등 농사체험 등을 하고 있다. 체험 진행은 마을 영농조합법인 총무와 녹색농촌체험마을 사무장이 주로 하고, 경우에 따라 마을 어르신들이 보조를 한다.

도장 밭노래보존회에서는 2000년대 중반에 4년 정도 동안 화순군내 천태초등학교와 도암중학교에서 밭노래 재량교육을 실시한바 있다. 이때에는 교육으로 끝나지 않고 학생들을 중심으로 도장밭노래 공연팀을 꾸려 2007년 남도문화제 청소년부분에 참가하여 최우수상을 수상하기도 하였다. 현재 보존회에서는 매년 화순 운주문화축제 참가하고 있으며, 타지역

22 2012년 4월 4일 화순 도장밭노래마을 유정자 녹색농촌체험마을 사무장, 김성인 영농조합법인 총무와의 인터뷰를 통해 조사하였다.

축제 초청은 회원들의 고령화로 사양하고 있다.

도장 밭노래마을에서는 2006년 영농조합법인을 만들면서 마을축제를 시작하게 되었다. 마을사람들이 중심이 되어 마을축제를 기획, 개최하고 있는데, 축제에서 가장 중요한 부분을 차지하는 것은 도장 밭노래 공연이다. 이러한 축제가 자리잡힐 수 있었던 것은 주민들의 민속보존회에 대한 애정이 뜨겁고, 마을사업 역량이 충분히 축적되어 있기 때문이다.

마을축제 명칭은 〈도장리 사람들의 삶과 꿈〉, 〈도장리의 새마을운동〉, 〈도장리 마을음식〉 등 그 해 주제에 따라 매년 다르게 하고 있다. 매해 기본적으로 이루어지는 축제 프로그램으로는 외따먹기 등 마을 전래 민속놀이, 냇가에서의 물놀이, 농기구 및 고문서 전시, 마을 사람들이 소장하고 있는 옛날 흑백사진, 마을 아이들이 찍은 마을사진, 인근마을 민요 보유자 및 단체 공연, 밭노래 공연 등이다. 3회 축제까지는 출향인사 중심으로 축제 초청장을 발송하였고, 4회부터는 출향인사를 비롯하여 마을 방문객, 지역 문화계 관련 인사 등으로 확대하였다. 5회를 넘어가면서 외부 방문객이 점점 늘어나 마을 기금만으로 행사비를 충당하기가 어려워졌다. 이를 해결하기 위하여 마을에서는 2011년부터 화순군, 전라남도, 농협중앙회 등에서 주관하는 마을행사 지원 사업에 지원하여 자금을 지원받고 있다. 2012년부터는 1박 2일 일정으로 축제 일정을 확대하여 개최할 예정이다.

마지막으로 진도군 지산면 소포리 검정쌀마을에는 현재 156가구 305명이 거주하고 있으며, 평균 연령대는 60대 중반이다.[23] 현재, 정보화마을사업, 농촌마을종합개발사업, 녹색농촌체험마을, 휴양마을사업을 진행하고 있으며, 얼마 전에는 농촌건강장수마을로도 지정되었다. 마을 주작목은 검정쌀, 대파, 월동배추 등이며 쌀은 농협과 정미소 등에 주로 판매하고 있다.

마을 내 체험관련 시설물로는 소포리 전통민속체험관, 민속전수관, 녹색농촌체험관 등이 있다. 마을 방문객은 가족 단위부터 성인 단체까지 다양하

23 2012년 4월 2일 진도 소포리 이장, 소포전통민속전수관장과의 인터뷰를 통해 조사하였다.

며, 봄부터 가을까지 꾸준히 마을을 찾는 편이다. 가장 일반적인 방문 형태는 오후에 진도문화예술회관에서 토요상설공연을 보고, 세방낙조 등 진도 관광지를 둘러보고 난 뒤 마을에서 저녁식사를 하는 것이다. 그 뒤 저녁 8시에 소포리 민속공연을 관람하고 숙박하고, 다음날 아침 식사 후 귀가하는 프로그램이다. 최근 들어 마을사업 비수기인 겨울철에 다른 곳을 경유하지 않고 소포리 남도소리체험 공연 및 체험만을 하기 위해 오는 이들도 늘고 있다.

소포 검정쌀마을 내에는 도 지정 무형문화재 제39호 지정된 소포걸군농악보존회와 마을 자체 주민 조직인 소포베틀노래보존회, 소포어머니 노래방, 소포닻배노래 보존회 등이 있으며 전체 주민 중 50% 정도가 위 모임에 가입되어 있다. 위 조직들 중 걸군농악보존회와 베틀노래보존회 회원이 가장 많은데, 이러한 보존회 가입 비율은 공주 봉현리 상여소리와 화순 도장 밭노래와 더불어, 가장 높은 편에 속한다. 각 보존회원들은 방문객이 있을 때 마을 내 공연장에서 공연을 하고, 수시로 지역 문화축제 및 타 지역 축제에 참가하고 있다.

이 마을에서는 후릿그물체험의 경우 봄에서 가을철까지, 남도소리체험은 사시사철 진행하고 있다. 이 중 남도소리체험은 주로 마을주민들이 일과를 마친 시간인 저녁시간에 이루어진다. 이때에는 방문객 및 상황에 따라 소포걸군농악, 강강술래, 뱃노래, 흥글소리, 진도아리랑, 상여소리, 베틀노래 등의 공연 레파토리가 탄력적으로 조절된다. 현재 마을 주민들이 하는 프로그램 중 소포걸군농악에 대한 호응이 가장 좋은 편이다. 남도소리체험을 진행할 때 방문객이 성인일 경우 체험보다는 공연에 치중을 하고, 학생들의 경우 공연과 함께 체험시간을 따로 두고 있다.

소포 검정쌀마을의 가장 큰 특징은 마을사업 경험이 오래 되어 방문객 이용 시설이 잘 갖추어져 있는 동시에 여러 종류의 마을 민속 보존회가 조직되어 있고, 공연 및 체험 프로그램 역시 활성화되어 있다는 것이다. 마을에서는 앞으로 일본 북해도와 오끼나와의 소수민족, 대만 소수민족, 그리고 우리나라 남이섬과 연계하여 민속문화 교류를 진행할 예정이다.

3) 민요 보존회 활동을 통한 마을 내 민요 정착을 위한 단계별 목표

(1) 마을사업 주체와 민요보존회의 연계를 통한 공연 및 체험프로그램 기반 조성

현재 마을 만들기사업을 진행하고 있는 마을에 소재한 민요보존회는 마을에서 이루어지고 있는 마을사업에는 관여하지 않는 곳이 많다. 마을사업을 주관하는 마을 개발위원회와 그 마을 전통문화 중 하나인 민요를 전승하는 민요보존회 간의 연계가 이루어지기 위해서는 기본적으로 민요보존회에서 방문객 대상 공연 및 체험프로그램을 진행할 수 있는 인적 자원이 갖추어져 있어야 한다. 예컨대, 속초 메나리한옥마을의 경우 보존회장 혼자서 방문객 대상 체험프로그램을 간헐적으로 진행하고 있는데, 그를 보조해서 체험을 진행할 사람이 없었다. 그러다 보니, 보존회장의 책임감만으로 체험을 진행하기에 무리수가 따를 수밖에 없다.

보존회에서 공연 및 체험을 진행할 역량을 갖추고 있음에도 마을 개발위원회에서 보존회와의 연계를 미처 생각하지 못했거나, 개발위원회에서 보존회에 의한 체험프로그램 진행을 거부하여 방문객 대상 체험이 이루어지지 못하는 예도 있다. 강진 벌정리 논정마을에는 방문객이 꾸준히 찾아오고 있으며 방문객이 이용할 수 있는 숙박시설 및 체험시설도 잘 갖추어져 있다. 아울러, 신전들노래보존회에는 여성 회원들을 중심으로 방문객 대상 체험프로그램을 진행할 수 있는 역량이 충분하다. 보존회원들은 농악에도 관심이 많아 민요와 함께 농악도 배우고 있다. 그럼에도 논정마을 대표 체험프로그램은 물고기 잡기와 고추장 담그기체험이다. 앞의 두 체험은 마을 부녀회원들 중심으로 이루어지는데, 신전들노래보존회원들의 80%는 마을 부녀회원들이기 때문에 다른 마을에서도 얼마든지 체험할 수 있는 물고기 잡기나 고추장 담그기가 아닌, 신전 들노래 공연 및 체험을 마을 대표체험으로 진행할 필요가 있다. 따라서 들노래 및 농악을 기존 체험과 연계하여 방문객의 목적 및 상황에 맞게 구성할 수 있다.

강화 용두레마을의 경우 강진 논정마을과는 문제의 성격이 조금 다르다. 현재 강화 용두레질소리 보존회원 중 용두레마을에 거주하는 사람은 아무도 없다. 고故 최성원 보존회장 생전 당시에도 회장 혼자만 용두레마을에 거주했고, 다른 회원들은 모두 강화읍내에 살았다. 애초 최성원 보유자와 마을 사업 관계자들과의 사이가 원활하지 못했고, 그러다 보니 현재 용두레질체험 기반 시설이 마을에 잘 갖추어져 있음에도 보존회장 사후 마을사업을 진행하는 이들은 보존회와의 관계를 완전히 끊어버린 채 마을 사람들 중심으로 용두레질체험을 진행하고자 하였다. 그로 인해 체험의 질이 곤두박질치고 말았다.

용두레질소리보존회측에서는 원래 이 소리 및 농악이 마을에서 향유되었기 때문에 마을에서 필요로 하면 언제라도 도움이 되겠다는 입장이다. 예컨대, 현재 보존회에서는 매달 한 번씩 강화도 마니산 광장에서 농악 정기연습을 하고 있는데, 이러한 정기 연습을 마을 내에서 하고 방문객 대상 체험을 할 용의가 있다고 한다. 용두레질소리보존회에서는 인천 지역축제 참가, 관내 중고등학교 전통문화교육 등의 활동을 하고 있으므로 마을 개발위원회와 연계될 경우 마을 사업에 많은 시너지효과를 발휘할 수 있다.

용두레마을에는 용두레질소리보존회와 함께 진행을 도울 수 있는 요소가 더 있다. 황청 1리 바로 옆에 위치한 황청 2리에는 인천시 무형문화재 3호로 지정된 인천 근해 갯가노래, 뱃노래 보유자 김귀준이 살고 있다. 그는 2007년 작고한 황청리의 독보적 선소리꾼 조용승과 함께 〈시선뱃노래〉를 불렀다. 현재 마을에서는 여름철 방문객 대상 마을 인근에 위치한 계룡돈대를 견학하고 그 주변에서 갯벌체험을 하고 있는데, 이때 갯벌체험을 마친 뒤 시선배 위에서 김귀준 가창자가 주관하여 시선배체험을 진행할 수 있다. 체험 순서는 시선배가 운행될 당시 사람들의 생활상과 시선배의 기능에 대해 설명하고, 시선뱃노래 뒷소리 받는 법을 가르친 뒤 방문객들이 뒷소리를 받고, 김귀준 가창자가 선소리를 매기는 식으로 이루어질 수 있다. 시선배 위에서 이루어지는 시선뱃노래체험은 비단 민요 체험에 그치지 않고 당시 서해안 사람들의 생활문화까지 이해할 수 있다는 점에서 의의가 있다. 그러나 이에 대해서도 마을 사람들의 태도는 단호하다.

강화 용두레마을에서 마을사업에 참여하는 가구는 전체 87가구 중 10가구 정도이다. 마을 내 고령인구가 많아 현실적으로 마을사업에 관심을 가질 수 있는 인력이 한정적일 수밖에 없다고 하더라도, 여러 가지의 정부부처 마을사업을 진행하고 마을사업을 통한 농외수익 역시 증가하고 있는 것을 감안하면, 마을사업 참여 가구 수가 너무 적은 것이 사실이다.[24] 결론적으로, 보다 많은 마을사람들이 마을사업에 참여하도록 유도하여 마을 전체의 이익을 위해 다양한 의견을 수렴하는 것이 필요하다. 그렇게 되면 개발위원회나 민요보존회나 마을사람들이 잘 살게 되는 것에는 동감하고 있으므로, 자연히 민요보존회와의 연계도 가능해질 것이다.

(2) 마을 내 어메니티(Amenity)자원을 활용한 민요 전승형식 다변화

가. 마을 내 민요 관련 자원을 활용한 체험프로그램 개발

위에서 살핀 사례들 중에는 마을사업을 진행하면서 마을 내 민요보존회와 공감대가 형성되어 방문객 대상 체험을 준비 중인 곳도 있고, 그러한 연계가 이미 활성화된 마을도 있다. 먼저, 마을사업을 하는 곳에 소재한 민요보존회 중 공연 및 체험활동이 가장 잘 자리 잡은 곳은 진도 소포검정쌀마을이다. 농산물 수확이나 전통음식 만들기체험 등 전국 어디를 가나 비슷한 체험이 이루어지고 있는 상황에서 이 마을에서는 자체적으로 조직된 여러 민요조직들이 연계하여 다양한 형태의 공연 및 체험을 진행하고 있다.

이 마을 방문객들은 대체로 오후 늦게 마을에 와서 공연 관람 및 숙박

---

24 전국 80여개 마을 만들기사업 진행 마을을 조사한 결과, 마을사업을 수행함에 있어 대체로 집성촌보다 각성받이마을이 주민 화합이 더 잘 이루어졌다.

후 다음 날 오전에 다른 곳으로 가는 일정으로 움직인다. 공연 및 체험프로그램 역시 이들 위주로 짜여있다. 그런데 가족 단위 방문객 혹은 오전에 마을에 도착하여 1박을 하는 단체 관람객들의 경우 위 프로그램만으로는 부족한 면이 있다. 이들을 위해 마을에서는 방문객의 상황에 따라 복조리 만들기나 솟대 만들기 등 공예체험을 민요 공연과 연계하고 있으나, 이보다는 현재 공연되고 있는 논매는 소리, 베틀노래, 닻배노래 등의 프로그램을 공연장이 아닌, 마을 내 다양한 현장에서 실제 체험과 소리를 같이 배우는 식의 프로그램 진행이 필요하다.

마을사업 걸음마 단계인 양양 수동골권역에서는 권역 내 마을사람들 중심으로 〈수동골 상여소리〉를 조직하여 2010년 제51회 한국민속예술축제에 참가, 최고상인 대상을 수상하였다. 그리고 이에 앞서 수동골권역에 속하는 입암리에서는 1995년에 전국민속예술경연대회에 〈입암농요〉라는 명칭으로 참가하여 문화체육부장관상을 수상하기도 하였다. 그런데 〈입암농요〉에 참가했던 마을사람들은 연만해지면서 하나둘 빠지게 되고, 이와 함께 선소리꾼 세대교체도 제때 이루어지지 못해 현재는 입암농요 전승이 완전히 단절된 상태이다. 앞으로 많은 무형문화재 지정 민요보존회가 〈입암농요〉의 전철을 밟을 것으로 예상된다.

양양군 현남면 일대에는 이름난 해수욕장이 많아 여름철 가족 단위 방문객이 많이 찾고 있다. 수동골 권역사업 역시 휴가철 방문객들을 마을로 유치하여 농외수익을 올리기 위해 시작되었다. 그런 관계로 앞으로 인근의 다른 관광지나 해수욕장, 대규모 위락시설 등과의 경쟁이 불가피하다.

수동골권역에서는 인근의 다른 관광지 및 대규모 자본과의 경쟁에서 살아남기 위해 수동골권역만의 정체성을 갖추어야 하고, 그러한 정체성은 권역 내 민속문화에서 찾는 것이 바람직하다. 가족 단위 방문객 대상 마을 민속을 활용한 차별화된 체험프로그램 진행을 통해 마을 및 마을 생산 농산물에 대한 방문객의 인식 재고로 이어져야 하는 것이다. 앞으로 마을에 오는 권역 방문객의 목적 및 특성 등에 따라 마을 수산물 수확체험과 물놀이체험, 수동골 농악체험, 상여소리 공연 등으로 조합된 맞춤식 체험프로그램을 준비하는 한편, 입암농요 음원과 문헌기록을 근거로 민속보존회 회원을 중심으로 입암농요 선소리꾼을 육성해야 한다. 입암농요가 복원될 경우 입암농요와 수동골농악, 입압농요와 상여소리 등으로 공연 프로그램을 구성할 수 있고, 방문객 대상 체험프로그램이 한층 풍성해질 수 있다.

평창 두일약초마을 방문객 중 미취학 아동을 동반한 가족 단위 방문객이 가장 많다. 아울러, 각 지역에 초등학생 단체 방문객도 꾸준히 늘고 있다. 이에 마을에서는 기존에 마을 민속문화 전승을 위해 조직된 두일 목도소리 보존회를 활용하여 여러 가지 체험프로그램을 준비하고 있다. 그런데 현재 보존회 상황으로는 원활한 보존회 운영뿐만 아니라 방문객 수요를 맞추는데 한계가 있다. 이에, 보존회 측에서는 내부적으로 두일리를 포함한 인근의 4개 마을 사람들이 산판 경험이 있고, 두일 목도소리 활동을 통한 체험프로그램의 필요성에도 동감하고 있으므로 목도소리 보존회의 규모를 마을 단위가 아닌, 권역 단위로 확대하여 인원 및 재정을 확충하고자 한다. 회원이 확충되면 현재 입산제入山祭, 치목治木, 목도, 상차上車로 구성된 두일 목도소리 전체 순서에 지역 토박이가락으로 구성된 농악을 더 넣을 예정이다. 여기서 농악은 마을 사람들이 정초 지신밟기나 두레가 설 때 놀았던 것이기는 하지만, 힘든 산판을 마치고 신명나는 분위기를 구현하는데 적절하게 사용될 수 있다고 판단된다.

외부적으로는 보존회에서 도 지정 무형문화재로 지정받기 위해 준비 중이다. 현재 평창군에는 둔전평농악, 황병산 사냥놀이, 미탄 아라리, 방림 삼베놀이, 대화 대방놀이 등의 보존회가 조직되어 활동 중이다. 향후 평창군에서는 2018년 동계올림픽을 대비해 문화올림픽이라는 기치를 내걸고, 면 내에 하나씩 민속문화 관련 보존회를 구성할 계획이 있다.[25] 마을 주민

25 이 정보는 평창 두일목도소리 보존회 사무국장과의 인터뷰를 통해 조사하였다.

들은 도 지정 무형문화재가 되면 대외 인지도가 상승하여 체험프로그램을 진행하기에 용이해질 것으로 기대하고 있다.

김경남은 두일 목도소리의 발전을 위해 소리의 지역적 특색 등에 대한 정확한 고증을 거쳐 목도소리 구성 요소별 성격을 보다 명확히 하고, 무엇보다 적극적인 주민들의 참여가 필요하다고 하였다.[26] 그의 제안에 덧붙여, 현재 준비 중인 권역사업이 확정되어 인원 및 예산이 확충되고 도 지정 무형문화재로 지정을 받게 되어 내외부적으로 체험을 활용할 분위기가 더욱 무르익게 되면 여름철 마을 방문객을 대상으로 마을 근처 산판 장소로 가면서 토종 수목과 동물, 산림토양 관찰하기, 숲속 자연놀이, 자연 퀴즈 맞추기 등의 숲체험프로그램을 하고, 실제 산판 장소에 도착해서는 가벼운 나무를 활용하여 여러 종류의 목도를 체험할 수 있다. 요컨대, 두일목도소리보존회와 같이 자생해서 만들어진 보존회는 민속축제 출전을 위해 구성된 소리들과는 달리, 실제 민속의 골격은 유지하면서 방문객 상황, 공연 및 체험 목적 등에 따라 탄력적으로 전승될 수 있도록 공연 및 체험 순서를 구성해야 한다.

나. 마을축제 활성화를 통한 민요 전승기반 확보

보통 민요보존회에서는 정기발표회, 전통문화교육, 지역문화제 참가 등의 활동을 하고 있다. 이때 정기발표회는 보존회와 관련이 있는 소수의 사람들을 대상으로, 전통문화교육은 인근 지역학생들을 대상으로, 그리고 지역문화제 때는 축제를 보러 온 지역주민 및 타 지역 사람들을 대상으로 한다. 이 활동들은 공통적으로 마을 외부에서 이루어진다. 그런데 마을 방문객 대상 공연 및 체험 활동, 그리고 마을축제 등은 모두 마을 내부에서 이루어진다. 즉, 다른 활동들에 비해 이 활동들은 마을 친화적이고 마을 내에서 민속문화가 뿌리 내리는데 도움이 된다.

---

26 김경남, 「진부면 민속놀이와 축제발전방안」, 『평창군 진부면 두일 목도소리 민속지』, 진부 두일 목도소리보존회, 2009, 107쪽.

강릉 학마을에는 마을 환경시설물 조성 중심으로 마을사업이 진행되었다. 그러다 보니 마을사업을 통해 실질적으로 마을 사람들의 체감할 수 있는 어떠한 효과도 없었다. 자연히 방문객이 이용할 수 있는 시설도 부족한 형편이다. 강릉 학마을 소재 학산 오독떼기보존회는 비교적 이른 시기에 보존회가 지정되었음에도 전승이 잘 이루어지고, 마을 사람들의 관심 또한 높다. 이에 오독떼기보존회에서는 1년에 3번 있는 정기 시연회 때 방문객 대상 체험 경험을 축적하여 오독떼기체험을 상설 마을 체험프로그램으로 진행할 계획이다.

강릉 학산오독떼기보존회는 2008년 이전까지는 다른 보존회와 같이 정기발표회 및 지역문화제 참가 중심으로 보존회 활동을 해오다가, 2008년부터 지금과 같은 활동 일정을 정립하게 되었다.[27] 현재 보존회 측에서는 농요農謠의 특성상 무대 위에서 공연하는 것은 소리의 진면목을 보여주는데 한계가 있다고 판단하고, 실제 논에서 모내기, 논매기, 벼 베기 등의 시연을 할 때 모내기 때는 못밥을, 김매기 때는 질밥, 혹은 질쌈밥을 방문객에게 무료 제공하는 등 산업화 이전 학산리 농사 풍경을 최대한 가감없이 보여주기 위해 노력하고 있다.

뿐만 아니라, 2008년부터 2011년까지는 평일인 금요일 오전에 정기시연회를 시작하여 점심식사를 하는 것으로 마무리지었으나, 2012년 5회 시연회부터는 체험을 보조해줄 수 있는 학산 3리 주민들에게 도움을 받아, 당일 일정으로 토요일에 강릉시내 소재 학생을 중심으로 체험객 50여명을 모집할 예정이다. 오전 오독떼기 체험 때는 보존회원, 체험학생, 그리고 오독떼기를 학교에서 배운 초등학생 등 3인 1조로 구성하고, 점심 식사 후에는 마을에 상주하고 있는 마을문화해설사와 함께 마을길을 따라 범일국사 관련 유적 및 마을 전설 유적을 돌아보는 코스로 정할 예정이다.

---

27 강릉 오독떼기보존회가 재도약하는데 2008년 부임한 조관현 사무국장 등 보존회 집행부의 노력이 컸다.

현재 매년 여름철에 마을에 소재한 범일국사 관련 유적을 견학하기 위해 가족 단위 및 학생 단체방문객이 전국에서 찾아오고 있고, 이때 부녀회에서는 방문객을 대상으로 마을에서 생산된 감자, 옥수수를 길거리에서 판매하고 있다. 이 시기에 오는 방문객들을 대상으로 논에서 오독떼기 체험, 메뚜기 잡기, 과수원 수확체험 등으로 구성된 당일 혹은 1박 2일 마을축제를 마련할 수 있고, 전수관 앞 공간에서 마을 생산 찰토마토를 직거래로 판매할 수도 있다. 요컨대, 현재 1년에 3차례 열리고 있는 정기시연회 바탕에 마을회관 및 보존회 전수회관 등의 시설물 및 오독떼기체험 등을 첨가하여 마을축제 형태로 활성화한다면 현재 보존회원들 중심으로 이루어지는 행사에서 마을주민들 전체가 참여하고 즐기는 행사로 변모할 수 있을 것이다.

공주 봉현리 예울림 물레방아마을과 화순 도장밭마을에서는 각 마을 내 어메니티(Amenity)자원을 활용하여 마을축제를 개최하면서 마을 내 민요보존회의 역할을 극대화하고 있다. 먼저, 공주 예울림 물레방아마을 〈농경문화교육 한마당축제〉는 전국에서 유일하게 교육문화를 테마로 열리는 마을축제이다. 올해로 6회째인 이 축제는 충남지역 학부모 및 학생들의 참여가 점차 늘고 있어, 이들을 수용하기 위해 마을에서는 농경문화관 옆에 지어진 한옥 주변에 숙박시설을 더 지을 예정이다.

현재 초등학생을 동반한 가족 단위 방문객이 많이 오고 있고, 농경문화교육 한마당축제의 테마가 '교육'이므로, 마을 체험 역시 초등학교 교과과정에서 배우는 내용을 마을에서 직접 체험할 수 있게끔 해야 한다. 예컨대, 초등학교 1학년 슬기로운 생활 과목 내 〈봄나들이〉, 〈여름철의 산과 들〉, 〈가을의 산과 들〉, 초등학교 2학년 즐거운 생활 과목 내 〈민속춤 추기〉, 초등학교 3학년 사회과목 내 〈우리고장의 생활문화〉, 초등학교 4학년 사회과목 내 〈우리 지역과 관계 깊은 것들〉, 초등학교 5학년 실과 과목 내 〈식물과 함께 하는 생활〉, 초등학교 6학년 음악 과목 내 〈노래 부르기〉에 기반한 체험프로그램 개발이 필요하다. 그리하여 현재의 '공연' 중심의 축제 프로그램과 함께 마을 뒷산 오솔길을 걸으며 숲 생태체험, 마을 내 향토유물 전시관에서 마을사람들의 생활문화 배우기, 모형 상여를 활용한 상여소리 체험, 체험관에서 두레농악 배우기 등을 병행할 수 있다. 이러한 체험프로그램을 진행할 때는 마을사람들만으로는 한계가 있으므로, 마을 내에 소재한 충남교육연구소와의 연계가 필수적이다.

화순 도장밭노래마을에는 학생 및 성인 단체 여행객과 함께 당일 일정으로 가족 단위 체험객도 많이 오고 있다. 방문객이 꾸준히 늘고 있어 마을에서는 현재 홈페이지도 개편하고, 마을 내 창고를 리모델링해서 숙박시설도 확충할 예정이다. 그런데 체험을 진행할 수 있는 인력은 한정되어 있어, 이들을 대상으로 상시 체험을 진행하기에는 현실적으로 어려움이 있다.

이 마을의 경우 일정한 시기에 가족 단위 방문객이 일정 수 이상 올 수 있도록 하는 방안을 마련해야 한다. 즉 도장밭노래마을 민속보존회원들이 축제 3개월 전부터 매달 한 번씩 축제 대비 연습을 할 때 마을 홈페이지에 공연 연습 및 체험행사를 공지하여 가족 단위 방문객들이 이 시기에 맞추어 마을에 올 수 있도록 하는 것이다. 20여명 이상의 가족 단위 방문객이 예약을 통해 마을에 올 경우 마을 입장에서는 공연 연습과 함께 체험프로그램을 진행할 수 있고, 가족 단위 방문객 입장에서는 가족 단위로도 공연 관람과 체험을 즐길 수 있다는 이점이 있다. 공연 연습 관람과 함께 물놀이체험, 마을 역사체험, 마을 토박이 생활체험 등으로 구성된 1박 2일 체험프로그램으로 만듦으로써 확장된 형태의 마을축제를 개최할 수 있다.

4) 맺음말

본 논문은 '마을에서 민요를 전승할 수 있는가. 전승할 수 있다면 어떻게 전승해야 하는가' 라는 질문에서 시작되었다. 전통사회에서 민요는 사람의 일상생활과 밀접한 관계에 있었다. 그런데 오늘날 마을에서는 민요 향유층이나 전승층이 모두 사라진 관계로 민요 전승을 이야기하기가 무색할 지경이다. 점점 사라져 가는 민요를 보존하기 위해 전승 가치가 있다고 판단되는 지역 민요를 무형문화재로 지정하여 민요를 보존하고 있으나 마을과 분리된 경우가 대부분이다.

점점 상황이 어려워져 가는 농촌을 도농교류 활동 등을 통해 발전시키기 위해 마을 청·장년층이 중심이 되어 정부 및 지자체의 지원을 받아 마을만들기사업을 하는 곳에 소재한 무형문화재 지정 민요보존회가 있다. 마을사업을 진행하는 쪽에서는 마을 전통문화를 계승하고 있는 보존회와 연계하여 마을사업을 활성화할 수 있고, 보존회 입장에서는 마을 개발위원회에서 민요 공연 기회를 만들어주니, 민요 전승 활동이 보다 용이해질 수 있다. 전국 60여개의 무형문화재 지정 민요보존회 중 마을 만들기사업을 진행하는 마을에 위치한 민요 보존회는 모두 10곳이 있다. 각각의 민요보존회에서는 자체적으로 정기 발표회를 열거나, 관내 전통문화교육을 실시하기도 하고, 마을사업과 연계하여 방문객 대상 공연 및 체험프로그램 진행, 마을축제에서 공연하기도 한다.

현재 상황에서 마을 만들기사업을 진행하고 있는 마을에 위치한 민요보존회에서 민요를 보다 잘 전승하기 위해서는 기본적으로 보존회와 마을개발위원회 간에 공감대를 형성하여 협력할 수 있는 여건 조성이 필요하다. 두 주민조직 간의 연계가 원활히 이루어진다면 마을이 보유한 다양한 자연자원 및 인적 네트워크를 활용하여 그 마을만의 민요 공연 및 체험프로그램을 진행하고, 마을축제를 통해 민요 전승을 극대화할 수 있다.

현재 대부분의 민요 보존회원들은 60대 이상 마을주민으로 구성되어 있다. 그러다 보니, 회원들의 고령화에 따른 보존회의 활동 범위가 점점 줄어들고 있는 추세이다. 변화된 상황에서 원활히 전승을 이어가기 위해서는 현재 민요 중심의 전수 방식에서 나아가, 마을 만들기사업과 같이 민요의 전승 기반을 유지할 수 있는 방안에 대한 교육이 병행되어야 한다. 전승 맥락에서 괴리된 채 무대 위에서 공연 중심으로 민요가 전승될 경우 그 앞날은 불 보듯 뻔 하기 때문이다.

전승 환경 변화에 따른 〈공주 봉현리 상여소리보존회〉의 대응과 생존 전략

1) 머리말

전통사회 민요民謠는 사람들의 삶 속에서 밀착되어 전승되었다. 그러나 기능에 따라 차이는 있지만 새마을운동 이후 근대화 흐름에 따라 대부분의 지역에서 자취를 감추었다. 민요의 명맥을 잇기 위해 정부 및 지자체에서는 지역별로 보존 가치가 있다고 판단되는 민요자료들을 무형문화재로 지정, 보존회를 결성하여 전승하게끔 하고 있다.

전국적으로 정부 및 지자체의 지원을 받는 60여개의 노동, 의식 및 유희요 민요 종목 문화재들은 해당 문화재가 발생한 마을에서 그곳 사람들이 원래 목적에 따라 향유하는 것이 아닌, 대부분 지역민을 위한 공연 및 보존회 내부 교육을 목적으로 전승되고 있다. 이렇게 대부분의 민요 문화재가 마을사람들과 멀어지게 된 것은 기본적으로 생활환경 변화에 따라 마을 사람들의 인식이 바뀌었기 때문이다. 그러다 보니 전체 마을 주민에 비해 소수인 민요보존회에서는 마을사람들의 삶과 유리된 채 민요를 전승할 수밖에 없게 되었다. 민요 종목 무형문화재의 화석화된 전승이 문제 되는 것도 이 때문이다.[28]

문화재 지정 민요 및 지역 민요를 어떻게 보존, 전승해야 할 것인가에 대한 선행논의를 살펴보면 여러 연구자들이 이미 각 지역 민요의 성격 및 특징에 맞는 전승 및 활용 방안을 제안하였다.[29] 그리고 2012년 한국민요학

---

28 강등학, 「노래의 말하기 기능과 민요 전승의 방향 모색」, 『한국음악사학회』 제29권, 한국음악사학회, 2002, 41~44쪽.

29 지금까지 이루어진 논의를 지역별로 정리하면 아래와 같다.
강등학, 「충남 민요 축제 활용을 위한 방향 모색」, 『한국민요학』 제6집, 한국민요학회, 1998, 7~20쪽.
김혜정, 「경기소리의 전승 맥락과 보존 · 계승방안」, 『한국민요학』 제26집, 한국민요학회, 2009, 7~25쪽.

회 하계전국학술대회에서는 전북 화순, 강원 강릉 등 전국 무형문화재 지정 민요보존회의 활동 상황 및 발전 방안에 대한 심도있는 논의를 진행하기도 하였다.[30]

그러한 논의 중에는 민요의 바람직한 전승을 위해 무엇보다 지역민들의 삶 속에서 민요가 전승되어야 한다는 제안도 있었다. 나승만은 지역 주민들의 삶 속에서 압해도 민요가 향유되기 위해 먼저 과거 민요 상황 및 현재 민요 구연자들 정리, 분석하여 주민 주도의 민요보존회 조직, 압해도의 다양한 문화자원, 주민조직을 활용하면서 민요를 그 속에서 전승할 것을 제안하였다.[31] 그리고 그는 외부인들을 대상으로 공연되고 있는 광양 전어잡이 소리의 바람직한 전승을 위해 이 소리의 생성 배경, 공연 양상 등을 면밀히 분석한 뒤 결론적으로 광양만 주민들의 삶 속에서 소리가 자리 잡아야 한다고 하였다.[32] 양영자는 제주지역 마을 만들기사업 내 민요축제 개최를 통한 민요 전승 양상 등을 살피면서 현재 제주민요가 공연 일변도의 대중 소통, 무대화로 인한 전통민요 오염과 정체성 상실의 문제가 발생하고 있다고 하면서 앞으로 민요 보존과 예능 공연으로 이원화되어야 하며, 궁극적으로 일상에서 '함께 부르는' 민요로 거듭나야 한다고 하였다.[33] 민요에 한정한

이창식, 「인제지역 뗏목민요의 원형과 활용」, 『한국민요학』 제17집, 한국민요학회, 2005, 209~236쪽.

조순현, 「충북민요의 자료조사 현황과 활용방향 모색」, 『한국민요학』 제28집, 한국민요학회, 2010, 179~211쪽.

졸고, 「마을만들기 사업 내 민요 체험프로그램 발전방안」, 『한국민요학』 제32집, 한국민요학회, 2011, 203~229쪽.

홍순일, 「〈신안민요〉의 언어문화적 접근과 소리문화적 활용」, 『남도민속연구』 제14집, 남도민속학회, 2007, 321~366쪽.

30 한국민요학회 편, 『2012년 한국민요학회 하계전국학술발표대회 자료집』, 서울 예술가의 집, 2012.

31 나승만, 「압해도 민요자료 활용 방안」, 『민요논집』 제8호, 민요학회, 2004, 289~303쪽.

32 나승만, 「진월 전어잡이 소리의 전승맥락 고찰」, 『한국민요학』 제30집, 한국민요학회, 2010, 130~134쪽.

33 양영자, 「제주민요의 문화적 소통실태와 과제」, 『한국민요학』 제31집, 한국민요학회,

것은 아니지만, 한양명 역시, 무형문화재로 지정된 자료들은 지정 당시의 텍스트 전승과 함께 보존회가 접하고 있는 현실 상황의 변화를 충분히 수용하는 이원적 전승 형태가 필요하다고 하였다.[34]

무형문화재 지정 민요 종목 중에는 자체 교육 및 외부인 대상 시연이나 공연, 타지역 민요와의 교류, 그리고 마을 방문객 대상 체험프로그램 등이 활성화된 곳은 다수 있어도, 그 마을 사람들의 삶 속에서 본래 기능을 담당하고 있는 민요 자료는 거의 없다. 이러한 상황에서 충남 공주시 우성면 봉현리에서 무형문화재 지정 및 마을만들기사업 진행과 동시에 상여소리, 가래질소리, 그리고 달구소리로 이어지는 장례의식요를 관람용이나 교육용이 아닌, 실제 전통 장례식 속에서 이어가고 있어 주목된다. 이에, 본고에서는 시대적 흐름에 따라 공주 봉현리 상여소리보존회가 어떠한 활동들을 펼쳐왔고, 그러한 활동 속에서 다른 지역과는 달리, 이 마을 상여소리가 실제 기능을 잃지 않고 전승될 수 있었던 이유가 무엇인지 살펴보고자 한다.

2) 공주 봉현리 상여소리보존회의 활동 층위

(1) 충남 무형문화재 제23호 지정 당시 활동

충남 공주시 우성면 봉현리는 수현, 산현, 그리고 봉명 등 세 개의 자연마을로 이루어져 있으며 현재 67가구가 살고 있다. 주민 중 대성大姓은 전주 이씨와 김해 김씨이며, 대부분 65세 이상이다.[35] 마을사람들은 마을 앞 안양천과 어천변 평야에서 벼농사를, 산기슭에서 밭농사를 주로 짓는다.

이 마을은 지리적으로 차령산맥 자락에 위치하고 있으며 교통이 불편하여 타지역과의 교류가 적은 편이었다. 그러다 보니 6.25의 피해도 거의 없

2011, 155~183쪽.

34 한양명, 「중요무형문화재 예능분야의 원형과 전승 문제에 대한 반성적 검토」, 『한국민속학』 44, 한국민속학회, 2006, 588쪽.

35 공주 봉현리 상여소리보존회 관련 사항은 2012년 8월 5일, 9월 3일, 11월 12일(제 5회 공주 달공소리 농경문화 교육한마당 현장), 2013년 3월 2일 봉현리 마을회관 및 유물전시관에서 박관봉, 임동규, 김광섭 어르신과의 인터뷰를 통해 조사하였다.

었고, 그 때문에 피난민이 마을에 대거 들어오기도 하였다. 비교적 외졌음에도 새마을운동으로 인한 근대화는 그리 늦지 않았다. 1970년 지붕 및 부엌 개량, 상·하수도 공사, 마을 앞길 확장, 1973년 시내버스 운행, 재건학교 설립 등이 이루어졌다. 이 시기부터 사람들의 생활환경이 대폭 개선되었고, 제초제도 이 즈음에 도입되어 농사 짓기도 한결 수월해졌다. 그러나 마을 젊은이들은 농촌에 살기보다는 도시로 하나 둘 나가게 되었고, 이 시기 이후 마을 주민 수가 점차 줄게 되었다.

봉현리에는 전통적으로 대동계, 노인회, 부녀회, 청년회 등의 주민조직이 있었다. 이 중 가장 회원 수가 많으면서 최상위 조직인 대동계는 대동계장을 필두로 부계장, 총무, 재무, 감사, 계원 등으로 구성되어 있다. 그리고 노동조직으로 두레, 의례조직으로 연반계가 있었는데, 마을사람들은 모를 심거나 아시 논을 맬 때 품앗이로, 두벌 논을 맬 때 두레를, 그리고 상喪이 났을 때는 연반계를 통해 상부상조하였다.[36] 산현과 수현, 그리고 봉명에 각각 하나씩 두레가 있었고, 연반계는 봉명에 하나, 그리고 산현과 수현을 합쳐서 하나가 있었다. 이 두 조직은 논매기 및 장례를 원활하게 진행하기 위한 것과 함께 마을 공동기금을 마련하기 위한 목적도 겸했다.

새마을운동 이전 봉현리 2개의 연반계원을 합치면 50여명이 넘었다. 마을 노동조직 중 하나인 두레는 가구당 한 사람씩 의무 가입해야 하지만, 연반계는 꼭 그렇지는 않았다. 연로한 부모가 계신 가구는 대부분 가입하였고, 그밖에 기혼자에 한하여 가입의사가 있으면 계원이 될 수 있었다. 두레의 경우 그 마을에 살면 반드시 그 마을 두레에 가입해야 하지만, 연반계의 경우 분가分家를 해서 다른 마을에 이사를 가도 원래 자신이 살던 마을 연반계에 가입하기도 하였다. 계원이 되기 위해서는 연반계 가입금으로

36 봉현리 연반계에 관해서는 아래 책에 자세히 조사되어 있다.
강성복, 『공주 상여소리와 쑥불동화의 고향 봉현리』, 공주시, 2011, 99~106쪽.

1970년대 초반에는 쌀 1말을 내야 했다.[37]

연반계는 연반계장, 수부 2인, 총무, 그리고 계원으로 구성되었다. 여기서 연반계장은 일종의 명예직으로, 연반계 내 최고 연장자 중 한 사람이 맡았다. 총무는 음식 준비, 상여꾼 구성, 산역 일꾼 및 떼 운반 일꾼 지정 등 장례식 전반을 실질적으로 총괄하였다. 특히, 행상 때 상여를 매게 되면 부수입(노잣돈)이 생기기 때문에 계원들이 순번대로 돌아가면서 상여를 매도록 하는 것이 총무의 중요한 일 중의 하나였다. 마지막으로 수부는 상여집을 관리하면서 상여가 나갈 때 요령을 흔들며 상여소리를 매기는 역할을 하였다. 연반계에서는 상여집 관리 수당의 의미로 수부에게 정기적으로 쌀 한말씩을 지급하였다.

연반계를 통해 대대로 전승되어온 공주 봉현리 장례의식요는 공주시청 문화관광과에 근무하던 이걸재 씨에 의해 세상에 알려지게 된다.[38] 그는 1987년에 봉현리 상여소리를 조사하여 1994년에 마무리 지었다.[39] 인근의 다른 마을에도 연반계가 있었지만 봉현리가 조사 대상지가 된 것은 이 마을에 장례의식이 온전히 갖추어져 있으면서 무엇보다 다른 마을에는 없는 짝소리가 존재했기 때문이다.[40]

이걸재의 조사를 바탕으로 1995년 당시 마을 이장 차기두가 공주 문화관광과에 봉현리 상여소리의 중요함을 역설하였고, 시청에서는 전국민속예

---

37 1970년대 초반 연반계 가입금은 쌀 한말이었는데, 생활수준이 나아지면서 점차 상향 조정되었다.

38 공주의 소문난 소리꾼이기도 한 이걸재는 2012년 11월 마을축제 때 회혼례回婚禮 홀기 해설을 하는 등 지금도 마을과 밀접한 관계를 맺고 있다.

39 아래 책에 봉현리 상여소리 문화재 지정 과정이 잘 정리되어 있다.
김혜정·이윤정, 『부여 용정리 상여소리 공주 봉현리 상여소리』, 민속원, 2011.

40 봉현리 상여소리의 가장 큰 특징 중 하나인 짝소리를 다룬 논문은 아래와 같다.
오용록, 「상여소리를 통해 본 노래의 형성」, 『한국음악연구』 제30집, 한국국악학회, 2001.
오창학, 「충남지역 '짝소리 만가' 연구」, 충남대 석사논문, 2001.
김헌선, 「상여소리 짝소리의 가창방식, 생성조건, 분포와 변이」, 『한국민요학』 제11집, 한국민요학회, 2002.

술경연대회 입상을 통한 문화재 지정 방안을 제시하였다. 이에, 마을에서는 총회를 통해 마을 전통의 전승 및 주민 단합을 위해 대회 참가를 천명하게 된다. 대회 출전 당시 상여 행렬은 만장에서 시작하여, 명정, 공포, 방상시, 요여, 상여, 상제 일행 순이었고, 출전 당시 소리는 하직인사, 행상(긴소리, 짝소리, 에랑얼싸, 어거리넘차, 어화소리), 흙가래질(긴소리, 자진소리), 달구질(기부르는소리, 진달고소리, 자진달고소리, 나가는 소리 등으로 구성되었다.

봉현리 76가구 거의 모든 주민이 합심하여 6개월 정도의 연습을 거친 뒤 예선에 해당하는 도 단위 대회 출전 없이, 곧바로 1996년 제37회 전국민속예술경연대회에 〈공주 달공소리〉로 참가하여 문화부장관상을 수상하였다. 이듬해 〈공주 봉현리 상여소리〉라는 명칭으로 충청남도 무형문화재 23호로 지정되었다.

6개월여의 연습과 1996년 전국민속예술경연대회 출전, 이듬해 충남 무형문화재 지정으로 이어지는 기간 동안 장례의식요는 봉현리 사람들을 하나로 만드는 구실을 했다. 지금은 노년층이 대다수이지만, 당시에는 젊은층과 장년층 비율이 높았고, 무형문화재 지정을 통한 마을 위상 강화라는 공동 목표가 있었기 때문에 개인적인 일이 있어도 연습 일정이 잡히면 되도록 참석을 하고자 하는 분위기가 조성되었다. 특히, 마을사람들은 짝소리의 희소성으로 인해 도 단위 대회를 거치지 않고 곧바로 전국대회에 나간다는 것에 대한 자부심도 강했다. 요컨대, 봉현리 사람들은 마을 전래 상여소리를 통해 마을사람들 간의 단합력과 전통문화에 대한 자부심을 키울 수 있었다.

(2) 〈농경문화교육한마당〉 내 장례의식요 시연 활동

2000년대 이후 마을 내 젊은 층이 급격히 감소하고, 반대로 고령 인구비율이 늘어나게 되자 마을에서는 주민 화합 및 농외수익 창출을 위해 정부부처 및 지자체 지정 마을 만들기사업을 추진하게 된다. 먼저, 2005년 〈역사문화마을 만들기사업〉을 통해 환경 개선 사업을 실시하였는데, 실질적으로 주민들에게 도움이 되지는 못하였다. 이후 마을에서는 마을 보유 전통문화, 특히 상여소리를 중심으로 2007년 공주시 지정 〈오도이촌五都二村사업〉을 수행하여 방문객 대상 한옥 숙박 및 전통문화 체험프로그램을 진행하고자 하였다.[41]

사업을 한창 준비하던 중 봉현리에서는 뜻하지 않은 암초를 만나게 된다. 상여소리 보존회가 꾸려진지 10여년이 흐르는 동안 전국민속예술경연대회에 참여했던 이들이 하나 둘 돌아가시고, 설상가상 2006년 앞수부 김원중 씨, 2007년 뒷수부 정기모 씨까지 연이어 타계하게 된 것이었다. 전통적으로 봉현리에서는 연반계원으로 활동하다가 소리에 소질과 취미가 있을 경우 주변 권유를 통해 뒷수부를 맡게 되고, 뒷수부 경험이 어느 정도 무르익게 되었을 때 자연스럽게 앞수부 역할을 하는 식으로 앞수부와 뒷수부의 소리 전승이 이루어졌다. 상여꾼들 역시 수년 간의 행상 경험을 통하여 짝소리를 비롯한 긴소리, 자진소리, 에랑얼싸, 어화소리 등 다섯 가지 이상의 후렴구를 익혔다. 봉현리 장례의식요는 다른 지역 소리에 비해 선소리꾼이 두 명 이상 필요하고, 뒷소리도 세분화되어 있기 때문에 마을 주민 감소는 봉현리 상여소리 전승에 치명적일 수밖에 없었다.

마을에서는 마을 발전을 위해 꼭 필요한 마을사업을 앞두고 이대로 전통이 사라져서는 안 된다는 공감대가 형성되었다. 대동계 차원에서 여러 차례의 회의를 거쳐, 앞수부에 임동규(현재 봉현리 상여소리 이수자) 씨가, 뒷수부에 김선기(고故 김원중 씨 조카)씨가 맡기로 하고, 상여꾼도 젊은 층으로 재조직하게 된다. 이와 함께 1997년 충청남도 지정 무형문화재가 될 당시 관官의 지원을 받아 지었던 농경문화 유물전시관 주변에 부지를 확보하여 황토방, 달공소리 체험관, 물레방아, 한옥, 미꾸리체험장, 농사체

41 오도이촌五都二村사업은 공주시 주관 마을만들기사업으로, 월요일부터 금요일까지 5일은 도시에서, 토요일과 일요일 2일은 시골에서 지내자는 뜻에서 지어진 명칭이다.

험장 등 방문객 이용 시설을 조성하였다.

오도이촌사업 추진 결과, 마을 방문객은 7월부터 9월 사이에 휴식 및 교육을 위해 학생 및 성인 단체, 가족 단위 방문객이 가장 많이 오고 있다. 방문객들은 주로 상여흘르기체험, 전통혼례체험, 농사체험, 짚풀 공예체험, 농산물 수확체험 등을 하고, 상황에 따라 마을 어르신들이 학생들을 대상으로 농산물 수확체험, 민속놀이체험 등을 진행하기도 한다.

1997년 문화재 지정 당시 기존에 사용해오던 상여집이 노후했던 관계로, 문화재 지정을 즈음하여 상여집을 증축하고자 하였다. 증축 계획 초기에는 상여만을 보관하기 위한 용도로만 생각했으나, 상여만 보관하는 것보다 상여와 함께 마을 유물을 전체적으로 다 보관하는 것이 좋을 것 같다는 의견이 있어, 기존 상여집의 확장된 개념으로 농경문화 유물전시관을 준공하게 되었다. 당시만 해도 언젠가 유물전시관을 중심으로 전통문화 중심의 마을사업을 하게 될 줄은 어느 누구도 예상하지 못했다. 그러나 10여년이 흐른 뒤 농경문화 유물전시관을 중심으로 공주시 지정 〈오도이촌사업〉을, 그리고 오도이촌사업을 기반으로 안양리와 연계된 한국농어촌공사 주관 〈농촌마을종합개발사업〉을 2012년에 시작하게 되었다.

봉현리에서는 〈농경문화교육한마당〉을 통해 오도이촌사업의 효과를 극대화하려고 하였다. 매년 축제 때는 마을에 사는 학생 대상 관례冠禮, 마을 어르신 회혼례回婚禮를 비롯하여 우성중학교 학생들의 사물놀이 공연, 공주대학교 학생들의 밴드공연, 인근 초등학교 학생들의 연극, 봉현리 상여소리 시연, 주민노래자랑 등이 이루어진다. 충남교육연구소의 후원, 이 축제의 명칭, 축제 프로그램, 그리고 인근의 초, 중, 고, 대학교 학생들의 축제 참가 등에서 알 수 있듯이, 봉현리 마을축제는 교육적 요소가 다른 마을축제에 비해 월등히 강한 것이 특징이다.

마을축제의 하이라이트인 상여소리 시연 행사는 발인제 및 하직인사에서 시작하여 짝소리, 긴소리, 자진소리, 가래질소리, 달구질소리 등으로 이루어진다. 축제 속 장례의식요 시연은 재현이 아닌, 방문객 대상 시연이 목적이고, 다른 축제 프로그램들 속에서 연행되며, 시연 장소 역시 비교적 협소하다. 아울러, 방문객들의 호응을 이끌어내는 것도 중요하다. 그런 이유로 외나무다리를 건너는 것을 중심으로 그 전후의 소리들은 비교적 간략하게 구연하고 있다.[42]

만약 장례의식요를 기반으로 2007년에 마을사업을 하지 않았다면 몇몇 지역 민요무형문화재에서 보듯, 회원 감소로 인해 명맥이 서서히 소멸되거나 전문 소리꾼으로 전승 주체가 바뀌었을 것이다. 그러나 이 마을에서는 그러한 전승 위기를 오히려 재도약의 기회로 삼았고, 그 결과 상여소리는 마을에 활력을 불어넣는 일등공신 역할을 하게 되었다. 요컨대, 상여소리 보존회에서는 2007년 이후 매년 마을축제 때 장례의식요를 시연함으로써 주민 단합과 농외소득 창출을 도모하고 있다.[43]

(3) 실제 마을 장례식에서의 보존회 활동

봉현리에서는 전통적으로 상喪이 나면 연반계가 활동을 시작하는 동시에 상가喪家에서는 마당에 솥을 걸고 포장을 치고 3일이나 5일 동안 상주들은 문상객을 맞이했다. 장례 절차 역시 초혼招魂, 수시收屍에서부터 탈상脫喪에 이르기까지 전통적인 방식 그대로 이루어졌다. 그러나 병원에서 임종을 맞이하거나 장례예식장에서 장례를 치르는 비율이 높아지면서 이러한 전통적 방식의 장례식은 그 빈도가 줄어들고, 절차 역시 하나 둘 사라지게 되었다.[44] 대표적으로 장례식장에서 임종을 맞이하게 되면서 이 마을에서는 발인 전날 밤 다니기 좋은 길로 빈상여를 매고 발을 맞추어보는 '상여 흘르기'를 하지 않게 되었다. 상여 흘르기를 문화재 지정 당시 상여소리 구성에

42 2012년 11월 12일 축제 때 방문객들은 행상소리나 달구질소리에 비해 외나무다리를 건너면서 하는 소리에 가장 큰 관심을 보였다.

43 2012년 8월 조사 때 마을 노인들은 마을사업으로 인해 학생 단위 방문객들이 늘어나고, 그로 인해 마을에 활기가 넘치게 되었다며 마을사업을 긍정적으로 평가하였다.

44 상여를 맬 사람들이 줄어들게 되자, 인근 마을에서는 상여를 8명이 매기도 하고, 경우에 따라서는 상여 하단에 바퀴를 달아 밀고 가기도 한다고 하였다.

포함시키지 않은 탓도 있겠지만 그만큼 장례식의 공동체적 성격이 약해진 탓이라고도 볼 수 있다.

현재 봉현리 사람들은 대부분 집이 아닌, 병원 장례식장이나 장례예식장에서 장례를 치른다. 그러나 아직까지 이곳 사람들은 화장火葬보다 매장문화를 더 선호한다. 그런 이유로 삼일장三日葬 뒤 영구차로 망자亡者를 고향집으로 모시고 와 전통적인 방식에 따라 대동계원이 중심이 되어 장례를 치르는 경우가 많다. 장례식 장소가 장례식장과 고향집으로 이원화되기는 했지만 마을사람들은 집에서 치르는 전통 장례식에 더 큰 비중을 두고 있다.

봉현리 상여소리 앞수부 계보는 양원덕, 이종옥, 박관봉(현 보유자), 정기모, 김원중, 임동규(현 전수자), 그리고 김광섭과 김재구(현 이수자)로 이어지고 있다. 마을 장례의식요 사설은 예나 지금이나 큰 차이가 없다. 예컨대, 짝소리의 경우 앞소리와 뒷소리가 짝이 맞아야 하기 때문에 어느 한 부분을 쉽사리 고칠 수 없는 것이다. 마을 사람들은 전통을 지키는 것에 대한 자부심이 강해, 각 노래의 사설을 포함한 장례 물품 하나까지 최대한 원형을 지키려 노력하고 있다.

그럼에도, 실제 마을 장례식 때는 문화재 지정 당시 구성된 형태가 모두 구연되는 것은 아니다. 상여소리 자체는 각 상황에 따라 대부분 그대로 불리지만 봉분을 파거나 다질 때 포크레인을 사용하게 되면서 흙가래질소리는 거의 부르지 않게 되었고, 달구질소리 구연 빈도도 점차 줄어들고 있다.

연반계가 존재했을 때는 계원 중에는 다른 마을에 사는 사람도 있고, 산현과 수현의 경우 거리상 문제 때문에 신속한 일 처리가 어려웠다. 그러나 2개의 연반계가 봉현리 대동계로 통합되면서 이러한 문제점이 해결되었다. 아울러, 연반계 시절에는 상喪이 연반계 단위의 일이었지만, 지금은 마을 전체의 일이기 때문에 장례식 치르기가 훨씬 수월해졌다. 요컨대, 봉현리 사람들은 아직까지 매장문화를 더 선호하는 상황에서 개인의 장례식이 대동계 차원에서 이루어지며, 보존회 활동 및 마을축제 개최를 통해 마을에서 진행하는 전통 장례식에 대한 자부심도 강해 여전히 상여소리보존회가 왕성한 활동을 전개하고 있다.

3) 공주 봉현리 상여소리의 생존 요인

상여소리가 문화재로 지정되어 있고, 상여소리를 기반으로 시의 지원을 받아 마을축제를 개최하고 있는 점은 분명 봉현리 사람들의 삶 속에서 상여소리가 불리는데 중요한 역할을 했다. 그러나 전국 60여개의 민요 문화재, 그리고 문화재로 지정되어 있는 동시에 마을만들기사업을 하고 있는 10개 마을 중 실제 기능이 살아있는 곳은 거의 없다. 이것을 보면 이러한 외부로부터의 물질적 지원이 민요가 실제 기능을 지속하는데 필수 요건이 아님을 알 수 있다. 다른 마을들과 달리, 이 마을에서 보존회 활동 및 마을사업 진행을 기반으로 실제 삶 속에서 상여소리가 전승될 수 있었던 이유는 무엇인지 이 장에서 살펴보고자 한다.

(1) 대동계와 상여소리보존회의 일원화

민요 종목을 비롯한 무형문화제도가 생긴 이래 보존회 내에서는 보유자 및 이수자 지정, 보존회 운영, 전승 기금 사용 등을 두고 크고 작은 문제가 발생했고, 이를 해결하기 위한 다양한 논의가 이루어져 왔다.[45] 이와 관련하여 강정원은 문화재 지정 당시 '놀이나 의식에 참여한 공동체를 동시에 지정할 필요'가 있다고 하였다.[46] 그리고 이경엽은 '주민들을 동원의 대상으로 삼기보다 민속 전승의 주체로서, 제자리를 찾을 수 있도록 전승기반을 새롭게 회복해 가는 노력이 이루어져야 한다.'고 하였다.[47]

---

45 예컨대, 이창식은 아래 논문에서 무형문화재 보존회 내 전승기금 전달과 관련된 문제를 제기한 바 있다.
이창식, 「노동요의 기능 인식과 무형문화재 지정 검토」, 『한국민요학』 제23집, 한국민요학회, 2008, 245~247쪽.

46 강정원, 「무형문화재 제도의 문제점과 개선책」, 『비교문화연구』 제8집 1호, 서울대비교문화연구소, 2002, 161쪽.

공주 봉현리 대동계에서는 1997년 보존회가 결성될 당시 두 가지의 중대 결정을 내렸다. 당시 문화재로 지정되고, 보존회가 구성되면서 마을 사람들은 앞으로 상여소리보존회 활동이 마을에서 가장 중요한 활동 중 하나가 될 것이라 전망했다. 주민들의 보존회에 대한 열의와 기대가 강한 상황에서 앞으로 보존회 활동을 보다 원활하게 진행하기 위해 마을에서는 연반계를 대동계에 흡수 통합하게 된다. 이로 인해 안양리나 남천리 등에 흩어져 있던 연반계원을 봉현리 중심으로 집중하게 되고, 기능이 약해져 가던 2개 연반계를 하나로 통합하면서 조직력도 강화할 수 있었다. 마을 내 주민조직의 일원화를 통해 오도이촌사업이나 마을축제를 성공적으로 개최하고 있는 것에서 보듯, 통합 이후 상여소리로 대표되는 장례의식요가 마을 발전의 구심점 역할을 하고 있다. 즉, 연반계의 대동계 통합은 장기적 관점에서 상여소리의 발전 기틀을 마련한 것이었다.

여기서 나아가 마을에서는 상여소리보존회를 전수자나 이수자 등 몇몇 개인 명의가 아닌, 마을 대동계 차원의 공동 명의로 등록하게 된다. 이와 관련하여 임동규 이수자와의 인터뷰 내용을 제시하면 아래와 같다.

> 그것(지원금)을 부락 기금으로 해서, 보존회 일에 부족하면 부락 자금으로 댕겨서. 이게 동계니깨. 상여도 좀 부서지고 하고 그것도 고치야 허고. 그래서니, 비품 장만하구. 이 저, 지난 겨울에도 젊은이(신입회원 40여명)들 한 보름간 연습했거든. 그걸로다 꿔나가는거여. (중략) 인저, 관봉씨나 내나 상여소리를 혼자 하는 거도 아니구, 주민 전체가 이게 합심해서 허는 것이니깨. 명의만 그렇게 해갖고 부락에 고런 일에 대해서 쓰고 그러는거유.[48](괄호 필자 주)

임동규 이수자뿐만 아니라, 대부분의 마을 사람들은 보존회와 대동계를 하나의 조직으로 보고 있으며 그렇게 하는 것이 합리적이라고 생각한다.

---

47 이경엽, 「무형문화재와 민속 전승의 현실」, 『한국민속학』 40, 한국민속학회, 2004, 326쪽.
48 2013년 3월 2일 봉현리 마을회관에서 공주 봉현리 상여소리 이수자 임동규 어르신과의 인터뷰를 통해 조사하였다.

물론, 보존회 지정 당시 보존회의 개인 지정과 마을 공동 지정 사이의 갈등이 없었던 것은 아니다. 그러나 여러 차례의 회의와 토론 끝에 보존회 명의를 마을 공동 명의로 하기로 최종 결정하게 되었다. 그 이후 15년이 넘는 보존회 운영 기간 동안 보존회 내 금전 문제 및 이수자 지정과 관련한 주민 갈등은 거의 일어나지 않았다.

물론, 마을 단위의 일을 함에 있어 공동 운영으로 하는 것이 모든 마을에서 다 성공을 거둔 것은 아니다. 마을 단위 사업을 공동 명의로 했음에도 소수 혹은 외부인에 의해 독단적으로 운영되거나, 사업 결과에 대해 어느 누구도 책임을 지지 않아 건물만 지어놓고 사업 자체가 유야무야되는 등 마을 공동 명의에 따른 마을 단위 사업 실패 사례는 어렵지 않게 찾을 수 있다.

봉현리에서 대동계와 상여소리보존회의 일원화를 통해 보존회를 성공적으로 운영할 수 있었던 것은 우선 보존회 운영 초기 대동계장, 보존회장, 이장, 추진위원장 등의 임원들이 개인적 욕심보다는 마을 전체의 이익에 초점을 두고 일을 했고, 무엇보다 대동계에 대한 마을 사람들의 신뢰가 유지되어 왔기 때문이다.

다음으로 대동계와의 일원화를 통해 보존회가 활동하면서 보존회 지원금이 마을 사람들의 전체 이익을 위해 투명하게 사용된 것, 그리고 문화재를 기반으로 마을사업을 하게 되면서 마을에 방문객이 늘어나고 자연히 다양한 형태의 농외수익도 발생하게 된 것, 마지막으로 마을사업을 통한 수익 배분은 예전 연반계 총무가 그러했듯이, 되도록 공평하게 마을 사람들에게 돌아갈 수 있게끔 한 것 등이 있다. 그로 인해 보존회 임원들이 마을 사람들과 소원해지지 않고 사람들 역시 보존회 일을 내 일처럼 여기게 되었다.

(2) 마을사람들과 외부 기관과의 균형 유지

봉현리 상여소리는 1997년 문화재 지정을 통해 얼개를 짜고, 2007년 마을만들기사업을 통해 보존회 내 전승계보를 어느 정도 갖추었다. 그러나 회원들의 연령이 고령화되면서 활동 가능 회원 수가 서서히 줄어드는 것은 마을 자체의 노력으로도 어쩔 수 없었다. 결국, 2011년에는 10여년 넘게 참가해 온 백제예술제에 상여꾼 수가 부족하여 참여하지 못하는 사태까지 발생하였다.

회원 확충을 고민하던 중 우성면사무소에서 봉현리 상여소리에 관심이 있는 사람들을 회원으로 모집하는데 돕겠다는 연락이 왔다. 이에 마을에서는 우성면민 40여명을 신입회원으로 받아들이게 된다. 신입회원을 대거 영입하게 되면서 2012년 백제예술제부터 다시 참가하는 등 보존회 대외 활동의 폭이 넓어졌다.

봉현리 사람들이 대동계에 소속되어 보존회 활동을 하듯이, 새로운 회원들 역시 자체적으로 느슨한 형태의 연반계를 만들어 마을 및 신입회원 간 연락을 취하면서 보존회 활동을 하고 있다. 봉현리 사람들이 대동계에 소속되어 있으면서 보존회 활동을 하기 때문에 우성면민들 역시 보존회 내에서 이들을 묶어 줄 수 있는 나름의 조직이 필요했던 것이다. 현재 이들은 정기적으로 마을에 와서 주민들과 어울려 상여소리 교육을 받고 있다. 신입회원 중에 원하는 사람이 있으면 수부가 되는 길도 열어놓고 있다. 마을에서는 회원 확충이 지속적으로 이루어져 외부 행사만이 아닌, 마을 자체 행사 및 장례식 때도 32명이 매는 상여를 사용하게 될 날을 내심 기대하고 있다.

마을 외부인 40여명이 자발적으로 봉현리 상여소리보존회에 가입할 수 있었던 것은 기본적으로 공주시 우성면 일대에 아직까지 전통적 방식으로 장례식을 치르고 싶어하는 사람들이 많기 때문이다.[49] 다음으로, 봉현리 상여소리보존회가 운영상 잡음이 없고, 마을축제도 매년 성공적으로 개최하고 있는 등 지역민 사이에서 평판이 좋기 때문이기도 하다.

그런 이유로 공주에서 가장 전통적인 방식대로 장례식을 치르는 봉현리 상여소리보존회 회원이 되어 자신의 부모 역시 그러한 방식대로 하고자

49 우성면 내 젊은 층이 어느 정도 있는 마을에서는 봉현리와 같이 전통적인 방식대로 장례식을 치르고 있다고 한다. 2013년 3월 2일 임동규 어르신과의 인터뷰를 통해 조사하였다.

회원이 되었다. 아울러, 봉현리라는 공간적 제한성이 있긴 하지만 앞으로 지역 전통문화가 계속 전승되기 위해서는 회원의 외연 확대가 필요하다고 공감하기 때문이기도 하였다.[50] 신입회원들끼리 연반계를 만들어 상여소리 보존회 활동을 하는 것에서 보듯, 봉현리 사람들은 우성면 거주 신입회원들을 단지 보존회 운영을 위해 받아들인 외부인들로만 생각하지 않고, 봉현리 주민들과 동등한 위치에서 보존회를 앞으로 같이 이끌어나갈 동반자로 여기고 있다.

공주 봉현리 상여소리가 지금과 같이 전승됨에 있어 공주시청의 역할을 빼놓을 수 없다. 1987년 발굴부터 1996년 전국민속예술경연대회 출전, 1997년 충남 무형문화재 지정, 2004년 오도이촌사업 지정 등 상여소리가 얼개를 짜고 마을의 상징으로 성장하는데 공주시청이 중요한 역할을 했기 때문이다. 1996년부터 지금까지 10여년이 넘는 시간 동안 마을 대동계와 공주시는 어느 한 쪽으로 기울어지지 않고 적절히 보조를 맞추어 왔다. 몇 년간의 준비 기간을 거쳐 2012년부터 첫발을 내딛기 시작한 〈마을종합개발사업〉도 공주시청과의 소통이 있었기에 가능한 것이었다.

마지막으로 2000년에 봉현리 내에 있는 봉현분교에 입주한 충남교육연구소에서는 봉현마을학교 및 느티나무 계절학교 운영, 마을축제 개념의 은행나무축제 개최, 역사문화마을만들기사업 봉현농경문화마을 사업 공동수행, 사회적 기업 인증 등 여러 활동을 전개해 왔는데, 특히 봉현리 오도이촌사업이 활성화되는데 많은 도움을 주었다.

방학이 되면 연구소에 여러 가지 교육을 받으러 오는 학생들이 마을에서 민박을 하고, 마을 어르신들이 새끼 꼬기, 민속놀이 등 전통체험활동을 진

50 최근 들어 민요보존회 명칭에서 마을의 흔적을 지우거나, 회원 자격을 시민이나 군민으로 확대하는 사례가 늘고 있다. 마을 주민만으로 보존회를 꾸릴 수 없기 때문에 이러한 조치는 긍정적으로 볼 수 있다. 그러나 봉현리의 경우 마을 대동계가 제 기능을 다하고 있는 상황에서 우성면민들을 회원으로 받아들이고 있다는 점에서 앞에서 언급한 사례들과는 차이점이 있다.

행하고 있다. 특히, 연구소에서는 봉현리에 크고 작은 은행나무가 많은 것에 착안하여 마을축제 개념의 〈은행나무축제〉를 열어 전통문화교육 효과를 극대화하려 하였다. 2012년 11월에 열린 11회 마을축제 때는 여러 가지의 농경문화체험, 사진전, 마을 주민 회혼례回婚禮, 봉현리 상여소리 시연 등의 프로그램이 진행되었다.[51]

은행나무축제를 시작한 뒤 6년 째 되던 해 마을에서 오도이촌五都二村사업을 하면서 마을 특징을 부각시킬 수 있는 축제 개최 필요성을 느껴 〈농경문화교육한마당〉를 만들게 되었다. 하나의 행사를 두고 두 개의 명칭이 생긴 만큼 어색한 상황이 펼쳐질 법도 하지만 기왕에 은행나무축제를 연구소와 마을사람들이 단합해서 개최해왔고 두 축제 명칭의 성격이 다르지 않은 만큼 연구소에서 만든 명칭과 마을에서 내세운 명칭을 같이 사용하게 되었다. 두 개의 명칭이 병립된 지 5년이 넘었지만 축제 명칭이 하나였을 때와 다름없이 원활히 축제가 개최되고 있다.

전국의 다른 민요보존회와 달리, 이 마을에서 사람들의 삶 속에서 상여소리가 꾸준히 전승될 수 있었던 근본적인 원인은 이 마을 사람들이 전통장례식을 아직도 원하고 있고, 노래를 구연할 수 있는 여건이 갖추어져 있기 때문이다. 이러한 점은 분명 유희요나 노동요 종목 민요보존회에 비해 유리한 점이다. 아울러, 투명한 보존회 운영 속에 우성면 내에 거주하는 신입회원, 공주시청, 그리고 충남교육연구소와의 균형을 유지한 것도 봉현리 상여소리가 문화재 및 마을축제, 그리고 마을사람들의 삶 속에서 꾸준히 전승될 수 있는 이유가 되었다.

4) 맺음말

우리나라 60여개 민요 종목 문화재보존회 주요 활동을 정리하면, 회원

---

51 2012년 11월 12일 공주 봉현리 농경문화교육한마당 당시 비가 오는 날씨에도 불구하고 공주 및 전국에서 학생 및 학부모 등 100여명이 넘는 방문객이 축제 현장을 찾았다.

대상 자체 교육 및 지역민 대상 시연이나 공연, 그리고 마을 방문객 대상 체험프로그램 등이 있다. 그 마을 사람들의 삶 속에서 해당 종목을 전승하고 있는 보존회는 거의 없다. 충남 공주시 우성면 봉현리에서 무형문화재 지정 및 마을만들기사업 등을 진행하면서 실제 전통 장례식 속에서 장례의 식요를 전승하고 있어 주목된다.

공주 봉현리 사람들은 마을 전래 장례의식요로 1996년 전국민속예술경연대회에 출전, 이듬해 마을 상여소리가 충남 무형문화재로 지정되었다. 특히, 마을사람들은 짝소리의 희소성으로 인해 도 단위 대회를 거치지 않고 곧바로 전국대회에 나간다는 것에 대한 자부심도 강했다. 이후 10여년이 흐르는 동안 보존회원 수가 급감하여 전승에 어려움을 겪기도 했지만, 2007년 공주시 지정 마을만들기사업을 계기로 내부 전승 계보를 갖추게 되었다. 그 이후 상여소리보존회는 명실상부 마을에 활력을 불어넣는 역할을 하고 있다.

병원 장례식장 등이 생기면서 장례식이 전문 장례식장과 집으로 이원화되기는 했지만, 봉현리 사람들은 최대한 원형에 가깝게 사람들의 삶 속에서 장례의식요를 전승하고 있다. 마을 사람들이 기본적으로 매장문화를 선호하는 것은 이 마을 장례의식요 전승의 바탕이 되었다. 실제 전승에 대한 현실적 요구가 있고 이러한 요구를 수용할 수 있는 조건이 갖추어져 있다는 것은 분명 유희요나 노동요 종목 민요보존회에 비해 유리한 점이다.

면내 전통장례식이 이루어지고 있는 다른 마을들과는 달리, 봉현리에서는 개인 장례식을 상여소리보존회 주도로 대동계 차원에서 진행하고 있다. 아울러, 대동계와 상여소리보존회를 일원화 하는 한편, 우성면 내에 거주하는 신입회원, 공주시청, 그리고 충남교육연구소와 균형을 적절히 유지하고 있다. 이런 이유로 공주 봉현리 상여소리보존회에서는 문화재 공연 및 마을축제 시연, 그리고 마을 사람들의 실제 장례식 등에서 각 상황에 따른 장례의식요를 면면히 전승할 수 있었다.

마을 만들기사업 내 민요 체험프로그램 발전방안
-강원도 속초 메나리한옥마을을 중심으로

1) 머리말

전통사회에서의 민요民謠는 의식 및 노동, 그리고 유희공간에서 빠질 수 없는 요소였다. 그러나 산업사회의 발달로 인한 농촌마을의 공동화, 사람들의 인식 및 생활환경의 변화 등으로 인해 민요는 일상생활에서 설 자리를 잃기 시작하였고, 현재는 정부 각 부처 및 지자체에 의해 문화재로 지정되거나 민요 관련 문화단체, 동호회에 속한 향유자들에 의해 전승되고 있다.

현재 민요 보존회 및 관련단체에서 회원 및 일반인, 학생 등을 대상으로 민요 전수 및 교육을 하고 있는데, 이러한 민요 교육과 관련하여 다양한 관점에서 논의가 이루어져 왔다. 먼저, 현재 민요 교과목의 내용을 고찰하고 문제점을 지적한 논의들이 있다. 정미영은 고등학교 교과서 내 민요 교육 내용에서 향토민요의 수가 다른 기능요에 비해 적고, 지역적 편차도 크다고 하였다. 그리고 앞으로 민요 자체에 대한 교육뿐만 아니라, 문화, 사회적인 것까지 교육이 같이 이루어져야 한다고 하였다.[52] 성기련은 2007년 개정 교육과정에 따른 민요 관련 지도 내용을 고찰하면서 잘 알려진 통속민요보다는 새롭고 흥미로운 주제와 선율로 된 향토민요 발굴 및 수록, 민요의 특성에 적합한 기보법의 사용, 민요 교육과 함께 그 소리의 문화적 배경, 신체 표현도 같이 교육되어야 한다고 하였다.[53] 박관수는 현재 중학교 1학년 교과서에 실린 일부 민요들은 학생들에게 적합하지 않고, 개별 민요의 경우 설명에 오류가 있다고 하였다.[54]

---

52 정미영, 「고등학교 음악교과서 민요에 관한 연구」, 『한국민요학』 제25집, 한국민요학회, 2009, 253~299쪽.

53 성기련, 「2007년 개정 교육과정에 따른 민요 관련 지도내용 고찰」, 『한국민요학』 제25집, 한국민요학회, 2009, 187~224쪽.

54 박관수, 「제7차 개정 중학교 국어교과서에 나타난 민요 교육의 문제점 연구」, 『한국민요

특정 민요 대상 선생님들의 학교내 민요 교육방안 마련과 관련하여, 박정옥은 경기지역 향토민요의 가창방식 개관, 각각의 가창방식을 활용하여 교육현장에서의 민요 활용 방안을 모색하였다. 그 결과 놀이 자체에 민요 가창방식 덧붙여서 놀이하기, 기존의 노래에 가창방식 바꾸어서 노래하기 등을 제안하였다.[55] 조경숙은 경기도 화성시 팔탄면에서 전승되는 민요를 대상으로, 논매는 소리를 교육자료로 활용함에 있어 학생들이 쉽게 배울 수 있도록 대표적 선율로 통일하는 작업, 기본선율 중심으로 단순화하는 작업이 필요하다고 하였다. 그런 뒤 1차 가공된 곡들은 사설을 바꾸어 부르기, 가창 방식, 장단, 형식 등 바꾸어 부르기 등 교육적 효과를 높일 수 있는 방안을 제안하였다.[56]

민요 보존회 민요 기능보유자가 학교에 가서 민요를 교육하는 방안과 관련하여, 강민정은 전국 37개 민요 무형문화재 보존회에서의 초등학교 전수교육 현황을 점검하고, 그 중 교육이 잘 이루어지고 있는 정선 아라리 및 강강술래 보존회에서의 전수 교육방안에 대해 논의하였다. 그는 민요보존회와 해당 지자체 및 교육청과의 연계가 무엇보다 중요하고, 민요 보존회에서는 정기 교육 통해 학생들이 흥미를 가질만한 교육 프로그램을 진행하는 것이 필요하다고 하였다.[57] 이현수는 정선아라리보존회에서 관내 희망학교를 대상으로 진행하고 있는 정선아라리 전수교육을 현황을 점검하였다. 그는 전수교육을 받은 학생들이 졸업 후 상급학교 진학과 함께 지속적으로 교육을 받을 수 있도록 해야 하고, 현행 국악강사풀제를 더욱 강화하는 한편, 현행 전수교육 강사의 전문성이 보강되어야 한다고 하였다.[58] 그

학』 제30집, 한국민요학회, 2010, 225~240쪽.

55 박정옥, 「향토민요 가창방식의 교육적 활용 방안」, 『한국민요학』 제20집, 한국민요학회, 2007, 115~144쪽.

56 조경숙, 「향토민요의 교육활용 방안」, 『한국민요학』 제20집, 한국민요학회, 2007, 285~312쪽.

57 강민정, 「학교교육을 통한 향토민요의 전수교육 실태조사」, 『한국민요학』 제20집, 한국민요학회, 2007, 17~57쪽.

리고 최은숙은 대구, 경북지역 민요 보존회에서 진행하고 있는 민요 교육 현황을 논의한 결과, 학교측에서는 민요 교육시간의 확보, 통합교과적 접근이 필요하고 보존회측에서는 민요 교육에 대한 인식의 전환, 다양한 교육 프로그램의 마련이 필요하다고 하였다.[59]

지금까지 민요 교육과 관련하여, 학교에서 선생님, 혹은 민요 기능 보유자가가 어떻게 하면 민요를 잘 가르칠 수 있을 것인가 하는 방향에서 논의가 이루어져 왔다. 그 결과, 소리 하나만 교육하는 것 보다는 통합교과 측면에서의 민요 지도 필요성이 제기되었다.[60] 그리고 학생들도 교실에서 노래를 배우는 것보다 실제 체험을 통해 배우는 것에 더 많은 흥미를 보인다고 하였다.[61] 그런 점에서 민요 교육의 한 방법론으로, 민요가 불렸던 실제 현장에서 민요 보존회원들이 민요를 가르치는 것에 대한 논의가 필요하다.

2) 민요 활용 체험프로그램 진행 마을 개관

1970년대 이후 산업화, 도시화가 진행되면서 농산어촌의 인구는 급속도로 감소하였다. 특히, 1990년대 우루과이라운드 체결, WTO 가입, FTA 추진 등으로 농산어촌의 어려움은 더욱 가중되었다. 이러한 문제를 해결하기 위한 방법의 하나로 정부 각 부처 및 지자체에 의해 마을만들기 사업이 시작되었다. 이 사업은 마을 사람들이 주체가 되고 정부 및 행정기관이 보조하여 도농교류, 농촌 활성화 사업을 통하여 농산어촌의 생활의 질을 향상시키는 것이 목적이다. 현재 농림수산식품부 지정 녹색농촌체험마을,

---

58 이현수, 「정선 아라리 전수교육 실태와 발전방안」, 『한국민요학』 제22집, 한국민요학회, 2008, 313~345쪽.

59 최은숙, 「학교 교육을 통한 지역민요 전승의 현황과 과제」, 『어문학』 제92집, 한국어문학회, 2006, 293~321쪽.

60 성기련, 앞의 논문, 190쪽.
정미영, 앞의 논문, 284쪽.

61 최은숙, 위의 논문, 310쪽.

농촌진흥청 지정 농촌전통테마마을, 행정안전부 지정 정보화마을, 산림청 지정 산촌체험마을, 농림수산식품부 지원 한국어촌어항협회 지정 어촌체험마을 등의 정부 부처 사업과 강원도 지정 새농어촌건설운동 등 지자체 사업이 진행 중이다. 이러한 마을 만들기 사업에서 민속학자들의 바람직한 역할을 모색하고자 하는 논의들이 꾸준히 발표되고 있다.[62]

도농교류를 통해 농외소득을 올리기 위해 마을사업을 진행하고 있는 전국의 마을에서는 그 마을의 자연자원, 농수산물 등 유형자원과 전통예절, 민속놀이 등 무형자원을 활용하여 도시민을 대상으로 여러 가지 형태의 체험프로그램을 진행하고 있다. 이러한 체험프로그램들 중 민요를 포함한 전통문화를 주요 체험프로그램으로 진행하고 있는 마을을 정리하면 아래와 같다.

〈표 1〉 전통문화 활용 체험프로그램 진행 마을

마을사업	마을 명칭	주요 전통문화 프로그램
농촌전통테마마을	강원 속초시 도문동 메나리한옥마을	메나리체험
중요민속자료	강원 고성군 죽왕면 오봉리 왕곡마을	농촌생활체험
정보화마을	강원 강릉시 구정면 학산리 학마을	학산 오독떼기체험
농촌전통테마마을	인천 강화군 내가면 황청리 용두레마을	용두레체험
정보화마을	전북 장수군 장계면 장계리 좌도풍물 동동마을	좌도풍물체험

62 김재호, 「마을 만들기와 마을민속의 활용방안」, 『한국민속학』 48, 민속원, 2008, 7~37쪽, 이상현, 「마을만들기 사업에 있어서 산촌민속과 지역전통의 창조적 활용」, 『마을 만들기 어떻게 할 것인가』, 안동대한국학연구원 민속학연구소, 2009, 129~152쪽.
정수진, 「농촌관광과 민속학연구 재고」, 『실천민속학연구』 제13집, 실천민속학회, 2009, 95~122쪽.

마을사업	마을 명칭	주요 전통문화 프로그램
농촌전통테마마을	전북 임실군 강진면 필봉리 필봉굿마을	풍물체험
녹색농촌체험마을	전북 고창군 공음면 선동리 청메골선산마을	정월대보름 줄역사놀이체험
녹색농촌체험마을	전북 진안군 백운면 동창리 백운 나들목마을	풍물체험
농촌전통테마마을	전남 순천시 해룡면 해창리 용줄다리기마을	용줄다리기체험
녹색농촌체험마을	전남 영암군 군서면 서구림리 구림마을	전통예절체험
정보화마을	전남 진도군 지산면 소포리 소포 검정쌀마을	남도소리체험
중요민속자료	충남 아산시 송악면 외암리 외암민속마을	한옥숙박체험
농촌전통테마마을	충남 홍성군 구항면 내현리 거북이마을	시조체험
농촌전통테마마을	충남 예산군 광시면 신흥리 삼베길쌈마을	삼베길쌈체험
농촌전통테마마을	충남 태안군 이원면 관리 태안 볏가리마을	볏가릿대놀이체험
농촌전통테마마을	충남 논산군 연산면 고정리 황산벌 참살이마을	전통예절체험
녹색농촌체험마을	경북 성주군 수륜면 수륜리 성주 윤동마을	전통예절체험
정보화마을	경북 경주시 강동면 양동리 양동마을	유교문화체험
농촌전통테마마을	경북 안동시 도산면 가송리 참사리 가송마을	한옥숙박체험
농촌전통테마마을	경남 산청군 단성면 남사리 남사 예담촌	한옥숙박체험

위 표를 보면, 전국의 마을에서 전통예절, 민속놀이, 농악 등 다양한 체험프로그램이 진행되고 있는데, 위 마을들 중 강원도 속초시 상도문 1리 메나리한옥마을, 강릉시 구정면 학산리 학마을, 전남 진도군 지산면 소포리 소포 검정쌀마을에서 민요를 활용하여 체험을 진행하고 있다. 먼저, 강릉 학마을은 2005년 강원도 지정 새농어촌건설운동사업, 2006년 행정안전부 지정 정보화마을 사업 등을 유치하여 방문객 대상 천연 염색, 밤 줍기, 매실 따기 등의 체험프로그램과 함께 매년 여름 토마토축제, 가을 칠성산 등반대회를 개최하고 있다.[63]

이 마을 사람들로 구성된 학산오독떼기보존회에서는 마을체험프로그램과 별도로, 2007년부터 마을 당간지주 옆에 위치한 논에서 봄에 모심기, 여름에 김매기, 가을에 벼 베기 및 타작 등 시연행사를 진행하고 있다. 그리고 강원도에서 지원을 받아 오독떼기 전수학교를 열어 매주 금요일에 관내 초등학교 학생들이 마을에 와서 오독떼기농요를 배우고 있다. 이때에는 강원도청 및 교육청, 관내 학교 홈페이지에 전수교육을 공고하여 신청을 받는데, 주로 마을 인근의 금관초등학교 학생들이 참여하고 있다.

강릉 학마을에서는 2000년대 중반에 마을사업을 시작하고, 2007년부터 방문객을 대상으로 보존회 주최 학산오독떼기 시연행사를 시작하였다. 그러다 보니 오독떼기체험이 마을사업과 연계되지 않고 행사가 따로 이루어졌다. 이러한 점을 개선하기 위해 2010년 마을 협의를 거쳐, 2011년부터 오독떼기 보존회에서는 마을사업과 연계하여 마을 방문객의 신청을 받아 학산오독떼기 체험프로그램을 진행하게 되었다. 오독떼기 체험은 보존회원들과 방문객들이 어울려 현장에서 같이 소리를 하면서 체험을 하는 식으로 이루어진다. 강릉 학마을 오독떼기체험은 전통적인 방식대로 실제 논에서 체험이 이루어진다는 점에서 의의가 있다. 그러나 체험프로그램의 활성

63 강릉 학마을 체험프로그램 진행 상황은 2011년 5월 12일 정보화마을 운영위원장과의 전화통화를 통해 조사하였다.

화를 위해 논이 아닌, 다른 곳에서 다양한 계층이 참여할 수 있는 프로그램 진행 방안도 필요하다.

진도 검정쌀마을은 2005년 행정안전부 지정 정보화마을사업을 진행하고 있는데, 가족 단위 방문객보다는 단체 방문객이 많고, 주로 여름철에 방문객이 많은 편이다.[64] 진도 검정쌀마을에서는 마을 방문객 대상 남도소리체험을 당일 코스와 1박 2일 코스로 나누어 진행하고 있다. 체험프로그램 진행은 모두 마을 내 민요 기능보유자들에 의해 이루어지는데, 이들은 낮에는 생업에 종사하고 주로 저녁시간을 이용하여 체험프로그램에 참여한다. 먼저, 당일체험은 당일 오후 2시부터 4시까지 이루어지고, 1박 2일 체험은 첫째 날 저녁 8시부터 10시까지 이루어진다. 체험 장소는 상황에 따라 야외에서 이루어지기도 하고 전수관 등의 실내에서 이루어지기도 한다.

진도 검정쌀마을 남도소리체험의 특징은 진도북춤, 상모 놀음, 진도농악, 강강술래, 진도 민요 등 다양한 전통문화체험프로그램이 진행된다는 것이다. 마을에 민요, 농악 등 전통문화가 풍부하게 전승되고 있고, 마을사업을 시작할 때부터 민요를 포함한 전통문화 체험프로그램을 테마로 한 마을사업을 시작하였다. 그런 이유로 남도소리체험은 친환경농산물체험, 후릿그물질 체험과 함께 검정쌀마을을 대표하는 체험거리로 자리잡았다.

2003년에 마을사업을 시작한 속초 메나리한옥마을에서는 2007년 도문 메나리보존회가 결성되면서 체험객 대상 메나리 체험교육을 시작하였다. 그러나 방문객 대상 체험프로그램의 하나로 아직까지 자리잡지 못하였고, 방문객들이 원할 경우 테마마을 운영위원장이 메나리보존회장에게 부탁하여 한 번씩 체험이 이루어지고 있다. 애초에 테마마을사업을 진행해오던 틀이 있는 상황에서 보존회가 생기면서 체험프로그램이 진

64 진도 검정쌀마을 체험프로그램 진행 상황은 2011년 5월 13일 마을 체험프로그램 담당자와의 전화통화를 통해 조사하였다.

행되다 보니 농촌전통테마마을의 정규 체험프로그램으로 진행되고 있지 못한 것이다.

진도 검정쌀마을은 강릉 학마을이나 속초 메나리한옥마을에 비해 체험프로그램 시작 시기도 앞설 뿐만 아니라 체험프로그램도 활성화되어 있다. 학마을이나 메나리한옥마을 민요 체험프로그램은 검정쌀마을에 비하면 시작단계이다. 그럼에도 현재 안고있는 문제점을 파악, 개선하면 앞으로의 발전 가능성을 충분히 가지고 있다.

본 논문에서는 우리나라에서 마을사업을 진행하면서 민요 보존회 주관 민요체험을 진행하고 있는 마을들 중 속초 메나리한옥마을을 대상으로 이 마을 및 도문메나리보존회의 현황을 점검하고, 앞으로의 민요 체험프로그램 발전방안을 모색하고자 한다.

3) 속초 메나리한옥마을 일반현황

강원도 속초시 대포동 상도문1리 메나리한옥마을은 예전에 가마를 굽는 가마가 있어서 잿가매라고도 불렸다.[65] 전체 168가구 중 농가가 86가구, 비농가가 82가구로, 농가의 주작목은 벼, 콩, 옥수수, 감자 등이고 비농가는 민박업, 사무직, 생산직 등에 종사하고 있다. 인구는 530명으로, 남자 266명, 여자 264명인데, 마을사람들의 평균연령은 60대 중반이다. 인근 마을과 비교할 때 인구가 많은 것은 마을의 지리적 위치로 인해 관광객의 유입이 많다 보니 민박업이나 식당 등에 종사하는 가구가 많기 때문이다.

이 마을은 예로부터 오래된 한옥 및 돌담길이 잘 조성되어 있어, 1978년 강원도 지정 한옥마을로 선정되었고, 이후 1992년에도 민속마을 및 한옥민박사업마을로 지정되었다. 마을 곳곳에 돌담길이 조성되어 있고, 한옥들도 많이 있는데, 현재 마을 내 한옥들의 내부는 대부분 입식 부엌 등 현대식으

65 조사는 농촌전통테마마을 위원장 윤부웅(1939)과 2011년 4월 16일과 6월 22일 2차례의 현지조사와 세 차례의 전화 통화를 통해 이루어졌다.

로 바꾸었고, 외부만 한옥 형태인 곳이 많다. 다만, 마을 내 강창수씨댁 등 몇 집이 온전한 한옥의 형태를 유지하고 있어 관광객들이 자주 찾곤 한다.

마을 내 주민조직으로는 노인회, 부녀회, 청년회, 옥수수작목반, 농촌테마마을 운영위원회, 도문메나리보존회 등이 있다. 상도문 1리 농촌전통테마마을 운영위원회는 전체 168가구 중 12가구가 중심이 되어 참여하고 있는데, 이 가구들은 모두 농사를 짓는 토박이 가구들이다. 도문메나리 보존회원들은 초창기에는 60여명 이었으나, 회원들의 고령화로 인해 현재는 50여명이 활동하고 있다. 이 중 40명 정도는 마을 토박이이고, 10여명은 외부에서 들어와 사는 사람들이다.

속초 메나리한옥마을은 2003년에 농촌진흥청 지정 농촌전통테마마을사업을 최준집통장과 몇몇 마을 사람들 중심으로 시작하게 되었다. 이 마을 주변에는 설악산 및 대포항이 있어, 매년 여름 휴가철이면 관광객이 끊이지 않았고 그로 인한 농외수입이 많았다. 그러나 1990년대 중반 이후 설악산 등산객 감소, 속초 주변에 콘도, 펜션 등 신식 숙박시설의 건설로 인해 점차 농외수입 및 민박이용객이 줄어들게 되었다. 이에 마을에서는 농외수익 증대를 위해 마을사업을 시작하여 방문객을 유치하고자 하였다.

상도문 1리 내 어메니티(Amenity)자원을 살펴보면, 먼저 환경 및 자연자원으로, 마을 옆으로 흐르는 쌍천, 쌍천 천변에 있는 갈대와 송림이 있다. 그리고 물맛이 좋아 인근지역까지 소문이 난 약수터, 주봉산 등산로 등이 있다. 경관자원으로 옥수수밭, 논, 쌍천 둑길, 목우재 삼거리부터 마을 초입에 이르는 벚나무 터널, 마을 내 돌담길이 있다. 시설물자원으로 테마마을 방앗간, 농촌전통체험장, 전통농기구 전시장, 잔디운동장, 게이트볼장 등이 있다. 역사문화자원으로 마을 초입에 위치한 팔각정자, 1934년 매곡 오윤환선생이 지은 학무정鶴舞亭, 오윤환선생 생가, 1955년 건립된 박지의 효자비, 마을 내 한옥, 도문메나리보존회 등이 있다.

마을에서는 보다 많은 방문객을 유치하기 위해 쌍천 옆 시냇가에 물놀이장 및 물레방아 호수를 조성하였다. 그리고 쌍천 둑길에 자전거 도로를 개설함과 동시에 자전거 도로 종착지에는 닻 조형물을 만들 예정이다. 마을 끝 부분에 해당하는 자전거길 종착지에 닻 조형물을 만드는 이유는 그곳이 풍수지리적으로 중요한 곳이기 때문이다. 풍수지리상 이 마을은 배 형국인데, 쌍천 제방 끝 부분은 배의 닻에 해당하였다. 그런데 1925년 을축년 대홍수 때 배의 닻 역할을 하는 땅이 소실되고 말았다. 그 이후에 마을 노인들은 어떻게든 소실된 땅 부분을 복구하고자 하였으나 그렇게 하지 못하였고, 그 때문에 점차 마을 기운이 쇠약해진다고 여겼다. 이에 마을 사람들은 자전거 도로 종착지에 마을 유래 및 특징 등을 기입한 설명판과 닻 조형물을 만들 계획이다.

메나리한옥마을 방문객은 크게 세 부류가 있다. 첫 번째는 관광 목적의 방문객으로, 7월 중순부터 8월 중순까지 여름 휴가철에 오는 단체 및 가족단위 방문객과 봄과 가을에 각각 벚꽃과 단풍을 보기 위해 전국에서 오는 관광객이다. 여름철 단체 및 가족단위 방문객은 주로 1박 2일 일정으로 마을 내 한옥민박을 이용하면서, 마을에서 휴식을 취하기 위해 온다. 벚꽃 및 단풍을 보러 오는 관광객은 주로 당일치기로 마을을 방문한 뒤 설악산이나 대포항 쪽으로 이동한다.

마을에서는 부녀회 주관으로 4월 벚꽃이 개화할 때 오는 관광객들을 대상으로 설악벚꽃축제를 개최하고 있다. 이때에는 마을내 주민조직이 총동원되어 각각의 프로그램을 전담하여 벚꽃 사생대회, 솔밭, 돌담길에서의 보물 찾기, 자녀와 활 만들어 풍선 터트리기, 돌담길 자전거여행, 버들피리, 대나무피리 만들기, 군고구마 구워먹기, 인절미 만들기, 천연염색, 투호놀이, 고리 던지기 등의 체험거리를 진행한다. 그리고 마을 주변의 산에서 생산한 재료를 이용하여 만든 토토리묵, 벚꽃화전을 비롯하여 잔치국수, 추어탕 등의 음식을 방문객 대상으로 판매하고 있다.

두 번째는 농촌진흥청 지정 농촌전통테마마을 체험 방문객으로, 속초시 인근의 복지관, 유치원, 초등학교 저학년 등 학생 단체가 70%, 가족 단위 방문객이 30%이다. 가족 단위 방문객의 경우 1가족만 올 경우 체험을 진행하기에 어려움이 있으므로, 체험 신청을 받을 때 되도록이면 3가구 이상으로 그룹을 만들어 오기를 권유하고 있다. 테마마을 체험 방문객은 주로 봄과 가을철에 많이 오고, 이들은 강원 인근에서 오는 경우가 많으므로 대부분 당일치기 일정으로 마을을 다녀간다.

세 번째는 도문메나리를 배우기 위해 마을을 방문하는 학생들로, 설악초등학교 등 속초 관내 초, 중, 고 학생들이다. 속초문화원에서 속초지역 초·중·고에 공문을 발송, 희망학교를 접수하고 보존회와 상의하여 전수 일정을 잡는다. 학생들은 주로 가을철에 40~50명 규모로 오는데, 정해진 날짜에 마을에 와서 모심는 소리, 논매는 소리 등을 배운다.

마을에 벚꽃과 단풍, 쌍천 둑길과 송림 등의 자연자원과 한옥 민박 및 돌담길, 학무정과 같은 역사문화자원 등이 있고, 위치적으로도 설악산과 대포항의 중간에 위치하다 보니 겨울을 빼고 봄, 여름, 가을 등 연중 방문객의 방문이 이어지고 있다. 뿐만 아니라, 두 세 가족으로 구성된 가족 단위 방문객부터 단체 방문객까지 방문객의 층위도 다양하다.

메나리한옥마을에서는 농촌전통테마마을 방문객 대상으로 크게 민속놀이, 민속공예, 전통음식 만들기 등 세 가지 프로그램을 대상 및 상황에 따라 조합하여 진행하고 있다. 먼저, 놀이 체험프로그램은 학무정 앞 잔디 운동장에서 투호놀이, 고리 던지기, 수건 돌리기, 장치기 등의 민속놀이와 함께 옥수수밭 미로 탈출체험, 퀴즈풀이 등이다. 여기서 옥수수밭 미로탈출게임은 입구와 출구는 하나씩 만든 상태에서 두 편으로 아이들을 나누어 옥수수밭 미로를 어느 편이 빨리 탈출하나 승부를 가리는 게임이다. 그리고 퀴즈풀이는 마을 5군데의 지정 장소에 가서 퀴즈를 풀고 돌아오는 놀이로, 지정 장소에 미리 상품을 숨겨두거나 진행요원이 도장을 준비하고 있다가 도장을 찍어주는 방식이다. 가장 빨리 상품을 모아오거나 도장을 받아오는 팀이 이긴다.

민속공예는 마을 노인회에서 주관하는 산죽공예가 있다. 이 공예는 마을 근처 산에서 나는 작은 대나무 햇순으로 복조리, 솟대 등을 만드는 체험이다. 그밖에 마을 산에서 채취한 도토리로 묵 만들기, 옥수수 수확 및 요리체험, 인절미 만들기가 있다.

마을 홈페이지에는 메나리체험이 마을 대표 체험프로그램으로 소개되어 있으나, 이 체험은 마을 정규체험프로그램으로 진행되고 있지 못하다. 홈페이지나 마을 소개 블로그 등을 보고 체험객이 메나리체험을 원할 경우 테마마을 운영위원장이 도문메나리 보존회장에게 부탁하여 두 시간 정도의 체험이 진행될 때도 있다. 체험은 상황에 따라 잔디 운동장 혹은 학무정, 농촌전통체험장 등에서 이루어진다. 마을 위성사진에 체험프로그램과 관련이 있는 마을 주요 체험공간을 표시하면 아래와 같다.

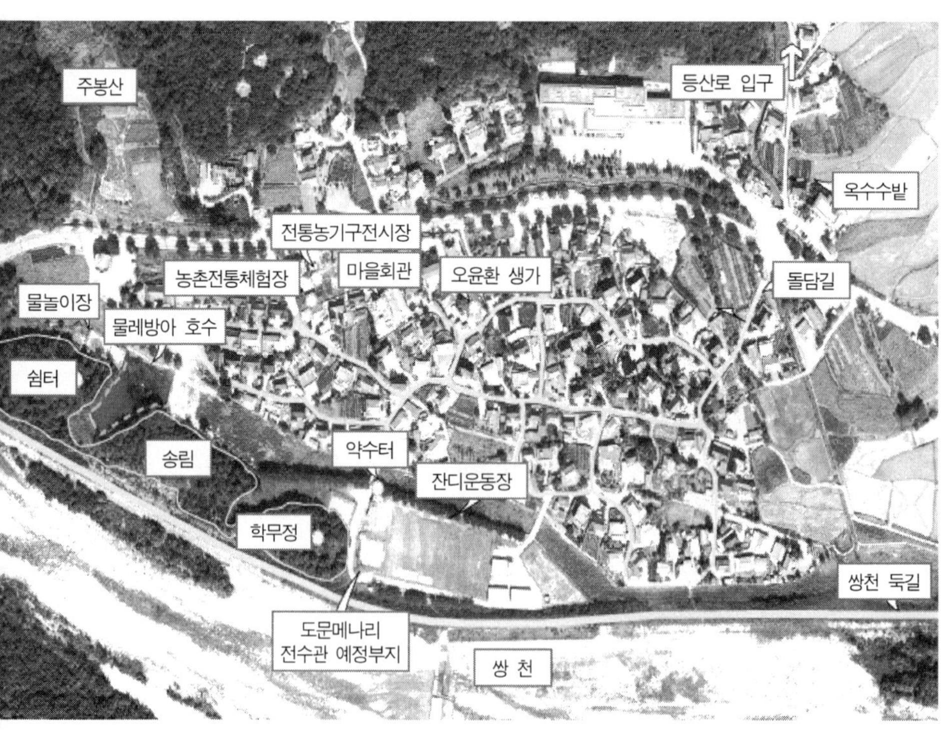

〈그림 1〉 메나리한옥마을 주요 체험공간

4) 도문메나리보존회 연혁과 전승 현황

상도문 1리 사람들이 두벌, 세벌 논맬 때 부르던 소리인 메나리는 1970년대 후반 제초제가 나오면서 전승이 중단되었다가, 2000년대 초반 강원지역 민요학자들에 의해 복원되었다. 그 후 마을 사람들끼리 연습을 하여 공연팀을 구성하여 2003년 제20회 강원민속예술축제에 출전, 종합최우수상 수상하면서 그 가치를 인정받았다. 2005년에 도문메나리보존회가 60여명 회원으로 결성되었고, 그 뒤 2007년에 무형문화재 및 기능보유자가, 1년 뒤에 문화재 보유 단체 및 전수교육보조자가 지정되었다. 현재 도문메나리보존회는 잔디운동장, 속초문화회관 대강당 등에서 정기공연을 함과 동시에, 강릉 단오제 등 년 4, 5회 정도 외부 공연을 나가고 있다.

도문메나리 보존회원은 모두 상도문1리 주민으로 구성되어 있다.[66] 보존회 회원 대부분은 마을 토박이이고, 외지에서 들어와 살면서 보존회에 활동하는 이들도 있다. 외부에서 들어와 사는 사람들도 이미 10년 이상 마을에서 산 사람들이다. 보존회 회원들의 평균연령은 60대로, 보존회 활동에 흥미와 자부심을 가지고 적극 활동하고 있다. 보존회는 오순석 기능보유자, 오명현, 최두수 전수 조교, 5명의 전수장학생, 그리고 50여명의 회원으로 구성되어 있다.

상도문 1리에서는 모를 심은지 한 달 정도 지나서 초벌 논을, 그 뒤에 보름에서 20일 정도 지나서 두벌을, 그 뒤 보름 정도 지나 세벌 논을 매었다. 이곳에서는 모두 손으로 논을 매기 때문에 논에 물이 마르지 않도록 하는 것이 중요했다. 논에 댈 수 있는 수량을 정해져 있고, 물을 대는 논은 많기 때문에 마을사람들은 패를 갈라서 논에 물을 대는 '팻물'로 물을 대었다. 가끔 자기 논에 먼저 물꼬를 내려다가 마을사람들끼리 싸움이 나기도 하였고, 가물거나 물을 제대로 대지 못해 논이 말라서 논을 맬 때 고생하기

66 조사는 도문메나리 기능보유자 오순석(1938)과 2011년 4월 16일과 6월 22일 2차례의 현지조사와 두 차례의 전화 통화를 통해 이루어졌다.

도 하였다. 사람에 따라 손가락을 보호하기 위해 양철로 만든 가락지를 검지와 중지, 무명지에 끼기도 했으나 일하기에 불편하기도 하고, 익숙하지도 않아서 일반화되지는 않았다.

모를 심거나 논을 맬 때는 마을사람들끼리 보통 7, 8명 정도의 인원으로 '질(두레)'을 짜서 일을 하였다. 논이 작으면 옆으로 일렬로 서서 앞으로 가며 논을 매지만 논이 클 경우 열을 맞추어서 앞으로 갔다가 끝까지 가면 군인들이 사열을 받듯이 열을 맞추어서 반원 형태로 돌아서 반대로 가는 식으로 논을 매었다. 이때 양쪽 가장자리에 서는 사람들의 일손이 가장 바쁜데, 가장자리에는 일의 초심자가 섰다. 상도문 1리에서는 양쪽 가장자리에 서는 사람들을 '섬잽이'라 하고, 논의 끝부분까지 갔다가 반대 방향으로 방향을 도는 것을 '섬 돌린다'고 하였다. 논매는 소리인 메나리는 초벌 논맬 때는 모가 약해서 조심해서 일을 하느라 부르지 않고, 두벌과 세벌 때 하였다.

현재 도문메나리 공연은 상도문 1리에서 행해졌던 농사의 전 과정이 담겨 있다. 그 순서를 보면, 서낭대를 앞세우고 입장, 서낭고사, 소로 논 삶기, 모심기, 김매기, 김을 다 매고 나서 삼삼오오 모여서 참 먹기, 파대로 나락에 앉은 새 쫓기, 벼 베기, 타작하기, 추수, 탈곡 마친 뒤 벌이는 황덕굿이다. 이 과정 중에 불리는 민요는 소 모는 소리, 모찌는 소리, 모심는 소리, 논매는 소리, 벼 베는 소리, 도리깨질소리, 검불 날리는 소리가 있다.

도문메나리보존회원을 대상으로 하는 정기 전수교육은 거의 이루어지지 못하고 있다. 전수자 및 전수보조자 등이 지정되었으나, 도문메나리 전수관이 아직까지 마련되지 않아 소리를 연습할만한 장소가 없기 때문이다. 현재 전수관 부지는 마련되었으나 전수관 건립자금이 아직까지 다 확보되지 않아 착공을 하지 못하고 있다. 보존회 측에서는 2012년에는 전수관 건립이 이루어질 것으로 예상하고 있다. 도문메나리보존회에서는 정기공연 및 외부공연 등을 합쳐 1년에 10회 정도의 공연을 하는데, 공연 전에 하는 예행연습을 통해 손발을 맞추어 보는 것으로 전수 교육을 대신한다. 전수관이 준공되면 보존회원 및 일반인 대상 교육이 다른 민요 보존회만큼

이나 활기를 띨 것으로 기대된다.

도문메나리보존회에서는 설악초등학교를 비롯하여 관내 초, 중, 고등학교 학생들을 대상으로 방과후학교 프로그램을 진행하고 있다. 이때에는 버스에 교육에 필요한 소품을 싣고 학교에 가서 농사 관련 행위와 함께 소리 교육을 한다. 방과후학교 프로그램을 진행함에 있어 속초문화원이 중요한 역할을 하는데, 문화원에서는 관내 학교에 공문을 발송하여 희망 학교로부터 신청을 받아 메나리보존회에 연락하고, 교육에 필요한 차량 및 식사 등을 지원하고 있다.

가을철에 속초 관내 초, 중, 고등학생들이 상도문 1리에 와서 메나리체험을 하기도 한다. 이때에는 보통 40~50명 정도가 오는데, 마을 자체에 메나리보존회 전수관이 없고, 농촌전통테마마을 운영위원회와의 관계도 원활하지 못하다 보니 그렇게 활성화되지는 못하였다. 비가 오거나 날씨가 좋지 못하면 농촌전통테마마을 농촌전통체험장에서, 날씨가 화창하면 학무정이나 잔디운동장에서 메나리체험을 한다.

메나리한옥마을에서 이루어지는 메나리전수교육 초창기에는 강의 서두에 소리의 구연 상황을 설명하고, 도문메나리 악보를 복사해서 학생들에게 나누어준 뒤 악보를 보면서 한 소절씩 따라 부르는 식으로 교육이 이루어졌다. 그러나 학생들이 악보를 볼 줄 모르고, 메나리 사설이 간단하기 때문에 현재는 악보 없이 따라 부르기 식으로만 체험교육을 한다. 메나리 배우기는 총 2시간 정도 이루어지는데, 메나리 자체가 워낙 따라 부르기 어려운 소리이다 보니, 학생들이 처음에는 흥미를 보이다가도 노래 부르기를 힘겨워 하는 경우가 종종 발생하고 있다.

5) 메나리한옥마을 민요 체험프로그램 발전방안

방문객을 대상으로 민요 체험을 진행할 경우 체험객의 특성상 소리의 '보존'보다는 '보급'에 중점을 두어야 한다. 그만큼 소리 체험이 배우기 쉽고 흥미를 가질 수 있어야 한다는 것이다. 아울러, 민요 보존회에서 학교에 가서 민요를 가르칠 때에는 여러 차례에 걸쳐 이루어지지만, 체험객이 마을에 와서 민요를 체험할 때는 한 번에 그치므로, 단 한 번의 체험을 통해 소리의 핵심을 전달할 수 있어야 한다. 이 두 가지 교육 목표를 염두에 두고 메나리한옥마을에서의 민요체험프로그램의 발전방안에 대해 살펴보고자 한다.[67]

(1) 민요보존회와 마을사업 운영위원회의 연계

전통문화 관련 무형문화재 보존회와 마을만들기사업 운영위원회가 같이 있는 마을을 보면, 대부분의 마을에서 보존회와 마을사업 운영위원회가 유기적 관계를 맺지 못하고 서로 별개로 움직이고 있다. 두 주민조직 자체가 같은 마을에 있음에도, 서로의 설립 목적이나 시기가 다르기 때문이다. 이러한 상황은 속초 메나리한옥마을 역시 다르지 않다. 농산물 수확 및 전통음식 만들기, 민속놀이, 민속 공예가 주된 프로그램으로 진행 중인 메나리한옥마을에서는 메나리한옥마을이라는 이름이 무색할 정도로 메나리가 제 기능을 하지 못하고 있다.

메나리한옥마을 마을사업 운영위원회는 2003년에, 도문메나리보존회는 2005년에 조직되었는데, 마을사업 운영위원회 13가구는 모두 도문메나리보존회에 속해 있다. 그런 이유로 메나리 부르기체험이 농촌전통테마마을 정규프로그램이 아님에도, 체험객이 원할 경우 테마마을 운영위원장이 도문메나리보존회장에게 부탁하여 보존회 회원들이 체험객 대상 교육을 수차례 진행할 수 있었다. 간헐적이긴 하지만, 이러한 체험이 이루어질 수 있었던 것은 두 주민조직 사람들이 도문메나리 체험의 필요성을 공감하고

---

67 속초 메나리한옥마을 민요 체험프로그램을 마을을 대표하는 체험프로그램의 하나로 정착시키기 위해서는 마을 내부적으로 해결해야 할 문제와 외부 조직과의 연계를 통해 해결해야 할 문제가 있다. 속초문화원이나 속초양양교육지원청 등 외부 조직과의 연계를 통한 문제 해결방안은 추후에 다루기로 하고 본 장에서는 실제로 마을 내에서 현장 적용 가능한 발전방안을 중심으로 논의하고자 한다.

있기 때문이다. 운영위원회에서 체험프로그램 신청자의 접수를 받는 것부터 진행에 필요한 사항들을 담당하고 보존회에서 양질의 체험프로그램을 진행하는 체계가 갖추어진다면 학생들 대상 민요 교육뿐만 아니라, 도문메나리 보존회의 위상 강화 및 마을만들기 사업의 활성화 등 1석 3조의 효과를 기대할 수 있다.

(2) 행동과 노래의 입체적 학습

학교에서 민요 교육을 할 때는 소리와 함께 그에 따른 행동을 가르칠 때 제약이 있다. 노동요의 경우 단지 소리 하나만 배워서는 의미가 없다고 해도 과언이 아니다. 행위와 그에 따른 소리가 교육되어야 이 소리가 어떠한 목적과 상황에서 불렸고, 그것이 당시 사람들의 삶에서 어떤 의미가 있었는지 훨씬 쉽게 이해될 수 있기 때문이다.

메나리체험은 크게 세 부분으로 구성하되, 첫 번째 시간에서는 보존회 소속 진행자가 소리의 목적, 구연 상황 등에 대해 설명하고, 다른 보존회원들과 함께 민요를 시연한다. 시연을 하면서 소리뿐만 아니라 행동을 어떻게 해야 조금 더 쉽게 할 수 있는지 등에 대해서도 설명한다. 두 번째 시간에는 방문객들이 진행자의 소리를 따라 부르는 식으로 민요를 배우고, 세 번째 시간에는 보존회원들과 어울려 행동과 소리를 같이 체험한다.

노동 행위와 교육을 같이 교육함에 있어 서낭기를 들고 입장하는 것에서부터 황덕굿까지 도문메나리의 모든 과정을 체험객들에게 가르칠 수 없으므로 체험객의 상황에 따라 도문메나리 내용을 간략하게 구성해야 한다. 초등학생들이 잔디운동장에서 체험을 할 경우, 모형 모를 심으면서 모심는 소리체험과 나무로 만든 모형 호미로 모형 벼 베기를 하면서 논매는 소리체험을 한 시간 동안 진행한다. 운동장 옆에 있는 송림에서 마을에서 나는 옥수수 등으로 간식을 먹으며 휴식을 취한 뒤 나무로 만든 모형 낫으로 모형 벼를 베면서 벼 베는 소리체험을 하고 소형 도리깨로 나락을 타작하는 체험을 진행한다. 도문메나리 과정 속에 농사의 핵심 과정인 파종, 제초,

수확, 타작 등이 모두 포함되어 있으므로 농사철에는 체험을 위한 논을 따로 마련하여 실제 논에서 소리를 배울 수도 있고, 그렇지 않을 경우 모형 모로 잔디운동장에서 농사체험을 할 수도 있다.

(3) 상도문 1리 구전민요의 활용

상도문 1리에는 논매는 소리와 함께, 나물을 캐면서 부르던 아라리, 아이들이 뛰어놀면서 불렀던 동요童謠들이 채록되었다. 상도문 1리의 주된 체험객이 유치원 및 초등학교 단체, 초등학생을 동반한 가족 단위 방문객인 것을 감안하면, 어른들의 노동요와 함께 옛날 아이들이 놀면서 불렀던 동요를 배우는 것도 효과적이다. 지금까지 조사된 상도문 1리의 민요들 중 학생들을 대상으로 활용 가능한 민요를 제시하면 아래와 같다.

〈표 2〉 상도문 1리 활용 가능 민요

순번	제목	가창자	출전
1	추워추워 춘달래	박계량(1922), 김정수(1927)	강원의 민요 II, 537쪽, 548쪽
2	풀뿌리 문지르면서 하는 노래	김정수(1927)	강원의 민요 II, 548쪽
3	이빨빠진 아이 놀리는 노래	박계량(1922)	강원의 민요 II, 543쪽
4	아라리(나물 뜯는 소리)	박계량(1922), 김정수(1927)	강원의 민요 II, 535쪽, 532쪽
5	한글뒤풀이	김정수(1927)	강원의 민요 II, 547쪽
6	다복녀多福女민요	박계량(1922)	강원의 민요 II, 540쪽
7	꿩보고 하는 노래	박계량(1922), 김추월(1937)	강원의 민요 II, 535쪽, 559쪽
8	잠자리 부르는 노래	박계량(1922), 김정수(1927)	강원의 민요 II, 543쪽, 547쪽
9	두꺼비집 짓는 노래	박선춘(1937)	강원의 민요 II, 558쪽
10	다리세기노래	김정수(1927), 전기춘(1934)	강원의 민요 II, 531쪽, 558쪽

여기서는 실내에서 하는 것과 실외에서 하는 노래로 구분하여 살펴보고자 한다. 먼저, 실내에서 할 수 있는 노래로, 한글뒤풀이와 다리세기노래가 있다. 강원도 인제가 친정인 김정수가창자가 부른 한글 뒤풀이를 인용하면 아래와 같다.

> 기역자로 집을 짓고 지긋지긋이 사잤더니 인연조차 지중치 못하오/ 가갸거겨 가이없는 요내 몸은 그이 없이 되었구나/ 고교구규 고상하던 우리 낭군 굳건하기 짝이 없소/ 나냐너녀 나귀 등에 손질하여 조선팔도 유람가자/ 노뇨누뉴 노세노세 젊어놀어 늙어지면 못노나니/ 다댜더뎌 다달이 오시던 손님 소식조차 돈절이요/ 도됴두듀 도담하도다 저 몹쓸잡년이 도담하도다/ 나랴러려 날아가는 원앙새댜 너와 나와 짝을 짓자/ 마먀머며 마자마자 맞았더니 인연조차 지중치 못해/ 모묘무뮤 모지도다 저 몹쓸잡년 모지도다(후략)

위 노래에서 화자話者는 현재 자신의 외로움과 임에 대한 그리움, 그리고 연적戀敵에 대한 적개심을 노래하였다. 진행자는 이 노래를 구연하고 이 노래의 구연 상황 및 목적 등을 설명한다. 그런 뒤 체험객들을 몇 개의 팀으로 구성하게 하고 한글 자음, 모음의 순서에 따라 자신들이 노래하고 싶은 바를 사설로 만들어 합창 혹은 독창으로 노래하게끔 하고, 발표가 끝난 뒤에는 참가자 전원에게 마을 특산품으로 만든 상품을 지급한다. 이 노래는 한글을 익히는 시기에 있는 아동들에게 보다 효과적이다.

두 번째로 우리나라 동요들 중 분포지역 및 각편이 가장 많은 노래 중 하나인 다리세기노래이다. 상도문 1리에서는 모두 2편의 각편이 채록되었다.

> 재짱 개짱 소수레 넉장 콩죽 팥죽 얻어먹었니 못얻어먹었니 사 마 지 꽁
> 이거리 저거리 갓거리 천두만두 두만두 짝 발레 회양주

체험에 앞서, 진행자 2인 이상이 마주 앉아 서너 번 정도 다리세기를 하면서 아이들에게 놀이와 노래 방법을 숙지시킨다. 그런 뒤 체험객이 직접 다리세기노래를 하게 하는데, 체험객들의 연령대에 따라 노래 자체만

체험할 수도 있고, 노래를 통해 술래를 정할 수도 있으며 도둑, 개, 사령, 원님 등의 역할을 정하여 원님놀이를 할 수도 있다.[68]

다음으로, 야외에서 체험 가능한 민요이다. 상도문 1리는 마을 아래쪽에는 팔각정자, 쉼터, 쌍천 둑길, 송림, 물레방아호수 등의 공간이, 위쪽으로는 주봉산 산자락으로 경사도가 완만한 등산로가 조성되어 있다. 주봉산 등산로는 대포동 주민센터에서 출발하여 절골, 수개골을 거쳐 주봉산 산자락을 타고 갔다가 싸리골로 내려오는 코스로, 천천히 걸으면 1시간 30분 정도가 소요된다. 쌍천 둑길 코스는 마을 초입에 위치한 팔각정자에서 출발하여 물레방아호수, 학무정을 경유하여 둑길을 따라 마을 끝부분까지 가면 40분 정도가 소요된다. 마을 내 공간을 충분히 활용한다는 측면에서 주봉산 등산로, 혹은 쌍천 둑길을 진행자와 함께 산책하면서 중간 중간에 마련된 쉼터에서 아라리를 비롯하여 꿩이나 소쩍새 보고 하는 노래, 풀뿌리 문지르면서 하는 노래 등을 배울 수 있다. 이때 꿩 보고 하는 노래나 소쩍새 보고 하는 노래, 풀뿌리 문지르면서 하는 노래 등은 사설이 짧기 때문에 원래 사설 그대로 배워도 무방하나, 박계량가창자가 구연한 아라리는 임에 대한 그리움과 원망 등이 주된 내용이므로, 사설을 학생들의 눈높이에 맞게 각색하여 교육하거나 스스로 표현하고자 하는 바를 노래하게끔 해도 된다.

(4) 민요 체험프로그램 진행자의 다변화

현재 설악초등학교 및 마을에서 이루어지는 도문메나리 교육은 오순석 도문메나리 기능보유자가 도맡아서 하고 있다. 체험교육에 따른 인건비 지급이 그리 크지 않고, 자신의 생업이 있음에도 그는 기능보유자라는 책임감 하나로 마을 내·외부의 교육을 책임지고 있다. 그는 따라 부르기 형태로 메나리 수업을 진행하는데, 원래 소리 형태의 원형에 가깝게 소리를 배우는 것이 중요하다고 생각한다. 그 때문에 아이들이 배우기에 힘들어한다는 것

68 다리세기놀이를 통한 원님놀이 방법은 아래 논문에 설명되어 있다.
졸고, 「다리세기노래의 양상과 의미」, 『한국민요학』 제25집, 한국민요학회, 2009.

에 대해 공감하면서도 자신의 신념에 따라 교육을 진행하고 있다.

앞으로 체험프로그램의 하나로 민요체험이 정착되기 위해서는 메나리 강사진을 확대하고 커리큘럼을 다변화할 필요가 있다. 이와 관련하여 현재 도문메나리 보존회에는 속초지역을 중심으로 활동하고 있는 전통문화연희패 갯마당에서 활동하는 회원이 있다. 그리고 현재 갯마당 측에서는 도문메나리보존회 외부공연시 음향시설 및 무대장비 등 필요한 장비를 지원하고 있기도 하다.

갯마당은 2001년 문화관광부 전통예술법인으로 지정된 이래 청소년여름풍물캠프, 청소년문화학교, 국악전수교육 등 교육프로그램 및 정기연주회, 전통타악공연, 국악놀이터 등 크고 작은 연주회를 개최하고 있다. 도문메나리 보존회원의 평균연령이 60대 이상인 점을 감안하면, 젊은 층, 특히 속초지역을 중심으로 전통문화활동에 몸담고 있는 이들의 보존회 활동 병행은 대단히 고무적이다. 앞으로 갯마당을 비롯한 속초지역 전통문화패에서 활동하는 이들이 도문메나리회원으로 활동할 수 있는 길을 열어 그들로 하여금 민요 체험프로그램을 맡도록 하는 방안도 모색되어야 한다.

6) 맺음말

본 논문은 마을만들기 사업을 진행하고 있는 곳에서 어떻게 하면 민요체험프로그램을 정착시킬 수 있을까 하는 문제의식에서 출발하였다. 민요교육과 관련하여, 지금까지 학교에서 선생님들이 가르치는 방안과 민요 보존회에서 학교에 가서 민요를 가르치는 방안 등이 제안되었으나 학생들이 보존회가 있는 마을에 와서 민요를 배우는 방안에 대해서는 논의되지 않았다. 이에 본고에서는 도문메나리보존회와 농촌전통테마마을 운영위원회가 있는 속초 메나리한옥마을을 대상으로 민요보존회와 운영위원회의 역할분담, 젊은 층의 체험프로그램 진행자 영입, 상도문 1리 구전민요의 활용, 노동 행위와 노래의 입체적 학습 등과 같은 민요 체험프로그램 발전방안을 제안하였다. 본문에서 논의된 민요 체험프로그램 발전방안을 당일형과 1박

2일형으로 구성하면 아래와 같다.

〈민요 체험프로그램: 당일형〉

시간	체험프로그램	체험 장소
14:00~14:10	도착 및 체험프로그램 설명	농촌전통체험장/잔디운동장
14:10~14:40	메나리시연 관람	잔디운동장/도문메나리전수관
14:50~15:40	메나리 따라 부르기	잔디운동장/도문메나리전수관
15:50~16:50	보존회원들과 함께 행동과 함께 메나리 부르기	잔디운동장/도문메나리전수관
17:00	마을에서 준비한 간식 먹은 뒤 후 귀가	

〈민요 체험프로그램: 1박 2일형〉

시간	체험프로그램	체험 장소
13:00~13:10	도착 및 체험프로그램 설명	농촌전통체험장
13:10~14:30	도토리묵, 인절미, 손두부 등 전통음식 만들기	농촌전통체험장
14:40~15:40	돌담길 자전거 산책	마을 내 돌담길
15:50~19:00	마을 특산물 저녁식사 및 휴식	개별 한옥민박
19:00~19:40	메나리 시연 관람	도문메나리전수관
19:50~20:40	메나리 따라 부르기	도문메나리전수관
20:50~21:30	보존회원들과 함께 행동과 함께 메나리 부르기	도문메나리전수관
21:40~22:00	세면 후 취침	개별 한옥민박
08:00~09:00	기상 후 마을 특산물 아침식사	개별 한옥민박
09:10~10:30	쌍천둑길 산책하며 아라리, 동요 배우기	송림, 학무정 등 쌍천 둑길 일대
10:40~11:50	장치기, 투호, 고리 던지기 등 민속놀이	잔디운동장
12:00~13:00	점심식사 후 귀가	

전국적으로 농악, 생업기술, 민속놀이 등 다양한 전통문화유산을 활용하여 마을만들기 사업이 이루어지고 있다. 본고에서 이루어진 논의 결과 바탕으로 민요 외 다른 전통자원을 활용한 체험프로그램 발전방안 모색으로

논의를 확대하고자 한다. 아울러, 본고에서 논의된 방안들을 도문메나리보존회 및 농촌전통테마마을운영위원회 관계자들과의 협의를 통해 현장 적용시켜 제안된 방안들을 수정 보완해나가고자 한다.

참고
문헌

1. 단행본

감산향토지 발간추진위원회, 『감산향토지』, 감산향토지 발간추진위원회, 2002.
강등학, 『한국민요의 현장과 장르론적 관심』, 집문당, 1996.
강등학 외, 『한국 구비문학의 이해』, 월인, 2000.
강성복, 『공주 상여소리와 쑥불동화의 고향 봉현리』, 공주시, 2011.
강용권, 『민속기행 부산· 경남편』, 동아대 석당전통문화연구소, 1994.
거창군, 『거창의 민요』, 문창사, 1997.
경기도박물관, 『도서해안지역 종합학술조사』 Ⅰ, 경기도박물관, 2000.
고정옥, 『조선민요연구』, 동문선, 1998.
국립민속박물관, 『한국세시풍속사전: 겨울편』, 국립민속박물관, 2006.
김광언, 『동아시아의 놀이』, 민속원, 2004.
김기현·권오경, 『영남의 소리』, 태학사, 1998.
김숙경, 『한국 전통문화와 구전 전래놀이 노래』, 동문선, 2006.
김승찬 외, 『부산민요집성』, 세종출판사, 2002.
김영돈, 「제주도민의 통과의례」, 문화재관리국, 『무형문화재조사보고서』 제23호, 1966
김영희, 「메밀노래」, 『한국민속문학사전』 민요편, 국립민속박물관, 2013.
김용국, 『경기도 화성시 구비전승 및 민속자료 조사집』 1, 화성문화원, 2004.
김의숙, 『강원도 민속문화론』, 집문당, 1995.
김익두 편, 『전북의 민요』, 전북애향운동본부, 1989.
김종대, 『우리문화의 상징체계』, 다른세상, 2001.
김진순, 『삼척민속지』 제2집, 삼척문화원, 1999.
______, 『삼척민속지』 제5집, 삼척문화원, 2002.
______, 『삼척민속지』 제6집, 삼척문화원, 2004.
김태갑·조성일 편주, 『민요집성』, 한국문화사, 1996.

김태곤, 『한국민간신앙연구』, 집문당, 1983.
김태곤 공저, 『한국의 산촌 민속 Ⅰ』, 교문사, 1995.
김택규, 「상례」, 『민족대백과사전』, 한국정신문화연구원, 1993.
김택규 외, 『한국의 농악』 호남편, 수서원, 1995.
김형주, 『민초들의 옛노래』, 부안문화원, 2004.
김혜정, 『남원지역 사람들의 삶과 노래』, 국립민속국악원, 2001.
______, 『여성민요의 음악적 존재양상과 전승원리』, 민속원, 2005.
김혜정·이윤정, 『부여 용정리 상여소리 공주 봉현리 상여소리』, 민속원, 2011.
김훈 외, 『강원민요총람』, 북스힐, 2008.
노동은, 『노동은의 두 번째 음악상자』, 한국학술정보, 2001.
노한나, 『옥천의 소리를 찾아서』, 옥천신문사, 2003.
류장영 외, 『전북의 민요마을』, 전북도립국악원, 1998.
문화방송, 『한국민요대전』, 삼보문화사, 1993.
박경수·서대석, 『한국구비문학대계 별책부록』 Ⅲ, 한국정신문화연구원, 1992.
박관수·이영식, 『안흥사람들의 삶과 문화』, 횡성군 안흥면사무소, 2000.
박창원, 『포항지역 구전민요』, 포항문화원, 1999.
부여군지 편찬위원회 편, 『부여군지』, 부여군, 1987.
서영숙, 『시집살이노래 연구』, 박이정, 1996.
손인애·강등학 외, 「경기 동요의 종류와 특성」, 『경기 향토민요』, 경기도 국악당, 2007.
염기용, 「외딴섬을 지키는 여자 상여꾼」, 『전통문화』 4월호, 1986.
울산대학교 인문과학연구소 편, 『울산·울주지방 민요자료집』, 울산대학교출판부, 1990.
울진문화원, 『울진의 민요와 규방가사』, 울진문화원, 2001.
이경엽, 『고흥 한적들노래』, 민속원, 2008.
이경엽, 『담양농악』, 담양문화원, 2004.
이규석 편, 『함안의 구전민요』, 함안문화원, 2001.
이규창, 「민간의속」, 『전라민속논고』, 집문당, 1994.
이능화, 『조선여속고』, 양우당, 1991.
이선주, 『인천무속지』 Ⅱ, 미문출판사, 1988.
이소라, 『경기도 모심는 소리의 양상과 민요권』 상, 전국문화원연합회 경기도지회, 2006.
______, 『대전민요집』, 대전중구문화원, 1998.
______, 『민초의 소리』, 대전서구문화원, 2000.

이소라, 『보성의 민요』, 보성문화원, 2002.
______, 『상주의 민요』, 상주군, 1993.
______, 『양산의 민요』, 양산군, 1992.
______, 『파주민요론』, 파주문화원, 1997.
______, 『한국의 농요』 제2집, 민속원, 1986.
______, 『한국의 농요』 제3집, 민속원, 1989.
______, 『한국의 농요』 제4집, 민속원, 1990.
______, 『한국의 농요』 제5집, 민속원, 1992.
______, 『함안의 구전민요』, 함안문화원, 2001.
임동권, 『한국민요집』 Ⅱ, 집문당, 1974.
______, 『한국민요집』 Ⅲ, 집문당, 1975.
______, 『한국민요집』 Ⅳ, 집문당, 1980.
______, 『한국민요집』 Ⅴ, 집문당, 1980.
임동철·서영숙 편, 『충북의 노동요』, 전국문화원연합회 충청북도지회, 1997.
임석재, 『임석재 채록 한국구연민요』, 집문당, 1997.
______, 『한국구연민요-자료편』, 집문당, 1997.
장덕순 외, 『구비문학개설』, 일지사, 2006.
장정룡·이한길, 『속초의 민요』, 속초문화원, 2003.
장휘숙, 『아동발달』, 박영사, 2001.
赤松 智城·秋葉 隆 공저, 심우성 역, 『조선무속의 연구』 하, 동문선, 1991.
전북향토문화연구회 편, 『부안군지』, 부안군, 1991.
전원범, 『한국전래동요연구』, 버들산, 1995.
정동화, 『경기도민요』, 집문당, 2002.
정병호, 『농악』, 열화당, 1986.
정옥분, 『아동발달의 이론』, 학지사, 2003.
정재호, 『한국속가전집』, 다운샘, 2002.
제임스 존슨 외·신은수 외 역, 『놀이와 유아교육』, 학지사, 2001.
조동일, 『서사민요연구』, 계명대학교출판부, 1983.
조희웅 외, 『영남지역 구전민요자료집』 1, 월인, 2005.
죠 프로스트 외·양옥승 외 역, 『놀이와 아동발달』, 정민사, 2005.
지춘상, 『전남의 민요』, 전라남도, 1988.
村山 智順, 『조선의 귀신』, 동문선, 1990.
최래옥·강현모, 『성동구의 전래민요』, 서울 성동문화원, 2001.
최상일, 『우리의 소리를 찾아서』 1·2, 돌베개, 2002.

최자운 외, 『수원사람들의 삶과 문화』, 풍광, 2008.
秋葉 隆, 『조선무속의 현지연구』, 계명대학교출판부, 1987.
한국문화상징사전편찬위원회, 『한국문화상징사전』, 동아출판사, 1992.
한국정신문화연구원 어문연구실, 『한국구비문학대계』 9-3, 동화출판공사, 1983.
한림대 인문학연구소 편, 『강원의 민요』 Ⅰ, 강원도, 2001.
한림대 인문학연구소 편, 『강원의 민요』 Ⅱ, 강원도, 2002.
허경회, 『신안지역의 설화와 민요』, 목포대학교 도서문화연구소, 1996.
홍양자, 『우리 놀이와 노래를 찾아서』, 다림, 2000.

貴州彝學硏究會 編, 『貴州 彝學』, 民族出版社, 2000.
侗族文學史 編, 『侗族文學史』, 貴州民族出版社, 1988.
廖君湘, 『侗族傳統社會過程與社會生活』, 民族出版社, 2005.
樊祖荫, 『中國多聲部民歌概論』, 人民音樂出版社, 1990.
桑德諾瓦, 『中國少數民族 音樂文化』, 中央民族大學出版社, 2003.
徐宏圖 編, 『平陽縣 蒼南縣 傳統民俗 文化硏究』, 民族出版社, 2004.
揚筑慧, 『侗族風俗志』, 中央民族大學出版社, 2005.
刘鋒·龙耀宏, 『侗族』, 云南大學出版社, 2004.

2. 논문

강등학, 「〈모심는 소리〉와 〈논매는 소리〉의 전국적 판도 및 농요의 권역에 관한 연구」, 『한국민속학』 38, 한국민속학회, 2003.
_____, 「노래의 말하기 기능과 민요 전승의 방향 모색」, 『한국음악사학회』, 제29권, 2002.
_____, 「충남 민요 축제 활용을 위한 방향 모색」, 『한국민요학』 제6집, 한국민요학회, 1998.
강등학·김영운·김예풍, 「한·중 논농사요의 기초적 문제 비교연구」(1), 『농산노동요연구』 Ⅰ, 민속원, 2007.
강문유, 「제주도 상여노래연구」, 제주대 석사논문, 1990.
강민정, 「학교교육을 통한 향토민요의 전수교육 실태조사」, 『한국민요학』 제20집, 한국민요학회, 2007.
강정원, 「무형문화재 제도의 문제점과 개선책」, 『비교문화연구』 제8집 1호, 서울대 비교문화연구소, 2002.
강진옥, 「서사민요에 나타나는 여성인물의 현실대응양상과 그 의미」, 『구비문학연구』 제9집, 한국구비문학회, 1999.
강진옥, 「여성민요창자 정영엽 연구」, 『구비문학연구』 제7집, 한국구비문학회, 1998.
강혜인, 「한국 전래동요이 음악문화 연구」, 동아대학교 박사학위논문, 2006.
강환희, 「모심는 소리에 나타난 여성의식 연구」, 동아대 석사논문, 2003.
구영주, 「정선아라리 가창자에 대한 현장론적 연구」, 강릉대학교 석사논문, 1997.
권오경, 「개사동요와 아동의 의식세계」, 『한국민요학』 제5집, 한국민요학회, 1997.
______, 「중국 산가의 특성과 한국 민요와의 비교 가능성」, 『한국민요학』 제19집, 한국민요학회, 2006.
______, 「한 · 일 〈모심는 소리〉의 노랫말 구성법과 가창방식 비교연구」, 『한국민요학』 제20집, 한국민요학회, 2007.
______, 분랏 초티와치라, 「태국민요의 전통과 민중들의 삶」, 『한국민요학』 제27집, 한국민요학회, 2009.
길태숙, 「〈담배노래〉의 노랫말 구성 양상과 의미」, 『국제어문』 제32집, 국제어문학회, 2004.
김경남, 「진부면 민속놀이와 축제발전방안」, 『평창군 진부면 두일 목도소리 민속지』, 두일목도소리보존회, 2009.
김경섭, 「한국 벽사의 구조적 특징과 문화적 의미」, 『민속학연구』 제9호, 국립민속박물관, 2002.
김광언, 「중·한·일 세 나라의 주거민속 연구」, 『비교민속학』 18, 비교민속학회, 2000.
김영운, 강등학, 김예풍, 「한 · 중 논농사요의 기초적 문제 비교연구」(2), 『농산노동요연구』 Ⅱ, 민속원, 2007.
김영희, 「구전이야기 '다시 쓰기(Re-writing)'를 활용한 자기탐색 글쓰기 교육」, 『구비문학연구』 제34집, 한국구비문학회, 2012.
김월덕, 「시집살이노래와 여성 개인서사의 상관성」, 『한국민요학』 제33집, 한국민요학회, 2011.
김인숙, 「경상도 논농사 소리의 음악적 특징과 분포」, 『농산노동요연구』 Ⅱ, 민속원, 2007.
김재호, 「마을 만들기와 마을민속의 활용방안」, 『한국민속학』 48, 민속원, 2008.
김정애, 「이어쓰기 활동을 통해 본 〈문둥이처녀와 동침한 총각〉의 문학치료적 활용 가능성」, 『문학치료연구』 제16집, 한국문학치료학회, 2010.
김헌선, 「상여소리 짝소리의 가창방식, 생성조건, 분포와 변이」, 『한국민요학』 제11집, 한국민요학회, 2002.
김헌선, 「한국민요와 대마도 민요의 비교연구」, 『한국민요학』 제8집, 한국민요학회,

2000.
김헌선, 「현단계 민요연구의 좌표」, 『구비문학연구』 제15집, 한국구비문학회, 2002.
김형주, 「민간주술요법과 그 형태유형」,『비교민속학』 제13집, 비교민속학회, 1996.
김혜정, 「경기소리의 전승 맥락과 보존·계승방안」, 『한국민요학』 제26집, 한국민요학회, 2009.
_____, 「진도 상여소리의 유형과 음악적 특성」, 『국립민속국악원 논문집』 제2집, 국립민속국악원, 2002.
김혜진, 「설화를 활용한 자기 성찰적 글쓰기 교육 연구」, 『고전문학과 교육』 제22권, 한국고전문학교육학회, 2011.
나경수, 「문학현장 체험학습을 통한 창의력 신장교육」, 『구비문학연구』 제23집, 박이정, 2006.
_____, 「주당맥이의 주술적 요법」, 『광주·전남의 민속연구』, 민속원, 1998.
나승만, 「민요 소리꾼의 생애담 조사와 사례 분석」, 『구비문학연구』 제7집, 한국구비문학회, 1998.
_____, 「신지도 민요소리꾼 고찰 」, 『도서문화』 제14집, 목포대 도서문화연구소, 1996.
_____, 「압해도 민요자료 활용 방안」, 『민요논집』 제8호, 민요학회, 2004.
_____, 「琉球의 모아시비와 한국 산다이의 비교연구」, 『비교연구를 통한 한국민속과 동아시아』, 민속원, 2004.
_____, 「진월 전어잡이 소리의 전승맥락 고찰」, 『한국민요학』, 제30집, 한국민요학회, 2010.
나은미, 「대학 글쓰기 교육에서 자서전과 자기소개서 쓰기 연계 교육 방안」, 『한국사회 말문화와 언어예절』, 2009.
마나베 마사히로, 「일본민요에 있어서 유형 표현의 양상」, 『한국민요학』 제23집, 한국민요학회, 2008.
박경열, 「시집살이담의 갈등양상과 갈등의 수용방식을 통해 본 시집살이의 의미」, 『구비문학연구』 제32집, 한국구비문학회, 2011.
박관수, 「제7차 개정 중학교 국어교과서의에 나타난 민요 교육의 문제점 연구」, 『한국민요학』 제30집, 한국민요학회, 2010.
박정옥, 「향토민요 가창방식의 교육적 활용 방안」, 『한국민요학』 제20집, 한국민요학회, 2007.
박현이, 「자아 정체성 구성으로서의 글쓰기교육 연구」, 『한국문학이론과 비평』 제32집, 한국문학이론과 비평학회, 2006.
서간려, 「중국 광서 장족 농사가요의 전통과 현황」, 『한국민요학』 제23집, 한국민요학회, 2008.
서영숙, 「노래의 말하기 기능과 민요 전승의 방향 모색」, 『한국민요학의 논리와 시각』, 민속원, 2005.
______, 「모심는 소리의 가창방식과 사설구조」, 『어문연구』 31, 어문연구학회, 1999.
______, 「서사민요 구연에 나타난 웃음의 양상과 의미」, 『어문연구』 제30집, 어문연구학회, 1998.
______, 「서사민요의 구조적 성격과 의미 : '시집식구－며느리' 형을 중심으로」, 『한국문학이론과 비평』 2, 한국 문학이론과 비평학회, 1998.
______, 「서사민요의 연행예술적 서술방식」, 『한국민요학』 제7집, 한국민요학회, 1999.
______, 「서울 · 경기지역 서사민요의 전승 양상과 문화적 특질」, 『한국민요학』 제35집, 한국민요학회, 2012.
______, 「여성 서사민요 화자의 존재양상과 창자집단의 향유의식」, 『민요논집』 제8집, 민요학회, 2004.
______, 「영남지역 서사민요의 전승적 특질」, 『고전시가연구』 제26집, 한국고전시가문학회, 2010.
______, 「전남서사민요의 유형분류와 존재양상」, 『한국민요학』 제13집, 한국민요학회, 2003.
______, 「처가식구-사위 관계 서사민요의 구조적 특징과 의미」, 『열상고전연구』 제29집, 열상고전연구회, 2009.
______, 「충북 여성 민요의 정서 표현양상과 현실인식」, 『한국민요학』 제22집, 한국민요학회, 2007.
성기련, 「2007년 개정 교육과정에 따른 민요 관련 지도내용 고찰」, 『한국민요학』 제25집, 한국민요학회, 2009.
신동흔, 「21세기 구비문학교육의 한 방향-신화의 콘텐츠화 수업 사례를 중심으로」, 『한국고전연구』 제15집, 한국고전연구학회, 2007.
신은주, 「경상북도 밭매는 소리의 유형분석」, 『한국민요학』 제20집, 한국민요학회, 2007.
심경호, 「한국고전문학교육의 현황과 과제」, 『문학교육학』 제6호, 한국문학교육학회, 2000.
양영자, 「제주민요의 문화적 소통실태와 과제」, 『한국민요학』 제31집, 한국민요학회, 2011.
오용록, 「상여소리를 통해 본 노래의 형성」, 『한국음악연구』 제30집, 한국국악학회, 2001.

오창학, 「충남지역 '짝소리 만가' 연구」, 충남대 석사논문, 2001.
요코바타케 마유미, 「시마네현 야스기시 히로세쵸히다의 우시쿠요·하나타우에」, 『한국민요학』 제23집, 한국민요학회, 2008.
우승표, 「도작 작업가 중의 생산서사가요」, 『한국민요학』 제19집, 한국민요학회, 2006.
_____, 「중국 남방 소수민족 가요 연구의 회고」, 『한국민요학』 제27집, 한국민요학회, 2009.
유목화, 「여성 민요에 나타난 감성의 발현 양상과 치유방식」, 『공연문화연구』 제20집, 한국공연문화학회, 2010.
이경엽, 「무형문화재와 민속 전승의 현실」, 『한국민속학』 40, 한국민속학회, 2004.
_____, 「서남해지역 민속문화의 특성과 활용 방향」, 『한국민속학』 37, 한국민속학회, 2003.
이기서, 「민요 가창자의 장인정신과 예술세계」, 『한국학 연구』 제9집, 고려대 한국학연구소, 1997.
_____, 「민요 창자의 기초 자료와 연구사 검토」, 『한국학 연구』 제8집, 고려대 한국학연구소, 1996.
이데 유키오, 「민요의 보존과 활용」, 『한국민요학』 제23집, 한국민요학회, 2008.
이상현, 「마을만들기 사업에 있어서 산촌민속과 지역전통의 창조적 활용」, 『마을만들기 어떻게 할 것인가』, 안동대한국학연구원 민속학연구소, 2009.
이선화, 「모심는 소리의 의사소통방식연구」, 동아대 석사논문, 2005.
이소라, 「중국 사천성 허씨촌許氏村의 민요」, 『중앙음악연구』 제8/9집, 중앙대학교 중앙음악연구소, 2000.
_____, 「한·중·일 교창식 삽앙가」, 『비교민속학』 제18집, 비교민속학회, 2000.
이수봉·최인학 외, 「한·중·일 전통 혼속」, 『한국민속과 동아시아』, 민속원, 2004.
이양숙, 「자기서사를 활용한 글쓰기 교육의 필요성과 방법에 대한 연구」, 『한국문학이론과 비평』 제50집, 한국문학이론과 비평학회, 2011.
이영식, 「장례요 사설의 단위 주제와 구성 양상」, 『민속학연구』 제16호, 국립민속박물관, 2005.
이옥희, 「국가지정 무형문화재의 지정 현황과 문제점」, 『남도민속연구』 제11호, 남도민속학회, 2005.
_____, 「말하기 방식으로서의 여성민요」, 『비교민속학』 제45집, 비교민속학회, 2011.
이인경, 「〈구복여행〉 설화의 문학치료적 해석과 교육적 활용」, 『고전문학연구』 제32집, 한국고전문학회, 2007.
이재곤, 「경북 동해안지방의 민간의료」, 『민간신앙』, 민속학회, 1989.

이정아, 「'시집살이' 말하기에 나타난 균열된 여성의식」, 『여성학논집』 제23집 1호, 이화여대 한국여성연구원, 2006,
이창식, 「노동요의 기능 인식과 무형문화재 지정 검토」, 『한국민요학』 제23집, 한국민요학회, 2008.
_____, 「영월민요의 정체성과 전승 방안」, 『한국민요학』 제10집, 한국민요학회, 2002.
_____, 「인제지역 뗏목민요의 원형과 활용」, 『한국민요학』 제17집, 한국민요학회, 2005.
이필영, 「해 물리기와 잔밥 먹이기」, 『한국의 가정신앙』 하, 민속원, 2005.
이현수, 「정선 아라리 전수교육 실태와 발전방안」, 『한국민요학』 제22집, 한국민요학회, 2008.
임돈희, 로저 L. 자넬리, 「무형문화재의 전승 실태와 개선방안」, 『비교민속학』 제28집, 비교민속학회, 2005.
임재해, 「여성민요에 나타난 시집살이와 여성생활의 향방」, 『한국민속학』 제21집, 한국민속학회, 1988.
_____, 「장례관련놀이의 반의례적 성격과 성의 생명상징」, 『민속놀이와 민중의식』, 집문당, 1996.
장정룡, 「속초도문메나리의 문화재적 가치와 의미」, 『강원민속학』 제23집, 강원도민속학회, 2009.
정규식, 「민요 사설에 형상화된 동물에 대한 인식」, 『한국민요학』 제24집, 한국민요학회, 2008.
정기철, 「글쓰기 능력 향상을 위한 자기표현 글쓰기」, 『한국언어문학』 제74집, 한국언어문학회, 2010.
정미영, 「고등학교 음악교과서 민요에 관한 연구」, 『한국민요학』 제25집, 한국민요학회, 2009.
정수진, 「농촌관광과 민속학연구 재고」, 『실천민속학연구』 제13집, 실천민속학회, 2009.
_____, 「한국민속예술축제, 과연 무형문화재의 산실인가?」, 『한국민속학』 50, 한국민속학회, 2009.
정승모, 「장례와 관련한 동계洞契의 변화와 '유학'계」, 『역사민속학』 제15집, 역사민속학회, 2002.
정연학, 「한국과 중국 산동성 주거문화 비교」, 『비교민속학』 34, 비교민속학회, 2007.
조경숙, 「향토민요의 교육활용 방안」, 『한국민요학』 제20집, 한국민요학회, 2007.

조은상, 「〈구렁덩덩신선비〉의 각편 유형과 자기서사의 관련양상」, 『겨레어문학』 제46집, 겨레어문학회, 2011.
최 헌, 「한국 모심기소리의 선율구조」, 『농산노동요연구』 Ⅱ, 민속원, 2007.
최광진, 「한국 동물요의 연구」, 한양대학교 교육대학원 석사학위논문, 1987.
최규수, 「대학 작문에서 자기를 소개하는 글쓰기의 현실적 위상과 전망」, 『문학교육학』 제18호, 한국문학교육학회, 2005.
최상민, 「대학생 글쓰기 지도에서 비계 설정하기」, 『국제어문』 제42집, 국제어문학회, 2008.
최은숙, 「부산경남지역 '창부타령'의 사설 운용 방식과 담론 특성」, 『동남어문논집』 제26집, 동남어문학회, 2008.
_____, 「신안민보 수록 민요형 사설의 특성과 기능」, 『한국민요학』 제12집, 한국민요학회, 2003.
_____, 「학교 교육을 통한 지역민요 전승의 현황과 과제」, 『어문학』 제92집, 한국어문학회, 2006.
최자운, 「다리세기노래의 양상과 의미」, 『한국민요학』 제25집, 한국미요학회, 2009.
_____, 「다복녀민요의 유형과 서사민요적 성격」, 『한국민요학』 제22집, 한국민요학회, 2008.
_____, 「동물노래의 형상화 방법과 여성민요적 의의」, 『한국민요학』 제29집, 한국민요학회, 2010.
_____, 「마을만들기 사업 내 민요 체험프로그램 발전방안」, 『한국민요학』 제32집, 한국민요학회, 2011.
_____, 「무형문화재 지정 민요보존회 활동을 통한 마을 내 민요 전승 가능성」, 『한국민요학』 제35집, 한국민요학회, 2012.
한양명, 「중요무형문화재 예능분야의 원형과 전승 문제에 대한 반성적 검토」, 『한국민속학』 44, 한국민속학회, 2006.
_____, 「언어유희동요에 나타난 공간인식과 표현양상」, 『한국민요학』 제10집, 한국민요학회, 2002.
함복희, 「시집살이 민요 스토리텔링의 치유적 효과」, 『인문과학연구』 제23집, 강원대학교 인문과학연구소, 2009.
함태경, 「중국 소수민족의 관혼상제」, 『종교와 일생의례』, 민속원, 2006.
허휘훈, 「중국 동북민요와 그 문화 역사적 특성에 대한 연구」, 『한국민요학』 제27집, 민속원, 2009.
홍순일, 「〈신안민요〉의 언어문화적 접근과 소리문화적 활용」, 『남도민속연구』 제14집, 남도민속학회, 2007.

홍태한, 「퇴송굿에 나타난 삶과 죽음의 문제」, 『샤머니즘 연구』 제2집, 한국샤머니즘학회, 2000.
황혜진, 「설화를 통한 자기 성찰의 사례 연구」, 『국어교육』 제122호, 한국어교육학회, 2007.

찾아보기

가

나

다

마

• 저자소개

최자운崔滋云 **1975~**

경남 남해에서 태어나 경기대 국문과 및 동 대학원을 졸업했다. 2007년 〈농악대 고사소리의 지역별 특성과 변천양상〉으로 박사학위를 받은 뒤 여성 구연민요, 농업노동요, 치병 관련 의식요 등을 연구했으며, 현재 전국 논매는 소리의 수용 요인, 우리나라와 중국 소수민족 민요 비교 작업을 진행하고 있다. 〈성주풀이의 서사민요적 성격〉, 〈영남지역 정자소리 가창 방식과 사설 구성〉, 〈영남지역 무형문화재 지정 논매기 상사소리의 수용에 관한 현장론적 연구〉 등의 논문이 있다.

한국민요 연구방법론의 반성과 전망

초판 인쇄 2016년 7월 5일
초판 발행 2016년 7월 20일

지 은 이 | 최자운
펴 낸 이 | 하운근
펴 낸 곳 | 學古房

주 소 | 경기도 고양시 덕양구 통일로 140 삼송테크노밸리 A동 B224
전 화 | (02)353-9908 편집부(02)356-9903
팩 스 | (02)6959-8234
홈페이지 | http://hakgobang.co.kr
전자우편 | hakgobang@naver.com, hakgobang@chol.com
등록번호 | 제311-1994-000001호

ISBN 978-89-6071-601-8 93810

값 : 27,000원

이 도서의 국립중앙도서관 출판예정도서목록(CIP)은 서지정보유통지원시스템 홈페이지(http://seoji.nl.go.kr)와 국가자료공동목록시스템(http://www.nl.go.kr/kolisnet)에서 이용하실 수 있습니다. (CIP제어번호 : CIP2016016702)